AtV

ROBERT MERLES bedeutendstes Werk der Gegenwart ist die Romanfolge »Fortune de France« über das dramatische Jahrhundert von 1550 bis 1643, das erschüttert wurde von blutigen Glaubenskriegen und den Kämpfen für ein starkes französisches Königtum. Erzählt wird die Geschichte dreier Generationen der Adelsfamilie Siorac, zunächst auf Burg Mespech in der Provinz Périgord, später am Hof Heinrichs IV., dann seines Sohnes Ludwig XIII. In deutscher Übersetzung sind bisher erschienen:

Fortune de France
In unseren grünen Jahren
Die gute Stadt Paris
Noch immer schwelt die Glut
Paris ist eine Messe wert
Der Tag bricht an
Der wilde Tanz der Seidenröcke
Das Königskind
Die Rosen des Lebens
Lilie und Purpur
Ein Kardinal vor La Rochelle

Ludwig hat den genialen Richelieu in seinen Kronrat berufen, die königliche Lilie hat sich mit dem Purpur des Kardinalsmantels verbunden, um der Anarchie im Lande ein Ende zu setzen. Ludwig ist dreiundzwanzig, der Kardinal sechzehn Jahre älter. Aber aus der anfänglich kühlen Beziehung des jungen Königs zu seinem Minister wird mit der Zeit Achtung, ja Bewunderung für dessen ungeheure Leistung im Dienste der Staatsidee.

Erzählt wird dies alles von Pierre-Emmanuel de Siorac, unserem Helden seit dem *Wilden Tanz der Seidenröcke*. Aus nächster Nähe zum König erlebt er die gefährlichen Konspirationen von Ludwigs Bruder Gaston, die letzten großen Intrigen des Hochadels, erlebt er Attentate, Komplotte, ja der König selbst entgeht nur knapp einem Mordanschlag. Die Rache der Krone ist schrecklich. Die Schuldigen werden verbannt oder geköpft – die Entscheidungen fallen schnell in diesen drei Jahren von 1624 bis 1627. Die unglückliche Anna schließlich, Ludwigs Gemahlin, hat ihre berühmte »Affäre« mit dem schönen Lord Buckingham. Da solche Affären stets auch die internationale Diplomatie belasten, zieht am Ende sogar Siorac mit einem kleinen Heer auf die Insel Ré, um die Landung der Engländer an Frankreichs Küste zu verhindern.

Robert Merle

Lilie und Purpur

Roman

Aus dem Französischen
von Christel Gersch

Aufbau Taschenbuch Verlag

Titel der Originalausgabe
Le Lys et la Pourpre

ISBN 3-7466-1219-5

4. Auflage 2005
Aufbau Taschenbuch Verlag GmbH, Berlin
© Aufbau-Verlag GmbH, Berlin 2000
Le Lys et la Pourpre © Robert Merle
Die Originalausgabe ist 1997
bei den Éditions de Fallois in Paris erschienen
Umschlaggestaltung Preuße & Hülpüsch Grafik Design
nach einem Gemälde von Gerard van Honthorst
Druck Clausen & Bosse, Leck
Printed in Germany

www.aufbau-taschenbuch.de

ERSTES KAPITEL

Unsere lieben Klatschmäuler am Hof behaupteten, daß Ludwig XIII. Richelieu nur sehr widerstrebend in seinen Staatsrat berufen habe. Das stimmt. Weiter behaupteten sie, Ludwig habe den Kardinal lediglich genommen, weil seine Mutter ihn dazu drängte. Und das ist blanker Unsinn.

Wenn es irgend auf der Welt einen Menschen gab, dem Ludwig nicht nachgeben wollte und nicht konnte, dann dieser Frau, die ihm so nahe stand, die ihn aber in seiner Kindheit zu sehr gedemütigt hatte und die später zweimal die Waffen gegen ihn erhob. Aus ihrem Joch schlug sich Ludwig frei. Aber sein Mißtrauen gegen den Kardinal blieb noch lange bestehen, schließlich war Richelieu Minister unter dem Schurken Concini gewesen – der auf Befehl Seiner Majestät am vierundzwanzigsten April 1617 exekutiert wurde –, und dann war er der engste Berater der Königinmutter, als diese – von ihrem Sohn – ins Exil zu Blois geschickt wurde.

Sein Urteil in diesem Punkt änderte sich aber im Lauf der Jahre. Er kam nicht umhin anzuerkennen, daß Richelieu sich um einen mäßigenden Einfluß auf Maria von Medici bemühte, wo immer ihm ein solcher Einfluß möglich war.

Außerdem erkannte er, daß der Kardinal große Talente hatte, und obwohl ihn diese Talente in einem bestimmten Sinne schreckten, denn er fürchtete, der Prälat würde ihn tyrannisieren, sobald er ihm einige Macht einräumte, war Ludwig seiner unzulänglichen, verräterischen und pflichtvergessenen Minister doch mittlerweile so leid, daß er sich entschloß, Richelieu auf die Probe zu stellen. Wenigstens eine Zeitlang wollte er ihm vertrauen – die ›Tronçonnade‹[1], sollte der Mann sein Mißfallen erregen, blieb ihm allemal. Aber Richelieu machte aus diesem so mißtrauischen Vertrauen sofort das Beste!

---

[1] Nach dem Namen des Sekretärs, Tronçon, der den Dienern Seiner Majestät ihre Ungnade auszusprechen hatte.

Ludwig hatte Herrn von Schomberg, den Oberintendanten der Finanzen, auf falsche Anschuldigungen hin verbannt, und er mußte einsehen, daß das ein Irrtum war. Sehr bald darauf sah er, daß er einen neuen Irrtum begangen hatte, als er statt seiner La Vieuville, den Schwiegersohn des Bankiers Beaumarchais, berufen hatte. Der Tatmensch Ludwig reagierte mit seiner gewohnten Energie: Er setzte La Vieuville auf Schloß Amboise gefangen. Der scharf verfolgte Beaumarchais konnte gerade noch auf seine Insel Noirmoutiers entwischen.

Also bestellte Ludwig ein Untersuchungsgericht, dem er außer La Vieuville und Beaumarchais an fünfzig weitere Finanziers überantwortete. Er wollte, daß diese Falschspieler schnellstmöglich und rigoros bestraft würden. Bevor er aber die zermalmende Maschine gegen sie in Gang setzte, beriet er sich mit Richelieu.

Niemand verstand es wie der Kardinal, das Für und Wider einer Sache zu beleuchten, ohne seine Präferenz zu zeigen, so daß es ganz Seiner Majestät überlassen blieb, zu wählen und zu entscheiden. Nur zeigte sich dieses Wider so gut begründet, daß Ludwig ihm einfach den Vorzug geben mußte.

Der Leser erlaube mir, in geraffter Form wiederzugeben, was der Kardinal dem König sagte.

»Sire, diese Herren haben den Schatz tatsächlich ohne jede Scham geplündert und Euch in eine höchst prekäre Lage gebracht, denn ohne Geld kann man keine Politik machen. Sie haben also ein schweres Verbrechen gegen Eure Majestät begangen, und es wäre nur gerecht, sie der härtesten Strafe zuzuführen. Gesetzt aber, Sire, man befreie die Erde von diesen Gaunern – bekämt Ihr die unterschlagenen Millionen dadurch wieder? Höchstwahrscheinlich nicht. In Erwägung dessen, Sire, böte sich eine zweite Lösung an: Man tritt mit jedem einzelnen in Verhandlung und sichert ihm die Freiheit zu, falls er seinen Unterschleif zurückzahlt. Es steht bei Eurer Majestät, die Ihr genehmere Lösung zu wählen.«

Nach kurzer Überlegung sagte der König: »Verhandelt, mein Cousin, verhandelt!«

Ich glaube, es bereitete Richelieu jedesmal, wenn der König ihn »mein Cousin« nannte, ein inniges Vergnügen. Dir, Leser, ist es natürlich nicht neu, daß Seine Majestät den Kardinälen diese schmeichelhafte Anrede laut Protokoll schuldete. Aber diesmal wußte Richelieu, daß es nicht mehr nur Protokollsache war: In der Bankiers-Affäre befolgte Ludwig seinen Rat.

Und Richelieu verhandelte mit den Bankiers, ohne jede Drohung, jede Schärfe. Ganz Samt und Seide, ließ er nur jeweils durchblicken, daß Ludwig zum Äußersten entschlossen sei, sollte die Verhandlung scheitern. Und mit Geschick und Geduld entlockte er ihnen an die fünfzehn Goldmillionen. Im siebten Himmel über diesen Fischzug, der die Reichskassen wieder füllte, tat Ludwig, was er noch keinem anderen Sterblichen vergönnt hatte: Er fragte Richelieu, wen er ihm als neuen Oberintendanten der Finanzen empfehle.

Dieses Gespräch, dessen Gegenstand ich zunächst nicht kannte, fand im Zimmer Seiner Majestät unter vier Augen statt, während ich im Vorzimmer wartete, wohin ich bestellt worden war, ohne zu wissen, was der König von mir wollte. Ich leugne nicht, daß mir die Zeit reichlich lang wurde, die ich da am Fenster stand und in den Regen starrte, der sich in Strömen über das diesige Paris ergoß. Außerdem hatte ich morgens törichterweise ein Wams und Kniehosen angelegt, mit denen ich großen Eindruck zu machen hoffte, nur war der Stoff für dieses kühle Frühjahr leider viel zu dünn. Endlich ging die Tür des königlichen Gemachs auf, und Berlinghen steckte den Kopf heraus.

»Herr Graf«, sagte er, »Seine Majestät wünscht Eure Anwesenheit.«

Ich trat ein, entblößte mein Haupt und beugte vor dem König das Knie, dann entbot ich dem Kardinal eine tiefe Verneigung, und während ich mich diesen Übungen unterzog, sah ich, daß Ludwig, den Hut auf dem Kopf, in einem Lehnstuhl gegenüber einem zweiten Lehnstuhl saß, der leer war, und daß Richelieu stand. Offenbar, so schloß ich, hatte Ludwig dem Kardinal wegen seiner anfälligen Gesundheit jenen Platz angeboten, aber Richelieu hatte aus peinlich beobachtetem Respekt vor dem König auf dieses Angebot verzichtet.

Der Kardinal stand barhäuptig, hielt seine Purpurkalotte in der einen Hand und stützte sich mit der anderen, vermutlich um seine Beine zu entlasten, auf die Stuhllehne. Er war derzeit neununddreißig Jahre alt und eine blendende Erscheinung, groß, schlank, graziös in seinen Bewegungen, in der Haltung elegant, dazu eine gebogene Nase, ein feines, schmales Gesicht mit zwei herrlichen schwarzen Augen.

Er wirkte älter, als er war. Dafür sah Ludwig nicht wie dreiundzwanzig aus, sondern jünger. Seine Wangen waren noch immer rundlich, um seine Augen zeigte sich nicht eine Falte, seine Lippen waren voll und rot. Wenn etwas in diesem Gesicht erwachsen war, dann der Ausdruck seiner Augen: Aus ihnen sprachen Autorität, Strenge und Argwohn, die aber gelegentlich durch eine vertrauende, neigungsvolle Miene widerlegt werden konnten.

Der Kardinal war nur sechzehn Jahre älter als der König, doch verjüngte beider scheinbares Alter den zweiten auf Kosten des ersten, so daß man versucht sein konnte, sie für Vater und Sohn zu halten. Bei ihrer eingehenden Betrachtung ging es mir durch den Sinn: Wenn dieses noch unsichere neue Band zwischen ihnen die künftigen Jahre glücklich überdauern sollte, könnte Ludwig, den die Ermordung Henri Quatres in eine lange Nacht gestoßen hatte, doch wieder eine Art Vater finden in diesem klugen und kundigen Ratgeber, der endlich so viele Minister ablöste, deren Unfähigkeit oder Raffsucht den Staat in Gefahr gebracht hatten.

Auf den ersten Blick wirkte der Abstand groß zwischen dem Herrscher, der protokollgemäß mit dem Hut auf dem Kopf dasaß, und dem Prälaten, der barhäuptig vor ihm stand. Und doch schien die Ehrfurcht des Kardinals vor dem Gesalbten des Herrn bereits eine Entgegnung zu finden in der unausgesprochenen Ehrerbietung des jungen Königs vor dem Älteren, dessen Weisheit, Erfahrung und Kenntnis ihn tief beeindruckten und einnahmen.

»Mein Cousin«, sagte Ludwig, als ich den Raum betrat, »kennt Ihr Graf von Orbieu?«

»Sire«, sagte der Kardinal, der mir ein liebenswürdiges Lächeln schenkte – immerhin war ich ein dem König sehr nahestehender Diener und darum für ihn keine zu vernachlässigende Größe –, »ich kenne Graf von Orbieu aus den Erzählungen von Pater Joseph, der ihn hoch schätzt aus drei Gründen. (Sogar im normalen Gespräch bezifferte der Kardinal seine Gründe.) *Primo*, er ist seinem König ganz ergeben. *Secundo*, er führt tatkräftig sein Gut Orbieu. Und *tertio*, er hat in jungen Jahren fleißig studiert, im besonderen fremde Sprachen.«

»Monseigneur«, sagte ich mit einer weiteren Verneigung,

nicht weniger tief als die erste, »in puncto fremde Sprachen steht Eure Eminenz niemandem nach.«

Ich hätte hinzusetzen können, daß der Kardinal außer Griechisch und Latein auch Italienisch und Spanisch konnte, doch beendete ich mein Kompliment, bevor es in die Schmeichelei abglitt, denn die verabscheute Richelieu. Nicht daß er so bescheiden gewesen wäre, ganz im Gegenteil. Wo sich irgend Gelegenheit bot, pflegte er, wenn auch stets in verhüllten Worten, sich selbst das prächtigste Lob auszustellen. Lob aus anderem Mund hingegen fand er ungehörig, ja geradezu beleidigend. Wirklich, er war nicht wenig von sich eingenommen, nicht auf Grund seiner Herkunft, denn er stammte aus bürgerlich gekreuztem Landadel, aber aus Eigenliebe und im Wissen um seine überragenden Talente.

»Ist Euch bekannt, mein Cousin«, sagte Ludwig, »daß Orbieu, als ich Schomberg in Ungnade entließ, so kühn war, ihn in seinem Gemach aufzusuchen und in seiner Verlassenheit zu trösten? Und daß er, nachdem er den Mann getröstet hatte, mir einen Brief überbrachte, in dem Schomberg mich bat, seine Amtsführung vom Obersten Gerichtshof überprüfen zu lassen? Was sagt Ihr zu dieser Aufführung des Grafen, mein Cousin?«

»Sire«, sagte lächelnd der Kardinal, »jedes Handeln läßt sich nach zweierlei Maß bewerten: *Primo*, wie gefährlich ist es? Und *secundo*, was kommt dabei heraus?«

»Gefährlich war es«, sagte Ludwig. »Ich hätte Orbieu dafür verbannen können.«

»Aber Ihr tatet es nicht, Sire«, sagte Richelieu.

»Sein Handeln«, sagte Ludwig, »hat mir nicht mißfallen. Ich gab die erbetene Untersuchung in Auftrag, und Schomberg ging weiß wie Schnee daraus hervor.«

»Das Ergebnis ist also exzellentissime!« sagte der Kardinal, der italienisierte Superlative liebte. »Sire, wenn Ihr erlaubt, möchte ich Graf von Orbieu eine Frage stellen.«

»Fragt, mein Cousin.«

»Graf«, sagte er, »meint Ihr, daß Schomberg ein guter Finanzminister war?«

Bevor ich antwortete, drehte ich meine Zunge im Munde um, schließlich wußte ich ja nun, daß jede Antwort der Kardinalsphilosophie zufolge nach zweierlei Maß zu bewerten war: *Primo*, wie gefährlich sie war, und *secundo*, was dabei herauskam. Weil mein Geist aber nicht so tiefschürfend war wie der des Kardinals, hielt ich mich lieber an die Wahrheit.

»Eminenz«, sagte ich, »Herr von Schomberg ist ein sehr ehrenwerter Mann und ein sehr guter Soldat, aber in den Finanzen kennt er sich nicht aus.«

»Bravo, bravissimo, Graf!« sagte Richelieu, »genauso denkt Seine Majestät! Darum hat Seine Majestät beschlossen, wenn Sie Schomberg sein Ministeramt nun wiedergibt, ihm künftig Monsieur de Marillac und Monsieur de Champigny an die Seite zu stellen, die auf dem Gebiet beide Meister sind.«

Ich war überglücklich, daß Schomberg sein Amt wiederbekommen sollte. Und weil ich überzeugt war, daß sowohl diese Rückkehr in Gnaden wie auch die Ernennung Marillacs und Champignys das Werk des Kardinals waren, konnte ich nur bewundern, wie er, nachdem er erreicht hatte, was er wollte, das ganze Verdienst an seinen eigenen Entscheidungen dem König zusprach.

»Sire«, sagte ich mit einer tiefen Verneigung, »ich freue mich sehr, daß Eure Majestät Herrn von Schomberg wieder in sein Amt einsetzt.«

»Ja, ich bin auch froh, daß diese Geschichte beendet ist«, sagte der König mit einem Blick auf seine Uhr, die er aus dem Ärmelaufschlag zog.

Damit erhob er sich ungestüm. An seinem raschen Ton und Gebaren merkte ich, wie er darauf brannte, zur Jagd aufzubrechen. Der Regen hatte aufgehört.

»*Sioac*«, sagte er, indem er das *r* meines Namens ausließ, wie er es früher als Kind getan hatte und was seither immer ein Zeichen seiner besonderen Gunst war, »macht Euch auf die Reise ins Anjou, auf meine Kosten. Vermeldet Herrn von Schomberg, was ich beschlossen habe, und bringt ihn her. Monsieur du Hallier wird Euch eine Kutsche und eine starke Eskorte geben.«

Du Hallier hatte wie sein Bruder, Monsieur de Vitry, wie Déagéant, Tronçon, ich und ein paar andere an der Verschwörung teilgenommen, die Ludwig ausgebrütet und zum Ziel geführt hatte, um Concini aus dem Weg zu räumen und seine Frau Mutter der Macht zu entheben, weil sie sich zum großen Leidwesen ihres Sohnes aus eigenem Entschluß nicht davon trennen konnte. Nach der Erschießung des Abenteurers wurde

Vitry, bis dahin Hauptmann der Leibgarde, vom König zum Marschall von Frankreich ernannt. Allerdings mochte ihm dann niemand ein Heer anvertrauen. Du Hallier, vorher Leutnant, wurde statt seiner Gardehauptmann und mühte sich nun redlich, sein Amt zu erfüllen, aber er war besser mit Muskeln als mit Gehirnschmalz gesegnet.

Du Hallier war ein vierschrötiger Mensch mit grobem Gesicht, hatte eine dicke Nase, einen großen Mund, rote Haare und dumme kleine Augen. Kaum daß er mich erblickte, kam er auf mich zugestürzt und umarmte mich, aber in aller Aufrichtigkeit. In seinen Augen war ich, und das bis ans Ende meiner Erdentage, ein »Mitverschworener des vierundzwanzigsten April«, also das Edelste, was es am Hof gab. Außerdem war ich als der unerschrockene Verteidiger Herrn von Schombergs bekannt, der bei den königlichen Garden ungemein beliebt war.

Nach so tüchtiger Begrüßung packte mich Du Hallier mit seiner Pranke und führte mich in die Remise, damit ich mir einen Wagen für meine Mission auswähle.

»Was denn, Du Hallier«, sagte ich höchst verwundert, »Ihr wollt mir doch nicht etwa eine Karosse des Königs geben?«

»Andere stehen hier nicht«, sagte Du Hallier.

»Aber sie tragen alle das königliche Wappen am Schlag!« sagte ich, indem ich das halbe Dutzend vergoldeter Karossen umrundete.

»Soll es extra für Euch abgekratzt werden?« sagte Du Hallier und lachte so dröhnend, daß ein Hengst im nahen Marstall anfing wie wild zu wiehern und mit den Hufen gegen seinen Verschlag zu donnern.

»Armer Ramses«, sagte Du Hallier, »beim kleinsten Lärm regt er sich auf. Sie haben ihm gestern seine Lieblingsstute weggenommen, damit er seinem Zapfen mal ein bißchen Ruhe gönnt, er soll nämlich am Montag eine reinrassige Stute bespringen. Ob Ihr's glaubt oder nicht, Orbieu, der Strolch kriegt die schönsten Pferdemädchen des Reiches vorgesetzt. Er bespringt sie auch, klar. Aber am liebsten ist ihm doch seine Stute, die bald fünfzehn Jahre alt ist.«

Weil ich wußte, daß Du Hallier nicht mehr aufhören konnte, wenn er erst von Pferden angefangen hatte (deren Geruch er übrigens unausrottbar an sich trug), brachte ich das Gespräch rasch auf den Ausgangspunkt zurück.

»Aber, diese wappengeschmückten Schläge, ich bitte Euch, Du Hallier! Sollen mich die Leute überall, wo ich durchkomme, für den König halten?«

»Keine Sorge! Der König reist immer mit großem Gefolge, Ihr kriegt nur ein ganz kleines: Eine mickrige Eskorte Musketiere unter dem Befehl eines kleinen Scheißleutnants und einen Karren für die *impedimenta*.«

Mit dem lateinischen Wort waren die sperrigen Gepäckstücke gemeint, und daß Du Hallier es kannte, was zunächst verwundern mag, lag einfach daran, daß es im Reglement der Garden groß und breit geschrieben stand. Hinwiederum war der »kleine Scheißleutnant«, im Mund des Gardehauptmanns nicht verächtlich gemeint, es war vielmehr die übliche Ausdrucksweise.

»Und wer ist das?«

»Mein Vetter, Monsieur de Clérac. Er wird Euch gefallen. Den Leutnantsposten bei der Kompanie Musketiere, die der König vor zwei Jahren geschaffen hat, hat er mir zu verdanken. Er stammt aus dem Périgord wie Euer Herr Vater. Alsdann, Orbieu, welche Kutsche nehmt Ihr?«

»Die beste ...«

»Das ist die von Seiner Majestät!«

»Die haltbarste.«

»Ist die von Seiner Majestät!«

»Die bestgefederte.«

»Ist noch mal dieselbe!«

Du Hallier lachte schallend. Und wieder fing Ramses an zu wiehern und mit dem Huf zu donnern.

»Mein lieber Du Hallier, ich muß weiter. Gebt mir, welche Karosse Ihr wollt. Ich verlasse mich auf Euch.«

Hiermit lief ich, nicht ohne abermals bis zum Ersticken umarmt worden zu sein, ganz grün und blau gedrückt, zu Monsieur de Marillac, der die Oberfinanzverwaltung solange leitete, bis er Herrn von Schomberg unterstellt werden würde. Ich fand den Kanzler bei ihm, der mir einen Brief für Schomberg übergab, durch den er wieder in sein Amt eingesetzt wurde. Lebhaft fügte der Kanzler hinzu, daß Seine Majestät ihn in den nächsten Monaten auch zum Marschall von Frankreich ernennen wolle.

»Er wird überschüttet!« sagte Monsieur de Marillac, der mir

ebenso starr, schroff und grantig erschien wie der Kanzler liebenswürdig und höflich. »Zwei große Gehälter für Schomberg allein, eins für den Finanzminister und eins für den Marschall von Frankreich!«

Das sagte er so verdrossen, als sollte er die Beträge aus eigener Tasche bezahlen.

»Euch, Herr Graf«, fuhr er fort, »habe ich im Auftrag Seiner Majestät zwanzigtausend Taler für Eure Reisekosten auszuzahlen.«

»Das ist aber viel!« sagte ich.

»Viel zuviel, ja«, sagte Marillac. »Zumal«, wie er ungnädig hinzusetzte, »ein berittener Bote gereicht hätte, Herrn von Schomberg aus dem Anjou zurückzuholen.«

»Seine Majestät hat so entschieden«, sagte der Kanzler, der es unziemlich fand, daß Monsieur de Marillac eine Verfügung des Königs bemäkelte.

»Ich glaube eher, das war die Idee des Kardinals«, sagte Marillac sauertöpfisch. »Der Kardinal liebt Pomp und große Inszenierungen.«

Diese Spitze gegen den Kardinal verwunderte mich, denn jeder am Hof wußte, daß Marillac seine gegenwärtige Position vor allem ihm verdankte.

Und unvermittelt kehrte mir Marillac den Rücken. Ein Gehilfe kam mit einem Sack und leerte ihn auf den Zahltisch aus. Himmel, war das eine hübsche Musik, dieses Geklingel der Taler! Der Gehilfe zählte sie, schob sie wieder in den Sack, verschloß ihn mit festem Band und übergab ihn mir. Ich wiederum übergab ihn La Barge, der ihn unter seinem Cape verborgen ächzend zu meiner Wohnung im Louvre trug.

»Der Sack ist ja schwer wie Blei, Herr Graf«, murrte er hinter mir.

»Stille, mein Sohn«, sagte ich lachend, »wenn's deiner wäre, fändest du ihn federleicht!«

Zum Souper sah ich Seine Majestät wieder.

»Sioac«, sagte der König, »nehmt Euch Zeit für diese Reise. Schomberg wird Euch im Anjou feiern wollen, und ich hätte nichts dagegen, wenn Ihr auf der Rückreise in Orbieu halten und seinen Empfang erwidern wolltet. Trefft demgemäß Eure Vereinbarungen mit Monsieur de Clérac und brecht alsbald auf.«

Ich nahm also von Ludwig mit wärmstem Dank Urlaub, denn entgegen dem grantigen Marillac war ich mir sicher, daß die Idee, mich persönlich zu Schomberg zu schicken, vom König stammte und nicht von Richelieu. Wenn Seine Majestät zuerst auch verärgert war, daß ich als einziger vom ganzen Hof den armen Schomberg in seiner Ungnade aufgesucht hatte, so hatte ihn dies bei nachträglicher Überlegung doch gerührt, und in seinem Zartsinn wollte er mich nun dafür belohnen, indem er mich zum Herold machte für Schombergs Rückkehr in Gnaden.

Am nächsten Morgen ließ ich Monsieur de Clérac durch La Barge zu mir zum Frühstück bitten. Meinem Reitknecht fast auf den Fersen, erschien er denn auch und machte mir für einen »kleinen Scheißleutnant« einen ziemlich aufgeweckten und unternehmenden Eindruck. Die Mahlzeit wollte er nicht mit mir teilen, er hatte bereits gegessen, doch nahm er gerne ein Glas Burgunder.

»Ich habe berechnet«, sagte er, »daß man bis Angers sechs Etappen einlegen muß. Die erste selbstverständlich auf Eurem Gut Orbieu. Dann in Chartres, Nogent-le-Rotrou, Le Mans und zum Schluß in La Flèche. Mit jeweils ein bis zwei Ruhetagen, um die Pferde zu schonen, würde die Reise eine Woche dauern.«

»Und wo logiert die Eskorte?«

»Entweder in einem Gasthof, falls er nicht zu verwanzt ist, oder in einem Kloster, sofern die Mönche nicht zu habgierig sind und Eure Börse über Gebühr schröpfen wollen.«

»Und ich, Monsieur de Clérac, wo wohne ich?«

»Beim Bischof, wo es einen gibt, sonst beim Bürgermeister. Es kann aber auch sein, daß die gute Gesellschaft des Ortes sich die Ehre geben will, Euch, Herr Graf, eine angenehmere Gastlichkeit zu bieten.«

»Wie viele Musketiere sind es?«

»Fünfundzwanzig. Ein Viertel unserer Kompanie.«

»Wißt Ihr, warum der König mir zur Bewachung Musketiere gibt?«

»Wir haben einen guten Ruf«, sagte Monsieur de Clérac bescheiden.

»Besser als die Garden?«

»Nein, nein, die Garden sind tadellos! Aber wir gelten als beweglicher.«

»Wobei, Monsieur de Clérac?«

»Bei Überfällen und Hinterhalten.«

»Wer in diesem Reich hätte denn die Verwegenheit, eine königliche Karosse zu überfallen? Straßenräuber?«

»Die würden das nicht wagen, nein. Aber unsere Feldzüge gegen die Hugenotten haben ihr Gefolge hinterlassen: bewaffnete Banden von Deserteuren oder, was schlimmer ist, von entlassenen Söldnern, die auf ihrer Heimkehr alles plündern, was ihnen vor die Nase kommt, Bauern erschlagen, Vorräte rauben, Weiber vergewaltigen. Und die sind ernstlich zu fürchten, denn die verstehen sich auf den Krieg.«

»Aber warum sollten sie uns angreifen?« fragte ich.

»Weil sie unsere Waffen, unsere Pferde wollen und die königliche Karosse.«

Nun, bekanntlich passiert nie etwas genau so, wie man es sich vorgestellt hat, sei's im Guten, sei's im Bösen. Es gab auf der ganzen Reise, ob von Paris nach Angers oder von Angers nach Paris, nicht das kleinste Gefecht zu bestehen. Ich übernachtete bald bei einem Bischof, bald bei einem Bürgermeister und speiste hier so gut wie dort, nur daß ich dazu bei dem einen die salbungsvollen Reden, beim anderen das Amtspalaver schlucken mußte. Nur einmal, ein einziges Mal, bot mir »die gute Gesellschaft des Ortes«, um mit Monsieur de Clérac zu sprechen, eine Gastfreundschaft, die ich so sonderbar und denkwürdig fand, daß ich hier davon berichten will.

Es war in La Flèche. Die Jesuiten des berühmten dortigen Kollegs hatten unseren Quartiermachern angeboten, meinen Reisezug eine Nacht zu beherbergen. Als ich der Stadt entgegenfuhr, sah ich durchs Wagenfenster, wie ein Bürschchen außer Atem neben meinem Gefährt her lief und ein Papier schwenkte. Ich ließ den Kutscher halten, beugte den Kopf hinaus und fragte den Jungen, was er wolle.

»Seid Ihr das«, fragte er japsend, »ein Graf, welchselbiger in einer Karosse des Königs reist?«

»Ja, siehst du sein Wappen nicht am Schlag?«

»Also, dann seid Ihr selbiger Graf von Orbieu?«

»Ja doch.«

»Wenn es an dem ist, soll ich Euch dies Billett übergeben von einer Dame.«

Anstatt es mir aber zu geben, streckte der Junge den Arm mit dem Billett hinter sich.

»Nun, gib her!« sagte ich, »worauf wartest du?«

»Daß Ihr erst bezahlt«, sagte er. »Von der Dame hab ich keinen blanken Heller gekriegt.«

Ich betrachtete mir den Schlauberger. Er war noch keine zehn Jahre alt, ziemlich zerlumpt und schmutzig, hatte aber blitzwache Augen.

»Wie heißt die Dame?«

»Frau Baronin von Candisse.«

»Ich kenne sie nicht. Wie kommst du darauf, daß ich dir deine Besorgung bezahle?«

»Na, weil selbige Dame schön ist wie die heilige Jungfrau.«

»Die heilige Jungfrau hätte dich bezahlt«, sagte ich.

»Aber nicht Madame de Candisse! Die ist knickerig, daß sie ein Ei scheren täte!«

Lachend gab ich ihm einen Sou für seine Besorgung und zwei obendrein für den Spaß, den er mir gemacht hatte. Er starrte auf die drei Sous in seiner kleinen schwarzen Hand, als wär's ein Wunder, dann endlich steckte er sie tief in seinen geflickten Hosensack und warf einen Blick in die Runde wie: Jetzt komme bloß einer, der mir die wegnehmen will!

Ich fragte ihn, wer die Baronin denn sei.

»Eine ganz schön reiche Witwe«, sagte er.

»Und wie alt?«

»Wie Ihr, Herr Graf.«

Mehr ließ er sich nicht entlocken, sondern verwahrte seine Zunge genauso sorgsam im Mund wie mein Geld in seinem Hosensack und sauste davon.

Ich las das Billett. Es war hochelegant abgefaßt, und wie ich vermutet hatte, bot Madame de Candisse mir eine Übernachtung in ihrem Hause an. Nun wollte ich ohne Zwieback nicht landen, darum schickte ich meinen Reitknecht zu der Baronin, ihr meinen Dank nebst Komplimenten auszurichten und ihre Einladung, je nach seinem Eindruck von der Dame, in meinem Namen anzunehmen oder abzulehnen.

»Herr Graf«, sagte La Barge, als er zurückkam, mit verschmitztem Lächeln, »sollte Euch diese Einladung gewisse Hintergedanken eingeflößt haben, vertreibt sie rasch. Diese Madame de Candisse ist schön, daß sie einen Heiligen ins Stolpern brächte, aber sie ist auch die frömmste Betschwester der Schöpfung: schwarz gekleidet, zugeknöpft bis ans Kinn, eine abwesende Schmachtmiene, als wäre sie nicht mehr von dieser Welt, die Stimme wie erloschen, und in ihrem Haus überall Kruzifixe, Madonnen, Heiligenbilder, Weihrauch, ein Kloster ist nichts dagegen.«

»Also hast du höflich abgelehnt?«

»Im Gegenteil, Herr, ich habe angenommen.«

»Wieso?«

»Eine Betschwester, aber schön, dachte ich, ist doch besser als Jesuiten, die es nicht sind. Wenigstens erfreut sie Eure Augen.«

»Und daß ich mich mit so einer Heiligen langweilen könnte, kam dir nicht in den Sinn?«

»Heilig oder nicht, Herr Graf«, sagte La Barge und hob spöttisch die Brauen, »das kommt doch auf den Versuch an!«

»Ach, du Schlaumeier!« sagte ich. »Du glaubst wohl, du kannst mich mit deiner großen Erfahrung belehren? Hast es ja weit gebracht, seit du die braunen Brüste der schönen Zohra nach dem Hörensagen bewundert hast und dir nicht vorstellen konntest, eines Tages Hand anzulegen.«

»Herr Graf«, sagte La Barge mit seinen knapp zwanzig Jahren, »ich bin älter geworden.«

Ich wies La Barge an, er solle zum Kutscher auf den Bock steigen und ihm den Weg zum Hause Candisse zeigen.

»Ich auf den Kutschbock, Herr Graf?« sagte er, und sein Gesicht lief rot an. »Ja, wenn Ihr befehlen wolltet, daß ich als Wegweiser vorausreite, das wäre meiner Stellung eher angemessen!«

»Junker La Barge, wenn du Musketier wärst, weißt du, was es dich dann kosten würde, einen Befehl zu verweigern?«

»Weiß ich, Herr Graf. Deshalb diene ich auch lieber einem Ritter vom Heilig-Geist-Orden, gütig, menschlich und barmherzig.«

»Unverschämter Kerl, mach, daß du deinen Arsch in den Sattel schwingst, eh dir mein Stiefel nachhilft!«

Das war aber nur eine Redeweise. Auch als er noch mein Page war, hatte ich ihn nie geschlagen.

Vor meinem Einzug in die Stadt La Flèche hielt ich in einem Dorfgasthof, legte meine schönsten Kleider an und gürtete meinen Hofdegen (ein Geschenk meiner Patin, der Herzogin von Guise). Und eingedenk der Worte von La Barge tat ich ein übriges, um mich im Hôtel de Candisse recht zu präsentieren, ich vervollständigte meinen prächtigen Anzug durch eine Zutat, die mir die besondere Wertschätzung der frommen Schönen erwerben sollte: Ich legte mein blaues Band des Heilig-Geist-Ordens an, das Kreuz mit der weißen Taube darauf mußte meiner Gastgeberin schmeicheln.

Das Tor des schönen Hôtel Candisse wurde uns von einem mageren Diener in etwas abgeschabter Livree geöffnet. Er rief den *maggiordomo*, der nach tiefer Verneigung sagte, er sei Monsieur de Lésignasse, und die Frau Baronin könne mich zur Stunde nicht empfangen, weil sie bei ihrer Andacht und wahrscheinlich erst zum Abendessen zurück sei; inzwischen stehe er aber für alle meine Wünsche zur Verfügung.

Ich sagte, er würde mir das größte Vergnügen machen, wenn er mir ein Bad bereiten ließe, ich würde mich von der langen Kutschenfahrt gern erfrischen, und er möge doch einen Barbier rufen, daß er mir den Schnurrbart stutze. Monsieur de Lésignasse kniff die Lippen ein, offenbar fand er, daß ich meinem vergänglichen Leib allzuviel Sorge angedeihen ließ. Trotzdem erfüllte er meine Bitte, und ich dankte ihm bestens, so wenig mir seine Erscheinung auch gefiel. Er war überaus mager, mehr lang als groß, seine schwarzen Brauen wuchsen über der Nase zusammen, die Augen hielt er fast immer gesenkt. Der Mensch sah aus wie ein Sakristan oder ein verkappter Schlagetot.

Nun betrat eine ziemlich hübsche Kammerzofe die Szene, aber durchaus nicht in dem kanonischen Alter, das man von einer Badefrau erwartet. Auch sie war mager wie alle Diener im Haus. Anscheinend gab es hier mehr Brotrinden als Braten zu essen. Kühl und unnahbar sagte sie, es sei ihr Auftrag, mich auszukleiden. Was sie auch ohne Verlegenheit tat. Um mit ihr ins Gespräch zu kommen, fragte ich nach ihrem Namen.

»Der Herr Graf«, antwortete sie mit knappster Höflichkeit, ohne mich auch nur anzusehen, »braucht meinen Namen nicht zu kennen. Nachdem der Herr Graf gebadet hat, sieht er mich nicht wieder.«

Sobald ich splitternackt war, rückte sie mir einen Schemel an den Zuber, damit ich hineinsteigen und eintauchen konnte, nach der langen Reise eine Wonne! Die erhöhte sie, indem sie mir Brust und Rücken rubbelte. Dann wurde ihre Hand sanfter, je tiefer sie ins Wasser griff, was seine Wirkung auf mich nicht verfehlte. Doch glich dies mehr einer Inspektion als einer Liebkosung, und prompt zog sie die Finger auch zurück, immer mit dieser frostigen Miene wie seit Anfang.

Jetzt kam der Barbier, und mit einem tiefen Knicks ging die Zofe rückwärts hinaus, ohne mir einen Blick zu gönnen, der auch nur einen Funken Menschliches verriet. Während der Barbier mir behende den Schnurrbart und den Kinnbart versäuberte, fragte ich mich, ob die Dienerin mit mir etwa verfahren war wie La Barge mit ihrer Herrin: als Aufklärer, ohne daß es freilich um dieselbe Aufklärung ging … Doch kaum hatte ich diesen Verdacht gefaßt, verwarf ich ihn auch wieder als sehr unwahrscheinlich, Madame de Candisse stand in so frommem Ruf!

Der Barbier war fort, sein unermüdliches Geschwätz verstummt, da erschien Monsieur de Lésignasse und übergab mich einer anderen Zofe, damit sie mich zu meinem Zimmer führe. Diese kam mir nun vollends vor wie ein Nönnchen, das von den Klosterfasten die Auszehrung hatte, so bleich war das Gesicht, so platt der Busen, die Glieder so dürr, und die Haare steckten unter einer Haube ohne ein Zipfelchen Spitze. Ihre Augen sah ich nicht, die hielt sie niedergeschlagen, auch ihre Stimme hörte ich nicht, sie bekam die Zähne nicht auseinander.

Mein Zimmer war weitläufig, wunderschön, und es mochte früher einmal kostbar ausgestattet gewesen sein, heute aber wirkten Gardinen, Tapeten und Teppich fahl und abgeschabt. Entweder hatte Madame de Candisse große Verluste erlitten, oder sie war zu geizig, ihr herrlich schönes Haus neu einzurichten.

Meine Koffer waren schon auf dem Zimmer, und La Barge war dabei, sie zu öffnen, so entließ ich kurzerhand das Nönnchen von der traurigen Gestalt und bat La Barge, mir beim Auskleiden zu helfen. Er willigte ein, nicht ohne klarzustellen, daß er mein Junker sei und nicht mein Kammerdiener.

»Wenn ich mir einen Kammerdiener nähme«, sagte ich, »hättest du das Nachsehen, La Barge, du wärest nicht mehr mein Vertrauter und Berater. Verstehst du denn nicht, daß ich das arme Ding weggeschickt habe, weil ich unter vier Augen mit dir über dieses Haus reden will? Was hältst du vom Lauf der Dinge hier?«

»Ehrlich gesagt, Herr Graf, überhaupt nichts«, sagte La Barge. »Ich fürchte, Ihr werdet kaum satt zu essen bekommen.

Von der Herrin bis zum letzten Diener – lauter Frömmler, lauter Mucker. Und ich hab gesehen, wo man für Euch zu Abend deckt: zwei Gedecke nur! Ihr habt richtig gehört, Herr Graf, zwei Gedecke! Das ist die ganze Ehre, die man Euch erweist. Von wegen ›gute Gesellschaft von La Flèche‹! Was die Dame des Hauses Euch bietet, ist nicht mehr als ihre Gegenwart.«

»Aber wenn sie so schön ist, wie du sagst?«

»Schön, das sicher, Herr Graf! Nur trau ich dem Frieden nicht: Wer dermaßen zugeknöpft ist, bei dem steckt was hinter den Knöpfen.«

La Barge war noch im besten Zuge, als es klopfte. Monsieur de Lésignasse erschien, unwirsch wie zuvor. Wie sollte er auch anders wirken bei dem schwarzen Gestrüpp über seinen Augen? In verdrossenem Ton meldete er, das Abendessen sei aufgetragen.

»Ist mein Junker eingeladen?«

»Nein, Herr Graf.«

»Dann möchte ich, daß Monsieur de La Barge von der Dienerschaft gesondert speist, wie es ihm geziemt.«

Monsieur de Lésignasse warf einen Blick auf La Barge, bei dem es dessen Degen jucken mußte, doch las er an meinen Augen, daß er sich zurückhalten solle, und wahrte ein undurchdringliches Gesicht.

»Ich sorge dafür, Herr Graf«, sagte Lésignasse und senkte die Augen. »Beliebt mir zu folgen.«

Der Saal, in den er mich führte, war groß und schien, ebenso wie mein Zimmer, in verflossenen Jahren einmal ein prunkvoller Raum gewesen zu sein. In der Mitte war ein Tisch für zwei Personen mit einem kostbaren Tischtuch gedeckt, mit Kristallgläsern, goldenem Besteck und feinstem Porzellan. Aber – welch ein Kontrast zu dem schönen Ensemble! – die Tafelleuchter trugen Talglichter und nicht wie bei Madame de Guise oder wie bei meinem Vater, wenn er sich auch sonst keinen Luxus leistete, wohlriechende Wachskerzen.

Endlich kam die Dame des Hauses. Ich erhob mich, ging ihr entgegen, verneigte mich, küßte ihr die Hand, dann rückte ich, unter allen üblichen Höflichkeitsfloskeln, ihr den Stuhl zurecht und half ihr Platz nehmen.

Schön war sie unstreitig, das Gesicht ein makelloses Oval, die Nase schmal und gerade, die blauen Augen schwarz umwimpert. Es stimmte, daß ihr Kleid schwarz und zugeknöpft war, aber durchaus nicht so streng, wie es zuerst den Anschein hatte, denn das Mieder war so gut geschneidert, daß es die schlanke Taille ebenso umschmiegte wie die weiblichen Formen darüber (wer getraute sich bei einer Betschwester von Busen zu sprechen?). Es stimmte auch, daß dieses jedem Dekolleté abholde Mieder sehr hoch geschlossen war, doch gestattete es eine hübsche venezianische Klöppelspitze um den runden weißen Hals, der sich höchst anmutig biegen und neigen konnte. Es traf außerdem zu, daß Madame de Candisse die Augen meistens gesenkt hielt, aber wenn sie sie hob, war ihr blaues Licht überwältigend. Und mochte ihre Stimme zunächst auch ersterbend anmuten – sobald man sich an ihren matten Klang gewöhnt hatte, betörte sie durch ihre liebliche Melodie.

Ohne daß ich es behaupten könnte, glaube ich doch, daß sie geschminkt war, wenn auch sehr zurückhaltend. Die langen Wimpern, die diese herrlichen Augen umschatteten, waren bestimmt ein bißchen geschwärzt, um deren Blau zur Geltung zu bringen. Und wenn sie sich Stirn und Wagen auch nicht mit Bleiweiß und Rouge einrieb wie die frivolen Damen am Hof, die gänzlich der Galanterie lebten, mochte das Purpur ihrer Lippen doch ein wenig gehöht worden sein. Wie es La Barge prophezeit hatte, war die eine Speise so dürftig wie die andere, gut war nur der Wein, aber der kam von der Loire, wie sollte er da nicht gut sein? Zur Entschädigung dafür brauchte ich mich nicht in Unkosten zu stürzen. Die ganze Zeit sprach nur die Dame, und sie sprach nur von sich.

»Monsieur«, sagte sie, »ich bitte Euch, nicht verwundert noch etwa gekränkt zu sein, daß ich niemand anderes eingeladen habe, aber ich lebe ganz von der Gesellschaft zurückgezogen. Nicht aus Geiz oder Menschenfeindlichkeit, im Gegenteil, ich gebe den Armen, ohne zu rechnen, sondern weil ich mich der Flüchtigkeiten enthalte, die mich von Gott entfernen würden. Die Liebe zu ihm ist seit meiner Witwenschaft der einzige Inhalt meines Lebens. Leider war ich zu Lebzeiten meines seligen Gemahls sehr dem Zeitlichen verhaftet, weil er es so wollte und weil meine Pflicht, der ich mich nicht entziehen konnte, mir Gehorsam gebot. Aber als der Herr ihn zu sich rief und ich über mich selbst verfügen konnte, beschloß ich, mein Leben zu läutern und die Gelegenheiten der Sünde zu meiden, nicht nur indem ich die Pest der üblen Beispiele floh, nein, auch indem ich der Eitelkeit entsagte, der ich zu Lebzeiten meines seligen Gemahls durchaus frönte. Ich entließ die Hälfte unseres Gesindes und verlangte von denen, die ich behielt und die auf Grund ihrer Minderzahl nun mehr zu arbeiten hatten, die gleichen reinen Sitten und frommen Bräuche, die ich ihnen vorlebte. Wie ich das tat? Durch Beten, durch Bekennen, durch stetige Anrufungen war ich bemüht, die meinem Geschlecht eigenen Schwächen zu beherrschen, und so gelangte ich endlich nicht nur zu jener Stufe hervorragender Barmherzigkeit, die Franz von Sales empfiehlt, sondern auch dahin, mich von Herz zu Herz mit Gott zu vereinen.«

Diese Rede, die ich hier nur in Auszügen wiedergebe, dauerte eine geschlagene Stunde, denn natürlich ergänzte die Dame das Lob ihrer Tugenden sogleich durch eine niederschmetternde Verdammung der weltlichen Laster. Besonders in La Flèche, versicherte sie mir, seien die meisten Personen aus gutem Haus, die sie zu Lebzeiten ihres seligen Gemahls gekannt habe, falls sie sich nicht noch in Reue bekehren sollten, den ewigen Flammen geweiht.

Bei solchen Worten lohte es in ihren schönen Augen, und ich sah, daß die Vorstellung, wie ihre einstigen Freunde in diesen Flammen verbrennen würden, sie durchaus nicht so betrübte, wie man es von einer Person erwartet hätte, welche die »Stufe hervorragender Barmherzigkeit« des Franz von Sales erklommen hatte. Jedenfalls versteht der Leser nun wohl, daß Madame de Candisse, da sie das göttliche Urteil so gewiß im voraus kannte, schwerlich zukünftige Verdammte an unseren Tisch hatte laden können.

Während ihres Redens pickte Madame de Candisse dann und wann ein Bröckchen ihrer kargen Speise, trank dafür aber viel mehr als ich. Nachdem die erste Flasche ausgeschenkt war, ließ sie ein zweite kommen, die sie fast bis zum letzten Tropfen leerte.

»Monsieur«, sagte sie, derweise gestärkt, »wollt Ihr erlauben, daß ich einige Euch betreffende Fragen an Euch richte, die mich ohne Unterlaß quälen?«

»Euch quälen, Madame?« sagte ich mit höflichem Erstaunen. »Bitte, fragt nur! Ich möchte doch nicht, daß Ihr meinethalben leidet.«

»Nun, Monsieur, um unverweilt zur Sache zu kommen, so bewegt mich dies: Ihr seid der Sohn eines bekehrten Hugenotten und geltet nach allem, was ich hörte, als ein recht lauer Katholik.«

Ich war baff, obwohl ich auf so etwas hätte gefaßt sein müssen. Nach dem Lobpreis der eigenen Tugenden und der Verdammung der zeitlichen Laster erforderte die Logik den dritten Teil dieses Triptychons: die Inquisition. Wenn ich meiner Erfahrung glauben darf, sind ja so manche dieser großen Frömmler Machtmenschen, denen nichts darüber geht, sich in das Leben anderer einzumischen und sie zu beherrschen.

»Madame«, sagte ich, »der Himmel hat Euch mit so vielen Gaben beschenkt, Euren Körper wie Euren Geist, daß ihre Betrachtung mich völlig bezaubert. Zum anderen bin ich Euch für Eure Gastfreundschaft zu soviel Dank verpflichtet, daß ich wünschte, ich könnte Eure Frage beantworten, so unerwartet sie mir auch kommt. Doch dazu, Madame, müßte ich beichten, aber wem? Euch, Madame, die unsere Heilige Kirche nicht zum Priester geweiht hat? Könntet Ihr mir meine Sünden vergeben, auch wenn ich sie Euch mit größter Aufrichtigkeit bekennte? Gott sei Dank habe ich dafür meinen Beichtiger, den Abbé Courtil, Pfarrer von Saint-Germain-l'Auxerrois. Und alles, was ich Euch hierzu sagen kann, Madame, denn meine Beichten sind geheim, ist, daß der Herr Abbé Courtil mit mir nicht ganz unzufrieden ist.«

Während ich dies sagte, sah ich wieder dieses beunruhigende Lohen in den Augen von Madame de Candisse, und ich begriff, daß die Dame, dünkelvoll und tyrannisch, wie sie war, mir meine kleine Abfuhr verübelte. Trotzdem hörte sie mit ihrer Fragerei nicht auf, nur auf einem ganz neuen Register.

»Monsieur«, sagte sie, »wollt Ihr mir meine weibliche Neugier verzeihen, wenn ich Euch noch eine Frage stelle? Kennt Ihr Monsieur de Marillac?«

Diese Frage, die harmlos wirkte, war es durchaus nicht, denn Marillac war eifriger Katholik, erwiesener Ultramontaner, überzeugter Papist und hatte sich zur Zeit der Liga durch größte Feindseligkeit gegen die Hugenotten hervorgetan, auch gegen Henri Quatre, dem er sich schließlich aber unterworfen hatte.

»Ich kenne ihn«, sagte ich.

»Und was haltet Ihr von ihm?«

»Was jedermann von ihm hält. Er ist ein höchst ehrenwerter Mann, deshalb hat ihn der König berufen, neben Herrn von Schomberg die Finanzen zu führen.«

»Und kennt Ihr den Kardinal von Richelieu?«

Hier war ich lakonischer.

»Er gilt als ein Mann von hohen Talenten.«

»Aber«, sagte Madame de Candisse, »ihm wird die Absicht unterstellt, die manche für skandalös halten, nämlich mit Waffengewalt gegen die päpstlichen Truppen im Veltlin vorzugehen.«

Darauf also, dachte ich, zielt die ganze Fragerei! Die Dame ist nicht nur eine Frömmlerin, sie gehört zur orthodoxen Partei und will, ob für sich oder andere, herausbekommen, wo meine Sympathien liegen. Diese Leute halten mich für einen einflußreichen Mann, weil der König mich in seiner Karosse auf Gesandtschaft schickt.

»Madame«, sagte ich, »der König allein entscheidet. Der Kardinal äußert seine Ansicht, so wie jeder andere im Staatsrat.«

»Dem Ihr angehört, Monsieur.«

»In der Tat.«

»Dann habt auch Ihr eine Meinung in der Veltlin-Frage.«

»Madame, dazu kann ich nichts sagen, solange sie in unserem Rat nicht diskutiert worden ist. Aber soviel ist sicher, daß ich wollen werde, was der König will.«

Natürlich stellten meine Antworten, die sie mit gesenkten Augen anhörte, sie nicht zufrieden, aber ich konnte damit leben, daß ihre Freunde von ihrem Bericht über mich wenig haben würden.

»Monsieur«, sagte sie, »es ist spät, und sicher bedürft Ihr der Ruhe nach diesem Reisetag. Erlaubt Ihr mir, Euch, bevor die Müdigkeit Euch übermannt, in Eurem Zimmer aufzusuchen, damit wir unsere Seelen im gemeinsamen Nachtgebet zu Gott erheben?«

Obwohl im höchsten Grade erstaunt, stimmte ich diesem Gebet zu, so sprachlos mich das Anerbieten von seiten einer Betschwester auch machte.

Madame de Candisse schien entzückt von meiner Zustimmung. Sie erhob sich. Ich sah, daß sie ein wenig schwankte, sicher vom reichlich genossenen Wein.

Sowie ich in mein Zimmer kam, warf ich Wams und Stiefel ab, wagte mich aber nicht weiter zu entkleiden, weil ich nicht wußte, was ich denken sollte. Und todmüde saß ich im Lehnstuhl, wagte aber nicht die Augen zu schließen aus Angst, ich könnte einschlafen. Was sollte dieses Beten zu zweit? Nicht daß ich mein tägliches Abendgebet nicht verrichtete, aber um ehrlich zu sein, es war kurz, wenn auch nicht ganz so kurz wie das eines Soldaten des Barons von Mespech[1], der Cabusse hieß.

Dieser Cabusse war eine lustige Haut und hatte gute Beute gemacht, als wir den Engländern Calais nahmen. Von dem Geld hatte er sich ein ansehnliches Stück Land gekauft, ein Haus gebaut, eine hübsche Jungfer meiner Großmutter namens Cathau geheiratet, und nachdem er sich allerseits gut gesichert hatte, züchtete er Schafe und fühlte sich reich und glücklich. Durch Cathau nun erfuhr ganz Mespech zu seinem Vergnügen, worin Cabusses Gebete bestanden. Morgens, wenn er sich rekelte, sprach er: »Herr, Dein Diener steht jetzt auf! Schenk ihm einen guten Tag!« Und abends, schon gähnend, sprach er: »Herr, Dein Diener geht jetzt schlafen. Schenk ihm eine gute Nacht mit seiner Frau und Gemahlin!«

In diesen Gedanken hörte ich ein schwaches Klopfen an meiner Tür. Ich ging öffnen und erblickte Madame, einen Lichthalter in der Hand. Sie erschien mir wie ein Engel in ihrem blauen Nachtgewand, mit ihrem gelösten, bis auf die Schultern fallenden Haar, ihren leuchtenden Augen und einer solchen Unschuldsmiene auf ihrem schönen Gesicht, daß man glauben konnte, sie warte nur auf ihren Heiligenschein, um ins Paradies einzutreten.

Mich übermannten so unterschiedliche und so widersprüchliche Gefühle, daß ich nicht wußte, was ich denken, und erst recht nicht, was ich sagen sollte. Ich entschloß mich also, sie von dem schweren Leuchter zu befreien, der in ihren Händen schwankte, und gab ihr, ohne einen Ton zu sagen, den Weg frei. Unverweilt trat sie in mein Zimmer, die Augen gesenkt, aber entschiedenen Schrittes. Ich schloß hinter ihr die Tür und legte den Riegel vor, der, wohl ein bißchen rostig, bedrohlich quietschte, ohne daß Madame de Candisse das mindeste Erschrecken zeigte, so um Mitternacht mit mir eingeschlossen zu sein. Im Gegenteil, sie

---

1 Pierre-Emmanuels Großvater väterlicherseits.

ging geradewegs auf das Himmelbett zu, und während ich den Leuchter auf ein Nachttischchen stellte, kniete sie am Bettende nieder und hob die Augen zu dem Kruzifix an der Wand des Alkovens.

»Monsieur«, sagte sie mit sanfter Stimme, die nicht im geringsten zitterte, »beliebt Euch zu mir zu gesellen.«

Dazu konnte ich mich nicht gleich entschließen. Ich war wie gebannt vor Bewunderung ihrer Schönheit. Und weil sich in diese Bewunderung ob des Ortes, der Stunde, der Stille und sogar des Riegels, der uns von der Welt trennte, eine mir wohlbekannte wirre Empfindung mischte, verspürte ich nicht ohne Unbehagen, was an dieser Situation Unschickliches, wenn nicht sogar Gotteslästerliches war.

Aber hatte ich diese Situation herbeigeführt? Und was mochte Madame de Candisse, die mich erst ein paar Stunden kannte, sich denken bei diesem seltsamen Gebet zu zweit, um Mitternacht, bei verschlossener Tür, und nicht etwa in ihrem Betraum, wohin sie mich ja auch hätte einladen können, nein, in meinem Zimmer, vor meinem Bett, und sie im Nachthemd? Schließlich gesellte ich mich zu ihr, kniete neben ihr nieder und begann, nachdem ich mich bekreuzigt hatte, leise das Paternoster zu sprechen.

»Monsieur, verzeiht«, sagte sie und neigte sich so nahe zu mir, daß sie mich fast berührte, »es heißt nicht zu Gott beten, wenn jeder für sich betet. Wir müssen unsere Stimmen gleichzeitig erheben, damit sich unsere Seelen vereinen.«

»Gut denn«, sagte ich nahezu schroff. So langsam machte mich dieser mystische Jargon ungeduldig, mit dem ich nichts anfangen konnte.

Auch war ich nicht sehr überzeugt, daß die Seele von Madame de Candisse zu denen gehörte, mit denen ich meine aus freien Stücken hätte vereinen wollen. Und ich begann zu bereuen, daß ich da bei ihr kniete, oder vielmehr sie bei mir, und mir schwante, was ich gleich hätte bemerken sollen: Nicht meine edelmännische Höflichkeit, sondern ihre wunderbare Schönheit hatten mich dahin gebracht, mich auf eine solche Situation einzulassen, die ich nicht in der Hand hatte und von der sie allein wußte, wohin sie führen sollte.

»Also, ich gebe das ›a‹ an«, sagte sie, als hätte sie meine Barschheit nicht bemerkt.

Und mit leiser Stimme begann sie das »Pater«, ich fiel in ihren Ton ein. Wie endlos mir dieses Gebet vorkam! Und noch nie, muß ich gestehen, hatte ich so schlecht gebetet, denn der Gedanke an Gott war meinem Geist so fern wie nur möglich. Der schwamm vielmehr in einer Verwirrung, die der Sklaverei der Sinne nicht sehr ferne war und gleichzeitig voller Groll gegen Madame de Candisse, daß sie mich mit den Ködern ihrer Verführung gefangen und unterjocht hatte. Sie, schöne Leserin, werden sicherlich sagen, ich hätte dieses Beten zu zweit ja beenden können, wenn ich es gewollt hätte. Aber das konnte ich nicht! Madame de Candisse war wunderschön! Und mir so nahe! Alles betörte mich: ihr Duft, ihr Nachthemd, ihre Augen, ihr langes Haar, ihre Stimme, sogar das feine Geräusch, wenn sie Atem holte.

Natürlich wußte die Heuchlerin, daß in Wahrheit sie das Spiel führte. Und sie hielt es auch an, als sie es wollte.

»Monsieur«, sagte sie, »nun ist es gut, wir haben genug gebetet. Ich überlasse Euch der Ruhe. Ihr müßt erschöpft sein, Ihr seid ja seit Tagesanbruch gereist.«

Wie nett, daß sie an meine Müdigkeit dachte! Wieso war sie in ihrer Barmherzigkeit nur nicht früher darauf gekommen, anstatt mich vom Schlafen abzuhalten und mich in die Wonnen und Qualen der Versuchung zu stürzen?

»Monsieur, Ihr erlaubt doch?« sagte sie dann, indem sie sich in einen der Lehnstühle vor dem Kamin setzte.

Und indem sie mir mit eleganter Gebärde den anderen zuwies, fuhr sie fort: »Beliebt mir noch einige Augenblicke zu gewähren: Ich hätte über eine Affäre zu reden, die mir am Herzen liegt.«

»Madame«, sagte ich süßsauer, »ich bin Euer Diener und Euren Befehlen ganz ergeben.«

»Wie ich hörte, Monsieur, wart Ihr der einzige am Hof, der Herrn von Schomberg am Tag seiner Ungnade besuchte, der sogar auf Gedeih und Verderb beim König für ihn eintrat. Weshalb Ludwig Euch jetzt zu Herrn von Schomberg sendet, damit Ihr ihn nach Paris zurückholt.«

»Das ist richtig, Madame: Ihr seid sehr gut unterrichtet.«

»Täusche ich mich, wenn ich sage, Monsieur, daß Herr von Schomberg Euch auf Grund Eurer edelmütigen Haltung große Freundschaft entgegenbringt und daß er alles für Euch tun würde, jetzt, da er erneut Finanzminister sein wird?«

»Ich weiß nicht, Madame«, sagte ich knapp. »Ich habe ihn um nichts zu bitten.«

»Aber ich«, sagte Madame de Candisse, »ich habe ihn um sehr viel zu bitten, und wenn Ihr erlaubt, täte ich dies gerne durch Eure Vermittlung.«

»Madame«, sagte ich, wieder ganz auf der Hut und, wie mein Vater zu sagen pflegte, eine Pfote vor, die andere zurück, »bevor ich Euren Auftrag annähme, müßte ich wissen, um was es geht.«

»Monsieur«, sagte sie, »ich gelte für reich, aber leider sieht die Wirklichkeit anders aus. Ich bin ruiniert. Mein seliger Gemahl hatte gewiß große Güter, wenn sein Erbteil infolge seiner Ausschweifungen auch schon ziemlich zerrüttet war, als er starb. Aber das Loch, das seine Torheiten in unsere Habe gerissen hatten, war noch nichts im Vergleich mit den Verlusten, die meine Gleichgültigkeit gegen die Güter dieser Welt verursachte, als ich Witwe geworden war. Jedenfalls befinde ich mich in einer regelrechten Notlage. Ihr müßt nämlich wissen, Monsieur, daß mein Gemahl zu seinen Lebzeiten vom König eine Pension für die Dienste bezog, die er Seiner Majestät erwiesen hatte. Diese Pension endete mit seinem Tod, und ich wünschte, daß der König mir diese Pension in Rücksicht auf die unglückliche Lage, in der die Witwe eines seiner treuesten Diener heute lebt, wieder bewilligte.«

Schon während Madame de Candisse diese Rede hielt, kam ich verdammt ins Grübeln. Zuallererst, weil sie auf zehn Meilen nach Falschheit roch. Eine Frau, die imstande war, im Handumdrehen die Hälfte ihres Gesindes zu entlassen, war nicht, wie sie es von sich behauptete, blind für ihre Interessen, sondern vielmehr höchst wachsam darauf bedacht. Dafür zeugte der Gang ihres Hauses, das karge Essen, die vernachlässigte Einrichtung und besonders diese Bitte um die Pension, die sie aus Armut zu erheben wagte. Aber an diese angebliche Armut glaubte ich nicht.

Für mein Gefühl lag hier keine Bedürftigkeit vor, sondern Habsucht und Raffgier. Und das war auch der Grund, dachte ich, weshalb die Dame mir ihre Gastfreundschaft angeboten hatte, zuzüglich der *captatio benevolentiae*[1] in Gestalt dieses

---

1 (lat.) Erschleichen von Wohlwollen.

zweistimmigen Betens in meinem Zimmer: Sie wollte mich in einer schwierigen Affäre mit Herrn von Schomberg zu ihrem Unterhändler machen.

Mit solchen Gedanken beschäftigt, deren letzter der unerfreulichste war, schwieg ich so lange, daß Madame de Candisse unruhig zu werden begann. Endlich sagte sie mit einer würdigen Miene, die mir wenig angebracht schien: »Monsieur, wenn dieses Ersuchen an Herrn von Schomberg Euer Gewissen belastet, möchte ich es, der Himmel sei mein Zeuge, lieber zurückziehen als Euer Empfinden verletzen.«

»Nein, nein, Madame«, sagte ich, »Euer Ersuchen belastet mich keineswegs, nur sehe ich darin doch gewisse kleine Schwierigkeiten. Die Nacht schafft Rat, sagt man, und sie wird mir sicher zu einer Lösung verhelfen. Morgen früh kann ich Euch sagen, was ich beschlossen habe.«

Diese Verschiebung mißfiel Madame de Candisse, denn sie hatte bestimmt geglaubt, durch unser gemeinsames so frommes und so intimes Beten die Festung genommen zu haben. Und es flammte dasselbe wenig engelhafte Licht wie zuvor in ihren schönen Augen auf, aber ganz kurz nur, denn geschwinde senkte sie den Vorhang ihrer Lider, und ihr Gesicht nahm wieder die gewohnte Sanftheit an.

»Nun denn, Monsieur«, sagte sie, indem sie aufstand, »sprechen wir morgen weiter, ich überlasse Euch jetzt der Ruhe.«

Ich stand ebenfalls auf, doch anstatt zur Tür zu gehen, kehrte Madame de Candisse ihr den Rücken und kam auf mich zu. Ganz langsam verringerte sie den Abstand zu mir, so daß endlich nur noch ein Schritt zwischen uns lag, was ich recht seltsam fand für zwei Personen, die sich so wenig kannten, was mich aber nicht wenig erregte. Und wie sie so stand, mich fast berührte und die Augen zu mir erhob, bot sie mir, ohne einen Ton zu sagen, ein so zärtliches Gesicht, das zu bedeuten schien, sie würde sich meinem Willen ergeben. Dennoch rührte ich mich nicht vom Fleck, so versucht ich auch war, denn ich vertraute ihr so wenig, daß ich mich fragte, ob sie nicht nur auf eine Bewegung von mir wartete, um mich zurückzustoßen.

»Monsieur«, sagte sie endlich, »Ihr habt mir im Lauf unserer Unterhaltung soviel Güte und Geduld bezeigt, daß ich, wenn Ihr nichts dagegen habt, Euch zum Schluß einen schwesterlichen Kuß geben möchte.«

Und ohne die Antwort abzuwarten, stellte sie sich auf die Zehenspitzen, legte mir ihre Hände auf die Schultern, und mit dem ganzen Körper an mich geschmiegt, gab sie mir einen Kuß, den mit einem schwesterlichen zu verwechseln weder die Stunde noch der Ort, noch ihr Gewand erlaubten. Ich mußte mich nicht überwinden. Meine Arme, wenn ich so sagen darf, hoben sie statt meiner empor. Sie umschlossen sie fest. Ich trug sie zum Bett, wo sie gerade nur soviel Widerstand leistete, daß sie ihrem Beichtvater am nächsten Tag sagen konnte, sie habe sich gewehrt.

Madame de Candisse ging so anspruchsvoll mit dem um, was uns von der Nacht blieb, daß ich wahrhaft erst am nächsten Tag in der Karosse schlief, die mich nach Durtal davontrug. Nur die tausend Holper der Straße weckten mich dann und wann, und ich brauchte eine Weile, um mich zu besinnen, was mir da geschehen war.

Das Erlebnis machte mich sprachlos. Weil Madame de Candisse jung und schön war, hatte ich nur schwer fassen können, daß sie dermaßen habgierig war und ihren Reichtum verleugnete, um noch reicher zu werden. Und weil sie fromm war und obendrein intrigant und trickreich, hatte ich geglaubt, sie hätte sich mir nur aus Berechnung hingegeben, um mich zum Instrument eines Handels zu machen, der mir wenig schmeckte. Auch darin hatte ich geirrt, sie liebte die Männer.

Bei Tagesanbruch verschwand die Dame, nicht ohne mein Versprechen mitzunehmen, daß ich ihre Sache bei Herrn von Schomberg vertreten würde. Was ich im Schloß von Nanteuil auch tat. Dort nämlich, gar nicht weit von La Flèche, hatte Herr von Schomberg, Graf von Nanteuil, Soldat im königlichen Heer wie vor ihm schon sein Vater und sein Großvater, von den Ahnen her Sachse, Franzose aus freier Wahl, ehern treu seinem König, ob Henri Quatre oder Ludwig XIII., weil er von Brûlart de Sillery verleumdet worden war, die Monate seiner Verbannung verbracht in dem Glauben, sie würde Jahre währen.

Als nun eine königliche Karosse mit fünfundzwanzig Musketieren bei ihm eintraf, dachte er zuerst, man wolle ihn festnehmen. Ohne auszusteigen, schickte ich La Barge, ihm den Brief Seiner Majestät zu überreichen, den mir der Kanzler gegeben hatte, und hinterm Fenstervorhang versteckt, den ich nur mit einem Finger anhob, sah ich, wie Schomberg, der kreidebleich auf der Freitreppe seines Schlosses stand, das Sendschreiben entgegennahm, es öffnete, las, große Augen machte, wie er auf einmal rot wurde und vor Freude beinahe ins Taumeln geriet. Nun erst stieg ich aus meiner Kutsche und lief die Stufen zu ihm hinan. Er kam mir ebenso schnell entgegen, und kaum daß ich in seiner Reichweite war, breitete er die Arme und drückte mich bis zum Ersticken an sich. Dabei rief er mit stoßweiser Stimme: »Ach, Orbieu! Orbieu! Das vergesse ich Euch nie!« Und Tränen schossen ihm aus den Augen wie dicke Erbsen.

»Graf«, sagte ich, indem ich mich aus seiner Umklammerung zu lösen versuchte, »an dieser glücklichen Wendung habe ich wenig Anteil. Ich habe nur Euren Brief übergeben. Der König hat die schleunige Untersuchung verlangt, der Gerichtshof hat Euch reingewaschen, und der Kardinal hat dem König geraten, Euch wieder in Euer Amt einzusetzen.«

In dem Moment erschien auch seine Gemahlin, die Gräfin von Nanteuil, in der Tür. Schomberg gab mich frei, wandte sich ihr zu und rief mit bebender Stimme: »Madame, ich bin wieder im Sattel! Der König hat mich wieder eingesetzt! Wir kehren zurück in den Louvre!«

Er stürmte die Stufen hinauf und schloß nun sie in die Arme. Und wie ein schlichter Bürger küßte er sie auf beide Wangen. Diese Manieren schienen die Gräfin, eine geborene La Rochefoucauld, ein bißchen zu genieren, aber sie machte sich trotzdem nicht von ihm frei. Die ganze Welt ehrte ihre Tugend und ihre Treue zu ihrem Mann. Die Ehe dieser beiden dauerte schon vierundzwanzig Jahre, und außer daß Schomberg seine Frau liebte wie am ersten Tag und das auch zeigte, war er fest im Glauben, und es wäre ihm nicht im Traum eingefallen, die zehn Gebote zu mißachten und seines Nächsten Weib zu begehren. Sogar die Erzkoketten im Louvre hatten es aufgegeben, dieses schöne Mannsbild zu erobern, da bissen ihre hübschen Fangzähnchen auf Granit.

Wie es der König vorhergesehen hatte, feierte mich Schomberg auf das großzügigste, indem er die ansässigen Adelsfamilien mit Tusch und Trara zu einem großen Festmahl lud. Auch Monsieur de Clérac und seine fünfundzwanzig Musketiere wurden nicht vergessen. Für sie ließ er in einem anderen Saal des Schlosses auftischen, und am letzten Abend ging er sogar zu ihnen hin, brachte einen Toast auf sie aus, lobte sie mit den freundschaftlichsten Worten und dankte ihnen, daß sie sich in seinem Haus wie Edelmänner und Christen benommen hatten. Er sollte nie erfahren, daß ich Monsieur de Clérac vorher eingeschärft hatte: »Mein Bester, bitte, erinnert unsere Gascogner daran, daß sie die Kammerjungfern von Nanteuil zu betrachten haben wie Nonnen, denn auf keinen Fall will ich sehen, daß sie hier die Schnurrbärte zwirbeln, die Fäuste in die Hüften stemmen und auf Teufel komm raus äugeln. Das würde Herr von Schomberg sehr übelnehmen.«

Erst am Abend vor unserer Abreise konnte ich mit Herrn von Schomberg unter vier Augen sprechen. Dabei trug ich ihm das Anliegen von Madame de Candisse vor. Allerdings verschwieg ich ihm den Besuch der Dame im Nachthemd und unser zweistimmiges Beten in meinem Zimmer, auch das weniger Erbauliche, was darauf folgte, weil ich meinte, dies ginge eher meinen Beichtvater an als einen Finanzminister.

»Ach, lieber Freund!« sagte Schomberg lächelnd, »da seid Ihr doch wieder auf Euer gutes Herz hereingefallen, in dem Glauben, eine gerechte Sache zu vertreten! (Wie schämte ich mich im stillen bei diesen Worten.) Aber diesmal«, fuhr er fort, »sehr zu Unrecht! Madame de Candisse, die den König jedes Jahr um diese Pension anfleht, ist so raffgierig wie keiner guten Mutter Tochter sonst in Frankreich, und weil wir hier nur ein paar Meilen von La Flèche entfernt sind, weiß ich, wovon ich rede. Sie schreit Erbarmen, und mit jedem Schrei bereichert sie sich. Sie besitzt über die Hälfte der Häuser in La Flèche, und fast am selben Tag, als ihr Mann starb, hat sie schamlos die Mieten erhöht. Sie lebt in einer Sparsamkeit, die bei den ärmsten Adligen des Anjou nicht ihresgleichen hat. Sie lädt niemanden zu Tisch, gibt wenig den Armen, wenn auch immer auffällig, sie läßt ihr Gesinde hungern, weist jeden Bewerber ab aus Angst, ein Ehemann könnte sie um ihre Taler bringen. Kurz, ich gehe jede Wette ein, daß sie ihr Vermögen binnen zehn Jahren verdoppelt hat. Nicht mir«, setzte Schomberg lachend hinzu, »hätte der König die Reichsfinanzen anvertrauen sollen, sondern Madame de Candisse!«

ZWEITES KAPITEL

»Monsieur, gehen Sie mit Madame de Candisse nicht ein bißchen hart ins Gericht? Immerhin hat sie ihre dürftige Tafel wettgemacht durch ein süßes Lager.«

»Täuschen Sie sich nicht, schöne Leserin! Dieses süße Lager gab es sozusagen gegen Vertrag. Und den habe ich erfüllt. Ich habe zweimal zugunsten von Madame de Candisse gesprochen. Einmal – Sie sind mein Zeuge –, zu Herrn von Schomberg: Er hat nur gelacht. Das zweite Mal, als ich nach Paris kam, zum König selbst. Er wies mich ab. ›Ich verbiete es‹, sagte er mit äußerster Schroffheit, ›mir wieder von Madame de Candisse zu reden.‹«

»Den Vertrag haben Sie erfüllt, meinen Sie, nun gut, Monsieur. Aber wenn ich von Ihrer Bewunderung der blauen Augen, der offenen Haare und des Nachthemds von Madame de Candisse einmal absehe, scheinen Sie der Dame nicht sehr gewogen?«

»Es war doch offensichtlich, daß sie zur Partei der Orthodoxen gehörte!«

»Gab es im Jahr 1624 schon eine solche Partei?«

»Aber ja, Madame! Auch wenn sie noch nicht die Stimme erhob! Es gab sie sogar schon geraume Zeit! Sie war Ende des vorangegangenen Jahrhunderts unter dem Namen ›Heilige Liga‹ vom Herzog von Guise gegründet worden. Beachten Sie bitte das Adjektiv ›heilig‹, das die Liga sich ungeniert selbst beilegte. Ihre Heiligkeit enthüllte sich nur etwas sonderbar in dem Ziel, die Protestanten mit Feuer und Schwert auszurotten. So gesehen, war es natürlich ein Verbrechen, daß Heinrich III., weil er keinen Dauphin hatte, Heinrich von Navarra, unseren Henri, zu seinem Nachfolger bestimmte. Ein Verbrechen, das Heinrich III. mit dem Leben bezahlte. Und so gesehen, war es ebenfalls ein Verbrechen, daß Henri Quatre sich 1610 mit den protestantischen deutschen Fürsten gegen die Habsburger verbündete, die in Europa die Gegenreformation anführten. Und dieses Verbrechen mußte auch Henri Quatre mit seinem Leben bezahlen.«

»Aber, Monsieur, Jacques Clément, Ravaillac ...[1]«

»Gewiß, diese Leute sind nicht der Rede wert! Blinde Fanatiker, die von geschickten Händen im Dunkel aufgezogen wurden wie Uhrwerke. Und nicht einmal diese Hände wären der Rede wert, wären sie nicht von agilen Theologenhirnen gelenkt worden, die behaupteten, der Papst habe die Macht, einen König abzusetzen, und es sei rechtmäßig, einen König zu töten, sobald er zum Tyrannen werde ... Deshalb, Madame, begannen wir zu zittern, als in habsburgisch inspirierten Hetzschriften, welche die orthodoxe Partei in Frankreich verbreitete, Ludwig als Tyrann und Skythe bezeichnet wurde, weil er sich in der Veltlin-Frage gegen den Papst stellte.«

»Wer zitterte?«

»Wir, schöne Leserin, die wahren Franzosen.«

»Erlauben Sie, Monsieur, ist es nicht ein bißchen anmaßend, wenn einige Franzosen sich die ›wahren‹ nennen?«

»Anmaßend wäre der Ausdruck, wenn er nicht aus dem Mund desjenigen stammte, den das Schicksal beauftragt hat, die Interessen Frankreichs zu vertreten: des Königs.«

»Des Königs?«

»Des Königs, allerdings. Als die Affäre Santarel (die ich Ihnen, wenn Sie entschuldigen, aus Zeitmangel hier nicht erzähle) die ewige Frage erhob, welche Macht der Papst und welche der König habe, ergriffen die französischen Bischöfe, nachdem sie sich beraten hatten, Partei für den Papst. Diese Haltung entrüstete Ludwig, er bestellte sie in den Louvre und tadelte sie mit den Worten: ›Ihr Herren Geistlichen sprecht nicht wie wahre Franzosen!‹ Ludwig war sich völlig im klaren, daß er es nach seiner Veltlin-Entscheidung in Frankreich mit den gleichen Gegnern zu tun bekommen würde, die sich gegen seinen Vater erhoben hatten, als der sich mit den protestantischen deutschen Fürsten gegen Spanien verbündete.«

»Monsieur, um was handelt es sich bei diesem Veltlin, das Sie ständig erwähnen? ... Aber was ist Ihnen? Warum verstummen Sie? Ermüden Sie meine Fragen?«

»Ach, Madame, was ich fürchte, ist, daß ich Sie ermüde. Es

---

1 die beiden Königsmörder.

ist ein schwieriges Geschäft, seine Leser nicht nur zu unterhalten, sondern auch noch zu bilden. Und jedesmal, wenn ich vom romanesken Ton abweiche, um mich über die großen historischen Probleme der Epoche auszulassen, ist mir bange, daß ich Sie langweile.«

»Monsieur, ich bitte Sie! Meinen Sie, weil ich eine Frau bin, sei mein Verstand so klein, daß er von der Geschichte nur die Geschichtchen will? Weil ich lange Haare habe, seien meine Gedanken kurz? Weil meine Taille biegsam ist, sei meine Aufmerksamkeit außerstande, ein paar Seiten lang durchzuhalten?«

»Pfui, Madame, solche Dummheiten über die Frauen habe ich nie gesagt! Aber diese Veltlin-Frage ist trotzdem hochkompliziert.«

»Keine Bange, Monsieur, erzählen Sie nur. Ich werde schon sehen, ob ich dranbleibe oder nicht.«

»Madame, Sie haben es so gewollt! Das Veltlin ist ein Tal in den italienischen Alpen.«

»Und?«

»Es ist auch der niedrigste Paß und also am schnellsten zu überwinden.«

»Von wem, bitte?«

»Von den spanischen Habsburgern, Madame, und den deutschen Habsburgern.«

»Was haben die Spanier dort zu suchen?«

»Sie besitzen in Italien unter anderem das Fürstentum Mailand. Folglich ist das Veltlin die Brücke, um die beiden Köpfe des Doppeladlers schnellstmöglich zu vereinigen: den spanischen und den österreichischen. Hören Sie dazu Richelieu, Madame: ›Durch das Veltlin können die Habsburger ein Heer binnen zehn Tagen von Mailand nach Wien bringen und in vierzehn Tagen von Mailand nach Flandern.‹«

»Warum nach Flandern, Monsieur?«

»Weil die Habsburger auch Flandern besitzen.«

»Und was geht das Veltlin Frankreich an?«

»Frankreich, Madame, ist von den Habsburgern umzingelt oder, wie Richelieu sagt, ›eingeschlossen‹. Sie können von allen Seiten in unser Gebiet eindringen, im Norden von Flandern aus, im Osten von der Pfalz, im Südosten von Mailand her, im Südwesten über die Pyrenäen. Und im Hinblick auf einen Krieg mit Habsburg, den nach Henri Quatre auch Ludwig XIII.

für unvermeidlich hält, war es für den Habsburger Doppeladler ebenso entscheidend, das Veltlin zu besetzen, wie es für Frankreich entscheidend war, daß er es nicht besetze.«

»Aber wem gehört denn das Veltlin?«

»Den Graubündnern.«

»Wer sind diese Graubündner, und was ist grau an ihnen?«

»Es sind Schweizer, und sie nennen sich Graubündner, weil sie ein graues Band im Wappen tragen.«

»Katholische Schweizer oder protestantische?«

»Protestantische.«

»O weh!«

»Sie haben recht, ›o weh!‹ zu sagen, Madame, denn so wie die Graubündner Hugenotten sind, sind die Veltliner – die das Tal bewohnen – Katholiken und ihre Vasallen. Das war der Quell zahlloser Konflikte, die sich die Habsburger zum Vorwand nahmen, im Juli 1624 in das Veltlin einzumarschieren. Um ihre Eroberung zu sichern, bauten sie vier Festungen und besetzten sie mit spanischen Infanteristen – laut Henri Quatre die besten der Welt. Der Augenblick war günstig gewählt: Ludwig hatte einen Bürgerkrieg am Hals, seine Mutter hatte ihm, mit Unterstützung der Großen des Reiches, zum zweitenmal den Krieg erklärt. Er schickte einen Unterhändler nach Spanien, Bassompierre, der es mit Zähigkeit und Entschiedenheit erreichte, daß Spanien sich im Vertrag von Madrid verpflichtete, den Graubündnern das Veltlin zurückzugeben und die erbauten Festungen zu schleifen.«

»Dann steht doch alles zum besten, oder?«

»Nein, Madame, es steht zum schlechtesten. Nichts ist geklärt, denn der Vertrag von Madrid ist einer jener Verträge, den eine der beiden Parteien – und Sie ahnen, welche – in dem festen Vorsatz unterzeichnete, ihn gar nicht einzuhalten. Die Festungen blieben stehen, jedenfalls solange Ludwig damit beschäftigt war, nach der Rebellion seiner Mutter auch noch die der französischen Hugenotten niederzuschlagen. Die Dinge änderten sich jedoch, als endlich der Frieden – ein anfälliger Frieden – mit besagten Hugenotten geschlossen war. Da nämlich schloß Ludwig ein Bündnis mit Savoyen und Venedig, um das Veltlin zurückzuerobern. Nun wurde Spanien bange, rasch unterstellte es die Veltliner Festungen dem Heiligen Stuhl. Der Heilige Stuhl akzeptierte dieses *deposito*, und die spanischen

Truppen wurden auf der Stelle von päpstlichen Truppen abgelöst. Schöne Leserin, was sagen Sie zu diesem spanischen Coup?«

»Machiavellistisch, würde ich sagen.«

»Ich würde sogar sagen teuflisch, handelte es sich nicht um den Heiligen Stuhl. Wie sollte der Papst die Festungen herausgeben, die aus seiner Sicht die katholischen Veltliner vor den Graubündner Protestanten schützten? Und würde Ludwig, der allerchristlichste König, es wagen, sie ihm mit Waffengewalt zu nehmen?«

»Hat er es gewagt, Monsieur?«

»Ja, Madame, er hat es gewagt, er, Ludwig der Fromme! Und, was nun ganz unerhört ist, mit dem vollen Einverständnis des Kardinals von Richelieu und sogar auf seinen Rat hin. Ludwig sandte ein Heer unter Führung des Marquis de Cœuvres nach Italien, der verjagte die päpstlichen Soldaten aus dem Veltlin und gab das Tal den Graubündnern zurück.«

»Jetzt kann ich mir vorstellen, Monsieur, wie die ›wahren Franzosen‹, auch Sie, sich darüber freuen und wie groß der Skandal in Frankreichs orthodoxer Partei war.«

»Schlimmer, Madame, es war Haß! Offener Haß gegen Richelieu, versteckter gegen den König, der furchtbare Haß der Orthodoxen – da hatte er seine Wurzeln. Zuerst äußerte er sich in wütenden Hetzschriften und dann in Komplotten, die auf die Ermordung des Kardinals abzielten und auf die Absetzung des Königs.«

* * *

Auf der Rückreise von Nanteuil, wo ich Herrn von Schomberg abgeholt hatte, machten wir halt in Orbieu; nur konnte ich den Finanzminister nicht so ausgiebig feiern, wie ich es vorhatte, denn bei meiner Ankunft fand ich einen Brief Seiner Majestät vor, der mir befahl, Schomberg ›unverzüglich‹ auf sein Schloß Saint-Germain-en-Laye zu bringen, weil er ihn schnellstmöglich in sein Amt einsetzen wolle. Ich weilte also nur einen Abend und eine Nacht auf meinem Gut, sehr zur Betrübnis, wenn auch aus verschiedenen Gründen, von Louison und Monsieur de Saint-Clair.

Dieser nahm mir das Versprechen ab, wenigstens im Herbst wiederzukommen, er habe so viele Fragen zur Bewirtschaftung meines Gutes mit mir zu klären, sowohl die Weinlese betreffend wie den Verkauf unseres Getreides, die Viehzucht und auch die Hanfbearbeitung durch unsere Bauern. Was Louison anging, die mich in meiner Abwesenheit ständig der Untreue verdächtigte – worin sie sich diesmal ja nicht getäuscht hatte –, so fragte sie mich endlos aus, wo überall ich auf meiner Reise genächtigt hätte, und ich antwortete ihr, im Verlaß auf La Barges Verschwiegenheit, mit einer Vorsicht, derer ich mich nachträglich denn doch schämte. Tausendmal lieber hätte ich ihr geradeheraus gesagt, daß ich sie mindestens so sehr liebte, wie ich Madame de Candisse verabscheute, aber der Leser weiß selbst, daß eine solche Versicherung keine Frau der Welt tröstet.

Bei Tagesanbruch nahmen wir Abschied in meinem Zimmer; wenigstens einen Teil der Reise wollte ich zurücklegen, solange es noch frisch war, denn sobald die Sonne aufging, wurde es glühend heiß. Louison weinte, aber ich besänftigte ihren Kummer durch ein Geschenk, ein kleines goldenes Gehänge, an dem jedes Kettchen in einer Perle endete. Ich hatte es auf der Rückreise gekauft, Louison war aber auf ein Geschenk gar nicht gefaßt, weil ich sie sonst nur zu ihrem Namenstag, ihrem Geburtstag und zu Weihnachten verwöhnt hatte. Sie war gerührt und vor Dankbarkeit um so zärtlicher, was mir ein leichtes Unbehagen bereitete, denn daran merkte ich, daß ich das Geschmeide in Le Mans nur gekauft hatte, um mich von meinem »Unrecht« loszukaufen.

Diese eine Nacht mit Louison in Orbieu hinterließ in mir, vielleicht weil sie die einzige war, einen so starken Eindruck, daß ich, kaum in Paris und in meiner Louvre-Wohnung, den Plan erwog, bald wieder nach Orbieu zu fahren. Ich unternahm bei Ludwig einige Anläufe in dieser Richtung, aber auf Sammetpfoten, denn ich spürte beim ersten Wort, daß ich meine Idee vergessen konnte, so barsch und unzugänglich war er. Und tatsächlich kehrte ich erst anderthalb Monate später wieder zurück. Monsieur de Saint-Clair hatte mir geschrieben, die Trauben seien reif, ich würde dringlich erwartet, denn keiner meiner Pächter durfte ja bei sich mit der Lese beginnen, bevor ich sie in meinen Weingärten nicht eröffnet hatte.

In diesem Brief empfahl mir Saint-Clair auch, mit starker Begleitung zu reisen, es sei überall auf den Reichsstraßen von Raub und Mord durch bewaffnete Banden zu hören.

Erst als ich Ludwig diesen Brief vorlegte, gab er mir frei, wenn auch nur vierzehn Tage. Er hielt so eifersüchtig auf die Zeit seiner Diener, daß er keinen leicht fortließ. Dieses oder jenes wichtige Mitglied seines Staatsrats wurde sogar von ihm gerüffelt, wenn der Betreffende nicht oft genug erschien, und unmißverständlich daran erinnert, daß er als Mitglied seines Rates von ihm Gagen erhalte und ihm daher seine Anwesenheit schuldig sei. Was hätte er mir, der ich außer den Ratsgagen ein Gehalt als Erster Kammerherr bezog, erst sagen können, wenn ich meinen Dienst im Louvre ohne seine Einwilligung versäumt hätte? Ludwig war ein guter Herr, weil er der gerechteste Mensch und seinen Dienern sehr zugetan war, aber er wollte unter allen Umständen, wie sein Vater sagte, »Herr des Ladens« bleiben und ermahnte uns scharf, wenn er fand, daß wir unseren Pflichten unzureichend nachkämen oder es am schuldigen Respekt gegen ihn fehlen ließen.

Außer Pissebœuf und Poussevent, die mein Vater mir auslieh, mietete ich für meine Eskorte zwölf Schweizer, und zu meiner Freude traf ich sogar auf dieselben, die schon an meiner Expedition gegen Rapineaus Wetterhahn teilgenommen hatten. Sicher waren sie bei weitem nicht so beweglich und schön wie die Musketiere, die mich nach Nanteuil begleitet hatten, aber die mangelnde Schnelligkeit wetzten sie durch Gewichtigkeit aus, und tapfer waren sie auch. Außerdem machten diese robusten Gebirgler kein Gewese, wenn es galt, hier und da in der Wirtschaft zuzupacken. Von den königlichen Musketieren hätte ich derlei nicht im Traum erwartet, das waren alles nachgeborene Söhne aus gutem Haus, sie hätten sich entehrt gefühlt, Schaufel oder Hacke anzufassen. Sonderbare Philosophie, wenn man es bedenkt! Wer führte denn die Hacke zu Adams Zeiten? Und wer war damals der Edelmann?

Sowie Saint-Clair den Tag meiner Ankunft erfuhr, wollte er auch die Stunde wissen, die eigentlich unschwer zu erraten war, weil ich immer bei Tagesanbruch von Paris aufbrach. Er schickte also in das meinem Gut nächstgelegene Dorf einen Reiter, der, sobald er mich eintreffen sähe, mit verhängten Zügeln nach Orbieu preschen sollte, um Pfarrer Séraphin und ihn zu benachrichtigen.

Wenn mein Zug dann die Grenze des Gutes erreichte, ließ Séraphin von Figulus die Kirchenglocken läuten, und Saint-

Clair hatte Zeit, mein ganzes Gesinde auf der Freitreppe zu versammeln, um mich mit Ehren zu empfangen.

Diese Zeremonie, die noch vom seligen Grafen von Orbieu her stammte (dessen Titel ich mit Erlaubnis des Königs übernommen hatte, weil die Linie bereits ausgestorben war, als ich das Gut kaufte), war hier seit undenklichen Zeiten Brauch, und Saint-Clair meinte, solch alte Bräuche solle man hochhalten, zumal mein Kommen, anders als das des seligen Grafen, meinen Pächtern auch immer Gutes brachte. Diese traten, wenn das fröhliche Geläute von Figulus erklang, mit den Mützen in der Hand aus ihren Türen, immerhin erbaut von der Abwechslung, die ihre einförmige Fron unterbrach.

Wenn meine Kutsche vor der Freitreppe hielt, kam Monsieur de Saint-Clair, der sein schönstes Kleid angelegt hatte, mir entgegen, und ich umarmte ihn herzlich vor dem versammelten Gesinde (die Männer zu meiner Rechten, die Frauen zu meiner Linken), damit alle sahen, wie hoch er in meiner Wertschätzung stand. Dann erstiegen wir Seite an Seite die Stufen, wobei die Männer sich vor mir verneigten und die Frauen ihren Knicks machten, und ich erwiderte ihre Grüße würdevoll mit einem freundlichen Kopfnicken.

Oben auf der Treppe standen Louison, die Intendantin meines Hauses, und Jeannette, ihre Stellvertreterin, durch Nuancen in der Kleidung unterschieden, die keinem entgingen. Louison trug einen Reifrock, um den eine Bürgersfrau sie beneidet hätte, und Jeannette einen etwas stoffreicheren Cotillon als unsere anderen Kammerjungfern.

Jeannette hatte im Leben von Monsieur de Saint-Clair einmal dieselbe Rolle gespielt wie Louison in meinem, und als er nach seiner Vermählung mit Laurena de Peyrolles das Rapineausche Haus bezog, hatte ich die arme Verlassene Louison zugesellt, die sich gut mit ihr verstand, vorausgesetzt, sie selbst war und blieb die erste im Schloß und die einzige in meinem Herzen.

Wenn wir oben auf der Treppe anlangten, sank die eine wie die andere in einer tiefen Reverenz nieder, Jeannette, Kopf und Augen gesenkt, um Monsieur de Saint-Clair nicht ansehen zu müssen, Louison mit erhobenem Kinn und Aug in Auge mit mir, um dem Gesinde deutlich zu zeigen, wer die Herrin im Haus war, wenigstens bis auch ich einmal heiraten würde.

Natürlich war einiges Theater an dieser Willkommenszeremonie, weil aber ein jeder mit seiner Rolle zufrieden war, vom kleinen Küchenjungen bis zum Hauptdarsteller, sah ich nicht ein, warum man diesem Pomp entsagen sollte.

Hatte ich die Schwelle überschritten, zog ich mich sogleich mit Saint-Clair in meine Bibliothek zurück, und der zweite Teil meiner Rolle begann, der des Landedelmanns, der auf die Einkünfte seines Gutes bedacht ist, während Saint-Clair sich daranmachte, mir Rechenschaft über seine Wirtschaftsführung abzulegen, und zwar zuverlässig und genau bis auf den letzten Heller.

»Herr Graf«, sagte er zum Schluß, »die Getreideernte war, wie Ihr wißt, diesmal bei allen schlecht. Ich habe unsere bisher nicht verkauft, weil ich erwarte, daß der Preis noch steigt. Er ist schon gestiegen, aber er könnte noch zulegen.«

»Verkauft jetzt, Saint-Clair! Aber haltet eine reichliche Reserve für diejenigen unserer Bauern zurück, denen es ab Januar am Korn fehlen sollte.«

»Auf was borgen wir ihnen, auf den Hof, einen Wald oder einen Acker?«

»Nein, nein, wir wollen sie nicht arm machen.«

»Was nehmen wir dann als Pfand?«

»Wie letztes Jahr, Arbeitstage.«

»Herr Graf, bei einigen sind die Arbeitstage, die sie Euch schulden, aber schon auf mehr als ein Jahr angelaufen.«

»Dann berechnet denen, wenn Ihr sie anstellt, einen Tag für zwei, aber ohne es an die große Glocke zu hängen.«

»Dabei macht Ihr Verlust, Herr Graf.«

»Unser Verlust wäre größer, wenn wir ihnen, um an das Unsere zu kommen, ihr bißchen Land wegnähmen, denn das brächte sie um den Lebensmut. Trotzdem seid vorsichtig! Borgt unser Korn nur in kleinen Mengen und je nach Bedürfnis. So mancher versteht nicht hauszuhalten, und die meisten können nicht rechnen.«

»Nun zum Hanf, Herr Graf. Der Wassergang zum Rösten ist gebaut, die Hanfmühle steht. Wie wollen wir verfahren?«

»Das hängt von der Qualität des Hanfs unserer Pächter ab. Ist er genauso gut wie unserer, kaufen wir ihn, nachdem er bearbeitet ist, bezahlen aber im voraus.«

»Wieso im voraus, Herr Graf?«

»Damit sie Geld für die königliche Steuer haben. Ihr wißt, an Münzen heranzukommen, ist für sie das Schwierigste. Dazu verkaufen sie ihre Eier, ihre Hühner und essen selber keine.«

»Welchen Preis zahlen wir, Herr Graf?«

»Ein bißchen unter dem, den wir wahrscheinlich beim Weiterverkauf erzielen können.«

»Das ist eine unsichere Sache.«

»Ich weiß, aber dieses Risiko müssen wir tragen. Wir müssen unseren Pächtern den Vorteil lassen, wenn wir wollen, daß sie ihr Saatgut und ihre Bodenbearbeitung verbessern.«

»Und wenn das Leinen des einen oder anderen nichts taugt?«

»Dann kaufen wir es nicht. Sollen sie es dann beim Händler selbst verkaufen.«

»Dürfen sie unseren Wassergang trotzdem benutzen?«

»Sie dürfen, nachdem wir mit unserer Röstung fertig sind.«

»Dürfen sie auch unsere Hanfmühle benutzen?«

»Nein. Sie ist zu empfindlich, um sie jedermanns Händen zu überlassen. Bildet ein paar geschickte Leute aus, die Ihr damit beauftragt.«

»Das werde ich tun«, sagte Saint-Clair.

Und hierauf errötete er. Weil aber kein Wort gefallen war, das dieses Erröten erklärte, schloß ich, daß es seine kommende Mitteilung betraf.

»Herr Graf«, sagte er, »ich habe eine Initiative ergriffen, von der ich nicht weiß, ob Ihr sie billigt.«

»Sprecht, Saint-Clair.«

»Ihr entsinnt Euch doch, Herr Graf, daß Ihr zu der Zeit, als ganze Wolfsrudel in unserem Cornebouc-Wald hausten, unseren Bauern zur Selbstverteidigung Armbrüste und Schleudern ausgeteilt habt. Selbstverständlich habe ich die Waffen wieder eingezogen, nachdem die Wölfe vertrieben waren, damit die Leute sie nicht zum Wildern benutzten. Als nun aber die Gerüchte von Überfällen bewaffneter Banden auf Schlösser und Güter sich verdichteten, dachte ich mir, daß es gut wäre, unter unseren Leuten entschlossene junge Männer auszuwählen und sie im Schießen zu unterrichten, damit sie sich solcher Überfälle erwehren können.«

»Bravo, bravissimo, Saint-Clair!« sagte ich freudig.

Wieder errötete Saint-Clair, aber diesmal vor Befriedigung.

»Wie viele sind es?« fragte ich.

»Zwölf Schleuderer und acht Armbrustschützen.«

»Üben sie eifrig?«

»Anfangs nicht so, aber jetzt, Eurer Intendantin sei Dank, sehr.«

»Wie das?«

»Eines schönen Tages kam sie zum Ende der Übungen mit zwei ihrer Jungfern aufs Gelände, die brachten große Körbe mit. Jeder der Männer erhielt ein Stück Brot und ein Stück Käse. Offen gesagt, schienen mir Brot und Käse ein bißchen alt. Aber die Leute kauten mit vollen Backen. Nur einige steckten, wie ich sah, die Hälfte in die Tasche, vermutlich um sie Frau und Kindern mitzunehmen.«

»Das rührt mich«, sagte ich. »Und ich wünschte, sie hätten es nicht nötig. Leider gibt es sogar in Orbieu etliche, die nie satt zu essen haben.«

»Immerhin werden es nicht mehr«, sagte Saint-Clair, »wie unter dem ruchlosen Verwalter des seligen Grafen. Die Wilderei ist gemäß Euren Anweisungen, Herr Graf, nur soweit verboten, daß sie sich in Grenzen hält. Und wer sich darin auskennt, hat öfters Fleisch auf dem Tisch.«

Es klopfte, und auf mein Herein erschien Louison, um zu melden, daß das Essen aufgetragen sei. Monsieur de Saint-Clair ging, er war erst für den folgenden Tag mit seiner Gemahlin Laurena und seinem Schwiegervater, Monsieur de Peyrolles, eingeladen. Sowie er fort war, kam Louison mir näher, als es das Protokoll erlaubte, dem sie sich öffentlich unterwarf.

»Herr Graf«, sagte sie, »haltet Ihr nach dem Mittagessen eine kleine Siesta?«

»Das hängt von meiner Stimmung ab.«

»Und wovon hängt Eure Stimmung ab, Herr Graf?«

»Von deiner ehrlichen Antwort auf die Frage, die ich dir stellen will.«

»Oh, da werd ich mir meine Antwort aber gut überlegen«, meinte sie und wiegte sich vertrauensvoll in den Schultern.

»Louison«, sagte ich, »wie ich höre, hast du unsere Schützen mit derselben Taktik eingewickelt wie vor Jahren unsere Wegebauer: Damit sie eifrig sind, fütterst du sie.«

»War das falsch?«

»Es war goldrichtig! Aber warum gibst du ihnen altbackenes Brot?«

»Ich werd doch an diese Bauernlümmel kein frisches Brot verteilen«, sagte Louison, die aus Paris stammte und für die Leute auf dem flachen Land nicht viel übrig hatte.

»Louison, deine Antwort ärgert mich.«

»Herr Graf, was ärgert Euch daran?«

»Sie ist hochmütig und eingebildet.«

»Überhaupt nicht, Herr Graf«, sagte sie. »Und Ihr sollt wissen, warum, wenn ich das erklären darf.«

»Bitte.«

»Herr Graf, Ihr wißt genau, wie mäklig das Gesinde in einem guten Hause wird, wenn es essen kann wie die Herrschaft. Bei uns geht das mittlerweile so weit, daß die Leute das Brot vom Vortag schon nicht mehr anrühren, sie haben ja genug Fleisch und Gemüse! Und Ihr wißt auch, daß es Verschwendung ist, älteres Brot wegzuwerfen, und eine Sünde gegen den Herrn, der uns unser täglich Brot gibt. Deshalb dachte ich mir, ich geb es lieber den Schützen, denn die kennen nur das wenig wohlschmeckende Brot, das sie selber backen und das aus einem Mischmasch von Hafer und was weiß ich besteht, die freuen sich, wenn sie gutes Weizenbrot essen können, auch wenn es nicht mehr ganz frisch ist.«

»So ist das also«, sagte ich. »Dann sieh aber zu, daß du ihnen kein zu altes gibst, damit sie sich nicht die Zähne ausbeißen. Sonst müßtest du dich nämlich schämen, falls die Männer, die du mit unseren Abfällen abfrühstückst, dir eines Tages vielleicht das Leben retten.«

»Herr Graf, ich werde es bedenken. Seid Ihr mir wieder gut?«

»Sicher.«

»Ein Glück!« sagte Louison sanft und scheinheilig, »dann wird der Herr Graf ja auch sein Ruhestündchen halten, das er sehr nötig hat, so müde und mürrisch, wie er aussieht.«

Dieses »mürrisch« war eine kleine Frechheit, mit der sie sich für meinen Tadel rächte. Aber ich wollte sie nicht noch mal zurechtweisen, mir stand der Sinn viel zu sehr nach meinem Mittagsmahl und meiner Siesta.

Als ich gespeist hatte und meine Louison pflichteifrig ging, um ihres Amtes zu walten, hieß ich sie, mir La Barge zu rufen. Ich beauftragte ihn, sein Pferd zu satteln und dem Pfarrer Séraphin zu melden, daß ich ihn am Nachmittag besuchen würde, denn von Monsieur de Saint-Clair wußte ich, daß er krank war.

La Barge blieb überlange aus, und als ich ihn bei seiner Rückkehr nach dem Grund dieser Verspätung fragte, sagte der Schlingel blitzenden Auges und wie geschwollen von der Neuigkeit, die er mitbrachte: »Herr Graf, wenn Ihr gesehen hättet, was ich gesehen habe, würdet Ihr verstehen, warum ich so spät komme.«

»Und das wäre?«

»Was ich gesehen habe.«

»Aha! Also, sprich.«

»Das verlangt eine kleine Vorrede, Herr Graf.«

»Keine Vorrede, sag nur, was Tatsache ist.«

»Herr Graf, so hört mich denn an. Ich habe durchs Kammerfenster vom Pfarrhaus gehört (hier senkte La Barge die Stimme), wie der Herr Pfarrer Séraphin es einem Weib besorgte.«

»Was hattest du an seinem Kammerfenster zu suchen?«

»Deshalb, Herr Graf, wäre eine Vorrede angebracht gewesen.«

»Sag deine Vorrede.«

»Zuerst ging ich zur Tür des Pfarrhauses und klopfte leise, weil ich ja wußte, daß der Herr Pfarrer krank ist. Es kam aber keine Antwort, also ging ich ums Haus herum, da hörte ich durch ein angelehntes Fenster Geräusche, und ich trat näher.«

»Was für Geräusche?«

»Klägliche, als ob eine ermordet wird, die aber sehr wünscht, daß ihr Mörder sie noch lange mordet.«

»Könntest du dich über diese Geräusche nicht getäuscht haben?«

»Herr Graf, als gewissenhafter Mensch wollte ich klarsehen. Der Vorhang war nur halb geschlossen, also trat ich noch näher und sah.«

»Was hast du gesehen?«

»Was ich gesehen habe.«

»Gute Beschreibung. La Barge, hör zu: Ich ersuche dich mit aller Dringlichkeit, daß du mir über diese Gesichte und Geräusche, die du da berichtest, schweigst, und zwar ein für allemal.«

»Herr Graf, wenn Ihr es befehlt, lege ich einen Ochsen auf meine Zunge.«

»Du scheinst mir aber etwas durcheinander?«

»Das bin ich, Herr Graf.«

»La Barge, falls du es nicht weißt: Ein Priester legt kein

Keuschheitsgelübde ab wie ein Mönch, nur ein Gelübde der Ehelosigkeit. Das ist nicht dasselbe.«

»Herr Graf«, meinte er nach einiger Überlegung, »heißt das, ein Priester versündigt sich nicht so sehr wie ein Mönch, wenn er vögelt?«

»Nicht so sehr, damit bricht der Priester noch nicht sein Gelübde. Er sündigt nur. Und alle Sünden, wenn man sie beichtet und bereut, können vergeben werden, meine, deine wie auch seine.«

»Und seine durch wen?«

»Durch einen anderen Priester.«

»Na, dann ist es ja gut«, sagte La Barge und sah mich mit Kinderaugen an. »Aber«, fuhr er fort, »wenn man sich so was Schönes erst mal angewöhnt hat, kann man sich's schwer wieder abgewöhnen. Ich, zum Beispiel. Seit mein Liebchen mich verlassen hat, fühl ich mich einsam und hilflos wie ein Säufer ohne Flasche.«

»Was für ein galanter Vergleich! Hast du deshalb, kaum daß wir angekommen waren, so nach Jeannette geäugt?«

»Ach, Herr Graf, ich hab doch gesehen, wie blaß und verzweifelt sie war, als Monsieur de Saint-Clair sie verlassen hat. Ich hab eben Mitleid mit ihr.«

»Mitleid ist ein edles Gefühl, La Barge, es macht dir Ehre, wenn du dabei bleibst.«

»Fändet Ihr es schlecht, Herr Graf, wenn mein Herz ein bißchen überfließen würde?«

»La Barge, ich bin nicht dein Hüter. Nur, paß mir auf, daß dein Überfließen das arme Mädchen nicht in eine noch schlimmere Lage bringt als jetzt. Aber genug geschwatzt! Du reitest jetzt noch mal zum Herrn Pfarrer, klopfst kräftig an seine Tür und sagst ihm, es tue mir sehr leid, daß er krank ist, und er solle mir Bescheid geben, wenn er sich wieder besser fühlt, damit ich ihn zum Essen einladen kann. Und solltest du das gemordete Weib sehen, hüte dich, sie auch noch mit zudringlichen Blicken zu morden.«

Als Louison mich in meinem Zimmer aufsuchte, fragte ich sie, ob sie die Nichte von Pfarrer Séraphin kenne.

»Die Angélique? Die sieht man doch kaum, außer sonntags zur Messe. Und dann versteckt sie sich unter ihrer Haube wie eine Nonne.«

»Und was ist an dem Gerücht, das über sie und den Pfarrer umläuft?«

»Wenn es läuft, Herr Graf, muß es ja gute Beine haben.«

»Warum hast du mir nichts davon gesagt?«

»Soll ich auf Angélique etwa den ersten Stein werfen?«

»Das ist christlich von dir! Was sagen unsere Bauern dazu?«

»Die lachen sich eins, aber leise, nicht boshaft.«

»Meinst du, daß sie vor dem Pfarrer jetzt weniger Respekt haben?«

»Vielleicht«, sagte Louison lächelnd, »haben sie jetzt mehr Respekt vor dem Mann.«

»Und du?«

»Ich, Herr Graf, ich laß auf meinen Pfarrer nichts kommen. Ihr glaubt gar nicht, wie taktvoll er mich in der Beichte vernimmt! So daß ich mich manchmal frage, ob meine Sünde mit Euch denn überhaupt Sünde ist.«

»Louison, bitte, sei nicht übermütig! Ist Saint-Clair auf dem laufenden?«

»Wie sollte er nicht?«

»Was mag er davon halten?«

»Herr Graf, für Saint-Clair steht Ihr über jedem anderen menschlichen Wesen, gerade nur unter Gott dem Allmächtigen, und Eure Meinung darüber wird für ihn das Evangelium sein.«

»Und was ist meine Meinung, wenn du alles weißt?«

»Daß man letztendlich nicht duldsam mit sich und streng gegen Séraphin sein kann.«

»Sieh an«, sagte ich, »das kittet zusammen!«

Damit nahm ich sie in meine Arme und verzichtete auf jedes weitere nützliche Gespräch.

* * *

Am folgenden Tag also hatte ich Monsieur de Saint-Clair, seine junge Frau Laurena und seinen Schwiegervater, Monsieur de Peyrolles, zum Diner geladen. Und weil dieser außerdem mein nächster Nachbar ist und ebenfalls ein Drittel des Cornebouc-Waldes besitzt, hätte das Essen gut und gerne ganz zwanglos stattfinden können. Aber das sah Monsieur de Peyrolles, ein sehr wohlhabender Bürger, anders. Er war nicht gewillt, seinen Reichtum unter den Scheffel zu stellen, fuhr in vergoldeter

Kutsche und trug sich wie ein Edelmann. Sein Aufwand gebot den meinen. Weil ich mein schönstes Gewand anlegen wollte, mußte Louison mir zuvor die Haare waschen und mit dem Eisen wellen, was sie auch vortrefflich machte, so daß die letzte Welle mit glücklichem Schwung auf meine Schultern fiel. Ich wagte Louison nicht zu bitten, mir auch die Konturen des Schnurrbarts und des Kinnbarts noch aufzufrischen, sie aber hatte in meinen Sachen ein Rasiermesser entdeckt und tat es aus eigenem Antrieb. Und auch das gelang ihr mit solchem Geschick, daß ich zum Schluß mit ihren Diensten höchst zufrieden gewesen wäre, hätte sie nicht, als sie das Messer über meine Kehle führte, mein erzwungenes Schweigen ausgenutzt, um die Schönheit von Laurena de Saint-Clair zu zerfetzen und sie als »fade Blondine mit Wasseraugen« zu bezeichnen.

Es war die blanke Verleumdung. Die berühmten Schönheiten des Hofes, Prinzessin Conti, Madame de Guéméné und die Herzogin von Chevreuse, hätten bei einem Wettbewerb zwischen ihnen und Laurena einige Mühe gehabt, den Hirten Paris daran zu hindern, daß er den Apfel meiner kleinen Nachbarin gab.

Ihre Haare waren goldblond, ihre Augen reinster Azur, ihre Taille zierlich, ihr Busen zum Träumen, und vor allem leuchtete ihr Teint in einer Jugendfrische, die keiner Schminke bedurfte. Hinzu kam ein bezaubernder Ausdruck in ihren Augen, so als erwache sie gerade erst zum Leben und sei erstaunt und entzückt, es schön zu finden. So saß sie denn in ihren reichen Kleidern an meinem Tisch wie eine Königin, vergöttert von ihrem Vater, von Saint-Clair und von mir. Und ob sie Saint-Clair nun anblickte oder einmal nicht, immer strahlte sie vor so süßem, vertrauensvollem Glück, daß man ein Ungeheuer hätte sein müssen, um davon nicht gerührt zu sein.

Ihr Vater, Monsieur de Peyrolles, war, wie gesagt, mein Nachbar, aber sein Besitz umfaßte kein Dorf und keine Kirche, darum hörte er die Messe in meiner Gemeinde. Bei dieser Gelegenheit waren sich Saint-Clair und Laurena auch eines Sonntags begegnet.

Ich weiß nicht, ob der Himmel es so gewollt hatte, aber wenn, dann gereichte es ihm sehr zum Nachteil, denn an diesem und den folgenden Sonntagen wurde die Messe nur sehr zerstreut gehört. Was mich anging, so hatte ich kraft meines Herrenrechts den Sitz im Chor inne, der eigentlich dem Bischof vorbehalten war, doch hatte der seit Menschengedenken seinen violetten Hintern noch nie in eine Dorfkirche gesetzt. Und weil ich von der Höhe des bischöflichen Stuhls herab eine gute Sicht auf die Gemeinde hatte, bekenne ich, daß auch ich mich an jenem Sonntag von den Blicken ablenken ließ, die jenseits des Gitters, das mich von den Getreuen trennte, hinüber und herüber gingen. Oh, wie verstohlen das von beiden Seiten geschah, Saint-Clair war ein vollendeter Edelmann, und Laurena de Peyrolles hatte gute Manieren bei den Nonnen von Sainte-Marie-des-Anges gelernt.

Worum konnte sich das Gespräch bei diesem ländlichen Diner drehen, wenn nicht um Korn, Hanf und Wein. Auch um eine Rotte Wildschweine, die in unseren Feldern großen Schaden angerichtet hatten, so daß sich eine Sauhatz notwendig machte. Aber dann waren diese Themen erschöpft, und Laurena de Peyrolles – aber sollte ich nicht richtiger sagen, die Baronin des Esparres? – ergriff das Wort, und was sie vorbrachte, lag ihr sicher mehr am Herzen als alles bisherige. Sie fragte mich, der ich am Hof lebte und als solcher am besten darüber informiert sein mußte, wie es denn nun mit der Hochzeit von Henriette-Marie von Bourbon, der Schwester des Königs, und dem Prinzen von Wales stehe.[1] Mit einiger Leidenschaft, die ihren schönen Busen hob, beklagte sie die arme Prinzessin, die seit vierzehn Jahren darauf warte, daß die Verhandlungen zwischen Frankreich und England zu einem Ende kämen. Was ihr um so mehr leid tue, setzte die kleine Baronin mit Entrüstung hinzu, als ihre beiden älteren Schwestern, Elisabeth und Chrétienne, längst ihren Prinzen gefunden hätten, die erste den Infanten, inzwischen König von Spanien, die zweite den Herzog von Savoyen. Gewiß sei der Herzog von Savoyen im Vergleich mit dem König von England ein kleiner Mann. Aber welches Mädchen wollte denn ewig vor der Tür eines Prinzen betteln, und wäre er der erste der Christenheit?

»Und wenn der König von England uns nicht will«, schloß Laurena feurig, »dann soll er es endlich sagen!«

»Madame«, sagte ich, »daß England und Frankreich einen gemeinsamen Feind haben, nämlich Spanien, heißt ja nicht,

---

[1] Henriette war ein Jahr alt, als die Verhandlungen darüber begannen. Als die Hochzeit stattfand, war sie fünfzehn.

daß sie gute Freunde sind. Es trennt sie die Religion. Euch muß ich es nicht sagen, daß die Engländer Anglikaner sind und die Franzosen Katholiken. Und wenn es schon für einen protestantischen Prinzen schwierig ist, eine katholische Prinzessin zu heiraten, ist es für eine katholische Prinzessin erst recht ein Ungemach, einen protestantischen Prinzen zu heiraten, denn in diesem Fall braucht man die Einwilligung des Papstes. Ohne seinen Dispens keine Hochzeit! Also stellt der Papst harte Bedingungen. Er fordert, daß Henriette in England die Freiheit ihres Kultes genießt, daß sie ihre Kinder bis zu zwölf Jahren in ihrer Religion erzieht, daß der englische König nicht nur aufhört, seine katholischen Untertanen zu verfolgen – eine legitime Forderung –, sondern besagten Untertanen auch Glaubensfreiheit gewährt – eine erstaunliche Forderung, denn der Papst selber gewährt seinen protestantischen Untertanen in seinen eigenen Staaten diese Freiheit durchaus nicht.«

»In der Tat!« sagte Monsieur de Peyrolles, der zwar ein frommer Mann war, aber, wie meistenteils die bürgerliche Richterschaft, Gallikaner und dem Papst wenig gewogen.

»Warum sind diese Verhandlungen denn aber so langwierig?« rief Laurena aus.

»Weil die Verhandlungen doppelt geführt werden, Madame. Die Franzosen verhandeln mit den Engländern, aber sie verhandeln auch mit dem Papst. Sie versuchen den Heiligen Vater zu einer Milderung seiner Forderungen zu bewegen, und gleichzeitig bemühen sie sich, den Engländern mehr Zugeständnisse abzuringen. Das ist eine heikle Geschichte. Aber Ihr könnt beruhigt sein, Madame, es wird gelingen: Der König hat nun Richelieu damit beauftragt.«

»Wie freut es mich, das zu hören!« rief Monsieur de Peyrolles. »Man sagt, der Kardinal sei ein äußerst gewandter Mann.«

»Er versteht etwas vom Verhandeln, wahrhaftig! Als der englische König zwei Unterhändler sandte, Lord Kensington und Graf von Carlisle, brachte Richelieu die Sache sehr voran, indem er den einen gegen den anderen ausspielte. Aber seine entscheidende Stärke ist meines Erachtens, daß er keine Mittel scheut, sich Informationen zu beschaffen. Schon im Jahr 1616, als Concini ihn zum Minister ernannt hatte, stellte Richelieu zu seiner Verblüffung fest, daß das Sekretariat für Ausländische Angelegenheiten keine Archive besaß, Ihr habt recht gehört!

Es besaß keine Archive! Sofort schrieb Richelieu an alle unsere Gesandten, an alle, sage ich, und verlangte von ihnen sämtliche Informationen, die sie seit ihrem Amtseintritt erhalten hatten. Und dieselbe methodische und minutiöse Befragung stellte er an, als Ludwig ihn in seinen Kronrat berief.

Mehr noch, wenn die Antworten, die er erhält, ihn nicht befriedigen, zögert der Kardinal nicht, auf seine Kosten einen Mann seines Vertrauens an Ort und Stelle zu schicken, der die vorhandenen Informationen überprüft und vervollständigt. Das Ergebnis ist, daß Richelieu nie von einer Affäre spricht, ohne die Hintergründe und Ziele bis ins einzelne zu kennen. Und er spricht gut, eloquent, mit einer beispielhaften Klarheit, ohne je etwas zu übersehen, und mit einer Präzision, wie sie nur einem gründlichen Studium der Fakten entspringen kann. Hierauf schlägt er ein ganzes Bündel von Lösungen vor, indem er gewissenhaft jedes Für und Wider abwägt. Welch ein Unterschied zu den Graubärten, unseren Ministern vor ihm, die faul, langatmig, oberflächlich und fast immer mangelhaft informiert waren über die politischen Gegebenheiten der ausländischen Reiche.«

»Ach, würde ich mich freuen, wenn diese Vermählung endlich zustande käme!« rief Laurena aus, die, von ihrer eigenen Ehe auf andere schließend, darin nichts wie die Rosen und Wonnen ihres grünen Paradieses sah.

Und vielleicht dachte die arme Prinzessin Henriette, die schon so viele Jahre auf ihren Märchenprinzen wartete, in ihrem einfältigen Glauben genauso! Aber ach, wie grausam sollte ihre Enttäuschung sein! Und in welches Inferno mußte sie Stufe um Stufe hinab, bis der Kopf dieses königlichen Gemahls, der es so wenig verstand, sich die Liebe seiner Frau und seines Volkes zu erringen, von Henkershand fiel und vom Schafott in den Staub rollte.

Nach dem Diner bat mich Monsieur de Peyrolles um die Ehre eines Gesprächs unter vier Augen. Ich willigte ein, und wir ließen die jungen Gatten allein bei Tisch. Ich ging ihm voraus in meine Bibliothek und wies ihm einen Lehnstuhl neben dem Lesetisch.

»Herr Graf«, sagte er mit seiner tiefen, gravitätischen Stimme, »mit Eurer Erlaubnis komme ich gleich auf den Punkt. Habt Ihr gehört, was man sich im Dorf über unseren Pfarrer Séraphin erzählt?«

»Inwiefern, mein Freund?«

»Hinsichtlich seiner Nichte oder der Person, die er dafür ausgibt.«

»Ich habe davon gehört«, sagte ich.

Monsieur de Peyrolles druckste, und ich beobachtete nicht ohne heimliches Vergnügen, wie dieser große, dicke Mann, der sich so behaglich im Leben und so sicher in seinem Reichtum gebettet hatte, der so sehr mit sich im reinen war und so festgefügte Anschauungen vor sich her trug, wie dieser Mann, sage ich, in Nöte geriet, wenn es darum ging, über das Fleischliche zu reden – dabei war es ihm doch gewiß nicht fremd.

»Findet Ihr nicht, Herr Graf, daß diese Person namens Angélique, sollte das Gerücht wahr sein, ein bißchen jung ist für die Wirtschafterin eines Pfarrers?«

»Nun ja.«

»Das kanonische Alter hat sie nicht.«

»Wirklich nicht. Aber sie ist eine Verwandte von Monsieur Séraphin, und dagegen läßt sich nichts einwenden.«

»Ist sie tatsächlich seine Nichte?«

»Wer weiß?«

»Ich muß gestehen«, sagte Monsieur de Peyrolles mit ziemlich theatralischer Miene, »daß ich diese Situation unanständig und besorgniserregend finde.«

Die beiden Adjektive schienen ihm zu gefallen, denn nach einem Seufzer zur Bekräftigung seiner Rede wiederholte er: »Jawohl, Herr Graf, ich finde diese Situation unanständig und besorgniserregend.«

»Jedenfalls«, sagte ich, »ist sie nicht nachahmenswert.«

»Ich würde sogar sagen«, versetzte Monsieur de Peyrolles, »sie ist unhaltbar.«

»Man könnte sie so betrachten.«

»Ein Hirte soll seiner frommen Herde ein Vorbild sein.«

»Das wäre zu wünschen«, sagte ich.

»Und nicht zur Sünde verführen, indem er selbst das Beispiel dafür gibt.«

»Obwohl, mein Freund, unsere Bauern dafür eigentlich kein Beispiel nötig haben.«

»Ein Hirte ist ein Hirte! Er hat über die Tugend seiner Schäflein zu wachen! Und wie kann er das, wenn er ...«

»Ja, wie kann er das, wenn er ...«

»Kurz, ich denke, man sollte dieser Verirrung einen Riegel vorschieben!« sagte Monsieur de Peyrolles plötzlich entschlossen.

Ich hob die Brauen und zog den Mund schief.

»Das heißt, mein Freund?«

»Die Affäre vor den Herrn Bischof bringen.«

Hierauf antwortete ich mit keinem Wort, sondern fuhr gesenkten Auges mit meiner Hand sacht über die polierte Tischplatte, die uns trennte. Monsieur de Peyrolles war gegen meine Zurückhaltung in unserem kleinen Dialog so verstockt geblieben, daß mir klar wurde, man mußte andere Saiten aufziehen und ihm frank und frei entgegentreten, bevor diese Lawine der guten Absichten, die oft genug den Weg zur Hölle pflastern, zuviel Schwung bekam.

»Mein Freund«, sagte ich, »verzeiht, wenn ich ganz offen spreche. Als Herr von Orbieu und erstes Gemeindemitglied könnte ich mich dieser Demarche schwerlich anschließen.«

»Wieso, Herr Graf?« fragte Monsieur de Peyrolles und machte große Augen.

»Wenn Ihr erlaubt, mein Freund, will ich es Euch sagen. Unser Bischof ist der Nachgeborene einer großen Familie, vom König eingesetzt, um seiner Linie Ehre zu erweisen. Nichts, und schon gar nicht Frömmigkeit, bestimmte ihn für dieses Amt. Wie die Mehrheit unserer adligen Prälaten sieht er darin nicht das Priesteramt, sondern eine Pfründe. Sicher ist er zur Erntezeit schnell dabei, seinen Steuereintreiber auszuschicken, um unseren Bauern den Zehntteil ihrer Früchte zu nehmen. Aber diesen Zehntteil, den zu leisten den Unglücklichen bitter schwerfällt, verwendet er fast gänzlich für seine eigenen Zwecke. Gedacht war diese Abgabe zur Erleichterung der Armen. Aber erleichtert er sie? Niemals! Unter dem Druck Ludwigs XIII. ist der Schuldteil, den die Bischöfe den Pfarrern geben, zwar leicht gestiegen, aber dafür weigert sich unser Bischof strikt, für die Unterhaltung der Orte des Kults aufzukommen, was er müßte. Er bleibt taub für Séraphins verzweifelte Hilferufe, was den Verfall der Kirche von Orbieu angeht, und ich selbst mußte mit meinen Talern das Dach decken lassen, damit es nicht einfiel. Schlimmer noch, mein Freund, nie setzt unser Bischof den Fuß in eine Dorfkirche seiner Diözese, nicht einmal zur feierlichen Kommunion der Jugend.«

»Das ist alles richtig«, sagte Monsieur de Peyrolles. »Trotzdem ist Pfarrer Séraphin ein Skandal.«

»Bei wem? Bei unseren Bauern? Glaubt doch das nicht. Wo wir Sünde sehen, sehen sie Natur. Als gute Gallier lachen sie drüber. Wie ich hörte, stoßen sie sich bei der Messe mit dem Ellbogen in die Seiten, wenn Séraphin in seiner Predigt gegen die Weiber wettert, die ein bißchen zuviel Busen zeigen.«

»Wenn ich Euch recht verstehe, Herr Graf«, sagte Monsieur de Peyrolles etwas verkniffen, »sollen wir über Séraphins Schwäche milde die Augen schließen.«

»Mein Freund«, sagte ich, indem ich aufstand, lächelnd auf ihn zutrat und ihn unterhakte, eine Vertraulichkeit, die er als hohe Ehre zu empfinden schien, »um von Mann zu Mann zu reden, laßt mich folgendes sagen: Monsieur Séraphin hat seine kleinen Schwächen. Unvermeidlich haben wir die unseren. (Hier schien mir Monsieur de Peyrolles ein wenig rot zu werden.) Aber abgesehen davon, was eine Angelegenheit zwischen Monsieur Séraphin und seinem Beichtiger ist, dem Pfarrer von Montfort l'Amaury (die sich, wie ich hörte, gegenseitig die Beichte abnahmen), abgesehen davon«, sagte ich, »kommt Monsieur Séraphin gewissenhaft und fleißig seinen Pflichten nach, während unser unsichtbarer Bischof sich sichtlich um keine seiner Verpflichtungen schert. Ich fände es also höchst ungerecht, diesen Prälaten, der sein Amt so schlecht versieht, zum Richter über einen Landpfarrer zu stellen, der seine Sache so gut macht.«

* * *

Die Sitten des Pfarrers Séraphin waren im Jahr 1624 keine bedauerliche Ausnahme. Sie wurden es jedoch zunehmend, nachdem Pater Vincent mit der Unterstützung Richelieus um das Jahr 1640 zwar nicht das erste Seminar – es gab davor schon Versuche, die scheiterten –, aber eines der ersten Seminare eröffnet hatte, das seine Aufgabe wirklich erfüllte, gelehrte und tugendhafte Priester auszubilden.

Etliche Jahre später jedenfalls – hiermit versetze ich den Leser um ein Vierteljahrhundert in die Zukunft –, als der Herr den Pfarrer Séraphin zu sich rief, schickte uns der Bischof einen Priester vom neuen Schlag, Monsieur Lefébure. Der war ein echter Soldat der Kirche und der katholischen Gegenreformation, starr und streng gegen sich wie gegen andere.

Alles änderte sich unter seiner Fuchtel. Seit Urzeiten gab es in Orbieu eine Quelle, die als wundertätig galt, sei es, daß sie vom Rheumatismus heilte, sei es, daß man ihn sich dort holte. Monsieur Lefébure witterte heidnischen Aberglauben und verbot, in der Quelle zu baden. Ebenso hatten wir einen zugegeben recht zweifelhaften Lokalheiligen, der aber jedwedem, der ihn darum anflehte, gute Ernten schenkte und gutes Jungvieh. Auch den raubte uns Monsieur Lefébure, indem er die gotteslästerlichen Gebete zu ihm verbot.

Er brachte Ordnung in die Kirche. Die Bauern durften ihre Hunde nicht mehr zur Messe mitbringen, durften nicht mehr auf den Boden spucken, ihre Plätze wechseln oder laut miteinander von Bank zu Bank palavern, alles löbliche Maßnahmen, die er aber mit schrecklichen Drohungen begleitete: Jedes Zuwiderhandeln hieß, dereinst in den Höllenflammen zu schmoren.

Hatte ein Mädchen Pfingsten vor Palmsonntag gemacht, erging es ihm übel, anders als unter Pfarrer Séraphin. Nicht allein, daß zu seiner Hochzeit die Glocken nicht läuten durften, es wurde von Monsieur Lefébure auch nur in der Sakristei getraut.

Von unserem jährlichen Dorfball verbannte er alle unzüchtigen Tänze, so auch die Volte, bei der die Tänzerin, von ihrem Tänzer in die Luft geworfen, die Füße aneinander schlug, so daß sie ihre Fersen zeigte und manchmal gar ein Stückchen Wade.

Am Sonntag durfte die Schenke nur ein Stündchen offenhalten. Anders als unter Séraphin wurde die Anwesenheit zur Vesper Pflicht, und das Abbeten des Rosenkranzes zog sich so lange hin, daß vor allem im Winter keine Zeit mehr blieb (die Schenke war ja nachmittags geschlossen) zum Kegeln, Kugelschieben oder Kartenspiel, den einzigen Zerstreuungen unserer Bauern. Und leise begann das Dorf zu murren, daß der Tag des Herrn unter Monsieur Lefébure kein Tag der Ruhe mehr war.

In einem muß man Monsieur Lefébure allerdings Gerechtigkeit erweisen: Er kannte die Anzahl, die Namen und Zwecke sämtlicher Höllenteufel aus dem Effeff. Und seine Sonntagspredigt strotzte nur so von Ausfällen gegen die Frauen, daß mir schwante, der böse Geist, der diesen kräftigen jungen Priester in seinen einsamen Nächten quälte, müsse ein weiblicher sein. Und mein Verdacht bestätigte sich, als es offenbar wurde, daß Monsieur Lefébure unter allen Sündern und Sünderinnen, von denen Orbieu, das sei zugegeben, voll war, am allermeisten Célestine haßte.

Célestine war ein Kind wie jedes andere im Dorf gewesen. Mit dreizehn Jahren aber wurde sie von ihrem verwitweten Vater vergewaltigt und geschwängert. Dann starb der Vater. Unversorgt und allein in ihrer Kate, weil keiner sie heiraten wollte, wußte sich Célestine kein anderes Mittel zum Leben als sich Witwern und Junggesellen anzubieten: Das brachte ihr selten ein Stück Geld, meistens aber ein bißchen Brot für ihre Lade oder eine Seite Speck für ihren Kessel ein. Célestines Kindlein, alle von verschiedenen Vätern, starben früh. Nur Célestine überlebte wer weiß wie inmitten der allgemeinen Verachtung und doch geduldet und in gewisser Weise beschützt von Pfarrer Séraphin, denn er meinte, so verwerflich ihr Lebenswandel auch sei, schränke er immerhin die Vergewaltigungen und Inzeste ein, die in unseren Dörfern gang und gäbe waren.

Monsieur Lefébure jedoch trachtete seit dem ersten Tag seines Priestertums in Orbieu danach, seiner Kirche dieses kranke Glied auszuschneiden. Das verkündete er unverhohlen von der heiligen Kanzel, und trotz meiner Einwände, indem ich auf das Evangelium und Maria Magdalena verwies, verschmähte er vom hohen Sockel seiner Theologie herab die meinige und setzte mit Donnerstimme seine schreckliche Verfolgung fort.

Die Ergebnisse ließen nicht auf sich warten. Kirchentreue Lümmel bewarfen Célestine mit Steinen. Der Bäcker verkaufte ihr kein Brot mehr. Ihren Hühnern wurde der Hals umgedreht, ihre Ziege gestohlen. Und zu guter Letzt legten fromme Hände bei Nacht Feuer an ihre Kate.

Wie durch ein Wunder entkam Célestine. Aber sogar dieses Wunder verteufelte Monsieur Lefébure. Er war, wie gesagt, Experte in Dämonologie. Und er verlangte von mir, die Sünderin zu verbannen. Die Arroganz dieses jungen Geistlichen machte mich sprachlos. Wieder ermahnte ich, beschwor das Beispiel des barmherzigen Paters Vincent, der sein Vorbild hätte sein sollen, da er sein Lehrer gewesen war. Alles vergebens. Monsieur Lefébure war durchaus nicht dumm, aber er war in seine absoluten Wahrheiten und seine unmenschliche

Logik verbohrt. Ich bin überzeugt, daß er im stillen dachte, so wie der Papst Könige absetzen könne, müsse seine geistliche Macht in Orbieu auch meine in die Knie zwingen.

Zum erstenmal ging ich ihn hart an, ohne daß sein Kamm aber abschwoll. Und weil die arme Célestine kein Dach mehr überm Kopf hatte, überließ ich ihr eine leerstehende Hütte auf meinem Land und gab ihr sowohl zur Gesellschaft als auch zum Schutz vor den Bauernlümmeln einen Hund.

Einen Monat später fand man Célestine krampfhaft verrenkt auf ihrer Schwelle. Was die Flammen nicht vermocht hatten, gelang durch Gift: Célestine legte sich auf ihren Strohsack, aß nicht mehr und starb.

Aber nicht einmal ihr Tod beendete den Krieg. Weil sie nichts hinterließ als ihre Leiche, erbot ich mich, Monsieur Lefébure die Öffnung der christlichen Erde für sie zu bezahlen. Er weigerte sich rundweg, er wollte sie nicht bei den »guten Christen« auf seinem Friedhof haben, und ich mußte mit dem Pfarrer von Montfort l'Amaury verhandeln, damit er sie auf den seinen ließ. Der war ein Pfarrer der alten Schule. Ich mußte ihm nur genügend in die Hand drücken, und Célestine fand endlich Ruhe.

Monsieur Lefébure erfuhr von dem Handel, schäumte vor Entrüstung und hatte die Stirn, mich dafür am Sonntag zum Schluß der Messe in kaum verhohlenen Worten anzuschwärzen.

Das war mehr, als ich ertragen wollte. Ich stand auf und ging die Stufen hinunter, die den Chor von der Gemeinde trennten. Monsieur de Saint-Clair und Laurena standen ebenfalls auf und folgten mir. Monsieur de Peyrolles schloß sich mit etwas Verspätung an, nicht weil er im Grunde mit mir einig war, sondern weil er nicht hätte bleiben können, ohne daß es ausgesehen hätte, als billige er die Unverfrorenheit Lefébures.

Ich schritt hinaus und wartete eine Weile auf dem Kirchplatz, neugierig darauf, was geschehen würde. Eine gute Anzahl Bauern verließen ihrerseits die Kirche, die einen erhobenen Hauptes, mit sorgenvoller Stirn, die anderen zogen den Kopf ein und verdrückten sich seitab wie die Krabben. Eine gute Hälfte von Orbieu ergriff also wohl oder übel Partei für seinen Herrn, trotzig die einen, die anderen fast verstohlen. Monsieur Lefébure hatte mit den besten Absichten der Welt seine Gemeinde ordnen wollen. Er hatte sie nur gespalten.

Um das Eisen zu schmieden, solange es heiß war, schickte ich einen berittenen Boten zum Bischof mit einem Brief, in dem ich ihn um eine Audienz bat, wenn möglich noch am selben Nachmittag, und ich erhielt sie umgehend.

Hochwürden war der Nachgeborene einer großen Familie, ein Verwandter der Guises. Ich war ihm ein paarmal im Haus meiner lieben Patin begegnet, und er wußte, daß ich ihr Sohn war.

Ich fand ihn noch bei Tisch, der mir sehr üppig gedeckt schien, doch ich lehnte seine liebenswürdige Einladung ab. Er bot mir Platz und behandelte mich wie einen Verwandten, was ich gewissermaßen auch war – wenngleich »linker Hand«, wie man sich erinnern wird. Der Bischof war jung, charmant, töricht, und weil er gern selber redete, hörte er nur mit halbem Ohr zu und hatte wenig Verständnis für meine Geschichte einer »Dorfvettel«, wie er sie nannte, und noch weniger für meine Beharrlichkeit, sie in christlicher Erde zu begraben, da es doch viel einfacher gewesen wäre, sie abseits vom Friedhof in der Sammelgrube für Landstreicher, Bettler und Selbstmörder zu verscharren. Aber daß so ein lumpiger kleiner Pfarrer es gewagt hatte, gegen seinen Herrn aufzumucken, das stach bei ihm. Diesem Unbedarften mußte man eine Lehre erteilen.

Nun hütete ich mich sehr, Monsieur Lefébure schlechtzumachen. Vielmehr lobte ich sein Wissen, seinen Eifer, seine Tugend. Ich bat den Bischof, ihn nicht in die »ärmste und lausigste Pfarrei« seiner Diözese zu verbannen, wie er zunächst die Absicht bekundet hatte, sondern ihn im Gegenteil zu befördern, nur bitte recht fern von Orbieu.

»Ich verstehe, mein Cousin«, sagte der Bischof lachend. (Er hatte die weißesten Zähne der Welt und zeigte sie zu gerne.) »Ihr wollt nicht, daß dieser Grünschnabel sich über Euch und mich bei seinen Lehrern am Seminar beklagt. Ihr habt tausendmal recht. Diese Tugendfanatiker sind fürchterliche Leute und verzeihen nie. Ich werde Lefébure zum dritten Vikar meiner Kirche machen, eine unerhörte Beförderung für einen jungen Pfarrer. Wen wollt Ihr als Ersatz für ihn in Orbieu?«

»Den Vikar Figulus.«

»Aber Figulus hat keine Leibrente!« rief der Bischof fast erschrocken aus.

Der Leser mag sich erinnern, daß die Bischöfe damals einem

Priester nur dann eine Pfarre zuteilten, wenn er eine Leibrente von mindestens fünfzig Livres pro Jahr besaß. Um soviel weniger nämlich mußten sie ihm zahlen.

»Ich gebe Figulus diese Leibrente«, sagte ich.

»Aus Eurer eigenen Schatulle?« fragte der Bischof entgeistert. »Ist das verläßlich? Schwört Ihr das?«

»Sicher, Hochwürden, Ihr habt mein Wort.«

»Mein Gott, Ihr laßt es Euch aber was kosten, diesen kleinen Lefébure loszuwerden!« sagte der Bischof und lachte noch mehr.

Zwei Tage später nahm Lefébure höflichen Abschied von mir. Mit seinen Siebensachen brach er zu neuen Ufern auf, von denen er wahrscheinlich träumte. Sein Übereifer, seine Glaubenswut beeinträchtigten aber meine gute Meinung von den Seminaren nicht. Doch es verleiht eine solche Macht, im Namen Gottes zu sprechen, daß ein Gefühl fürs rechte Maß und eine Herzensgüte dafür nötig sind, die diesem jungen Starrkopf völlig abgingen. Nach seinem Fortgang mußte ich versöhnen, was er geschieden hatte, und, wahrhaftig, das war keine leichte Aufgabe!

* * *

Beliebe dir's, Leser, mit mir in die Gegenwart zurückzukehren: in den Herbst 1624. Genauer gesagt, in die Zeit der Weinlese in Orbieu, die dank meinen Schweizern zügig vonstatten ging, und vor allem gut und fröhlich, und in keiner Weise ahnen ließ, welche dramatischen Ereignisse uns plötzlich an die Kehle springen sollten, jedoch, Gott sei Dank, ohne uns gänzlich unversehens zu treffen.

Die Weinlese war deshalb besonders fröhlich, weil wir, Monsieur de Peyrolles, Monsieur de Saint-Clair, Pissebœuf, Poussevent und einige von meinem Gesinde, gemeinsam einige Wildschweine schossen, die unseren Pächtern und mir im Sommer großen Schaden zugefügt hatten. Monsieur de Peyrolles hätte unserer Treibjagd ja eine Parforcejagd vorgezogen, weil sie ihm vornehmer erschien, aber ich fand sie zu gefährlich für unsere Hunde. Und ich behielt recht damit, denn die aufgestöberten Tiere waren überaus schnell und kämpferisch. Sechs von ihnen blieben trotzdem auf dem Platz, es waren Jungtiere zwischen sechs und neun Monaten, ihr Fleisch war zart und saftig. Peyrolles, Saint-Clair und ich nahmen jeder eins für uns, die anderen gab ich meinen Bauern, damit sie auf dem Kirchplatz ein Fest feiern konnten. Dazu spendierte ich ein Fäßchen Wein, groß genug, sie zu erheitern, nicht genug, daß sie sich betrinken konnten. Und durch La Barge ließ ich dem Vikar Figulus eine meiner bevorzugten Flaschen bringen und zwei dem Pfarrer Séraphin.

»Herr Graf«, sagte La Barge, »Ihr tut recht daran, dem Herrn Pfarrer zwei zu geben, trägt er doch alle Sündenlast!«

»Frechdachs! Mir aus den Augen!« rief ich.

Und ich warf ihm einen Pantoffel nach, den ich abgestreift hatte, um in meine Stiefel zu schlüpfen. La Barge aber war so behende, daß ich nur noch die Tür traf, die hinter ihm ins Schloß fiel.

»Herr Graf«, sagte Louison, »Ihr seid zu nachsichtig mit dem Burschen. Er wird frech.«

»Herr Graf«, sagte Monsieur de Peyrolles am nächsten Tag, »drei Spanferkel und ein Faß Wein! Ihr seid zu gut zu Euren Bauern! Bedenkt bitte das Sprichwort: Salbe den Gemeinen, und er schröpft dich. Schröpfe den Gemeinen, und er salbt dich.«

Im stillen fand ich es recht erbaulich, daß ein Mann des bürgerlichen Amtsadels sich solch einen veralteten, bösen Sinnspruch unseres Schwertadels zu eigen machte.

»Mein Freund«, sagte ich, »ich finde, ich schröpfe meine Abhängigen genug. Muß ich Euch in Erinnerung rufen, daß sie mir einen Jahreszins entrichten, mir einen Anteil zahlen, wenn sie ihr Haus oder Land verkaufen, daß sie mir Frontage leisten, eine Abgabe für die Weinpresse, eine für den Backofen, eine für meine Kornmühle und jetzt noch eine für meine Flachsmühle. Obendrein bleibt mir der Gewinn, wenn ich ihr Leinen verkaufe. Kurzum, sie versorgen mich von Anfang bis Ende des Jahres mit guten und klingenden Talern, und was tue ich für sie? Ich gebe ihnen ein Faß Wein, nicht einmal von meinem besten, und drei Wildschweine, die mich nur das Pulver gekostet haben. Sicher bin ich nicht unbesorgt um ihre Not, und manchmal kann ich ihnen helfen. Aber ist das nicht natürlich? Sind sie keine Menschen? Glaubt Ihr, ich hätte sie bewegen können, meine Straßen so gut und schnell zu pflastern, wenn ich sie unmenschlich behandeln würde?«

»Touché!« rief Monsieur de Peyrolles, der es sich trotz seines Alters und seiner Leibesfülle in den Kopf gesetzt hatte, bei einem Waffenmeister fechten zu lernen, und es furchtbar vornehm fand, die neuerlernten Begriffe zu verwenden. »Herr Graf«, fuhr er fort, »vergebt einem alten Schwätzer, wenn es aussieht, als ob er Euch kritisierte, in Wahrheit nämlich lerne ich viel, wenn ich Euren wohlbedachten und weisen Antworten lausche.«

Das mochte nun sehr nach einem zuckersüßen Kompliment zu meiner Beschwichtigung klingen, Monsieur de Peyrolles sagte aber die Wahrheit. Er stritt mit mir, um sich zu belehren. Hin und her gerissen zwischen seinem gütigen Naturell und der Sorge, seinen Rang zu wahren, fühlte er sich nie ganz sicher in seiner Grundherrenrolle und fragte sich ständig, ob er sich zum Vorbild mich oder einen anderen Nachbarn nehmen solle, der mit seinen Pächtern sehr viel härter und strenger verfuhr.

Ich entsinne mich – und habe dazu guten Grund! –, daß diese Unterhaltung am fünfzehnten September gegen zehn Uhr morgens in meiner Bibliothek stattfand, wo ich Monsieur de Peyrolles das berühmte Buch von Olivier de Serres, *Le Théâtre de l'Agriculture*, auslieh.

»Dieses Buch, mein Freund«, sagte ich, »hat schon mein Großvater, der Baron von Mespech, gelesen und verehrt. Mein Vater, der Marquis von Siorac, studierte es voller Bewunderung, als er sein Gut Le Chêne Rogneux kaufte. Und als ich Orbieu erwarb, versenkte auch ich mich darein und fand es so anregend und gelehrt, daß ich es zu meiner zweiten Bibel machte, meiner Landwirtschaftsbibel sozusagen.«

»Aber hörte ich nicht«, sagte Monsieur de Peyrolles und machte große Augen, »daß Olivier de Serres Hugenotte war?«

»Das war er«, sagte ich lächelnd, »aber seid unbesorgt, seine Ackerbaulehre ist keine Ketzerei.«

In dem Moment kam Monsieur de Saint-Clair. Er wollte mich abholen, damit ich seinen Schützen bei ihren Übungen zusähe.

»Herr Graf«, sagte er, »vielleicht nehmt Ihr Eure geladene Pistole mit? Ich habe meine dabei, und wir könnten …«

»Nanu, Saint-Clair«, rief ich lachend, »wollt Ihr mich auf die Wiese bestellen?«

»Ich meine, wir könnten ein kleines Zielschießen machen.«

»Herr Graf«, sagte Monsieur de Peyrolles voll Begier, sich an unserem kriegerischen Spiel zu beteiligen, »darf ich mit von der Partie sein? Leiht Ihr mir eine Pistole?«

»Aber gerne, mein Freund.«

Saint-Clairs ländlicher Schützenplatz befand sich zu Eingang meines Cornebouc-Waldes, auf einer Lichtung von fünfzig Klaftern im Quadrat.[1] Vom umlaufenden Weg war er durch eine dichte, hohe Hecke getrennt, die in der Mitte einen Durchlaß in Pferdebreite hatte, der durch ein hölzernes Gatter verschlossen werden konnte. Die Zielscheiben – mannshohe Bretter, sechs Daumen breit – waren etwa dreißig Klafter vor der Hecke aufgestellt. Hinter den Brettern verlief eine Palisade, um die Pfeile oder Steine abzufangen, die nicht ins Ziel trafen. Auf die schwarzen Zielbretter waren mit weißer Farbe in grobem Umriß ein Kopf und darunter ein Herz gemalt.

Saint-Clair wurde rot vor Zorn und Beschämung, als er auf den Platz trat: Von seinen Männern fehlte über die Hälfte, nur vier Armbrustschützen und sechs Schleuderer waren da.

»Was ist denn das?« schrie er. »Wo sind die anderen? Faulenzen im Bett oder schieben Kugeln, wie? Yvon! (Yvon war unser Schankwirt und von allen der eifrigste Schütze.) Lauf und trommele mir diese Faulsäcke zusammen! Sag ihnen, der Herr Graf ist da, Monsieur de Peyrolles auch, und wir werden ihnen das Leder gerben, wenn sie nicht im Nu zur Stelle sind!«

Das war aber nur militärische Redeweise, denn nie hatte Saint-Clair jemanden geprügelt. Inzwischen ließ er die anderen Schützen nacheinander schießen. Die kraftvolle Armbewegung, die dem Stein in der Schleuder den Schwung gab, schien mir vortrefflich, aber mit der Zielgenauigkeit haperte es: Keiner traf auch nur eine Planke.

»Saint-Clair«, sagte ich, »stellt die Schützen um die Hälfte näher und laßt zwei gleichzeitig auf dasselbe Ziel schießen, einen oben, einen unten.«

Das Schießen begann unter den von mir genannten Bedingungen erneut und erwies sich als befriedigend. Fünfzehn Klafter waren für einen schweren Stein eine günstigere Entfernung, und es steigerte den Wetteifer, wenn zwei Schleuderer dasselbe Ziel anpeilten. Von den drei Zielscheiben wurden drei

---

[1] Ein Klafter sind zwei Meter.

getroffen und eine so hart, daß die Planke wippte und fast umfiel.

»Und jetzt die Armbrustschützen«, sagte ich.

»Auch auf fünfzehn Klafter, Herr Graf?«

»Nein, nein, auf dreißig. Sie haben eine Peilung an der Waffe und müssen nicht mit dem Arm Schwung holen.«

Saint-Clair gab jedem der vier Schützen zwei Bolzen. Einen steckten sie sich in den Gürtel, den anderen legten sie in den Kolben ein. Dann spannten sie die Sehne mit dem Hebel, suchten ihr Ziel und schossen. Alle Bolzen schlugen federnd in die Bretter.

»Saint-Clair«, sagte ich, »sind die Abwesenden auch so gut?«

»Nein, diese vier sind die besten und auch die fleißigsten.«

»Sie sind die besten, weil sie die fleißigsten sind«, sagte lächelnd Monsieur de Peyrolles.

»Aber der allerbeste«, sagte Saint-Clair, »ist der Schankwirt.«

»Der Schankwirt?« fragte Monsieur de Peyrolles.

»Ja, Herr Schwiegervater.«

»Das muß mir ein nüchterner Schankwirt sein«, sagte Monsieur de Peyrolles.

Während Saint-Clair den Schützen befahl, den zweiten Bolzen einzulegen, beschlossen sein Schwiegervater und ich, mit unseren Pistolen zu schießen, wobei Monsieur de Peyrolles mir unbedingt den Vortritt lassen wollte. Nun war ich keineswegs so geschickt wie Ludwig, der mit seiner Muskete einen Spatzen im Fluge traf oder mit einem Pistolenschuß eine Kerze löschte. Immerhin gelang es mir aber, meine Kugel innerhalb eines weiß gemalten Kreises zu plazieren, allerdings nicht sehr nah am Mittelpunkt. Ich hoffte, Saint-Clair, der sich zu uns gesellte, würde es besser machen, aber dazu war er offenbar zu nervös. Die Blamage vor mir und seinem Schwiegervater, daß seine Schützen nicht vollzählig erschienen waren, ärgerte ihn zu sehr.

»Dann bin ich an der Reihe«, sagte Monsieur de Peyrolles und trat mit einigem Gehabe vor. Er stellte sich seitlich, hob den Arm in die Horizontale und nahm sich endlos Zeit fürs Zielen.

Es stand geschrieben, daß er diesen Schuß nie abgeben

sollte. Genau in dem Moment nämlich hörte man eine bedrohliche Galoppade, und durch die Hecke stürmten drei Reiter mit wildem Geschrei auf den Schützenplatz und trieben ihre Pferde gegen unsere Männer. Die aber vergaßen vor Schreck, daß sie Waffen in Händen hatten, und rannten davon, sich hinter den Zielscheiben zu verstecken. Nachdem sie uns derweise von unserer Truppe abgeschnitten hatten, kamen die drei schreiend auf uns zugeprescht. Fünf Klafter vor uns brachten sie ihre Pferde zum Stehen. An ihrem schwarzen Küraß erkannte ich, daß es deutsche Reiter waren. Sie waren mit Degen und Dolch bewaffnet und, wie ich wußte, mit zwei Radschloßpistolen in den Halftern: Pistolen, die sie mit einer Fertigkeit handhabten, daß sie in unseren Kriegen damit Ruhm erlangt hatten, auf welchem Schlachtfeld auch immer, denn als Söldner verkauften sie ihre Dienste dem Meistbietenden, ob Hugenotten oder Katholiken, ob Königen oder ihren Fürsten, ob der Königinmutter oder ihrem Sohn.[1]

Sie bauten sich vor uns nicht nebeneinander, sondern hintereinander auf, aber jeweils leicht nach links versetzt, damit auch der zweite und der dritte freie Sicht auf uns hatte. Ich weiß nicht, ob dies eine taktische oder eine hierarchische Aufstellung war, kann auch sein, sie war beides, denn der vor uns schien der Anführer zu sein, weil nur er sprach und die anderen ihm beipflichteten.

Was nun uns drei betraf, so waren wir in der übelsten Lage, die sich denken läßt. Meine und Saint-Clairs Pistole waren leer, nur die von Monsieur de Peyrolles nicht, aber der Alte war so schwerfällig und langsam, daß ich bezweifelte, er könnte zum Guten eingreifen. Aus Scham und Verzweiflung fühlte ich nicht nur, sondern hörte, wie mir das Herz in der Brust häm-

---

[1] Die deutschen Reiter hatten eine Kampftaktik, die ihren Erfolg erklärt. Sie griffen die Karrees der Fußtruppen mit langem Spieß folgendermaßen an: Sie luden, Pistole in der Faust, per Schwadron von zwanzig Mann in Linie, auf sechzehn Reihen in der Tiefe. Hatten sie geschossen, öffnete sich die erste Reihe fächermäßig, gruppierte sich hinten neu und lud die Waffen. Inzwischen rückte die zweite Reihe vor und schoß. Alles beruhte auf der Schnelligkeit ihrer Pferde, ihrer Treffsicherheit in voller Bewegung und der Geschwindigkeit, mit der sie ihre Waffen luden, wenn sie sich hinten neu formierten. Coligny gebrauchte sie. Henri Quatre ahmte sie nach, indem er Kompanien von »Pistoliers« bildete. Die deutschen Reiter und ihre Kampftechnik verschwanden mit Ende des Dreißigjährigen Krieges. (Anm. d. Autors)

merte. Wir waren Geschlagene noch vor dem Kampf. Was vermochten zwei leere Pistolen gegen sechs geladene? Und was vermochten dagegen die Degen, die Saint-Clair und ich an der Seite trugen?

Der Anführer sah die grausame Ironie unserer Situation. Er ließ die Zügel los, fuhr mit beiden Händen zugleich in seine Halfter und zog zwei Pistolen hervor, die er wie lässig auf Saint-Clair und mich anlegte. Dabei musterte er uns halb spöttisch, halb verächtlich. Dann wandte er sich im Sattel um und redete in seiner Sprache.

»Was ist das für eine Truppe?« sagte er mit rauher Stimme. »An die zehn Soldaten, die sich bei Ansicht von drei Kerlen hinter Brettern verkriechen? Und drei Offiziere, die eine Pistole in der Hand haben und nicht schießen!«

Hierauf fingen die beiden anderen an, lauthals zu lachen, und der Anführer stimmte mit ein. Monsieur de Saint-Clair verstand kein Deutsch, aber dafür verstand er sehr gut, daß man ihn verhöhnte, und er wurde blaß vor Zorn. Ich fürchtete, er könnte etwas sagen oder tun, was der Anführer zum Vorwand nehmen könnte, uns niederzuschießen, darum rief ich im Platt von Orbieu: »Um Himmels willen, sagt nichts!«

Dieser Befehl richtete sich ebenso an Monsieur de Peyrolles, und ich sah, daß es ihn, trotz der ernsten Lage, in seiner Eitelkeit traf, daß ich ihm einen Befehl gab. Der Anführer runzelte seinerseits die Stirn, als er einen Befehl in einer ihm völlig fremden Sprache hörte. Er richtete eine seiner Pistolen ernsthafter auf mich und fragte auf französisch, das er zu meiner Überraschung sehr gut und mit bestem Akzent sprach: »Monsieur, was ist das für ein Kauderwelsch? Was habt Ihr den anderen gesagt?«

»Das Kauderwelsch ist die Sprache dieses Dorfes. Ich habe die beiden nur gewarnt, sich von Euch provozieren zu lassen.«

Das Wort »provozieren« schien ihn zu stören, und mit verwunderlicher Gewissenhaftigkeit suchte er es zurückzuweisen.

»Wir provozieren Euch nicht«, sagte er. »Tatsache ist: Wir haben Euch in der Zange.«

»Monsieur«, sagte ich mit vollendeter Höflichkeit, »Eure Situation ist nicht so rosig, wie Ihr denkt. Wenn Ihr uns tötet, sagen sich unsere Schützen dort, daß sie als nächste an der Reihe sind. Und aus Todesfurcht mutig geworden, werden sie Euch ihre Bolzen in den Rücken schießen. Wie ich sehe, haben zwei bereits auf Euch angelegt.«

Wie vorausgesehen, drehte sich der Anführer im Sattel um und spähte wachsam über den Schützenplatz nach hinten, wo man zwischen zwei Planken tatsächlich Armbrüste erblickte, aber ohne daß sie erkennbar auf irgend jemanden zielten.

Hätte Monsieur de Peyrolles auch nur eine Unze Geistesgegenwart gehabt, hätte er in diesem Moment auf den Anführer geschossen. Obwohl ich ihm mit den Augen rasch ein Zeichen gab, schaute er begriffsstutzig, was ich wohl meine.

»Ach, ich glaube nicht, daß die schießen«, sagte der Anführer, sich wieder umwendend. »Alles, was die Hosenscheißer da können, ist, einen Furz in die Hosen lassen.«

Der Scherz dünkte ihn so gut, daß er ihn auf deutsch wiederholte. Seine beiden Begleiter brachen in wieherndes Gelächter aus, und er fiel so aufgekratzt mit ein, daß mir nichts Gutes schwante. Dieses Katz-und-Maus-Spiel hatte seinen Spaß für ihn verloren, nun kitzelte ihn die Lust, mit uns dreien Schluß zu machen. Trotzdem aber hätte er Peyrolles wegen seines Alters und seines Wanstes wohl verschont, denn er schien ihn gar nicht ernst zu nehmen, da er ihn nie angesprochen hatte. Was, wie ich Sekunden später begriff, den guten Mann nicht wenig kränkte.

»Monsieur«, sagte der Reiter, »Eure Gesellschaft ist ja sehr amüsant, aber so kommen wir nicht zu Stuhle. Was haltet Ihr von einem kleinen Duell? Ihr habt jeder eine Pistole, ich habe zwei und schieße mit beiden Händen. Also ist die Partie gleich. Ich zähle bis drei, dann wird gefeuert, Ihr auf mich, ich auf Euch.«

»Monsieur«, sagte ich, »leider wäre die Partie ungleich, meine Pistole ist leer.«

»Meine auch«, sagte Saint-Clair.

Ich dachte und denke es seitdem wohl tausendmal, daß Monsieur de Peyrolles, wenn er jetzt, ohne ein Wort, geschossen hätte, den Anführer tödlich hätte treffen können, weil unser Gegner ihm nicht die geringste Beachtung schenkte. Aber gerade weil der Deutsche ihn links liegen ließ und damit seine Eitelkeit bitter kränkte, wollte Monsieur de Peyrolles zurück ins Spiel, und anstatt zu handeln, fing der große Redner an zu reden.

»Aber meine ist geladen«, sagte er stolz.

Und mit theatralisch langsamer Gebärde hob er den Arm, um auf den Reiter zu zielen.

Ihm blieb keine Zeit, seine noble Geste zu vollenden und schon gar nicht zu feuern. Der Reiter schoß als erster, Monsieur de Peyrolles ließ seine Pistole fallen und sackte ins Gras. Schnell warf sich Saint-Clair neben ihm auf die Knie, und blitzschnell erfaßte ich, was er vorhatte: Indem er vorschützte, Monsieur de Peyrolles Hilfe zu leisten, wollte er sich seine Pistole angeln. So verwegen das auch war, es war unsere einzige Chance, und binnen eines Wimpernschlags wußte ich, wie ich ihm helfe. Ich warf dem Pferd vor mir meine Waffe vor die Füße. Es scheute heftig, woraufhin der Anführer mit einer Hand die Zügel packte. Ich aber streckte den Finger gegen ihn aus und schrie auf deutsch: »*Du hast den alten Herrn getötet, du böser Mensch!*«[1]

Der Anführer war baff, so herrisch und auf deutsch angefahren zu werden, und machte große Augen.

»Aber Sie sprechen ja deutsch, mein Herr!«

Und, wie schon einmal, wollte er sich rechtfertigen.

»Ich bin kein böser Mensch!« rief er. *»Der Alte hat mich bedroht!«*

Nie konnte ich mich nachher entsinnen, ob er noch dazu kam, das Wort »bedroht« auszusprechen, oder ob ich den Satz ergänzt hatte, den letzten, den er in diesem Tal der Tränen sprach. Saint-Clair schoß mit Peyrolles' Pistole, und der Anführer fiel ohne einen Schrei aus den Steigbügeln, wobei seiner Linken die geladene Pistole entglitt.

Ich warf mich gegen den Kopf seines Pferdes, griff in die Zügel, daß es sich bäumte, und drückte es mit aller Kraft, bald unterstützt von Saint-Clair, zurück gegen die Pferde der anderen beiden Reiter, im Vertrauen darauf, daß ein Reiter nicht schießt, wenn er riskiert, ein Pferd zu treffen. Dieses diente uns gewissermaßen als Schild. Gleichzeitig brüllte ich zu unseren Schützen hin aus Leibeskräften auf Platt: »Schießt, Leute! Schießt!«

Sogar jetzt, da meine Augen im Gras verzweifelt die heruntergefallene Pistole des Anführers suchten, wären meine Bauern

---

[1] Deutsch im Original.

wohl noch nicht aus ihrer Lähmung erwacht, hätten in dem Moment nicht wunderbarerweise, wie mir schien, die Kirchenglocken von Orbieu angefangen, Sturm zu läuten. Wie die Männer mir später sagten, glaubten sie, die Schweizer kämen ihnen zu Hilfe, und weil ihnen der Gedanke Mut machte, legten sie (aber ohne sich hinter den Zielbrettern hervorzuwagen) auf den ihnen nächsten der Reiter an, und sicher war es aus dieser Distanz keine Heldentat, einen Rücken zu treffen, der breiter war als ein Brett, aber schließlich kamen alle vier Bolzen mit so schrillem Pfeifen gesaust, daß ich es trotz des Glockenlärms hörte.

Dem Unglücklichen schoß das Blut aus dem Mund, er schien mit unfaßlicher Langsamkeit von seinem Pferd zu sinken. Und als er bäuchlings am Boden lag, sah ich schaudernd die Bolzen in seinem Rücken stecken wie große Nadeln.

Bei diesem Anblick verharrte der übriggebliebene Reiter starr vor Grauen und für mein Gefühl weit tiefer entsetzt, als wenn sein Kamerad unter Kugeln gefallen wäre. Dabei war seine Lage noch längst nicht verzweifelt, denn er hatte zwei geladene Pistolen in Händen und ein schnelles Tier unter sich. Er hätte zum Beispiel aufs Geratewohl auf Saint-Clair und mich schießen und mit verhängten Zügeln auf und davon jagen können. Aber seines Anführers und seines Kameraden beraubt und durch ihren Tod wie gelähmt, dazu erschreckt durch das Sturmläuten, das eine furchtbare Vergeltung anzukündigen schien, ergab er sich seinem Schicksal, und gerade, als ich im Gras die Pistole seines Anführers fand, ließ er seine fallen und hob die Hände.

Mit einiger Scham muß ich bekennen, daß mich in der Hitze des Augenblicks und in dem fast animalischen Fieber des Kampfes der unbändige Trieb erfaßte, den Waffenlosen abzuknallen, um mich für den Tod von Monsieur de Peyrolles und für die erlittene Demütigung zu rächen. Ich überwand diesen Trieb, aber nicht die Schande, ihn verspürt zu haben. Man lehrt uns Mitleid, Vergebung und Nächstenliebe, doch dringen uns alle diese Gefühle nicht bis in die Tiefe der Seele, zuweilen nicht einmal der Kirche selbst, die im Lauf der Jahrhunderte wenig zartfühlend gegen die Ketzer vorgegangen ist. Kommt eine Situation, die unser Leben oder auch nur unsere Interessen bedroht, erwacht in uns das Tier.

Während der überlebende Reiter gebunden wurde, ganz unnötigerweise, glaube ich, trat ich zu Monsieur de Peyrolles und kniete mich neben ihn. Plötzlich schlug er die Augen auf. Gott sei Dank, er war nicht tot! Er war nicht einmal besonders schwer getroffen, die Kugel hatte ihm die Schulter durchschossen, aber keinen Knochen verletzt, wie uns der Barbier und Wundarzt versicherte, den ich sogleich holen ließ. Nachdem die Wunde von Monsieur de Peyrolles verbunden war, bemühte ich mich um seine getroffene Eigenliebe und sagte mit aller Überzeugung, die ich aufbringen konnte: »Mein lieber Herr Nachbar, Ihr seid sehr tapfer gewesen.«

Ich ließ mich neben ihm ins Gras fallen, und es überkam mich eine ungeheure Erschöpfung. Kaum gelang es mir, eine Art Streit zwischen Saint-Clair und den Schützen zu verstehen. Aber ich hätte mir die Anstrengung ersparen können, denn bald darauf kam Saint-Clair, setzte sich zu mir und berichtete, um was es ging. Seine jugendlichen Züge wirkten mir hohl und wie vor Müdigkeit gealtert.

»Herr Graf, sie wollen ihren Anteil an der Beute«, sagte er seufzend.

»Welchen Anteil?« fragte ich.

»Kleider, Stiefel und das Geld der beiden Toten.«

»Verdammt, haben die es eilig! Außerdem habt Ihr, Saint-Clair, den Anführer erschossen. Er ist Euer.«

»Ich will nichts«, sagte er matt. »Dieses Gefeilsche um die Beute widert mich an. Sollen sie nehmen, was sie wollen.«

»Gut, sollen sie nehmen, was sie wollen, aber dafür müssen sie die Toten begraben.«

»Sie wollen auch das Pferd von dem, den sie erledigt haben.«

»Das Pferd ist doch viel zu feurig für die Feldarbeit. Was wollen sie damit?«

»Es in Montfort auf dem Markt verkaufen und sich das Geld teilen.«

»Einverstanden, aber den Sattel und die Küraße behalten wir. Damit können sie doch nichts anfangen. Noch was?«

»Ja, Herr Graf.«

»Was denn?« fragte ich.

»Sie wollen den Gefangenen hängen.«

Hier runzelte ich die Brauen, und mit einem Zorn, der mir

auf einmal wieder Kräfte gab, schrie ich: »Saint-Clair, diese Anmaßung müßt Ihr strengstens verbieten! Hier bin ich der oberste Gerichtsherr. Mir allein obliegt es, über das Los dieses Mannes zu entscheiden!«

»Wenn er mir gehörte«, sagte Monsieur de Peyrolles, »ich würde ihn mit Vergnügen aufknüpfen.«

Darauf gab ich keine Antwort, und nach einem ziemlich langen Schweigen, das jede neue Intervention entmutigen mochte, wandte ich mich erneut an Saint-Clair.

»Wißt Ihr, wer die Sturmglocke geläutet hat?«

»Ja, Herr Graf, es war Yvon.«

»Yvon?«

»Ihr wißt doch, wir hatten ihn ins Dorf geschickt, um die Faulenzer zu holen.«

»Richtig.«

»Als er mit ihnen ankam, hörte er schon von weitem das Geschrei der Reiter, und als er durch die Hecke spähte, begriff er, in welcher Gefahr wir waren. Wie mit Flügeln an den Fersen lief er zurück zur Kirche, und als er weder Figulus noch Séraphin fand, hat er selber Sturm geläutet.«

»Das hat er großartig gemacht. Aber warum hat er die Schweizer nicht geholt?«

»Er wußte nicht, wo sie waren.«

»Trotzdem, er hat eine Belohnung verdient. Sein Sturmgeläute hat den Gegner schwer durcheinandergebracht.«

Beim Essen, das ich allein einnahm, hockte ich mit langen Zähnen, aufgewühltem Magen, leerem Kopf. Nach dem widerwillig geschluckten letzten Happen kroch ich ins Bett, ohne mich groß auszukleiden. Nur Louison ließ ich neben mir unterm Betthimmel zu, aber nicht ihr Geplapper und ihre Fragen.

»Mein Lieb«, sagte ich, »halt bitte den Schnabel! Später erzähle ich dir alles lang und breit.«

Sie schmiegte sich an mich, und von ihrem warmen Körper strömte eine so gute Ruhe in mich über, daß ich sofort in Schlaf fiel. Als ich nach zwei vollen Stunden erwachte, fühlte ich mich zwar körperlich einigermaßen erfrischt, aber in meinem Kopf ging die Bedrohung rund, die weiterhin über Orbieu schwebte.

Ich suchte den Gefangenen in jenem Kellerverlies auf, wo ich seinerzeit den Brandstifter Mougeot eingesperrt hatte. Es war kein besonders düsterer Ort, nur daß das einzige Fenster vergittert war und auf meinen Teich ging.

Der Mann sagte, er heiße Hans Hetzel. Auf mein Versprechen hin, ihn nicht zu hängen, wenn er mir alles sage, sprach er umfassend und auf französisch, denn er war Lothringer und hatte anfangs einem Edelmann aus der Verwandtschaft der Guises gedient. Er mochte wenig über Zwanzig sein, denn sein Gesicht hatte noch eine gewisse Kindlichkeit, obwohl seine Züge hart waren und seine Gestalt vor Muskeln strotzte.

Die drei Reiter waren, wie ich mir schon dachte, nicht etwa Versprengte gewesen, sondern Aufklärer. Sie gehörten zu einer dreißig Mann starken Bande, und diese kümmerte mich vor allem. Hetzel erzählte, die Bande sei Teil eines Söldnerfähnleins von hundert Mann gewesen, deren Hauptmann in unserem letzten Religionskrieg bei einem Hugenotten Dienst genommen hatte. Aber nach dem Kampf sei dieser Hauptmann mit dem Sold seiner Männer geflohen. Darauf hatten sie sich in drei Banden aufgeteilt, um sich auf eigene Faust am Landvolk schadlos zu halten. Die Bande, zu der Hans gehörte, wurde von einem Mann namens Bürger befehligt und hatte sich durch die üblichen Taten hervorgetan: Morde an Bauern, Vergewaltigungen, Brandstiftung, Zerstörung von Obstgärten und Vieh.

So freimütig Hetzel bis dahin ausgepackt hatte, weigerte er sich doch entschieden, zu sagen, wo seine Bande sich versteckt hielt.

»Herr Graf«, sagte er, straff zu ganzer Höhe aufgerichtet, »ein guter Soldat verrät seinen Chef nicht.«

»Es sei denn, sein Chef ist der blutigste Bandit der Schöpfung.«

»Ich weiß nicht«, sagte Hetzel. »Ich glaube, sogar dann schuldet ein guter Soldat seinem Chef Gehorsam.«

»Dann wird dieser gute Soldat«, sagte ich, »der mir verschweigt, was er weiß, leider an einem Strick baumeln müssen, was doch ein Jammer wäre, weil sein schlechter Chef nicht einmal erfahren würde, wie dumm sein guter Soldat ihm gehorcht hat.«

»Herr Graf, ist das wirklich wahr?« fragte Hetzel, und ihm rann der Schweiß über das gute, einfältige Gesicht.

»Bestimmt ist es das. Und es täte mir sehr leid um dich,

Hans, denn würdest du mir die Wahrheit sagen, könnte ich dich in mein Gesinde aufnehmen, jung und kräftig, wie du bist.«

»Herr Graf, Ihr würdet mich in Euer Gesinde aufnehmen?«

»*Sicher.*«[1]

Ich sagte »*sicher*«, weil mir das deutsche Wort bestimmter erschien als das französische. Damit wandte ich mich, ohne etwas hinzuzufügen, auf den Absätzen um und ging zur Tür.

»Herr Graf! Herr Graf!« rief Hetzel, mir nachlaufend, »und wenn ich ihren Unterschlupf nicht verrate, hängt Ihr mich?«

»*Sicher.*«

»Herr Graf, sie haben ihr Lager bei Richebourg, nördlich von Houdan.«

Am folgenden Tag schickte ich Saint-Clair mit einem Sendschreiben zum Gouverneur der Provinz. Fünf Tage später umzingelte eine fünfzig Mann starke berittene Garde die deutschen Reiter im Wald bei Richebourg und nahm sie ohne einen Schuß Pulver gefangen. Sie wurden nicht gehenkt, wie Monsieur de Peyrolles es wünschte. Kardinal Richelieu hatte großen Bedarf an Galeerensklaven für die Schiffe, die er überall kaufte, um der aufsässigen Hugenotten von La Rochelle Herr zu werden.

---

1 Deutsch im Original.

DRITTES KAPITEL

Wieder im Louvre, erzählte ich dem König diesen Überfall der deutschen Reiter, der Saint-Clair, Peyrolles und mir um ein Haar zum Verhängnis geworden wäre, und zu meinem Erstaunen stellte ich fest, daß Ludwig sich geradezu leidenschaftlich für meine Sicherheit interessierte. Er fragte, wie die Straße von Montfort l'Amaury mit der Landstraße, die durch meinen Besitz führe, zusammentreffe, und bat mich, ihm diese Kreuzung zu skizzieren, damit er eine klarere Vorstellung erhalte. Auf sein Wort brachte mir Berlinghen Papier und Feder, und ich machte mich ans Werk. Der König sah sich die Skizze genau an, nahm mir, sowie ich fertig war, die Feder aus der Hand und zeichnete mit bewundernswert wenigen, sicheren Strichen ein Kastell an die Stelle, wo die Landstraße in meine Straße mündete. Dann flankierte er das Kastell rechts und links mit langen Mauern.

»Die Mauern«, sagte er, »müssen nicht überhoch sein, nur so, daß ein Reiter sie nicht überspringen kann. Wer zu Fuß ist, wagt sich ohnehin nicht leicht über eine Mauer, weil er nicht weiß, ob auf der anderen Seite nicht Fallen und Fußangeln sind. Eure Mauer muß zu beiden Seiten des Kastells bis an unüberwindliche Hindernisse grenzen, Felsen oder Dorngebüsch. Und auf jeden Fall braucht Euer Kastell in der Mitte ein Fallgatter und ein Tor, und es muß Tag und Nacht von zwei oder drei Mann bewacht werden, die sich abwechseln. Dafür nehmt Ihr die vertrauenswürdigsten Burschen, die Ihr auf Eurem Gut findet. Wie mein Vater sagte: ›Keine guten Mauern ohne gute Männer.‹«

Ludwig schien so froh, daß er seinen Vater zitieren konnte, und wohl auch so zufrieden mit seinem Entwurf (der ihn vielleicht an die schöne Festung erinnerte, die er als Zehnjähriger im Park von Plessis-les-Tours aus Sand gebaut hatte), daß er, bevor er ihn mir reichte, seinen königlichen Namen daruntersetzte. Ich war überglücklich.

»Meinen großen Dank, Sire«, sagte ich, »ich werde es mir überlegen.«

»Nicht überlegen, Siorac«, sagte er ernst, »tun sollt Ihr es. Ob kleines Gut, ob großes Reich – man darf nicht Mühe, Zeit noch Kosten scheuen, es gegen Eindringlinge zu sichern.«

Am nächsten Abend war ich beim Marquis de Siorac in der Rue du Champ Fleuri, um wieder einmal daheim zu schlafen. Nach dem Abendessen zog ich die königliche Zeichnung aus einer Ledermappe, die ich eigens dafür gekauft hatte, und zeigte sie meinem Vater und La Surie.

»Herr Vater«, sagte ich, »was haltet Ihr davon?«

»Allewetter«, sagte mein Vater, »eine Skizze von der Hand des Königs! Und von ihm unterzeichnet! So ein Blatt, würde ich sagen, ist ein Geschenk der Götter! Es wird in Eurer Nachkommenschaft von Hand zu Hand gehen, mein Sohn, zu Stolz und Freude Eurer Kinder und Kindeskinder, falls Ihr«, setzte er mit einem Lächeln hinzu, »überhaupt eines Tages heiratet.«

»Warum nicht?« sagte ich. »Ich besitze in Paris ein Hôtel in der Rue des Bourbons, das ich Frau von Lichtenberg abgekauft habe, und auf dem Land mein Gut Orbieu. Fehlt nur noch die rechte Braut. Chevalier, und was meint Ihr zu der Skizze?«

»Das kommt darauf an«, sagte La Surie.

»Worauf kommt was an?«

»Was Ihr damit anfangt.«

»Und was würdet Ihr an meiner Stelle damit anfangen?«

»Ich würde sie mir in Gold rahmen lassen, auf Samtgrund, mit dickem Glas schützen und für jedermann sichtbar über meinen größten Kamin hängen.«

»Miroul, wenn ich es richtig deute«, sagte mein Vater lächelnd, »haben deine Worte einen Hintersinn.«

»Das will ich nicht leugnen«, sagte La Surie, indem er den Marquis de Siorac mit seinen verschiedenfarbigen Augen anblickte, sein braunes voller Zuneigung, sein blaues voll Schläue.

»Auch ich verstehe«, sagte ich. »Ihr an meiner Stelle würdet keine Hand rühren, um dieses Kastell in Orbieu zu erbauen.«

»Man muß doch zweierlei bedenken«, sagte der Chevalier de La Surie, »die Sicherheit und die Ausgaben. Die Sicherheit für Euch und Eure Bauern wäre natürlich sehr schätzbar, aber die Ausgaben?«

»Hat der König mir den Bau nicht befohlen?« sagte ich.
»›Nicht überlegen, Siorac, tun sollt Ihr es!‹ hat er gesagt.«
»Das ist kein Befehl«, sagte mein Vater, »das ist ein Rat. Einen Befehl dazu kann Euch der König nur geben, wenn er seine Börse zückt und Euch die Mittel gibt, ihn auszuführen.«
»Trotzdem«, sagte ich, »die Gefahr ist unstreitig. Ohne Kastell bin ich nie vor Überraschungen sicher. Was für eine Demütigung, mitten auf seinem eigenen Grund und Boden plötzlich die Pistolen dieser verruchten Reiter auf sich gerichtet zu sehen! Soll ich nun immer Tag und Nacht zittern, daß mir jeder Hergelaufene mein Gut, meine Bauern, mein Haus, meine Leute vernichten kann? Was heißt königliche Politik denn anderes, als das Reich vor den Angriffen der Großen, der Hugenotten und des Hauses Habsburg zu schützen? Auch wenn meine Feinde nur kleine Galgenstricke sind – fürchten muß ich sie genauso!«
»Was hilft es, so ein Kastell wäre ruinös«, sagte mein Vater. »Allerdings, Pierre-Emmanuel«, setzte er nach kurzem hinzu, »Ihr seid ja kein armer Mann.«
Hierauf klopfte es, und auf das Herein meines Vaters erschien Franz und überbrachte mir ein Billett, das ein Laufbursche soeben für mich abgegeben hatte. Als ich sah, daß es von der Herzogin von Guise kam, deren Verhältnis mit meinem Vater der Leser kennt, las ich es laut vor:

Mein söngen,
komt morgn elf ur eßenn under Vir augn mid Mier un Louise-Marguerite.
Catherine de Guise.

»Das macht sechs Augen«, sagte der Marquis de Siorac. »Und zwei weibliche Schnäbel: Ihr werdet nicht zu Worte kommen.«
»Abwarten, Herr Vater! Es gibt mit Sicherheit wieder verfängliche Fragen, die ich zu beantworten habe mit ... wie sagt Ihr immer, Herr Vater?«
»Eine Pfote vor, die andere zurück.«
Und wir lachten fröhlich, nicht weil dieser Spaß neu gewesen wäre, sondern weil wir es genossen, alle drei beisammen zu sein und uns der Wiederholung zu freuen.

Meine liebe Patin, die verwitwete Herzogin von Guise – die nicht ganz getreue Gemahlin des Narbengesichts und Gründers der Heiligen Liga, der auf Schloß Blois auf Befehl Heinrichs III. ermordet wurde –, war im Jahr 1553 geboren. Demgemäß war sie, als dieses Diner »unter sechs Augen« stattfand, wie mein Vater sagte, zweiundsiebzig Jahre alt, doch merkte man ihrer strotzenden Frische dieses Alter nicht an. Wer ihr, wie Bassompierre einmal, gesagt hätte, sie sähe zehn Jahre jünger aus, hätte sie tief gekränkt. »Zehn Jahre, Graf! Zehn Jahre jünger!« rüffelte sie ihn entrüstet, »Ihr wolltet wohl dreißig sagen: Eure Zunge hat sich bloß verheddert.«

Tatsächlich hatte sie noch eine glatte Haut, ohne Altersflecke, keine Tränensäcke unter den Augen, keine Runzeln am Hals, gute Zähne, strahlende Augen, volles blondes Haar, wenn diesem Blond auch ein bißchen nachgeholfen war, und reizend gelockt. Ihre lebhaften Bewegungen, ihre sprudelnde Fröhlichkeit und ihre unverblümte Sprache verstärkten den Eindruck einer unverwüstlichen Jugend. Und wirklich, was für einen robusten Körper, was für eine Seelenstärke mußte sie gehabt haben, um elf Kinder zu überleben, von denen noch vier am Leben waren, der Herzog von Guise, der Herzog von Chevreuse, die Prinzessin Conti und ich.

Louise-Marguerite, ihre Tochter und meine Halbschwester, Witwe des Prinzen Conti, heimlich verheiratet mit Bassompierre (damit sie den Prinzessinnentitel nicht verlor, der ihr über alles ging), war noch keinem Mann treu geblieben. Im Unterschied zu ihrer Mutter band sie sich an keinen, öffnete ihren Kelch jedem Insekt und litt im stillen heftig, daß sie schon siebenunddreißig war und daß ihre große Rivalin – an Schönheit und in der Freundschaft der Königin –, ihre Schwägerin Madame de Chevreuse, verwitwete Luynes, die Unverschämtheit hatte, zwölf Jahre jünger zu sein.

Doch wie sie an diesem Tag vor mir stand, fand ich die Prinzessin Conti verführerisch schön und unerhört elegant.

Feine blonde Löckchen ringelten sich über ihrer Stirn, fielen anmutig an den Wangen nieder und wurden am Hinterkopf und zu beiden Seiten von einem dichten Netz aus edelsten Perlen zusammengehalten, die unsichtbar aufgefädelt und an einem schwarzen Samtband befestigt waren, das den Kopf umfing und vermutlich im Nacken geschlossen wurde. Der sehr grazile Hals war nur durch eine einreihige Perlenschnur geziert. Doch wie um solche Schlichtheit zu beschämen, überzogen drei Reihen Perlen ein so tiefes Dekolleté, daß die Furche zwischen den Brüsten offengelegen hätte, wäre sie durch die Perlen nicht ebenso verhüllt wie betont worden. Der Symmetrie halber schmückten die Oberarme zwei weitere Perlengebinde. Von dort abwärts vereinfachte sich alles. Eine einreihige Perlenschnur hing vor dem Bauch hernieder und verband sich mit zwei von den Hüften kommenden Schnüren in Höhe des Venusbergs zu einem höchst beredten Gebilde. Das Kleid war aus goldbesticktem rosa Satin, und so eng es bis zu besagtem Gebilde auch am Körper anlag, so majestätisch verbreiterte es sich von da ab zu einem Reifrock, dessen Umfang die gleichsam heilige Bedeutung der Körperteile bezeugte, die er den Blicken entzog.

Gottlob hatte dieses Idol Augen, die sich nicht mit ihrer Schönheit begnügten, denn sie waren lebhaft, lustig, boshaft, funkelnd vor Witz, und der Mund unter der untadeligen Nase erschien zugleich voll und fein und ebenso zum Schmollen wie zum Küssen geeignet. Eine Guise vom Vater her, Bourbonin von der Mutter und durch ihre erste Ehe, so trat mir an jenem Tag diese hohe Dame des Hofes entgegen, der Ludwig einen Spitznamen verliehen hatte, den sie sich als Schmeichelei auslegte: Er nannte sie »die Sünde«.

»Frau Mutter«, sagte sie, als sie sah, daß ihre Mutter meinen Handküssen gar kein Ende setzte, so innig war sie davon gerührt, »denkt Ihr, meine Brüder Guise und Chevreuse wären begeistert zu sehen, daß Ihr ihnen so unverhohlen meinen kleinen Cousin vorzieht?«

Um ihre Brüder nicht zu verärgern, wich Louise-Marguerite, wenn sie mich meinte, geschickt auf »mein kleiner Cousin« aus. So nämlich hatte mich als erster Henri Quatre bezeichnet, als er mich auf dem berühmten Ball[1] der Herzogin von Guise seiner Gemahlin Maria von Medici vorstellte. Und wie hätten sie ihr diesen Namen verübeln sollen, war er doch durch eine solche Autorität gedeckt? Der Herzog von Chevreuse hatte sich dem Beispiel von Louise-Marguerite angeschlossen, Guise hingegen blieb dabei, mich mit »Monsieur« anzureden. Darin

---

1 Dieser Ball steht im Zentrum des Romans *Der wilde Tanz der Seidenröcke*.

lag der ganze Unterschied zwischen den beiden Herzögen, wie auch ihre Mutter es so treffend festgestellt hatte: »Chevreuse hat eine gewisse Herzenswärme, aber nicht halb soviel Verstand wie nötig. Und Guise hat Köpfchen, aber ein dürres Herz.«

»Was schert es mich, was sie denken würden«, sagte Madame de Guise und streichelte mir mit der Hand, die ich freigegeben hatte, übers Haar. »Sie machen mich beide nicht glücklich: Guise läßt sich beim Spiel von Bassompierre ausnehmen ...«

»Und Chevreuse läßt sich von Lord Holland hörnen«, sagte Louise-Marguerite in scharfem Ton.

»Was soll er machen?« sagte Madame de Guise. »Soll er den Gesandten des Königs von England auf die Wiese bestellen und niederstechen, jetzt, wo die englische Heirat endlich beschlossene Sache ist und wo Chevreuse obendrein von Ludwig ausersehen wurde, Henriette in Stellvertretung zu heiraten, bevor sie nach London geht? Vor allem aber ist Lord Holland wie gewohnt im Hôtel Chevreuse abgestiegen. Soll Claude seinen Gast vielleicht beim Souper, zwischen Birnen und Käse, abschlachten?«[1]

»Wenn ich nur ein Quentchen Bosheit in meinem armen kleinen Leibe hätte«, begann Louise-Marguerite ...

»Töchterchen«, sagte Madame de Guise lächelnd, »Ihr unterschätzt Euch!«

»Es würde mich jedenfalls nicht betrüben, wenn Claude diesen Holland auf die Wiese streckte. Ich hatte ihn schon in meinen Netzen gefangen und wollte ihn mir sacht an Bord holen, da ankert doch meine entzückende Schwägerin, zerreißt meine Netze und zieht ihn in ihren Kahn. Sie hat ihn an ihren Mast geschlagen und hält ihn fest, solange sie will.«

»Trotzdem seid Ihr die allerbeste Freundin der Chevreuse geblieben«, sagte Madame de Guise.

»Was hilft's. Ich habe Holland verloren. Soll ich auch noch die Freundschaft der Königin verlieren, über die diese Hexe herrscht?«

»Ich traue wohl meinen Ohren nicht: Zwei Hennen Eures

---

[1] Birnen und Käse wurden bei Tisch in ebendieser Reihenfolge seit dem 13. Jahrhundert serviert. (Anm. d. Autors)

Kalibers streiten sich um diesen englischen Hahn! Was hat er so Anziehendes?«

»Schön ist er!«

»Ach, Papperlapapp, Tochter! Das ist doch eine fade und ziemlich weibische Schönheit. Alle diese Lords, die der König von England uns schickt, sind von derselben Sorte. Mein Geschmack sind sie jedenfalls nicht, nicht Fisch, nicht Fleisch. Mir sieht es ganz so aus, als hätte keiner, der nicht vom anderen Ufer ist, am Hof von Jakob I. reüssieren können.«

»Madame«, sagte Louise-Marguerite mit jenem melodischen kleinen Lachen, von dem soviel Rühmens gemacht wurde und das sie etwas zu oft einsetzte, »jeder in der Christenheit, außer Euch vielleicht, weiß, daß Jakob I. auf Männer stand. Aber es gibt keinen Grund zu der Annahme, daß auch Karl I. dieser Art ist und daß Henriette-Marie keine Rivalinnen, sondern Rivalen haben wird.«

»Also, ich bin mir nicht sicher«, fuhr Madame de Guise fort, »daß dieser Bouquingan (so französisierte man Buckingham), den wir vor zwei Jahren hier mit dem Prinz of Wales inkognito sahen, als die Königinmutter ihr Ballett veranstaltete, nicht auch ein Fisch vom selben Wasser ist. Glaubt Ihr, einer aus so kleinem Adel hätte ganz unschuldig Favorit Jakobs I. werden können? Noch dazu Herzog und Pair? Und Minister? Zumal er kein Talent haben soll, keine Bildung, keine Tugend, keinen anderen Vorzug als nur seine Schönheit? Könnt Ihr mir erklären, wie dieser Bouquingan, kaum daß Jakob I. seine verdorbene Seele Gott empfohlen hatte, im Handumdrehen Favorit und Minister Karls I. werden konnte, wenn Karl I. nicht aus demselben komischen Stoff wäre wie sein Vater?«

»Das glaube ich einfach nicht!« sagte Louise-Marguerite feurig. »Bouquingan ist der schönste Mann der Welt und hat mehr Frauen am Hals als ein Hund Flöhe.«

»Was hat das groß zu sagen?« versetzte Madame de Guise. »Hat nicht auch Vendôme Frau, Kinder und sogar Mätressen und ist trotzdem, was er ist? Pierre-Emmanuel, was sagt Ihr dazu?«

»Madame, ich habe keine Meinung über die Sitten von Lord Buckingham.«

»Wie? Wer soll das denn sein?«

»Der, den Ihr Bouquingan nennt.«

»Also, redet bitte wie jeder normale Mensch! Die armen Engländer können ja nichts dafür, daß sie so unaussprechliche Namen haben.«

»Ihr habt ganz recht, Madame«, sagte ich lächelnd. »Sie sind wirklich arm dran, daß sie ihre eigenen Namen haben und keine französischen. Aber, wie gesagt, über die Sitten von Bouquingan äußere ich mich nicht.«

»Madame, da seht Ihr's«, sagte Louise-Marguerite, »ich hatte Euch gewarnt: Nichts, aber auch gar nichts werdet Ihr Eurem Lieblingssohn entlocken. Er ist Erster Kammerherr, er ist Mitglied im Staatsrat, er sieht den König und den Kardinal alle Tage, er ist zugegen, wenn sie beraten, aber in Wahrheit sieht er nichts, hört nichts, sagt keinen Ton, ist zugeknöpft wie ein Totengräber und stumm wie das Grab.«

»Pierre-Emmanuel«, sagte Madame de Guise, »sind die Sitten von Bouquingan ein Staatsgeheimnis?«

»Madame, sollte ich bei meiner Stellung über alles plappern? Woher weiß man, wo ein Staatgeheimnis anfängt und wo es aufhört? Die unbedeutendsten Gesten, die nichtigsten Intrigen können in Affären ausarten, die den Staat in Gefahr bringen. Zum Beispiel wie in jener wohlbekannten Nacht, als es Marie de Chevreuse in den närrischen Sinn kam, die Königin unterzuhaken, damit sie mit ihr durch die Große Galerie des Louvre lief: eine Kinderei. Aber die Königin, die schwanger war und sich nicht anstrengen, schon gar nicht laufen durfte, weil sie bereits eine Fehlgeburt hatte, strauchelte, fiel, schrie auf vor Schmerz und verlor zum zweitenmal ihre Frucht.«

»Das war doch aber kein Verbrechen«, sagte Louise-Marguerite.

»Aber die Folgen waren es«, sagte ich hitzig. »Ludwig verlor zum zweitenmal die Hoffnung auf einen Dauphin, der ihm heutzutage eine kostbare Stütze gegen die Intrigen um seine Thronfolge wäre.«

»Das ist wahr«, sagte Madame de Guise. »Trotzdem, war Ludwig nicht ein bißchen sehr hart gegen Marie, daß er ihr alles auf einmal nahm, ihre Wohnung im Louvre und ihr Amt als Haushofmeisterin der Königin?«

»Ach, nicht der Rede wert!« sagte Louise-Marguerite. »Marie hat sich von unserem großen Schafskopf Chevreuse heiraten lassen, und Ludwig hat ihr Amt und Wohnung wiedergegeben.«

»Das wäre ja auch die Höhe gewesen«, sagte Madame de Guise auffahrend, »hätte er es nicht getan: Durch die Heirat mit Chevreuse ist Marie eine Guise geworden! Einen solchen Affront gegen mein Haus hätte sich kein König von Frankreich erlaubt.«

»Aber eines verstehe ich nicht«, sagte ich. »Die Strafe ist aufgehoben worden: Was trieb Marie, sich trotzdem weiterhin so gegen Ludwig zu versteifen, daß sie diese dumme, kindische und gefährliche Intrige angezettelt hat, damit Anna von Österreich sich in Euren Bouquingan verliebte, den sie noch nie gesehen hatte? Bitte, ruft Euch das in Erinnerung! Ständig wurde ihr von ihm vorgeschwärmt. Porträts wurden ihr gezeigt. Seine männliche Schönheit wurde in den Himmel gehoben!«

»Ich weiß nicht mehr genau, wer auf die dumme Idee gekommen ist«, sagte meine Halbschwester, »Marie oder Lord Holland. Sie schlief ja schon mit ihm, und Bouquingan war der engvertraute Freund von Lord Holland.«

»I, hör mir davon auf!« rief Madame de Guise. »Diese Männerfreundschaften stinken mir!«

»Frau Mutter, wie redet Ihr! Das ist ja Lastträgersprache!« sagte Louise-Marguerite.

»Verehrte Tochter«, sagte Madame de Guise, rot und ruppig in ihrem Zorn, »ich rede, wie mir der Schnabel gewachsen ist: frank und frei. Und wenn Euch meine Sprache nicht paßt, bitte, dann macht Eure Aufwartung bei Madame de Rambouillet und erniedrigt Euch nicht soweit, daß Ihr mit mir speist.«

Die Abfuhr war hart und heftig, überdauerte aber keine Minute, denn sofort unterwarf sich die arme Gescholtene. Die beiden Frauen liebten sich sehr, wie ich wohl schon sagte. Oft schliefen sie im selben Bett und schwatzten, weil beide gern redeten, stundenlang hinter den Bettgardinen und sagten sich alles. Und sie hatten sich viel zu sagen, denn eine wie die andere nahmen sie das Leben in vollen Zügen.

»Frau Mutter«, sagte die Prinzessin Conti mit gesenkter Stirn, »ich wollte Euch nur ein wenig schrauben, ich bitte gehorsamst um Vergebung.«

»Nun, diese kleine Verfehlung wird man der ›Sünde‹ ja vergeben können«, sagte meine liebe Patin mit begütigtem Lächeln.

Wir lachten. Die gesträubten Feder glätteten sich, und der Cherub der Kindesliebe schwebte wieder über unseren Häuptern.

»Noch mal zur Sache«, sagte Madame de Guise. »Was geschah eigentlich genau, als Bouquingan in Begleitung von Karl I., derzeit noch Prinz von Wales, vor zwei Jahren auf der Durchreise nach Madrid inkognito hier in Paris war? Ich lag damals krank zu Bett und konnte das Ballett der Königinmutter nicht sehen, ich kenne nur Gerüchte.«

»Nichts ist passiert! Ganz und gar nichts!« sagte Louise-Marguerite. »Es konnte auch nichts passieren, Bouquingan und der Prinz reisten ja inkognito, wie also hätte man sie der Königin vorstellen sollen? Nur Blicke wurden während des Balletts gewechselt, Anna wußte natürlich von Marie, wer der schöne Lord in dem prächtigen, diamantenblitzenden weißen Samtgewand war.«

»Und was war mit diesen Blicken?«

»Anna geriet ein bißchen durcheinander, wenn auch verstohlen. Aber die Blicke von Bouquingan waren sehr deutlich, und die Augen der Königin wandten sich nicht so schnell ab, wie sie hätten sollen. Große Aufregung am Hof, der Tratsch blühte. Ludwig war tief gekränkt. Fünf Tage machte er der armen Anna keinen Besuch, nicht mal einen protokollarischen, und einen Monat darauf verbot er jegliche männliche Anwesenheit in den Gemächern der Königin, wenn er nicht zugegen war.«

»Soviel wußte ich auch«, sagte Madame de Guise. »Liebe Frau Tochter«, fuhr sie mit verschwörerischem Blick zu Louise-Marguerite fort, »hattet Ihr nicht gewisse kleine Fragen an Euren kleinen Cousin?«

»Der böse Mensch antwortet ja doch nicht«, sagte Louise-Marguerite mit hübschem Schmollmund und graziösem Schulterzucken, das zugleich ihren Unwillen und ihren Wunsch, mir zu gefallen, bezeugte. »Das Scheusal ist fester in seine Verschwiegenheit verpackt als eine Schildkröte in ihrem Panzer.«

»Wie schön«, sagte ich, »ich bin befördert worden! Vom Totengräber zur Schildkröte! Aber, wenn Ihr Eure Fragen vielleicht so formulieren wolltet, Madame, daß ich mit ja oder nein antworten könnte, vermöchte ich Euch vielleicht zufriedenzustellen. Nur würde ich, wenn Ihr dieses Ja oder Nein irgend jemandem weitersagtet, steif und fest bestreiten, überhaupt etwas gesagt zu haben.«

»Und wenn ich eine indiskrete Frage stelle?«

»Bleibe ich stumm wie ein Karpfen.«

»Abgemacht, kleiner Cousin! Fangen wir an: Ist es wahr, daß Bouquingan, zwei Jahre nach jenem Blickwechsel, in diesem Monat Mai, den wir glücklich erleben, sich bemüht, nach Paris zurückzukehren?«

»Ja.«

»Unter dem Vorwand, Henriette-Marie abzuholen und nach London zu geleiten, sobald ihr unser Chevreuse in Stellvertretung angetraut ist?«

»Ja.«

»Unter dem weiteren Vorwand, ein Bündnis zwischen England und Frankreich gegen Spanien zu schmieden?«

»Ja.«

»Ist es wahr, daß der französische Gesandte in London Ludwig abrät, Bouquingans Besuch zu genehmigen?«

»Ja.«

»Ist es wahr, daß unser Staatsrat diesen Besuch ebenfalls nicht wünscht?«

»Ja.«

»Und besonders der König?«

»Ja.«

»Ist es wahr, daß auch Richelieu dagegen ist, daß er diesen Besuch aber hinnehmen würde, damit Bouquingan in seinem Zorn nicht womöglich die englische Hochzeit platzen läßt, die soviel Mühe gekostet hat und die für Frankreich so nützlich ist?«

»Madame, hier verstummt der Karpfen.«

»Und also, mein kleiner Cousin«, sagte Louise-Marguerite mit ihrer einschmeichelndsten Stimme, »wird Bouquingan in Kürze von Ludwig das *nil obstat*[1] erhalten, das ihm erlaubt, nach Paris zu kommen?«

»Der Karpfen gibt keinen Ton von sich, Madame.«

»Warum?«

»Aus Unwissen.«

»Wenn Ihr nichts wißt, kleiner Cousin, könntet Ihr wenigstens vermuten.«

---

1 (lat.) Dem steht nichts entgegen.

»*Hypotheses non fingo.*«

»Was heißt das?«

»Das heißt, daß ich Mutmaßungen ablehne.«

»Seht Ihr, Monsieur!« rief Louise-Marguerite mit einem Zorn, der mehr als nur gespielt war, »Ihr seid ein Scheusal! Ich wünsche Euch alle Übel an den Hals für Euer unhöfliches Schweigen! Damit habt Ihr Euch meine Liebe verscherzt! Nicht einmal gemalt will ich Euer boshaftes Gesicht noch sehen!«

»Aber, Töchterchen!« rief Madame de Guise besorgt.

Ich ließ mich indes nicht schrecken, dafür kannte ich die Listen und Hinterlisten der Prinzessin Conti zu gut.

»Madame«, sagte ich lächelnd, »ich bin völlig zerstört vor Kummer, die Liebe meiner hochbewunderten Schwester durch mein Schweigen verspielt zu haben. Und verzweifelt, wie ich bin, entbiete ich Euch und meiner lieben Patin meinen Abschied, um mich auf der Stelle in die Seine zu stürzen.«

»Dann angelt Euch nur gleich Euren Karpfen und ertränkt Euch mit ihm!«

»Also, Tochter«, sagte Madame de Guise, »was soll das?«

Hier aber brach Louise-Marguerite, nachdem sie mich aus Augen voll tausend tanzender Teufelchen angeblitzt hatte, in helles Lachen aus.

»Mein kleiner Cousin, Ihr seid sehr schlau, aber ich bin noch schlauer! Ich habe die Antwort, die ich wollte: Lord Bouquingan wird im Mai kommen.«

»Woher nehmt Ihr denn das?« fragte Madame de Guise und machte große Augen.

»Ich habe das Schweigen meines kleinen Cousins zum Reden gebracht.«

»Wieso?«

»Frau Mutter, denkt Ihr, es war reiner Zufall, daß der Karpfen in dem Moment verstummte, als ich nach der Meinung des Kardinals über Bouquingans Besuch fragte?«

»Und was schließt Ihr daraus?«

»Daß die Meinung des Kardinals die entscheidende ist und daß mein kleiner Cousin sie kennt, aber nicht bestätigen will.«

»Und warum, Tochter?«

»Damit ich sie nicht der Chevreuse weitersage. Denn erführe sie die gute Nachricht, daß Bouquingan kommt, würde sie ihre Waffen besser denn je schärfen, damit ihr Plan gelingt.«

Ich war so entrüstet, daß die Prinzessin in dieser Weise von einer Schamlosigkeit reden konnte, die darauf abzielte, die Ehre des Königs zu besudeln, daß ich mich entschloß, meine Zurückhaltung aufzugeben.

»Madame«, versetzte ich ernst, »erlaubt mir, Euch zu sagen, daß Ihr tausendmal unrecht habt, wenn Ihr dieser törichten und gefährlichen Intrige Eure Hand leiht. Töricht ist sie, weil die Königin niemals allein ist, nicht bei Tag, nicht bei Nacht, und deshalb gar nicht untreu werden kann. Mag sein, daß sie davon träumt, aber sie kann und wird ihren Traum nicht wahrmachen. Was Bouquingan angeht, der die Liebe zweier englischer Könige erobert hat, so hält er sich für unwiderstehlich und glaubt, seiner Krone etwas hinzuzufügen, wenn er den König von Frankreich hörnt. Er ist ein Narr und ein Laffe. Es ist völlig unwahrscheinlich, daß er jemals an sein Ziel gelangt. Das Schlimmste, was er tun kann, ist, Ludwig zu demütigen und sein gutes Einvernehmen mit Anna zu verderben, sollte sie abermals öffentlich irgendeine Neigung zu ihm verraten. Gegen ihn als Engländer kann man nicht vorgehen, und Anna kann man nicht bestrafen, weil sie unsere Königin ist und weil man von ihr den Dauphin erwartet. Der königliche Blitz wird also ihre Umgebung treffen, das heißt die Chevreuse, sicher auch andere und Euch selbst, wenn Ihr zu solchen Ärgernissen weiter die Hand reicht.«

»Davor schützt mich mein Bruder Guise«, sagte die Prinzessin Conti hochmütig.

»Von einem gewissen Punkt an kann er es nicht mehr, außer er setzt sich selbst endgültiger Ungnade aus. Liebe Schwester, Ihr habt keine Vorstellung vom wahren Charakter des Königs. Weil die Königinmutter all die sieben Jahre ihrer Regentschaft ständig wiederholte, er sei unfähig zu regieren, haltet Ihr ihn für dumm. Aber er hat den geradesten Verstand und das sicherste Urteil. Weil er wenig spricht, haltet Ihr ihn für weich und wankelmütig. Er aber hat einen so starken Willen, daß nichts ihn beugt. Außerdem empfindet er jeden Affront, den man ihm antut, tief, und weil er nicht die langmütige Ader hat wie sein Vater, verzeiht er nie. Nehmt Euch in acht vor seinem Groll: Er ist unerbittlich.«

»Ach, wer das glaubt!« sagte die Prinzessin Conti. »Ludwig tut, was der Kardinal will. Er ist doch Wachs in seinen Händen.«
»Woher wißt Ihr das? Glaubt mir, es ist grundfalsch! Welches flatterhafte Hirn konnte nur eine so unsinnige Idee ausbrüten? Der Kardinal hat hundert Augen wie Argus, er hat hundert Ohren, obendrein große Talente und einen so machtvollen und methodischen Verstand, daß er kraft seiner unzähligen Fühler aus all und jedem Vorkommnis den Honig der Weisheit schlürft. Aber bis in Kleinigkeiten entscheidet Seine Majestät. Richelieu würde es nicht einmal wagen, ohne seine Zustimmung einen Bischof zu ernennen. Und wenn der König Euch eines Tages in den Kerker wirft, um Euch für Eure Intrigen zu strafen, dürft Ihr ganz sicher sein, daß dies seine Entscheidung war, und zwar eine unwiderrufliche.«
»Monsieur, seid Ihr fertig?« sagte die Prinzessin Conti.
»Ja, Madame.«
»Besten Dank denn!« sagte sie, die Lippen verächtlich herabgezogen. »Wirklich, ich danke Euch von ganzem Herzen für Eure Lektion. Nur weiß ich nicht, ob ich sie gebührend zu würdigen verstehe, und künftig verzichte ich lieber auf die Ehre, Euch zu sehen, dann braucht Ihr Euch nicht zu wiederholen.«

* * *

Es dauerte tatsächlich einen vollen Monat, bis ich die Prinzessin Conti wiedersah. Nicht daß ich es nach diesem Rüffel herbeigesehnt hätte, aber Madame de Guise, die sich unglücklich fühlte, wenn sie ihre Küken nicht um sich scharen konnte, ließ nicht locker, bis sie uns wieder zum Diner versammelt hatte.

Das mindeste, was ich darüber sagen kann, ist, daß es diesem Essen auffallend an geschwisterlicher Wärme mangelte. Das Vergnügen, das mir die Schönheit, der Witz und auch die glanzvollen Gewänder von Louise-Marguerite sonst bereitet hatten, schwand, sobald ich sah, daß aus ihren Augen jegliche Zuneigung gewichen war. Mit diesem Moment begriff ich, daß unser Zerwürfnis in der Zwischenzeit nur gewachsen war und daß sie mich nun mehr einer anderen Partei zugehörig betrachtete: der Partei des Königs und des Kardinals, gegen die sie in ihrer Torheit, ganz wie die Chevreuse, eine ebenso blinde wie unvernünftige Feindseligkeit nährte.

Das mütterliche Gefieder erwärmte sie nicht. Sie aß mit langen Zähnen, mit abwesender und dünkelhafter Miene. Gepanzert mit höflicher Kälte, legte sie unüberwindliche Meilen zwischen uns und stellte mir nicht die kleinste Frage. Ich hütete mich aber vor jeder Warnung, obwohl ich eine solche nötiger fand denn je, so offensichtlich schien es mir, daß meine arme Schwester über kurz oder lang in offene Opposition gegen den König und den Kardinal treten und damit in ihr Verderben rennen würde.

Betrübt verließ ich das Hôtel Guise und wurde die Sorgen darüber nicht los, daß die Prinzessin Conti sich einem unheilvollen Klüngel verschrieben hatte. Für mein Gefühl war es der pure Wahnwitz seitens der Prinzessin, sich ohne Bedenken in gefährliche Machenschaften einzulassen, die von so dummen und leichtfertigen Leuten gesponnen wurden, daß sie nicht davor zurückschreckten, so hohe, mächtige und auch so starke Felsen anzugreifen wie den König und den Kardinal, die sich, sobald man sie trennen wollte, nur desto fester zusammenschlossen.

Der närrischste, eitelste, überheblichste, aller Vernunft und jeglichen Maßgefühls entbehrende dieser Intriganten war mit Sicherheit dieser Lord Buckingham. Als Favorit zweier Könige war er wie Schaum aufgestiegen und hatte auch dessen Konsistenz. Wie bei einem verwöhnten Kind hatte seine Selbstgefälligkeit mittlerweile derartige Formen angenommen, daß er glaubte, sich durch seine Schönheit alles unterjochen und die ganze Welt seinen Launen unterwerfen zu können. Wie es diese erbärmliche Episode von Amiens bestens zeigt, die ich später erzählen werde und die von Anfang bis Ende dermaßen albern war, daß man sie als kindisch abgetan hätte, wären nicht Folgen aus ihr erwachsen, die Ludwig und den Staat zwei Jahre später in eine höchst gefährliche Lage brachten.

Der König und der Kardinal hatten sich also – um die englische Hochzeit nicht zu gefährden –, darein geschickt, Buckingham nach Paris kommen zu lassen, damit er Prinzessin Henriette-Marie nach London geleite, und so wurden wir denn endlich dieses Inbegriffs aller männlichen Grazien ansichtig.

Eintraf er im Louvre am vierundzwanzigsten Mai bei Einfall der Dunkelheit. Doch selbst im Kerzenschein blendete er die Damen des Hofes dermaßen, daß man ihre Herzen gleichsam klopfen hörte. Und um es aufrichtig zu gestehen, er war wirklich der bestgebaute und bestaussehende Mann der Welt, rank und schlank, die Züge einer griechischen Statue, Lockenhaar und wundervolle Augen, die er trefflich nutzte. Er kam nur mit einer kleinen Suite von englischen Lords, doch, wahrscheinlich um diese Sparsamkeit wettzumachen, enthielten seine Koffer, wie ich einer Plauderei mit seinem Gewandmeister entnahm, siebenundzwanzig Anzüge, von denen der prächtigste mit Diamanten besetzt war und achtzigtausend Pfund Sterling gekostet hatte.

Selbstverständlich war Buckingham im Hôtel von Madame de Chevreuse abgestiegen, Rue Saint-Thomas, gleich beim Louvre, zwischen der Rue du Doyenné und der Rue Saint-Honoré, und obwohl ich mir sicher bin, daß meine schöne Leserin nun mit einiger Ungeduld darauf wartet, daß Lord Buckingham der Königin vorgestellt wird, mit der er vor zwei Jahren ja nur Blicke getauscht hatte, will ich zunächst ein Wort über dieses Hôtel sagen, eines der schönsten von Paris, eine Art Louvre im kleinen, mit Säulen und Statuen, und dazu mit einem großen Garten, der bis zur Rue Saint-Nicaise reichte.

War dieses Haus schon an sich interessant, entbehrte auch seine jüngste Geschichte nicht der Würze. Monsieur de Luynes hatte es für seine Frau gekauft, und als sie Witwe wurde, erbte sie es. Nun fand sie es aber ein wenig schwer zu bestellen, darum verkaufte sie es Monsieur de Chevreuse, was sie sehr bereuen sollte, denn sie war in das Haus vernarrt. Trotzdem mußte sie es nicht lange missen. Im folgenden Jahr bezirzte sie Monsieur de Chevreuse, er heiratete sie, und so kehrte sie in ihr Haus zurück, nur um die Summen reicher, die der Verkauf ihr eingebracht hatte.

Um nun auf Lord Buckingham zurückzukommen, so wurde er dem König vorgestellt, dann der Königinmutter, dann Monsieur, dem Bruder des Königs, und endlich der regierenden Königin. Wie bei den vorangegangenen Audienzen, so war ich auch bei dieser zugegen. Nicht aus eigenem Antrieb, sondern weil ich Englisch sprach, hatte mir der König befohlen, Buckinghams Suite als Dometsch zu dienen. Ich konnte all diesen Herren auch sehr nützlich sein, außer dem Lord selbst, denn er war in Frankreich erzogen worden und sprach ausgezeichnet Französisch, was seinen Zwecken besonders zugute kam, als er Anna von Österreich vorgestellt wurde.

Die Audienz hatte am fünfundzwanzigsten Mai statt, am Tag nach der Ankunft des Ministers. Anna wußte also seit dem Vortag, daß Buckingham im Palast war, und hatte mit dieser umwerfenden Neuigkeit so gut sie konnte geschlafen. Der Leser wird sich erinnern, daß der Herzog nun schon zwei Jahre das Hauptgespräch zwischen der Königin und Madame de Chevreuse war. Bis zur Sättigung hatte diese der Herrscherin wiederholt, daß »Bouquingan« die allerheftigste Liebe zu ihr nähre, seit er sie beim Ballett der Königinmutter erblickt hatte. Und die Chevreuse mußte es wissen: Lord Holland, der enge Freund des Favoriten, hatte es diesem ja in etlichen Briefen eingeredet, und die konnten sie gar nicht Lügen strafen: Die hatte sie selbst diktiert.

Es mutet mich komisch an, daß der Hofklatsch in der Folgezeit von Buckinghams großer Liebe zur Königin wie von einer erwiesenen Tatsache sprach, während sie doch in allen Stücken ein Gespinst der Chevreuse war, das Buckingham mit der Gewandtheit eines in allen Lügen der Verführung bewanderten Komödianten weiterspann. Wie hätte dieser Verführer in seinem so ganz von sich eingenommenen Herzen denn auch ein Gefühl, ich sage nicht von Liebe, aber von aufrichtiger Zuneigung für die Königin hegen sollen? Ging es ihm nicht einzig um den Ruhm, sie zu entehren, ohne die mindeste Sorge um die tragischen Konsequenzen, die sich mit Sicherheit für sie daraus ergeben hätten, wenn sie ihre Pflichten als Gemahlin verraten hätte?

Anna war damals vierundzwanzig Jahre alt – eine Woche jünger als der König. Bei ihrer Krönung hatten die Hofdichter, für die jede Prinzessin von erhabener Schönheit ist, sie schamlos den Göttinnen des Olymp gleichgesetzt. Es fehlte jedoch einiges, daß die Königin ganz auf der Höhe dieser Vergleiche gewesen wäre, ein so angenehmes Bild sie auch abgab. Wäre sie als Pariser Bürgerstochter geboren worden, hätte man sie nicht ohne Grund hübsch und appetitlich genannt. Woran es ihr mangelte, war eher ein bißchen Verstand. Und dieses Manko ging großenteils auf ihre Erziehung zurück. Gemäß der bigotten und beschränkten Etikette des spanischen Hofes hatte man sie vor allem gelehrt, nichts zu lernen, und ihre strikt unterbundene Urteilskraft hatte sich nie entwickelt. Sie war einfältig und gutgläubig, sie erkannte die Beweggründe hinter den

Worten nicht, und so konnte man sie leicht täuschen. Zum Glück hatte sie eine hohe Vorstellung von ihrer Geburt und ihrem Rang, und dieser Stolz wappnete sie in gewissem Maße gegen ihre Triebe.

Schließlich möge der Leser sich erinnern, daß sie, mit einem Mann verheiratet, dem die mütterlichen Demütigungen eine Abscheu vor Frauen eingepflanzt hatten, etliche Jahre warten mußte, bis er endlich die Ehe mit ihr vollzog. Diese *perfezione*, wie der Nuntius es nannte, hatte ihm jedoch (auch wenn sie bei Ludwig wieder dynastische Hoffnungen weckte) durchaus nicht zu besseren Einsichten über das weibliche Geschlecht noch zur Duldsamkeit verholfen.

Lange bevor er dem Kardinal begegnete, dachte er wie dieser, daß die Frauen »sonderbare, zu nichts taugliche Tiere« seien, schwatzhaft, flatterhaft, unüberlegt, mit Nichtigkeiten beschäftigt und aus natürlichem Hang ständig zur Sünde geneigt. Aus Angst, daß er eines Tages würde wie sein Vater, der galante Henri, hatte sein Beichtiger ihm von klein auf eingetrichtert, die Sünde sei das Fleisch, und das Fleisch sei das Weib. Und da er schon von sich aus wenig Lust auf dieses gefährliche und unbegreifliche Geschlecht hatte, fand er in sich selbst wenig Antrieb, diese Gebote zu übertreten. Für Anna war er ein keuscher, gestrenger, wortkarger Eheherr, der sie unduldsam beurteilte und ihr nichts verzieh.

Als ich am fünfundzwanzigsten Mai mit Buckinghams Suite ihr Gemach betrat, sah ich sie wunderbar gekleidet in der Bettgasse auf einem Lehnstuhl thronen, umgeben von ihren Ehrendamen, nur die Herzogin von Chevreuse kauerte auf einem Klappsitz fast zu ihren Füßen. Die Königin wirkte ein wenig blaß. Ihr Rittmeister, Monsieur de Putange, verneigte sich am Durchgang der Balustrade tief vor Lord Buckingham und gab ihm als einzigem den Zutritt zur Gasse frei. Es herrschte großes Gedränge im Gemach, sowohl in der Gasse wie hinter der Balustrade, und die leise geäußerten Bemerkungen der Anwesenden vereinigten sich zu einem Geräusch von erstaunlicher Stärke. Buckingham, der gewiß absichtlich den diamantenbesetzten weißen Samtanzug trug, in dem Anna ihn vor zwei Jahren beim Ballett der Königinmutter bereits erblickt hatte, grüßte die Königin gemäß dem am französischen Hof gültigen Protokoll. Er zog mit ausgreifender Gebärde den Hut, und seine Hutfedern streiften den Teppich. Dann setzte er ein Knie zu Boden, küßte den Saum ihres Kleides, dann stand er auf und machte ihr leise und ernst ein Kompliment in elegant formuliertem Französisch, das er mit größter Sorgfalt vorbereitet haben mußte. Anna antwortete ihm, sie sei sehr erfreut, in seiner Person den Minister eines großen, befreundeten Königreiches zu empfangen, das sich mit dem ihren verbündet habe. Dieser Satz war ihr am Vortag vom Großkämmerer eingetrichtert worden, und sie hatte ihn nicht ohne Mühe auswendig gelernt. Für sie hatten diese Worte keinen Sinn, weil sie nichts mit ihren Gefühlen zu tun hatten. Sie sagte sie eintönig auf wie eine Schülerin, mit niedergeschlagenen Augen. Und nachdem sie sie ohne Stocken herausgebracht hatte, seufzte sie leise vor Erleichterung, schlug die Augen auf und sah Buckingham an. Zuerst errötete sie, und plötzlich strahlte aus ihrem Gesicht eine solche Freude, daß das Geräusch der Privatunterhaltungen verstummte und tiefem Schweigen wich.

In diesem Schweigen lag etwas wie Gier und Grausamkeit. Es war, als hätte Anna, kaum daß sie die Arena betreten hatte, aus Versehen ihre Waffen fallen lassen und stünde nun ohne Rückhalt da, ohne Hilfe gegenüber einem brüllenden Löwen. Mich überkam in diesem Moment Mitleid mit ihr, das mich betrübte, doch plötzlich ging diese Betrübnis in einen wenn auch unterdrückten glühenden Zorn über. Denn auf den Lippen von Madame de Chevreuse, die ja zu Füßen der Königin saß, sie aber in Wahrheit beherrschte, erschien ein triumphierendes Lächeln, und dafür haßte ich sie. Ihre lange Wühlarbeit trug Früchte. Sie erreichte ihr Ziel. Ihre Rache war nahe. Himmel! dachte ich, könnte ich dieser Schlange doch den Hals umdrehen!

Buckingham blieb acht Tage in Paris und wäre noch länger geblieben, wenn er gekonnt hätte. Der schöne Lord besuchte die Königin alle Tage, und weil er immer auch die Königinmutter besuchte, war nichts dagegen an sich einzuwenden, aber viel gegen den Ablauf. Die Erregung der Königin, wenn er erschien, ihre Begier auf seine Ehrbezeigungen, seine Komplimente, die *a parte*, die sie ihm in Fensternischen gewährte, die Blicke, mit denen er sie zu umhüllen wagte, ohne daß sie es ihm verwehrte, die Hand, die sie ihm scheinbar achtlos überließ, ihre Blässe und Versonnenheit, nachdem er gegangen war, all das gab dem Klatsch reichlichste Nahrung, ohne daß die Königin es zu bemerken geruhte.

Trotzdem, wenn Anna in den Zeiten zwischen diesen Besuchen aus ihren süßen Träumereien erwachte, verspürte sie einige Skrupel. Sie teilte sich mit, aber wem, lieber Gott, wenn nicht der Chevreuse, die ihr Gewissen schnell wieder einschläferte. Welch ein Jammer, daß niemand der Königin klarmachte, daß Julius Cäsar seine Frau verstieß, nicht weil sie ihn betrogen, sondern weil ihr unvorsichtiges Benehmen Gerede heraufbeschworen hatte.

Solcherlei Gerede erreichte unseren König, und wie hätte es ihn auch nicht erreichen sollen, lag doch die Wohnung der Königin im ersten Stock des Louvre neben seiner und schwirrten doch so viele Klatschmäuler von einer zur anderen, die, ohne sich viel dabei zu denken, jede Neuigkeit herumtrugen wie Insekten den Blütenstaub?

Nach seiner Miene und seinem Schweigen zu urteilen, wußte Ludwig von nichts und litt auch nicht. Aber es gibt kein noch so undurchdringliches Gesicht, das einem Freundesauge sein Geheimnis nicht auslieferte. Der Ausdruck seiner Augen, die Falten um seinen Mund, die Schroffheiten und der jähe Zorn, die er seiner Umgebung bezeigte, verrieten, wie tief es Ludwig grämte, daß Anna diesen Schönling so anziehend fand.

Ludwig wußte, wie er vom Hof belauert wurde. Er änderte nichts an den protokollarischen Besuchen bei seiner Gemahlin, aber er kürzte sie ab, und hinter seiner höflichen Maske bekam die Königin einige Kälte zu spüren. Es genügte aber nicht, diese Blinde das Sehen zu lehren oder den Panzer zu durchdringen, mit dem ihre Leidenschaft sie umhüllte. Wie oft dachte ich, man hätte Anna um Mitternacht, wenn nur zwei oder drei Frauen zugegen waren, in ihrem Zimmer aufsuchen und hinter geschlossenen Bettgardinen ein hartes und schonungsloses Wörtchen mit ihr reden müssen. Aber Ludwig war nicht der Mann, eine solche Szene zu veranstalten. Nicht daß er schüchtern war, wie Dummköpfe behaupteten. Wie oft hörte ich ihn in seiner Kindheit einen Prinzen oder Herzog scharf angehen, wenn der ihm den Gehorsam verweigerte. Sogar unsere großen Bischöfe tadelte er zwei Jahre nach dieser Geschichte in harten, vehementen Worten und warf ihnen ihren Reichtum vor und ihre Schlemmereien, weil sie sich allzuviel Zeit ließen, die Hand in den Geldsack zu tauchen und ihm die nötigen Summen herauszurücken für die Belagerung von La Rochelle. Aber ein Donnerwort unterm Betthimmel war nicht seine Sache. Dazu war ihm das *gentil sesso*[1] zu unheimlich. Ich würde sogar sagen – so paradox es klingen mag –, um einer Frau den Kopf zurechtzusetzen, wenn ihr Benehmen ihn enttäuschte, liebte er sie nicht genug.

Der König hielt es unter seiner Würde, die Königin ausspähen zu lassen, aber der Kardinal hatte seine Spione überall, weil er meinte, es sei kein noch so kleiner Zwist, keine noch so kleine Schlamperei, die sich nicht eines Tages zur Staatsaffäre auswachsen könnten. So hörte er denn durch eine seiner Lauscherinnen sehr beunruhigt, daß die Begeisterung der Königin für Buckingham mit jedem Tag wuchs und daß die Anzeichen dafür sich vor den Augen des ganzen Hofes mehrten. Er riet dem König, die Abreise von Henriette-Marie nach England zu beschleunigen, und Ludwig nahm diesen Rat augenblicks an, so sehr deckte er sich mit seinen Wünschen.

Es war der Brauch, daß eine Tochter Frankreichs, die sich mit einem ausländischen Prinzen vermählte, vom Hof bis an die Landesgrenze begleitet wurde. Der Leser erinnert sich vielleicht, wie Ludwig als Knabe seiner jüngeren Schwester Elisabeth (die dem Infanten von Spanien versprochen war) das Geleit bis Bordeaux gab und wie, weil er sie auf Befehl seiner Mutter nicht weiter begleiten durfte, Bruder und Schwester zwei Meilen außerhalb der Stadt voneinander Abschied nahmen.

Ludwig hing an Henriette-Marie nicht so innig, wie er an Elisabeth gehangen hatte, vor der er sich in der Kindheit gerne als der große Bruder und König aufgespielt hatte, weil er vernarrt in sie war, und der er zur Belustigung Omelettes gebacken hatte. Außerdem konnte er sich nicht lange von Paris entfernen, weil ihm die Umtriebe der Hugenotten bittere Sorgen bereiteten. Er begleitete Henriette-Marie also nur bis Compiègne und überließ es der Königinmutter, der Königin Anna und Monsieur, seinem Bruder, sie bis Boulogne zu geleiten, wo sie sich unter Buckinghams Schutz nach London einschiffen sollte.

---

1 (ital.) das schöne Geschlecht.

Unterwegs aber verweilte der riesige Troß (fast der ganze Hof war dabei) länger als vorgesehen in Amiens, weil die Königinmutter unpäßlich wurde und das Bett hüten mußte. Und was in Amiens geschah und zur Legende Europas wurde, das will ich jetzt erzählen.

* * *

Ich mochte den Hof auf dieser Reise nicht begleiten, mir widerstrebten diese langwierigen und schwerfälligen Pilgerfahrten, wo man auf den Wegen nichts wie Staub schluckte und wo es auf den Etappen so schwierig war, ein Nachtquartier, geschweige etwas Genießbares zum Essen zu finden, denn diese unglaubliche Menge Menschen fiel in die kleinen Dörfer ein wie Heuschreckenschwärme, die alles kahl fraßen.

Statt dessen erbat und erhielt ich vom König die Erlaubnis, mich nach Orbieu zu begeben, um zu sehen, wie das Getreide stand, das wir im vergangenen Oktober gesät hatten, und auch, um den Grund zu prüfen – aber davon sagte ich Seiner Majestät noch nichts –, auf dem ich mein Kastell samt Mauern errichten konnte, die das Gut künftig vor Überfällen schützen würden, denn das Abenteuer mit den deutschen Reitern steckte mir noch in den Knochen. Natürlich wollte ich mir auch eine Vorstellung von den Kosten dieser Unternehmung verschaffen, denn wenn ich auch kein armer Mann war, wie mein Vater, nicht ohne ein wenig Frozzelei, sagte, mußte ich doch mit meinen Talern haushalten. Trotzdem, das muß ich gestehen, ließen Ansehen und Eleganz mich nicht gleichgültig, die ein solches Bauwerk meinem kleinen Reich verleihen würde.

Ich war also nicht in Amiens, als sich jener ernstliche Zwischenfall ereignete, den zu erzählen ich dem Leser versprach, doch ich erhielt nach meiner Rückkehr von Orbieu den Bericht eines Zeugen, der, auch wenn er die Sache nicht mit eigenen Augen sah (sie passierte bei Nacht), mit Sicherheit unanfechtbar war: Monsieur de Putange.

Ich kannte Monsieur de Putange gut. Er war ein stattlicher Edelmann, bekannt für seine Klugheit, Höflichkeit und seine liebenswürdigen Umgangsformen, was ihm sehr zunutze kam in seinem Amt als Rittmeister der Königin, der er mit vollkommener Ergebenheit diente. Putange war auch eine der besten Klingen am Hof, und es verging kaum eine Woche, ohne daß wir im

Gardeflügel an der Porte de Bourbon die Degen kreuzten. Monsieur du Hallier hatte uns erlaubt, einen Saal neben dem Wachsaal der Garden zu benutzen, die das Tor zum Palast bewachten. Offen gesagt, stanken diese Räume nach Schweiß, Leder, Knoblauch und Tabak, daß es einem die Eingeweide umdrehte.

Ich focht längst nicht so gut wie Putange, doch beherrschte ich eine Verteidigung, dank derer ich in Notlagen, ohne einen Treffer zu kassieren, die Jarnac-Finte hätte anwenden können, die mein Vater mich gelehrt hatte, um mich vor den Duellwütigen im Louvre zu schützen, die es fertigbrachten, einen wegen nichts und wieder nichts zu fordern, und die einen Mann bedenkenlos niedermachten, als wär's ein Huhn, nur um ihren Ruhm zu mehren. Diese blutrünstigen Verrückten und Verfechter des »Ehrenpunkts« fürchteten nicht den Tod, aber die Jarnac-Finte, die fürchteten sie sehr, weil sie den Gegner nicht tötete, sondern ihm die Kniekehle durchschnitt und ihn fürs Leben zum Krüppel machte. Und wie hätte das wohl ausgesehen, so ein Raufbold auf zwei Krücken, wenn er den Schönen Süßholz raspeln wollte? Die Überlegung meines Vaters erwies sich als richtig, sie ermöglichte mir tatsächlich das Leben inmitten all dieser kitzligen Degen, ohne daß man je Streit mit mir suchte.

Unsere Fechtübungen hatten zwischen Putange und mir eine freundschaftliche Vertrautheit geschaffen, und als der König ihn nach der Affäre von Amiens aus dem Louvre jagte, suchte er mich im Haus meines Vaters auf, wo ich derzeit wohnte, um sich bei mir Rat zu holen, weil er sich unschlüssig war, ob er sich nun ins Languedoc zurückziehen solle, wo er ein kleines Landgut und eine Art Herrenhaus besaß, denn er war nicht sehr wohlhabend.

»Mein Freund«, sagte ich, »geht nicht fort. Ich will Euch auch sagen, warum: Ihr seid nicht der einzige, der verjagt wurde. La Porte, Ripert, Jars und Datel – kurz, alle, die an jenem Abend mit der Königin im Garten von Amiens waren – teilen Euer Los. Und was heißt diese Flut von Ungnaden anderes, als daß der König, weil er die Königin nicht bestrafen will noch kann, ihre Umgebung bestraft? Glaubt Ihr, Seine Majestät, der die Gerechtigkeit selbst ist, empfindet die Ungerechtigkeit dieser Maßnahme nicht, die lauter Unschuldige trifft und keinen anderen Grund hat, als der Königin zu bedeuten, daß sie es ist, mit der er unzufrieden ist? Es steht also stark zu wetten, daß diese Maßnahmen eines Tages widerrufen werden. Deshalb wage ich Euch zu raten: Verlaßt Paris nicht! Begrabt Euch nicht selbst, man würde Euch vergessen!«

»Aber wo soll ich in Paris bleiben?« sagte Putange. »Die Mieten übersteigen jeden Begriff, für meinen Beutel sind sie unerschwinglich.«

»Hört, mein Freund. Mein Haus in der Rue des Bourbons steht derzeit leer, dort könnt Ihr wohnen, ohne Euren Beutel zu schröpfen. Nach einigen Tagen laßt Ihr die Königin wissen, wo Ihr Euch aufhaltet, und Ihr dürft sicher sein, sobald der Sturm vorüber ist, ruft sie Euch zurück.«

Monsieur de Putange wollte nicht, daß ich mich in den Augen des Königs seinetwegen kompromittierte, und verzichtete auf mein Angebot, doch als ich darauf beharrte, nahm er es unter Tränen der Freude und des Dankes an, mit wer weiß wie vielen Umarmungen und Schwüren, mir jederzeit zu dienen.

Damit er nicht sich selbst überlassen bliebe in dem großen Hôtel des Bourbons, das ich Frau von Lichtenberg abgekauft hatte, als sie Paris verlassen mußte, und weil mein Vater gerade in seiner Herrschaft Le Chêne Rogneux weilte, bat ich ihn, bei seiner Rückkehr über Orbieu zu reisen und Jeannette, einen Koch und eine Kammerfrau mit nach Paris zu bringen, um dem unglücklichen Rittmeister wenigstens einen Ansatz von Gesinde zu verschaffen, so daß er, wenn auch nicht seinem Rang gemäß, aber doch wie ein Edelmann leben konnte. Putange war überglücklich, und kaum versorgt, lud er mich zu einem kleinen Diner unter vier Augen ein. Für mich wurde es eine denkwürdige Mahlzeit. Denn natürlich fragte ich ihn nach dieser Affäre von Amiens, weil ich im Louvre inzwischen so viele verschiedene Versionen davon gehört hatte, daß ich zuletzt keine mehr glaubte.

»Wißt Ihr«, sagte Putange und schüttelte kummervoll den Kopf, »es hätte in Amiens gar nichts passieren können, wenn nicht drei Königinnen dagewesen wären, eine jede mit ihrem zahlreichen Gefolge.«

»Drei Königinnen?« fragte ich.

»Die Königinmutter, Königin Anna und, Herr Graf, vergeßt nicht, daß Henriette-Marie bereits in Stellvertretung mit Karl I. vermählt und also Königin von England war. Um nur von ihr zu sprechen: Wie Ihr Euch entsinnen werdet, umfaßte ihre

Suite einen Bischof, mehrere Priester und dazu über hundert andere Personen.«

»Das heißt«, sagte ich lächelnd, »weit mehr, als anglikanische Mägen verdauen können!«

»So denke ich auch«, sagte Putange. »Jedenfalls ergab das eine große Menge Menschen, die unmöglich alle im bischöflichen Palast von Amiens unterkommen konnten. Deshalb wohnten dort nur die Königinmutter und Henriette-Marie. Königin Anna dagegen bezog ein großes Haus mit einem reizenden Garten am Ufer der Somme. Die Königin war von dem Garten entzückt, und gleich am ersten Abend ging sie dort spazieren, um sich in seiner Stille und Kühle von der Hitze dieser Junitage zu erholen, denn natürlich war es in der Karosse glühendheiß gewesen. Obwohl der Garten gar nicht mal groß war, wirkte er doch so. Die Allee schlängelte sich zwischen dichten Hecken von Boskett zu Boskett, und man hörte die Somme rauschen, ohne sie zu sehen. Als Erster ihrer Suite folgte ich der Königin auf Schritt und Tritt, und so hörte ich sie zur Prinzessin Conti, die an ihrer Seite ging, sagen, wie sehr sie diesen Ort liebe, die Blumendüfte, die laue Luft, das tausendfache Glucksen des Flusses. ›Ich glaube‹, sagte sie in ihrem singenden spanischen Akzent, den sie, Gottlob, nie abgelegt hat, ›der Garten Eden kann nicht viel anders gewesen sein.‹ – ›Nur‹, sagte die Prinzessin Conti, ›daß in diesem hier Adam fehlt.‹«

»Und was erwiderte die Königin auf diese unerhörte Bemerkung?«

»Nichts. Und sie schwieg bis zum Ende des Spaziergangs.«

»Dieses Schweigen«, sagte ich, »könnte man auf zweierlei Weise deuten.«

»Herr Graf«, sagte Putange, »zumindest weiß ich, wie die Prinzessin Conti es deutete. Sie logierte mit Madame de Chevreuse und Lord Holland in einem Haus, das die Schöffen von Amiens Lord Buckingham als Etappenquartier eingeräumt hatten. Schon zu dieser Zeit munkelte man, die Vertraulichkeit in dem Schlangentrio sei groß und skandalös.«

»Mein Freund«, sagte ich, »ich danke Euch, daß Ihr meine Halbschwester nicht in dieses Trio einbeziehst.«

»Nach meinem Eindruck hatte die Prinzessin Conti sich auf die Intrige eingelassen, ohne aber das Spiel irgend zu führen. In diesem Fall nun dürfte sie sich sogar darauf beschränkt haben, ihren Freunden das Gespräch zu berichten, das sie im abendlichen Garten mit der Königin gehabt hatte, und es nach ihrem Verständnis auszulegen ...«

»Das kein engelhaftes war ...«

»In der Tat. Auf alle Fälle weiß ich«, fuhr Putange fort, »daß sie an dem verhängnisvollen Abend nicht dabei war, nur Holland, Buckingham und die Chevreuse. Vielleicht hatte man ihr bedeutet, sie wäre eine zuviel, wenn sich die zwei Paare für die Promenade im Garten Eden bildeten.«

»Zwei Paare?«

»Die Chevreuse an Hollands Arm und die Königin am Arm von Buckingham.«

»Allewetter! Soweit war man schon!«

»Oh, viel weiter! Das Schlangentrio, dessen bin ich mir sicher, war übereingekommen, daß die Frucht reif sei und Buckingham sie im dämmerdunklen Garten Eden pflücken solle.«

»Und wart Ihr bei dieser Promenade zugegen?«

»Ich und einige andere. Wie hätte ich nicht dabei sein sollen? Ich folgte der Königin wie ihr Schatten. Das war mein Amt und meine Pflicht.«

»Wer waren die anderen?«

»Ripert, ihr Leibarzt, dann La Porte, ihr Mantelträger.«

»Was hatte der dabei zu tun?«

»Er trug, je nach der Jahreszeit, den Mantel der Königin oder ihre Mantille, ihren Fächer oder ihren Sonnenschirm. Weiter gehörte zu uns ein Diener namens Datel, der gegebenenfalls den Laufburschen machte, dann noch ein Edelmann, Monsieur de Jars, und mehrere Damen.«

»Was tat dieser Monsieur de Jars?«

»Er gehörte zur Suite der Königin, aber in welcher Eigenschaft, weiß ich nicht genau.«

»Wie bildeten sich die Paare?«

»Auf die einfachste, scheinbar natürlichste Weise. Als sie das Haus verließen, schritt die Königin zwischen Lord Holland zur Linken und Lord Buckingham zur Rechten. Madame de Chevreuse ging neben Lord Holland. Alle vier gingen in einer Reihe, ohne sich den Arm zu reichen. Als der Pfad sich nun an einer Stelle verengte, so daß nur zwei Personen nebeneinander gehen konnten, hielt Madame de Chevreuse Holland am Arm zurück und sagte zur Königin: ›Eure Majestät geruhe vorzugehen!‹ Und weil die Königin zögerte, sich in der Dämmerung auf einen Pfad zu begeben, der von beiden Seiten durch hohe, dunkle und undurchdringliche Hecken gesäumt wurde, bot ihr Buckingham den Arm, den sie auch annahm. Und so ging er mit ihr ins Dunkel.«

»Wo wart Ihr zu dem Zeitpunkt?«

»Leider hinter Lord Holland und Madame de Chevreuse.«

»Konntet Ihr sie nicht überholen?«

»Das verhinderte die Enge des Pfades wie auch das Protokoll. Man hätte Lord Holland und die Chevreuse buchstäblich beiseite drängen müssen, um an ihnen vorüberzukommen. Dazu konnte ich mich nicht durchringen, so unglücklich und beunruhigt ich auch war. Ich wurde es noch mehr, als ich sah, wie Lord Holland und Madame de Chevreuse den Schritt mehr und mehr verlangsamten und der Abstand zwischen dem zweiten und dem ersten Paar immer größer wurde. Bald konnte ich im Dämmerlicht den schwarz und weiß gestreiften Reifrock der Königin nicht mehr erkennen. Der Leibarzt Ripert muß dasselbe empfunden haben wie ich, denn er flüsterte mir zu: ›Das gefällt mir nicht!‹ Ein Beweis, daß auch er die Langsamkeit des Paares vor uns so verstand, daß man uns von der Königin trennen und Buckingham eine Zweisamkeit ohne Zeugen verschaffen wollte. Je mehr ich das bedachte, desto heftiger plagte mich die Sorge, in einer bewußt arrangierten und eindeutig skandalösen Situation zu stecken. Ich raffte allen Mut zusammen, um das Protokoll zu verletzen und das hinderliche Paar zu überholen, als ein weiblicher Schrei die nächtliche Stille zerriß. Es war die Königin! Nichts hielt mich mehr. Mein Entschluß war gefaßt, ohne daß ich es auch nur wußte. Ich stürzte los, schubste ohne jede Scheu den Reifrock der Chevreuse zur Seite, überholte sie und rannte wie verrückt den Pfad entlang. An den Schritten hinter mir hörte ich, daß Ripert, La Porte, Datel und Jars mir folgten. Mir hämmerten die Schläfen so, daß ich nicht sagen kann, wie lange ich lief. Endlich erkannte ich die weißen Streifen im Reifrock der Königin und hörte, näher kommend, wie sie mit zitternder Stimme fragte: ›Wer da?‹ – ›Putange, Madame!‹ – ›Ah, Putange!‹ sagte sie mit einer Stimme, in der Zorn und Angst stritten, ›Ihr hättet mich nicht verlassen dürfen!‹ – ›Madame, ich konnte nicht anders.

Lord Holland und Madame de Chevreuse versperrten mir den Weg. Aber, Madame, was ist denn passiert?‹ – ›Nichts, nichts!‹ sagte sie mit schwacher Stimme, ›reicht mir Euren Arm und begleitet mich zu meinem Zimmer.‹«

»Mein lieber Putange, um Vergebung«, sagte ich und legte ihm die Hand auf den Arm, »aber Ihr vergaßt Buckingham in Eurem Bericht. Wo war er? Was tat er?«

»Ehrlich gesagt, ich sah ihn nicht, falls man überhaupt etwas sehen konnte. Es schien zwar der Mond, aber der drang nicht durch die übermannshohen Hecken. Ich nahm an, daß Buckingham weggelaufen war. Die Königin jedenfalls brachte die Zähne nicht auseinander, solange ich sie zu ihrem Zimmer führte, ihr Arm zitterte unaufhörlich in meinem. Sie war blaß und atmete mühsam. Sie setzte sich, vielmehr sie ließ sich in einen Lehnstuhl fallen, und mit matter, aber entschiedener Stimme sagte sie, sie wolle allein sein. Madame de Chevreuse bat flehentlich, bei ihr bleiben zu dürfen. Anna schüttelte wortlos den Kopf. Ich wartete, bis die Chevreuse gegangen war, dann ging ich auch.«

»Was ist nach Eurem Dafürhalten zwischen Buckingham und der Königin geschehen?«

»Das sagte ich doch: Die Chevreuse hatte ihm eingeredet, die Frucht sei reif, er brauche sie nur zu pflücken.«

»Aber, was glaubt Ihr, wie weit er ging?«

»Sehr weit kann er nicht gekommen sein. Seit ich die Königin aus den Augen verloren hatte, verging sicher nur kurze Zeit, bis ich ihren Schrei hörte.«

»Wißt Ihr, daß meine Halbschwester es geistreich findet zu sagen, sie würde sich für die Tugend der Königin ›vom Gürtel bis zum Fuß‹ verbürgen, aber nicht ›vom Gürtel bis zum Kopf‹. Was meint Ihr dazu?«

»Es ist eine Unverschämtheit, enthält aber vielleicht einen wahren Kern. Möglich wäre es, daß Buckingham die Königin in die Arme genommen und versucht hat, sie auf den Mund zu küssen und ihren Busen zu berühren. Jedenfalls muß die Ärmste über seine Kühnheit furchtbar erschrocken sein. Um hinter ihren französischen Freundinnen nicht zurückzustehen, hatte sie sich einen frivolen Anschein gegeben, der aber ihrem wahren Wesen nicht entsprach. Im Grunde war sie ganz naiv und glaubte, weil sie sich so bezaubert fühlte von dem schönen Mann, der ihr wer weiß was erzählte, daß alles zuginge wie im Roman, eben wie in *Astrée*, wo Liebende von engelhaftem Zartgefühl süße Blicke und Worte wechseln, aber mehr spielt sich nicht ab.«

»Wißt Ihr, wer auf die Idee kam, die Geschichte vor dem König geheimhalten zu wollen?«

»Die Herzogin von Chevreuse, am nächsten Tag. Sie fürchtete, der königliche Blitz könnte sie zum zweitenmal treffen. Immerhin hat aber die Königin sich der Königinmutter eröffnet. Und sie tat gut daran, denn die Eselei war bereits Hofgespräch. Und die Königinmutter freute sich, daß sie noch einmal ein bißchen Macht ausüben konnte, wo sie doch täglich die goldenen Zeiten ihrer Regentschaft beweinte. Sie traf eine Entscheidung, die sehr begrüßt wurde. Henriette-Marie sollte am folgenden Tag mit Herrn von Buckingham abreisen, und Anna sollte solange bei ihr in Amiens bleiben, bis sie selbst sich erholt hätte. Doch, wie Ihr sicher wißt, Herr Graf, mußte Anna, um dem Protokoll zu genügen, Henriette-Marie zwei Meilen außerhalb der Stadt begleiten, um von ihr Abschied zu nehmen.«

»Diese sonderbare Verfügung unseres Protokolls ist mir nicht neu. Ich war dabei, als Ludwig seine Schwester Elisabeth zwei Meilen aus Bordeaux hinaus begleitete, als die Prinzessin zur Bidassoa aufbrach, wo der Infant sie erwartete. Ich erinnere mich, wie Ludwig aus seiner Karosse stieg und die Schwester, die er nie wiedersehen sollte, leidenschaftlich und unter heißen Tränen umarmte.«

»Als Henriette-Marie abreiste, gab es auch jemanden, der weinte, aber nicht ihretwegen. Es war Buckingham. Er folgte dem Zug der beiden Königinnen zu Pferde, und sowie Henriette-Marie in ihre eigene Karosse gestiegen war, saß er ab, tauchte am Schlag von Annas Karosse wie ein schöner Teufel auf und flehte, ganz der große Komödiant, mit tränenüberströmtem Gesicht die Königin an, ihm zu verzeihen, seine große Liebe habe ihn von Sinnen gebracht.«

»Und die Königin?«

»Sie blickte starr geradeaus und blieb wie Eis. Worauf die Prinzessin Conti, die zu ihrer Rechten saß, rief: ›Ach, Madame! Ihr seid gar zu grausam!‹«

»Wie? Diese Zierpuppe hatte die Stirn, der Königin auch noch Moral zu predigen!«

»Aber ganz erfolglos! Die Königin gönnte dem schönen

Lord keinen Blick, im Gegenteil. Sie gab ein Zeichen, ihre Karosse fuhr an, und Buckingham blieb mitten auf der Straße stehen, schluckte seine Tränen, und war tiefer gedemütigt als ein Fuchs, dem man den Schwanz abgeschnitten hat.«

»Beten wir, daß ihm die Abfuhr endlich eine Lehre ist!«

»Ach, Herr Graf, so ein überspannter Laffe lernt nichts dazu! Daß eine Frau, und sei es die Königin von Frankreich, nicht von ihm entehrt werden wollte, ertrug seine Eitelkeit nicht. Als er sich in Boulogne wegen schweren Sturms nicht sofort mit Henriette-Marie einschiffen konnte, verfiel er, vielleicht dem Rat Hollands und der Chevreuse folgend, darauf, mit verhängten Zügeln nach Amiens zurückzukehren, um die Königin wiederzusehen. Dazu bedurfte es aber wenigstens eines Anscheins von Begründung, und den lieferten ihm Briefe seines Herrn, Karl I., die er in Boulogne erhalten hatte und der Königinmutter vorlegen wollte.

In Amiens nun liest die Königinmutter, die ihre Unpäßlichkeit weiter ans Bett fesselte, diese Briefe. Obwohl kein großes Kirchenlicht, merkt sie doch, daß sie ohne Belang sind und nur als Vorwand dienen. Was Buckingham ihr bestätigt, als er den Wunsch ausdrückt, die Königin zu besuchen. ›Fragt sie, Monsieur‹, sagt lakonisch die Königinmutter.

Auch Königin Anna hütet das Bett, weil man sie am selben Morgen zur Ader gelassen hat, und sie ist baff über diese Rückkehr. ›Wie?‹ sagt sie, ›wieder hier?‹ und setzt mit einem Anflug von Heuchelei hinzu: ›Und ich dachte, wir wären ihn los!‹ Sie heißt die Comtesse de Lannoy, Buckingham zu sagen, ›sie könne ihn nicht empfangen, es mißfalle dem König, wenn die Königin Männern den Zutritt zu ihrem Gemach erlaube, wenn sie zu Bett sei.‹«

»Comtesse de Lannoy?«

»Die älteste Ehrendame, die seit ihrer Witwenschaft ein Muster an Ehre und Tugend ist. Es stand also nicht zu erwarten, daß sie die Schroffheit der Ablehnung durch liebenswürdiges Geschick ausgleichen würde. ›Das wollen wir doch sehen!‹ sagte Buckingham wutschnaubend. ›Gehen wir Ihre Majestät die Königinmutter fragen, was sie dazu sagt! Folgt mir!‹«

»Was für eine unerträgliche Arroganz! Er benimmt sich am Hof von Frankreich wie in erobertem Land! Da hätte er auch gleich mit der Königin vögeln können.«

»Die Königinmutter war genauso ratlos wie wir, ihn schon wieder zu sehen. Trotzdem hörte sie ihn an und hörte auch Madame de Lannoy, die sich, stur wie Justitia, auf Brauch und Protokoll berief. Und um dieses leidige Streiten zu beenden, sagte die Königinmutter: ›Warum sollte die Königin ihn nicht empfangen, wenn sie zu Bett liegt? Ich tue es ja auch!‹«

»Ist das die Möglichkeit, Monsieur de Putange!« rief ich aus. »War das Hinterhältigkeit? Wollte die Königinmutter, daß ihre Schwiegertochter sich noch mehr kompromittierte? War ihr der Unterschied nicht klar zwischen einem Höflichkeitsbesuch bei einer bejahrten Königin ohne alle Anmut und einem galanten Besuch bei einer jungen und schönen Königin, der dieser Unverschämte schon genug Dummheiten erzählt hatte?«

»Wie dem auch sei«, fuhr Putange, wenig geneigt, die Königinmutter zu beschuldigen, fort, »die Sache war entschieden: die Sache geschah. Buckingham betrat hocherhobenen Hauptes das Gemach der Königin, und obwohl ich ihn aufzuhalten versuchte, als er durch die Balustrade und in die Bettgasse vordringen wollte, schob er mich mit der Hand beiseite und ging weiter. Was konnte ich tun? Den Degen ziehen? Es wäre in Gegenwart der Königin ein Majestätsverbrechen gewesen.

Natürlich waren an die dreißig Damen in der Bettgasse zugegen, die, wie üblich, wie ein Bienenkorb summten. Doch als Buckingham hereintrat, hättet Ihr eine Stecknadel fallen hören. Kühn schritt der englische Lord auf das Bett zu, wo die Königin lag, kniete vor besagtem Bett nieder und küßte leidenschaftlich das Laken. Dabei redete er tausend Albernheiten, und das tiefe Schweigen wich kaum unterdrückten Ausrufen. Aller Augen starrten auf die Königin, die, blaß und bebend, außerstande schien, auch nur ein Wort hervorzubringen. Da trat Madame de Lannoy auf den Plan.«

»Gott sei Dank«, sagte ich. »Darauf hatte ich gewartet!«

»Sie war die Strenge in Person. ›My Lord!‹ sagte sie, ›es ist nicht Brauch, daß ein Edelmann, und sei er noch so hoch, dieser Weise vor dem Bett Ihrer Majestät der Königin niederkniet, und schon gar nicht, daß er die Laken küßt. Bitte, erhebt Euch und nehmt einen Sitz!‹ Gleichzeitig winkte sie einer Zofe, die sich nun mühsam einen Weg durch die Damen bahnte und einen Schemel herbeitrug. Aber Buckingham kam ihr von oben herab: ›Madame‹, sagte er, ›ich bin Engländer und also nicht gehalten, mich französischen Bräuchen zu beugen!‹ – ›My Lord‹, erwiderte Madame de Lannoy, ohne zu wanken, ›Ihr seid daran gehalten, wenn Ihr in Frankreich seid!‹ Buckingham zuckte die Achseln, wandte sich zur Königin und begann ihr zärtlichste Sachen zu sagen …«

»Die sich die Königin sofort verbat …«

»Eben nicht! Das ist ja der Punkt!« sagte Putange mit einem Seufzer. »Zuerst einmal hörte sie ihn an. Erst als sie endlich des Skandals und der Entgeisterung innewurde, die auf den Gesichtern aller Anwesenden zu lesen stand, wechselte auch sie Gesicht und Ton, warf Buckingham seine Kühnheit vor und befahl ihm, leider nicht ganz mit der nötigen Strenge, sich zu erheben und das Gemach zu verlassen. Was er auch tat.«

»Endlich!« rief ich aus. »Wolle Gott, daß er seinen gespaltenen Fuß nie mehr auf französischen Boden setzt!«

»Amen!« sagte Putange.

Damit hob er seinen Kelch voll Burgunderwein und trank mir zu mit dem Wunsch, daß mein Wort vom Allmächtigen erhört werde.

Zu dem Zeitpunkt wußte ich noch nicht, daß das, was für uns nur glühender Wunsch war, beim König und beim Kardinal bereits unwiderruflicher Beschluß geworden war. Sie waren sich, einer so ehern wie der andere, darin einig: Buckingham dürfe nicht wieder nach Frankreich herein, welchen Vorwand auch immer er in seiner kindischen Starrköpfigkeit erfinden würde. Der schöne Lord war über diese Entschiedenheit außer sich vor Rage, und nun zeigte er, welch eine Seele sich hinter seinem prächtigen Äußeren verbarg. In England rächte er sich dafür an der armen Henriette-Marie. Er machte sie zu seiner Geisel, demütigte und verfolgte sie auf alle erdenkliche Weise und brachte es dahin, sie mit Karl I. zu entzweien. Dann benutzte er diese Entzweiung als Vorwand und verlangte, mit Henriette-Marie nach Frankreich zurückzukehren (die sich sehr nach ihrer Mutter sehnte), und erbot sich, wenn sein Ersuchen bewilligt würde, die französische Prinzessin mit ihrem englischen Gemahl wieder auszusöhnen. Ludwig ließ sich auf diese abscheuliche Erpressung nicht ein. Das Ersuchen wurde, wie alle vorangehenden, abgelehnt.

Buckingham bildete sich ein, ihm sei wer weiß was alles zu

verdanken, nicht nur die Liebe der Königin von Frankreich, sondern womöglich sogar ihre neuerliche Schwangerschaft. Und daß man ihm den Dank dafür verweigerte, entzündete in ihm einen unbändigen Haß, den er in seiner Bitterkeit beständig am Kochen hielt, nicht allein gegen Annas Schwägerin Henriette-Marie, die er leider in Reichweite seiner Krallen hatte, sondern auch gegen die englischen Katholiken, gegen die sich die englische Verfolgung nun verstärkte, vor allem jedoch gegen Ludwig, Richelieu und das französische Königreich.

Wie merkwürdig, daß ein solches Gefühl so beherrschend werden konnte bei einem Mann, der im Namen zweier Könige die französische Hochzeit doch eifrig gefördert hatte, sowohl um England gegen eine spanische Aggression zu schützen, wie auch in der Hoffnung, unsere Truppen würden dem Pfalzgrafen, dem Schwiegersohn Jacobs I., bei der Rückeroberung seines Landes helfen.

Nun, an diesen Umständen hatte sich auch zwei Jahre nach der Affäre von Amiens nichts geändert. Spanien wurde von England ebenso gefürchtet wie zuvor, und die zerstückelte Pfalz war noch immer in den Händen der Verbündeten des deutschen Kaisers. Geändert hatte sich nur Buckinghams Laune. Sein kleiner persönlicher Groll auf Ludwig siegte über die großen Interessen des Staates, dessen Minister er war. Er faßte einen wahrhaft unglaublichen Entschluß, oder ließ Karl I. ihn fassen: Er wechselte urplötzlich das Lager, stellte eine beachtliche Flotte zusammen und eilte, unter Verletzung seiner französischen Bündnisverpflichtungen, den aufständischen Hugenotten von La Rochelle zu Hilfe, welchselbige Intervention Ludwig, seine Schiffe und seine Truppen in größte Gefahr brachte. Aus einer kleinen, kindischen Ursache folgten also große Wirkungen. Eine leichtsinnige Königin, ein enttäuschter Verführer, und Frankreich geriet in Konflikt mit einer erschreckenden Armada, die aber, Gott sei Dank, nicht unbesiegbarer war als jene, mit der es einst Königin Elisabeth I. zu tun bekam. Doch ich greife vor, noch ist die Zeit nicht gekommen, das Meine dazu zu erzählen – längst noch nicht.

* * *

Schöne Leserin, es könnte sein, daß Sie in irgendeinem romanesken Winkel Ihres Herzens enttäuscht sind von der albernen Figur, die Lord Buckingham auf diesen Seiten abgibt, denn sie entspricht ja durchaus nicht der populären Vorstellung von ihm, die, weil es sich um einen Herzog und eine Königin handelt, sich mehr von Träumen nährt als von der Wirklichkeit. Aber was immer Sie davon halten mögen, seien Sie versichert, daß meine Erzählung auf unanfechtbaren Zeugnissen beruht, derer sich die Geschichten, die Ihren Kinderträumen schmeichelten, nicht rühmen können. Nicht daß ich diese verführerischen Gaukeleien verachte, an denen ich früher selbst so großes Gefallen fand. Doch ein jegliches hat seine Zeit: eine Zeit, zu träumen, und eine andere – sehr viel später im Leben –, da man große geistige Befriedigung und vielleicht auch ein Körnchen Weisheit aus der Wahrheit der Tatsachen gewinnt.

Kurze Zeit nach meinem Gespräch mit Monsieur de Putange hatte ich Gelegenheit, den guten, alten Fogacer zu treffen, den ich Ihnen nicht mehr vorstellen muß, denn als Gleichaltriger meines Vaters ist er schon mehrmals in seinen Memoiren wie auch in den meinen aufgetaucht. Mit seinen Siebzig nun und noch ebenso frisch und munter wie der Marquis de Siorac, ist sein Haar jetzt freilich mehr Salz als Pfeffer. Auch hat seine lange Spinnengestalt einige Rundlichkeit gewonnen, ohne daß aber seine Lebenskraft und seine Verstandesschärfe irgend abgenommen hätten.

Entschieden geändert hat er sich jedoch in Seele und Lebensweise seit den Zeiten, als er wie mein Vater an der École de Médecine zu Montpellier studierte. Schwul und Atheist in jungen Jahren und daher in ständiger Gefahr, auf einem Scheiterhaufen zu enden, fand er in reiferen Jahren zu reineren Sitten und zur Religion unserer Väter zurück. Dem Weg dieser Bekehrung weiter folgend, wurde er Priester, avancierte in diesem Stand rasch auf Grund seiner großen Talente, und so ist er in diesen Jahren denn Domherr von Notre-Dame zu Paris und geheimer Ratgeber des Nuntius.

Es waren noch keine acht Tage vergangen, seit ich Monsieur de Putange in meinem Hôtel in der Rue des Bourbons aufgenommen und mit ihm jenes Gespräch geführt hatte, das ich vorhin wiedergab, als ich bei meinem Vater in der Rue du Champ Fleuri auf Fogacer traf, denn er war dort einmal wöchentlich zu Gast. Wir sprachen über dieses und jenes, im besonderen über das Kastell, das ich nach dem Rat des Königs bei meinem Gut erbauen sollte. Der Leser weiß ja schon, daß ich meinen letzten Aufenthalt in Orbieu hauptsächlich darauf verwendet hatte, den bestgeeigneten Ort für den Bau festzulegen und die Baukosten abzuschätzen, auch wenn ich noch zögerte, meinen Beutel zu plündern, um meine Herrschaft mit einer Befestigung zu versehen, die, so nützlich sie mir auch erschien, doch ganz einmalig in meiner Nachbarschaft wäre.

»Dann erst recht!« sagte der Domherr Fogacer mit seinem langsamen, gewundenen Lächeln und einem spöttischen kleinen Blitzen in den nußbraunen Augen. »Dann erst recht! Das Kastell wird Euch in der ganzen Provinz große Ehre machen, und wie glücklich könnt Ihr dann Ludwig berichten, daß es endlich steht.«

Wir lachten alle drei, so treffend schien uns seine Bemerkung. Hierauf wendete sich die Unterhaltung Buckingham zu, was kein Wunder war, denn Stadt und Hof redeten nur von ihm. Und so vorsichtig Fogacer seine Worte auch wog, sagte er dennoch genug, um mich zu überzeugen, daß der Nuntius über die Affäre von Amiens ebensogenau im Bilde war wie ich nach dem Bericht von Monsieur de Putange: was wieder einmal zeigte, wie sorgfältig die vatikanische Diplomatie ihre Gesandten auswählt.

»Was ich zu gern wüßte«, sagte mein Vater, »und was mich wirklich beschäftigt, ist, was wohl im Gehirn eines Mannes vorgehen mag, der als Premierminister seines Landes eine Heirat aushandelt und einen Bündnisvertrag mit dem König eines benachbarten großen Reiches schließt, aber gleichzeitig versucht, ihm Hörner aufzusetzen und seine Königin zu entehren. Für mein Empfinden liegt in diesem Versuch etwas so Widersinniges, so Verdrehtes und Böswilliges, daß es sich jedem Verständnis entzieht.«

»Mein Freund«, sagte Fogacer, und seine Augenbrauen hoben sich schläfenwärts, was aber, weil sie jetzt schlohweiß waren, gar nicht mehr satanisch wirkte wie früher, »Euer Irrtum ist, daß Ihr dieses Benehmen nach Kriterien der Vernunft zu verstehen sucht, während es sich einzig aus den Launen eines Wahns heraus verstehen läßt. Dennoch gehorchen auch diese Launen wiederum Gesetzen oder, besser gesagt, Konstanten, auf die man bei Personen eines ganz bestimmten Menschentyps trifft.«

»Allewetter!« sagte mein Vater, »nun erzählt mir bloß nicht, Ihr hättet auf dieser Welt noch so einen Buckingham gekannt!«

»Doch, doch! Ich lernte ihn in Madrid kennen, als ich den Nuntius im Jahr 1621 dorthin begleitete, in welcher Angelegenheit, weiß ich nicht mehr. Er hieß Don Juan de Tassis, Graf von Villamediana, und er glich Buckingham so sehr in seiner Schönheit, seinen Manieren, seinem Benehmen und seinen Intrigen, daß Ihr ihn für sein Double gehalten hättet, und, wie Ihr wißt, sind Doppelgänger Teufelssache ... Er lebte am Hof Philipps III. von Spanien.«

»Derselbe Philipp«, fragte La Surie, »der vor vier Jahren gestorben ist und Ludwigs älteste Schwester als Witwe zurückließ?«

»Die älteste und die schönste«[1], bemerkte ich.

»Dieser Philipp, ja«, sagte Fogacer, »und Don Juan de Tassis war wirklich das Kleinod seines Hofes. Sehr schön, sehr adlig, sehr reich, blendete er Madrid durch seine glanzvollen Gewänder, seine Edelsteine, seine Karossen und Pferde. Und auch er war ein großer Verführer, der aber Vergnügen nur an der Eroberung fand, nicht am Besitz. Sobald er eine Dame erobert hatte, verließ er sie. Außerdem verschmähte er Witwen, und waren sie noch so jung und schön, er hielt sich nur an verheiratete Frauen und Jungfrauen, denn nur in dem Fall wurde die *honra* des Opfers und die seiner Familie auf immer geschändet.«

»Was heißt *honra*?« fragte La Surie.

»Die Ehre, Miroul«, sagte mein Vater, »die Ehre! Und dazu die kitzligste überhaupt: die kastilische Ehre!«

»Es steht also anzunehmen, Hochwürden«, sagte La Surie, »daß die Väter, Brüder und natürlich die Ehemänner ihre geschändete Ehre zu rächen suchten.«

»Das versuchten sie, in der Tat. Was Don Juan de Tassis das zusätzliche Vergnügen bereitete, sie zu töten. Er war nicht nur äußerst kampfgewohnt, es gab auch in ganz Kastilien keine bessere Klinge als Don Juan de Tassis.«

»Wenn ich recht verstehe«, sagte ich, »bestand also das Vergnügen, das er aus solchen Affären gewann, in Stolz und

---

1 Elisabeth von Frankreich.

Zerstörung. Er zerstörte die Tugend einer Frau und nahm obendrein ihren Rächern das Leben.«

»Stolz vor allem«, sagte Fogacer, »ich glaube, es war in erster Linie der Stolz. Don Juan de Tassis griff die *honra* der größten spanischen Familien an, und in seinem Wahn schließlich sogar die *honra* seines Königs.«

»Wie?« rief mein Vater, »er hat sich auch an eine Königin herangewagt? An unsere Elisabeth von Frankreich? Ich traue meinen Ohren nicht.«

»Dazu müßt Ihr wissen«, sagte Fogacer, »daß Elisabeth in Madrid einen sehr hohen Ruf genoß. Einmal als Königin von Spanien, dann als Tochter von Henri Quatre und schließlich auch als Französin. Das spanische Volk nannte sie *la francesa*, so als gäbe es nur eine Frau auf der Welt, die dieses Namens würdig wäre. Kurzum, Don Juan de Tassis machte der *francesa* den eifrigsten Hof, aber ohne viel Erfolg, scheint es. Also machte er sich an Doña Francisca de Tavora heran, die in Madrid die *hermosa portuguesa* hieß, weil sie aus Lissabon stammte.«

»Und weshalb belagerte er diese Dame?«

»Weil sie die Mätresse des Königs war. Und bei ihr hatte er anscheinend mehr Erfolg als bei der *francesa*.«

»Hinsichtlich der Ehre des Königs war das aber nur ein halber Erfolg«, bemerkte La Surie.

»Sicher, aber diesen halben Erfolg«, fuhr Fogacer fort, »log Don Juan de Tassis zum vollen Erfolg um, indem er ein Liebesgedicht veröffentlichte, das er mit ausgeklügelter Perfidie der *Francelisa* widmete.«

»Und wo liegt die Perfidie?« fragte mein Vater.

»*Francelisa* konnte ebenso wohl Francisca, die Mätresse des Königs, meinen wie auch die *francesa*, seine Gemahlin.«

»Und was kam bei diesen Gemeinheiten heraus?«

»Don Juan de Tassis wurde eines Abends, als er seiner Karosse entstieg, erdolcht.«

»Von den Leuten des Königs?«

»Nein. Philipp III. war schon ein Jahr tot. Aber es gab eine große Schar von entehrten Frauen und ihren rachelüsternen Verwandten.«

»Ein gutes Ende!« sagte La Surie. »Der Bösewicht ist hin und fährt zur Hölle.«

»Oh!« sagte Fogacer, »im Fall des Don Juan de Tassis gab es eine viel schlimmere Strafe als die Hölle.«

»Was nun noch, Hochwürden?« fragte mein Vater lachend.

»Spricht so ein Priester? Was kann es Schlimmeres geben, als am Spieß der siebenundsiebzig Höllenteufel zu schmoren?«

»Für einen spanischen Granden schon!« sagte Fogacer ernst. »Sein guter Name war auf ewig besudelt.«

»War er das nicht schon«, fragte ich, »durch seine Schandtaten?«

»Aber nein! Ein Mädchen verführen und ihren rächenden Bruder erschlagen, das ist in den Augen der großen Welt nur ein Bravourstück, das einem *caballero* Glanz verleiht. Aber was die Madrider Polizei einige Monate, bevor Don Juan ermordet wurde, entdeckte, war von anderem Kaliber.«

»Nämlich?«

»Don Juan war der erwiesene Großmeister der vornehmsten und höchstrangigen Päderasten Spaniens. Er veranstaltete in seinem Palast skandalöse nächtliche Feste, auf denen man die ›unverzeihliche Sünde‹ – wie meine Kirche es nennt«, setzte Fogacer mit gesenkten Augen hinzu –, »völlig offen mit allen nur möglichen satanischen Abirrungen betrieb.«

Hierauf trat ein Schweigen ein, das weder mein Vater noch La Surie oder ich zu brechen wagten, denn Fogacers Vergangenheit war uns dreien wohlbekannt. Weil wir aber auch seine große Güte kannten, erschien es uns ausgeschlossen, zwischen der Grausamkeit eines Buckingham oder eines Don Juan de Tassis und den einstigen Sitten Fogacers eine Verbindung zu ziehen.

»Hochwürden«, sagte schließlich mein Vater, »seid Ihr nicht ein wenig streng mit denen, die Ihr die Päderasten nennt? Ich hatte einen sehr lieben Freund, und er ist es noch, der meiner Angelina zu Zeiten, als ich an ihr zweifelte und sie deshalb verlassen hatte, die größte Güte und Freundschaft bezeigte.«

Fogacer errötete vor innerer Bewegung, daß seiner brüderlichen Rolle so dankbar gedacht wurde, als Angelina unter den Verdächtigungen meines Vaters litt. Dann aber lächelte er wieder sein gewundenes Lächeln.

»Lieber Freund«, sagte er, und wieder blitzte es in seinen nußbraunen Augen, »bitte, laßt die Samthandschuhe beiseite. Auch zur Zeit meiner Schwulheit liebte ich die Frauen immer um ihres moralischen Wesens willen. Weiter ging meine Neigung nicht, und nie habe ich einer von ihnen Kummer gemacht. Aber es gibt Schwule und Schwule. Da tun manche so, als ob sie diese ›seltsamen Tiere‹ liebten, zu denen ihr natürlicher Hang sie in keiner Weise treibt. Und diese Vortäuschung ist das Widerliche an ihnen. Neben einem geheimen Leben, das ein Don Juan, ein Buckingham und viele andere vom gleichen Schlage führen, geben sie sich, auch an unserem Hof, den Anschein, die galantesten der Galanten zu sein, obwohl ihr einziges Vergnügen an Frauen darin besteht, sich für ihre Liebesunfähigkeit zu rächen, indem sie sie entehren.«

VIERTES KAPITEL

Es sei nicht vergessen: Nur mit großem Unbehagen, mit Abwehr und Argwohn hatte Ludwig den Kardinal in seinen Staatsrat berufen, weil er befürchtet hatte, von seinem Genius tyrannisiert zu werden. Nun, wenn es Tyrannei war, so war es eine sanfte, unterwürfige, liebevolle, und was Seiner Majestät als erstes ins Auge sprang, war Richelieus unbedingte Ergebenheit ans öffentliche Wohl: Es stand über seiner Titanenarbeit in feurigen Lettern geschrieben.

Richelieu spannte sich vor seine Aufgabe von morgens bis abends, dann ruhte er, und mit Beginn der Nacht legte er sich wieder in die Sielen. Er rief seine Sekretäre, denn weil sein Geist zu schnell arbeitete, als daß er Zeit mit der Niederschrift seiner Gedanken hätte vergeuden mögen, diktierte er sie dem einen, während die beiden anderen, bis sie an die Reihe kamen, so schwer auf ihren Lehnstühlen dösten, daß sie manchmal hinunterfielen. Nach zwei, drei so infernalisch geballten Stunden gönnte sich der Kardinal einen Schlaf, aus dem er von selbst erwachte, um sich bis Tagesanbruch erneut an die Arbeit zu setzen. Man könnte sagen, er schlief portionweise, und ich wette, daß sein unermüdliches Gehirn sogar im Schlaf die Ernte der Fakten weitermahlte, die er aus seinen Untersuchungen gewonnen hatte, um daraus Brot zu backen, das er dem König am nächsten Tag als Weihgabe darbrachte.

Diese stetige, fast ungeheuerliche Tages- und Nachtarbeit wurde bald *urbi et orbi*[1] bekannt, und viele Leute fragten sich, worin denn die riesige Fron bestünde, die soviel Zeit verschlang. Ich erinnere mich, daß mir diese Frage von Monsieur de La Surie gestellt wurde, als ich ihn einmal in unserem Haus in der Rue du Champ Fleuri besuchte; mein Vater hatte ihn allein gelassen, weil seine Angelina ihn durch ein Sendschreiben benachrichtigt

---

1 (lat.) der Stadt und dem Erdkreis (ein aus der Papstwahl übernommener Begriff in der Bedeutung von »allenthalben«).

hatte, daß eine Angelegenheit seine unverzügliche Anwesenheit auf seinem Gut Le Chêne Rogneux in Montfort l'Amaury erheische. Der arme Miroul hatte betrübt darauf verzichten müssen, ihn zu begleiten, weil er mit einem Fieber darniederlag, das ihn drei- bis viermal im Jahr ergriff, drei oder vier Tage dauerte und ihn verließ, wie es gekommen war: unerklärlich.

Hätten Sie einen unserer großen Ärzte konsultiert, wäre Ihnen erklärt worden, dieses Fieber sei eine »heiße Unpäßlichkeit, die vom Herzen kommt« oder eine »Entzündung der Körpersäfte« oder auch eine ›Anstrengung der Natur, die verdorbenen Säfte zu kochen‹. Und man hätte Ihnen nach der gängigen Mode als einschlägiges Mittel den Aderlaß verordnet, »der dem Körper erlaubte, neues Blut zu bilden, nachdem ihm das verdorbene Blut abgezapft wurde«.

Aber mein Vater, Fogacer und all jene, die bei dem berühmten Rondelet an der École de Médecine zu Montpellier studiert hatten, hielten den Aderlaß für ein ungeeignetes und gefährliches Mittel, das italienische Scharlatane am französischen Hof eingeführt hatten. Und so wurde Miroul zu seinem Glück von meinem Vater behandelt oder in seiner Abwesenheit von Fogacer, die ihm beide das sogenannte Jesuitenpulver verabreichten, das tatsächlich mit großem Profit von der berühmten Gesellschaft Jesu verkauft wurde, die es aus der Rinde eines peruanischen Baumes mit Namen *quinquina* gewann.[1]

Diese Medizin senkte die Temperatur binnen eines Tages auf ihr normales Maß. Vorsichtshalber verordnete mein Vater dem Kranken aber, das Pulver noch eine Woche weiterzunehmen, doch in immer geringeren Dosen, im gut geheizten Zimmer das Bett zu hüten, nur leicht zu essen, Wein durch Kräutertee zu ersetzen und sich einmal am Tag einer Abreibung des ganzen Körpers mit Alkohol zu unterziehen, »zur Stärkung der Säfte«.

Nun ergab es sich durch glücklichen Umstand, daß Monsieur de Putange dank der Königin sein Amt als Rittmeister Ihrer Gnädigen Majestät wiedererhielt und mein Haus in der Rue des Bourbons an demselben Tag verließ, als das unerklärliche Fieber Monsieur de La Surie zu Bett warf. Und Jeannette, ihrer Arbeit bei Monsieur de Putange ledig, suchte Zuflucht im

---

[1] Aus dem Quinquina gewann man eine fiebersenkende Substanz, der es seinen Namen Chinin verdankt. (Anm. d. Autors)

Champ Fleuri und brachte zugleich mit ihrer anmutigen Erscheinung eine unvergleichliche Fertigkeit in der Kunst der Massage und der Abreibung mit.

Ich kam in unser Haus, als sie ihre Kunst gerade dem entblößten Leib meines Miroul angedeihen ließ, der in seinem Bett auf dem Bauch lag.

»Wer ist da, Jeannette?« fragte La Surie und mühte sich, den Kopf nach der Tür zu wenden.

»Es ist Graf Orbieu, Herr Chevalier«, sagte Jeannette fröhlich, indem sie mit beiden Händen auf Mirouls Lenden drückte.

»Laß mich, Jeannette!« sagte La Surie, »ich will aufstehen.«

»Kommt nicht in Frage, Herr Chevalier!« sagte Jeannette und lachte. »Eine Abreibung ist eine Abreibung. Ich fange ja gerade erst an.«

»Bleib nur liegen, Miroul!« sagte ich. »Jeannette hat recht. Deine Haut fängt erst an, rosig zu werden. Jeannette, mach ruhig weiter! Ich setze mich solange auf den Schemel hier und halte den Mund, damit ich die Dienerin des Hippokrates in ihrem magischen Tun nicht störe.«

»Wer ist dieser Hippokrates, dessen Dienerin ich sein soll?« fragte Jeannette.

»Der Schutzheilige der Mediziner«, sagte La Surie, der gerne sein Wissen zeigte, weil er sich vieles selbst beigebracht hatte, sogar Latein: eine bewundernswerte Heldentat, denn als mein Vater damals den Fünfzehnjährigen von der Straße auflas, konnte er weder lesen noch schreiben.

Wie versprochen, blieb ich artig auf meinem Schemel hocken und gab keinen Mucks von mir, solange die Abreibung dauerte, dachte aber nichtsdestoweniger, daß es doch eine große Versuchung für mich wäre, an der Stelle von Miroul dort zu liegen, denn Jeannette war so verführerisch und hatte so kundige Hände. La Surie aber war nicht aus so leicht entzündlichem Stoff gemacht wie mein Vater und ich. Er blieb seiner Florine, die er in den berüchtigten Tagen um die Bartholomäusnacht den Klauen der Heiligen Liga entrissen hatte, ehern treu und liebte seine Gemahlin nach wie vor, so daß keine andere Frau, und wäre sie eine Dalila gewesen, ihn in ihren Netzen fangen konnte.

Allerdings, das ist wahr, hatte er ziemlich oft Ärger mit ihr, denn die Dame lebte auf seiner kleinen Herrschaft La Surie, in der Nachbarschaft von Le Chêne Rogneux, und beklagte sich bitter, daß sie ihn selten zu sehen bekäme und er ihrer Gesellschaft die des Marquis de Siorac vorzöge. Und in der Tat war mein Vater für Miroul Vater und Bruder in einem, denn der Marquis war genauso alt gewesen wie er, als er ihn vor der Todesschlinge errettete, und aus Herr und Diener waren die beiden, während ihre Häupter allmählich ergrauten, vertraute und unwandelbare Freunde geworden.

Endlich war die für den Betreffenden sicher sehr erholsame Abreibung beendet, und Jeannette half Miroul wieder in sein Nachthemd, nicht ohne mir verstohlen zuzuzwinkern, was sie sich in Orbieu niemals, nicht einmal heimlich getraut hätte, so sehr fürchtete sie Louison, die meine Umgebung mit Argusaugen überwachte.

Miroul dankte Jeannette mit seiner gewohnten Höflichkeit und wurde seinerseits mit einem so tiefen Knicks bedankt, daß dieser Einsicht in ein Dekolleté bot, das Louison in Orbieu nicht geduldet hätte, das Jeannette aber im Dienst von Monsieur de Putange erweitert haben mußte. La Surie sah jedoch nichts von alledem, er hatte sich niedergelegt, nicht weil er müde war, sondern weil er die Vorschriften der Fakultät buchstäblich befolgen wollte. Ich weiß nicht, ob nun der Alkohol oder die Abreibung seine »Säfte gestärkt« hatte, wie der Marquis de Siorac glaubte, seine Augen jedenfalls blickten danach lebhaft, und seine Neugier war rege wie immer.

»Ach, mein Herr Neffe!« sagte er (sein Neffe war ich zwar nicht, aber dies war ein Kompromiß zwischen »Herr Graf«, was ich zu zeremoniös gefunden hätte, und »Pierre-Emmanuel«, was wiederum ihm zu familiär erschienen wäre), »ich weiß Euch unendlichen Dank, daß Ihr einen armen Fiebergeplagten besucht, der gerade an Euch dachte oder, genauer gesagt, an den Kardinal, von dem alle Welt rühmt, daß er Tag und Nacht arbeitet. Ist das nicht erstaunlich bei einem Mann von angeblich so heikler Gesundheit? Und nun frage ich mich, was er denn bloß zu tun hat, daß es ihm soviel Zeit verschlingt?«

»Mein lieber Miroul«, sagte ich lächelnd, »welche Eurer Fragen soll ich zuerst beantworten?«

»Beide!« sagte la Surie mit einem liebevollen kleinen Funkeln in seinem braunen Auge, während sein blaues Auge kalt blieb.

»Gut denn, hier meine beiden Antworten: Der Kardinal leidet an zahllosen Übeln, hauptsächlich aber, wie der König übrigens auch, an einer übermäßigen Nervosität, die mit einer geradezu unerhörten Ungeduld einhergeht. Diese Übel beeinträchtigen aber in keiner Weise seinen Glauben an seine Mission und folglich an seine Arbeitskraft. Und weil dieses Reich keine Archive besitzt, schreibt der Kardinal überallhin: an Minister, an Gesandte, an Provinzgouverneure, um über alles Informationen einzuziehen.«

»Was heißt das? Dieses Reich besitzt keine Archive?« fragte La Surie und machte große Augen.

»Speziell in der Außenpolitik. Aber sagte ich Euch das nicht schon?«

»Und wie erklärt sich das?«

»Ich weiß nicht. Vielleicht rührt es von Henri Quatre her, der an jedwedem Ort Rat zu halten pflegte, oft indem er auf und ab lief, in seinem Schlafzimmer oder in den Gärten und Höfen des Louvre oder aber in Kriegszeiten im Zelt. Jedenfalls hatten es sich die Minister angewöhnt – außer Sully, der die Rechnungsbücher des Staates hervorragend führte –, nichts schriftlich niederzulegen. Der Kardinal hingegen hält alles schriftlich fest, sowohl die Tatsachen wie die aus den Tatsachen abgeleiteten Analysen wie auch die Lösungen, die er vorschlägt.«

»Und für wen hält er das alles fest?«

»Für den König natürlich.«

»Auch wenn der König im Louvre ist?«

»In dem Fall gibt er ihm mündlichen Bericht. Aber vorsichtshalber macht er sich auch davon eine schriftliche Notiz.«

»Und warum?«

»Um nicht eines Tages vom König beschuldigt zu werden, er habe eine Entscheidung ohne sein Wissen getroffen.«

»Und wenn der König unterwegs ist, sei es im Krieg, sei es auf der Jagd?«

»Dann schickt Richelieu ihm jeden Tag, manchmal sogar zweimal täglich, einen ausführlichen Bericht über die anliegenden Probleme und die Entscheidungen, die er treffen muß.«

»Und liest den der König?«

»Umgehend, und genauso gewissenhaft, wie er verfaßt worden ist.«

»Soso!« sagte La Surie. »Wie mich das rührt und mir gefällt!

Bisher dachte ich, daß Ludwig der Jagd zuviel Zeit widmet und den Geschäften zuwenig.«

»Das war so, Miroul, ist es aber nicht mehr. Richelieu hat das alles geändert. Und hätte Richelieu nichts weiter geschafft, als Ludwig beizubringen, daß er fleißiger werden müsse, hätte er dem Reich bereits den allergrößten Dienst erwiesen.«

»Aber ist das für Ludwig nicht eine Riesenfron?«

»Überhaupt nicht: Er ist selig. Endlich hat er das Gefühl zu regieren, ohne daß man ihm etwas verheimlicht, ohne daß ihm irgend etwas entgeht. Sowie der berittene Bote ihm das Paket mit Richelieus Bericht ausgehändigt hat, ändert sich sein Gesicht. Er setzt sich an einen Tisch, liest besagten Bericht, ohne eine Zeile zu überspringen, dann nimmt er ihn Seite für Seite durch, macht am Rand seine Bemerkungen und schreibt zum Schluß in knappen Worten seine Entscheidungen hin.«

»Wie, er schreibt selbst? Diktiert er nicht?«

»Nein, er schreibt immer selbst. Wahrscheinlich wegen der Geheimhaltung. Und jedesmal fügt er seiner Sendung – denn er schickt das Paket noch am selben oder am nächsten Tag zurück –, einen Brief an Richelieu bei, in dem er seine Entscheidungen manchmal noch näher ausführt.«

»Er schreibt!« rief La Surie aus. »Der König schreibt selbst! *Rex ipse*[1]«, wiederholte er auf lateinisch, wie um seiner Bewunderung mehr Nachdruck zu geben. »Aber nun sagt mir doch«, fuhr er fort, und die Augen sprangen ihm vor Neugier fast aus den Höhlen, »verratet mir, mein Neffe, wie ist seine Schrift? Habt Ihr sie gesehen?«

»Ja, mehrmals. Sie ist steil, ausgeglichen und sorgsam.«

»Elegant?«

»Sehr elegant. Wie Ihr wißt, zeichnet Ludwig sehr gut.«

»Und seine Rechtschreibung?«

»Ah, darauf wollt Ihr hinaus!« sagte ich und lachte. Natürlich wußte ich wie jeder bei uns im Champ Fleuri, daß La Surie es in dem Punkt mit einem Doktor der Sorbonne aufnehmen konnte und daß dies, mit dem Latein, sein Triumph und sein Stolz war. »Nun, ich würde sagen, mein lieber Miroul, daß Ludwigs Rechtschreibung weit besser ist als die meiner lieben Patin, aber nicht ganz so gut wie Eure.«

---

1 (lat.) Der König selbst.

»Zum Beispiel?« fragte La Surie mit einem begierigen Blitzen in seinem blauen Auge.

»Zum Beispiel verdoppelt Ludwig die Konsonanten nicht, wo Vaugelas es für notwendig hält. Er schreibt *appeler* nur mit einem *p*.«

»Das ist eine läßliche Sünde«, sagte La Surie, der es in einem Brief von mir nicht läßlich gefunden hätte. »Letzten Endes«, setzte er großmütig hinzu, »spricht man die beiden *p* ja nicht. Ist das nicht rührend?« fuhr er nach einem Schweigen fort. »*Appeler* mit nur einem *p*! Künftig werde ich es auch so schreiben.«

»Trotzdem, mein lieber La Suric«, sagte ich lächelnd, »dürft Ihr nicht glauben, daß der König und der Kardinal nur schriftlich kommunizieren. Wenn der König im Louvre ist, sieht ihn Richelieu täglich.«

»Und wo?«

»Je nachdem. Manchmal im Gemach Seiner Majestät, manchmal in seinem Bücherkabinett, manchmal aber auch im Schlafzimmer des Kardinals, wenn der an seinen schrecklichen Migränen leidet und, den Kopf in feuchte Tücher verpackt, zu Bett liegt.«

»Woher wißt Ihr das alles?« fragte La Surie.

»Gehöre ich nicht seit meiner Jugend zur Suite des Königs und verlasse ihn kaum je, außer wenn ich in Orbieu bin?«

»Also seid Ihr sogar dabei, wenn er mit Richelieu spricht?«

»Der König wünscht es so, und dem Kardinal mißfällt es nicht, wenn bei einem solchen Vieraugengespräch ein wohlwollender Zeuge zugegen ist, und wer wollte ihm nicht wohl?«

»Herr Graf«, sagte La Surie, der sich jetzt doch scheute, mich »mein Neffe« zu nennen, »ist es für Euch nicht eine außerordentliche Verantwortung, alle diese Geheimnisse zu bewahren?«

»Durchaus nicht«, sagte ich lächelnd. »Mein Geist ist so beschaffen, daß ich sie in derselben Sekunde, da ich sie höre, auch schon vergesse ... Trotzdem«, fügte ich hinzu, weil ich die Enttäuschung auf La Suries rechtschaffenem Gesicht sah, »sobald der König die Entscheidung getroffen hat, und das Ereignis Vergangenheit ist, fällt mir gelegentlich das eine oder andere Detail wieder ein, besonders was die bewundernswerte Gewandtheit des Kardinals anbelangt, Seine Majestät in einer schwierigen Angelegenheit zu überzeugen. Wollt Ihr, natürlich unter dem Siegel der Verschwiegenheit, ein solches Beispiel hören?«

»Aber furchtbar gern«, sagte La Surie mit bebender Stimme.

»Nun, Ihr erinnert Euch doch des Veltlin, dieses Paßtals zwischen Italien und dem Deutschen Reich. Die spanischen Habsburger hatten sich seiner bemächtigt, hatten dort Festungen zur Verteidigung errichtet und waren vom französischen König hart bedrängt worden, den Paß unseren Alliierten, den Graubündnern, zurückzugeben, woraufhin die Spanier eine machiavellistische Entscheidung trafen ...«

»Ich weiß, ich weiß! Sie gaben die Festungen dem Papst in Verwahrung, der seine eigenen Soldaten zu ihrem Schutz entsandte.«

»Und nun, mein lieber Miroul, was Ihr nicht wißt. Ludwig zögerte. Er, der allerchristlichste König, sollte seine Truppen ausschicken, damit sie den päpstlichen Soldaten die Festungen wegnähmen und wem zurückgäben? Den Graubündner Protestanten! ... Er diskutierte lange mit Richelieu, der ihm über die Veltlin-Affäre ein historisches Exposé erstellte, sehr vollständig, sehr genau und mit all der ihm eigenen Klarheit, Methode und sprachlichen Anmut. Trotzdem, der König zögerte weiter. Die Affäre war ja von weiterreichender Bedeutung: Der allerchristlichste König, und den Papst angreifen! Und da nun fand Richelieu ein Argument, das an sich vielleicht nicht entscheidend war, das es aber für den König wurde: ›Sire‹, sagte er, ›Frankreich hat durch die Abtretung der Markgrafschaft Saluzzo in Italien bereits viel an Reputation und Achtung eingebüßt‹ ...«

»Wo liegt die Markgrafschaft Saluzzo, mein Neffe?«

»Im Piemont, am Ausgang der Alpen. Es ist eine Pforte oder ein Paß wie das Veltlin und bot den Franzosen einst leichten Zugang nach Italien. Diese Markgrafschaft hatte unser König Heinrich II. annektiert, aber sein Sohn, Heinrich III., verlor sie leider wieder in den Wirren der Heiligen Liga. Darf ich weiter zitieren?«

»Ich bitte darum.«

»Ich beginne noch einmal: ›Sire‹, meinte also Richelieu, ›Frankreich hat durch die Abtretung der Markgrafschaft Saluzzo in jenem Land bereits viel an Reputation und Achtung eingebüßt. Wieviel Schaden würde ihm erst erwachsen, wenn es diese einzige Verbundenheit mit Italien mißachtete, die ihm noch bleibt? Man würde es zwingen, sich dem Haus Habsburg zu unterwerfen, und es den Krallen des Adlers ausliefern, während es bis dahin immer im Schatten der Lilie geatmet hat.‹«

»Was für ein Satz!« rief La Surie. »Welche Schönheit des Ausdrucks! Und welch poetischer Atem!«

»So ist es! Und wie hätte Ludwig, auf seine Ehre angesprochen, einem solchen Höhenflug widerstehen können? Dennoch ...«

»Dennoch?«

»Dieser sehr geschickte Höhenflug, mein lieber Miroul, verschweigt etwas ... Im Jahr 1601 – als Ludwig geboren wurde –, hätte Henri Quatre die Markgrafschaft Saluzzo fordern und ohne einen Handschlag zurückerhalten können, so mächtig war er damals ... Aber er nahm dafür lieber die Bresse, das Bugey und das Land Gex... Und ich wüßte nicht, daß das ein schlechtes Geschäft gewesen wäre ...«

Schweigen trat ein, und La Surie schaute mich staunend aus seinen verschiedenfarbigen Augen an. Wie immer schien das eine nicht nur wegen seiner Farbe, sondern auch seines Ausdrucks dem anderen zu widersprechen. Jedenfalls meinte ich diesem Widerspruch eine gewisse Ratlosigkeit zu entnehmen.

»Nun, nun, mein Freund!« sagte ich, »Ihr denkt doch nicht, daß Richelieu unrecht hatte, diesen Teil der Wahrheit zugunsten jenes anderen, nicht minder wahren und unendlich gewichtigeren Teils zu unterdrücken, der eine Intervention im Veltlin befahl, damit der Doppeladler, wenn auch unter der Ägide des Papstes, dort nicht länger bleiben konnte?«

»Herr Graf«, sagte La Surie, »Ihr habt recht! Und ich weiß Euch tausend Dank dafür, daß Ihr meine Unpäßlichkeit durch Worte verzaubert habt, deren ›substanzifizierenden Kern‹, wie Montaigne sagt, ich nicht vergessen werde.«

Ich wollte meinem Miroul die Freude nicht verderben, indem ich ihm sagte, daß das Zitat nicht von Montaigne war, sondern von Rabelais, und verabschiedete mich, denn es war spät. Weil ich so spät aber nicht mehr in meine Louvre-Wohnung zurückkehren mochte, denn die Pariser Gassen waren selbst in einer Kutsche nicht sicher, hatte ich Franz gebeten, mir ein Bett in der Kammer meiner Kindheit bereiten zu lassen.

»Herr Graf«, sagte La Surie, »noch eine Bitte, bevor Ihr geht. Wiederholt mir doch diesen wunderbaren Satz des Kardinals, damit ich ihn meinem Gedächtnis einprägen kann.«

»Aber gern: ›Im Veltlin nicht zu intervenieren (dies, mein lieber Miroul, als Zusammenfassung des Vorangegangenen) hieße Italien zwingen, sich dem Haus Österreich zu unterwerfen, und es den Krallen des Adlers auszuliefern, während es bis dahin immer im Schatten der Lilie geatmet hat.‹«

* * *

Nach meinem einsamen Abendessen – La Surie blieb auf seinem Zimmer und mußte sich mit Suppe, Kräutertee und einer zweiten kleinen Messerspitze des teuren Jesuitenpulvers begnügen – ging ich in mein altes Zimmer und warf mich voll bekleidet aufs Bett, mein Tag war lang gewesen. Trotzdem schlief ich nicht gleich ein, so viele Kindheitserinnerungen überkamen mich: Geneviève de Saint-Hubert, der ich als Fünfjähriger den schönen nackten Arm geküßt hatte, während sie Clavier spielte; Frédérique, meine kleine Milchschwester, mit der ich an demselben warmen Busen gelegen und später auch das Bett geteilt hatte bis zu meiner Geschlechtsreife, ein für mich eher düsteres als freudiges Ereignis, denn vorsichtshalber trennte mein Vater nun unseren Schlaf und setzte damit unseren kleinen nächtlichen Spielen ein Ende, die gewiß zärtlich, aber doch nicht so rein brüderlich waren, wie mein Beichtiger es gewünscht hätte. Und schließlich dachte ich an meine Toinon, die mich in mein Mannesalter eingeführt hatte und der ich ein unendliches Ergötzen am weiblichen Körper verdankte, »der so zärtlich, glatt, so süß und kostbar« ist. Diesen Vers von François Villon lernte ich mit zwölf Jahren auswendig, und seitdem sang er in meinem Gedächtnis.

Die Erinnerung an meine Toinon machte mich traurig, und wieder einmal empfand ich, daß jede Rückkehr in die Vergangenheit, sei sie auch noch so heiter gewesen, unfehlbar in Melancholie endet. Wie erleichtert war ich daher, als es leise an meine Tür klopfte. Auf mein Herein erschien Jeannette.

»Herr Graf«, sagte sie mit unschuldiger Stimme, »ich komme Euch auskleiden.«

»Woher wußtest du denn, daß ich nicht ausgekleidet bin?« fragte ich lächelnd.

»Weil Ihr immer gerne auf Eurem Bett träumt, bevor man Euch auszieht.«

»Und woher weißt du das?«

»Von Louison.«

»Also willst du dieses Amt heute abend an dich reißen?«

»Oh, Herr Graf! Ich reiße nichts an mich: Louison ist in Orbieu und kann ihren Pflichten hier notgedrungen nicht nachkommen.«

»Wer hat dich eigentlich gelehrt, dich so gut auszudrücken?«

»Monsieur de Saint-Clair«, erwiderte sie errötend, und dieses Erröten war, ob mit, ob ohne ihr Wissen, von einem Erschauern ihres ganzen Körpers begleitet.

»Monsieur de Saint-Clair hat sich sehr um mich gekümmert«, setzte sie hinzu. »Er gab Monsieur Figulus Geld, damit er mich Lesen und Schreiben lehrte.«

»Er ist wirklich ein guter Herr.«

»Ja«, sagte sie, »er war mein bester Herr, ich werde ihn immer vermissen. Herr Graf«, fuhr sie fort, und ihre zugeschnürte Kehle ließ nur ein Fädchen von Stimme aufsteigen, »darf ich Euch jetzt auskleiden?«

»Na schön, ja.«

Was sie denn mit gesenkten Lidern tat, ganz flink und ohne einen Ton zu sagen. Auch ich blieb stumm, denn ich konnte nachfühlen, was es für das Mädchen bedeutete, Monsieur de Saint-Clair verloren zu haben. Und weil ihr Gesicht so verschlossen war und ihre Augen so niedergeschlagen, dachte ich, sie würde, sobald ich im Bett läge, mein Licht ausblasen und mit einem Gutenachtwunsch verschwinden. Aber sie tat nichts dergleichen, sondern blieb still und stumm an meinem Kopfende stehen.

»Hast du noch etwas auf dem Herzen, Jeannette?« fragte ich schließlich.

»Ja, Herr Graf, aber es ist keine Kleinigkeit.«

»Ich höre.«

»Der Herr Marquis, Euer Vater, verlor kürzlich eine Kammerfrau, weil sie hier in Paris einen Schuhmacher geheiratet hat. Als ich das hörte, erlaubte ich mir, ihm zu sagen, wenn er mich wolle, würde ich gern in seine Dienste treten.«

»Jeannette! Du würdest Orbieu verlassen?«

»Orbieu, ja, aber Euch, Herr Graf, doch nicht ganz. Ich glaube, ich würde Euch hier beinahe öfter sehen als in Orbieu.«

»Du hast recht, und was antwortete dir mein Vater?«

»Er wäre einverstanden, wenn Ihr es auch wärt.«

»Soso! Vielleicht bin ich es, wenn du mir deine Gründe nennst.«

»Oh, die sind ganz einfach, Herr Graf! Es ist doch so, daß ich in Orbieu ein bißchen zu oft Monsieur de Saint-Clair über den Weg laufe, und das versengt mir jedesmal das Herz.«

»Das ist ein Grund, aber du hast wahrscheinlich noch andere. Wie verstehst du dich mit Louison?«

»Eigentlich gut.«

»Eher gut oder eher schlecht? Rede offen.«

»Herr Graf, es geht eben soso, wenn ich ihr in allem gehorche.«

»Und das fällt dir nicht leicht?«

»Herr Graf, was macht eine Stute, die man zu straff zügelt? Sie reißt sich los.«

»Das macht zwei Gründe, beide völlig verständlich, aber wenn ich meinem Wissen über die Frauen vertrauen kann, steckt noch ein dritter Aal unterm Fels. Zeig ihn mir.«

»Na ja, Herr Graf, ich würde lieber in Paris leben.«

»Schreckt dich die große Stadt denn nicht mit ihrem Gestank, ihrem Gassengewirr und ihren schlechten Kerlen?«

»Nein, gar nicht.«

»Seltsam bei einem Landkind! Aber, hinter diesem Aal steckt doch noch einer, Jeannette: Zeig mir auch den.«

»Herr Graf, wenn ich Euch denn alles gestehen soll: Wen kann ich heiraten, wenn ich in Orbieu bleibe? Einen armen Bauern mit Strohkate, beschränkt und roh wie mein Vater, von dem ich als Kind mehr Schläge und Fußtritte bekam als Brot? So einen Mann will ich nicht.«

»Vielleicht vernarrt sich ein reicher Pächter in dich?«

»So einer will mich nicht zur Frau.«

»Was redest du da, Jeannette, so hübsch, gebildet und fleißig, wie du bist?«

»Trotzdem. Der will doch keine, von der das ganze Dorf weiß, daß sie nicht mehr Jungfrau ist.«

»Und in Paris?«

»Würde es niemand wissen, nur mein Mann. Außerdem ist man in Paris in dem Punkt nicht so heikel.«

»Woher weißt du das?«

»Hat Eure Toinon nicht einen Bäcker geheiratet?«

»Wer hat dir denn von meiner Toinon erzählt?«
»Pissebœuf.«
»Wer hätte gedacht, daß Pissebœuf so ein Tratschmaul ist!«
»Das ist er nicht mehr, nicht weniger wie andere auch. Der Herr Graf wird doch wissen, daß die Dienerschaft, wenn sie unter sich ist, immer über die Herrschaft redet.«

»Und nicht immer Gutes!« sagte ich lachend. »Also schön, Jeannette, es ist Zeit, mich schläfert es, wie Henri Quatre sagte. Ich schlafe jetzt mit deinen Gründen ein, und wenn du morgen früh kommst und meine Vorhänge aufziehst, sage ich dir, was ich beschlossen habe.«

Hierauf machte sie mir einen hübschen Knicks, aber anstatt zu gehen, sagte sie mit einem Lächeln und einem kleinen Funkeln in den Augen: »Wäre es dem Herrn Grafen nicht angenehm, mich hier zu sehen, wenn er in Paris ist?«

»Wäre ich andererseits«, sagte ich lachend, »aber nicht betrübt, wenn ich dich in Orbieu nicht sähe?«

Das war ein bißchen unvorsichtig geschossen. Ich merkte es daran, wie rasch sie den Ball im Fluge fing.

»Das hieße ja«, sagte sie mit leuchtenden Augen, »daß der Herr Graf etwas übrig hat für mich.«

»Doch, doch!« sagte ich, ohne mich weiter vorzuwagen.

Dennoch näherte sie sich ein wenig mehr meinem Kopfende.

»Herr Graf«, sagte sie sanft, »würde es Eurem Nachdenken über mein Schicksal helfen, wenn der Herr Graf mir erlauben wollte, ihm, nachdem ich die Kerze gelöscht habe, einen kleinen Kuß zu geben?«

»Holla! Was ist das?« sagte ich lachend, »*captatio benevolentiae* des Richters durch unlautere Mittel! Offene Bestechung! Gezinkte Karten! Nein, nein, meine liebe Jeannette, laß deine Gründe allein für dich sprechen! Lösch das Licht, bitte, und geh!«

Sie löschte die Kerze, blieb aber einen Moment regungslos an meinem Kopfende stehen. Ich rührte mich nicht, lauschte nur ihrem Atem. Erst nach ziemlich langer Weile hörte ich, wie meine Zimmertür leise geöffnet und geschlossen wurde. Ich streckte mich in meinem warmen Bett, und obwohl ich kaum bezweifelte, wie ich am nächsten Tag über sie befinden würde, war ich dem Schlaf, den ich mir ersehnt hatte, doch sehr fern.

* * *

»Monsieur, zwei Vorwürfe kann ich Ihnen nicht ersparen.«

»Mir, schöne Leserin?«

»In der Tat, Monsieur: Wie kommt es, daß Sie seit unserem Gespräch über Madame de Candisse keinmal mehr das Wort an mich gerichtet haben, während der Leser in derselben Zeit drei- oder viermal angesprochen wurde?«

»Wenn Sie die Wahrheit wissen wollen, Madame, weil ich mir die Plauderei mit Ihnen als besonderen Leckerbissen aufgehoben habe.«

»Was heißt denn das, Monsieur? Ich traue meinen Ohren nicht!«

»Der Ausdruck, Madame, hat nichts Kränkendes für Sie! Ganz im Gegenteil! Bei unserem letzten Austausch über das Veltlin sagten Sie mir mit Nachdruck, daß Sie sich durchaus nicht nur für die Histörchen der Historie interessierten. Daß Sie sehr wohl imstande wären, auch die schwierigsten Zusammenhänge zu verstehen. Nun, Madame, ich will Sie zufriedenstellen. Ich habe Ihren beweglichen Gehirnwindungen die Darstellung eines der schwersten politischen Probleme dieser Epoche aufbewahrt, was natürlich nicht heißt, daß mein Leser davon nicht ebenso Kenntnis haben sollte.«

»Monsieur, wenn das eine Herausforderung ist, gut, ich nehme sie an: Sie sollen die aufmerksamste Zuhörerin in mir haben!«

»Madame, Sie erinnern sich an das Veltlin, nicht wahr?«

»Ach, Sie mit Ihrem Veltlin! Ich kann es schon singen. Das ist dieses Paßtal in den italienischen Alpen, das die Spanier den Schweizer Graubündnern, unseren Verbündeten, weggenommen, dann den päpstlichen Truppen in Verwahrung gegeben haben und das schließlich auf Ludwigs Befehl zurückerobert wurde vom Marquis de Cœuvres, stimmt es? Ich dachte, damit sei die Sache abgeschlossen.«

»Sie ist es nicht, Madame. Denn die Spanier sind an die Stelle der besiegten Päpstlichen getreten, und nun schlagen wir uns mit ihnen im Piemont unter wechselnden Erfolgen.«

»Ist das der angekündigte Krieg mit Spanien?«

»Nein, Madame, das nicht.«

»Wieso nicht?«

»Weil es eine Spielregel gibt: Wir liefern uns kleine lokale Kriege über zwischengeschobene Verbündete, aber ohne uns offen den allgemeinen Krieg zu erklären.«

»Und warum nicht?«

»Aus Vorsicht und aus Geldmangel.«

»Auf beiden Seiten?«

»Auf beiden Seiten, wobei Spanien, weil es bankrott ist, noch übler dran ist als wir, denn wir haben den Bankiers ja den Kropf ausgeleert. Außerdem geht in unserem Reich die Steuer verläßlicher ein, seit sie von königlichen Beamten eingezogen wird und nicht mehr von lokalen Beauftragten.«

»Ist das nicht endlich eine vernünftige Reform?«

»Für unsere Finanzen ja, Madame, aber nicht für unsere Bauern, die nun noch mehr geschoren werden, so daß sich im Quercy einige mit Waffen in den Händen dagegen empört haben. Seneschall de Thémines mußte mit Truppen anrücken, um die Hungerleider zum Schweigen zu bringen. Ein anderes Heer hatte die wieder einmal aufmuckenden Hugenotten zu bekämpfen, die es sich zunutze machen wollten, daß Ludwig im Veltlin gebunden war.«

»Sie sind den Protestanten nicht sonderlich gewogen, scheint mir, anders als Ihr Vater, der Marquis de Siorac.«

»Mein Vater, Madame, war von jeher ein königstreuer Reformierter, ebenso wie jetzt der Marschall Lesdiguières. Und ich als Katholik gestehe den Hugenotten bereitwillig die Freiheit des Glaubens und des Kultes zu, aber nicht, daß sie unserem König seine Städte wegnehmen.«

»Warum tun das unsere Hugenotten?«

»Die kleinen tun es, weil die großen ihnen einreden, die Verfolgungen würden wiederkommen, und die großen Herren tun es aus Ehrgeiz oder Habgier. Zum Beispiel Soubise oder der Herzog von Rohan. Der nämlich verlangt, daß ihm endlich die hundertfünfzigtausend Taler ausgezahlt werden, die ihm für den Friedensschluß von Montpellier versprochen worden waren.«

»Warum hat man dieses Versprechen nicht eingehalten?«

»Der König liebt es nicht, wenn ein Rebell sich seine Rebellion von ihm bezahlen lassen will.«

»Dann hätte er nichts versprechen dürfen!«

»Madame, vor Montpellier schlugen sich Franzosen gegenseitig tot. Man mußte alles daransetzen, sogar ein leeres Versprechen, um dieses Blutvergießen zu beenden.«

»Und was will Soubise?«

»Als jüngerer Bruder des Herzogs von Rohan hat er keinen

Titel, deshalb will er vom König ein Herzogtum für seine Unterwerfung.«

»Und, wird der Handel klappen?«

»Ich glaube nicht. Soubise empört sich jetzt zum drittenmal, das ist ein bißchen viel.«

»Was sagt der Kardinal dazu?«

»Hören Sie zuerst, was Richelieu über den zweiten, den vorangegangenen Aufstand Soubises also, bei dem er durch Überrumpelung Les Sables d'Olonne einnehmen konnte, sagt: ›Als Soubise sah, daß der König sich auf ihn stürzte, zog er sich nach La Rochelle zurück, so wie ein furchtsamer Vogel sich in Felsspalten verbirgt, wenn ihn der Adler verfolgt.‹«

»Ein beredtes Bild!«

»Und eine Schmeichelei für Ludwig, daß der Kardinal ihn mit einem Adler vergleicht. Außerdem gibt Richelieu dem König damit den unausgesprochenen Rat, Soubise kein drittes Mal zu verzeihen: Ein Adler gibt kein Pardon.«

»Und was tat dieser Unruhgeist beim dritten Mal?«

»Zu Beginn des Jahres 1625 bemächtigte er sich der Insel Ré und des Fort Louis. Richelieu überzeugte den König, Toiras mit Truppen hinzuschicken, um seine Gebiete zurückzugewinnen. Richelieu schlug derweise zwei Fliegen mit einer Klappe: Er versuchte eine neue Hugenottenrevolte im Keim zu ersticken, und gleichzeitig entfernte er Toiras vom König.«

»Wer war dieser Toiras?«

»Ein Favorit des Königs.«

»Ein neuer Favorit nach Luynes?«

»Madame, bis zum Ende von Ludwigs Herrschaft gab es noch vier Favoriten nacheinander. Ich zähle sie Ihnen der Einfachheit halber auf: Toiras, Baradat, Saint-Simon und Cinq-Mars.«

»Was soll das heißen, Monsieur?«

»Daß Ludwig nicht ohne männliche Freundschaft auskam.«

»Monsieur, es ist mir peinlich, die folgende Frage zu stellen …«

»Lassen Sie es, Madame: Ich beantworte sie Ihnen, und ohne jeden Schatten eines Zweifels. Diese jungen Leute waren Freunde, keine Betthasen.«

»Ist das erwiesen?«

»Ja, Madame. Es ist die reine Wahrheit, wenn auch nicht

ganz ohne doppelten Boden. Hätte einer der königlichen Beichtväter sich erkühnt, seinem königlichen Beichtkind zu sagen, daß er in der Glut dieser Männerfreundschaften einen Hauch von Schwulität verspüre, wäre niemand so entrüstet gewesen wie Ludwig, so ungläubig vor allem. Seine Sitten waren unverändert keusch, deshalb blieb seinen eigenen Augen die Zweideutigkeit seiner Neigungen verborgen.«

»Kamen diese persönlichen Favoriten nicht in Versuchung, den politischen Favoriten zu verdrängen?«

»Das Bestreben gab es sicher, aber keiner hatte dazu Kraft und Talent genug. Von jedem dieser vier Hähnchen im Korb hätte Richelieu sagen können, was er über einen von ihnen sagte: ›Ein Jüngling ohne jegliches Verdienst, über Nacht wie ein Pilz gesprossen.‹ Trotzdem überwachte der Kardinal diese Pilze, und zu Recht, denn der letzte, Cinq-Mars, ging weit auf den Wegen des Verrats. Doch zurück zur dritten Rebellion von Soubise. Er hatte sich also durch Überrumpelung der Insel Ré bemächtigt, aber bedrängt von Toiras und auch von den Bitten der Rochelaiser, die diesmal nicht wieder Partei ergreifen wollten, verließ er die Insel und nahm mit zwölf Schiffen Fort Louis, und alle Schiffe des Königs, die dort lagen, darunter sein schönstes, La Vierge, erlagen einem Feuer aus vierundzwanzig Kanonenrohren ... Der Herzog von Vendôme, Gouverneur der Bretagne, kam, vom König zu Hilfe gerufen, und verjagte ihn aus der Stadt, aber nicht aus dem Hafen. Er ließ Soubise seelenruhig die dem König genommenen Schiffe kalfatern und neu bemannen, ohne ihm das kleinste Gefecht zu liefern. Als Soubise damit fertig war, suchte er mit seinen zwölf und den sechs eroberten königlichen Schiffen das Weite und setzte seine Raubzüge in den benachbarten Häfen fort.«

»Warum verfuhr der Herzog von Vendôme denn so lasch mit Soubise? Gehörte er auch zur reformierten Religion?«

»Nein, aber er war ein geborener Rebell. Er hatte sich bereits gegen Ludwig empört und wartete nur auf die günstigste Gelegenheit, sich erneut gegen ihn zu erheben.«

»Was wollte er denn haben?«

»Madame, Sie haben die Denkweise der Großen treffend erfaßt: Haben wollen, sich bereichern, und immer auf Kosten der Krone, ob an Gebieten, Städten oder Geld. Trotzdem will ich dies ergänzen: Wenn ich sage, Vendôme sei ein geborener Rebell, dann meine ich, daß seine Widersetzlichkeit tatsächlich mit seiner Geburt zu tun hat. Er war der legitimierte Sohn von Henri Quatre und der schönen Gabrielle d'Estrées und wurde sieben Jahre vor dem König geboren. Also fühlte er sich als der ältere Bruder, dem eigentlich der Thron zustand. Darum wollte er wenigstens die Bretagne, deren Gouverneur er war, als sein völlig souveränes und unabhängiges Reich. Wir werden diesem Unruhestifter noch begegnen.«

»Unruhestifter waren die Herzöge doch alle, nicht wahr?«

»Fast alle, ja, und diejenigen, die königstreu blieben, waren es nur aus Vorsicht, Berechnung oder Unentschlossenheit. Die königliche Aufgabe, ›die Großen zu bändigen‹, ist in diesem Reich keine politische Neuigkeit. Ebensowenig wie die Bändigung des Doppeladlers, der die Herrschaft über Europa anstrebt.«

»Haben wir dabei keine Verbündeten, Monsieur?«

»Doch, Madame, aber die sind, im Moment wenigstens, weit davon entfernt, uns Hilfe leisten zu können, vielmehr erwarten sie, daß wir ihnen helfen. Italien, Savoyen und Venedig, mit denen wir eine Liga geschlossen haben, wären schwer betrübt, wenn wir unsere Truppen aus dem Veltlin abziehen würden, weil sie dann furchtbar allein gegen Spanien stünden. Und England, das im vergangenen Jahrhundert sicher nicht nur sich selbst, sondern auch Europa gerettet hat, als es die ›Unbesiegliche Armada‹ vernichtete, England, sage ich, ist jetzt eine ganz auf sich bezogene Inselmacht, die nicht daran denkt, ihre Soldaten in Abenteuer auf dem Kontinent zu schicken. Und seit Karl I. mit Henriette-Marie verheiratet ist, wird von Frankreich erwartet, daß es hilft, die Pfalz zurückzuerobern, die Bayern dem Schwiegersohn Jacobs I. geraubt hat.«

»Friedrich V.? Der Cousin Ihrer Frau von Lichtenberg? Graf, was ist eigentlich aus Ihrer schönen Witwe geworden? Der einzigen hohen Dame, die bisher Ihr Leben verschönte?«

»Nachdem sie alle ihre Güter in der Pfalz verloren hatte, flüchtete sie nach Holland. Dort lebt sie kärglich – ein wenig besser immerhin, seit ich ihr Haus in der Rue des Bourbons gekauft habe. Darf ich zurück zur Sache kommen, Madame?«

»Ich habe den Eindruck, daß Sie nicht gerne über Frau von Lichtenberg sprechen.«

»Ist das meine Schuld? Zuerst bezauberte mich ihre Schönheit, dann entzauberte mich ihre schwierige Laune. Aber, entschuldigen Sie, ich möchte wirklich nicht mehr von ihr reden.«

»Graf, Ihre untertänigste Dienerin kehrt untertänigst zur Sache zurück. Also, England braucht unsere Hilfe, um den Bayern die Pfalz zu nehmen. Helfen wir?«

»Nicht so wie erwünscht. Was Holland, unseren langjährigen Verbündeten betrifft, das wir übrigens mit Geldern unterstützen, seit der Kardinal im Staatsrat ist, so unterhält es einen langen, erbitterten Krieg gegen seine Nachbarn Flandern und Spanien, die mit großem Einsatz versuchen, ihm die Stadt Breda zu nehmen.«[1]

»Helfen wir auch durch Taten?«

»Ein wenig, nicht halb soviel, wie wir möchten.«

»Warum?«

»Auf Grund der Lage sind König und Kardinal gezwungen, unsere Kräfte zu zersplittern. Wir haben ein Heer im Veltlin, ein zweites Heer in Fort Louis, um die Hugenotten zu zähmen, ein drittes Heer in der Picardie und ein viertes in der Champagne.«

»Was haben die beiden letzteren zu tun?«

»Das in der Picardie muß unsere flandrische Grenze bewachen, um einer spanischen Invasion zuvorzukommen. Außerdem ist es bemüht, den Holländern zu Schiff einiges an Soldaten zuzuschleusen und den Engländern einiges an Reiterei.«

»Und das Heer in der Champagne?«

»Es liegt in Reims und schützt unsere Ostgrenze, denn wir befürchten einen Übergriff der Bayern, die, wie gesagt, die neuen Herren der Pfalz sind. Vergessen Sie nicht, daß der feindliche Adler zwei Köpfe hat und daß das deutsche Habsburg nicht weniger gefährlich ist als das spanische.«

»Aber, was mich doch wundert, Monsieur: Da stehen wir Gewehr bei Fuß in der Picardie und in der Champagne, um einem Feind zu begegnen, der, wenn er uns so gut gewappnet sieht, vielleicht gar nicht kommt, aber wir tun nichts gegen die Hugenotten?«

»Oh, doch, Madame! Und weil Soubise uns zur See bekämpft und unsere Häfen beschießt, um unsere Schiffe zu ka-

---

[1] Dargestellt von Velázquez auf seinem berühmten Gemälde *Die Übergabe von Breda*.

pern, hat der Kardinal schnellstens Schiffe gemietet, acht von den Engländern, zwanzig von den Holländern, und hat diese Flotte dem Admiral von Frankreich, Herzog von Montmorency, unterstellt. Und Montmorency vollbringt das Wunder: Am vierzehnten September 1625 zerstört er die Flotte von Soubise.«

»Endlich ein treuer Herzog!«

»Ach, Madame!«

»Was heißt dieses ›ach‹?«

»Daß auch dieser große Herr nicht anders war als die anderen. Sieben Jahre diente er dem König gut, aber im Jahr 1632 wechselte er über ins Feindeslager, fügte uns großen Schaden zu, wurde gefangen, wegen Majestätsverbrechen abgeurteilt und enthauptet. Damals begannen die bösen Zungen am Hof zu sagen, die Bändigung der Großen sollte besser Verkürzung heißen.«

»So sind die Franzosen! Witzeln über alles! Wenn ich Sie recht verstehe, Graf, sind die Hugenotten nun geschlagen?«

»Schön wär's! Zwar flieht Soubise nach England, aber der rührige Herzog von Rohan wiegelt die protestantischen Städte des Languedoc auf, und die Rochelaiser machen Unruhe. Hier, Madame, taucht zwischen dem König und dem Kardinal eine kleine Meinungsverschiedenheit auf.«

»Ehrlich gesagt, das tröstet mich! Ich hatte schon geglaubt, der König sei dem Kardinal ganz verfallen und sähe alles mit seinen Augen.«

»Das, Madame, ist die von Richelieus Feinden verbreitete Legende. Für den, der Ludwig kennt, ist sie unsinnig. Der König hält eifersüchtig auf seine königlichen Vorrechte, aber diese Eifersucht macht ihn nicht blind. Er hat ein sicheres Urteil. Er ist der Vernunft und Vernunftsgründen sehr zugänglich. Und im Gegensatz zu seiner Mutter bockt er nie. Er hört dem Kardinal mit gewissenhafter Aufmerksamkeit zu. Dann denkt er darüber nach, und wenn die Sicht der Sache ihn überzeugt, schließt er sich ihr als ein Mann ohne Kleinlichkeit, ohne Eitelkeit sofort an.«

»Ich finde, das hat eine gewisse Größe. Sehr wenige Männer wären dazu imstande, und noch weniger Fürsten.«

»Ich glaube auch.«

»Was war nun diese Meinungsverschiedenheit zwischen ihm und Richelieu?«

»Der Krieg! Ludwig ist durch die endlosen Rebellionen der Hugenotten so gereizt, daß er darauf brennt, mit diesen unruhigen Untertanen ein für allemal Schluß zu machen. Der Kardinal ist durchaus der Ansicht, daß das eines Tages geschehen muß, aber er meint, ein Feldzug gegen La Rochelle würde mit Sicherheit genauso lang, ruinös und kostspielig an Menschenleben sein wie jener, der gegen dieselben Hugenotten vor Montauban gescheitert war, und daß man folglich, bevor man sich darauf einläßt, zuerst die Veltlin-Frage mit Spanien geklärt haben müsse. Sonst wären alle bis dahin in Italien errungenen Siege vergebens, und ›unsere Lorbeeren würden sich in Zypressen verwandeln‹.«

»Wieder ein Bild von Richelieu?«

»Ja, Madame.«

»Ich sehe, der Kardinal pflegt einen poetischen Stil.«

»Weil er etwas Gewinnendes hat.«

»Wie meinen Sie das?«

»Der Kardinal weiß eines: Damit die Gründe einleuchten, muß auch der Stil etwas Gewinnendes haben.«

»Ist der König nun gewonnen?«

»Und ebenso überzeugt von den Gründen.«

»Monsieur, wenn ich Sie recht verstehe, unterstützt Frankreich die Holländer, die Engländer und die Graubündner, lauter ketzerische Völker. Hinzu kommt, daß es die päpstlichen Soldaten aus den Festungen im Veltlin verjagt und sich mit den französischen Protestanten auf Kompromisse einläßt. Demnach steht anzunehmen, daß die orthodoxe Partei in Frankreich vor Entrüstung brüllt.«

»Madame, Ihr Scharfsinn beglückt mich. Sie haben tausendmal recht. Erlauben Sie indessen, daß ich Sie in einem Punkt korrigiere. Die orthodoxe Partei brüllt nicht. Noch nicht. Sie murrt. Und ihr Murren nimmt die Form Tausender infamer, anonymer Schmähschriften an, die den Kardinal angreifen und sogar den König. Zumal der Papst soeben einen Legaten nach Paris entsandt hat, um in aller Schärfe für das Veltlin zu streiten. Es ist der ›Kardinals-Neffe‹ Barberini, den die Franzosen, die alles französisieren müssen, in Barberin umtaufen. Sie erinnern sich, daß Buckingham bei Hofe und in der Stadt nur Bouquingan hieß. In dem Zusammenhang, Madame, möchte ich Sie auf eine Tatsache aufmerksam machen, die Ihnen entgangen sein dürfte. Buckingham kam nach Paris am vierzehnten Mai 1625 und Barberini am einundzwanzigsten Mai.«

»Ja, und? Im selben Jahr?«

»Jaja, im selben Jahr und im selben Monat. Nur der Übersichtlichkeit wegen sah ich mich genötigt, die Episode von Amiens und die Gesandtschaft Barberinis nacheinander zu erzählen. Beide ereigneten sich aber gleichzeitig.«

»Interessant! Sind der Engländer und der Prälat sich begegnet?«

»Madame, der päpstliche Legat und der Minister eines ketzerischen Königs sich begegnen! ... Gewiß beteten sie zum selben Gott, aber da sie auf verschiedene Weise beteten, war das in ihren Augen ein hinreichender Grund, sich zu verabscheuen.«

»Sahen sie sich im Louvre?«

»I wo! Der eine, Sie wissen schon wer, logierte bei der Herzogin von Chevreuse, der andere beim apostolischen Nuntius. Beide wurden glanzvoll gefeiert, aber jeder für sich. Barberini hielt sich lange in Paris auf, Buckingham auch, aber beide natürlich aus verschiedenen Gründen.«

»Graf, da stellt sich mir eine Frage: Gibt es nicht doch einen Punkt, einen einzigen, in dem beide Ereignisse sich berührten?«

»Ich glaube schon. Genauer gesagt, glaube ich, daß Ludwig ohne Barberinis Anwesenheit in Paris seine Schwester Henriette-Marie bis Amiens begleitet hätte. Dann wäre die skandalöse Episode im Garten von Amiens nicht passiert, und meinem armen König wäre einiges Herzeleid erspart geblieben.«

»Aber zurück zu Barberini. Was forderte er im Namen des Papstes?«

»Schlichthin die Herausgabe der Veltliner Festungen an die päpstlichen Truppen, und zwar mit der Begründung, daß der Heilige Vater die katholischen Veltliner nicht guten Gewissens der Tyrannei der protestantischen Graubündner überlassen könne. Und er forderte einen Waffenstillstand zwischen dem französischen und dem spanischen Heer in Italien.«

»Und was antwortete Ludwig?«

»Daß der König von Frankreich dem Papst die Festungen nicht herausgeben könne, weil er seine Graubündner Verbündeten nicht guten Gewissens der spanischen Tyrannei überlassen könne. Auch würde ein Waffenstillstand den Spaniern nur dazu dienen, sich auf unsere Kosten stärker zu befestigen.«

»Das ist klar wie Quellwasser.«

»Aber vier trübe Monate dauerte die Auseinandersetzung hierüber, weil Barberini sich an seine unvernünftigen Forderungen klammerte, in denen er unterderhand von Franzosen der orthodoxen Partei unterstützt wurde.«

»Und wie fand man da heraus?«

»Durch eine fabelhafte List Richelieus, die fein gesponnen und äußerst geschickt ausgeführt wurde. Der Kardinal war derzeit in Limours – was er dort zu tun hatte, weiß ich nicht mehr. Von dort schrieb er dem König am zweiten September einen höchst bedeutsamen Brief, den Ludwig sich von mir entziffern ließ, weil die Handschrift des Sekretärs, dem Richelieu diktiert hatte, nahezu unleserlich war. Vermutlich hatte der Kardinal den ganzen Brief in schlafloser Nacht in seinem Kopf entworfen und ihn dem unglücklichen Schreiber frühmorgens in einem Zug diktiert. Ludwig war im Aufbruch zur Jagd, als das Sendschreiben eintraf, und als er schon die ersten Zeilen nicht lesen konnte, streckte er mir das Schreiben ungeduldig hin und sagte: ›*Sioac*, nehmt Euch diesen sehr geheimen Brief ganz im geheimen vor und werft mir klar und säuberlich aufs Papier, um was es geht, damit ich es bei meiner Rückkehr lesen kann, ohne mir die Augen zu verderben.‹ Was ich denn im Bücherkabinett tat, indem ich mich einschloß und den Riegel vorlegte.«

»Und was besagte dieser Brief?«

»Jetzt, nach so langer Zeit, darf ich es Ihnen ja sagen. Der Kardinal riet dem König, einen außerordentlichen Rat einzuberufen, eine Tagung, wenn Sie so wollen, der Ersten seines Reiches, um sie nach ihrer Meinung zur Veltlin-Affäre und zu Barberinis Forderungen zu befragen. Diese Tagung, erklärte er, hätte das Gute, daß man die Wahrheit der Dinge bekanntmachen und somit die bösen Gerüchte darüber ausräumen könnte, die manche wohlbekannte Personen tagtäglich verbreiteten, nämlich daß Seine Majestät und sein Staatsrat offen die Ketzer schützten. Eine solche Tagung, schloß Richelieu, würde Seiner Majestät auch ›eine große Gewissensruhe‹ bescheren, weil sie eine Angelegenheit, die ihm Sorgen mache, dem unterschiedlichen Urteil sehr fähiger Personen unterbreiten würde.«

»Wie nahm der König diesen Vorschlag auf?«

»Bestens, und das aus vielen Gründen, unter denen die ›große Gewissensruhe‹ der wesentliche war, wie Richelieu richtig vermutet hatte. Ludwig war sehr fromm, vergessen Sie das nicht, es machte ihm schwer zu schaffen, daß er sich der päpstlichen Politik so hart entgegenstellen mußte.«

»Dem Kardinal machte das nichts aus?«

»Wenig, meines Erachtens. Richelieu war mehr Staatsmann als Kirchenmann. Eines seiner ersten Gesuche, Madame, nachdem er im Staatsrat war, richtete sich an den Vatikan, man möge ihn davon dispensieren, jeden Tag sein Brevier zu lesen. Was der Heilige Vater nur widerwillig genehmigte.«

»Ah, ja?«

»Wer wüßte nicht, Madame, daß der Glauben durch Gebete zunimmt und durch deren Wiederholung wächst.«

»War der Kardinal nicht gläubig?«

»Oh, doch! Sogar unerschütterlich! Aber gerade seine Glaubensfestigkeit bedurfte keiner täglichen Wiederholung, die hielt er für unnützes Geschwätz, das ihm kostbare Zeit verschlang.«

»Graf, um auf diese außerordentliche Tagung zurückzukommen: Barg sie nicht eine Gefahr für Richelieu und den König?«

»Welche Gefahr?«

»Daß einige Stimmen sich erheben könnten, um die antipäpstliche Politik im Veltlin zu verdammen.«

»Madame, sind Sie naiv? Selbstverständlich ließ sich Richelieu vom König die Erlaubnis geben, die Tagungsteilnehmer selbst auszuwählen, und er wählte sie so aus, wie er sie brauchte. Hören Sie nur! Als erste beruft er die Prinzen, Herzöge und hohen Offiziere der Krone ein: Konnetabel, Kanzler, Kämmerer, Generaloberst der Infanterie, Großmeister der Artillerie, Admiral, Großrittmeister und sämtliche Marschälle von Frankreich, fünfzehn an der Zahl, von denen einige aber nicht zugegen sein können, weil sie bei ihren Truppen sind. Insgesamt an die vierzig Würdenträger, die vom König ernannt sind, von ihm Bezüge erhalten und also kaum das Verlangen verspüren werden, ihm in einer Frage zu widersprechen, die ihm so am Herzen liegt. Zumal sie es für ehrlos halten würden, unsere Graubündner Verbündeten preiszugeben und zuzulassen, daß sich ›unsere Lorbeeren in Italien in Zypressen verwandeln‹.«

»Und die langen Roben?«

»Die langen Roben waren nicht schlecht vertreten. Geladen wurden zu dieser außerordentlichen Tagung die Präsidenten und Generalprokuratoren der Gerichtshöfe (außer dem von Paris gab es zwölf in den Provinzen), der Berufungsgerichte und der Rechnungskammern. Insgesamt an die zwanzig Personen. Und ihnen brauchte Richelieu nicht zu mißtrauen, denn es schmeichelte ihnen ungemein, daß der König sie einmal befragte, ohne daß es um Geld ging. Zudem hegten sie für den Papst nicht viel Liebe, weil sie größtenteils entschiedene Gallikaner sind.«

»Schön und gut, Graf, aber nun bin ich gespannt auf die Vertreter der Geistlichkeit.«

»Madame, Sie sollen nicht enttäuscht werden! An der Zahl fehlte es ja nicht, denn zu der Zeit gab es in Frankreich drei Kardinäle (ohne Richelieu), fünfzehn Erzbischöfe und eine ganze Reihe Bischöfe, wie viele genau, weiß ich nicht, man darf aber schätzen, daß ihrer mindestens doppelt so viele waren wie Erzbischöfe. Und, was glauben Sie, Madame, wie viele davon Richelieu zu der außerordentlichen Tagung berief?«

»Die Hälfte?«

»Madame, Sie unterschätzen den Kardinal! Vier hat er berufen.«

»Vier Priester, stellvertretend für die gesamte Geistlichkeit?«

»Jawohl, vier! Nicht einen mehr. Die drei Kardinäle und einen Erzbischof.«

»War es nicht eine große Beleidigung, die Hohe Geistlichkeit derart auf eine Anstandsquote zu begrenzen, daß die drei Purpurroben und die violette Robe inmitten der gut sechzig anderen Personen sozusagen untergingen?«

»Vor allem wurde ihnen auf diese Weise bedeutet: Ihr Herren seid verdächtig, in der gegenwärtigen Lage nicht wie ›wahre Franzosen‹ zu denken. Schweigt still!«

»Und schwiegen sie?«

»Nein, nein. Einer redete, so eingeschüchtert er auch war. Die Tagung trat am neunundzwanzigsten September 1625 im großen ovalen Saal von Fontainebleau zusammen. Geschickt ließ Richelieu, bevor er selbst redete, den Kanzler von Aligre und Herrn von Schomberg sprechen. Der eine wie der andere stellte die Veltlin-Affäre dar, indem er die Betonung auf die scheinheiligen Listen der Spanier und des Papstes legte, um uns der Früchte unserer italienischen Siege zu berauben. Nach Schomberg war der ganze Saal gewonnen, und zwar lautstark gewonnen für die Kriegspartei. Da nun erhob sich der Kardinal de La Rochefoucauld und versuchte gegen den Strom zu schwimmen.«

»Das erforderte aber Mut!«

»Ach, Madame! Er lief keine Gefahr. Der König liebte ihn, er genoß hohe Achtung bei Richelieu, wie es sich in der Folge erweisen wird. Aber schließlich erfüllte er seine Kardinalspflicht.«

»Und was sagte er?«

»Er sprach mit sehr matter Stimme (vielleicht war das sogar Absicht, denn mit seinen siebenundsechzig Jahren war er durchaus noch gut beieinander). Er redete also einer Aufhebung der Feindseligkeiten das Wort. Gemurmel kam auf, und wahrscheinlich um ihm zu ersparen, daß er ausgebuht wurde, unterbrach ihn Ludwig und gab Richelieu das Wort.«

»Und was sagte unser Kardinal?«

»Da er als letzter redete und die Affäre also nicht mehr auseinanderzusetzen, seine Zuhörer nicht einmal mehr zu überzeugen brauchte, schlug er hell und klar die heroische Tonlage an, jene, bei der die Degen in der Scheide klirren und die langen Roben bedauern, daß sie keinen solchen tragen. ›So wünschenswert der Frieden auch ist‹, sagte er mit ernster Stimme, ›so entschieden muß doch alles verschmäht und verabscheut werden, was der Ehre Gewalt antut, welche die einzige Nahrung wahrhaft großmütiger und königlicher Seelen ist.«

»Das ist ja schon Corneille!«

»Ja, Madame! Sie täuschen sich nicht. Das ist schon Corneille! Als elf Jahre später der ›Cid‹ auf der französischen Bühne erschien, wurde er inmitten des großen Degengeklirrs gespielt, das von überall widerhallte: Diesmal war der Krieg zwischen Spanien und Frankreich klar und deutlich erklärt … Aber zurück zu unseren Hammeln.«

»Wie Sie zu sagen belieben, Monsieur.«

»Sind Sie, Madame, nicht ein wenig deren Schäferin, indem Sie mir helfen, sie zu sammeln? Der König teilte dem Legaten also die Meinung der Tagenden mit, und obwohl diese Tagung im Grunde nur eine Art große politische Messe war, sehr gut vorbereitet vom Kardinal, machte ihre Einmütigkeit einen solchen Eindruck auf Barberini, daß er ganz überzeugt abreiste, der Papst und Spanien hätten sich nur noch zu beugen. Was sie mit dem Vertrag von Monzon auch taten. Die Graubündner behielten also das Veltlin.«

»Und unsere Hugenotten?«

»Schomberg verhandelte mit ihnen. Und das dauerte. Die Rochelaiser wollten, daß Fort Louis geschleift würde. Der König wollte, daß sie ihre Mauern schleiften. Der Streit zog sich drei Monate hin, am Ende der drei Monate wurde beschlossen, weder Fort Louis noch die Mauern von La Rochelle zu schleifen. Und der Frieden wurde unterzeichnet.«

»Was für ein Triumph für Richelieu und den König!«

»Aber auch was für ein Haß, Madame! Was für eine Entfesselung von Schmähschriften, und wie gern würden unsere lieben Orthodoxen den einen wie den anderen erdolchen!«

»So weit würden sie gehen?«

»Muß ich Sie an das Messer von Jacques Clément und von Ravaillac erinnern, Madame?«

»Danke, Graf! Aber lassen wir jetzt diese großen Probleme und blutigen Prophezeiungen mal beiseite. Als besonderen Leckerbissen möchte nun ich mit Ihnen über alltäglichere und liebenswertere Dinge plaudern. Hatte ich Ihnen nicht übrigens einen zweiten Vorwurf angekündigt?«

»Ah, richtig.«

»Wenn Sie erlauben, schlage ich dazu einen leichteren Ton an.«

»Wie dürfte ich Ihnen das verdenken, Madame, nachdem Sie meinen ernsten Lektionen so aufmerksam gelauscht haben?«

»Schön, Graf, also: Wie kommt es, daß Sie nicht ins Bett gehen können, ohne daß ein Frauenzimmer Sie auskleidet?«

»Ganz einfach, Madame. Ich habe keinen Kammerdiener.«

»Und La Barge?«

»La Barge ist mein Junker, aus kleinem Haus, aber von Adel.«

»Und sich selbst auskleiden können Sie nicht?«

»Im höheren Adel ist das nicht Brauch.«

»Lassen wir doch den Brauch! Da es sich immer um ein

Frauenzimmer handelt, müßte diese Promiskuität eigentlich verboten sein.«

»Offen gestanden, Madame, dabei verlöre ich viel.«

»Was für ein unumwundenes Geständnis!«

»Soll ich lügen, Madame?«

»Nein, nein! Ihr Freimut ist Ihre schönste Eigenschaft.«

»Besten Dank für die anderen.«

»Freimut gegen Freimut: Ich muß sagen, daß mir die Szene nicht sehr gefallen hat, wo Sie mit diesem zarten Mäuschen den großen Kater spielen.«

»Sie meinen Jeannette?«

»Ja.«

»Du liebe Zeit! Ich weiß nicht mal, wer von uns beiden die Maus war, Jeannette oder ich. Haben Sie nicht bemerkt, daß sie mich küssen wollte, um ihr Ziel zu erreichen?«

»Oho! Sie wollen sich doch wohl kein Verdienst daraus machen, daß Sie nein gesagt haben? Ich wage die Prophezeiung, daß Sie den Kopf nicht mehr lange abwenden werden, wenn sie erst in den Dienst Ihres Herrn Vaters tritt.«

»Vergessen Sie nicht, Madame, daß ich im Louvre wohne.«

»Ach, Monsieur, ich vergesse auch nicht, daß Sie nach einem Diner beim Marquis de Siorac gern eine kleine Siesta im Zimmer Ihrer Kindheit halten.«

»Der Ehrwürdige Doktor der Medizin Rondelet empfahl eine Siesta zur Mittagszeit: er nannte sie ein Labsal.«

»Ich bezweifle nicht, daß dieses Labsal sich noch steigern wird, wenn Jeannette sie teilt.«

»Aber was Jeannette betrifft, habe ich mich noch gar nicht entschieden. Sie leistet mir in Orbieu große Dienste.«

»Wäre es für Sie nicht noch viel bequemer, in Orbieu eine Louison zu haben und in Paris eine Jeannette? So riskierten Sie keine allzu großen Leiden der Enthaltsamkeit.«

»Madame, was ist schlimm daran? Sehen Sie denn nicht, daß ich für diese liebenswerten Weibchen nur das Trittbrett ihrer Ambitionen bin? Sie haben es gehört wie ich. Bevor ich heirate, will die eine von mir einen Bastard, der im Schloß von Orbieu aufgezogen wird und meinen Namen trägt. Und die andere will durch mich nach Paris, weil sie hofft, dort einen ehrbaren Handwerker mit eigenem Haus zu heiraten.«

»Und darauf lassen Sie sich ein?«

»Warum nicht? Sie sind munter, hübsch und von einer erquickenden Herzensfrische.«

»Aber, Graf, könnten Sie nicht höher streben?«

»Ach, Madame! Was war das für ein ewiges Tricksen und Versteckspielen, um meine Liaison mit Frau von Lichtenberg zu verbergen! Und dabei lebte sie ganz zurückgezogen, ohne französische Freundinnen und ohne jemals den Fuß an den Hof zu setzen!«

»Warum durfte Ihre Liaison denn nicht bekannt werden?«

»Muß ich es wiederholen, Madame? Ludwig verabscheut außereheliche Liebschaften, und eine Liaison mit einer hohen Dame des Hofes würde seiner Wachsamkeit nicht entgehen.«

»Und der Kardinal?«

»Er sieht die Sache politisch. Er würde fürchten, daß ich mich in Intrigen dieser ›seltsamen Tiere‹ verstricken ließe, und würde mir jegliches Vertrauen entziehen. Wissen Sie, wie erleichtert er war, als er von meinem Zerwürfnis mit der Prinzessin Conti hörte? Dabei ist sie nur meine Halbschwester. Das Gute an meinen Soubretten, abgesehen von ihren schönen Eigenschaften, ist, daß sie so unbedeutend sind, daß sie dem Auge des Königs entgehen. Und der Kardinal, der dank seiner Spione alles weiß, bis in jede Einzelheit, weiß doch auch, daß von diesen Frauenzimmerchen keine Intrigen und Fallstricke drohen, wohl aber von einer Herzogin von Chevreuse, einer Madame de La Vallette oder einer Prinzessin Conti.«

»Und warum heiraten Sie nicht, um diesem Stirnrunzeln und dieser Überwachung zu entrinnen?«

»Du lieber Himmel, Madame! Was soll diese Rage, mich zum Altar zu schleifen! Reicht es nicht, daß ich die Leier jedesmal höre, wenn ich bei der Herzogin von Guise speise? Müssen auch Sie noch in diesen Refrain einfallen?«

»Aber ein Graf von Orbieu hätte doch große Auswahl!«

»Groß, Madame?«

»Sind die Ehrendamen der Königin, allesamt schön und von gutem Adel, für Sie nichts?«

»Davor bewahre mich der Himmel! Nein, Madame, verschonen Sie mich bitte mit diesen ränkesüchtigen Zierpuppen aus dem Serail!«

»Um Vergebung, Monsieur. Trotzdem, wäre es mit dreißig Jahren nicht langsam Zeit, an die Fortsetzung Ihrer Linie zu denken? Und wenn Ihnen die Ränkeschmiedinnen vom Hofe nicht zusagen, glauben Sie nicht, daß es in unseren Provinzen, und wäre es in Ihrem geliebten Périgord oder in der guten Gesellschaft Ihrer Gutsnachbarn, ein Fräulein gibt, das Ihren Wünschen entspräche? Beneiden Sie nicht Monsieur de Saint-Clair, eine Laurena de Peyrolles gefunden zu haben?«

»Aber das ist ein Riesenunterschied, Madame! Sicher ist das Los von Saint-Clair beneidenswert, sowohl weil er dieses reizende Kind geheiratet hat wie auch, weil er von Anfang bis Ende des Jahres in Orbieu leben kann. Jeden Tag, den Gott werden läßt, kann er sich der Gegenwart seiner Liebsten freuen, kann mit ihr reden, kann nicht mit ihr reden, aber kann sie sehen und ganz sein eigen wissen. Dieses Privileg hätte ich aber nicht, selbst wenn meine Gemahlin in Paris in meinem Hôtel des Bourbons wohnen würde, weil ich von früh bis spät an der Seite meines Königs präsent sein muß und gegebenenfalls mit ihm auf endlose Reisen über Frankreichs Straßen zu ziehen habe. Die betrüblichen Folgen einer solchen Situation werden Sie doch nicht übersehen. Wenn es eine Gräfin von Orbieu gäbe, wie würde ich leiden, sie nie zu sehen, und wenn sie mich lieben würde, wie würde auch sie leiden, daß sie zwar mit mir verheiratet, aber doch ewig von mir getrennt wäre!«

»Ach, Graf, wenn Sie Ludwig darum bitten würden, sich im Guten nach Orbieu zurückziehen zu dürfen, glauben Sie nicht, daß Seine Majestät Ihrem Ersuchen stattgeben würde?«

»Madame, was denken Sie von mir? Würde ich jemals ein solches Gesuch stellen, müßte ich mich den infamsten aller Menschen schimpfen! Ich und meinen König verlassen? Und Richelieu? Jetzt, da sie von soviel Haß umbrandet sind und, wie ich fürchte, bereits Mörderhände die Messer für sie wetzen! Das eine versichere ich Ihnen, Madame: Sollte ich sie eines Tages verlassen, so niemals aus eigenem Willen, sondern nur gezwungen, und dann würde mir das solchen Kummer bereiten, daß ich ihn nicht überlebte! Sicherlich ist das Amt, das ich bei ihnen ausübe, eine große Sklaverei, aber es ist auch mein Daseinsgrund und, mit einem Wort, mein Leben.«

FÜNFTES KAPITEL

Wenn ich mich recht entsinne, war es Ende März 1626, als ich Ludwig um die Erlaubnis bat, mein Gut Orbieu zu besuchen. Einen besseren Zeitpunkt hätte ich mir nicht wählen können. Die Politik des Königs und des Kardinals hatte alle Widerstände besiegt und, wie man sah, einen glänzenden Erfolg errungen: Die Hugenotten von La Rochelle waren zur Vernunft gebracht, Spanien hatte den Graubündnern das Veltlin zurückgegeben, und obwohl Ludwig wußte, daß dies nur eine Windstille war, der desto größere Stürme folgen konnten, war er heilfroh über die Ruhepause und gab mir mit heiterer Miene, etwas Seltenes bei seinem strengen Gesicht, den erwünschten Urlaub.

Zu meiner Eskorte mietete ich dieselben Schweizer wie gewohnt. Daß sie mir bei der Attacke der deutschen Reiter nicht beigesprungen waren, konnte ich ihnen nicht verübeln, dafür hatten sie sich zu weit von unserem Schießplatz aufgehalten, und der Überfall kam so schnell, daß er überstanden war, bevor sie sich auch nur in Bewegung setzen konnten.

Aber ich zog aus dieser Niederlage eine Lehre, die ich mehr mir selbst als meinen Soldaten erteilte. Gegen die Wirren und Gefahren der Zeit beschloß ich, die Mauern meines Hauses nicht mehr ohne starke Begleitung zu verlassen. Dieselbe Regel verordnete ich Saint-Clair, und obwohl ich sie Monsieur de Peyrolles nicht anzuraten wagte, nahm er sich an unserer Vorsicht ein Beispiel.

Diese Schweizer, zwölf an der Zahl, die sich im Innersten stets nach ihren grünen Almen sehnten, fanden sich gern bereit, Hand anzulegen, ob bei den Feldarbeiten, ob beim Bau meines Kastells, zu dem ich mich endlich durchgerungen hatte. Nicht, daß sie die Maurer spielten, aber sie liehen ihre starken Gliedmaßen zum Abladen der großen Hausteine, die auf Karren angeliefert wurden. Dabei half auch der herkulische Hans, jener reuige deutsche Reiter, den ich in mein Gesinde aufgenommen hatte und der mir emsig diente. Wenn er mit den

Schweizern auf der Baustelle arbeitete, war er ganz in seinem Element, denn er hatte mit ihnen die Sprache und sein erstes Gewerbe gemein. Deshalb dachte ich daran, ihm eines Tages seine Ehre und seine Waffen wiederzugeben und ihn zum Gehilfen von Monsieur de Saint-Clair bei der Ausbildung meiner Bauernmiliz zu machen.

Gleich am Abend meiner Ankunft in Orbieu, als ich mit Louison in meinem Zimmer weilte, schrie sie Zeter und Mordio bei der Neuigkeit, daß Jeannette nun in meines Vaters Diensten war und ihr in Orbieu nicht mehr bei der Haushaltung zur Seite stünde.

»Ist das die Möglichkeit!« rief sie in ihrem ersten Zorn. »Da läßt mich diese Tröpfin im Stich, ohne mich auch nur zu fragen!«

»Höre ich richtig?« fragte ich stirnrunzelnd. »Hast du Jeannette eingestellt? Hast du ihren Lohn bezahlt?«

»Das nicht«, sagte Louison, »aber Ihr habt sie mir untergeben, und da wäre es ja wohl das wenigste gewesen, daß sie mir ihre Pläne mitteilte.«

»Macht das unter euch ab«, sagte ich kühl, »damit will ich nichts zu tun haben.«

»Herr Graf«, sagte Louison, die sich wie eine Katze nie soweit ans Feuer wagte, daß sie sich den Schnurrbart versengte, »findet Ihr mich unverschämt?«

»Ein bißchen.«

»Herr Graf«, sagte sie, indem sie vor mir das Knie beugte, wodurch sie sich meinen Blick und meine Großmut zu gewinnen dachte, »ich bitte ergebenst um Verzeihung.«

Aber ich mied den Blick auf ihre Reize und kehrte ihr den Rücken.

»Hast du in dieser Sache sonst noch etwas?« fragte ich über die Schulter.

»Mit Eurer Erlaubnis, Herr Graf«, sagte sie, wieder honigsüß, wenn auch nicht in Worten, aber im Ton, »ich wüßte ja, Teufel noch eins, zu gerne, weshalb diese Schnepfe in Paris leben will.«

Weder dieses »Teufel noch eins« noch die »Schnepfe« gefielen mir, aber ich tadelte sie lieber nicht, denn hätte ich Jeannette jetzt verteidigt, hätte ich Argwohn und Verdacht erregt, wozu meine Louison nur allzu leicht neigte.

»Was will ein Mädchen in ihrem Alter?« sagte ich. »Jeannette meint, daß kein Bauer in Orbieu sie haben will, weil sie nicht mehr Jungfrau ist. In Paris dagegen kennt niemand sie, und sie hofft, dort einen braven Handwerker zu ergattern, der mit ihr zum Traualtar tritt.«

»Bauer! Handwerker!« sagte Louison hochnäsig. »Wie man so klein denken kann! Also was mich angeht, da ich nicht über meinem Stand heiraten kann, heirate ich lieber gar nicht. Nur, das Kind, das Ihr mir versprochen habt, wenn Ihr heiratet, Herr Graf, das will ich höher gestellt sehen, so wie der kleine Julien.«

Julien war der Sohn, den mein Vater an der Schwelle zum Alter von Margot bekommen hatte. Seinem Wunsch folgend, hatte ich eingewilligt, daß der Kleine in der guten Luft von Orbieu aufwuchs, bis er das Alter erreicht hätte, in Paris auf das Collège de Clermont zu kommen, das die Jesuiten zur besten Schule des Reiches gemacht hatten. Louison war dem Knaben sehr zugetan, und wenn sie hörte, wie das Gesinde ihn den »kleinen Monsieur de Siorac« nannte, erbebte sie in der Vorfreude auf ihren künftigen Sohn, den sie sich als »kleinen Monsieur d'Orbieu« erträumte.

Louison wäre ziemlich überrascht gewesen, hätte man ihr gesagt, das es fast ans Erhabene grenze, für sich selbst eine dunkle Ehelosigkeit hinzunehmen, wenn nur ihr Kind in den Adelsrang aufstiege.

»Sei ganz beruhigt, meine Louison«, sagte ich nicht ohne Bewegung, »ich werde dein Kind anerkennen, und es soll hier im Schloß aufwachsen. Versprochen ist versprochen. Aber sag mal«, setzte ich lächelnd hinzu, »das hört sich ja an, als wolltest auch du mich baldmöglichst verheiratet sehen?«

»Oh, bloß nicht!« sagte sie, und Tränen stiegen ihr in die Augen. »Was mich das kosten wird, das weiß ich. Aber dann kann ich mich bei allem Leiden damit trösten, daß Euer Kind sich in mir regt.«

Louison sprach kein Wort weiter, während sie mich auskleidete. Mit Behagen kroch ich in das Bettzeug, das sie hatte anwärmen lassen, weil dieser März so kalt und windig war.

»Herr Graf«, sagte Louison mit geheimnisvoller Miene, »wenn Ihr Euren Schlaf ein bißchen aufschieben könntet, würde ich Euch ja was erzählen, was nicht ohne ist und was eine dringliche und bestimmt auch schwierige Entscheidung verlangt.«

»Rede«, sagte ich, neugierig geworden durch eine so feierliche Eröffnung.

»Angélique ist hier.«

»Angélique? Die Nichte von Pfarrer Séraphin? Was tut sie hier?«

»Sie wollte sich, als es dunkel war, im Teich hinter der Kirche ertränken. Zufällig kam Hans vorbei, sah sie in ihren Nöten, sprang ins Wasser und hat sie herausgefischt.«

»Warum hat er sie nicht ins Pfarrhaus gebracht?«

»Sie wollte nicht.«

»Sie wollte nicht?«

»Na ja! … Hans witterte irgendein Geheimnis und hat sie durch die Hinterpforte ins Schloß gebracht. Die Ärmste war patschnaß, und als ich sie ausziehen wollte, wehrte sie sich wie toll: mit gutem Grund!«

»Was sagst du da?«

»Mit gutem Grund, ja.«

»Was meinst du damit?«

»Na, wie sie hier im Dorf sagen: Voll ist die Scheuer.«

»Was erzählst du mir da?«

»Die reine Wahrheit. Das Frauenzimmer ist hochschwanger, lange kann's nicht mehr dauern.«

»Lieber Himmel!« sagte ich, »da haben wir das nächste Drama!«

»Drama hin, Drama her«, sagte Louison, »wenn das im Dorf rumgeht, stehen die Zungen weit und breit nicht mehr still.«

»Das darf auf keinen Fall passieren«, sagte ich erregt. »Hast du Hans gesagt, daß er den Mund halten soll?«

»Ich hab gesagt, er soll ihn sich zunähen. Und als guter Soldat macht er das auch. Und ich habe getan, was ich konnte, damit das übrige Gesinde nichts erfährt.«

»Das hast du gut gemacht. Bring mir mein Schreibzeug. Und weck mir La Barge. Sag ihm, er soll sich rasch anziehen, sein Pferd satteln und zu mir kommen. Lauf, Louison.«

Nachdem die Tür hinter ihr geschlossen war, schrieb ich an Séraphin:

Herr Pfarrer,
Eure Nichte ist hier und wohlbehalten. Ich möchte Euch morgen früh um neun unter vier Augen sprechen. Ich schicke Euch meinen Wagen. Gott schütze Euch.

Graf von Orbieu

Ich faltete den Brief, schloß ihn mit meinem Siegel und übergab ihn La Barge, der schneller als gedacht erschien.

»Bring dieses Schreiben zu Pfarrer Séraphin.«

»Um diese Stunde, Herr Graf!« sagte er und sperrte die Augen auf. »Es ist Nacht!«

»Rede nicht, tu, was ich sage! Nimm eine Laterne mit, damit du den Weg siehst.«

»Aber, Herr Graf, um diese Zeit öffnet der Pfarrer doch nicht mehr!«

»Zum Teufel, La Barge!« sagte ich wütend, »laß deine ewigen ›aber‹! Dann klopfst und rufst du beim Pfarrer eben so lange, bis er dir öffnet! Komm mir ja nicht unverrichteterdinge wieder, oder du bleibst keinen Tag länger in meinem Dienst!«

»Herr Graf«, sagte La Barge kleinlaut, »ich tue, was Ihr befehlt.«

»Geh, Louison erwartet dich an der Haustür und riegelt dir auf, wenn du zurückkommst. Und kein Wort weiter.«

Aber, wie Louison mir wenig später sagte, sprach La Barge dieses Wort, als er wiederkam und fragte, »um was zum Teufel es sich denn handle«. Louison hatte ihn zurechtgestutzt, indem sie überhöflich erwiderte: »Monsieur de La Barge, ›kein Wort weiter‹ ist Euch gesagt worden! Macht es wie ich, Monsieur de La Barge, und gehorcht!«

Das war die kleine Rache der kleinen Dienerin am kleinen Adel. Und wild frohlockend über diesen Rüffel kam Louison, mir zu melden, der Auftrag sei ausgeführt und Séraphin im Besitz meines Briefes. Worauf sie fragte, ob sie zu mir ins Bett kriechen dürfe.

»Unter zwei Bedingungen«, sagte ich. »Keinen Ton ...!«

»Herr Graf«, sagte sie, während sie sich im Handumdrehen auszog, »bitte, spart Euch die zweite Bedingung. Ich kenne Euch doch. Der Herr Graf ist wütend auf Séraphin, er ist wütend auf Angélique, er ist wütend auf La Barge, und er wäre wütend auf mich, wenn ich den Mund auch nur zum Küssen aufmachte. Aber der Herr Graf kann beruhigt sein, ich werde an seiner Seite so stumm und still und gar nicht küsslustig daliegen wie eine Katze.«

»Liebchen, du plapperst viel für jemand, der Schweigen verspricht.«

»Ich bin schon still«, sagte sie. »Der Vorhang ist zu. Ich sage keinen Mucks mehr.«

Sie löschte die Kerze, legte sich nieder, kuschelte sich ein und war im Nu eingeschlafen. Ich dachte, ich würde wegen dieses neuen Ärgers lange dazu brauchen, aber die Reise von Paris nach Orbieu hatte das Ihre getan. Das Bett war warm, warm Louisons Körper neben mir, und bald sank auch ich in Schlummer, wie unser guter König Henri sagte.

Als ich in der Morgenfrühe erwachte, war ich zuerst ganz verwundert und befremdet, mich in meinem Zimmer in Orbieu wiederzufinden, doch wie froh war ich, als ich den Arm ausstreckte und auf Louisons runde Schulter traf. Dennoch, die Freude war kurz wie ein Aprilschauer. Alles fiel mir wieder ein: Angélique, der Teich, Hans, das Gespräch mit Séraphin um neun Uhr.

Ich weckte Louison, und sosehr es in meinem Hirn auch noch nebelte, stellte ich ihr doch Frage um Frage nach dem, was am vorigen Abend passiert war. Es zeigte sich schnell, daß sie wunderbar überlegt gehandelt hatte. Angélique befand sich in einem Flügel des Schlosses, den das Gesinde nicht betrat, außer wenn im Sommer mein Onkel Samson de Siorac und seine Frau Gertrude dort wohnten. Dann schliefen sie in dem sogenannten Kardinalszimmer, das seinen Namen aber nicht etwa der Tatsache verdankte, daß dort jemals ein Kardinal übernachtet hätte, sondern La Surie hatte es bei seinem ersten Besuch so getauft, weil Gardinen, Bettvorhänge und Wandbespannung aus purpurnem, wenn auch etwas verblichenem Samt waren, was sogar im Winter, wie er sagte, ein Gefühl von Wärme und Intimität schaffe.

Es war übrigens ein ziemlich kleines Zimmer, aber mit einem gut ziehenden Kamin, bei dessen prasselndem Feuer sich Wetterunbilden ertragen ließen, und für die Bequemlichkeit hatte es noch ein kleines Kabinett, wo eine Kammerfrau schlafen konnte.

Louison erzählte mir alles ausführlich. Während sie Angélique auszog, wozu sie einige Energie brauchte, weil das Mädchen seinen Zustand nicht enthüllen wollte, hieß sie Hans, so durchnäßt auch er war, Scheite holen und ein tüchtiges Feuer machen.

Als er wiederkam, lag Angélique bereits getrocknet unter

einem Berg von Zudecken und hinter geschlossenen Vorhängen im Bett und hatte, Gott sei Dank, aufgehört, mit den Zähnen zu klappern. Was Hans anging, hatte Louison einiges aufwenden müssen, bis er seine nassen Kleider abwarf, so sträubte sich sein Schamgefühl dagegen, obwohl er vor Kälte schlotterte. Aber Louison schimpfte mit ihm, da gehorchte er schließlich als braver Soldat, und als er dann nackend war und Louison ihm Brust und Rücken mit einer Bürste heiß rubbelte, hielt er sich beide Hände vor seine *pudenda*.[1] Louison lachte noch, als sie es mir erzählte.

»Und was hast du dann gemacht?«

»Ich hab ihn schlafen geschickt im Kabinett nebenan und gesagt, er soll, wenn ich gehe, die Tür verriegeln, das Feuer unterhalten und auf Angélique aufpassen.«

»Louison«, sagte ich, »das hast du großartig gemacht. Komm, führe mich zu der Ärmsten, vielleicht kann ich ihr ein paar Worte entlocken.«

Auf Louisons erstes leises Klopfen an der Tür des Kardinalszimmers öffnete Hans, und nachdem ich ihn für seinen Mut und seine Güte gelobt hatte, ging ich zum Baldachin und zog die Vorhänge auf.

Angélique schlief noch. Und wie gut sie schlief! Wer hätte bei diesem rosigen und friedlichen Bild geglaubt, daß sie sich am Abend vorher umbringen wollte samt dem Kind, das sie trug. Sie war es wohl nicht gewöhnt, im geheizten Zimmer zu schlafen, denn sie hatte Laken und Decken bis zum Bauchnabel abgeworfen, so daß ein Blick genügte, ihren Zustand zu erkennen.

Gewiß hätten unsere gepriesenen Damen am Hof sie, selbst bei gleicher Geburt, ihrer Gesellschaft nicht würdig befunden. Dafür war ihre Nase ein bißchen zu groß, ihr Kinn ein bißchen zu breit und ihr Mund zu voll. Aber im Unterschied zu unseren Zierpuppen hatte Angélique füllige Schultern ohne das kleinste Salzfaß und rundliche Arme mit guten Muskeln, und ihre Brüste waren sicher auch ohne ihren Zustand üppig genug, ihr Mieder zu wölben. Wieviel Kraft und Zauber, welch eine strotzende Gesundheit diese bäuerliche Venus hatte! Und ohne daß ich einen so ketzerischen Gedanken laut zu äußern wagte, ging

---

1 (lat.) Wörtlich die Partien, die die Scham verletzen.

es mir durch den Sinn, daß Angélique nicht schlecht zu unserem robusten Séraphin paßte.

Louison, die an diesem Anblick nichts zu bewundern fand, unterbrach meine Gedanken, indem sie Angélique kurzerhand zudeckte, und nicht weniger brüsk zog sie die Gardinen am Fenster auf. Die Sonne fiel herein und weckte Angélique, die sich vor Schreck, mich an ihrem Bett zu sehen, bekreuzigte, als wäre Satan persönlich gekommen, sie in die Hölle zu holen. Aber Louison beruhigte sie, daß es doch der Herr Graf sei, und so grüßte sie mich höflich und entschuldigte sich mit schwacher Stimme, daß sie nicht aufstehe, mir ihre Reverenz zu erweisen.

»Lassen wir die Zeremonien, Angélique«, sagte ich auf Platt. »Ich bin gekommen, um dir aus deiner Klemme zu helfen, und nicht, um dich zu schelten. Sag mir nur, warum du versucht hast, dich zu ertränken. Hast du vorher mit Monsieur Séraphin darüber gesprochen?«

»Oh, nein! Er hätte es nicht zugelassen! Er ist ein sehr guter Herr und sehr gut zu mir!«

Ich vermerkte, daß sie »Herr« sagte und nicht »Onkel«.

»Warum hast du es dann getan?« fragte ich.

Hierauf blieb sie eine lange Weile stumm, sosehr Louison sie auch bald liebevoll, bald zornig zu reden drängte. Die Augen niedergeschlagen, mit rotem Gesicht und gesenkter Stirn verharrte Angélique in bockigem Schweigen. Louison beschwor sie in allen Tönen, zog ein Register ums andere, rief Jesus, Maria und Joseph und sämtliche Heiligen an, aber alle vergebens, bis sie zufällig den Schlüssel zu diesem Schloß fand.

»Angélique«, sagte sie aufgebracht, »weißt du das denn nicht: So wie Pfarrer Séraphin dein Herr ist, ist der Herr Graf der Herr von Monsieur Séraphin und kann ihn, wenn er es für angezeigt hält, aus seiner Pfarre verjagen! Willst du, daß der Herr Graf deinetwegen zu diesem äußersten Mittel greift?«

»Ach, nein, nein, nein!« schrie Angélique in höchster Not. »Ich hab doch ins Wasser wollen, damit nicht durch meine Schuld dem Herrn Pfarrer sein guter Ruf in der Gemeinde flöten geht.«

»Du dumme Gans, du!« schrie Louison voll nicht mehr gespieltem, sondern sehr echtem Zorn, »und wenn du nun ertrunken wärst? Hast du nicht bedacht, daß, wenn man deine Leiche rausgefischt hätte, man bei deinem Bauch trotzdem den Pfarrer verdächtigt hätte? Und daß du, dumme Trine, weil du dich umgebracht hättest, nicht in christliche Erde gekommen wärst mit deinem Kindchen, das noch nicht mal getauft ist, und daß ihr alle beide verdammt gewesen wärt bis ans Ende der Zeiten, ohne Hoffnung auf Auferstehung? Das nämlich wäre passiert, wenn man dich aus dem Wasser gezogen hätte. Du kannst dem Hans wirklich großen Dank sagen!«

Ich fand Louisons Predigt ein bißchen zu apokalyptisch, aber zum Glück brachte uns Angélique in ihrer Einfalt von diesen Eiseshöhen zurück in die Komödie, denn sie nahm die Empfehlung meiner Hofmeisterin wörtlich und bat, Hans an ihr Bett zu rufen. Er kam, ohne zu wissen, was man von ihm wollte, erstarrte einen halben Klafter vor dem Himmelbett und schlug die Hacken zusammen wie zur Parade. Angélique stützte sich auf einen Ellenbogen, was ihre eine Brust halb entblößte, ohne daß sie es merkte.

»Hab auch großen Dank, Hans«, sagte sie mit sanfter, bebender Stimme, »daß du mich aus'm Wasser gezogen hast.«

Hans schlug die Augen nieder und gab keine Antwort, so verwirrte ihn diese üppige Brust, außerdem wußte er nicht, wie er mir später sagte, ob er die Ärmste nun mit »Angélique« oder »Mademoiselle« anreden solle oder etwa mit »Madame«, weil sie doch schwanger war.

»*Fräulein*«, sagte er endlich, immer noch mit gesenkten Augen, »was ich gemacht habe, das war nur, um Euch zu verpflichten.«

Louison schlug sich die Hand vor den Mund, um nicht loszuprusten. Ich strafte sie dafür mit einem Seitenblick und sagte zu Hans, daß er nun gehen könne, daß ich mit ihm sehr zufrieden sei und daß ich ihm weiteres in Kürze mitteilen würde.

»Angélique«, sagte ich milde, »es ist jetzt deine einzige Pflicht, zu leben und dein Kind auszutragen. Mach dir keine Sorgen. Der Herr Pfarrer Séraphin wird mich heute morgen besuchen, und dann sehen wir zu, wie wir die Dinge so einrichten, daß nichts nach außen dringt, was seinen guten Ruf verderben könnte.«

Damit sagte ich Angélique Aufwiedersehen, wobei sie meine Hand ergriff und ungestüm küßte, wie sie es mit einem

Heiligen gemacht hätte, der ich gewiß nicht war, wenn ich mich meiner Gedanken bei ihrem Anblick entsann. Trotzdem gefiel mir ihre Geste wenigstens so sehr, wie sie Louison mißfiel. Nicht lange, und ich wurde es gewahr.

»Herr Graf«, sagte sie, während sie neben mir durch den Flur ging, der zur Bibliothek führte, »ich muß gestehen, ich bin sprachlos!«

»Sprachlos, weswegen?« fragte ich rauh, denn ich spürte, daß ein Gewitter im Anzug war, und hoffte es noch abzuwenden.

»Na, darüber, wie nachsichtig und verständnisvoll Ihr mit diesem Rammler und dieser fetten Trute verfahrt! Wenn's nach mir ginge, ich würd die beiden zur Stunde aus Orbieu verjagen! Und keine Träne würd ich denen nachweinen!«

»Bravo, Louison! Bravo! Pfarrer Séraphin ist kein Mann mehr: er ist ein Rammler! Und Angélique ist kein Weib mehr, sie ist eine Trute! Eine fette Trute, um das Maß voll zu machen. Und auch wenn Rammler und Trute meiner Kenntnis nach nie kopulieren, sielen sie sich für dich im tiefsten Schlamm, und ich soll sie auf deinen Rat davonjagen, damit sie mit ihren Bündeln über die Landstraßen des Reiches ziehen! Wahrlich, hochweise Louison, da du heute die göttliche Gerechtigkeit verkörperst, zögere nicht! Geh noch weiter in deiner Strenge! Binde Rammler und Trute an den Schandpfahl auf dem Kirchplatz, ruf unsere Bauern zusammen, daß sie sie zu Tode steinigen! Wie schön das wäre! Und wie christlich dazu!«

»Herr Graf«, sagte Louison, Tränen in den Augen, »so hab ich es doch nicht gemeint! Ich hab doch nur so drauflos geredet! Ehrlich gesagt, Herr Graf, Eure Augen hingen mir ein bißchen lange an dem dicken Busen.«

»Wie sollten sie nicht, er lag ja bloß!«

»Na, glaubt Ihr vielleicht, diese Unschuld vom Lande hat Eure Blicke nicht sehr wohl mitgekriegt?«

»Ah, ›Unschuld vom Lande‹!« sagte ich. »Welch ein Fortschritt! Unschuld vom Lande ist immerhin besser als fette Trute. Also, Louison, gib dir noch einen kleinen Ruck. Könntest du nicht ›die Ärmste‹ sagen, ohne dir die Zunge abzubrechen?«

»Herr Graf«, sagte Louison in kläglichem Ton, ohne aber auf meine Frage einzugehen, »bitte, vergeßt nicht, daß ich Eure

Angélique gepflegt habe, ohne viel zu fragen, und daß sie dank meiner Fürsorge am Leben ist.«

»Du hast nicht ›meine Angélique‹ gepflegt, Louison. Du hast ein Mädchen gepflegt, das ins Unglück geraten ist, und, Gott sei Dank, hat deine gute Tat dein Gegeifer im voraus Lügen gestraft. Darum werde ich deine ekelhaften Worte jetzt vergessen und dich bitten, wenn du mich nicht sehr erbosen willst, die Krallen deiner Eifersucht künftig zu stutzen.«

»Ich verspreche es, Herr Graf«, sagte sie sanft und unterwürfig.

Eine Sanftmut und Unterwürfigkeit, die mich entzückt hätten, wäre mir nicht klar gewesen, daß sie kurzlebig waren wie jene Fliegen, die morgens schlüpfen und vor der Nacht tot sind. Aber offen gesagt war ich auch mit mir nicht besonders zufrieden. War es nicht eine große Heuchelei, Louison ihre Eifersucht vorzuwerfen, obwohl ich, wenn ich an gewisse meiner Träume dachte, ihr demnächst in Paris einigen Grund dazu geben würde?

* * *

Wie der Leser sich erinnern wird, war Pfarrer Séraphin ein robuster, vierschrötiger Mann mit kräftiger Nase, fleischigen Lippen, rotem Gesicht. Als La Barge ihn an diesem Morgen in meine Bibliothek führte, schien er mir hinter seiner Röte – die sowohl vom guten Wein wie von der guten Landluft kam –, jedoch etwas bläßlich zu sein. Offenbar war ihm bei diesem Besuch reichlich unwohl zumute, auch wenn er sich bemühte, es zu verbergen. Daher trug ich La Barge die Bitte an Louison auf, uns erst einmal eine Flasche unseres Burgunders zu bringen, damit mein Besucher wieder ein bißchen Standfestigkeit bekäme. Außerdem wollte ich ihm, wie ja schon dadurch, daß ich ihm meine Kutsche geschickt hatte, zeigen, daß ich nicht die Absicht hatte, den Zorn seines Bischofs oder die Schmähungen seiner Herde gegen ihn zu entfesseln, sondern vielmehr, daß ich mit ihm einen Ausweg aus seinem Schlamassel suchen wollte, der, bei Lichte besehen, auch meiner war. Denn um nichts in der Welt sollte mein kleines Reich durch einen Skandal erschüttert werden. Trotz seiner menschlichen Schwächen war Séraphin ein guter Pfarrer und seine Kirche ein Grundpfeiler meiner Macht. Wie hätte man daran rütteln können, ohne auch mir zu schaden?

Bevor ich begann, wartete ich, bis Louison den Burgunder gebracht und vor allem, bis Séraphin sein Glas geleert hatte, was er, wie ich mich erinnere, mit der Gier eines Mannes tat, dem vor innerer Erregung die Kehle ausgedörrt war. Und wirklich kam mir Séraphin danach gleich besser beisammen vor.

»Herr Pfarrer«, sagte ich, »die Geschichte, mit der wir es zu tun haben, ist so dornenreich, daß man sie des Gemeinwohls halber mit größter Umsicht behandeln muß. Laßt uns die Tatsachen betrachten. Dann sehen wir nach Mitteln zur Abhilfe. Gestern abend bei Einbruch der Nacht zog Hans Eure Nichte aus dem Teich, bevor sie sich ertränken konnte. Sie wollte nicht zurück ins Pfarrhaus, darum brachte er sie durch eine Hinterpforte hierher. Louison nahm sich ihrer an, logierte sie im linken Flügel des Schlosses, und als sie sie entkleidete und trocknete, sah sie, daß sie schwanger ist.«

»Herr Graf«, sagte Pfarrer Séraphin hochrot, »ich kann Euch versichern ...«

»Bitte, Herr Pfarrer«, sagte ich, »versichert mir nichts! Ich erhebe hier keinen Vorwurf, von dem Ihr Euch reinwaschen müßtet. Weder Leugnen noch Bekennen sind gefragt. Ich bin Euer Pfarrkind und achte die Kirche, die Ihr vertretet. Ich fände es sehr unziemlich, wenn mein Pfarrer mir beichtete.«

»Herr Graf«, sagte Séraphin, nachdem er meine Worte erst einmal im stillen erwogen hatte, »darf ich trotzdem eine Bemerkung machen?«

»Ich bitte darum, Herr Pfarrer.«

»Glaubt mir, Herr Graf, hätte ich geahnt, was meine Nichte vorhatte, ich hätte mich dem mit allen Kräften und Mitteln widersetzt, denn nichts verurteilt unsere heilige Kirche so streng wie den Selbstmord. Es ist ein gotteslästerlicher Akt, durch welchen ein Gottesgeschöpf das Geschenk des Herrn mit eigenen Händen zerstört, ein Verbrechen wider die göttliche Allmacht, das, wie Ihr wißt, einen Prozeß gegen den Leichnam mit Verstümmelungen oder Schandmalen, die ich nicht einmal benennen mag, nach sich ziehen kann, das aber vor allem ein Grab in christlicher Erde ausschließt, was bei der Auferstehung des Leibes die schrecklichsten Folgen hat. Ein Selbstmord und insbesondere ein Selbstmord im Stande der Schwangerschaft wiegt sehr viel schwerer als eine außereheliche Schwangerschaft.«

Mir stieß bei dieser Predigt auf, daß sich der gute Mann, auf die Philosophie seiner Kirche gestützt, allzu rasch und pharisäerhaft aus der Affäre zog und seine Verantwortung hinter einem schwereren Grad von Schuld und Frevel verwischte. Ohne meine Strategie deshalb zu verlassen, wollte ich ihm doch beiläufig zu verstehen geben, daß ich wünschte, sein Gewissen plagte ihn ein wenig mehr.

»Herr Pfarrer«, sagte ich kühl, »zweifellos ist ein Selbstmord verwerflicher als eine außereheliche Schwangerschaft. Nur kann die verzeihlichere dieser beiden Sünden die andere nach sich ziehen, wie das oft auf unseren Dörfern vorkommt, wo der Teich seine Unheilsrolle schon mehr als einmal gespielt hat. Der Urheber einer Schwangerschaft kann nicht den Unschuldsengel spielen.«

»Das ist wahr«, sagte Séraphin und schlug die Augen nieder.

»Aber das Unglück«, fuhr ich fort, »ist leider nun geschehen, jetzt heißt es achtgeben, daß es dabei bleibt und nicht in größeres Unglück mündet. Selbstverständlich halte ich unbedingte Geheimhaltung für die erste Bedingung jedes Arrangements. Hans hat das sehr gut erfaßt, als er Angélique durch eine abgelegene Pforte ins Schloß führte, ebenso Louison, die sie im linken Flügel unterbrachte, wo das Gesinde außer im Sommer nicht hinkommt. Angélique wird von den beiden versorgt und bewacht, ihre Lippen bleiben auf meinen Befehl versiegelt. Was mich angeht, werde ich gegenüber Monsieur de Saint-Clair oder Monsieur de Peyrolles kein Wort davon erwähnen, nicht weil ich ihnen nicht vertraute, sondern weil ich nicht weiß, ob sie die Sache aufnehmen wie ich. Trotzdem, wenn Angélique länger hier bliebe, fürchte ich, ließe sich das Geheimnis nicht lange wahren, zumal sie bald niederkommen wird. Ich schlage also vor, wenn Ihr einverstanden seid, sie nach Paris zu bringen unter dem Vorwand, daß sie an Wassersucht leide und behandelt werden müsse. In Paris könnte sie in meinem Haus in der Rue des Bourbons einquartiert werden, behütet und ernährt vom nötigen Gesinde und bei der Niederkunft von einer reinlicheren Hebamme betreut als in Orbieu. Nach ihrem Wochenbett käme Eure Nichte allein zurück nach Orbieu und nähme ihren Platz bei Euch wieder ein. Das Kind käme später nach mit einer Amme und einem geliehenen Namen, zum Beispiel als Sproß meines Majordomus, und würde hier im Schloß leben.«

»Herr Graf«, murmelte Séraphin bewegt, »ich weiß nicht, wie ich Euch danken ...«

»Laßt sein, Herr Pfarrer«, sagte ich schnell.

»Aber«, fuhr er ziemlich demütig fort, »diese Reisen, Aufenthalte, die Hebamme, das alles, Herr Graf, wird ein Vermögen kosten!«

Sieh an, wie hinter dem Priester der knauserige Bauer zum Vorschein kam, und sosehr mich das im stillen auch amüsierte, wollte ich Séraphin doch nicht seinen Ängsten überlassen.

»Diese Kosten«, sagte ich, »gehen zu Lasten dessen, der sie hier als einziger für Frieden und Ehre der Kirche von Orbieu tragen kann. Aber Ihr, Herr Pfarrer, könntet vielleicht auf anderem Gebiet ein kleines Opfer für die Gemeinde bringen, ein Opfer, ich will es nicht verschweigen, das ich mit Wohlwollen sähe.«

»Welches?« fragte Séraphin.

»Wie ich hörte, stehen fünf der ärmsten Familien von Orbieu in Eurer Schuld, weil sie die Öffnung der christlichen Erde für ihre Toten noch nicht abgezahlt haben. Ihr könntet ihnen diese Schulden bei Gelegenheit der Maßnahmen erlassen, die ich im Sommer wohl zu ihrer Hilfe ergreifen muß, denn mit der Getreideernte scheint es dies Jahr nicht viel zu werden, wir haben zu langen Frost und keinen Regen.«

»Aber das gäbe den anderen Gemeindemitgliedern ein schlechtes Beispiel!« rief Séraphin und hob beide Hände. »Dann wollen alle eine Ermäßigung für ihre Toten!«

»Nein, nein, wir sagen, daß es eine Ausnahmeregelung gegen den Mangel, wenn nicht gar gegen Hungersnot ist. Also, Monsieur Séraphin, gebt Euch einen Stoß! Wer wüßte besser als Ihr um den Sühnewert eines Opfers? Und bedürfen wir alle nicht immer der Vergebung einer kleinen Schuld?«

* * *

Ich reiste von Orbieu in aller Herrgottsfrühe ab, noch bevor das Gesinde im Schloß erwachte. Niemand sollte sehen, wie Angélique in meine Karosse stieg, auch wenn Louison sie von Kopf bis Fuß so eingemummt hatte, daß sie schwerlich erkannt worden wäre. Es war aber für die Jahreszeit auch wirklich bitterkalt, so daß man sich fragte, ob es noch einmal Frühling werden oder ob der Winter von vorn anfangen wollte.

In der Kutsche hatten wir Wärmebecken unter den Füßen und in einer Kiste die nötige Holzkohle, um die Glut zu unterhalten, aber, du liebe Zeit, an meinen Kutscher und meine Schweizer auf ihren Pferden durfte ich nicht denken! Ein Wunder, wenn ihnen in dem eisigen Morgenwind nicht die Nasen abfroren!

La Barge maulte, daß er, aus gutem Hause, es nicht nötig habe, den Lakaien zu spielen und die Wärmebecken zu bestücken. In einem Ton, der keinen Widerspruch duldete, antwortete ich, er habe völlig recht, Junker bleibe Junker, und wenn er es wünsche, ließe ich die Kutsche halten und die Männer fragen, ob einer den Platz mit ihm tauschen wolle.

Hierauf erbot sich Angélique mit Engelsstimme, die Wärmebecken könne sie doch versorgen. Ich wollte es aber nicht, ihr Zustand, sagte ich, verbiete so häufiges Bücken, außerdem sei Monsieur de La Barge ein wohlerzogener Edelmann und viel zu galant, um ihr diese Mühsal aufzuladen. Worauf La Barge bis über seine gut sichtbaren, weil abstehenden Ohren errötete und sich beeilte, Angélique zu versichern, er würde sich lieber die Hand abhacken, als ihr eine solche Unbequemlichkeit zuzumuten.

Nach dieser Höflichkeitsbeteuerung verbreitete sich Frieden in der Kutsche. Der Hauch von Wärme erlaubte es mir, ohne zu vieles Schlottern in meine Gedanken zu versinken, Angélique, nachdem sie sich aus ihrer Kapuze geschält hatte, zu schlummern, und La Barge, sie in stummer Bewunderung anzustarren. Eine Frau zu sehen, die ein Kind im Leibe trägt, war in seinem Alter, sogar in meinem noch, etwas sehr Reizendes, und bis heute rührt mich diese Fruchtbarkeit und fleischliche Fülle.

Gegen Mittag ließ ich am Gasthof Écu d'Or von Saint-Nom-la-Bretèche halten, einem Dorf, noch gute drei Stunden vor Paris. So konnten Eskorte und Eskortierte erst einmal Wasser lassen, die Pferde füttern und mit vollen Zähnen in Brot und Schinken beißen, die ich für alle beim Wirt bestellt hatte, dazu eine Terrine Glühwein. Nachdem die Pferde versorgt waren – »erst die Pferde, dann die Männer«, sagte jedesmal mit weisem

Nicken mein Schweizer Anführer –, brach in den Wirtssaal das fröhliche Lärmen der Soldaten ein, die mit ihren Stiefelabsätzen die Fliesen stampften, um sich aufzuwärmen, und ihre erstarrten Hände an das bullernde Feuer hielten, das im Herd so hoch loderte, daß man einen Ochsen hätte braten können. Ich hatte Angélique ein wenig abseits einen ruhigen Platz gesucht und La Barge zu ihr gesellt, dann ging ich und stieß mit meinen Schweizern an, die einen Toast auf meine Gesundheit ausbrachten, dann einen Toast auf die Vollendung meines Kastells, das mir »zur großen Ehre und zu großem Nutzen« gereichen würde. Ich dankte ihnen für diese Höflichkeit mit einem dritten Toast auf ihre guten Degen zu meinem Schutz und ihre tüchtige Hilfe beim Abladen meiner Haussteine. Unter den Vorzügen dieser Schweizer will ich noch hervorheben, wie diskret sie waren, denn in der ganzen Zeit im Wirtshaus erlaubte sich keiner von ihnen auch nur einen verstohlenen Blick auf Angélique.

Bei meiner Ankunft in Paris besann sich der Marquis de Siorac, stets voll Mitgefühl mit aller Kreatur, besonders aber mit dem *gentil sesso*, daß er Arzt war. Er mißbilligte meinen Plan, Angélique im Hôtel des Bourbons der Obhut unwissender und gleichgültiger Diener zu überantworten, und bot mir an, sie in seinem warmen Haus zu behalten, wo sie umsorgt wäre von seinen Leuten und einem Jünger des Hippokrates. Ich war sehr froh, denn niemals hätte ich ihn um einen solchen Dienst zu bitten gewagt, und, um es nicht zu verschweigen, auf der ganzen langen Reise von Montfort nach Paris hatte mich die Sorge gequält, daß die arme Angélique durch die tausend Holperstöße der Karosse ihre Frucht verlieren könnte.

Sowie Mariette uns das Abendessen aufgetragen hatte und samt ihren immer gespitzten Ohren verschwunden war, enthüllte ich dem Marquis de Siorac, wer der Erzeuger des Kindleins war. Mein Vater und La Surie, einer wie der andere bekehrte Hugenotten und laue Katholiken, wechselten einverständige Blicke, und der Marquis bekrittelte, wenn auch maßvoll, das den Priestern aufgezwungene Zölibat. Es trenne sie, sagte er, zu sehr von der gemeinen Menschheit, mache sie zu schlechten Richtern über die Schwächen des Herzens und die Sünden des Fleisches, die immerhin nicht frevelhafter und verdammenswerter seien als Ungerechtigkeit, Unterdrückung und Grausamkeit. Von daher, schloß er, sei unsere Moral, die theologisch und nicht wie bei den alten Griechen philosophisch und in der Vernunft begründet sei, übel ausgewogen, denn sie messe dem Fleisch größere Bedeutung zu als unserem Verhalten gegen unsersgleichen. Ich sagte keinen Ton dazu, dachte aber im stillen, daß die hugenottischen Hirten, obwohl verheiratet, sich darin nicht sehr von den katholischen unterschieden.

Am nächsten Tag ging ich zum Lever des Königs. Ich war mir sicher, daß er mich trotz des Gedränges sah, denn ihm entging nichts. Er machte mir aber kein Zeichen, richtete kein Wort an mich, ebensowenig übrigens wie an die anderen anwesenden Herren. Sein Gesicht war blaß, verkrampft, und ich erkannte deutlich, daß Ludwig in schwärzester Stimmung war, sosehr er sich auch bemühte, ein gleichmütiges Gesicht zu wahren. Schroff wies er den Doktor Héroard, der ihm den Puls fühlen wollte, mit den Worten ab: »Wie der auch sei, mir geht es großartig!«

Dieses »wie der auch sei« beunruhigte mich. Meine Besorgnis wuchs, nachdem die Menge der Höflinge sich zerstreut hatte und Ludwig nur Berlinghen, Soupite, seinen Gardehauptmann Du Hallier (der mir die königliche Karosse ausgeliehen hatte), seinen Garderobenmeister, Marquis de Chalais, und mich dabehielt. Man brachte ihm das Frühstück, in dem er eher herumstocherte, anstatt zu essen, und mehrmals unterbrach er sich, indem er mit seinem Messer wütend an seinen Teller und seinen silbernen Becher schlug, als habe er das Geschirr der Majestätsbeleidigung zu zeihen. Mit so langen Zähnen er auch aß und seine Mahlzeit durch besagte Schläge, bald mit dem Messergriff, bald mit der Klinge, unterbrach, beendete er schließlich doch sein Frühstück und begann nun erregt, die Hände auf dem Rücken, den Kopf gesenkt und die Lippen zusammengebissen, durch das Gemach zu schreiten, so daß die Anwesenden, erschrocken über eine solche Reizbarkeit, sich nicht zu rühren, nicht zu mucksen wagten.

Ich weiß nicht, wie lange dieses Hin und Her noch gedauert hätte, wäre im Vorzimmer nicht ein zorniger Wortwechsel entbrannt.

»Was ist das? Was ist das?« schrie der König, mit der Hand an seine linke Seite fahrend, als greife er nach seinem Degen. »Wer wagt es, vor meiner Tür zu streiten? Berlinghen, seht nach, was der Radau zu bedeuten hat!«

Berlinghen hütete sich diesmal sehr vor jeder Lässigkeit, die Ludwig ihm oft vorzuwerfen hatte. Er lief zur Tür hinaus und schloß sie hinter sich. Der Lärm wurde noch einmal so laut, und bald erschien Berlinghen wieder.

»Sire«, sagte er, »es ist der Graf de Guiche, er zankt mit dem Türhüter.«

»Warum?«

»Weil der Türhüter ihm den Zutritt zu Eurem Gemach verwehrt.«

»Richtig. So ist mein Befehl.«

»Aber, Sire, Graf de Guiche behauptet, dieser Befehl gelte nicht für ihn, weil er Erster Kammerherr ist.«

»Was soll das? Deshalb kann er noch lange nicht bei mir eintreten, wann er will! Genausowenig wie Graf d'Orbieu, der dasselbe Amt bekleidet.«

»Sire, ich habe mir erlaubt, es ihm zu sagen. Aber zur Antwort, Sire, hat der Graf de Guiche mir einen Tritt mit dem Stiefel angedroht.«

»Was soll das?« sagte der König aufgebracht und mit funkelnden Augen. »Man beschimpft meinen Türhüter! Man droht meinem Kammerdiener! Monsieur du Hallier, auf der Stelle nehmt Ihr Graf de Guiche gefangen und schafft ihn in die Bastille.«

»In die Bastille, Sire?« rief der Gardehauptmann, erstaunt über das Mißverhältnis zwischen Beleidigung und Ahndung.

»Ihr habt mich gehört! Wir wollen, daß Graf de Guiche ein paar Tage die Bastille von innen sieht. Das wird sein Mütchen kühlen.«

»Wie Ihr befehlt, Sire!« sagte Du Hallier, der auf den Absätzen kehrt machte und in straffem Schritt das Gemach verließ.

Später erzählte er mir, daß er, des streitbaren Wesens von de Guiche eingedenk, erst einmal ein halbes Dutzend Gardisten geholt habe, die zugleich mit ihm in das Vorzimmer eindrangen und den Grafen mit gesenktem Spieß umstellten.

»Chalais«, sagte der König zu seinem Gewandmeister, »sieh nach, ob alles gut geht, und frag den Comte de Guiche, ob er mir eine Botschaft zu übermitteln hat.«

Chalais, höchst wohlgestalt und gewandt, durchmaß den Raum mit der Leichtigkeit einer Ballerina.

»Sire«, meldete er bei seiner Rückkehr mit stolzgeschwellter

Miene, »Graf de Guiche läßt Euch sagen, er liebe Euch, und nur aus Zorn darüber, daß man ihn nicht zu Euch ließ, habe er diesen Lärm vor Eurer Tür gemacht. Er bereue dies und entbiete Euch seine untertänigsten Entschuldigungen.«

»Das ist schon besser!« sagte Ludwig. »Wir werden darauf achten, daß Monsieur de Guiche nicht über drei Tage in der Bastille friert. So«, fuhr er mit neugewonnener Tatkraft fort, als habe die Bestrafung von de Guiche ihm aufgeholfen, »jetzt laßt uns sehen, ob uns im Wald von Fontainebleau nicht ein prächtiger Hirsch erwartet. Chalais, Ihr begleitet mich nach Fontainebleau. Siorac, Ihr fragt, ob mein Cousin, der Kardinal, Euch Audienz geben kann. Er hat Euch allerhand zu sagen.«

Kaum hatte er die Tür durchschritten, lief Berlinghen und schloß sie hinter ihm, denn Ludwig haßte offene Türen. Chalais zog eine Grimasse.

»Ich finde, daß Ludwig nicht gut daran tut, de Guiche wegen eines albernen Streits in die Bastille zu sperren. So darf ein König seinen Adel nicht behandeln.«

Ich war entgeistert: Wie konnte man eine so scharfe und unverhohlene Kritik äußern, noch dazu an einem solchen Ort und vor allem in Gegenwart der Kammerdiener! In der Hitze des Augenblicks hakte ich Monsieur de Chalais unter und nahm ihn beiseite.

»Marquis«, sagte ich leise, »wollt Ihr erlauben, Euch einen freundschaftlichen Rat zu geben?«

»Graf, von Euch, der Ihr der Ältere von uns seid, empfange ich jeden Rat mit lebhaftester Dankbarkeit.«

»In der Tat bin ich älter als Ihr«, sagte ich, »über zehn Jahre. Und wie glücklich dürft Ihr, Marquis, Euch schätzen, mit achtzehn Jahren das zu sein, was Ihr seid! Gütige Feen haben sich über Eure Wiege gebeugt! Durch Euren Vater ein Talleyrand, durch Eure Mutter ein Monluc, gehört Ihr zwei der besten Familien des Reiches an. Aus diesem Grund wart Ihr in Eurer Kindheit einer von Ludwigs kleinen Edelleuten, habt mit ihm gespielt und seid mit ihm, mit Monsieur und seinen Schwestern aufgewachsen. Eure wunderbare Frau Mutter kaufte Euch das Amt des Großmeisters der königlichen Garderobe, sobald Ihr in dem Alter wart, es zu erfüllen. Und wie ich hörte, opferte sie dafür den Hauptteil ihres Vermögens, so daß ihr kaum etwas zum Leben bleibt.«

»Das ist wahr«, sagte Chalais, und Tränen stiegen ihm in die Augen.

»Vor allem aber konntet Ihr dank der Rührigkeit der liebevollsten Mutter eine der am meisten beneideten Partien Frankreichs machen und die Schwester des Spanischen Rates heiraten, eine hohe und schwerreiche Witwe, deren Herz nur für Euch schlägt!«

»Auch das ist wahr.«

»Und schließlich habt Ihr wie ich, Marquis, das Glück, alle Tage in der nächsten Nähe des Königs zu leben.«

»Graf«, sagte Chalais und runzelte die Brauen, »vergebt mir, aber Ihr erzählt mir lang und breit mein glückliches Schicksal. Da ich das aber am besten weiß, frage ich mich, worauf Ihr hinauswollt?«

»Darauf, Marquis, Euch Euer Glück in Erinnerung zu rufen, damit Ihr Euch in acht nehmt.«

»Ich mich in acht nehmen? Vor wem?«

»Vor Euch selbst.«

»Vor mir? Wie spaßig!«

»Mit einem Wort, Marquis, erlaubt mir, Euch in aller Freundschaft und Offenheit zu sagen: Der Hof ist ein Ort, wo man einen Ochsen auf seine Zunge legt und niemals über andere Personen spricht, vor allem, wenn diese Person der König ist.«

»Was habe ich denn über Ludwig gesagt?«

»Ihr habt ihn kritisiert.«

»Und was habe ich gesagt?«

»Habt Ihr es schon vergessen?«

»Natürlich.«

Ich betrachtete ihn verwundert. Doch wie ich ihm so in die Augen blickte, begriff ich, daß es die reine Wahrheit war. Das Püppchen hatte nur geplappert, o Staunen! Hätte ich das gewußt, hätte ich mir meine Warnung erspart. Aber nun war der Wein gezogen, er mußte getrunken werden.

»Marquis, Ihr habt gesagt, der König hätte Graf de Guiche wegen eines albernen Streits nicht in die Bastille schicken dürfen.«

»Wirklich?« fragte Chalais und machte große Augen, »das habe ich gesagt? Nun!« setzte er mit plötzlich veränderter Miene hinzu, »hatte ich nicht recht, so zu denken?«

»Nicht das Denken, Marquis, das Aussprechen war abenteuerlich.«

»Abenteuerlich?« fragte Chalais.

»Den König greift man nicht an.«

»Und warum nicht?« versetzte Chalais hochfahrend.

»Marquis«, sagte ich, »ich hatte den Fuß heute morgen noch kaum in den Louvre gesetzt, als ich auch schon erfuhr, daß Tronçon tronçonniert wurde, und wißt Ihr, warum?«

»Nein.«

»Weil er dem König gesagt hat, er könne das Vorhaben, Monsieur mit Mademoiselle de Montpensier zu verheiraten, nicht gutheißen. Daran seht Ihr, wie gefährlich es ist, den König für einen Entschluß, den er gefaßt hat, zu kritisieren.«

»Aber diesen unheilvollen Plan mißbillige auch ich!« sagte Chalais kämpferisch. »Seid Ihr nicht dieser Meinung?«

»Marquis, das Für und Wider dieses Heiratsvorhabens ist mir unbekannt. Ich wurde vom König nicht zur Beratung darüber berufen, und es ist nicht meines Amtes, Meinungen abzugeben, die er nicht von mir gefordert hat. Auch die Eure nicht.«

»Graf«, sagte Chalais mit plötzlich starrem Blick, »Ihr führt gegen mich eine recht forsche Sprache! Wäret Ihr nicht ein Freund, ich würde Euch auf die Wiese bestellen!«

»Auf die Wiese?« fragte ich entsetzt. »Ein Duell zwischen zwei königlichen Offizieren, die Seiner Majestät so nahe stehen! Das wäre Wahnwitz!«

»Der Wahnwitz ist«, sagte Chalais hitzig, »mir eine Lektion erteilen zu wollen! Und ich weiß, warum Ihr Euch das getraut! Weil Ihr eine der feinsten Klingen am Hofe seid. Weil Ihr als einziger hier die Jarnac-Finte beherrscht, die einen Gegner im Handumdrehen verstümmelt. Aber wenn Ihr glaubt, mich damit zu schrecken, sollt Ihr wissen, daß es mir nicht an Mut gebricht. Den sollt Ihr kennenlernen, und heute noch!«

»Marquis«, sagte ich, »ich traue meinen Ohren nicht! Ihr fordert mich heraus, obwohl ich Euch in nichts gekränkt habe! Ich hatte nichts anderes im Sinn, als Euch vor Euch selbst zu schützen und Euch nützlich zu sein. Was sollte ein solches Duell? Eure Tapferkeit beweisen? Aber wer am Hof bezweifelt sie? Seid Ihr nicht ein Monluc?«

Während ich so redete, merkte ich, daß ich damit nicht aufhören durfte, denn bei jedem Satz, den ich sprach, entspannte sich das Gesicht von Chalais ein wenig mehr.

»Marquis«, fuhr ich mit nahezu engelsgleicher Sanftmut fort, »es mag wohl sein, daß ich ein wenig ungeschickt war im Ausdruck meines Gedankens, doch dürft Ihr immerhin ganz versichert sein, daß meine Absicht ehrlich war und nur darauf gerichtet, Euch jene Gefahren meiden zu helfen, denen Euch Euer Alter am Hof aussetzt. Wenn Ihr Euch an den Beginn dieses Gesprächs erinnern wollt, so ging es mir nur darum, Euch einen Rat zu geben, nicht ohne Euch im vorhinein höflich und von gleich zu gleich um die Erlaubnis dazu gebeten zu haben. Was Ihr auch höflich gewährtet, indem Ihr mich im voraus Eurer lebhaften Dankbarkeit versichertet.«

»Habe ich das?« fragte Chalais, indem er seine naiven Augen aufsperrte. »Habe ich Euch meiner Dankbarkeit versichert?«

»Aber, auf das aufrichtigste und, wenn ich so sagen darf, auch auf das liebevollste!«

Und hiermit, weil ich ihn im Begriff fühlte, sozusagen den Degen in die Scheide zu stecken, faßte ich seine beiden Hände und drückte sie. An dem Beben, das ihn durchlief, und an dem innigen Blick, den Chalais mir zuwarf, erkannte ich, daß meine Haltung und meine Worte ihn Stück für Stück bekehrt hatten.

»Graf«, rief er wie erstickt vor Bewegung, »Eure Worte rühren mich mehr, als ich sagen kann. Ihr sprecht wie ein Vater zu mir, und ich verdiene es nicht. Ich habe Euch ungerecht verdächtigt, mich kränken zu wollen, und ich sehe ein, daß es falsch war. Ihr wollt mir nur Gutes! Ihr seid der beste aller Menschen! Ich bitte Euch demütig, mir zu vergeben und mich von nun an als Euren treuen und unwandelbaren Freund anzusehen.«

Ich reichte ihm die Hände, und er, der mir noch eine Minute früher an die Kehle springen wollte, warf sich in meine Arme, küßte mich zum Ersticken ab und klopfte mir wer weiß wie oft auf den Rücken, um die verzehrende Zuneigung auszudrücken, die er auf einmal für mich empfand.

Selbstverständlich erwiderte ich alles, wie es sein Überschwang erforderte, sehr erleichtert, daß ich den Grünschnabel nicht töten oder verstümmeln mußte, denn auch wer seinem Gegner nur eine leichte Wunde zufügen will, vermag sich im Degenfecht nicht immer an diesen Vorsatz zu halten. Im übrigen wußte ich genau, wie entschieden Ludwig, obwohl er sein berühmtes Edikt gegen Duelle noch nicht erlassen hatte, diese närrischen Zweikämpfe ablehnte, denen jedes Jahr mehrere tausend Edelleute zum Opfer fielen, die ihm gegen die Feinde des Reiches sehr nützlich gewesen wären.

Ohne Bedauern verließ ich diese allzu bewegliche Wetterfahne und begab mich, wie es der König befohlen hatte, zum Kardinal. Unterwegs bestürmten mich ziemlich düstere Gedanken. Wie der Leser weiß, war ich im zartesten Alter an den Hof gekommen, um Henri Quatre als Dolmetsch für fremde Sprachen zu dienen, und lebte seitdem dort, vorher unter der Regentschaft und jetzt unter Ludwig. Was aber hatte ich im Lauf der Jahre unter den Höflingen beiderlei Geschlechts nicht an Leichtsinn und Frivolität gesehen! Welch eine Leichtgläubigkeit an einem Tag, welcher bodenlose Unglaube schon am Tag danach! Wie viele falsche Urteile, die man nachbetete wie das Evangelium, wie viele wütende Leidenschaften, die nur auf Grund von Gerüchten entbrannt waren, deren Ursprung man nicht kannte, wieviel flammender Haß, der in den Gluten alter Ressentiments immer neu geschürt wurde! Kurzum, mir waren im Lauf der Zeit so viele Kabalen und Komplotte begegnet, von Mordplänen ganz zu schweigen, daß ich geglaubt hatte, mich könne nichts mehr erschüttern. Meine Auseinandersetzung mit Chalais hatte diese Illusion zerschlagen, und im Rückblick erschien sie mir als erstes Anzeichen jener furchtbaren Machenschaften, die den König und den Kardinal bald in große Gefahren stürzen sollten.

* * *

In dem Flügel des Louvre, wo der Kardinal arbeitete, traf ich nur einen seiner Sekretäre an, Charpentier mit Namen. Er war ganz betrübt, weil Richelieu, der kurz vorher vom König den Befehl erhalten hatte, zu ihm nach Fontainebleau zu kommen, Hals über Kopf aufgebrochen war und nur seine anderen beiden Sekretäre, Le Masle und Bouthereau, mitgenommen hatte, während er, eigens um mich zu Pater Joseph zu führen, hatte dableiben müssen.

Beinahe wäre der arme Charpentier in Tränen ausgebrochen, daß er, vorläufig jedenfalls, der Aussicht – für die einen die

Hölle, für ihn aber das Paradies –, vormittags, nachmittags und auch noch die halbe Nacht unter Richelieus Diktat zu schreiben, verlustig gegangen war.

»Charpentier«, sagte ich, »da es meinetwegen ist, betrübt Euch nicht länger, ich mache es wieder gut. Sollte auch ich vom König Befehl erhalten, nach Fontainebleau zu kommen, nehme ich Euch mit.«

»Ich wäre wahrhaftig sehr froh und Euch, Herr Graf, äußerst dankbar, denn ich bezweifle, daß Le Masle und Bouthereau, weil sie nur zu zweit sind, die Aufgaben bewältigen können, so gut geübt sie auch seien. Denn in erster Linie müssen wir sehr schnell schreiben und dem Schlaf widerstehen können, vor allem in den frühen Morgenstunden. Außerdem lernt unsereiner, wenig, aber oft zu essen, um den Körper in Gang zu halten, ohne das Gehirn zu belasten. Hinzu kommt die Notwendigkeit, seine animalischen Funktionen zu verhalten, denn das Diktat kann mehrere Stunden nacheinander dauern, ohne daß man von seinem Pult wegkommt. Aber ich bitte tausendmal um Vergebung, Herr Graf. Ich schwatze hier und vergesse meinen Auftrag. Beliebt mir zu folgen. Ich führe Euch stehenden Fußes zu Pater Joseph.«

Die Louvre-Wohnung von Pater Joseph bestand aus einem einzigen Raum, der sicherlich größer war als eine Kapuzinerzelle, aber trotzdem zu klein, denn in der Zeit, die der Pater hier lebte, hatten sich eine Menge Bücher, Manuskripte und Briefschaften angesammelt, die sich nicht nur auf dem rustikalen Tisch, auf dem er schrieb, stapelten, sondern auch am Fußboden, auf den beiden Schemeln, dem Lehnstuhl und sogar auf dem Bett, sofern man eine Pritsche, die ein Mönchlein verschmäht hätte, so bezeichnen wollte.

»Herr Graf«, sagte Pater Joseph, indem er sich bei meinem Eintritt erhob, »ich freue mich, Euch zu sehen. Bevor der Herr Kardinal heute nach Fontainebleau oder, genauer gesagt, nach Fleury en Bière fuhr, hat er Euch mir anvertraut, damit ich Euch über seltsame Ereignisse unterrichte, die während Eures Aufenthalts in Orbieu geschehen sind. Danach – so ist es mit Ludwig ausgemacht – sollt Ihr dem Kardinal schnellstens folgen.«

»Ich werde gehorchen«, sagte ich.

»Bitte, Herr Graf, nehmt doch Platz!« fuhr Pater Joseph fort, »unser Gespräch wird eine Zeit dauern.«

Diese Einladung hätte ich gerne angenommen, wenn der Lehnstuhl oder auch nur ein Schemel leer gewesen wären, was aber Pater Joseph gar nicht wahrnahm, denn die Gewohnheit hatte ihn für seine Umgebung blind gemacht. Und als ich sah, wie er sich wieder hinter seinem Tisch niederließ und die großen rauhen Hände vor seine Augen legte, wohl um Ordnung in das zu bringen, was er mir mitzuteilen hatte, beschloß ich, mich auf französische Art zu retten. Ich bahnte mir, wie es gerade ging, einen Weg durch die Akteninseln am Boden, befreite entschlossen den Lehnstuhl von seinen Papierstapeln und packte sie auf den Boden, so daß im Archipel der Papiere eine neue Insel entstand. Und ich bin fest überzeugt, daß Pater Joseph, als er die Hände vom Gesicht nahm, keine Veränderung in seinem Universum bemerkte und sich auch nicht fragte, wie ich es geschafft hatte, mich zu setzen.

Der Leser erinnert sich vielleicht, daß ich den Pater sieben Jahre zuvor kennengelernt hatte, als er mich bat, ihm eine Audienz beim König zu erwirken. Was ich auch tat, nachdem ich gehört hatte, um was es ihm ging, nämlich Richelieu aus der Verbannung zurückzurufen und ihn der Königinmutter wiederzugeben, damit er die unerhörten Bedingungen mäßige, die sie für eine Einigung mit ihrem Sohn gestellt hatte: ein kluger Rat, den Ludwig befolgte und der ihm wohl bekam. Seitdem hatte Pater Joseph nicht aufgehört, Richelieu zu dienen, ihm Augen und Ohren zu leihen, immer alles über alle in Erfahrung zu bringen und dem Kardinal eine Unzahl von Informationen zuzutragen, die dieser mit seinem glänzenden Scharfsinn sortierte und deutete.

Pater Joseph also nahm die Hände vom Gesicht, kreuzte sie vor sich auf dem Tisch und blickte mich schweigend an. Ich erwiderte seinen Blick, ebenso neugierig auf ihn nach so vielen Jahren, wie er es auf mich war. Ehrlich gesagt, er war bei weitem nicht so elegant und gepflegt wie der Kardinal, und offensichtlich scherte ihn seine sterbliche Hülle wenig. Die Kutte, die er trug, war fadenscheinig. Sein langer, jetzt grauer Bart wurde offenbar selten gestrählt, seine Fingernägel wirkten eher abgebrochen als gefeilt. Sein ganzer Schädel erschien seltsam unausgewogen und unproportioniert, mehr breit als hoch und vor allem zu knochig. Brauenbögen und Schläfenknochen sprangen stark hervor, und die lange Nase war gebogen und scharf wie bei einem Geier. Dieser wenig einnehmende Anblick wurde jedoch durch andere Züge gemildert. Seine kleinen, sprühenden und wieselflinken Augen konnten sicher hart blicken, aber auch sehr freundlich. Und was in einer so furchteinflößenden Physiognomie am meisten erstaunte, war der Mund, der, auch wenn er halb zwischen Schnurrbart und Kinnbart verschwand, klein und zart aussah wie ein Frauenmund.

»Herr Graf«, sagte er, »Ihr wart kaum vierzehn Tage fern vom Hof, aber in diesen vierzehn Tagen hat sich einiges von Grund auf verändert. Unversehens war eine Intrige im Gang, die sich jetzt zur Kabale mausert und die zum Komplott werden könnte, wenn man nicht Ordnung schafft. Ausgangspunkt war ein Heiratsplan. Es ist schon merkwürdig, wie wenig der französischen Krone Eheschließungen glücken.«

Was mir merkwürdig erschien, war diese Eröffnung, denn ich fragte mich, ob Pater Joseph Ludwigs Ehe mit Anna von Österreich meinte. Die Folge zeigte jedoch, daß er darauf nur beiläufig angespielt, aber eigentlich etwas ganz anderes im Sinn hatte.

»Ihr wißt, Herr Graf«, fuhr er fort, »was uns die Heirat von Henriette-Marie und Karl I. eingebracht hat: den skandalösen Vorfall im Garten zu Amiens und, schlimmer noch, weil Ludwig daraufhin beschloß, Buckingham nicht mehr auf französischen Boden zu lassen, ein Bündnis, das mehr und mehr die Farben des Hasses annimmt. Und jetzt droht diese Heirat von Monsieur und Mademoiselle de Montpensier zum Drama zu werden und beinahe zum Bürgerkrieg!«

»Zum Drama!« sagte ich verblüfft. »Aber warum? Ludwigs Bruder Gaston ist erst achtzehn Jahre alt und Mademoiselle de Montpensier die reichste Erbin Frankreichs. Außerdem ist die Idee nicht neu. Wenn ich mich recht entsinne, faßte die Königinmutter sie mit dem Einverständnis von Henri Quatre schon 1608, also vor achtzehn Jahren. Zuerst sollte das Fräulein Ludwigs Bruder Nicolas heiraten. Aber der arme Nicolas starb früh. Und ohne eine Minute zu verlieren, im selben Brief, in dem die Regentin dem Vormund von Mademoiselle de Montpensier das Ableben des Ärmsten mitteilte, bat sie um die Hand der Kleinen für Gaston. Ein Vorschlag, der natürlich sofort angenommen wurde.«

»Euer Gedächtnis trügt Euch nicht, Herr Graf. Es war in der

Tat vor achtzehn Jahren, daß die Königinmutter Mademoiselle de Montpensier für Gaston erwählte. Und Ihr könnt Euch vorstellen, wie sie darauf pocht, daß diese Ehe auch geschlossen wird!«

»Was sagt der König?«

»Zunächst zögerte er und fragte den Kardinal, was er dazu meine. Der Kardinal nahm sich der Sache gründlich an, überreichte Ludwig dann eine schöne Denkschrift, in der er sorgfältig jedes Für und Wider erwog, ohne aber Schlüsse zu ziehen, vielmehr schloß er, daß es sich hier um einen Fall handle, den nur ›Seine Majestät allein entscheiden könne‹.«

»Warum zögerte der König Eurer Meinung nach?«

»Die Königin hat ihre Frucht schon zweimal verloren, der König hat noch immer keinen Dauphin. Wenn Gaston einen Sohn zeugt, wird seine Position gegenüber seinem älteren Bruder erheblich gestärkt. Andererseits ist der Plan an sich in jeder Hinsicht untadelig. Er hatte die Zustimmung von Henri Quatre. Und er ist im Sinn der Königinmutter nun schon so lange verankert, daß seine Ablehnung einen dritten Krieg mit ihr heraufbeschwören würde. Vor allem aber hält Ludwig es für seine Pflicht, koste es was es wolle den Fortbestand seiner Dynastie zu sichern ... Letztendlich siegte die Pflicht. Er akzeptierte den Heiratsplan, aber, wie ich zu sagen wage, mit dem Tod im Herzen.«

»Warum?«

»Weil er Gaston kennt.«

»Ehrwürden, ich gestehe, daß ich selten Gelegenheit hatte, Monsieur näherzukommen. Ich meine auch, gehört zu haben, daß Seine Majestät es nicht gern sieht, wenn seine Offiziere sich mit ihm verbinden. Jedenfalls ist das sein Vorwurf an Monsieur de Chalais.«

»Ach, was hilft es! Monsieur de Chalais ist achtzehn, genauso alt wie Monsieur! Er fühlt sich angezogen von dem gleichaltrigen Gaston wie von den Taugenichtsen, die ihn umgeben und die von früh bis spät auf ihr Vergnügen aus sind, auf dumme Streiche, Trinkgelage und Ausschweifungen.«

»Trotzdem soll Monsieur nicht ohne Vorzüge sein.«

»Zweifellos. Im Gegensatz zum König hat er eine bewegliche Zunge, er versteht zu reden, hat Witz, liebt die Künste, ist für alles mögliche offen. Kurz, er hat alle die glänzenden Seiten, die seinem älteren Bruder fehlen, aber er hat keine von dessen soliden Tugenden.«

»Keine?«

»Nicht eine. Er ist träge, ohne feste Vorsätze, ohne bestimmte Interessen, er wechselt die Ziele je nach dem Wind, ist unbeständig bis zum Wankelmut. Im Krieg mangelt es ihm nicht an Tapferkeit, und man könnte ihn dort vielleicht gebrauchen, nur ist seine Flatterhaftigkeit auf dem Felde noch mehr zu fürchten als auf jedem anderen Gebiet, denn er läßt sich leichter beeinflussen als irgendeiner anderen Mutter Sohn in Frankreich. Der Herr Kardinal in seinem lapidaren Stil nennt ihn ›empfänglich für jede Ansicht, gute wie schlechte‹.«

»Ich habe den König nie über Monsieur sprechen hören. Liebt er ihn?«

»Er will es, weil es seine Christenpflicht ist. Aber zu vieles trennt sie. Der König ist fromm, schamhaft, zurückhaltend. Gaston entweiht bei jedem dritten Wort den heiligen Namen Gottes, gefällt sich in Obszönitäten, in Schüttelreimen und Trinkliedern, unterzeichnet seine Briefe mit ›Marquis von Ständer‹, um mit seiner Männlichkeit zu prahlen, versorgt seine Taugenichtse mit Weibern und hat nichts wie Firlefanz im Kopf.«

»Er ist ja noch jung. Könnte er sich nicht bessern?«

»Ich fürchte, nein. Nichts ist ihm wichtig. Pflicht ist für ihn ein Wort ohne Sinn. Und weil er mit Recht überzeugt ist, daß sein Rang ihn vor jeglicher Strafe schützt, glaubt er, sich alles erlauben zu können. Weil seine Verirrungen und Fehler folgenlos bleiben, lernt er nichts draus. Und es steht zu wetten, daß er lebenslänglich dabei bleibt. Ihr könnt Euch also vorstellen, wie Ludwig, der die Pflicht persönlich ist, über seinen Bruder denkt.«

»Und was hält Monsieur von dieser Heirat mit Mademoiselle de Montpensier?«

»Was soll er davon halten? Mal findet er, es wäre höchst vorteilhaft, die reichste Erbin des Landes zu ehelichen, schließlich hat er ständig Schulden. Und er weiß, daß er vom König eine sehr schöne Apanage in Form von Schenkungen, Ländereien und Pfründen erhalten würde. Mal schreckt er vor der Idee zurück, sich ins Ehejoch zu spannen ...«

»Wie beendet man dieses Hü und Hott?«

»Im Moment durch einen Theatercoup. Zwei Personen treten auf, und die Intrige entspinnt sich.«

»Ehrwürden, erlaubt mir zu sagen: Ihr habt ein Talent für die Komödie.«

»Die Komödie, Herr Graf, leider nein! Es handelt sich um ein Drama! Hört, wie es weitergeht: Eine der besagten Personen ist die Königin – die regierende Königin, versteht sich, und in ihrem Schatten drei infernalische Weibsbilder, die sie beraten und aufstacheln: Madame de La Valette, geborene Verneuil, die illegitime Tochter von Henri Quatre, sodann die Prinzessin Conti und – um die wichtigste als letzte zu nennen – Madame de Chevreuse, ein ausgemachter Teufelsbraten, wie Ludwig sagt. Herr Graf, man fragt sich manchmal, warum die Reifröcke dieser seltsamen Tiere so maßlos sind, und ich will es Euch verraten: weil sie darunter alle Bosheit der Welt verstecken.«

Ich verwahrte diesen Satz im Schatzkästchen meines Gedächtnisses, um ihn meinem Vater zu wiederholen, so köstlich fand ich ihn, vor allem aus dem Mund eines Kapuziners.

»Und die Königin«, sagte ich, »ist also gegen diese Heirat?«

»Leidenschaftlich. Und mit Grund. Wenn Gaston einen Sohn bekommt, verliert sie, die noch kein Kind ausgetragen hat, ihre Bedeutung. Und wenn der König sterben würde, wäre sie gar nichts mehr.«

»Aber ob Gaston nun heiratet oder nicht«, sagte ich, »das würde, sollte der König sterben, für sie doch keinen Unterschied machen. Wenn sie keinen Sohn bekommt, wird sie nie Königinmutter und kann deshalb keine Legitimität beanspruchen.«

»Herr Graf, da rührt Ihr an einen entscheidenden Punkt. Der ist auch Madame de Chevreuse bereits aufgefallen, und sie kam auf eine teuflische Lösung: Wenn der König stirbt, heiratet Gaston seine Witwe, und Anna von Österreich bleibt Königin.«

»Mein Gott, Ehrwürden, mir scheint, so nähert man sich schleichenden Fußes dem Königsmord! Wäre Anna denn für eine Wiederverheiratung mit Gaston zu haben?«

»Unausgesprochen, ja. Zwischen den beiden gab es immer Sympathie, vielleicht sogar Einvernehmen. Es sind verwandte Seelen, einer ist so frivol und unbesonnen wie der andere. Bekanntlich bringt Frauen und Männer einander nichts so nahe wie gemeinsame Fehler.«

»Ist diese Intrige schon bis zu einem erkennbaren ersten Schritt gediehen?«

»Viel weiter, Herr Graf! Wir stecken schon mittendrin! Auf Geheiß der Königin hat Madame de Chevreuse den Oberhofmeister von Gaston aufgesucht und ihm mitgeteilt, es würde der Königin Freude machen, wenn er Monsieur dazu bringen könnte, die Ehe mit Mademoiselle de Montpensier abzulehnen.«

»Und hat Marschall d'Ornano sich das angehört?«

»Leider ja! Er hat sich sogar gründlich in diese Intrige eingelassen. Aber warum dieser Mann, der so überhäuft ist mit Ehren, sich in das Vipernnest begeben hat, das müßt Ihr mir erklären, Herr Graf. Ich kenne den Mann zu wenig.«

»Ach, dieser arme korsische Oberst! Armer Kriegsmann, so ohne jeden Falsch, so tapfer, aber so wenig politisch! Ihr werdet Euch erinnern, Ehrwürden, daß d'Ornano, von La Vieuville verleumderisch beschuldigt, vom König gebeten wurde, Monsieur für einige Zeit zu verlassen und sich auf sein Gouvernement Pont-Saint-Esprit zurückzuziehen. Außer sich, im Wissen seiner Unschuld, wagte es d'Ornano, an Ludwig zu schreiben, lieber ginge er gezwungen ins Gefängnis als freiwillig ins Exil. Dieser Trotz entsprach ganz dem korsischen Charakter d'Ornanos, aber der König nahm ihn beim Wort. Er setzte unseren Mann auf Schloß Caen fest. Als La Vieuville dann seinerseits in Ungnade fiel und seine Anschuldigungen für falsch erkannt wurden, rief Ludwig d'Ornano zurück, setzte ihn wieder als Hofmeister von Monsieur ein, ernannte ihn zum Ersten Kammerherrn und zum Oberhofmeister von Monsieur und schließlich zum Marschall von Frankreich. Unglücklicherweise verzeiht aber ein d'Ornano nicht leicht. Er fand, daß alle Gnaden, die man ihm erwies, die vorangegangene Ungnade nicht wiedergutmachten. Er verlangte einen Sitz im Staatsrat für Monsieur und für sich. Der König und der Kardinal waren entsetzt: Gaston im Staatsrat! Dieser Wirrkopf, der jede Minute seine Meinung änderte und seiner Zunge nicht Herr war! Und d'Ornano, der zwar gewiß etwas vom Krieg verstand, aber mehr auch nicht! Ludwig lehnte ab: D'Ornano wahrte bei dieser Ablehnung ein steinernes Gesicht, aber sein korsisches Blut kochte.«

»Und deshalb, meint Ihr, Herr Graf, erklärte sich d'Ornano bereit, der ›Königin eine Freude zu machen‹, das heißt Monsieur zu überreden, daß er die Heirat mit Mademoiselle de Montpensier ablehne?«

»Das meine ich. Aber die Frage ist: Hatte er damit Erfolg?«

»Allerdings, Herr Graf, und ohne weiteres. Er hatte von jeher einen starken Einfluß auf seinen Zögling. Also sagt Monsieur zum König nein: Er habe nichts gegen Mademoiselle de Montpensier einzuwenden, aber er wolle sich nicht binden. Wenn man es recht bedenkt, ein skandalöses Schauspiel! Die Gemahlin des Königs und sein Bruder verbünden sich, um einen Beschluß des Königs zu Fall zu bringen! Dabei könnte das Übel sein Bewenden haben, aber d'Ornano und die Chevreuse sind von ihrem ersten Erfolg so berauscht, daß sie nicht mehr aufhören: Sie wollen die gelungene Kabale zur offenen Rebellion gegen die königliche Macht erweitern. Die Chevreuse und d'Ornano suchen also überall in Frankreich und im Ausland Verbündete und Unterstützung, und das wird sie zu Fall bringen … Je mehr Verschwörer, desto größer die Gefahr der Indiskretion oder des Verrats. Dank der Chevreuse erhält die Partei der Heiratsgegner um die beiden Vendôme-Brüder (den Herzog und den Prior), diese unverbesserlichen Rebellen, Verstärkung durch den Prinzen Condé, den Grafen von Soissons, den Herzog von Montmorency und die Herzogin von Rohan, die gegebenenfalls die Unterstützung der Protestanten einbringen kann. D'Ornano faßt sogar Monsieurs Flucht vom Hof und einen offenen Krieg gegen den König ins Auge.

Zum Glück hat d'Ornano kein Talent zur Intrige. Mehr kühn als klug, schreibt er an einige Provinzgouverneure und fragt an, ob sie Monsieur beherbergen würden, wenn Monsieur den Hof verlassen und sie um diese Ehre ersuchen würde. Das war eine Torheit! Selbstverständlich unterrichteten die Gouverneure, die diese seltsame Anfrage erhalten hatten, davon umgehend den König, der mit dem Hof in Fontainebleau weilte.

Sein Entschluß war schnell gefaßt, und mit seiner gewohnten Raschheit führte er ihn aus. Ludwig ließ d'Ornano in sein Gemach rufen, und während er Gitarre spielte, fragte er ihn, wie Monsieur sich auf der Jagd gehalten habe. ›Sehr gut‹, sagte d'Ornano. Hierauf zog sich der König, weiter die Saiten zupfend, in sein Ankleidezimmer zurück, und Du Hallier trat mit einem Dutzend Gardisten herein. ›Herr Marschall‹, sagte er nach tiefer Verbeugung, ›ich habe Befehl, Euch zu verhaften.‹ Nach der Festnahme rief der König Monsieur zu sich und setzte ihn ins Bild. ›Sire‹, sagte Gaston voller Wut, ›das ist eine neuerliche Verleumdung des Marschalls. Wenn ich nur wüßte, wer das war! Ihr dürft versichert sein, den würde ich erschlagen und sein Herz meinen Lakaien zum Fraß vorwerfen!‹«

»Donnerschlag!« sagte ich erschrocken, »soweit ist es gekommen! Man droht den ergebenen Dienern des Königs unverhohlen mit dem Tod!«

»So ist es, Herr Graf. Und ich glaube, der Herr Kardinal hat sehr gut daran getan, Euch über diese böse Wendung der Dinge durch mich in Kenntnis zu setzen, bevor Ihr die Reise zu ihm nach Fleury en Bière antretet.«

Hastigen Schrittes eilte ich über die endlosen Treppen und Flure des Louvre, die bei Dunkelheit alle so verlassen und schlecht beleuchtet daliegen, zu meiner Wohnung. Ob ich wollte oder nicht, flößten mir die riesenhaften Maße des Palastes diesmal ein kaum erträgliches Grauen ein. Ich griff nach meinem Degen und vergewisserte mich, daß er locker in der Scheide saß. Nach allem, was ich von Pater Joseph gehört hatte, war meine Furcht derart gewachsen, daß ich ihn glatt gezogen hätte, wäre ich nicht vor der Lächerlichkeit zurückgeschreckt, daß jemand mich in dieser Einsamkeit mit blank gezogener Waffe in der Hand antreffen würde.

La Barge war im Lehnstuhl eingenickt. Eine einzige Kerze beleuchtete ein Tischchen, auf dem Karten lagen. Er hatte also, während er auf mich wartete, mit Robin eine Partie gespielt.

»Herr Graf«, sagte er, »vor ungefähr einer halben Stunde klopfte es an der Tür. Es war aber nicht Eure Art zu klopfen, und angesichts der unziemlichen Stunde habe ich lieber nicht geöffnet.«

»Das hast du gut gemacht, La Barge.«

»Dann klopfte es ein zweites Mal, ich habe wieder nicht geöffnet. Da hat jemand einen Brief unter der Tür hindurchgeschoben. Er liegt auf dem Tisch.«

»Gut, La Barge. Geh jetzt schlafen. Ich kleide mich allein aus.«

»Danke, Herr Graf.«

»Träume schön, La Barge!«

»Ach, Herr Graf, das wird wohl eher ein Alptraum werden! Ich hab zwei Taler an Robin verloren.«

»Ich gebe dir morgen einen. Ich will nicht, daß ihr euch gegenseitig mehr als einen Taler abgewinnt.«

»Dann wird es ein halber Alptraum. Danke, Herr Graf!«

Sowie er verschwunden war, nahm ich die Kerze und den Brief und ging in mein Zimmer. Das gefaltete Papier war mit einem wächsernen Siegel verschlossen, aber ohne eingeprägtes Wappen. Ich erbrach es und las. Wie erwartet, trug das Schreiben keine Unterschrift. Dies war sein Inhalt:

»Übereifriger Siorac, beflissener Diener eines idiotischen Königs und eines affigen Kardinals, hast du Lust, mit aufgeschlitzter Kehle auf der Seine bis Chaillot zu schwimmen, wie einst deine Freunde von der SRR?«

SRR, das waren die Initialen, mit denen die Liga unter Karl IX. die »sogenannte reformierte Religion« bezeichnet hatte, ein klarer Bezug also auf meinen Vater. Und Chaillot, das war eine Anspielung auf die Tage der Bartholomäusnacht, als die Leichen der erschlagenen Hugenotten, die man in Paris in die Seine geworfen hatte, massenhaft im hohen Uferschilf vor Chaillot angeschwemmt worden waren.

Dieses Billett, das ich sorgsam im rechten Ärmel meines Wamses verwahrte, versetzte meinen Kopf in einigen Aufruhr. Steckten hinter dieser mächtigen Kabale, die den König und seinen Minister bedrohte, etwa noch andere Kräfte als ein tollgewordenes Damentrio und ein ehrgeiziger Marschall? Von der Heiligen Liga war seit langem keine Rede mehr gewesen, genau genommen, seit Henri Quatre den Thron bestiegen hatte – aber wer wußte denn, ob es sie tatsächlich nicht mehr gab?

SECHSTES KAPITEL

Am nächsten Morgen, weit vor Tagesanbruch, verließ ich den Louvre durch die Porte des Bourbons, kaum daß sie geöffnet war, und ritt mit La Barge zur Rue du Champ Fleuri, so schnell es ging, denn es nieselte, und die Eisen unserer Pferde rutschten auf dem schmierigen Pflaster der Straßen und Gassen. Zum Glück waren sie um diese Zeit noch menschenleer. An unserem Tor mußte La Barge vier- oder fünfmal kräftig den Türklopfer schlagen, bis uns Franz mit einer Laterne in der Hand noch schlaftrunken öffnete. Verschlafen, daß er kaum die Augen offenhalten konnte, erschien der Stallknecht, um uns die Pferde abzunehmen und gleich im Stall abzureiben.

»Wahrlich, Herr Graf!« sagte Franz mit tiefer Verneigung, »es ist ein Wunder, Euch zu sehen, während Paris noch in tiefem Schlafe liegt! Wie der Herr Marquis immer sagt: Hört die wunderbare Stille! Noch nicht eine der hundert Kirchen von Paris läutet zur ersten Messe! Und nicht einer der tausend Pariser Hähne kikerikiet!«

Das war einer der Scherze meines Vaters, die Zahl der hundert Kirchen stimmte ja annähernd, aber nicht die der tausend Hähne, wenn sie auch zahlreich genug waren, den Parisern von früh an fürchterlich in den Ohren zu liegen.

»Soll ich Caboche wecken? Hat der Herr Graf schon gefrühstückt?«

»Noch nicht, und ich habe einen Hunger, einen eisenbeschlagenen Karren zu verschlingen! Weck auch Lachaise, damit er meine Karosse bereitmacht und den Pferden Futter gibt! Und weck Jeannette, sie soll mir das Frühstück auf mein Zimmer bringen! Monsieur de La Barge mag frühstücken, wo er will, in der Bibliothek von mir aus.«

»Lieber in der Küche«, sagte La Barge. »Um diese Zeit ist es dort wärmer, und ich kann mich der liebenswerten Gesellschaft der Kammerjungfern des Herrn Marquis erfreuen, die alle jung sind und keine häßlich.«

»La Barge«, sagte ich, »daß du mir bei den Mädchen meines Vaters nicht den Schwerenöter spielst!«

»Zumal, Herr Junker«, sagte Franz mit einiger Vertraulichkeit, »zumal meine Greta ein Auge auf Euch haben wird!«

»Wie schade!« sagte La Barge. »Aber wenigstens ansehen darf ich mir die Hübschen, denn, wie der Herr Marquis ja gerne sagt: Einem alten Fuchs macht es immer Vergnügen, ein Hühnchen zu sehen, auch wenn er's nicht mehr reißen kann.«

»Herr Junker«, sagte Franz, vielleicht um der Frechheit die Spitze zu nehmen, »wir haben frisch gelegte Eier von unseren Hühnchen. Wollt Ihr welche?«

»Oh, ja!«

»Spiegeleier, Rühreier oder Omelette?«

»Am liebsten roh!« sagte La Barge und zeigte seine kleinen weißen Zähne.

Hierauf erschien die pausbäckige, wohlbeleibte Mariette, die ich auf beide Wangen küßte, weil sie mich als Kind in ihren Armen gewiegt hatte. Weil sie aber eine größere Schnattertante war als irgendein Marktweib in Paris, machte ich mich schnell aus dem Staube, mochte ihre Redeflut getrost auf La Barge niedergehen, sie war ja vernarrt in den Burschen.

Die Treppe nahm ich in drei Sprüngen und lief in mein altes Zimmer, wo ich unverweilt die Anzüge aus den Truhen holte, die ich mitnehmen wollte nach Fontainebleau. Ich sage Fontainebleau, weil dort der Hof war, aber, wie der Leser schon weiß, sollte ich nach Fleury en Bière zum Kardinal gehen, das zwei Meilen entfernt lag. Ich war nicht lange bei dieser Beschäftigung, als Jeannette mit meinem Frühstück kam, und während ich es heißhungrig verzehrte, löste sie mich in der Arbeit ab, ohnehin wußte sie besser als ich, wo die Kleider waren.

So geschäftig sie hin und her lief, konnte sie es doch nicht lassen, mir verschiedene Fragen zu stellen.

»Geht es dem Herrn Grafen gut?«

»Du siehst doch, Jeannette, ich schlinge.«

»Ihr schlingt, Herr Graf, aber mit was für einer Miene! Ihr habt mich noch nicht mal angesehen, was man ansehen nennt, seit ich hier angefangen habe. Und nach Angélique habt Ihr Euch auch noch nicht erkundigt.«

»Wie geht es ihr?«

»Besser kann's ihr nicht gehen. Auf Anordnung vom Herrn Marquis wird sie hier behandelt wie ein rohes Ei.«

»Das freut mich«, sagte ich, ohne die Nase von meinem Teller zu heben.

»Und ich, Herr Graf?« fuhr sie lebhaft fort. »Bin ich in den paar Tagen etwa häßlicher geworden als die sieben Todsünden, daß Ihr mir nicht einen Blick gönnt?«

»Meine Liebe«, sagte ich, indem ich den Kopf hob und sie lachend betrachtete, »wenn die sieben Todsünden so hübsch wären wie du, beginge ich sie von morgens bis abends alle sieben.«

Woraufhin sie gelaufen kam, sich neben mich kniete und meine Hand küßte, dann, plötzlich kühn geworden, küßte sie mich hinters Ohr, was nicht ohne Wirkung auf mich blieb.

»Herr Graf«, sagte sie mit wogender Brust, »wann reist Ihr?«

»Heute, am frühen Nachmittag, wenn ich kann.«

»Was? Nicht eine Nacht hier?«

»Nein, die Zeit drängt.«

»Haltet Ihr vor Eurer Reise wenigstens eine Siesta?«

»Ich fürchte, dazu werde ich nicht kommen.«

»Wie schade, Herr Graf!« sagte sie.

Aber ihr blieb kaum Zeit zu ihrem Bedauern, denn es klopfte zweimal an der Tür. Im Nu erhob sie sich. Ich bat einzutreten, und mein Vater erschien, angekleidet von Kopf bis Fuß. Er zeigte sich niemals im Negligé, auch nicht dem Gesinde.

»Jeannette, mein Kind«, sagte er, »laß uns allein.«

Sie machte ihm mit sehr affektioniertem Blick einen hübschen Knicks und verschwand.

»Herr Vater«, sagte ich, sowie sie hinaus war, »seid Ihr mit Jeannette zufrieden?«

»So zufrieden wie Ihr, wenn auch auf anderem Gebiet.«

»Nein, nein, Herr Vater, noch ist nichts geschehen.«

»Wie schön für Euch, mein Sohn. Es gibt doch nichts Köstlicheres, als ein wenig zu schmachten, wenn man eine süße Frucht in Reichweite weiß.«

Hiermit schloß er mich in die Arme und fragte als erstes nach dem Ergehen seines Sohnes, des kleinen Julien de Siorac.

»Ich will ihn besuchen«, sagte er, »sobald es wärmer wird. Wer weiß, vielleicht liegt es am Alter, aber ich ertrage Kälte und Frost nicht mehr so gut wie früher.«

»Was redet Ihr da, Herr Vater? Die Jahre gehen an Euch vorüber, ohne Euch etwas anzuhaben.«

»Das tun sie durchaus, nur in unmerklichen Graden. Ich sage mir immer, wenn es nun einmal altern heißt, altert man besser langsam und sozusagen bei guter Gesundheit. Was habt Ihr mit La Barge gemacht?«

»Er ist in der Küche und verschlingt mit dem Mund rohe Eier und mit den Augen Eure Kammerjungfern.«

»Soll er sich Zeit lassen. Wo wollt Ihr hin, mein Sohn, daß Ihr Eure Kleider aus den Truhen holt?«

»Nach Fleury en Bière, auf Befehl des Königs.«

»Ich sehe Euch lieber dort als in Fontainebleau. Dieser Hof ist ja ein wahres Wespennest geworden.«

»Leider, eine oder zwei Wespen umschwirren auch mich schon.«

»Das müßt Ihr mir in der Bibliothek erzählen. La Surie hat ein tüchtiges Feuer gemacht und wird sich freuen, Euch zu sehen und zu hören.«

»Mein Herr Neffe«, sagte La Surie, als ich in die Bibliothek kam, wo ich mit Wohlgefühl die hohen Flammen tanzen sah, deren Wärme mich behaglich umhüllte. »Mein Herr Neffe, Ihr habt Sorgen. Ich sehe es Euren Augen an, denn sie sind nicht so vergnügt und blitzend wie sonst. Sagt frei heraus, mein Neffe, was Euch das Herz beschwert.«

Und ohne meine Antwort abzuwarten, umarmte mich La Surie lange, und als er mich endlich freigab, sah ich eine Träne am Rand seines braunen Auges, während sein blaues Auge ungerührt blieb, als hätte es an den Gemütsbewegungen seines Herrn niemals teil.

Drei Stühle boten uns ihre Lehnen vor dem Feuer. Mein Vater setzte sich, nach ihm, in der Rangfolge, ich, dann La Surie. Und alle streckten wir gleichzeitig unsere Stiefel der Wärme entgegen. In der eintretenden Stille begann ich mein Gespräch mit Pater Joseph wiederzugeben. Ich wollte nicht langatmig sein, wußte aber wiederum nicht genau, was von den Mitteilungen des Kapuziners allgemein bekannt war und was nur dem König und seinen vertrauten Räten. Forschend blickte ich beim Sprechen deshalb in das Gesicht meines Vaters, um mich von seinen Regungen leiten zu lassen und meinen Bericht entsprechend abzukürzen. Daran, daß es kein Erstaunen verriet, merkte ich, daß ihm die Kabale um die Heirat von Monsieur nicht neu war, auch nicht, daß diese schon in Rebellion überging. Nur die letzten Entwicklungen schienen ihn zu überraschen, jene, die den Kardinal und den König direkt bedrohten.

Als ich geendet hatte, blickte mein Vater mich an, als wolle er meinem Denken auf den Grund sehen.

»Was nun aber Euch betrifft, mein Herr Sohn«, sagte er leise, »müßt Ihr ein bißchen weiter ausholen als bei diesem knappen Bericht. Ihr spracht von zwei, drei Wespen, die Euch um die Ohren schwirren. Was hat es damit auf sich?«

Ich zog aus meiner Achseltasche das anonyme Schreiben, das man am Vorabend unter meiner Tür hindurchgeschoben hatte, und reichte es ihm. Mein Vater las es, runzelte heftig die Stirn, dann gab er es La Surie, der beim Lesen vor verhaltenem Zorn erblaßte.

»Da haben wir's«, sagte mein Vater schließlich. »Und es stimmt ganz mit meinen Befürchtungen überein.«

»Euren Befürchtungen, Herr Vater?«

»Ja, angesichts des Ausmaßes, das diese Dinge nahmen, dachte ich mir gleich, daß hinter den teuflischen Reifröcken und diesem Korsen, der sich in der Vorstellung sonnt, er könne, wäre Ludwig tot und Gaston gekrönt, Erster Minister des Reiches werden, daß dahinter, sage ich, noch andere Kräfte im Spiel sein müssen, dieselben nämlich, die das Land mit giftigen Pamphleten gegen Richelieu und den König überschwemmen. Dieses Billett entspricht in Stil, Geist und Gewaltversessenheit ganz eindeutig der Heiligen Liga, der Liga vielmehr, die sich heilig nennt! Diese Orthodoxen – nicht alle, Gott sei Dank! – sind eine Bande von Fanatikern, Verleumdern und Mördern. Sie haben Heinrich III. ermordet, weil er sich mit Henri Quatre, dem Ketzer, verbündete. Sie haben unseren Henri ermordet, weil er sich mit den protestantischen Ländern verbündete, um Krieg gegen die Habsburger zu führen. Sie hätten keine Skrupel, auch Ludwig zu ermorden, um ihn für seinen Sieg über die päpstlichen Truppen im Veltlin zu strafen. Und erst recht, weil seine entschlossene Haltung gegenüber den Habsburgern ihnen bange macht.«

»Nur dürfte es nicht so leichtfallen, auch Ludwig zu ermorden«, sagte ich. »Er ist sehr mißtrauisch, niemand kommt ohne weiteres an ihn heran. Er läßt sich gut bewachen. Wußtet Ihr, daß er gestern sechshundert Mann nach Fontainebleau befohlen hat?«

»Das hörte ich«, sagte mein Vater. »Aber der Kardinal hat keine Leibgarde und will auch keine, weil er nicht, wo er geht und steht, belästigt sein will.«

»Vielleicht rechnet er damit, daß ihn der geheiligte Charakter seiner Robe schützt«, meinte La Surie.

»Das wäre falsch gerechnet!« rief mein Vater aus. »Nachdem Heinrich III. den Herzog von Guise hatte ermorden lassen, befahl er zwei Hellebardieren, auch den Kardinal von Guise niederzumachen, und ihm wurde sofort gehorcht.«

»Aber der Teufel mag wissen, warum ich, ein schlichtes Rädchen im Getriebe, auf einmal bedroht werde!«

»Ganz einfach, weil Ihr ein treuer Diener des Königs seid. Euch zu erschlagen hieße ein Exempel statuieren. Unter der blutigen Herrschaft der Sechzehn[1] war die Methode, Schrecken zu verbreiten, bei den Ligisten sehr beliebt. Als die Heilige Liga allmächtig war, bin ich zwei Attentaten nacheinander entronnen, und mir hätten noch mehr gedroht, hätte ich mich nicht unter falschem Namen versteckt, im Gewand eines Tuchhändlers. Mein Sohn, von nun an muß man Euch schützen.«

»Aber wie?«

»Geht niemals ohne starke Begleitung aus. Tragt außer dem Degen immer zwei geladene Pistolen bei Euch. Wenn Ihr durch die Pariser Gassen reitet, laßt die Fenster nicht aus dem Auge. Denkt daran, wie Coligny, weil er den Widerstand gegen Spanien anführte, auf Befehl der Medici aus einem Fenster erschossen wurde. Wie viele Schweizer begleiten Euch für gewöhnlich nach Orbieu?«

»Ein Dutzend.«

»Wie sind sie bewaffnet?«

»Eine Pistole in den Satteltaschen, eine Muskete und ein Degen.«

»Es sollte noch eine Pike hinzukommen, an jeder Pferdeflanke längs angeschnallt. Wenn man von Degen angegriffen wird, sind Piken die beste Antwort.«

»Ich würde sagen, ein Dutzend Schweizer reichen nicht

---

1 Die »Sechzehn« waren eine Art Wohlfahrtsausschuß (wie man später sagen wird), der in Paris durch Schrecken herrschte. (Anm. d. Autors)

aus«, sagte La Surie. »Wenn Ihr unterwegs in einen Hinterhalt geratet, werdet Ihr heilfroh sein, doppelt so viele zu haben.«

Ich schrie auf bei einer solchen Zahl.

»Vierundzwanzig Schweizer! Das wäre mein Ruin!«

»Das Leben ist wichtiger als Geld!« sagte mein Vater ernst. »Bedenkt außerdem, daß der Kardinal, auch wenn er keine Leibgarde will, sehr froh sein wird, wenn Ihr mit Euren Schweizern in Fleury en Bière anlangt. Und wenn Ihr dem Kardinal Eure Eskorte stellt, könnt Ihr die Ausgaben dafür vielleicht durch Schomberg wieder hereinbekommen.«

»Mein Neffe«, sagte La Surie, »auch Eure Karosse muß gesichert werden mit Eichenplatten an der Innenseite der Schläge, oben ein schmaler Sichtspalt zum Schießen.«

»Und wer soll das machen?« fragte ich.

»Lachaise«, sagte mein Vater. »Er ist sehr geschickt in Holzarbeiten. Aber für so etwas braucht er einen ganzen Tag, so daß Ihr erst morgen früh reisen könnt. Trotzdem solltet Ihr heute vormittag eine Runde im Louvre machen und zwei, drei Leuten sagen, daß Ihr heute nachmittag nach Fleury en Bière aufbrecht. Wenn Euch auf dem Weg ein Hinterhalt bereitet ist, wird man das vergebliche Warten leid werden und vielleicht nicht bis morgen ausharren.«

»Gut! Ich mache mich gleich auf den Weg«, sagte ich erregt. »Herr Vater, würdet Ihr bitte einen Laufburschen zum Anführer meiner Schweizer schicken, damit er gegen elf Uhr herkommt, um einen neuen Auftrag mit mir auszuhandeln?«

Weil Lachaise an meiner Karosse arbeitete, lieh mein Vater mir seine. Er bestand darauf, mich mit La Surie zu begleiten. Poussevent spielte den Kutscher, und Pissebœuf mußte neben ihm sitzen, zwei geladene Musketen bei Fuß. Ich entriß La Barge unseren Kammerfrauen. Um den kleinen Schwätzer aber nicht ins Vertrauen zu ziehen, sagte ich, es sei eine große Schande von ihm, daß er sich nicht von Mademoiselle de Lorgnes, der Fußpflegerin Ihrer Majestät der Königinmutter, verabschiedet habe, denn, so fügte ich hinzu, wir würden heute nachmittag von Paris abreisen. Diese Fußpflegerin, in die er verliebt war, war eine hübsche, muntere Person, die auf Grund ihres Gewerbes alle Welt im Palast kannte. Mein Vater, La Surie und ich hatten jeder zwei geladene Pistolen in unserem Wams stecken, nur La Barge nicht, dem ich ein solches Arsenal ungern anvertraut hätte. Gewiß war er ein tapferer Bursche, aber zu unbesonnen. Ich hätte ihn sogar im Hause gelassen, hätte ich nicht darauf gezählt, daß die Nachricht, ich würde am Nachmittag nach Fleury en Bière reisen, durch die kleine Fußpflegerin sofort *urbi et orbi* herumginge. Während er also dem Mädchen seine Aufwartung machte, mit der ausdrücklichen Weisung, in einer halben Stunde zurückzusein, ging ich zu Charpentier und sagte ihm, wenn er zum Kardinal nach Fleury en Bière wolle, würde ich ihn mitnehmen wie versprochen. Doch möge er schnell seine Sachen packen und in einer Stunde in meiner Wohnung sein, denn wir würden am Nachmittag fahren.

Mit welcher Geschwindigkeit eine Nachricht im Louvre von Mund zu Mund ging, das konnte ich bald feststellen. Eine halbe Stunde, nachdem die Fußpflegerin und Charpentier von meiner Abreise am Nachmittag erfahren hatten, traf ich Bassompierre auf der Treppe Heinrichs II. Er begrüßte mich mehr verlegen als freundschaftlich, denn unsere Beziehung hatte sich seit meinem Streit mit der Prinzessin Conti sehr abgekühlt.

»Ich höre«, sagte er, »Ihr reist heute nachmittag nach Fleury en Bière. Stimmt das?«

»Ja.«

Er warf einen Blick in die Runde, dann näherte er sich mir, daß er mich fast berührte.

»Das gefällt mir nicht«, sagte er. »An dieser Strecke soll es von Wegelagerern wimmeln. Nehmt Euch in acht.«

Damit kehrte er mir grußlos den Rücken und ging. Zum erstenmal spürte ich, daß die Bedrohung gegen mich sehr handfest war, sonst hätte Bassompierre nicht so geheimnisvoll von angeblichen »Wegelagerern« gesprochen. Ich fühlte, wie mir Schweiß ausbrach und meine Knie anfingen zu zittern. Aber das Unbehagen dauerte nur kurz. Raschen Schrittes erreichte ich meine Wohnung, wo ich meinen Vater und La Surie fand, und erzählte ihnen meine Begegnung mit Bassompierre. Noch nachträglich traf es mich ins Herz, mit welcher verlegenen, fast schuldbewußten Miene Bassompierre sein Lager und seine Gemahlin verraten und mich mit gedämpfter Stimme vor drohender Gefahr gewarnt hatte. Anscheinend war ihm dieses Opfer an unsere alte Freundschaft nicht leichtgefallen, und ich konnte mir hiernach vorstellen, wie stark er durch die Prinzessin Conti an die Partei der Chevreuse gebunden war. Und nicht nur an diese Partei, sondern an das Komplott gegen den Kardinal und den König. Mir fiel auch ein, wie impertinent er sich vor ein, zwei Monaten im Staatsrat gegen Seine Majestät benommen hatte. Richelieu war schnell dazwischengetreten, damit die Dinge sich nicht zuspitzten. Mir aber war es ein Beweis, wie sehr Bassompierre bereits dem Reifrock, der sein Leben beherrschte, unterworfen war. Ich bedauerte dies um so mehr, als er sich über Seine Majestät nicht beklagen konnte. Immerhin war er im Jahr 1622 zum Marschall von Frankreich ernannt und mit etlichen Gesandtschaften betraut worden, was die hohe Meinung des Königs von seinen Talenten bezeugte.

Wieder im Champ Fleuri, nahm ich La Barge und Charpentier beiseite und enthüllte ihnen, daß wir aus Sicherheitsgründen erst am folgenden Tag reisen könnten und daß ich sie aus denselben Gründen bäte, das Haus meines Vaters bis dahin nicht zu verlassen. Sehr beeindruckt durch meine ernste Miene, willigten sie ein, und Franz zeigte ihnen ihre Zimmer.

Mein Vater erließ dieselbe Order ans ganze Gesinde. Um der Sicherheit willen wurden das Kutschentor und die Fußgängerpforte zur Rue du Champ Fleuri hin verriegelt, ebenso nach der Gartenseite hin die kleine Pforte hinter den Gemüsebeeten. Er gebot auch, mein Zimmer heizen zu lassen, weil ich dort übernachten würde, und, sei es Zufall, sei es Schalk, Franz beauftragte damit Jeannette. So traf ich sie denn auf der dunklen Treppe des Hauses, wie sie unter der Last der Scheite ächzte, und doch warf sie mir im Vorbeigehen ein Lächeln und einen Blick zu, daß die dunklen Mauern hell wurden. Wahrlich, dachte ich, diese böse Welt, die ich am nächsten Tag im Getümmel zu verlassen fürchtete, hielt doch auch ein paar wunderbare Mittel gegen alle Ängste bereit.

Weil ich es La Barge und Charpentier freigestellt hatte, sich in unserer Bibliothek aufzuhalten, ließ mein Vater Hörner, den Anführer der Schweizer, in sein Zimmer führen. Mariette brachte uns eine gute Flasche, vier Becher und einen kleinen Imbiß, damit wir in Geduld das diesmal verspätete Mittagsmahl abwarten konnten. Der Anführer meiner Schweizer, oder wie ihn seine Waffenbrüder nannten, der Hauptmann, war ein Berg von einem Mann, über sechs Fuß groß, breit wie ein

Schrank und schwer, daß alle Treppenstufen unter ihm knarrten. Seine Sprechweise aber war leise und höflich und das Gespräch mit ihm angenehm.

»Herr Graf«, sagte er, nachdem er mich angehört hatte, »wenn ich Euch recht verstehe, wollt Ihr für die Reise nach Fleury en Bière eine Eskorte von vierundzwanzig Soldaten, weil Ihr auf diesem Weg mehr Gefahren fürchtet als nach Montfort l'Amaury.«

»Um Euch nichts zu verschweigen, ja.«

»Ich will nicht zu neugierig sein, Herr Graf, aber könntet Ihr mir sagen, mit wem wir zu rechnen haben?«

Ich befragte meinen Vater und La Surie mit den Augen.

»Mein Sohn«, sagte mein Vater, »soll ich für Euch antworten? Wenn meine Antwort zuviel verrät, fällt es auf mich zurück und nicht auf Euch.«

»Wenn es Euch beliebt, Herr Vater«, sagte ich lächelnd.

»Hauptmann«, sagte der Marquis von Siorac, »Graf von Orbieu könnte es mit Edelleuten zu tun bekommen, vielleicht auch mit Soldaten, aber nicht mit Soldaten Seiner Majestät. Ich würde sogar sagen, sollten wir in einen Hinterhalt geraten, würden königliche Soldaten, wenn sie in der Nähe wären, uns beispringen können.«

»Besten Dank, Herr Marquis«, sagte Hörner mit tiefer Verneigung. »Eure Antwort erleichtert mich sehr. Ich genieße hier das Gastrecht des Königs, deshalb werde ich an keinem Ort und in keinem Fall die Waffen gegen seine erheben.«

»Dieser Schwur, Hauptmann, gereicht Euch zur Ehre«, sagte ich. »Könnt Ihr bis morgen früh vierundzwanzig Männer zusammenbringen?«

»Ihr könnt auch dreißig haben«, sagte Hörner, »ich erlaube mir sogar, Herr Graf, Euch zu dieser Zahl zu raten.«

»Warum?«

»Wissen Eure Gegner nicht, daß Ihr für gewöhnlich mit einer Zwölfereskorte reist?«

»Wahrscheinlich ja.«

»In dem Fall werden sie die Zahl ihrer Männer verdreifachen, damit sie von vornherein die Übermacht haben.«

»Das ist gut gedacht, Hauptmann«, sagte mein Vater.

»Gut, dann miete ich dreißig Eurer Leute, Hauptmann, den Preis mögt Ihr festlegen.«

»Meinen Preis für das Dutzend kennt Ihr, Herr Graf, für diese Eskorte morgen zahlt Ihr das Doppelte.«

»Hauptmann, Ihr bestehlt Euch. Ihr habt die sechs zusätzlichen Mann nicht berechnet.«

»Weil unser Vertrag eine Extraklausel vorsieht, Herr Graf. Wir sind, wie Ihr wißt, Schweizer Katholiken, und sollte es Tote unter uns geben, ginge die Öffnung der christlichen Erde zu Euren Lasten.«

»Einverstanden.«

Ich muß gestehen, es schnitt mir ins Herz, daß die Armut diese Männer aus ihren Bergen vertrieben hatte und daß sie gezwungen waren, im Exil Haut und Leben zu verdingen, um ihren Lebensunterhalt zu bestreiten.

»Hauptmann«, sagte mein Vater, »ich bin Doktor der Medizin, und wenn mein Sohn, der Graf von Orbieu, einwilligt, bin ich mit von der Partie und kann Euren Verletzten erste Hilfe leisten.«

»Vater«, sagte ich ziemlich kühl, »Ihr überrumpelt mich. Ich hatte nicht daran gedacht, Euch um Eure Begleitung zu bitten.«

»Meine Herren«, sagte Hörner mit seiner tiefen, ruhigen Stimme, »diesen Punkt mögt Ihr unter Euch aushandeln. Darf ich dennoch sagen, Herr Graf, daß die Gegenwart eines Ehrwürdigen Doktors der Medizin meine Leute sehr ermutigen würde, denn oft genug mußten sie mit ansehen, wie Verletzte von ihnen starben, weil es keine Hilfe gab.«

»Ich überlege es mir«, sagte ich.

Und ich begann mit Hörner die Bewaffnung seiner Männer festzulegen. Er stimmte sofort zu, daß jeder Schweizer außer seiner Muskete zwei Pistolen und eine Pike tragen sollte.

»Ich bringe auch ein paar Raketen mit«, sagte er, »solche, mit denen man die Tore belagerter Städte sprengt. Sie sind sehr nützlich im Fall einer Straßenbarrikade, um das Hindernis samt denen zu zerstören, die sich dahinter verschanzen, um auf Euch zu feuern.«

»Ein guter Gedanke. Nun zur Beute. Nehmen wir an, der Kampf geht zu unseren Gunsten aus: Was verlangt Ihr, Hauptmann?«

Hörner schien überrascht, daß ein Herr meiner Bedeutung es nicht seinem Majordomus überließ, diesen Punkt zu verhandeln. Aber durch die maßlosen Forderungen meiner Bauern nach dem Überfall der deutschen Reiter gewitzt, wollte ich unbedingt jedem Streit zwischen den Schweizern und mir nach der Hitze des Gefechts zuvorkommen.

»Ganz einfach, Herr Graf, die Pferde für Euch, die Waffen und Kleider für uns. Ich muß Euch aber darauf aufmerksam machen, Herr Graf, daß wir im Gegensatz zu Edelleuten, die es im Kampf vermeiden, das Tier des Gegners zu töten, das genaue Gegenteil tun. Nicht weil wir Pferde nicht lieben, sondern weil wir auch die Pferde unserer Angreifer als Feinde betrachten. Ein Reiter ohne Pferd ist wie ein Seemann ohne Kompaß: Er verliert alle Lust zu kämpfen.«

»Wenn ich Euch also recht verstehe«, sagte mein Vater, »kriegt Ihr die Waffen und Kleider als Beute und wir tote Pferde.«

Ich lachte schallend, Hörner ebenso, ein Beweis, daß er ein guter Geselle war und nicht kleinlich im Handel, wie es sich gleich zeigte.

»Herr Graf, wenn Ihr die Pferde nicht wollt, nehmt Ihr die Kleider und wir die Waffen.«

»Gut, nehmen wir die Kleider«, sagte mein Vater.

»Topp«, sagte ich, obwohl ich verstand, daß mein Vater für die Kleider nur gestimmt hatte, um sie nicht zu nehmen, denn auch er wollte nicht, daß man uns der Leichenplünderung beschuldigen könne wie Straßenräuber.

Man wird vielleicht einwenden, daß wir das Fell des Bären verkauften, bevor er erlegt war. Aber dieser Handel mit den gemieteten Schweizern war durchaus der Brauch.

»Herr Graf«, sagte Hörner, »wann sollen wir Euch morgen zur Verfügung stehen?«

»Um vier Uhr früh.«

»Dann bin ich hier morgen um vier mit zwölf Mann zur Stelle.«

»Nur mit zwölf?«

»Wenn das Haus des Herrn Marquis beobachtet wird, wie ich vermute, brecht Ihr besser mit Eurer gewohnten Eskorte auf. Die übrigen erwarten Euch dann an der Porte de Buci.«

»Warum an der Porte de Buci?«

»Weil man die nicht beobachten wird, der Gegner wird nicht vermuten, daß Ihr die Stadt durch dieses Tor verlaßt, um nach Fontainebleau zu reisen. Und noch etwas, Herr Graf, wenn's beliebt. Eure Karosse darf nicht von Eurem gewohnten Kutscher gefahren werden. Dazu sind zwei unserer Männer nötig, die sich abwechseln können, denn im Fall eines Kampfes ist der Kutscher sehr gefährdet, außerdem muß er von seinem Bock herunter die Raketen werfen.«

»Können Eure Männer mit einem Gespann umgehen?«

»Keine Sorge, Herr Graf, gelernt ist gelernt.«

Meinen Vater plagte wahrscheinlich der Hunger, so lud er Hörner mit zu Tisch. Aber der Hauptmann lehnte höflich ab, er habe am Nachmittag noch viel zu tun, sagte er, um Männer und Waffen zusammenzubringen. Der Achtung halber, die ihm der Hauptmann im Lauf dieses Gesprächs eingeflößt hatte, läutete mein Vater nach Franz, damit er ihn bis an unsere Pforte begleite. Dann ging er uns voraus zur Bibliothek, die Charpentier und La Barge im selben Moment verließen. Auf Geheiß meines Vaters hatten sie schon um elf Uhr gegessen.

La Surie, der eine verschlossene und kummervolle Miene zur Schau trug, bemerkte nach einem Blick auf seine Taschenuhr, daß es Schlag zwölf sei und wohl das erste Mal, daß man Punkt Mittag das Essen einnehme, das der Marquis de Siorac »Mittagsmahl« zu nennen pflege. Nach dieser trockenen Bemerkung blieb er stumm wie eine Auster und gab bis zum Ende der Mahlzeit keinen Ton mehr von sich.

Nun kam Mariette mit Gewicht und Getöse und klagte, als sie den Braten auf den Tisch setzte, wortreich, daß ihr Mann Caboche doppelte Arbeit gehabt habe, zwei-, dreimal habe er die Gerichte aus dem Ofen ziehen müssen, damit sie nicht verbrutzelten. Als ihre Worte aber auf tiefes Schweigen stießen, merkte sie, daß die Herrschaft nicht zum Scherzen aufgelegt war, und leise weiter grummelnd zog sie sich zurück.

»Herr Vater«, sagte ich süßsauer, »Ihr seid der beste aller Väter, aber in dieser Geschichte habt Ihr mir etwas aufgezwungen: Ich hatte keineswegs die Absicht, Euch in ein Abenteuer zu verwickeln, das nur mich betrifft. Auch wäre ich gerne einmal mit eigenen Flügeln geflogen. Aber nachdem Ihr Hörner Hoffnung gemacht habt, wir würden einen Doktor bei uns haben, der seine Verletzten behandeln würde, kann ich eine Entscheidung nicht zurücknehmen, die ich gar nicht treffen wollte.«

»Mein lieber Herr Sohn«, sagte mein Vater, »ich habe den

Eid des Hippokrates geschworen, habe also feierlich gelobt, allen Kranken und Verwundeten beizustehen. Nach meiner Kenntnis könntet auch Ihr ein solcher Verwundeter sein. Glaubt Ihr, ich werde die ewige Schmach auf mein Gewissen laden, Euch haben sterben zu lassen, obwohl meine Hilfe Euch hätte retten können?«

Hierauf gab es nichts Stichhaltiges zu erwidern. Ich erhob mich und bat um Urlaub unter dem Vorwand, eine Siesta zu halten. Doch bevor ich zur Tür hinausging, wandte ich mich um und sandte meinem Vater einen kleinen Partherpfeil.

»Mein lieber Herr Vater«, sagte ich, »mich konntet Ihr ohne große Mühe überzeugen. Ich fürchte nur, es wird Euch etwas schwererfallen, Monsieur de La Surie zu überzeugen, daß er hierbleiben muß, um für Euch Haus, Habe und Gesinde zu hüten.«

Damit begab ich mich auf mein Zimmer. Als ich leise die Tür öffnete, sah ich Jeannette vorm Kamin auf einem kleinen Schemel sitzen. Zuerst hörte sie mich nicht. Sie kehrte mir halb den Rücken, so daß sie jenes Halbprofil zeigte, in dem Tizian so liebevoll die »Jungfrau im Tempel« gemalt hat, wahrscheinlich weil es ihn geheimnisvoller dünkte als das schlichte Profil. Jeannette hielt wie in Andacht beide Hände im Schoß gefaltet. Mit ihrem Kotillon, der in langen, keuschen Falten über ihre Beine zu Boden fiel, glich sie einer römischen Vestalin, die über das heilige Feuer wacht. Bei dem Geräusch, das entstand, als ich den Riegel vorlegte, schrak sie auf, wandte den Kopf und stürzte mir entgegen, wobei sie mir einen Blick zuwarf, für den man sie im alten Rom sofort lebendig begraben hätte.[1]

»Kleine Jeannette«, sagte ich und legte ihr beide Hände auf die Schultern, »was ist? Es ist gute zwei Stunden her, seit ich dir auf der Treppe mit den Scheiten begegnet bin. Und jetzt bist du immer noch hier!«

»Herr Graf, Franz hat gesagt, ich soll Feuer machen, soll Scheite auflegen und achtgeben, daß es gut brennt: Als gute Kammerjungfer habe ich Eurem Majordomus gehorcht, und Ihr habt jetzt ein schön gemütliches Zimmer und ein warmes Bett. Darf ich Euch auskleiden, Herr Graf?«

---

1 Im alten Rom strafte man auf diese grausame Weise Vestalinnen, die ihr Keuschheitsgelübde gebrochen hatten. (Anm. von Pierre-Emmanuel)

»Gewiß. Aber sag, Jeannette, war es dir nicht ein bißchen langweilig, die ganzen zwei Stunden hier vorm Feuer zu hocken?«

»Ach, nein, Herr Graf. Ich habe geträumt. Ich hab mich so dies und jenes gefragt.«

»Was? Was hast du dich gefragt? Nenn mir eine deiner Fragen.«

»Na, zum Beispiel ...«

Und sie verstummte.

»Ach nein, Herr Graf, ich möchte nicht ungehörig erscheinen.«

»Laß, laß! Ich erlaube es dir.«

»Na, zum Beispiel, Herr Graf, habe ich mich gefragt, ob Eure Siesta mehr rührig wird oder mehr faul ...«

Ich lachte laut los, so hübsch und listig fand ich die Antwort, und lachend kroch ich in das warme Bett.

»Das also ist die Frage, die du dir stelltest?«

»Ja, Herr Graf, mit Eurer Erlaubnis.«

»Ob meine Siesta rührig wird oder faul? Wahrhaftig, das ist ja ein echtes Problem, Jeannette, und ein hochernstes, das bei näherer Überlegung sogar an die Moral und die Metaphysik grenzen mag.«

»Verzeihung, Herr Graf, ich weiß nicht, was das ist, Eure Metamusik! Aber was ich weiß, ist, daß es mir diese zwei Stunden im Kopf herumging, welche Chancen ich wohl habe, zu kriegen, was ich will.«

»Du weißt, Jeannette, die Wahrheit liegt immer im Versuch.«

»Oh, Herr Graf, und ob ich das weiß!«

»Alsdann, Liebchen, komm. Die Kammer ist warm. Der Riegel liegt vor. Zieh du nur fein die Bettgardinen zu.«

* * *

Den kleinen Ärger mit meinem Vater strich ich aus meinem Gedächtnis, und als wir anderntags in aller Herrgottsfrühe aufbrachen, war ich ihm wieder gut. Er seinerseits berührte unseren Zwist mit keinem Wort. Es ist auch richtig, daß er für unsere Expedition sowohl von medizinischer wie von kriegerischer Seite her eine große Beruhigung war, denn aus der Zeit seiner geheimen Missionen unter Heinrich III. und Henri Quatre war er überaus erfahren in Hinterhalten und Überfällen und hatte sie jeweils mit ebensoviel Schläue wie Tapferkeit bestanden.

Es verbreitete sich große Stille in der Karosse, sobald sie rollte und uns die Eingeweide auf dem rumpligen Pariser Pflaster durch und durch rüttelte. Mein Vater und ich prüften bewundernd die dichten Holzverschläge, mit denen Lachaise die Fenster und Türen verstärkt hatte, wobei letztere im Unterschied zu den Fensterdichtungen oben mit einem schmalen waagerechten Schlitz versehen waren, durch den man, wenn die Scheibe von innen herabgelassen war, mit Pistolen auf die Angreifer schießen konnte.

Charpentier war still, weil er vom Kardinal an Schweigen gewöhnt war. La Barge hielt seinen Mund, weil er nicht von mir getadelt werden wollte. Aber diese Verstärkungen an unseren Türen und Fenstern, diese sechs Pistolen auf dem Sitz neben meinem Vater, samt Munition und Ladegerät, mußten einen Uneingeweihten ziemlich überraschen und konnten auch einen weniger Neugierigen als La Barge zu Fragen verführen. Schließlich hielt er es nicht mehr aus.

»Herr Graf«, sagte er, »darf ich fragen ...«

Er kam nicht dazu, auszureden. Mein Vater warf dem Unglücklichen einen so blitzscharfen Blick zu, daß er in der Erde hätte versinken müssen.

»Mein Herr Sohn«, sagte der Marquis de Siorac, »dieser Grünschnabel ist unerzogen. Überlaßt ihn mir vierzehn Tage, und ich werde ihn mit Stock und Peitsche Benehmen lehren, so adelig er auch sei.«

»Herr Vater«, sagte ich, »sollte Monsieur de La Barge sich nach dieser gefährlichen Expedition nicht gebessert haben, übergebe ich ihn Euch.«

Bei dem Wort »gefährlich« horchte Charpentier auf, aber nur kurz. Sofort schloß er seine schweren Lider wieder und tat, als ob er schliefe. Da er uns auf dieser Reise aber als Fremder begleitete, beschloß ich, ihm ein Licht aufzustecken.

»Monsieur Charpentier«, sagte ich, »es könnte sein, daß wir auf dem Weg nach Fleury en Bière Ärger bekommen. Es gibt Leute, die hinsichtlich des Königs und des Kardinals verbrecherische Pläne nähren und zuerst an ihren Dienern ein Exempel statuieren wollen.«

»Ich ahnte es, als Ihr die Reise aufschobt«, sagte Charpentier mit gleichmütigem Gesicht. »Herr Graf«, setzte er hinzu, »Ich trage keinen Degen, aber wenn Ihr wollt, bin ich im Fall eines Hinterhalts Euer Mann.«

»Könnt Ihr mit Pistolen umgehen, Monsieur Charpentier?«

»Ja, Herr Graf, ich bin in Paris geboren, der guten Stadt, wo bekanntlich jeden Morgen fünfzehn bis zwanzig Tote auf dem Pflaster liegen: brave Leute, erschlagen zwischen zwei Uhr morgens und der Stunde, da die Laternen verlöschen. Aber auch wenn sie brennen, ist es gefährlich genug. Wenn ich spät nach Hause muß, gehe ich aus Gewohnheit in der Straßenmitte, fast im Rinnstein, in jeder Hand eine geladene Pistole unterm Mantel.«

»Und wenn es mehr als zwei sind, die Euch angreifen?«

»Für den Fall habe ich drei Messer im Wams.«

»Wie benutzt Ihr die?«

»Ich werfe sie.«

»Oha, Monsieur Charpentier! Ihr versteht Euch aufs Messerwerfen!« sagte mein Vater.

Von La Surie, der in seinen Elendsjahren darin geglänzt hatte, wußten wir, daß man den Umgang mit dem Messer allein auf der Straße lernte.

»Und Ihr tragt drei Messer bei Euch?«

»Ständig, ja, mit Genehmigung des Herrn Kardinals.«

So erfuhr ich, nicht ohne Erleichterung, daß Charpentier nicht nur einer von Richelieus Sekretären war, sondern auch sein Leibwächter.

»Monsieur Charpentier«, sagte mein Vater mit einem Lächeln, »wenn Ihr nicht diese gesetzte, ruhige Art Eures Standes hättet, würde ich denken, Ihr wärt in früheren Jahren so etwas wie ein Gewächs des Pflasters gewesen.«

»Das war ich auch«, sagte Charpentier, ohne mit der Wimper zu zucken. »Und ich wäre es noch, wenn ich nicht einem Geistlichen begegnet wäre, der sich nicht nur die Mühe gemacht hat, mir Benehmen beizubringen, sondern auch Lesen und Schreiben, und der mich, weil ich schnell und korrekt schrieb, dem Herrn Kardinal empfahl.«

Wen Charpentier mit diesem Geistlichen meinte, wurde mir schnell klar. Niemand anderer als Pater Joseph genoß beim Kardinal eine solche Glaubwürdigkeit, daß er ihm als Sekretär einen Hai der Pariser Unterwelt hatte anbieten können.

»Ich schlage vor«, sagte ich, »daß La Barge und Charpentier jeder eine Pistole laden, damit wir sehen, wer schneller ist. Meine Herren, seid Ihr bereit?«

La Barge gewann, wenn auch um ein Haar. Und ich freute mich für den armen Jungen, denn der Tadel meines Vaters hatte ihn tief getroffen. Er getraute sich nicht, es zu sagen, weil er seine Zunge nun lieber im Zaum hielt, daß er im Fall eines Angriffs gerne selber schießen würde, und sei es nur, um nicht mit diesem niedrig geborenen Charpentier auf eine Stufe gestellt zu sein. Doch waren mein Vater und ich uns ohne Absprache darin einig, daß nur zwei von uns schießen sollten, er und ich, während La Barge und Charpentier die Waffen laden sollten, um uns ein flüssiges Feuern zu ermöglichen.

Nachdem wir die Porte de Buci passiert hatten, hielt die Karosse auf ein rauhes Kommando. Es klopfte am Schlag, und als ich die Scheibe hinabließ und durch den schmalen Schlitz spähte, erkannte ich Hörner, eine Laterne in der Hand.

»Herr Graf«, sagte er mit seiner tiefen, ruhigen Stimme, »die zweite Gruppe ist da, vollzählig und pünktlich. Jetzt sind wir also dreißig, ohne mich, den Herrn Marquis, Euch und Euren Junker. (Mir fiel auf, daß er Charpentier nicht erwähnte. In seinen Augen zählte ein Schreiber wohl nicht.) Wir fahren jetzt durch den Faubourg Saint-Germain und halten uns dann südlich, um auf die Straße nach Longjumeau zu kommen. Herr Graf, habt Ihr schon eine Etappe gewählt, um die Pferde zu erfrischen?«

»Ormoy, falls es dort ein Gasthaus gibt.«

»Es gibt eins, Herr Graf, und ein sehr gutes.«

»Dann also Ormoy.«

Hörner ging, ich schloß die Scheibe, und die Karosse fuhr an. Schnell durchquerten wir den Vorort Saint-Germain, der berüchtigt war für seine Jahrmärkte, Spelunken, Huren und Verbrecher. Wir waren zu stark bewehrt, um diese Strolche zu fürchten, aber wir hörten, wie man schmutzige Worte hinter uns herbrüllte, weil unser Räderlärm die Herren weckte. Sogar einen Blumentopf warf uns einer dieser Lümmel mit empfindlichem Schlaf aufs Kutschendach.

»Sir«, sagte ich zu meinem Vater, damit unsere Gefährten uns nicht verstünden, *»do you think those boards on the windows, thick as they are, can stop a bullet?«*

»They might, if the shot is not fired at close quarters. They are quite a comfort anyway.«[1]

Und weil dieser Dialog unsere Gefährten zu verunsichern schien, setzte mein Vater auf französisch hinzu: »Ihr habt sicher bemerkt, daß Hörner davon sprach, in Ormoy ›die Pferde zu erfrischen‹, von den Männern keine Rede.«

»Das gehört zu seinem Credo«, sagte ich lachend. »Bei ihm heißt es an jeder Etappe: Erst die Tiere, dann die Leute!«

»Aber im Kampf scheut er sich nicht, Pferde zu töten, die das Pech haben, zum anderen Lager zu gehören.«

»Würdet Ihr ein gegnerisches Pferd töten, Herr Vater?«

»Das kommt darauf an. Wenn der Reiter, der es auf mich abgesehen hat, mir nahe kommt, töte ich ihn. Ist er dagegen weiter weg und in Seitstellung, nehme ich seinen Hintern aufs Korn, denn falls ich den verfehle, treffe ich wenigstens den Gaul. Und bricht der nieder, ist der Reiter geliefert. Das Tier ist wohl oder übel der Helfer des Feindes, man kann es nicht immer verschonen.«

In Ormoy wurden also die Pferde »erfrischt«, den Ausdruck hat man auf mehrere Weise zu verstehen. Zuerst rieben die Schweizer ihre Tiere ab. La Barge machte es ebenso mit seinem und mit den Sattelpferden, die mein Vater und ich bei Kutschenreisen immer mitführten, und sei es nur, damit man nicht festsaß, wenn eine Nabe oder ein Rad brach.

Die beiden Schweizer Kutscher holten sich die Erlaubnis der Wirtin, unseren Wagen unterm Torweg einzustellen, damit von der Straße niemand mein Wappen an den Schlägen sehen könne, dann spannten sie die sechs Zugpferde aus und rieben sie ebenfalls trocken.

Hierauf nahm die Erfrischung die ganz natürliche Form der Tränke an. Die Schweizer holten von ihrem planenbedeckten Karren eine große Anzahl Eimer und füllten sie am Brunnen bis zum Rand. Ich trat hinzu, sosehr liebte ich dieses Schauspiel, daß ich mich nie daran sattsehen konnte, denn es war – und bleibt – für mich ein Wunder, wie die Pferde ihre Lippen bis zu den Nüstern in die vollen Eimer tauchen und das Wasser

---

1 (engl.) Glaubt Ihr, daß die Planken an den Fenstern eine Kugel abfangen können? – Vielleicht, wenn der Schuß nicht von zu nahe kommt. Auf jeden Fall sind sie ein starker Schutz.

einsaugen ohne jedes Geräusch, so daß man glauben könnte, sie tränken nicht, sähe man den Wasserspiegel nicht mit verblüffender Geschwindigkeit sinken. Als ich Kind war, stellte ich mir oft vor, ich wäre ein Pferd und schlürfte mit Wonne das frische Wasser in meinen riesigen Bauch.

Vom Flüssigen ging die »Erfrischung« nun zum Festen über: Die Schweizer holten vom selben Karren, auf den sie auch Ersatzräder und –naben für unsere Kutsche geladen hatten, kleine Säcke voll Hafer, und jedes Pferd bekam einen umgehängt, hinter den Ohren mit zwei Bändern zugeknüpft, so daß es bis zu den Kinnbacken hineintauchte. Auch das entzückte mich, besonders der Moment, wenn der Hafer im Sack abnahm und die Lippen nicht mehr heranreichten. Dann warf das Pferd mit geschicktem Ruck den Kopf hinter, um sich die Körner heranzuholen. Als dieses Festmahl beendet war (und ein Festmahl war es für die Beteiligten sicherlich), bat Hörner die Wirtin – was hätte sie ihm auch abgeschlagen? –, unseren Tieren das Gatter zu einer großen Wiese zu öffnen, wo sie zu ihrem Hafer noch ein bißchen Grün rupfen konnten. Die zehn Kühe dort wunderten sich über ihren Einmarsch genauso wie die Pferde darüber, daß sie da standen.

»Wer weiß«, sagte mein Vater, »ob wir nicht genauso friedlich wären, wenn wir nur Gräser essen würden?«

An dem Duft, der meinen Nüstern schmeichelte, als ich den Gasthof betrat, erkannte ich, daß schon etliche Hühner für uns brutzelten, und als ich zur Küche ging, sah ich sie an zwei Spießen aufgereiht vor einem riesigen Feuer, das eine Höllenhitze verbreitete. Zurück im Gastsaal, sah ich die schöne Wirtin einen Schinken aufschneiden, um unseren ersten Hunger zu stillen, bis die Hühnchen kämen. Es war eine große Frau von blendender Frische. Sie hatte die Ärmel ihres Mieders bis zu den Ellenbogen aufgekrempelt, und ihre schönen roten Arme zeigten jedesmal Muskeln, wenn sie dem Messer Druck gab. Sie kam mir ebenso appetitlich vor wie ihr Schinken, von dem ich sogleich eine Scheibe zu dem Brot aß, das sie in ihrem Ofen buk und das noch besser war als das Brot aus Gonesse. Von einem Ehemann gab es weitum keine Spur. Aber seine Witwe schien deshalb nicht der Schwermut verfallen. Ihre Augen folgten Hörner durch den Saal, und bestimmt war dies ein Glückstag für sie: So viele Taler würden ihren Beutel füllen, und so viele schöne, kräftige junge Männer tummelten sich auf ihrem Hof.

Als die Schweizer ihre Pferde endlich versorgt hatten, kamen sie in den Saal geströmt, rempelten sich fröhlich in der Tür, besetzten die Bänke und riefen einander in ihrem Schweizer Deutsch an, daß einem der Kopf zerspringen wollte. Ich lud Hörner in einer angrenzenden kleinen Stube zu Tisch, und diesmal ließ ich seine höfliche Ablehnung nicht gelten. Wir hätten noch über den zweiten Teil unserer Reise zu reden, sagte ich.

Bei diesen meinen Worten war ich insgeheim ganz erstaunt, wieviel Vergnügen ich an dieser ersten Etappe gefunden hatte, ganz als hielte ich Rast zwischen Montfort und Paris. Dabei freute ich mich in diesem Augenblick unschuldig meines Lebens und wußte noch nicht, daß Schurken darauf lauerten, es mir zu nehmen.

Aber vielleicht war das so empfundene Vergnügen auch nur eine Art, meine Unruhe zu bekämpfen.

»Hauptmann«, sagte ich, »ich möchte Euch etwas fragen. Wenn ich Eurer Kenntnis von Ormoy und seinem Gasthof traue, hat auch die Straße von Paris nach Fontainebleau keine Geheimnisse für Euch.«

»So ist es, Herr Graf«, sagte Hörner. »Meine Männer und ich wurden in den letzten Jahren oft gedingt, um Herrschaften nach Fontainebleau an den Hof zu geleiten, wenn der König dort im Wald Jagd hielt.«

»Nun also meine Frage: Wenn Ihr auf besagtem Weg eine Karosse samt Eskorte überfallen solltet, wo würdet Ihr das tun?«

»Möglichst an einer Stelle, wo es von drei Seiten Schutz gibt, wie in einer Sackgasse.«

»Und wo wäre eine solche Stelle?«

»Natürlich im Wald, wo man den Weg durch hintereinandergestellte Karren versperren kann. Dann besetzt man diese Barrikade mit Schützen und ebenso beide Seiten der Straße.«

»Hauptmann, habt Ihr dabei den Wald von Fontainebleau im Auge?«

»Nein, nein, Herr Graf. Der Wald von Fontainebleau fängt nicht vor Fleury en Bière an, sondern erst eine knappe Meile dahinter. Der Wald, an den ich denke, heißt Bois des Fontaines und liegt nördlicher, zwischen Nainville und Saint-Germain-sur-École.«

»Aber in dieser Jahreszeit«, sagte mein Vater, »sind die Bäume noch wenig belaubt.«

»Sicher, aber der Bois des Fontaines ist seit langem nicht ausgeholzt worden und hat viel Dickicht und Gestrüpp. Er ist so dicht, daß man bis in Mannshöhe nicht weiter sieht als fünf Klafter.«

»Wie groß ist die Entfernung zwischen Nainville und Saint-Germain-sur-École?«

»Eine knappe Meile.«

»Was bedeuten würde«, sagte ich mit einem fragenden Blick auf den Hauptmann, »daß man eine Viertelmeile hinter Nainville absitzen, Tiere, Karosse und Karren zwischen den Bäumen verstecken könnte und dann versuchen müßte, sich zu Fuß durch den Wald beidseits vom Weg zu schlagen, um den Gegner von hinten zu packen?«

»Das wäre nicht schlecht«, sagte Hörner mit zweifelnder Miene. »Es könnte aber sein, daß wir an Ort und Stelle anders entscheiden müssen, je nachdem, was das Gebiet und die Position des Gegners uns befiehlt. Denn niemand kann beschwören, daß der Gegner die Dispositionen getroffen hat, die ich Euch beschrieb. Zum Beispiel, wenn unsere Straße durch eine Art Hohlweg führt, kann sich der Feind auf der Böschung über uns postieren und uns, wenn wir hindurchziehen, von oben her eine Schießerei liefern, ohne daß wir ihn überhaupt gesehen haben.«

Das war sehr einleuchtend, wenn auch wenig erquicklich ... Lang, sehr lang erschien mir der Weg nach Nainville und ebenso schwer das Schweigen in der rumpelnden Kutsche. Mein Vater, beide Hände auf den Knien, den Kopf zurückgelehnt, schien halb zu sinnen, halb zu dösen. Charpentier, den seine nächtlichen Wanderungen durch Paris wohl zur Genüge abgehärtet hatten, wirkte, als sei es ihm einerlei, was da komme. Dagegen sah mir La Barge nicht aus, als wäre er besonders auf dem Posten. Sein Gesicht war blaß und zerfurcht. Er gab keinen Laut von sich, rutschte aber ständig auf seinem Sitz hin und her. Während ich ihn verstohlen beobachtete, eine abweisende Miene vorschützend, damit er nicht zu plappern anfinge, was meinen Vater erzürnt hätte, machte ich mir Sorgen um ihn. Er hatte schon im täglichen Leben nicht viel Überlegung, und würde er das bißchen bei der ersten Schießerei nicht völlig verlieren?

Was mich anging, so war mir eine gewisse Tapferkeit angeboren, die durch meine edelmännische Erziehung sehr bestärkt worden war, auch durch meinen Stolz, den mein Beichtvater eine Sünde nannte, aus dem ich gleichwohl einige Kraft schöpfte, und hätte ich in Gegenwart meines Vaters das kleinste Zeichen von Memmerei verraten – ich hätte mich mit eigenen Händen aufgehängt. Trotzdem begann ich mir, nach einem Stoßgebet, zur Kräftigung meines Mutes einen Satz vorzusagen, den ich oft von Hörner gehört und der mir jedesmal großen Eindruck gemacht hatte: »Im Krieg muß man vieles auf den Zufall setzen.« Ich kann nicht sagen, wie wohl es tat, mir diesen Satz eines erfahrenen Veteranen immer wieder im stillen vorzusprechen, denn die Wiederholung schläferte mich ein wie ein Murmeltier.

SIEBENTES KAPITEL

Auf einmal hörte die Karosse auf zu rumpeln, und ich erwachte. Ich versuchte gerade die Augen zu öffnen, als nach kurzem Klopfen am Schlag Hörners Stimme ertönte.

»Herr Graf, wir sind in Nainville. Ich habe am Dorfbrunnen halten lassen, um die Pferde zu erfrischen.«

»Wie gut«, sagte mein Vater. »Ich werde meine Stute auch tränken, und dann steige ich auf, damit der kleine Faulpelz sich nicht erst dran gewöhnt, mich nicht zu tragen.«

»Herr Vater«, sagte ich, »ich folge Eurem Beispiel. Nicht daß meine Accla träge ist, aber bestimmt werde ich es, wenn ich noch länger in den Polstern hier döse.«

»Herr Graf«, meinte La Barge in zagem Ton, »erlaubt Ihr, daß ich im Wagen bleibe? Ich fühle mich nicht ganz wohl.«

Mein Vater runzelte die Brauen, und weil ich nicht wollte, daß er La Barge noch einmal zurechtwies, willigte ich schnell ein.

»Herr Junker«, wandte sich Charpentier mit größter Höflichkeit an ihn, »da Ihr hier bleibt, wäre ich glücklich, wenn ich Euer Pferd reiten dürfte. Auch ich muß mir die Glieder lockern.«

»Aber, Monsieur«, sagte La Barge etwas von oben herab, »könnt Ihr denn reiten?«

»Gewiß doch, Herr Junker«, sagte Charpentier, indem er sich gegen ihn verneigte.

Trotzdem sah ich, daß La Barge nicht übel Lust hatte abzulehnen, denn er schüttelte mit unzufriedener Miene den Kopf. Und vielleicht hätte er sich das Vergnügen gegönnt, nein zu sagen, hätte er nicht den Blick meines Vaters und meinen auf sich gefühlt. Dieses Doppelfeuer brach seinen Widerstand, und er fiel zurück in seine Lethargie.

»Also bitte, gern, Monsieur«, sagte er matt. »Nur gebt acht mit der Trense, mein Tier hat ein sehr empfindsames Maul.«

Da wir uns nun trennten, verteilte ich die Waffen. Zwei Pistolen gab ich meinem Vater, zwei nahm ich, und ich war im Begriff, zwei La Barge zu geben, als mein Vater mir die Hand auf den Arm legte.

»*The boy is not in a condition to aim and fire*«[1], sagte er.

Damit hatte er recht, und so gab ich Charpentier die beiden letzten Waffen, nicht ohne daß La Barge mir einen Blick zuwarf, der zugleich so vorwurfsvoll und kindlich verzweifelt war, daß ich dachte, er würde gleich anfangen zu weinen. Denn auch wenn er kein Englisch verstand, war ihm der Sinn der Rede meines Vaters nicht entgangen.

Ich zögerte noch, ob ich nicht absteigen und La Barge eine von meinen Pistolen abtreten sollte, doch in dem Augenblick gab Hörner das Zeichen zum Aufbruch. Freudig schwang ich mich in den Sattel, und sicherlich fühlten mein Vater und Charpentier ebenso, denn es tat gut, der Kutsche zu entrinnen, die sich trotz Lachaises Verstärkungen nur zu bald in einen gepolsterten Sarg verwandeln konnte. Da war es doch besser, dem Feind auf einem schönen, kraftvollen Pferd zwischen den Beinen zu begegnen.

Langsam und schweigend verließ unser Zug Nainville und nahm den Weg zum Bois des Fontaines.

Wir hatten noch keine Viertelmeile zurückgelegt, als ein Zwischenfall sehr eindrucksvoll bestätigte, was Hörner über die Dispositionen des Gegners gesagt hatte. Auf dem Scheitelpunkt eines Hangs, den unsere Pferde im Schritt erklommen, tauchte ein Reiter auf, anscheinend von Saint-Germain-sur-École her. Er kam uns entgegengaloppiert, was ich nicht weiter beachtet hätte, wenn besagter Reiter sein Pferd nicht plötzlich gezügelt hätte, als er sich meiner Karosse näherte. Neugierig betrachtete er das Wappen am Schlag. Seine Neugier weckte meine Aufmerksamkeit, und ich sah, wie der Reiter wendete und uns seine Kruppe kehrte. Schleunigst nahm er den Weg zurück in Richtung Saint-Germain, wobei er sein Tier bis aufs Blut spornte.

Das brachte mir die Erleuchtung: Der Gegner hatte den Mann als Aufklärer ausgeschickt, damit er sich anhand des Wappens vergewissere, daß es wirklich der Graf von Orbieu war und nicht ein anderer Herr, dem seine Bande auflauerte.

---

1 (engl.) Der Bursche ist nicht in der Lage zu zielen und zu schießen.

Ich fuhr aus dem Sattel hoch und schrie auf deutsch: »*Hörner, halten Sie mir diesen Reiter auf!*«[1]

Hörner gab einen Befehl in einem mir unbekannten Deutsch – wahrscheinlich ein Schweizer Dialekt –, und schon warf ein Schweizer sein Tier vor den Reiter, ein zweiter bedrängte ihn von rechts, ein dritter von links, ein vierter von hinten, so daß er nicht vor, nicht zurück konnte.

Hörner befahl dem Zug anzuhalten. Als ich zum Ort der Festnahme kam, war der Mann bereits an einen Baum gebunden, einer unserer Leute hielt sein Pferd.

»*Was wollen Sie von ihm?*« fragte Hörner.

Und sofort wiederholte er seine Frage auf französisch, wohl weil er sich besann, daß er als Gast des Königs von Frankreich dessen Sprache sprechen mußte: »Herr Graf, was wollen Sie mit ihm machen?«

»Reden soll er.«

»Aha«, sagte Hörner, und er flüsterte einem seiner Männer etwas ins Ohr, worauf der zum Karren lief.

»Strolch«, sagte ich, »du sagst mir jetzt, wo deine Freunde ihren Hinterhalt gegen mich aufgebaut haben.«

»Herr Graf«, sagte der Reiter, »ich weiß nicht, wovon Ihr redet, ich habe Euch nichts zu sagen.«

»Doch, doch, mein Freund. Zum Beispiel wirst du mir verraten, woher du weißt, daß ich der Herr Graf bin, und du wirst mir weiter verraten, wer diesen Hinterhalt befohlen hat.«

»Herr Graf, ich weiß nichts von einem Hinterhalt.«

»Hat der König befohlen, mich zu töten?«

»Beinahe.«

»Beinahe, sagst du? Meinst du vielleicht Monsieur, weil er sich schon beinahe für den König hält?«

Der Mann merkte, daß ihm mit diesem »beinahe« etwas herausgerutscht war, das viel zuviel verriet, und ab da blieb er stumm, was man ihn auch fragte. Inzwischen kam der Mann, den Hörner zum Karren geschickt hatte, im Laufschritt mit einem Strick an, der in einer Schlinge endete. Den Strick warf er um den dicksten Ast des Baumes, an den der Gefangene gefesselt war, und legte ihm die Schlinge als Krawatte um den Hals. Das tat er ganz sanft, entschuldigte sich sogar bei dem

---

[1] Deutsch im Original.

Mann, daß er dabei aus Versehen an seine Nase gestoßen war. Diese Höflichkeit erschreckte den Gefangenen mehr, als wenn er beschimpft worden wäre. Er wurde schneeweiß und schrie mit tonloser Stimme: »Meine Herren, meine Herren! Ihr habt kein Recht, mich zu hängen!«

»Oh, doch!« sagte mein Vater, indem er herzutrat. »Du sprichst vom König, als wäre er schon ›beinahe‹ tot, als wäre das nur noch eine Frage von Tagen. Das ist ein Majestätsverbrechen! Außerdem bist du ein erwiesener Komplize der Schufte, die dem Grafen von Orbieu, Ritter vom Heilig-Geist-Orden und getreuer Diener Seiner Majestät, einen feigen Hinterhalt legen. Du verdienst zweimal den Tod, nur schade, daß man dich nicht zweimal hängen kann.«

Die beeindruckende Erscheinung meines Vaters, sein weißes Haupt, sein gemessener Ton und die Erwähnung des Ordens vom Heiligen Geist taten ihre Wirkung auf den Gefangenen. Von Kopf bis Fuß schlotternd wandte er sich an mich.

»Herr Graf«, sagte er, »wenn ich Euch alles sage, was Ihr über den Hinterhalt wissen wollt, laßt Ihr mir dann das Leben?«

»Mein Wort darauf. Aber sprich schnell. Meine Minuten sind gezählt. Deine auch, wenn du etwas verschweigst.«

Stotternd brachte der Unglückliche, dem die Angst in den Eingeweiden wühlte, nun genau das heraus, was Hörner vermutet hatte: die hintereinander quer über den Weg gestellten Karren, die Pferde zur Rechten und Linken im Wald, die Soldaten hinter dem Karren und zu beiden Seiten des Weges im Dickicht. Und das Beste war, daß der Gefangene sogar angab, daß die Falle uns eine halbe Meile weiter, nach der zweiten Wegbiegung, erwartete.

»Wenn du die Wahrheit gesprochen hast«, sagte Hörner, dessen rauher Akzent im Französischen den Gefangenen ebenso zu erschrecken schien wie seine Worte, »ist dir dein Leben sicher, der Herr Graf hat es dir versprochen. Aber wenn du gelogen hast, verspreche ich dir den Tod, und keinen schnellen.«

»Es ist die Wahrheit«, sagte der Gefangene kreideweiß.

»Von jetzt ab«, sagte Hörner, während seine Männer den Gefangenen losmachten und ihn mit rücklings gefesselten Händen auf sein Pferd setzten, »ziehen wir weiter wie auf

Eiern! *Pfui Teufel*,¹ eine halbe Meile! Schönen Dank, Herr Graf, daß Ihr den Aufklärer erwischt habt.«

Er befahl seinen Schweizern, sich in zwei Schlangen zu teilen und auf den grasigen Seiten neben der Straße zu reiten, damit man das Hufgeklapper nicht von weitem hörte. Die Karosse und der Karren folgten mit einigem Abstand und im Schrittempo.

Ich erinnere mich, daß es mir auf diesem schweigsamen Ritt, der einen tiefen Eindruck auf mich machte, in den Sinn kam, daß die hochgerühmte Kriegskunst eigentlich doch eine sehr einfache Kunst war: Du mußt zahlreicher und besser bewaffnet sein als der Gegner, mußt besser über seine Bewegungen informiert sein als er über deine und mußt ihn da überraschen, wo er es am wenigsten erwartet ... Seltsam, daß diese Gedanken mir kamen, während mein Herz angesichts der unmittelbaren Gefahr wie wild klopfte. Mein Herz war in Ängsten, mein Verstand blieb klar.

Der Zufall oder unser Glück wollte es, daß vor der zweiten Wegbiegung, die der Gefangene uns angegeben hatte, links der Straße ein verwilderter Forstweg abführte. Er war breit genug, Karosse und Karren hintereinander aufzunehmen, und lang genug, unsere Pferde zu weiden. Ich sage lang genug, denn nach fünfzig Klaftern endete er, ab dort war der Pfad mit Dorngestrüpp zugewuchert, so daß er eine Art lange, geschlossene Lichtung bildete, denn unsere Schweizer, die gleich einiges Dorngestrüpp schnitten, häuften es hinter der Karosse querüber, um den Zugang von der Landstraße zu versperren. Daß unsere Pferde sich im Wald verliefen, stand sowohl wegen des niedrigen Geästs wie auch wegen des Dornendickichts nicht zu fürchten.

Nachdem unser Lager dergestalt gesichert war, schickte Hörner zwei Männer als Aufklärer durch den Wald beiderseits der Straße, um die Positionen des Gegners zu erkunden. Er folgte ihnen mit den Augen, bis sie im Dickicht verschwanden. Diese beiden waren im Gegensatz zu den anderen Schweizern klein, leicht, behende und deshalb sicher zu solch gefährlichen Aufträgen ausersehen. Als Hörner sich umwandte, sah ich seine Augen in Tränen. So hart und rauh er sich sonst auch gab, seinen Männern war er jedenfalls innig zugetan.

---

1 Deutsch im Original.

Das Warten, das wir nun auszustehen hatten, war schlimm, denn soviel war klar: Wenn der Gegner unsere Aufklärer faßte und unter Drohungen setzte, war es vorbei mit unserem Vorteil. Als ich Hörner dies zuraunte, antwortete er mit seinem Lieblingssatz: »Wer Krieg macht, muß vieles auf den Zufall setzen. Im Moment kann man nur hoffen, daß unsere Aufklärer zurückkommen. Wenn sie in einer Stunde nicht zurück sind, greifen wir auf jeden Fall an, und sei es nur, um dem Gegner die Initiative zu nehmen.«

Wir hatten Glück. Die Aufklärer kehrten heil und gesund wieder, wurden von den Kameraden in die Arme geschlossen und hatten die Backen voll erfreulicher Nachrichten. Der Gegner hatte seine Pferde zu beiden Seiten der Straße im Wald stehen. Genau zählen konnten unsere Männer sie nicht, aber sie schätzten, daß es an dreißig waren. Verblüffend sei, sagten sie, daß sie nicht bewacht wurden, kein Knecht, kein Knappe sei da, nicht mal ein Hund. Die gegnerischen Soldaten lagerten etwa zwanzig Klafter weiter am Wegrand und hätten nach rückwärts ebenfalls keine Wache aufgestellt, so daß unsere Aufklärer sich ihnen ziemlich weit nähern konnten. Ihre Disziplin sei *sehr schlecht*, sagte der eine abfällig, sie spielten Karten, lümmelten herum, redeten laut. Offenbar vertrauten sie ihrer Falle so sehr, daß sie glaubten, wir würden blindlings hineintappen wie die Lerchen, deshalb schützten sie sich schlecht. Im Grunde gar nicht.

Der Aufklärer, der die Barrikade erkunden sollte, hatte sie nach einem großen Umweg ausgespäht. Sie befand sich dort, wo der Bois des Fontaines aufhörte. Zum Glück für unseren Mann begann am Waldsaum sumpfiges Gelände, so daß er sich hinter den hohen Gräsern verstecken konnte. Die Barrikade bestand, wie Hörner es vermutet hatte, aus zwei Karren, einer hinter dem anderen, dahinter an zehn Soldaten. Auch sie lümmelten herum wie die anderen, spielten Karten oder schliefen, müde vom langen Warten und ihres Sieges gewiß.

Hörner nahm uns, meinen Vater und mich, beiseite.

»Ich denke«, sagte er, »ich teile meine kleine Truppe in drei Rotten. Eine greift rechts von der Straße an, eine links, die dritte die Barrikade. Alle drei Attacken aber nicht frontal, versteht sich, sondern von hinten. Ich sehe die Sache so: Rotte eins geht nach rechts, schleicht sich zuerst dahin, wo die Pferde stehen, und schneidet ihre Leinen durch. Dann nimmt der Anführer Abstand und wirft eine Rakete zwischen die Tiere. Ein oder zwei gehen drauf, die übrigen wiehern vor Schreck, bäumen sich, wollen fliehen, können aber wegen des Dickichts nur rund laufen. Der Lärm und das Toben zieht die Männer von der Straße ab, sie verlassen ihren Posten und rennen, ihre Pferde einzufangen. Dann greifen wir an.«

»Das gleiche, denke ich mir, wird die zweite Rotte auf der anderen Straßenseite machen«, sagte mein Vater. »Wäre es nicht gut, wenn die erste Rakete rechts und links gleichzeitig geworfen würde?«

»So ist es, Herr Marquis, wir haben ein Signal ausgemacht, damit beide Rotten zugleich angreifen. Um so stärker ist die Wirkung.«

»Aber die dritte Rotte«, sagte ich, »die die Barrikade angreifen soll, findet wahrscheinlich gar keinen mehr vor, weil die Soldaten auch nach ihren Pferden rennen.«

»Kann sein, aber bevor sie in den Wald kommen, können unsere Männer aus dem Schilf heraus ein paar von ihnen erledigen. Herr Marquis«, fuhr Hörner fort, »Wenn Ihr einverstanden wärt, würde ich Euch gern eine Aufgabe anvertrauen, die Euch als Edelmann wenig gefallen wird, die Ihr aber als Arzt begrüßen werdet.«

»Ich weiß schon«, sagte mein Vater lächelnd. »Ihr meint, anstatt mit Euch zum Kampf zu gehen, sollte ich besser hier im Lager auf die Verwundeten warten. Gut«, fuhr er mit einem Lächeln fort, »warum nicht? Jedem seine Zunft. In dem Fall brauche ich aber Gehilfen zur Versorgung der Verwundeten, zum Beispiel La Barge, Monsieur Charpentier und Graf von Orbieu.«

Ich dachte, daß mein Vater nur deshalb so schnell kapituliert hatte, um mich vor den Fängen des Todes an seine Seite zu holen.

»Herr Vater«, sagte ich, »wenn Ihr La Barge und Charpentier zur Hilfe habt, braucht Ihr mich nicht. Ich möchte mit Hauptmann Hörner in den Kampf gehen und mich seinem Befehl unterstellen.«

Ein ziemlich langes Schweigen folgte, angstvoll bei meinem Vater, auch wenn er es zu verbergen suchte, und mehr als betreten bei Hörner, der aus seinem Empfinden aber keinen Hehl machte.

»Herr Graf«, sagte er ernst, »Ihr bringt mich in Verlegenheit. Ihr habt meine Dienste gemietet, damit ich Euer Leben schütze, und nicht, damit Ihr es mit mir aufs Spiel setzt. Die anderen da sind mehr als wir, und auch wenn sie undiszipliniert sind, heißt das nicht, daß sie nicht kämpfen können. Wenn Ihr getötet würdet, hieße es, ich verstünde mein Gewerbe nicht. Mein guter Leumund wäre hin, niemand würde mich mehr engagieren.«

Hierauf wußte ich nichts zu erwidern, so vernünftig waren seine Worte, und ich blieb stumm.

»Mein lieber Sohn«, sagte mein Vater, »Hauptmann Hörner hat doppelt recht, was ihn und was Euch angeht. Stürzt Euch nicht in Gefahr, wenn Ihr es vermeiden könnt. Eure Feinde sind, was sie sind, das heißt ebenso böse, wie ihr Haß dumm ist. Sie werden Euch leider noch genug Gelegenheiten geben, Euren Mut zu beweisen.«

»Außerdem«, sagte Hörner, »seid Ihr auch hier in Gefahr. Und in keiner geringen. Ihr könnt leicht von einer Schar Flüchtender angefallen werden, die sich freuen, auf Unbewaffnete zu stoßen und sich für ihre Niederlage zu rächen, indem sie ihre Waffen auf Euch abfeuern.«

»Unbewaffnet sind wir zum Glück nicht«, sagte mein Vater. »Wir haben zu viert sechs Pistolen, mein Sohn und ich haben unseren Degen, und Monsieur Charpentier versteht sich aufs Messerwerfen.«

»*Was*[1], Monsieur Charpentier!« sagte Hörner und sah den Sekretär des Kardinals zum erstenmal mit Interesse an, »Ihr könnt Messer werfen? Würdet Ihr mir das zeigen?«

»Gerne, Hauptmann«, sagte Charpentier.

Damit zog er ein ziemlich langes Messer aus seinem Wamsärmel, faßte es bei der Spitze, wirbelte auf den Absätzen herum und schleuderte die Waffe, daß sie pfeifend durch die Luft flog, bis sie vier Klafter weiter in einem Espenstamm wippte.

Ich war baff über soviel Geschicklichkeit, und Hörner schüttelte anerkennend den Kopf.

»Monsieur Charpentier«, sagte er tiefernst, »mit dem Talent wäret Ihr der unschätzbare Trumpf einer Truppe wie meiner. Solltet Ihr eines Tages stellungslos sein, nehme ich Euch gerne auf.«

---

1 Deutsch im Original.

Mein Vater und ich lächelten fast über diesen Vorschlag, aber Charpentier verneigte sich mit Würde vor dem Hauptmann und sagte, wenn er seinen Brotverdienst einmal verlieren sollte, würde er an dieses Angebot denken, das ihn schon jetzt unendlich ehre.

»Hauptmann«, sagte ich nun, »was die Gefangenen angeht, die Ihr machen werdet, habe ich einen Vorschlag.«

»Entschuldigung, Herr Graf, aber wir machen keine Gefangenen. Wer uns töten will, der wird getötet.«

»Alle, auch die, die sich ergeben?«

»Die vor allem, Herr Graf. Das sind Feiglinge. Nur Verwundete rühren wir nicht an, aber wir helfen ihnen auch nicht. Mag der Herrgott entscheiden, ob er sie am Leben läßt oder nicht.«

»Aber ich brauche Gefangene, Hauptmann, ich muß wissen, wer den Hinterhalt befohlen hat.«

Hörner kratzte sich am Kopf, wo eine alte Wunde eine weiße Stelle hinterlassen hatte, auf der kein Haar wuchs. So rasch und scharfsichtig der Mann auch war, wenn es einen Kampf zu durchdenken gab, so stutzig machte ihn meine Forderung, die ihn offenbar vor ein ganz neues Problem stellte.

»Herr Graf«, sagte er endlich, »ich denke so: Wenn meine Soldaten einen Mann erkennen, der beim Feind Autorität hat, sollen sie den ergreifen, ohne ihm was zu tun. Aber, Herr Graf, gefangennehmen ist gefährlicher als töten, und wenn meinen Soldaten das gelingt, verlange ich eine Gratifikation für sie, die ich Eurer Großzügigkeit überlasse.«

»Einverstanden, Hauptmann.«

Mein Vater hatte sich aus diesem Gespräch ein wenig herausgehalten, obwohl er zuhörte, jetzt trat er näher.

»Hauptmann«, sagte er, »ich möchte, daß Eure Soldaten nach dem Kampf die Verwundeten hierher führen oder tragen, und zwar gleichviel, ob es Eure Leute sind oder feindliche.«

»Feindliche!« sagte Hörner fast entrüstet.

»Ich gebe denjenigen, die sie herschleppen, auch eine Belohnung.«

»Ich werd's ausrichten«, sagte Hörner, der seine übliche Höflichkeit nur mühsam wahrte, und ich hätte gewettet, daß er es nicht tun würde.

»Hauptmann«, sagte ich, »wann wollt Ihr angreifen?«

»Wenn der Tag sich neigt. Wenn die drüben, die seit Morgengrauen wachen und warten, nur noch an Essen, Trinken und Schlafen denken.«

Hierauf grüßte er, machte steif auf den Absätzen kehrt und ging zu seinen Leuten, die auf der anderen Seite der Lichtung ruhten. La Barge, der sich inzwischen erholt hatte, kam aus der Karosse. Er grüßte meinen Vater und mich und entschuldigte sich, daß er mir die ganze Zeit nicht hatte nützlich sein können. Charpentier trat heran, bedankte sich herzlich, daß La Barge ihm sein Pferd geliehen hatte, und übergab ihm, als käme ihm das von Rechts wegen zu, die beiden Pistolen, die ich ihm anvertraut hatte.

»Ihr hättet mir gar nicht nützlich sein können, mein guter La Barge«, sagte ich, »noch ist ja nichts passiert. Allmählich bekomme ich eine Vorstellung davon, was Krieg heißt: Marschieren, marschieren. Warten, warten. Und nichts geschieht.«

Ich hatte kaum ausgesprochen, als wir, wie um mich zu widerlegen, wenigstens unverhofften Besuch bekamen. Es war Becker, Hörners Leutnant, oder besser gesagt, seine rechte Hand. Auch wenn es in der kleinen Truppe keine Grade gab, war die Hierarchie doch klar festgelegt und die Disziplin streng. Unter all diesen wettergegerbten Gebirglern war Becker der einzige, dessen Gesicht rosig durch seine Sommersprossen leuchtete. Vier Männer folgten ihm, jeder mit zwei Musketen, was uns verwunderte.

»Herr Graf«, sagte er, »der Hauptmann meint, wenn wir die Raketen werfen und die gegnerischen Pferde in Aufruhr geraten, könnten auch unsere angesteckt werden und die Aufmerksamkeit auf Euch hier lenken. Das Gras wird ohnehin knapp, darum hängen wir ihnen jetzt einen Sack Hafer um und verstopfen ihnen die Ohren mit Wolle. Bitte, helft uns, damit es schneller geht. Der Tag geht zur Neige, wir müssen angreifen. Diese vier Männer bleiben mit ihren Musketen zur Verstärkung bei Euch. Bitte, verschanzt Euch so gut Ihr könnt unter der Karosse und unterm Karren.«

Zu neunt hatten wir die Sache schnell erledigt. Dabei spähte Becker, während er mithalf, alle Augenblicke nach dem Stand der Sonnenstrahlen, die durch die Bäume fielen.

»Darf ich fragen«, sagte er, »wer von Euch diese kleine Truppe befehligt, Ihr, Herr Graf, oder der Herr Marquis?«

»Der Graf von Orbieu«, sagte mein Vater sofort. »Er hat bessere Augen als ich.«

»Gute Augen sind auch nötig«, sagte Becker, »damit Ihr nicht aus Versehen einen von uns trefft.«

Als Becker ging, trat La Barge zu mir.

»Herr Graf«, sagte er leise, »wollt Ihr mir eine kleine Unterredung im Vertrauen gewähren?«

»Jetzt? Eine bessere Zeit konntest du dir wohl nicht aussuchen?«

»Es dauert nur kurz.«

»Gut. Ich höre. Aber mach schnell.«

»Herr Graf, sagt mir ganz offen: Verachtet Ihr mich?«

»Wie kommst du darauf?« sagte ich verblüfft. »Wenn ich dich verachten würde, hätte ich dich längst entlassen!«

»Aber der Herr Marquis mag mich nicht.«

»Sagen wir, mein Vater erträgt deine kleinen Fehler schwerer als ich.«

»Welche Fehler?«

»Du bist schwatzhaft, unüberlegt und ungehorsam.«

»Und eine Memme?«

»Eine Memme? Nein, verflixt! Wo hast du den Unsinn her?«

»Ich dachte, Ihr hättet mein Übelsein vorhin vielleicht als Memmerei angesehen.«

»La Barge, jetzt sperr deine Ohren gut auf! Immer, bei jedem Menschen, gibt es ein gewisses Unbehagen vor der Gefahr. Wie mein Vater erzählt, überkam Henri Quatre vor jeder Schlacht, und Gott weiß, wie viele er geschlagen hat, ein unverwindlicher Durchfall, worüber er seine derben Witze machte. Aber Angst haben ist keine Memmerei. Weit gefehlt. Tapferkeit heißt ja gerade, daß man seine Angst überwinden kann.«

»Herr Graf, ich bin ein Edelmann und möchte nicht, daß man mich für feige hält.«

»Das bist du auch nicht!«

»Woher kommt der Feind, wenn er kommt?«

»Aus dem Wald natürlich.«

»Dann muß einer im Wald Wache halten, der sein Kommen meldet.«

»Richtig.«

»Herr Graf, bitte, laßt mich diese Wache sein.«

»Aber du bist unerfahren und darum nicht die beste Wahl.«

»Herr Graf, wenn Ihr mir das verweigert, zweifelt Ihr an meinem Mut.«

»Schon wieder! Was soll die Leier?«

»Dann gewährt mir, um was ich Euch bitte, Herr Graf!«

»Also, gut!« sagte ich entnervt. »Aber unter einer Bedingung: Wenn die Feinde kommen und du sie als solche erkennst, dann schießt du nicht etwa. Du schießt mir auf keinen Fall, hörst du! ... Du hältst dich versteckt und kommst, uns zu warnen.«

»Wie Ihr befehlt, Herr Graf. Darf ich jetzt gehen und meinen Posten einnehmen?«

»Geh«, sagte ich widerwillig.

Ich blickte ihm nach, wie er im Wald verschwand, und es zwickte mich im Herzen, so unwohl war mir dabei, daß ich seinem Drängen nachgegeben hatte.

Mein Vater kam.

»Wohin geht La Barge mit so entschlossener Miene?«

»In den Wald, als Vorposten. Er hat darum gebettelt.«

»Ein Schweizer wäre mir lieber gewesen. Er würde den Gegner schneller erkennen, weil er seine Kameraden kennt.«

Die Lektion saß und machte mich stumm. Zum Glück kam ein Schweizer, der mich aus meiner Verlegenheit rettete.

»Herr Graf«, sagte er, »wenn ihr einverstanden seid, beziehen wir Posten unter dem Karren, flach auf dem Bauch, damit wir sehen, ohne gesehen zu werden, und schießen können, wenn der Feind kommt.«

»Sehr gut«, sagte ich, und ich hatte das peinliche Gefühl, eine zweite Lektion zu erhalten, denn obwohl ich der Anführer unserer kleinen Truppe war, hatte ich noch keinen Befehl erteilt, und ich bereute, daß ich mit La Barge Zeit vertrödelt hatte.

Der Schweizer ging, ich wandte mich an meinen Vater und an Charpentier.

»Machen wir es wie die Schweizer?« sagte ich. »Auf dem Bauch unter der Karosse?«

»Die Idee ist gut«, sagte mein Vater, »falls sie nicht gegen Eure Würde geht.«

»Nicht im geringsten.«

»Auch gegen meine nicht«, sagte Charpentier, »aber im Liegen wäre es schwierig mit dem Messerwerfen. Wenn Ihr also erlaubt, Herr Graf, bleibe ich hinter der Karosse stehen.«

Ich willigte ein und kroch zu meinem Vater unter den Wagen. Wie er legte ich neben mich meinen blankgezogenen Degen, meine beiden Pistolen und meine Muskete. Mein Vater hatte Munition zum Nachladen mitgebracht.

»Ich bezweifle aber, daß uns Zeit zum Laden bleiben wird«, sagte mein Vater. »Wir müssen also gut gezielt schießen, wir haben drei Schuß, keinen mehr. Danach bleibt uns nur der Degen, der wenig ausrichtet gegen geladene Musketen.«

Von der anderen Straßenseite ertönte ein Eulenschrei, lang und unheimlich.

»Soweit ich weiß«, sagte mein Vater, »schreien Käuzchen nur bei Nacht. Das ist sicher das Signal. Jetzt heißt es, die Antwort abwarten.«

Hiermit legte er kurz seine Hand auf meine.

»Das Fest beginnt!« sagte er. »Gott schütze dich, mein Sohn!«

»Gott schütze Euch, Herr Vater!«

Mir schnürte es die Kehle zu bei diesen Worten, so sehr bewegte es mich, daß dieser alte Herr im weißen Haar, mein Vater und mein Vorbild, auf die Bequemlichkeit und Ruhe seines Pariser Hauses verzichtet hatte, nur um mir unter großer Mühsal in meiner ersten gefährlichen Prüfung beizustehen.

Ein zweites Heulen ertönte, ebenso lang und düster wie das erste, diesmal von unserer Seite, und schon hörten wir Schlag auf Schlag zwei starke Explosionen: Die Raketen waren auf beiden Seiten inmitten der Pferde explodiert. Ein großes Gewieher vor Schmerz und Angst erfüllte den Wald und verriet einen Schrecken, der einem ins Herz schnitt. Zwischen ihrem herzzerreißenden Gebrüll hörte man sie kopflos rennen, hörte Geäst brechen, offenbar suchten die Tiere der Gegner die Flucht, aber ganz vergebens, so hoch und fast undurchdringlich war das Dickicht, gegen das sie anrannten, besonders am Rand der Straße.

Das Wiehern nahm ein wenig ab, und eine heftige Schießerei brach los. Wir begriffen, daß die Feinde, als sie ihre Positionen längs des Weges verlassen und sich in den Wald gestürzt hatten, um ihre Pferde einzufangen, auf unsere Männer gestoßen waren, die sich hinter den Bäumen verbargen. Ich stellte mir vor, daß die Gegner, so überrumpelt, wo sie sich doch in der Überlegenheit wähnten, bei der ersten Feindberührung hohe Verluste hinnehmen mußten. Dann aber mußten die Überlebenden sich gerappelt und sich ihrerseits hinter den Bäumen versteckt haben, um zu schießen, denn die Musketaden nahmen an Intensität und Häufigkeit ab, wie es normal ist, wenn man zugleich Jäger und Gejagter ist.

Es war ein seltsames Gefühl, mehrere Klafter vom Kampf entfernt zu liegen, alles zu hören, was geschah, aber nichts zu sehen, zumal es immer wieder plötzlich still wurde, offenbar weil man auf beiden Seiten die Musketen oder Pistolen neu lud, nachdem sie leergeschossen waren.

In einer dieser trügerischen Pausen nun fingen unsere Pferde, die ihren Hafer aufgefressen hatten, auch an zu wiehern, durch die Säcke hindurch. Vermutlich hatte sie all der Lärm, den sie trotz ihrer Wollstopfen in den Ohren hören konnten, beunruhigt. Ich machte mich also darauf gefaßt, daß die Feinde sich in der Hoffnung auf Pferde in unsere Richtung bewegen würden, und dies um so leichter, als es mit der einsinkenden Dämmerung im Unterholz dunkel wurde.

»Hoffen wir nur«, raunte mein Vater mir zu, »daß La Barge sie früh genug sieht und daß er dann so gescheit ist, schnell herzukommen.«

Ich war mir dessen nicht so sicher, vielmehr fürchtete ich, daß der Grünschnabel in seiner fiebrigen Einbildung, der Feigheit verdächtigt worden zu sein, seine Tapferkeit auf Teufel komm raus beweisen wollte.

Leider tat er das! Nach allem, was wir anhand der Lage seines Körpers nachträglich vermuten konnten, verließ er seinen schützenden Baum, schoß beide Pistolen auf die ihm nächsten Feinde leer und zog dann seinen Degen. Eine Torheit! Eine wilde Schießerei war die Folge. Und mir blieb nur der Wunsch, daß mein unglücklicher Junker nach dem ersten Schuß keinen zweiten mehr gehört hatte, weil er schon nicht mehr von dieser Welt war.

»Herr Vater«, raunte ich mit leiser, zitternder Stimme, »was machen wir jetzt?«

»Warten«, sagte mein Vater.

Nach diesem ersten Schußlärm in nächster Nähe trat wieder Stille ein: Wahrscheinlich luden die Strolche erst ihre Waffen, bevor sie sich weiter vorwagten. Und das taten sie ohne jede Vorsicht, so daß die Zweige raschelten, die Äste knackten. Sie schickten auch keinen Aufklärer, erst zu erkunden, wer oder was sie auf unserer Lichtung erwartete, sondern brachen alle auf einmal, in einer Linie, aus dem Waldsaum. Und ich begriff, wie bedacht die Schweizer gehandelt hatten, als sie sich unter ihren Karren legten, womit sie uns ein Beispiel gaben, denn das hohe Gras verbarg uns so, daß die Feinde uns nicht sahen, wir aber sie.

Ich befragte meinen Vater mit den Augen, ob ich das Signal zum Schießen geben solle, indem ich als erster schoß, aber er schüttelte verneinend den Kopf, was ich erst später verstand. Der Strolche waren acht, doch fragten wir uns, ob nicht noch mehr den Kampf fliehen und ihre Zahl verstärken würden. Die Gegner berieten sich leise, und als ich vorsichtig den Kopf hob, sah ich durchs hohe Gras ihre Gesichter. Sie blickten erstaunt und argwöhnisch um sich, als könnten sie einfach nicht fassen, wie es da eine bewehrte Karosse, einen Karren und so viele Pferde geben konnte ohne andere Bewachung als den Burschen, den sie soeben erschossen hatten.

Die Kleider der Strolche waren bunt zusammengewürfelt, ihre Mienen hätten besser zu Räubern gepaßt als zu Soldaten. Sie waren sich unschlüssig, fast konnte man ihr Gehirn arbeiten sehen. Nur zu gern hätten sie sich unsere Pferde geschnappt, um sich aus dem Staub zu machen. Aber um an die so heiß begehrten Tiere zu gelangen, hätten sie sich einer gepanzerten Karosse nähern müssen und einem Karren mit dichter Plane. Weil sie schon in eine erste Falle getappt waren, fürchteten sie eine zweite, und weil sie niemand sahen, fragten sie sich, was wohl dahinterstecke.

Sie zauderten. Aus dem Wald war keiner mehr zu ihnen gestoßen, und auf ein Zeichen meines Vaters wollte ich eben das Feuer eröffnen, da löste sich einer von ihrer Schar, seine Muskete in der Hand, mit der erkennbaren Absicht, die Karosse in näheren Augenschein zu nehmen. Dieser ebenso tapfere wie verwegene Kerl, der keinen Helm trug, gab mit seinem struppigen Schopf ein Bild ab, das sich meinem Gedächtnis unauslöschlich eingrub.

Gemessen setzte er Schritt vor Schritt. Plötzlich hörte man ein Pfeifen, und das um so deutlicher, als unter den Feinden große Stille herrschte, während sie das Vorgehen ihres kühnen Kameraden verfolgten. Dann gab es einen dumpfen Aufprall, einen lauten Seufzer, und der Mann fiel längelang, Charpentiers Messer im Herzen, ein Blutfaden rann aus seinem Mund. Jedenfalls sahen wir ihn nachher so, als wir uns endlich erheben konnten. Denn als der Mann wie von unsichtbarer Macht gefällt niederbrach – Charpentier warf sich nach seinem Wurf zu Boden –, schulterten die übrigen ihre Musketen und schossen alle zusammen auf meine Karosse, als trüge diese die Schuld am Tod ihres Kameraden.

Es war ein heftiges, kurzes Geknatter, wir hörten die Geschosse in die Karossenwände über unseren Köpfen einschlagen. Mich verwunderte diese unsinnige Reaktion zu sehr, um gleich deren Konsequenz zu erkennen. Aber die Schweizer als Leute der Zunft begriffen sofort, daß der Feind mit leergeschossenen Musketen nicht mehr zu fürchten war, und ließen nun ihre Waffen sprechen. Mein Vater tat es ihnen nach, ich auch, und Charpentier, der an meine Seite gekrochen kam, griff sich ebenfalls eine Muskete. Es war ein erregendes und gräßliches Erlebnis zu sehen, wie unser Kugelregen aus solcher Nähe die Gegner niederstreckte wie die Zielscheiben. Als alles vorbei war, legte ich den Kopf an den Kolben meiner Muskete und barg das Gesicht in meiner Hand, so tiefe Scham empfand ich, meinesgleichen getötet zu haben und mit solcher Begeisterung.

»Was habt Ihr?« fragte mein Vater sanft.

Ich sagte es ihm, er zuckte die Achseln.

»Sie haben La Barge erschossen. Sie hätten auch Euch erschossen, wenn sie gekonnt hätten. Reicht das nicht, sie zum Teufel zu schicken?«

Wir kamen in den Wald. Da lag der arme La Barge auf dem Rücken, die Beine gespreizt, und seine Brust war nichts wie Blut. Mein Vater fand im Gras seine beiden Pistolen, sie waren leer, was unsere Vermutungen bestätigte. Einen halben Klafter weiter fand sich sein bloßer Degen, mit dem er sich gegen geladene Musketen hatte behaupten wollen, bevor er unter ihren Kugeln fiel.

»Herr Sohn«, sagte mein Vater, »hattet Ihr ihm erlaubt, zu schießen?«

»Im Gegenteil. Ich hatte es ihm strikt verboten.«

»Also hat er Euch wieder nicht gehorcht.«

Und nach einem Schweigen setzte er hinzu: »Zum letzten Mal.«

Es war mehr Traurigkeit als Tadel in seinen Worten, was

mich rührte, weil mein Vater ziemlich hart gegen La Barge gewesen war. Aber Gott weiß, wie sehr er auch mir manchmal auf die Nerven gegangen war mit seinem unbesonnenen Geschwätz und seiner oft kindischen Art. Trotzdem liebte ich ihn, denn er war mit zwölf Jahren als Page in meinen Dienst getreten, und als vaterloser Knabe hatte er sich ein wenig als mein Sohn gefühlt und mir große Zuneigung entgegengebracht, nur leider ohne den dazugehörigen Gehorsam.

Charpentier half mir, ihn zum Karren zu tragen, wo wir ihn niederlegten und sein Gesicht mit seinem Mantel bedeckten. Ich gedachte ihn, mit der Erlaubnis des Kardinals, in der Krypta des Schlosses von Fleury en Bière beizusetzen.

Hörner kam »zum Rapport«, wie er sagte, sehr soldatisch, die Hacken zusammen, der Körper straff, die Stimme laut und schnell: Der Sieg war unser. Wir hatten den Hinterhalt aufgerollt. Die Feinde hatten wenig Gegenwehr entwickelt und waren fast umgehend geflüchtet, was uns erlaubt hatte, sie nahezu ungestraft in Stücke zu hauen. Alles in allem hatten sie an die zwanzig Mann verloren.

»Keine Gefangenen?«

»Nein, Herr Graf, keine Gefangenen«, sagte Hörner, ohne mit der Wimper zu zucken, »nur einen Edelmann, Marquis von Bazainville, den Euch Becker gleich zuführen wird.«

»Welche Verluste habt Ihr, Hauptmann?«

»Zwei Tote und fünf Verwundete.«

»Wo sind die Verwundeten?«

»Sie werden hergebracht, damit der Herr Marquis ihnen wie versprochen erste Hilfe leisten kann.«

»Für Eure Toten, Hauptmann, bezahle ich wie vereinbart die Öffnung der christlichen Erde beim Pfarrer von Fleury en Bière.«

»Besten Dank, Herr Graf«, sagte er tief bewegt.

Dann fuhr er fort: »Und die Beute?«

»Darüber reden wir noch«, sagte ich, weil ich Becker mit dem Gefangenen kommen sah. »Herr Vater«, fragte ich, »braucht Ihr die Karosse, um Eure Verwundeten zu versorgen?«

»Nein. Alles, was ich brauche«, sagte er, an Hörner gewandt, »ist eine große Plane am Boden, der Sauberkeit wegen, und ein, zwei Laternen, bald wird es dunkel.«

»Dann gehe ich in die Karosse, mit einer Laterne, dem Gefangenen und Monsieur Charpentier, wenn er so freundlich sein will, mein Schreiber zu sein, und falls er Schreibzeug bei sich hat.«

»Herr Graf«, sagte Charpentier, »meine Feder habe ich immer dabei.«

Als wir uns niedergelassen hatten, betrachtete ich Monsieur de Bazainville. Seiner Leiblichkeit konnte er sich kaum rühmen, klein, plump und krummbeinig, wie er war; das Gesicht seltsam verschoben, eine schiefe Nase, verschlagene Augen, die ständig nach allen Seiten luchsten, als suche er immer kleine Beute oder aber ein Loch, um darin zu verschwinden.

»Monsieur«, sagte ich ohne Umschweife, »erscheint es Euch nicht schandbar, dreißig blutrünstige Strolche im Wald zu versammeln, um einen Edelmann zu ermorden? Wenn Ihr mit mir etwas auszufechten habt, hättet Ihr mich Eurer Ehre halber nicht besser auf die Wiese bestellt?«

»Herr Graf«, sagte er mit größter Ruhe, »ein Duell mit Euch verbot sich von vornherein. Ihr beherrscht die Jarnac-Finte.«

»Und was habt Ihr gegen mich?«

»Ich? Gar nichts, Herr Graf. Ich habe auf Befehl meines Herrn gehandelt.«

»Wie kann Euer Herr ein anderer sein als meiner? Seid Ihr nicht ebenfalls Untertan des Königs von Frankreich?«

»Sicher!«

»Und einen Offizier des Königs anzugreifen, der in eherner Treue seinem Fürsten dient, ist das nicht gewissermaßen ein Majestätsverbrechen? War Euch nicht klar, daß Eure Unternehmung, wenn sie geglückt wäre, Euch dem Henker überliefert hätte?«

»Auch ich diene treu meinem Herrn, und er ist der höchste Edelmann dieses Reiches.«

»Höher als der König? Wer in diesem Reich stünde über dem König? Sprecht Ihr von Monsieur?«

»Herr Graf, von Monsieur habt Ihr gesprochen.«

»Aber er hat Euch doch befohlen, mich zu töten. Antwortet bitte!«

»Um Vergebung, Herr Graf, aber diese Frage beantworte ich nicht.«

»Dann erlaubt, Euch zu sagen, Marquis, daß dieses Schweigen Euch keinen Vorteil bringt. Wenn Ihr dabei bleibt, werden eben die Richter Euch den Mund öffnen. Bis ihn der Henker Euch auf immer schließt.«

»Herr Graf«, sagte Bazainville, und ein listiger Ausdruck huschte über sein Gesicht, »ein solch großes Auspacken vor den Richtern wäre äußerst peinlich für den König, schließlich handelt es sich um seinen Bruder und möglichen Thronfolger. Da gibt es Besseres, denke ich.«

»Nämlich was?«

»Einen Handel.«

»Mit mir?«

»Allerdings, Herr Graf. Es trifft sich nämlich, daß ich sehr kostbare und sehr geheime Informationen habe, die Sicherheit des Herrn Kardinals betreffend, so brisante Informationen, daß Ihr sie gar nicht teuer genug bezahlt, wenn Ihr mir die Freiheit gebt.«

»Und wer, Marquis, bürgt mir für die Verläßlichkeit dieser Informationen?«

»Meine Ehre.«

»Eure Ehre, Monsieur?«

»Oder, wenn Euch das lieber ist, Herr Graf, mein Interesse. Wer hätte schon gerne – im Fall der Lüge – die ganze Polizei des Kardinals auf den Fersen?«

»Verpflichtet Ihr Euch, diese Informationen vor dem Herrn Kardinal zu wiederholen, da sie, wenn ich recht verstehe, seine Sicherheit betreffen?«

»Jawohl, Herr Graf.«

»Dann nehme ich Euch jetzt mit zum Kardinal. Ihr werdet ihm das Eure sagen, und wenn er Euren Informationen Glauben schenkt, verbürge ich mich für Eure Freiheit. Aber was mich betrifft, laßt mich Euch sagen, Monsieur, daß ich Euch schon im voraus glaube.«

»Ihr glaubt mir?« fragte er staunend.

»Ja, Monsieur. Da Ihr die Niedrigkeit hattet, mit vierzig Strauchdieben über mich herzufallen, glaube ich ohne weiteres, daß Ihr auch Euren Herrn verratet.«

»Niedrigkeit, Herr Graf?« sagte Bazainville. »Es bekümmert mich, daß Ihr solch ein Gefühl gegen mich nährt. Aber offen gestanden, werde ich dieses Gefühl leichter ertragen als mein Hals das blanke Henkersschwert.«

Ein Beweis, daß es dem Verräter mangels Ehre doch nicht

an Witz gebrach. Nur war es jene Art Witz, von der mein Großvater, der Baron von Mespech, zu sagen pflegte, er sei das Leibgedinge von Leuten, die »alle Schande getrunken und alle Scham geschluckt« haben.

Nach kurzer Vergewisserung, daß Charpentier das Wesentliche dieser Unterredung festgehalten hatte, stieg ich mit dem Gefangenen aus der Karosse und führte ihn auf die andere Wegseite zu Hörner. Ich befahl ihm, den Marquis an Füßen und Händen zu binden und ihn nicht aus den Augen zu lassen, weil nur er dem König das Wie und Was dieses Hinterhalts entdecken könne, den wir zu bestehen hatten. Hörner übergab ihn einem Schweizer, der Bazainville an Größe, Breite und Gewicht um das Doppelte überragte.

Ich ging zu meinem Vater, der mir erschöpft vorkam, und traf auch die Verwundeten an, die er verbunden hatte. Alle konnten gehen oder sich doch im Sattel halten, außer einem, den mein Vater mich bat, in der Karosse mitzunehmen.

»Der Mann«, sagte er *sotto voce*, »wäre vom Himmel gesegnet, wenn er eines Tages wieder gehen könnte, oder auch nur humpeln.«

»Worauf warten wir?« sagte ich, weil ich sah, wie das Tageslicht mehr und mehr schwand. »Warum gibt Hörner nicht das Signal zum Aufbruch?«

»Was denkt Ihr?« sagte mein Vater. »Und die Beute?«

»Zum Teufel mit der Beute!«

»Mein Herr Sohn, redet nicht abfällig von der Beute! Für den Soldaten ist sie, was dem Fürsten die Eroberung: der Siegeslohn.«

»Kann man die Verteilung nicht auf morgen verschieben?«

»Morgen früh findet Ihr hier nichts mehr vor!«

»Wieso nicht?«

»Sobald wir aufbrechen, sind alle Bauern der Umgebung, die die Schießerei gehört haben, zur Stelle und schleppen weg, was wir hinterlassen. Die sterbenden Tiere werden zerstückt, ein Pferdeschenkel heißt für sie Schlemmerei. Sind die Bauern fort, kommen aus zehn Meilen weitum die Wölfe geschlichen, vom Blutgeruch angelockt, und laben sich an den Resten. Und schleichen mit dem Tag die Wölfe einer nach dem anderen davon, flüchtigen Schrittes, doch mit voller Wampe – denn sie kennen keinen Unterschied zwischen verletztem Pferd und totem Christenmenschen –, dann flattern rings vom Geäst mit flappenden Schwingen und glühenden Augen die Raben herab, die fressen die Reste der Reste.«

»Mein Gott«, sagte ich, »wie viele Leichenfledderer in dieser traurigen Welt!«

»Von allen Leichenfledderern ist der Mensch der schlimmste!« sagte mein Vater. »Aber laßt Euch das nicht betrüben, mein Sohn! Es gibt Schrecklicheres. Dieser Auflauf erscheint Euch nur deshalb so scheußlich, weil Ihr, wie die Engländer sagen, ›mit einem silbernen Löffel im Mund‹ geboren seid. Der heutige Tag war Eure Taufe. Ihr habt den Krieg kennengelernt.«

Er sprach wahr, und trotzdem nagte Trauer an meinem Herzen. Die Kehle war mir zugeschnürt, ich brachte kein Wort hervor. Mein Vater ließ es dabei bewenden, und weil er ahnte, wie mir zumute war, hakte er mich unter und schritt mit mir die Landstraße auf und ab.

»Dieser Wald«, sagte er, »hat einen lieblichen Namen, Bois des Fontaines – Wald der Quellen. Und obwohl sein Laub noch so zart ist, nisten darin schon die Vögel. Hört Ihr, wie sie aus voller Kehle singen? Und ist auch der Tag noch nicht ganz erloschen, steigt doch schon leuchtend und rund der Mond empor. Alles ist friedlich. Macht es wie der Bois des Fontaines. Was Ihr hier mit angesehen und erlebt habt, versenkt es in der Jagdtasche Eures Vergessens, aber bleibt wachsam in Zukunft. Dies wird nicht der letzte Schlag gegen Euch gewesen sein.«

Und nach einer Weile setzte er hinzu: »Vermißt Ihr den armen La Barge?«

»Ich beweine ihn, vermissen kann ich ihn nicht. Er hat mir nicht gut gedient.«

»In der Gefahr, in der Ihr Euch befindet, mein Sohn, braucht Ihr einen Reitknecht, der Euch ebenso nützlich ist, wie es mir La Surie damals war.«

»Ja, aber wo findet man einen solchen Schatz?«

»Ihr habt ihn schon.«

»Ich habe ihn schon?«

»Hans.«

»Hans, meinen reuigen Reiter?«

»Ihr schätzt ihn doch, wie Ihr mir sagtet.«

»Das stimmt! Er ist, wie Ludwig sagen würde, ›exzellentissime‹. Man würde vergeblich nach einer Tugend suchen, die ihm fehlt. Ich habe vor, ihm den Befehl über meine Miliz in Orbieu anzuvertrauen.«

»Nehmt ihn doch als Junker.«

»Als Junker? Er ist aber nicht von Adel!«

»La Surie war auch nicht adelig, und bevor er es wurde, hat er mir zweimal das Leben gerettet. Legt nicht so großen Wert auf das Blut. Was einer taugt, das zählt! Woher stammt Euer Hans?«

»Aus einem Flecken im Elsaß, aus Rouffach.«

»Dann nennt Ihr Euren Reitknecht Hans von Rouffach. Das klingt gut, und da es sich um einen kleinen Reitknecht handelt, noch dazu deutscher Zunge, wird doch wohl kaum jemand die Reise ins Elsaß machen, um an Ort und Stelle zu überprüfen, ob Hans sich ›von‹ nennen darf?«

»Hans von Rouffach! Nicht schlecht! Ich werde es mir überlegen.«

»Überlegt nicht lange! Bei den Gefahren, die auf Euch lauern, hat ein guter Reitknecht tausend Gelegenheiten, Euch dienlich zu sein.«

In dem Moment kam Hörner, wieder schlug er straff die Hacken zusammen.

»Die Beute«, sagte er, »was Waffen und Kleider betrifft, ist verteilt. Von den Pferden sind fünf tot und an die zehn entlaufen. Es bleiben also vierzehn als Euer Anteil, Herr Graf.«

Ich konnte ihm nicht gleich antworten, so sehr widerstrebte es mir, mich an den Überbleibseln dieser Schlächterei zu bereichern.

»Was die Soldaten angeht«, fuhr Hörner, getreu seiner Maxime, »erst die Tiere, dann die Männer«, fort, »so haben wir fünf Verwundete, einschließlich dem, dessen Bein kaum mehr heilen wird. Ich wäre Euch sehr dankbar, Herr Graf, wenn Ihr ihn mitnehmen könntet in Eurer Karosse. Außerdem haben wir zwei Tote«, fügte er hinzu, und Tränen stiegen ihm in die Augen, obwohl sein Gesicht still blieb.

»Hinterlassen sie Frau und Kinder, Hauptmann?«

»Ja, alle beide.«

»Hauptmann, verkauft die Pferde, die mir zustehen, und teilt das Geld unter den beiden Witwen auf.«

Hörner sah mich an wie einer, dem es vor Verblüffung die

Sprache verschlägt. Und weil sein Stummsein langsam peinlich wurde, fragte ich ihn, wann wir weiterfahren könnten nach Fleury en Bière.

»In einer halben Stunde, Herr Graf.«

Wie lang wurde uns diese halbe Stunde, und wieviel länger noch der Weg, den wir bei brennenden Laternen bis zum Schloß des Kardinals zurücklegen mußten!

Ich dachte schon, wir würden schwerlich Einlaß finden, als wir in tiefer Nacht anlangten. Aber einer der Wachhabenden erkannte Charpentier, weil er ihn täglich in Paris sah, wenn der Kardinal dort weilte. Und der Majordomus, der wegen der nächtlichen Störung herbeieilte, entsann sich meiner. Wie er es fertigbekam, alle die Menschen unterzubringen, weiß ich nicht. Mein Vater und ich jedenfalls logierten im selben Zimmer. Todmüde, waren wir schon im Begriff uns auszukleiden, da kam fast im Laufschritt der Majordomus und sagte, der Kardinal wolle uns umgehend in seinem Kabinett empfangen, meinen Vater, mich, Charpentier und den Gefangenen. Eine solche Promptheit hätte mich in Erstaunen versetzt, hätte ich nicht gewußt, daß der Kardinal bei seinen vielen Aufgaben keine Rücksicht auf den Stand der Sonne nahm und nachts ebenso an seinem Arbeitstisch war wie am Tag.

ACHTES KAPITEL

Leser, die Ereignisse, die ich dir jetzt erzählen will, werden dir so dramatisch und gleichzeitig so haarsträubend und ihrem Anlaß – der Heirat von Monsieur und Mademoiselle de Montpensier – so wenig angemessen erscheinen, daß du geneigt sein könntest, sie für reine Erfindung zu halten. Dem ist nicht so. Die historische Wahrheit steht außer jedem Zweifel, auch wenn sie unterschiedliche, teils sogar widersprüchliche Interpretationen zuläßt, je nach der mehr oder minder günstigen Vorstellung, die man sich von Monsieur und seiner Rolle in diesen Affären macht.

Wir fanden den Kardinal an seinem Arbeitstisch, neben ihm stand Monsieur Charpentier, der, als wir eintraten, in seinem Bericht über den Hinterhalt im Bois des Fontaines dem Ende zustrebte. Sowie der Kardinal uns erblickte, erhob er sich mit wunderbarer Leutseligkeit zu unserem Empfang, während wir uns entblößten Hauptes vor ihm verneigten und mit unseren Federbüschen den Fußboden fegten.

Nachdem er uns in dieser Weise seine große Wertschätzung bezeugt hatte, kehrte der Kardinal rasch an seinen Tisch zurück, setzte sich und entschuldigte sich höflich, daß er das Wort wieder Charpentier erteile, damit er seinen Bericht beende. Was blieb mir währenddessen übrig, wenn nicht, bald den Kardinal zu betrachten und bald seinen Kater?

Der Kater lag – und der Teufel weiß, welch ein Gefühl von Ruhe er ausstrahlte! – auf Richelieus Tisch in einem wohlabgegrenzten Bezirk, den er nie überschritt, und die Hand des Kardinals legte sich bisweilen auf seinen Kopf, aber nur kurz, damit er nicht zu schnurren anfange und damit das menschliche Gespräch störe.

Den Schwanz sorglich um die Pfoten geschlungen, als fürchte er, sie zu verlieren, und in einen prächtigen perlgrauen Pelz gehüllt, fühlte sich das Tier sichtlich hochzufrieden, dort in beherrschender Position vor seinem Herrn zu liegen. Die Augen geschlossen, halb geschlossen oder weit geöffnet, tat er bald, als bemerke er uns nicht, bald fixierte er uns aus seinen goldgelben Augen, in welche die tanzenden Kerzenflammen dann und wann einen Goldfunken setzten.

Obwohl der Kardinal, der Charpentier lauschte, sich ebensowenig rührte wie sein Lieblingstier, spürte ich, daß seine Ruhe mit der des Katers nichts gemein hatte und das Gehirn hinter dieser reglosen Stirn wie stets in rastloser Tätigkeit war.

Daß Richelieus eigentümliches Antlitz die Aufmerksamkeit anzog, heißt zu wenig gesagt. Es fesselte. Sein dreieckiges Gesicht, das ein kurzer Spitzbart noch schmaler erscheinen ließ, wurde von sehr schönen schwarzen Augen beherrscht, die sanft und liebevoll blicken, die sich mit Tränen füllen konnten, die aber auch vor mehr oder minder verhaltener Wut zu funkeln vermochten, je nachdem. Was mich aber am meisten und immer aufs neue frappierte, wenn ich ihn eine Zeitlang nicht gesehen hatte, war die äußerste Reinlichkeit seiner Erscheinung.

In einem Reich, dessen Untertanen unsauber geworden waren, seit die Kirche das Verbot der Badehäuser durchgesetzt hatte, wusch sich Richelieu tagtäglich von Kopf bis Fuß, was ihm den Spott der Hofleute eintrug, die oft allerhand Schmutz unter Seide und Perlen verbargen. Mit größter Sorgfalt schnitt und feilte er seine Nägel, wusch sich oft die Hände (was Königin Margot, wie man sich erinnern mag, haßte), ließ allmorgendlich seine Bartkonturen ausrasieren, trug makellose Soutanen und blendendweiße Kragen.

Schlank gewachsen, geschmeidig und anmutig in seinen Gebärden, liebte er alles Schöne, allen verfeinerten Luxus und prunkvolle Feste. Er selbst gab die prächtigsten, und er hätte noch mehr gegeben, hätte seine unerbittliche Arbeit ihm Muße dazu gelassen.

Im Gegensatz zum Kabinett des Paters Joseph war seines ein Muster an Ordnung. Auf dem großen polierten Tisch herrschte eine Disziplin, die selbst der Kater respektierte. Reinlich gestößelt lagen die Akten, so daß auch nicht eine Seite über die andere hinausstand, und zur Beleuchtung ragten rechts und links von ihm vergoldete Leuchter, die selbstverständlich keine Talglichte trugen, sondern parfümierte Kerzen.

Als Charpentier geendet hatte, wandte sich Richelieu zunächst dem Marquis de Siorac zu und lobte in wenigen Worten die großen Dienste, die er Heinrich III. und Henri Quatre erwiesen hatte. Er tat das mit einer erstaunlichen Genauigkeit der Fakten und Daten und in so eleganten Wendungen, daß es meinen Vater entzückte. »Man hätte glauben können«, sagte er mir später, »er wisse alles von mir, und vor allem, er kenne sich besser als ich in einer Epoche aus, in der er noch gar nicht auf der Welt war.« Obgleich mein Vater sein Gesicht sehr in der Gewalt hatte, merkte ich ihm an, wie sehr er binnen Minutenfrist dem Zauber erlegen war.

Die Szene erbaute und rührte mich in einem. Der Kardinal verführte zu gerne, nicht allein aus politische Erwägungen, sondern um sich Freunde und Unterstützung zu gewinnen. Obwohl er gegen Feinde des Staates unerbittlich streng sein konnte, war sein Herz nicht unempfindsam, ganz im Gegenteil: Er beweinte den Tod eines Verwandten, eines Freundes, ja selbst eines kleinen Dieners. Im übrigen liebte er es, geliebt zu werden. Und dieses aufrichtige Bestreben durchdrang seine Beredsamkeit und machte sie mindestens so überzeugend wie seine Argumente.

Mir gegenüber war der Kardinal ebenso lobreich, aber kürzer. Bei mir brauchte er keine solche Mühe mehr aufzuwenden: Mich hatte er längst erobert.

Doch obwohl er nur zwei Sätze sagte, prägten sie sich mir ein. Zum ersten wies er darauf hin, daß die Kabale mir keine größere Ehre hätte erweisen können, als mich zu ihrer ersten Zielscheibe zu machen, bezeichne diese Wahl mich doch als einen der unwandelbarsten Diener Seiner Majestät. Dann sagte er in Anspielung auf die gehässigen Flugschriften, welche die Feinde des Reiches über ihn verbreiteten, mit einem Lächeln, daß diese Schreiberlinge die umgekehrte Richtung des Tugendweges einschlügen, den Charpentier, sein Sekretär und sein Freund, gegangen war: Charpentier hatte das Messer gegen die Feder eingetauscht. Diese Unseligen wechselten jetzt von der Feder zum Messer.

Wie der Leser unfehlbar bemerkt haben wird, sollte eben auch Charpentier ein gutes Wort zukommen, und sei es verpackt in einen Scherz, denn der Stil des Kardinals schloß den Geistesblitz ebenso ein wie die hochtrabende Formel.

»Charpentier«, sagte er, »wollt Ihr so gut sein, Desbournais zu sagen, der Hauptmann Hörner möge mir doch die beiden Gefangenen unter tüchtiger Bewachung herbringen?«

Nun, tüchtig war die Bewachung allerdings, denn nicht weniger als zehn Schweizer umringten die beiden Gefangenen, als Hörner hinter Desbournais erschien.

Von diesem Desbournais sei beiläufig gesagt, daß er seit Richelieus Verbannung in Avignon sein Kammerdiener war und ihm mit der Treue einer Bulldogge diente, mit welcher er übrigens einige Ähnlichkeit hatte.

Nachdem er auf eine besondere Weise geklopft hatte, betrat er als erster das Kabinett des Kardinals und fragte ihn, welchen der beiden Gefangenen er als ersten zu sehen wünsche.

»Nicht die Gefangenen will ich als erste sehen«, sagte Richelieu, »sondern Hauptmann Hörner.«

Bei seinem Eintreten betrachtete Hörner, der sich als »gut katholischen Schweizer« bezeichnete, den Kardinal voller Verehrung, und anstatt ein Knie zu Boden zu setzen, fiel er auf beide Knie nieder und hörte wortlos die großen Elogen an, die Richelieu ihm spendete, indem er über den Hinterhalt im Bois des Fontaines, den er gerade erst von Charpentier gehört hatte, mit einer Präzision sprach, als wäre er selbst dabeigewesen, und Hörners Geschick und Intuition, seine Erfahrung und Tapferkeit lobte, als hätte er von Anfang bis Ende mitgekämpft.

Während Hörner vernahm, was er für eine fast übernatürliche Kenntnis der Ereignisse halten mußte, errötete er, erblaßte und errötete wieder, und Schweißtropfen traten ihm auf die Stirn. Und als er sich auf eine freundliche Geste Richelieus hin erhob, schien es mir, daß ihm die Knie bebten: ein Beben, das mir nie mehr aus dem Gedächtnis ging, denn es war in der ganzen Zeit, die ich Hörner kannte, das erste und letzte Mal, daß ich ihn zittern sah.

Der Kardinal hatte sich also wieder einen Freund erworben, und Freunde brauchte er viele, denn er wurde nicht nur von der orthodoxen Partei und vom Kreis der teuflischen Reifröcke gehaßt und geschmäht, sondern auch von den meisten großen Herren, weil sie fürchteten, daß es ihrer Größe abträglich wäre, wenn er weiter regierte und einen geordneten Staat schuf anstatt der Anarchie, in der die Prinzen und Herzöge seit Henri Quatres Tod zu ihrem größten Nutzen wie Fische im Wasser geschwommen waren.

»Desbournais«, sagte Richelieu, »bringt den Gefangenen herein, der bei dem Hinterhalt die Rolle des Aufklärers gespielt hat.«

Barbier wurde in Ketten hereingeführt. Er konnte sich kaum aufrecht halten und schluckte andauernd seinen Speichel hinunter, wahrscheinlich hatte er seit dem Vortag nichts getrunken, nichts gegessen.

Es war ein grober Mensch mit ungeschlachten Zügen. Als wir ihn gefangennahmen, war er mir ziemlich feige vorgekommen, aber heute merkte man ihm seltsamerweise nicht die geringste Spur von Ängstlichkeit an.

Richelieu ließ ihm als erstes seine Ketten abnehmen, ließ ihn sich setzen und ihm einen Becher Wasser reichen, den Barbier gierig leertrank. Ich wüßte nicht zu sagen, ob dieses Betragen gegen den Gefangenen absichtsvoll war oder einfach menschlich, und überlasse es dem Leser, darüber zu befinden.

»Du heißt Barbier«, sagte Richelieu ohne jede Drohung.

»Ja, Eminenz.«

»Was ist dein Gewerbe?«

»Verbrecher«, sagte Barbier ohne Großspurigkeit, aber auch ohne Scham.

»Das ist ein schlechtes Gewerbe«, sagte Richelieu ruhig.

»Das ist es«, sagte Barbier. »Vor allem ernährt es seinen Mann schlecht. Aber, Obacht, Exzellenz, ich bin Beutelschneider und Mantelschnäpper, doch kein gewerblicher Mörder.«

»Trotzdem hast du dich bereit gefunden, dich der Bande anzuschließen, die es auf die Ermordung des Grafen von Orbieu absah.«

»Nicht gerne!« sagte Barbier mit allem Anschein der Ehrlichkeit. »Aber ich hatte keinen blanken Sous mehr im Beutel, und von irgendwas muß der Mensch leben.«

»Auch vom Töten?«

»Die Zeiten sind hart, Exzellenz.«

»Sie werden noch härter, wenn man geschnappt wird.«

Auf diese verhüllte Drohung antwortete Barbier nichts, und sein Gesichtsausdruck blieb unverändert.

»Wer hat den Überfall angestiftet, an dem du teilgenommen hast?«

»Ich hab gehört, es war ein Edelmann, der beinah König ist.«

»Barbier, du weißt«, sagte der Kardinal mit plötzlicher Schärfe, »daß der zu Reims gesalbte und geheiligte König der einzige ist, der sich von Rechts wegen so nennen darf. Vor dem König sind andere nichts. Es gibt kein ›beinahe‹.«

Dieses Glaubensbekenntnis, das mit einem fast religiösen Ernst gesprochen wurde, beeindruckte nicht nur den Gefangenen tief, sondern alle Anwesenden. Mein Vater sagte mir nachher, daß der Satz: »Vor dem König sind andere nichts«, eigentlich ein Zitat sei. Dieses Wort hatte Heinrich III. in großer Niedergeschlagenheit gesprochen, als der Herzog von Guise ihm eine Stadt nach der anderen nahm.

»Und was machen wir jetzt mit dir?« sagte Richelieu.

»Ich weiß es nicht, Eminenz«, sagte Barbier, ohne ihn etwa um Gnade anzuflehen oder sich darauf zu berufen, daß ich ihm Leben und Freiheit zugesichert hatte, sofern er uns den Ort des Hinterhalts nenne.

Diese Haltung gefiel mir, sie hatte eine Art Würde. Ich befragte den Kardinal mit den Augen, ob ich sprechen dürfe.

»Geruhe Eure Exzellenz«, sagte ich, »mir den Gefangenen anzuvertrauen. Ich habe ihm das Leben versprochen.«

»Er gehört Euch, Graf«, sagte der Kardinal. »Aber wenn Ihr ihn freilaßt, dann nicht, bevor dieses ganze Tohuwabohu zu Ende ist. Hauptmann«, fuhr er zu Hörner fort, »laßt Monsieur de Bazainville herein. Und dann begleitet Barbier zurück in sein Quartier.«

Ich bin sicher, Hörner gehorchte, ohne auch nur im entferntesten daran zu denken, daß Richelieu es so eingerichtet hatte, damit er beim Verhör des Herrn von Bazainville nicht zugegen wäre.

Der Kardinal ließ Bazainville wie vorher Barbier die Ketten abnehmen und einen Becher Wasser reichen. Doch verhielt er sich gegen ihn viel kühler als gegen Barbier. Ein Beweis, daß ihn die rohe Offenheit des Übeltäters nicht unempfindlich gelassen hatte.

»Monsieur«, sagte er, »ich habe hier das von Charpentiers Hand mitgeschriebene Verhör, dem der Graf von Orbieu Euch nach Eurer Gefangennahme in seiner Karosse unterzog. Billigt Ihr es in allen Begriffen?«

»Ja, Eminenz.«

»Schreibt noch nicht, Charpentier«, sagte der Kardinal.

Und er fuhr fort: »In diesem Verhör wird unausgesprochen eine hohe Persönlichkeit erwähnt. Ich möchte Euch bitten, mit Rücksicht auf die Würde den Namen nicht auszusprechen, wenn Ihr ihn zu nennen habt.«

»Eminenz, wie soll ich denjenigen bezeichnen, wenn ich den Namen verschweigen soll?«

»Nennt ihn einfach ›die Persönlichkeit‹.«

»Ich werde nicht verfehlen«, sagte Bazainville mit einem so widerwärtigen Lächeln, daß ich es ihm am liebsten vom Mund geschlagen hätte.

»Charpentier«, sagte Richelieu, »jetzt könnt Ihr schreiben.« Und er fuhr fort: »Nach dem, was in der Karosse des Grafen von Orbieu gesprochen wurde, habt Ihr nach dem Kampf einen Handel mit dem Grafen geschlossen. Ihr würdet ihm ein Komplott gegen meine Sicherheit enthüllen, und er würde Euch dafür Freiheit und Leben gewähren, wenn ich damit einverstanden sein sollte.«

»So ist es, Eminenz.«

»Gut. Ich schließe mich diesem Übereinkommen an und akzeptiere die Bedingungen, natürlich unter der Voraussetzung, daß Tatsachen die Realität dieses Komplotts bestätigen, dessen Gegenstand ich Eurer Angabe gemäß sein soll.«

»Eminenz«, sagte Bazainville lächelnd, »Ihr bringt mich in Verlegenheit. Jetzt bin ich genötigt zu wünschen, daß die Persönlichkeit in ihrem Plan fortfährt, obgleich sie, wie jeder weiß, sehr wechselhafter Natur ist.«

»Da nehmt Ihr in der Tat ein Risiko auf Euch«, sagte Richelieu kalt. »Aber dieses Risiko wäre noch weit größer, wenn Ihr jetzt schweigen würdet.«

»Dann werfe ich also die Würfel«, sagte Bazainville. »Heute vormittag, Exzellenz, oder heute nachmittag wird bei Euch ein reitender Bote der ›Persönlichkeit‹ eintreffen, durch welche sich diese für morgen abend mit etwa dreißig Edelleuten bei Euch zum Diner ansagt.«

»*È disinvolto*«, sagte der Kardinal, »*ma non criminale.*«[1]

»Eminenz, das Schlimme kommt erst noch. Im Verlauf dieses Diners werden einige dieser Edelleute einen Streit untereinander vortäuschen, die Degen ziehen, und in dem darauf folgenden Durcheinander wird, wie aus Versehen, ein Degenstoß Euch durchbohren.«

Der Kardinal hörte es mit gesenkten Augen. Seinem Gesicht war keine Regung anzumerken. Er legte die Hand auf den Kopf

---

[1] (ital.) Das ist unverfroren, aber kein Verbrechen.

seines Katers und ließ sie solange liegen, bis der Kater zu schnurren begann. Da zog der Kardinal seine Hand rasch zurück und blickte uns, meinen Vater und mich, an, als nähme er uns zu Zeugen seines Erstaunens.

»Diese jungen Leute sind derart romanesk!« sagte er endlich mit einem Seufzer. »Das hört sich an wie eine Intrige aus der italienischen Renaissance.«

»Die ›Persönlichkeit‹ ist auch ein halber Italiener«, sagte mein Vater. »Und wie ich hörte, rühmt er sich dessen.«[1]

»Die Idee stammt aber nicht von ihm«, sagte Bazainville.

»Von wem dann?« fragte Richelieu.

»Von zwei Brüdern, die dem Blut nach sehr hoch stehen im Reich. Sie sind am meisten von allen gegen Euch erbittert, Eminenz, und noch mehr gegen den König.«

»Ich verstehe«, sagte Richelieu. »Charpentier, bittet Desbournais, den Schweizern zu sagen, daß sie den Gefangenen abholen können. Und ich empfehle, ihn künftig gut zu ernähren. Er ist kostbar.«

* * *

»Monsieur, auf ein Wort, bitte!«

»Meinen Sie mich, schöne Leserin?«

»Allerdings. Sie haben Ihre ergebene Dienerin wohl ganz vergessen! Nun sind es schon nahezu hundert Seiten, daß ich aus Ihren Memoiren zugunsten des Lesers verschwunden bin. Was heißt das, Graf? Bin ich in Ungnade gefallen? Bin ich aus Ihrem Wohlwollen verbannt? Haben Sie unsere kleinen *a parte* vergessen? Was ist aus unserer reizenden Komplizenschaft geworden?«

»Madame, hätte ich Sie inmitten der Aufregungen dieses Hinterhalts ansprechen sollen?«

»Ach, Monsieur, verstecken Sie sich nicht hinter faulen Ausreden! Die Wahrheit ist, daß Sie sich im Umgang mit Ihrem Kardinal mit dem Fieber seines Frauenhasses angesteckt haben und mein liebenswürdiges Geschlecht nur noch als eine Sammlung ›seltsamer Tiere‹ ansehen.«

»Madame, der Frauenhaß des Kardinals ist rein politisch. Er verabscheut den Kreis der intriganten Reifröcke, der dem Staat

---

1 Gaston, der Bruder des Königs. Beider Mutter, Maria von Medici, war Italienerin; Habsburgerin war sie nur von seiten ihrer Großmutter her.

nun wahrlich genug Böses tut. Aber in seinem Privatleben liebt er Marie, die Frau seines Beraters Bouthillier, und er ist ganz vernarrt in seine Nichte.«

»Wollen Sie damit sagen, daß dieser Séraphin in der Purpurrobe gleich zwei Angéliques um sich hat?«

»Ganz und gar nicht, Madame! Richelieu ist ein keuscher Priester! Ich wage sogar zu behaupten, daß er in jeder Hinsicht ein *sacerdos impeccabilis*[1] ist.«

»Ein Glück! Wie erleichtert bin ich zu hören, daß nicht auch er eine Louison auf dem Land und eine Jeannette in Paris hat.«

»Madame, bitte, lassen wir das! Sie haben mich doch sicher nicht unterbrochen, um mich wegen meiner Liebschaften zur Rede zu stellen.«

»Nein, Monsieur, ich habe ernsthafte Fragen.«

»Ich höre.«

»Wer sind jene beiden Brüder, die vom Blut her sehr hoch im Reich stehen und die Monsieur überzeugt haben, dem Kardinal diese hinterlistige Falle zu stellen?«

»Der Herzog von Vendôme und sein jüngerer Bruder, der Großprior von Frankreich.«

»Wie das, ein Großprior, und Mordideen?«

»Oh, Madame, dieser Titel hat doch nichts Religiöses! Er wird einem königlichen Bastard zusammen mit stattlichen Pfründen verliehen, damit er gut leben kann. Der Herzog und der Großprior waren der Liebe von Henri Quatre und der schönen Gabrielle d'Estrées entsprungen. Leider trägt sich der Herzog von daher mit unerhörten Ansprüchen. Er ist Gouverneur der Bretagne, will aber ihr absoluter Herr sein, und sein oberstes Ziel ist es, König zu werden.«

»An Kühnheit fehlt es ihm ja nicht!«

»Aber an Gehirn, Madame. Stellen Sie sich vor: Er hält sich für den wahren König und Ludwig für einen Usurpator. Er beruft sich darauf, daß er sieben Jahre älter als Ludwig, also sein älterer Bruder ist, und pocht ständig darauf, daß sein Vater Gabrielle d'Estrées ein Eheversprechen gegeben hatte. Aber natürlich verlor dieses Papier mit Gabrielles Tod 1599 und mit der Vermählung von Henri Quatre und Maria von Medici 1600 jegliche Gültigkeit. Vendôme schert das nicht. Er hat sich

---

1 (lat.) Ein Priester ohne Fehl und Tadel.

schon 1614 gegen Ludwig empört, und als er Seine Majestät zu Nantes um Verzeihung bitten mußte, gab ihm Ludwig mit seinen gerade mal dreizehn Jahren eine wahrhaft königliche Antwort: ›Monsieur‹, sagte er, ›dient mir künftighin besser als in der Vergangenheit und wißt, daß es in dieser Welt Eure größte Ehre ist, mein Bruder zu sein.‹«

»Und hat er ihm verziehen?«

»Ja, schöne Leserin. Nach jener Geschichte damals ist es aber zweifelhaft, daß er ihm noch einmal verzeiht.«

»Wie, und mehr erzählen Sie mir nicht? Wollen Sie mich mit meinem Wissensdurst allein lassen?«

»Entschuldigung, Madame. Aber ich kann nicht Ihnen allein erzählen, was ich für alle meine Leser bestimmt habe. Da hilft nur eins, blättern Sie um! Es wird sich alles zeigen, und bestimmt werden Sie mächtig staunen.«

* * *

Mein Vater und ich schliefen wie die Murmeltiere und knurrten wie die Bären, als es um zehn Uhr morgens bei uns klopfte. Nackt, wie ich war – die Nacht war sehr heiß gewesen –, ging ich zur Tür, und als ich Charpentiers Stimme erkannte, öffnete ich. Unter wirren Entschuldigungen trat er herein: Soeben waren zwei Edelleute von Fontainebleau her eingetroffen (wo sich der Hof und der König befanden) und verlangten, baldmöglichst den Kardinal zu sprechen, sie hätten ihm schwerwiegende Neuigkeiten mitzuteilen. Sie weigerten sich jedoch, ihre Masken abzunehmen, und wollten ihre Namen nicht nennen. Charpentier hatte sie in einen kleinen Salon geführt und Hörner gebeten, zehn Schweizer vor ihre Tür zu stellen.

»Haben sie nicht gesagt«, fragte ich, »warum sie anonym bleiben wollen?«

»Sie wünschen, daß ihr Hiersein mit größter Diskretion behandelt wird, denn wenn es bekannt würde, brächte sie dies seitens gewisser Personen in große Gefahr ... Ich weiß nicht, was ich machen soll«, setzte Charpentier hinzu. »Der Kardinal hat sich erst vor kurzem niedergelegt, er schläft noch. Darf ich ihn wecken, um ihm maskierte Herren zuzuführen, von denen ich nichts weiß?«

»Mein Freund«, sagte ich, »die Antwort liegt bereits in der

Frage. Könnt Ihr uns diese morgendlichen Besucher beschreiben?«

»Der eine mag etwa achtzehn sein«, sagte Charpentier. »Er sieht sehr gut aus und ist extravagant in Azurblau gekleidet. Der andere ist ein würdiger Graubart in dunkelbraunem Samt, seine Stimme klingt befehlsgewohnt.«

»Eine solche Präzision lobe ich mir«, sagte mein Vater.

»Herr Marquis«, sagte Charpentier, »wer für den Kardinal arbeitet, muß präzise sein. In einem Exposé darf keine Tatsache außer acht gelassen werden, und erscheine sie noch so nebensächlich. Doch um auf unsere Edelleute zurückzukommen, Herr Graf, ich habe mich gefragt, ob der Herr Marquis und Ihr nicht bereit wäret, diesen Herren einen Besuch zu machen und mir dann zu sagen, was Ihr von ihnen haltet.«

»Das will bedacht sein«, sagte ich. »Auch unser Hiersein erfordert einige Geheimhaltung.«

»Monsieur Charpentier«, sagte mein Vater, »als Ihr den älteren der beiden Edelleute beschriebt, schient Ihr von seiner Autorität und Würde beeindruckt. Könnt Ihr uns sagen, was Euch diesen Eindruck gab?«

»Seine Stimme, sein Ton, sein Benehmen und vielleicht auch das Kreuz des Heilig-Geist-Ordens auf seiner Brust.«

»Ah, Monsieur Charpentier«, rief ich lachend, »wir haben Euch ertappt! Ihr seid der Methode des Kardinals untreu geworden. In dem ersten Porträt, das Ihr von dem Graubärtigen gabt, habt Ihr dieses Detail ausgelassen.«

»Findet Ihr es so bedeutsam?« fragte Charpentier errötend.

»Es ändert alles, mein Freund! Denn auch mein Vater und ich sind Ritter vom Heiligen Geist, und die Ordensregeln gebieten uns, einem jeden Hilfe und Beistand zu leisten, der ihm angehört. Monsieur Charpentier, bitte, geht und sagt diesen Edelleuten, wer wir sind und daß wir, falls sie es wünschen, sie besuchen kommen, sobald wir angekleidet sind.«

Wir brauchten nicht lange, uns anzukleiden, wobei mein Vater über die Unannehmlichkeit, allein damit fertigzuwerden, witzelte, besonders da die Ankleiderin sonst Louison oder Jeannette heiße. »Und Margot«, hätte ich meinerseits hinzusetzen können, aber ich ließ es. Je älter der Marquis de Siorac wurde, desto inniger fühlte er sich Margot verbunden, und darüber wollte ich nicht scherzen, um den besten Vater der Welt nicht zu verletzen.

Sowie uns die Tür aufgetan war und wir höfliche Grüße gewechselt hatten, nahm der ältere der beiden Edelleute seine Maske ab und gab seinem Gefährten ein Zeichen, ihn nachzuahmen.

»Meine Herren«, sagte er, »ich bin der Kommandeur von Valençay, und dies ist mein Neffe, Marquis de Chalais, Großmeister der königlichen Garderobe.«

»Den ich sehr gut kenne, Herr Kommandeur«, sagte ich mit neuerlicher Verneigung, »und dem ich sehr zugetan bin.«

»Ach, daß Ihr hier seid, Orbieu!« rief Chalais.

Und mit dem Ungestüm eines Knaben kam er auf mich zu gelaufen, warf sich in meine Arme und küßte mich immer wieder auf beide Wangen. Wer, zum Teufel, wäre da auf die Idee gekommen, daß er mich drei Tage zuvor wegen einer Lappalie auf die Wiese rufen wollte? Aber insgeheim wettete ich, daß dieser kleine Wirrkopf den Zwischenfall längst vergessen hatte.

Mein Vater sah die stürmischen Küsse mit einiger Verwunderung, denn ich hatte ihm nie von dem kleinen Marquis erzählt. Obwohl er als Großmeister der königlichen Garderobe wie ich zum Haus des Königs gehörte, sah man ihn dort ziemlich selten. Er liebte Ludwigs ernstes und strenges Wesen nicht und war viel lieber in Gesellschaft von Monsieur und seinen lustigen, leichtlebigen, immer zu Späßen aufgelegten jungen Freunden. Weil ich nun aber bemerkte, daß der Kommandeur von Valençay bei dem Überschwang seines Neffen ein wenig die Stirn runzelte, suchte ich mich den Armen des Jünglings sacht zu entwinden, denn ich wollte das Herrchen keinesfalls wieder erbosen, was mir womöglich, *chi lo sa?*[1] einen neuerlichen Ruf auf die Wiese eingetragen hätte.

»Herr Kommandeur«, sagte mein Vater, »wir sind gleich Euch Besucher in diesem Schloß und darum auf Diskretion bedacht. Deshalb werden wir vergessen, daß wir Euch und Euren Neffen hier gesehen haben, sobald wir Fleury en Bière verlassen.«

»Dasselbe werde ich für Euch tun, Herr Marquis«, sagte der Kommandeur mit leichter Verneigung.

Mir fiel auf, daß er sich nur für sich verpflichtete, nicht aber für Chalais. Vielleicht traute er seinem Neffen nicht zu, ein Geheimnis zu wahren.

1 (ital.) Wer weiß?

»Herr Kommandeur«, sagte ich, »darf ich hinzufügen, daß wir den Kardinal vermutlich leichter bewegen könnten, Euch zu empfangen, wenn Ihr uns wenigstens andeuten wolltet, warum Ihr ihn zu sprechen wünscht?«

Hierauf legte der Kommandeur seine Stirn in Falten. Nicht daß er mein Ersuchen unvernünftig fand, aber was wurde, wenn er ihm genügte, aus dem Geheimnis, mit dem er seine Demarche umgeben wollte?

»Herr Graf«, sagte er endlich, indem er seine Worte mit größtem Bedacht wählte, »ich bin der Meinung, wenn dem Kardinal etwas zustieße, würde dies einen Bürgerkrieg in Frankreich heraufbeschwören, der das Leben vieler Franzosen in Gefahr bringen könnte, sogar das Leben des Königs.«

Diese Worte wurden in einem ernsten, bewegenden Ton gesprochen. Ich fand sie aber auch sehr gewandt, denn der Kommandeur hatte zu verstehen gegeben, daß er den Kardinal vor einem Komplott schützen wolle, ohne dies aber ausdrücklich zu sagen und sich im geringsten zu entblößen.

»Herr Kommandeur«, sagte ich, »ich teile Eure Meinung und werde Eure Worte Monsieur Charpentier getreu wiederholen, ohne ein Jota zu verändern.«

Damit nahmen wir Urlaub, nicht ohne einander, wie es unsere absurden Bräuche verlangen, zehn Komplimente zu machen, wo eines genügen würde. Als wir den Kommandeur und Chalais verließen, fand ich Monsieur Charpentier vor der Tür, und während ich ihn fortzog von den Schweizern, wiederholte ich ihm leise die Worte des Kommandeurs.

»Bei Gott, wenn es so ist«, sagte er, »kann man dem Kommandeur seine Vorsicht nicht verübeln. Der Kardinal ist jetzt aufgestanden, ich werde ihm die Worte von Monsieur de Valençay sofort übermitteln.«

Und nach kurzer Überlegung setzte er hinzu: »Am besten werde ich ihm raten, die Besucher im kleinen Salon selbst aufzusuchen. Auf die Weise wird niemand anderer die Herren sehen, und wenn er sie verläßt, können sie ihre Masken wieder aufsetzen und mit verhängten Zügeln nach Fontainebleau zurückkehren.«

»Monsieur Charpentier«, sagte ich nach einem Schweigen, »worauf schließt Ihr bei diesem Besuch?«

»Auf ein weiteres Komplott«, sagte er ruhig. »Oder auf dasselbe, wer weiß?«

Sein unaufgeregter Ton schien mir zu bedeuten, daß Charpentier in die Gewandtheit, Umsicht und Klugheit des Kardinals ein solches Vertrauen setzte, daß er den Feinden nicht die geringste Chance einräumte, ihn zu ermorden.

»Monsieur Charpentier«, sagte ich, »wollt Ihr dem Kardinal bitte melden, daß wir das Schloß für einige Stunden verlassen, denn wir wollen den Pfarrer von Fleury en Bière ersuchen, die christliche Erde für Monsieur de La Barge und zwei unserer Schweizer zu öffnen.«

»Wird gemacht, Herr Graf. Der Majordomus hat den Auftrag, Euch zu jeder Tageszeit ein kaltes oder warmes Mahl vorzusetzen, ebenso den Schweizern. Und ich werde einen Diener zu Pfarrer Siméon schicken, damit er Eurem Verlangen gleich stattgibt, denn üblicherweise kommt der Mann etwas schwer in Gang.« (Ein Ausdruck, der mir ausnehmend milde und mitleidig erschien, als ich den guten Mann kennenlernte.)

»Monsieur Charpentier«, sagte ich, »soll ich Euch einige Schweizer zum Schutz des Kardinals hier lassen?«

»Nein, nein, Herr Graf, nehmt sie nur mit, sie wollen doch alle an der Beerdigung ihrer Toten teilnehmen. Ich habe genug Leute hier, das Schloß im Notfall wenigstens solange zu verteidigen, bis die königlichen Regimenter von Fontainebleau zum Entsatz eintreffen. Aber das wird nicht nötig sein. Diese Herren, die uns hassen, greifen ja nicht offen an. Wie Ihr selbst erfahren habt, bevorzugen sie den Verrat.«

Hörner mußte vorausgesehen haben, daß er die Erlaubnis, mit allen gemeinsam zum Friedhof zu gehen, erhalten würde, denn sämtliche Schweizer waren wie aus dem Ei gepellt in zwei Reihen auf dem Schloßhof angetreten und hielten ihre sorglich gestriegelten Pferde am Zügel. Deren Hufe hatten sie schwarz umhüllt. Die Schweizer flankierten rechts und links den Karren, auf dem ihre Kameraden und La Barge lagen, jeder in seinem Leichentuch, das nur das Gesicht freiließ. Kein Geräusch war zu hören, außer wenn die Pferde mit dem Schweif ihre Kruppen schlugen, um die Fliegen zu verscheuchen. Zum letzten Mal sah ich das blutleere, leichenfahle Knabengesicht La Barges, und es griff mir ans Herz.

Die Kirche von Fleury en Bière war größer als die von Orbieu, und das Pfarrhaus wirkte wie ein stattliches Bürgerhaus. Doch merkwürdig, obwohl dreißig Männer und ebenso viele

Pferde unvermeidlich einigen Lärm machten, als sie unter der Eiche auf dem Kirchplatz hielten, blieben die Fenster des Herrn Pfarrers geschlossen wie die Austern. Und Hörner mußte den Türklopfer lange und kräftig betätigen, bis sie endlich aufgug.

Eine ruppige Strunzel erschien, vielmehr ein so umfänglicher, um nicht zu sagen ungeheuerlicher Busen, daß er quasi die Tür versperrte und seiner Besitzerin den Kopf in den Nacken drückte. Was ihr eine Art Dünkelhaftigkeit verlieh, die von ihren durchdringenden schwarzen Augen nicht Lügen gestraft wurde, nur waren sie leider ebenso klein wie der Vorbau riesig.

»Lümmel!« keifte sie, »wer zum Teufel bist du, daß du wie ein Tollwütiger an die Tür von unserem Herrn Pfarrer zu klopfen wagst?«

»Dein Glück, Gevatterin«, versetzte Hörner, »daß du noch einem Weib ähnlich bist, sonst hättest du schon zwei Daumenbreit Stahl in der Wampe, weil du mich Lümmel schimpfst. Damit du es weißt, ich bin Hauptmann Hörner und befehlige die Eskorte des Grafen von Orbieu, den du da zwei Schritt von dir mit seinem Vater siehst, dem Marquis de Siorac.«

»Und ich«, sagte sie, keine Spur eingeschüchtert, »bin Victorine Boulard, die Wirtschafterin vom Herrn Pfarrer Siméon. Was willst du?«

»Ins Pfarrhaus will ich.«

»Wozu?«

»Um den Herrn Pfarrer Siméon zu sprechen.«

»Das geht nicht! Der Herr Pfarrer spricht mit seiner Suppe und kann es nicht leiden, daß man ihm dareinredet!«

»Gut, ich warte.«

»Da kannst du warten, bis es Nacht wird! Wenn unser Pfarrer seine Suppe gegessen hat, muß er erst seine zwei Stündchen schlafen.«

»Na schön«, sagte Hörner entschlossen, »dann empfängt er mich eben doch gleich. Die Sache eilt. Es handelt sich darum, drei Tote zu beerdigen.«

»Die Pest über dein großes Maul, Soldat!« erwiderte Victorine. »Wir öffnen die Erde nicht jedem, schon gar nicht Gemeindefremden!«

»Diese Fremden haben dem Grafen von Orbieu gedient, der im Dienst des Königs steht.«

Hierauf straffte sich Victorine, warf den Kopf noch höher und reckte ihren Busen.

»Der König«, sagte sie, »hat auf unserem Friedhof nichts zu sagen!«

»Was erlaubst du dir, Teufelsgevatterin?« rief ich mit lauter Stimme und schritt drohend auf sie zu. »Der König ist Herr über alle französische Erde! Es ist ein Majestätsverbrechen, ihm dieses Recht zu bestreiten! Noch ein Wort, und ich lasse dich hier an der Eiche aufknüpfen.«

Die Megäre trat den Rückzug an wie eine Dogge, die knurrend vor dem Stock zurückweicht.

»Schon gut, schon gut«, brabbelte sie, »ich werd Euch zu jemand führen, der Euch besser zu antworten versteht. Wenn Ihr so zu ihm sprecht wie zu mir, dann exkommuniziert er Euch gleich!«

»Trulle!« sagte mein Vater, »du weißt wohl nicht, daß die große Exkommunikation der Papst verhängt und die mindere Exkommunikation der Bischof der Diözese, aber niemals ein Pfarrer, in Fleury en Bière sowenig wie in Paris.«

»Unser Pfarrer hat aber schon mehr als einen in dieser Gemeinde exkommuniziert, hier kann sich kein Bösewicht, keine Hure rühmen davonzukommen!«

»Das ist ein große Sünde!« sagte mein Vater. »Wenn der Pfarrer Siméon ein Gemeindemitglied aus eigener Macht exkommuniziert, muß er sich dafür vor seinem Bischof verantworten.«

Das eindrucksvolle Auftreten meines Vaters und seine Kenntnis der Kirchenstrafen schlossen der Harpye endlich den Schnabel. Sie fürchtete, zuviel verraten und ihrem Pfarrer durch ihr Geschwätz Ärger gemacht zu haben. Ohne einen weiteren Mucks führte sie uns in den Saal, wo der Pfarrer in einem großen Lehnstuhl saß und seine Suppe schlürfte, wovon Victorine so ehrfurchtsvoll gesprochen hatte.

Bei unserem Eintritt machte er eine Anstrengung, sich zu unserer Begrüßung zu erheben, doch ohne den Mund aufzutun – Zunge, Zähne und Schlund waren stark beschäftigt. Schwerleibig fiel er in die dicken Kissen zurück, mit denen sein Stuhl ausgestopft war, seine große Hand packte wieder den Löffel, der einer Kelle ähnlicher sah, und tauchte ihn nicht in einen Napf, sondern in eine Schüssel, wo dicke, duftende Suppe mit Butteraugen, Brot- und Speckwürfeln dampfte.

Siméon rührte eine Weile darin, ehe er seinen Löffel wieder füllte und ihn ächzend vor Wonne seinem großen Mund zuführte, doch verstummte dieses Ächzen sogleich, denn nun begann ein langsames Malmen, dem er sich mit einer Andacht hingab, daß keiner von uns diese Lithurgie zu unterbrechen wagte, so heidnisch sie auch anmutete. Dann schluckte er mit einem Gluckser den gewonnenen Brei hinunter und schnalzte lautstark mit der Zunge.

Leser, wenn du nun wissen willst, wie Siméon aussah, kann ich ihn dir nicht besser beschreiben als durch den – wie ich fürchte, wenig barmherzigen – Vergleich mit einer riesigen fahlen Raupe. Sein Gesicht war durch und durch wabbelig und farblos. Dazu sah sein Körper aus wie in lauter Ringe zerteilt, die einer über den anderen fielen, das Kinn auf ein Doppelkinn, das Doppelkinn auf zwei fast so dicke Busen wie die seiner Victorine, die wiederum über seine Wampe fielen, und die wieder über seine Schenkel. Und hätte man seine Hinterfront sehen können, bin ich mir sicher, daß sie denselben schwabbeligen Bau aus niederfallenden Wülsten gezeigt hätte.

Aber noch verwunderlicher als sein Anblick erschien meinem Vater und mir sein Benehmen. Hörner empörte es geradezu. Siméon hatte uns keinen Platz angeboten, er fragte nicht nach unserem Begehr, sah uns nicht einmal an. Augen hatte er nur – und was für verliebte! – für seine Suppenschüssel.

»Pfarrer«, brach es schließlich aus Hörner heraus, »Ihr habt vor Euch den Marquis de Siorac und den Grafen von Orbieu, die Euch ersuchen kommen, die christliche Erde für drei ihrer Männer zu öffnen. Und Ihr bleibt da wie angegossen in Euren Kissen kleben! Was aber das Schlimmste ist, Ihr eßt, und was noch schlimmer ist, Ihr schnalzt mit der Zunge!«

»Herr Graf und Herr Marquis«, sagte Siméon, indem er uns mit schwimmender Miene und ohne jeden Anschein von Bedauern ansah, »ich bitte Euch tausendmal um Vergebung. Meine Beine tragen mich nicht mehr, jedes Stehen ist für mich ein Leiden. Und wenn ich meine Suppe nicht gleich esse, wird sie kalt, was sie mir wegen meines schwachen Magens unverdaulich macht. Und dann kommt die schlechte Verdauung zu allen anderen Leiden noch hinzu, mit denen mich der Herr geschlagen hat. Trotzdem, Herr Marquis, höre ich Euch mit allem gebührenden Respekt.«

Damit füllte er erneut seinen Kellenlöffel und schob ihn sich zwischen die Lippen. Ich warf einen Blick auf meinen Vater, der mich sehr gut verstand, und nun setzten wir uns unaufgefordert nicht auf Lehnstühle, denn davon gab es nur den einen, den der Hausherr innehatte, aber auf zwei Schemel.

»*Hörner*«, sagte ich, »*bitte, sprechen Sie für uns! Wir stehen Ihnen bei.*«[1]

»Pfarrer«, sagte Hörner wieder, »Ihr habt es gehört. Der Herr Graf verlangt die Öffnung der christlichen Erde für drei Männer.«

»Ja, leider«, sagte Siméon, den Löffel in der Hand, aber den Löffelstiel aufgestemmt, als bereite er sich zum Angriff, »leider habe ich auf meinem Friedhof nur ein halbes Dutzend freie Plätze, und wie die Zeiten sind, wär's ein Wunder, wenn der Herr bis Weihnacht nicht an die zehn meiner Schäflein zu sich riefe. Wenn es dem Herrn Grafen indessen genehm ist, kann ich seine Toten außerhalb der Mauern, aber in geweihter Erde begraben.«

Hörner sagte auf deutsch: »Nehmt das nicht an, Herr Graf! Außerhalb der Mauern, das heißt, Hunde und Schweine können die Toten bei Nacht ausbuddeln und fressen.«

»Herr Pfarrer«, sagte ich, »woraus besteht Eure Mauer?«

»Aus Lehmziegeln, Herr Graf.«

»Schön, dann lasse ich Euren Friedhof auf meine Kosten vergrößern.«

»Ach, Herr Graf!« sagte Siméon erschrocken, »das geht nicht! Wenn der Friedhof größer wird, werden doch die Gräber billiger, das beschneidet meine Kasualien ganz erheblich!«

Ich glaubte meinen Ohren nicht zu trauen bei einem so schamlosen Geständnis, und ich sah, daß Hörner vor Wut kochte. Ich bedeutete ihm, sich im Zaum zu halten. Ein Streit hätte alles nur verzögert.

»Herr Pfarrer«, sagte ich, »ich bezahle die Gräber innerhalb der Mauer zum alten Preis, und den mögt Ihr selbst festlegen.«

»Das läßt sich hören«, sagte Siméon und schaufelte einen neuen Löffel Suppe in seinen Mund.

Nun hieß es wieder warten, bis er sie zu Brei zermalmt und geschluckt hatte, bis man weiter verhandeln konnte.

---

1 Deutsch im Original.

»Auf, auf, Herr Pfarrer«, sagte ich, »die Zeit drängt. Bei dieser Hitze verwesen die Leichen schneller.«

»Aber, heute«, sagte Siméon, »kann die Beerdigung leider nicht mehr stattfinden, mein Totengräber liegt mit Wechselfieber zu Bett!«

»Meine Leute heben die Grube für ihre Kameraden aus«, sagte Hörner rauh.

»In dem Fall«, sagte Siméon, nachdem er wieder einen Löffel zerkaut, zermalmt und geschluckt hatte, »kann ich Euch Hacken und Schaufeln ausborgen.«

»Nicht nötig«, sagte Hörner knapp. »Wir haben unser Werkzeug. Sagt uns nur, wo es ist.«

»Rechterhand vom Eingang des Friedhofs ist es. Victorine kann's Euch zeigen.«

»Ich brauch keine Victorine«, sagte Hörner, »nicht in dieser Welt, nicht in jener! Das find ich schon allein.«

Und er ging mit großen Schritten hinaus. Weil die Schweizer sich mit dem Ausheben der christlichen Erde abwechselten, war die Sache bald getan. Und als dann die drei Erdhügel aufgeschüttet und sorglich mit der flachen Schaufel geglättet dalagen, griff es mir seltsam ans Herz. Mehr als einer dieser rauhen Schweizer schwamm in Tränen, auch ich war nicht weit davon, auch mein Vater nicht. Dennoch hatte unser Schmerz etwas Zwiedeutiges. Mir war zumute, als deckte diese Erde mich selbst auf immer zu. Wir glauben immer, daß wir um die Verblichenen trauern, die wir geliebt haben, in Wirklichkeit aber beweinen wir unser eigenes Leben, weil wir wissen, daß der Tod von der Wiege an stets in unserem Schatten geht und daß er all unser Streben, unsere Liebe, unser Glück verspottet und ungeduldig darauf wartet, daß das grausige Rad der Zeit uns ihm in die Fänge treibt.

* * *

Zwei Überraschungen erwarteten uns bei der Rückkehr ins Schloß von Fleury en Bière. Die erste, in unserem Zimmer, war eine köstlich gedeckte Tafel, die zweite aber, die nichts Kulinarisches hatte, erlaube mir der Leser bis zum Schluß aufzubewahren. Kaum waren wir gesättigt und erquickt, als es klopfte und Charpentier hereintrat. Er fragte, wie es im Pfarrhaus gelaufen sei. Wir erzählten es ihm. Er lächelte und fragte, wieviel

Siméon für die Öffnung der christlichen Erde verlangt habe. Bei der Summe, die ich ihm nannte, fuhr er auf, doch dann lächelte er wieder.

»Das ist dreimal soviel, wie er von seinen Gemeindemitgliedern nimmt. Aber keine Sorge! Ich werde ihm den Aufschlag abknöpfen und Euch wiedergeben. Es mag Euch überraschen, meine Herren«, setzte er hinzu, »Siméon war früher ein sehr guter Pfarrer. Aber das Alter, Krankheiten, die langsame Verblödung und vor allem Victorine haben ihn zu dem gemacht, was er heute ist: ein Freßsack, ein Geizhals und ein Tyrann seiner Gemeinde.«

»Es ist nicht das erstemal«, sagte mein Vater, »daß die Wirtschafterin den Pfarrer verdirbt.«

»Trotzdem«, sagte Charpentier, »kann man der Kirche in dieser Hinsicht keinen Vorwurf machen. Davon ausgehend, daß ein Priester, der sich zum Zölibat verpflichtet, sich vermutlich nichts aus Frauen macht, hat sie verfügt, daß ein Pfarrer in seiner Pfarrei nicht von einem Mann bedient werde, damit er nicht der Männerliebe verdächtigt werde. So wird ihm denn eine Frau als Dienerin zugestanden, sofern sie das kanonische Alter hat. Die Kirche in ihrer Weisheit hat also das Schlimmste vorausbedacht und dafür gesorgt, die Folgen in Grenzen zu halten.«

»Und trotzdem«, sagte ich, »bildet sich, auch wenn die Keuschheit gewahrt bleibt, auf die Dauer so etwas wie ein Eheverhältnis zwischen Pfarrer und Wirtschafterin heraus. Was nicht zum besten ist.«

»Eben das ist mit unserem Siméon passiert. Seine Victorine betet ihn an, verhätschelt und betuttelt ihn, stopft ihn mit allerlei guten Dingen. Mit der Zeit ist er fast zum unmündigen Kind geworden, das nur will, was sie will, und sie will viel und bestimmt über die Gemeinde.«

»Auch über diese Exkommunizierungen?« fragte mein Vater.

»Selbstverständlich.«

»Und was ist das Ergebnis?«

»Ach, nichts von Belang. Der Exkommunizierte wechselt zur Schloßkapelle, der Bischof schreibt Siméon einen tadelnden Brief, den er gar nicht zu lesen bekommt, weil Victorine ihn unterschlägt.«

»Kann sie denn lesen?«

»Das nicht, aber sie erkennt das Siegel des Bischofs auf dem Sendschreiben und weiß, daß ihrem Pfarrer von dort nichts Gutes blühen kann. Ende des Jahres zieht sich Siméon altershalber sowieso zu den Kapuzinern zurück, wo die Suppe dünner ist, und Victorine geht zu den Nonnen der Verkündigung, die es sich dann zur Christenpflicht machen müssen, ihr Wesen zu besänftigen.«

»Fast tun sie mir leid«, sagte ich, »daß sie getrennt werden. Ein so altes Paar!«

»Mir auch«, sagte Charpentier, »aber das erfordert das Interesse der Gemeinde.«

In dem Augenblick klopfte es, und nun, Leser, kam die zweite Überraschung, und wahrlich keine kleine, denn es war Marschall Schomberg, den ich meinen vertrauten und unwandelbaren Freund nennen durfte, seit Bassompierre sich von mir abgewandt und zu meinem Leidwesen und seinem zukünftigen Schaden dem Kreis der teuflischen Reifröcke angeschlossen hatte.

Man wird sich erinnern – aber vielleicht erinnere besser ich daran –, daß der König auf falsche Anschuldigungen hin Schomberg aus seinem Amt als Finanzminister verjagt und auf sein Schloß Nanteuil verbannt hatte. Dank meiner Fürsprache jedoch hatte er eine gerichtliche Untersuchung eingeleitet, hatte Schomberg weiß wie Schnee befunden und ihn wieder in sein Amt eingesetzt, und dann hatte er mich ausgeschickt, es ihm zu melden. Seit jenem Tag aber empfand Schomberg tiefe Dankbarkeit für mich, unter den Menschen und erst recht unter Höflingen eine seltene Tugend. Und ich erwiderte seine Freundschaft mit aller Wärme.

»Mein Freund«, sagte ich nach dem üblichen Hüteschwenken und den Umarmungen, »welch ein Glück, Euch in Fleury en Bière zu sehen! Darf ich ganz unverblümt fragen, ob Ihr von Nanteuil, von Paris oder von Fontainebleau kommt?«

»Ich komme von Fontainebleau. Der König hat etwas von einem Komplott gegen die Sicherheit des Kardinals läuten hören und hat mich hergeschickt mit dreißig Mann seiner Garde.«

»Ein guter Gedanke!« sagte ich. »Mit Euren Gardisten und meinen Schweizern haben wir an sechzig Soldaten. Die werden wohl ausreichen, den Kardinal zu bewachen.«

»Das war auch meine Idee. Aber der Kardinal will nichts davon wissen.«

»Ihr habt ihn gesprochen?«

»Gerade eben!«

»Und?«

»Er hat etwas sehr Seltsames gesagt. Er sagte, daß diese Gardisten, die ich ihm bringe, zusammen mit Euren Schweizern eine beträchtliche Wehr sind, die ihm sehr nützlich sein wird, weil er sie nicht zu gebrauchen denkt. Ich habe nichts davon verstanden. Allewetter! Für mich schlichten Soldaten ist der Kardinal zu tiefsinnig. Allerdings wird er sich wohl gleich erklären, denn er will, daß wir drei in sein Kabinett kommen, um in dieser Affäre zu beraten.«

»Wie, ich auch?« fragte mein Vater.

»Marquis«, sagte Schomberg, »Euch hat er als ersten genannt, so hoch schätzt er Euren Scharfsinn.«

»Aber, Exzellenz, ich bin nicht wie Ihr und mein Sohn Mitglied des Staatsrats!«

»Der Staatsrat«, sagte Schomberg mit einiger Würde, »kommt nicht umhin, dann und wann Außenstehende hinzuzurufen, wenn er in einem bestimmten Punkt ihrer Kompetenz bedarf.«

Mein Vater verneigte sich und wandte sich schnell ab, wahrscheinlich um zu verbergen, welches Vergnügen ihm diese Worte bereiteten.

Desbournais kam und meldete, daß der Kardinal uns erwarte. Und ohne noch etwas hinzuzufügen, ging er uns so eiligen Schrittens voraus, daß wir ihm kaum folgen konnten und ich den Eindruck gewann, daß die Zeit für den Kardinal nicht nach Stunden zählte, sondern nach Minuten oder sogar Sekunden. Dieser Eindruck bestätigte sich, als mir Desbournais, den ich nach Monsieur Charpentier fragte, zur Antwort gab, daß der Kardinal ihn fortgeschickt habe, vier Stunden zu schlafen. Vier Stunden, dachte ich! Ganze vier Stunden Schlaf pro Tag!

Als ich Richelieus Kabinett betrat, hatte ich den Eindruck, er hätte seinen Platz seit dem Vortag nicht verlassen, auch sein Kater nicht, der aber doch ebenso wie sein Herr gegessen, getrunken, geschlafen und auch ein bißchen Luft im Schloßpark geschnappt haben mußte.

An einem kleinen Tisch neben dem großen saß ein Sekretär,

der mit gesenkter Stirn bei der Arbeit war. Ich kannte ihn vom Sehen, nicht aber seinen Namen. Er war beschäftigt, mit einem feinen Messer nicht etwa eine, sondern wie mir schien, ein halbes Dutzend Federn zu schneiden.

Bei unserem Eintritt legte der Kardinal einen dicken Bericht aus den Händen. Er lächelte uns zu, grüßte uns mit einer Handbewegung und lud uns, seine Geste verlängernd, ein, auf den drei Lehnstühlen Platz zu nehmen, die seinem Tisch gegenüberstanden. In liebenswürdigen Worten dankte er uns, gekommen zu sein, um ihm bei der Lösung eines heißen Problems zu helfen. Dieses Wort machte mich im stillen lächeln, denn wer sollte eitel oder töricht genug sein, sich einzubilden, er könne diesem Mann helfen, dessen politischer Genius, wie seine Freunde sagten, *urbi et orbi* berühmt war? Und doch täuschte ich mich, was ich in der Folge mehrmals feststellte: Der Kardinal sog seinen Honig aus allen Blumen. Er hörte aufmerksam die verschiedenen Meinungen der anderen, erwog gewissenhaft deren Vorteile und Nachteile, und aus der Kritik daran gewann er seine eigene Ansicht.

»Meine Herren«, fuhr er fort, »der Attentatsplan gegen meine Person, der zunächst durch Monsieur de Bazainville bekannt, sodann in allen Einzelheiten von Monsieur de Chalais bestätigt wurde, erhielt heute nachmittag seine zusätzliche Beglaubigung durch einen Boten von Monsieur, der mir den Wunsch seines Herrn übermittelte, morgen abend mit etwa dreißig Edelleuten bei mir in Fleury en Bière zu Gast zu sein. Der Besuch dieses Boten fiel mit Eurem Begräbnis der drei Toten zusammen, und das Gespräch fand vor der Ankunft des Herrn von Schomberg statt. So konnte der Gesandte von Monsieur weder die Schweizer von Orbieu sehen noch die königliche Garde des Marschalls, demgemäß wird er seinem Herrn also berichten, ich sei in diesem Schloß ohne jeden Schutz. Im übrigen war die Botschaft von Monsieur mündlich und nicht schriftlich, folglich kann er immer leugnen, sie überhaupt gesandt zu haben, ja sogar, am Abend bei mir gewesen zu sein. Meine Herren, das sind die Fakten. Ich nenne sie Euch in aller ihrer Nacktheit. Und nun die Frage, die ich Euch stelle: Was ratet Ihr mir in dieser Lage? Herr Marschall, wollt Ihr beginnen?«

»Eminenz«, sagte Schomberg, »um Eure Sicherheit aufs beste zu sichern, müssen wir zunächst einmal dafür sorgen, daß unsere Kräfte verborgen bleiben. Wenn Eure sogenannten Gäste dann den Festsaal betreten, werden sie dort an den Wänden aufgereiht, regungslos und mit aufgepflanzter Pike, die dreißig Schweizer von Orbieu vorfinden. Und unmittelbar bevor Eure Eminenz den Saal betritt, um dem Festmahl vorzusitzen, wird draußen einiger Lärm erschallen. Wenn dann einer Eurer Gäste beunruhigt einen Blick aus dem Fenster wirft, sieht er im Hof meine dreißig Gardisten stehen.«

»Das wäre eine Lösung«, sagte Richelieu. »Monsieur de Siorac, habt Ihr eine andere?«

»Der Plan des Herrn von Schomberg ist ausgezeichnet«, meinte mein Vater. »Jedoch hindert er eines der hitzköpfigen Herrchen von Monsieur nicht daran, mitten im Mahl eine Pistole zu zücken und auf den Kardinal zu feuern. Und was nützen dann die Schweizer im Saal und die Gardisten im Hof? Wer wollte ihnen überhaupt den Befehl geben, Monsieur und seine Truppe niederzumachen? Was hülfe es dann überhaupt noch? Das Übel wäre geschehen. Ich schlage vielmehr vor, daß man die Gäste zu Tisch bittet und daß dann der Majordomus kommt und Monsieur meldet, zu seinem Bedauern könne der Kardinal nicht mit Monsieur dinieren, denn er liege mit Wechselfieber zu Bett. Natürlich müßten bei diesem Plan die Schweizer und die Gardisten jeglichen Zutritt zu den Gemächern des Kardinals verwehren.«

»Danke, Monsieur de Siorac. Wollt Ihr sprechen, Orbieu?«

»Eminenz, wenn ich die beiden vorigen Pläne zu kritisieren wagte, würde ich ihren entscheidenden Nachteil darin sehen, daß sie eine Auseinandersetzung zwischen unseren Soldaten und den Edelleuten von Monsieur ermöglichen. Und sowie es Tote gäbe, würden die Herren von Monsieur überall Hinterhalt! schreien und sich freudigen Herzens auf Eure Eminenz stürzen.«

»Was schlagt Ihr also vor?« fragte der Kardinal.

»Daß Ihr überhaupt nicht da seid, Eminenz.«

»Aber«, sagte der Kardinal, »es wäre eine tödliche Beleidigung für Monsieur, wenn ich an dem Tag nicht da wäre, an dem er sich bei mir einlädt.«

Hierauf wußte ich nichts zu erwidern, und als die anderen mich so stumm sahen, wußten sie auch nicht weiter.

»Meine Herren«, sagte der Kardinal mit einem Blitzen in seinen scharfen Augen, »dieses Gespräch war mir überaus nützlich, nicht durch die von Euch vorgeschlagenen Pläne, sondern durch die jeweiligen Kritiken daran. Damit habt Ihr den Finger auf ein wesentliches Prinzip jeder Politik gelegt: Man darf ein Übel nicht durch das Mittel vermehren, mit dem man ihm abhelfen will.«

Er ließ seinen Blick über uns schweifen und gab seiner Rede erneut jene methodische und didaktische Wendung, wie immer wenn er den König überzeugen wollte, daß unter mehreren anderen genau diejenige Lösung die beste war, die er bevorzugte.

»Meine Herren«, sagte er, »unser Gespräch hat einen entscheidenden Punkt erhellt. Es darf zu keinem Treffen zwischen unseren Soldaten und den Edelleuten von Monsieur kommen. Wie dies auch immer ausgehen würde – es wäre in jedem Fall zu unserem Nachteil. Folglich gibt es nur eine Lösung, Orbieu hat sie bereits genannt: Ich darf nicht dasein. Aber wie kann ich nicht dasein, ohne Monsieur zu beleidigen? Hierauf meine Antwort: indem ich bei Monsieur bin.«

»Bei Monsieur, Eure Eminenz?« rief Schomberg erregt. »Aber wie denn? Wo denn?«

»Am Hof zu Fontainebleau.«

»Ihr allein, Eminenz?«

»Mit Euch und Euren Eskorten, meine Herren, wenn Ihr mir den Vorzug Eurer Gesellschaft vergönnen wollt.«

»Sie ist Euch sicher, Eminenz«, sagte Schomberg.

Und mein Vater und ich stimmten freudig zu.

»Ich danke Euch, meine Herren«, sagte Richelieu mit jener graziösen Höflichkeit, die nur ihm eigen war. »Dann brechen wir morgen auf«, fuhr er fort, »und zwar früh genug, daß wir zum Lever von Monsieur in Fontainebleau sind. Monsieur steht für gewöhnlich um acht Uhr auf. Und es ist nicht anzunehmen«, fügte er lächelnd hinzu, »daß er sich an dem Tag im Bett sielen wird, an dem er beabsichtigt, mich zu ermorden.«

»Aber, Eminenz«, sagte Schomberg noch ganz erregt, »Ihr werft Euch damit in den Rachen des Wolfs!«

»Mitnichten, mein Cousin«, sagte Richelieu voller Würde. »Der Name des Königs ist unerhört mächtig, Wölfe gibt es am Hof nur in Abwesenheit Seiner Majestät. In seiner Gegenwart gibt es nur Lämmer.«

NEUNTES KAPITEL

Richelieu sagte, meine Feinde am Hof dürften weder meine von Kugeleinschlägen übersäte Karosse sehen noch meine Schweizer. Also blieben sie auf sein Geheiß eine Viertelmeile vor Fontainebleau in einem ländlichen Gasthof zurück, dessen Schild Hörner sehr ergötzte, denn es zeigte einen Strauß, ein Tier, das in seinem Land noch so unbekannt war wie in meinem.

Während ich mit den Schweizern meine Rechnungen beglich und sie verabschiedete, wartete der Kardinal in seiner Karosse, die er im Schatten abstellen ließ, vor fremden Blicken verborgen. Meine Kutsche wurde in einem Pferdestall unter einer Plane versteckt, bis mein Vater in Fontainebleau vom König empfangen worden wäre. Danach würde der Marquis de Siorac unverzüglich zum »Straußen« eilen und, von den Schweizern begleitet, in meiner Karosse nach Paris zurückkehren. Ich hingegen würde beim König bleiben, weil dort mein Platz war und mein Dienst.

Weil ich wußte, daß Richelieu auf mich wartete, verkürzte ich meine Abrechnung mit Hörner so gut ich konnte, ohne aber den Betrag zu kürzen, vielmehr legte ich auf die vereinbarte Summe noch ein Erkleckliches für die Pflege der Verwundeten drauf.

»Ach, Herr Graf!« sagte Hörner, »habt tausend Dank! Man trifft nicht oft einen Edelmann, der dem Soldaten soviel Achtung erweist. Und ich verhehle Euch nicht, daß meine Männer und ich sehr traurig sind, Euch zu verlassen, so gut erging es uns bei Euch.«

»Hauptmann«, sagte ich, »traurig bin ich genauso, daß ich mich von Euch trennen muß. Aber das versichere ich Euch, sollte Fortuna mir eines Tages soviel bescheren, daß ich mir von Januar bis Dezember ein Gefolge leisten könnte, würde ich Euch gerne dingen, wenn Ihr einverstanden wärt.«

»Und ob ich einverstanden bin, Herr Graf! Geb es der Himmel!«

»Täte es Euch aber nicht leid«, sagte ich, »das große Paris zu verlassen und so oft in Orbieu zu leben, zwischen Kühen und Schafen?«

»*Gott im Himmel, Herr Graf!*[1] Sind wir nicht Bauern aus den Schweizer Bergen, die ihre Heimat verlassen mußten, um nicht Hungers zu sterben? Aber das Kriegshandwerk nährt seinen Mann auch nur kärglich, wenn es ihn nicht umbringt. Unser Dasein in Paris, dieser, wenn Ihr erlaubt, Herr Graf, doch sehr stinkenden Stadt, ist ziemlich heikel. Oft haben wir ein, zwei Wochen nacheinander nichts zu tun, weil kein Edelmann uns mietet. Trotzdem brauchen die Pferde ausreichend Futter – die Männer müssen leider darben –, denn die Tiere gehen vor, wie ich immer sage, ohne Pferde keine Eskorte! Und ich will Euch auch noch mal großen Dank sagen, Herr Graf, für alle die reichlichen Mahlzeiten, die Ihr uns in den Gasthöfen spendiert habt, ohne an Fleisch und Wein zu knapsen. Darf ich fragen, Herr Graf, wann der Marquis de Siorac von hier abreist?«

»Spätestens morgen.«

»Das freut mich, Herr Graf, denn, offen gestanden, will ich schnell nach Paris, um den Teil der Beute, der Euch zugestanden hätte und den Ihr so gütig wart, uns für die beiden Soldatenwitwen zu überlassen, zum besten Preis loszuschlagen. Diese Pferde verlangen im Augenblick Pflege und Futter, ohne etwas einzubringen.«

»Hauptmann«, sagte ich, »Ihr könnt der ›Straußen‹-Wirtin ausrichten, sie soll den Hafer für heute auf meine Rechnung setzen. Ich bezahle sie, wenn Ihr fort seid. Aber da die Pferde jetzt Euer sind, müßt Ihr sie auf der Rückreise schon selbst versorgen. Mein Vater zahlt nur für die Pferde der Eskorte.«

»Selbstverständlich, Herr Graf«, sagte Hörner, der meinen kleinen Verweis hinter dem liebenswürdigen Ton wohl herausgehört hatte. Den wischte ich aber rasch weg, indem ich Hörner tüchtig umarmte.

»*Ach, Herr Graf, es ist eine große Ehre für mich!*« sagte er.

»*Lebe wohl, Hörner!*«

»*Lebt wohl, Herr Graf!*«[1]

Ich schwang mich in den Sattel, doch als ich davonritt, kam

---

1 Deutsch im Original.
2 Dialog deutsch im Original.

Hörner mir nachgelaufen. Was er mit den beiden Gefangenen machen solle, fragte er.

»Das wird Euch mein Vater sagen. Bis dahin behandelt sie nach ihren Bedürfnissen, nicht danach, was sie verdienten.«

Als ich nun auf die Karosse des Kardinals zu ritt, fuhr der Kutscher sie aus dem schützenden Grün heraus. Ich wollte eben absitzen, um mich bei Richelieu für meine Verspätung zu entschuldigen, da kam mein Vater auf mich zu.

»Der Kardinal schlummert«, sagte er. »Stört ihn nicht. Für diesen Mann gibt es keine toten Zeiten. Er nützt sie, um seine Kräfte zu erneuern.«

»Wo sind Schomberg und die königliche Garde?«

»Der Kardinal hat sie in ihr Quartier geschickt. Er will im Schloß nicht mit einer Eskorte erscheinen, um nicht das Mißtrauen seiner Feinde zu wecken.«

»Herr Vater«, sagte ich lächelnd, »Ihr seid ihm schon ganz ergeben!«

»Ihr nicht?«

»Oh! Ihr dürft mir glauben, daß ich ihn in meine Gebete einschließe und den Herrn bitte, ihn gesund zu crhalten. Er wirkt so zerbrechlich und arbeitet soviel!«

Die Karosse nahm den Weg nach Fontainebleau, wir folgten ihr, und ich erzählte meinem Vater von meinem Gespräch mit Hörner und seiner abschließenden Frage wegen Barbier und Monsieur de Bazainville.

»Der üblere von beiden ist nicht der, den man dafür hält«, sagte mein Vater. »Was soll ich mit ihnen machen?«

»Laßt sie frei, wo und wann es Euch gut dünkt, Bazainville aber nur unter der Bedingung, daß er sich ein Jahr in seinem Landhaus aufhält, fern vom Hof. Er hat es versprochen.«

»So ein Versprechen, mein Sohn, muß man überprüfen. Wißt Ihr, wo sein Haus liegt?«

»In Sauvagnat-Saint-Marthe, in der Auvergne.«

»Wer sagt Euch, daß er Wort hält?«

»Seine Vorsicht. Er ist schlau genug zu wissen, daß seine Gegenwart am Hof höchst peinlich für die Leute wäre, die ihn gegen mich eingespannt haben.«

Schomberg erwartete uns am Gittertor des Schlosses, und der Kardinal erwachte von selbst aus seinem Schlummer, als die Karosse über das holprige Hofpflaster rollte. In diesem Mai ließ sich der König, wie jeder wußte, um sieben Uhr morgens, eine Stunde vor Monsieur, wecken, um im Wald von Fontainebleau Füchse oder Frischlinge zu jagen. Vor seiner Tür stand Gardehauptmann Du Hallier, stämmig und rotgesichtig. Er schob mit beiden Händen die Menge der Höflinge beiseite, die sich trotz der frühen Stunde dort versammelt hatten, um dem Lever Seiner Majestät beizuwohnen. »Meine Herren, meine Herren!« sagte er, »bitte, drängelt nicht! Ihr wißt doch, daß ich nur auf Befehl des Königs öffne.«

Aber was Du Halliers grobe Stimme und Statur nicht vermochten, bewirkte die unerwartete und für manche beunruhigende Erscheinung des Kardinals im Nu. Wie das Rote Meer einst vor den aus Ägypten fliehenden Hebräern, so tat sich die Menge der Höflinge auf, um Seiner Eminenz eine Gasse zu bilden – Schomberg, mein Vater und ich folgten.

Richelieu raunte dem Gardehauptmann ein paar Worte ins Ohr. Dessen Gesicht wurde so rot wie sein Bart, und siehe, der Engel – und was für ein Engel! – öffnete sacht die Himmelstür und schloß sie ebenso sacht hinter uns. So standen wir denn im Dämmer des Gemachs, denn die Gardinen waren noch nicht aufgezogen. Berlinghen beugte vor dem Kardinal das Knie und flüsterte: »Eminenz, der König betet.« Wir traten also auf Zehenspitzen näher, und vor der Balustrade, in gebührlichem Abstand zum König, hielten wir den Atem an und erstarrten ebenso zu Salzsäulen wie der bereits anwesende Ehrwürdige Doktor Héroard und wie Soupite und Berlinghen hinter uns.

Der König sah uns nicht, hörte uns nicht, so war er in sein Vaterunser versunken. Er kniete nicht auf einem Betpult, sondern vor seinem Bett, den Kopf in den Händen. Unser Freund, der Domherr Fogacer von Notre-Dame, pflegte zu sagen, Ludwig bete mit soviel Glut und Inbrunst, daß jeder Sarazene sich beim Anblick seiner Frömmigkeit bekehren würde. Auch wenn das nur ein kleiner Kirchenscherz war, der mit der Wirklichkeit nichts zu tun hatte, ist es doch wahr, daß Ludwig mit einer Sammlung und Gläubigkeit betete, die man von seinem Vater nie gekannt hatte. Allerdings hatte Henri Quatre aufgrund seiner abenteuerlichen Lebensumstände die Religion auch zu oft wechseln müssen, und der Fanatismus der einen wie der anderen Kirche hatte ihn gleichermaßen abgestoßen.

Der Ehrwürdige Doktor Héroard, der über Ludwigs leibliches Wohl seit seiner Geburt wachte, stand zwei Klafter entfernt von seinem Schützling, doch innerhalb der Balustrade. Er sah sehr gealtert und hinfällig aus, seine Züge verrieten eine Erschöpfung, die mir wenig Gutes verhieß. An der Statue, in die er sich wie wir verwandelt hatte, lebten nur die Augen und schauten auf Ludwig mit jener ergebenen, mütterlichen Liebe, mit der er ihn seit seiner ersten Lebensstunde begleitete.

»Héroard«, sagte mein Vater, »liebt den König wirklich bedingungslos, aber er behandelt ihn falsch, vielleicht sogar grundfalsch.«

Die König sprach sein Amen, nahm die Hände vom Gesicht, bekreuzigte sich und erblickte uns, vielmehr erblickte er den Kardinal, und seine Augen leuchteten. Aus diesem Blick strahlten unverkennbar alle Zuneigung, Bewunderung und Dankbarkeit, die er für Richelieu hegte, und seine große Erleichterung, ihn heil und gesund wiederzusehen, seinen ihm von der Vorsehung gesandten Diener, auf dessen Genius und Fronarbeit seine Herrschaft beruhte.

Ich zweifle nicht, daß er in jenem Augenblick das Verlangen empfand, all seinen Gefühlen Ausdruck zu geben. Aber das Stottern seiner Kinderjahre, das sich nicht völlig gelegt hatte, verknotete seine Zunge. Schon mit zehn Jahren hatte er gesagt: »Ich bin kein großer Redner.« Tatsächlich war er meilenweit von der wunderbaren Gabe seines Vaters entfernt, sei es mit Witz, sei es mit Derbheit, im rechten Moment das rechte Wort zu finden. Und alles, was Ludwig bei dieser Begegnung hervorbrachte, waren zwei knappe Sätze.

»Mein Cousin«, sagte er, »ich bin sehr froh, Euch wiederzusehen. Bitte, nehmt Platz!«

»Vielen Dank, Sire«, sagte Richelieu, der aber nichts dergleichen tat, weil er wußte, daß der König, so aufrichtig er seine Bitte auch meinen mochte, im tiefsten doch gekränkt gewesen wäre, hätte er sich wirklich in seiner Gegenwart gesetzt. Denn er achtete scharf darauf, daß ihm aller schuldige Respekt bezeigt wurde, weil man es in seinen jungen Jahren zu sehr daran hatte fehlen lassen. Die Königinmutter hatte ihn öffentlich gedemütigt, und der schändliche Concini hatte sich in seiner Unverschämtheit gar vermessen, ihn mit dem Hut auf dem Kopf anzusprechen.

»Sire«, fuhr Richelieu nach kurzem fort, »erlaubt mir, daß

ich Euch den Marquis de Siorac vorstelle, der Heinrich III. und Henri Quatre vortrefflich gedient hat.«

»Ich weiß, welche gefährlichen Missionen Monsieur de Siorac unter der Herrschaft meines Vaters ausgeführt hat.Wenn alle unsere Untertanen so gute Franzosen wären wie er, müßten wir uns heute nicht mit diesen mörderischen Zwistigkeiten herumschlagen.«

»Sire«, sagte der Marquis, »ich habe unter den gegenwärtigen Bedingungen nur meinem Sohn geholfen, einen mörderischen Hinterhalt zu bestehen.«

»Orbieu helfen heißt auch mir helfen«, sagte ernst der König. »Orbieu dient mir mit unwandelbarer Treue, deshalb hatten es diese Rebellen auf ihn abgesehen.«

Nachdem der König gesprochen hatte, trat Soupite mit dem königlichen Hemd vor und überreichte es dem Kardinal, der es, das Knie beugend, dem König darbot. Ludwig legte sein Nachtgewand ab, streifte das Hemd über und kleidete sich mit der Hilfe von Soupite und Berlinghen an. Alles schien mir bis auf die Sekunde genau geregelt, denn kaum hatten die beiden Kammerdiener Ludwig fertig angekleidet, traten zwei Küchenjungen mit seinem Frühstück herein, das mir für einen einzelnen Menschen, auch wenn es der König war, sehr üppig erschien. Aber, wie mein Großvater, der Baron von Mespech, zu sagen pflegte: »Einen Fuchs jagen macht einen Wolfshunger.«

Nun trat ein Zwischenfall ein, der den guten Fortgang des Levers ein wenig ins Stocken brachte und den ich komisch gefunden hätte, wäre mir nicht die unerhörte Bedeutung von Fragen des Vortritts am Hof bewußt gewesen: Um dem König die Serviette zu reichen, hätte Berlinghen verfahren müssen wie Soupite mit dem Hemd, das heißt, er hätte sie zuerst dem im Staat am höchsten stehenden Anwesenden übergeben müssen. Ob es nun Zerstreutheit, Vergeßlichkeit, Sorge ums Gleichgewicht oder, wie ich eher glaube, Verschlafenheit war, Berlinghen reichte die Serviette dem Marschall von Schomberg.

Im königlichen Gemach entstand eine Art Erschütterung. Sogar der Ablauf der Zeit schien unterbrochen. Schomberg wurde, wie er da stand, zu Marmor, seine Arme deuteten nicht die kleinste Regung an, die Serviette zu ergreifen, so als hätte ihre Berührung ihm die Hände verbrannt.

Berlinghens Patzer war offenbar. Voll Neugier fragte ich

mich, was Richelieu tun würde, denn im Kapitel Vortritt war auch er äußerst streng, wie es sich gezeigt hatte, als er in den Staatsrat kam. Mit Klauen und Zähnen hatte er da gekämpft, daß man seinen Rang anerkannte und seine Rechte achtete.

Wenn ich einen Eklat befürchtet hatte, so erwies sich meine Befürchtung als unbegründet. Mit halb geschlossenen Augen, gesenkter Stirn, beide Hände bescheiden an seinem Kardinalsgürtel, hatte sich Richelieu im Handumdrehen in ein Bild stummer, wenn auch leidender Demut verwandelt.

Wie klug diese Haltung war, sprang ins Auge. Richelieu wollte nicht protestieren, um Schomberg, seinen Freund und Protégé, nicht zu kränken, und verließ sich stillschweigend darauf, daß der König die Dinge klärte.

Und der König klärte.

»Berlinghen«, sagte er, indem er von seinem Frühstück aufschaute, »du solltest das *Livret de protocole*[1] wieder einmal lesen, das wir Heinrich III. verdanken, damit du Irrtümer vermeidest.«

Dies wurde zwar mit derselben Strenge gesagt, mit der Ludwig zu tadeln pflegte, aber in einem eher leutseligen Ton, der dem Vorfall jede Wichtigkeit benahm. Ganz rot überlaufen, wandte sich Berlinghen zum Kardinal und überreichte ihm, das Knie gebeugt, die Serviette, indem er Entschuldigungen stammelte.

»Es hat nichts auf sich, mein Sohn«, sagte der Kardinal sanft. »*Errare humanum est.*«[2]

Mit diesem Zitat war der Zwischenfall begraben, und der König konnte sich endlich Mund und Hände putzen.

»Mein Cousin«, sagte er, »ich bin durch Eure Post über den Hinterhalt unterrichtet, den Orbieu zu bestehen hatte, jetzt will ich im einzelnen wissen, welcher Euch noch droht.«

Obwohl mir alle Tatsachen bekannt waren, die Richelieu Seiner Majestät nun zur Kenntnis brachte, lauschte ich seinen Ausführungen doch mit Vergnügen, so klar, methodisch und eloquent waren sie. Er teilte seinen Bericht in drei Teile. *Primo*, das Geständnis des Monsieur de Bazainville in meiner Karosse. *Secundo*, das zweite Zeugnis, welches mit dem ersten

---

1 (franz.) Protokollbuchlein.
2 (lat.) Irren ist menschlich.

stark übereinstimmte, das des Marquis de Chalais. *Tertio*, der Beweis: die Botschaft von Monsieur, die ein Berittener überbracht hatte.

Somit war der Mordplan dargetan, und nun kam, wie ihm zu begegnen wäre. Höflich und gewandt gab Richelieu wieder, was Schomberg, mein Vater und ich vorgeschlagen hatten, und schloß mit seiner Idee. Wenn Seine Majestät einverstanden wäre, ginge er zu Monsieurs Lever und würde sich um eine Aussprache mit ihm bemühen.

»Mein Cousin!« rief der König erregt, »wie könnt Ihr einen Prinzen aufsuchen, der am heutigen Abend Euren Leichnam mit Füßen treten wollte?«

»Sire«, sagte der Kardinal, »Eure Majestät kann Monsieur weder festnehmen noch einsperren, noch ihm den Prozeß machen. Das verbietet die Staatsräson. Er ist Euer jüngerer Bruder, und wenn die Königin Euch keinen Dauphin schenkt, ist er auch Euer Thronfolger. Was also bleibt Eurer Majestät anderes übrig als der Versuch, auf Monsieur einzuwirken und ihn von seinen schlechten Ratgebern zu trennen, wie Ihr es bereits mit der Festnahme von Marschall d'Ornano begonnen habt?«

»Mein Cousin, Ihr begebt Euch in ein Wespennest. Erschreckt Ihr davor nicht?«

»Doch, Majestät«, sagte der Kardinal lächelnd, »ich denke aber, Monsieur wird noch mehr erschrecken, wenn schon jetzt das Gespenst des zukünftigen Ermordeten vor ihm auftaucht.«

»Und wie wollt Ihr Monsieur bekehren?«

»Durch gütiges Zureden, und auch, wenn Ihr erlaubt, Sire, indem ich ihm die Apanage im einzelnen darstelle, die Ihr ihm zu geben gedenkt, wenn er Mademoiselle de Montpensier heiratet.«

»Die Erlaubnis habt Ihr, mein Cousin. Und ich erlaube Euch auch diesen Besuch bei Monsieur, wenn Ihr meint, er könnte etwas erbringen. Ich möchte aber, daß Ihr zu Eurer Sicherheit Marschall von Schomberg, Graf von Orbieu und Hauptmann Du Hallier mitnehmt. Der Marquis de Siorac wird die Güte haben, bei mir zu bleiben. Er soll mir, weil er dabei war, die berühmte Schlacht von Ivry schildern, in der mein Vater den Sieg über die Liga davongetragen hat.«

Und mit einem Seufzer setzte er hinzu: »Jedes Jahrhundert hat seine Liga, man erlebt es alle Tage wieder ...«

Diese paar Sätze kamen für Ludwig fast einer Rede gleich. Sei es, daß es ihn angestrengt hatte, soviel zu sprechen, sei es, daß er großen Hunger hatte, jedenfalls machte er sich nun über sein Frühstück her und erwiderte unsere Kniefälle nur mit einem Kopfnicken.

»Es ist noch zu früh«, sagte Richelieu, als wir die königlichen Gemächer verließen. »Monsieur steht erst um acht Uhr auf. Herr Marschall«, wandte er sich an Schomberg, »wollt Ihr mir vergeben, wenn ich Euch einen Augenblick mit Du Hallier allein lasse? Ich habe ein Wort mit dem Grafen von Orbieu zu reden.«

Er nahm meinen Arm, zog mich ein Stück mit in die Galerie, und während er mich weiter beim Arm hielt, als wäre ich sein Gefangener, sagte er leise: »Graf, ich höre von Charpentier, daß der Marquis de Chalais Euch von Herzen liebt.«

»Eminenz«, erwiderte ich lächelnd, »so ist es heute. Gestern war es nicht so. Und wer weiß, wie es morgen sein wird? Chalais ist eine Wetterfahne, die sich bei jedem Wind dreht.«

»Trotzdem, Graf, hat er mir einen großen Dienst erwiesen, als er mir diesen Hinterhalt nach italienischem Muster enthüllte.«

»Für mein Gefühl, Eminenz, hat ihn der Kommandeur de Valençay dazu gezwungen.«

»Mag sein. Und daß Chalais eine Wetterfahne ist, schwatzhaft und wirr, zugegeben. Aber in meiner gegenwärtigen Lage sind sogar diese Fehler für mich Vorzüge. Hat er mir einen großen Dienst erwiesen, indem er seine Freunde verriet, kann er mir auch einen zweiten erweisen, wenn wir ihm ein wenig nachhelfen. In der Politik, Graf, ist ein erster gescheiterter Mordversuch immer nur das Sprungbrett für einen zweiten, ja möglicherweise einen dritten Versuch. Königin Margot wollte Henri von Navarra vergiften, doch erfolglos. Châtels Messer spaltete ihm nur die Lippe. Ravaillacs Messer war der dritte Versuch, der leider glückte.«

»Eminenz, denkt Ihr an mich, wenn Ihr Monsieur de Chalais ›ein wenig nachhelfen‹ wollt?«

»An Euch, Graf, ja. Es stört Euch doch nicht?«

»Keineswegs. Aber ich wette, wenn ich in dem Sinne an Monsieur de Chalais herantrete, wird er für seinen Wechsel in unser Lager einen Vorteil verlangen.«

»Vermutlich. Sagt mir nur, was Chalais fordert. Wenn es

nicht zu übertrieben ist, bitte ich den König, es ihm zu gewähren. Aber natürlich wird der König sein Versprechen erst nach der Vermählung von Monsieur einlösen.«

»Eminenz, welches sind Eure Instruktionen?« sagte ich, weil ich mir sicher war, daß der Kardinal schon alles bedacht und vorbereitet hatte, damit ich meinen Auftrag erfüllen konnte.

»Ihr habt weiten Spielraum. Unter dem Vorwand, daß das Schloß nicht groß genug ist, habe ich Euch im Gasthof ›Zum Straußen‹ unter dem Schutz von zehn Musketieren logiert. Ladet Chalais in Euer Zimmer zum Essen, so seid Ihr den Augen und Ohren des Hofes entzogen und könnt ihn umdrehen.«

»Eminenz, was empfehlt Ihr mir, wie ich dabei vorgehen soll?«

»Folgt Eurer Eingebung, Graf, aber«, setzte er mit halbem Lächeln hinzu, »nicht ohne alles gründlich zu bedenken. Nützt Eure natürliche Liebenswürdigkeit. Das bringt schon viel. Und dann, war nicht Henri Quatre Euer Lehrmeister? Besinnt Euch auf ihn. Er hat Euch sicher gelehrt, ›daß man mehr Fliegen mit einem Löffel Honig fängt als mit einem Faß Essig‹. Allerdings, Graf«, fügte er hinzu, »ich muß Euch warnen: Wenn Eure Unternehmung bekannt wird – und das wird sie eines Tages, denn Chalais ist sehr geschwätzig –, dann seid Ihr in großer Gefahr.«

»Eminenz, das habe ich wohl verstanden. Aber diese Gefahren gehören zu dem Dienst, den ich dem König schulde und folglich auch Euch, der Ihr sein festester Halt im Staat seid.«

Dies sagte ich in respektvollem Ton, ohne Speichelleckerei, und der Kardinal nahm es auch so. Er äußerte sich mit keinem Wort, aber sein Blick sprach für ihn. Er drückte leicht meinen Arm, dann ging er zu unseren Gefährten zurück, ich folgte ihm auf dem Fuß.

Das Lever von Monsieur stand jetzt unmittelbar bevor. Man sah es an der Menge der Höflinge, die sich vor seinen Gemächern drängten und die, wie ich mit Trauer im Herzen feststellte, weitaus zahlreicher waren als jene, die wir vor der Tür des Königs angetroffen hatten. Sicher war das Lever von Monsieur nicht so früh wie das Seiner Majestät. Aber es lag nicht nur an der Stunde. Obwohl die Mehrheit der Höflinge nicht ins Geheimnis der Götter eingeweiht war, liefen Gerüchte um, und Schmähschriften zirkulierten, die Ludwig und Richelieu durch den Schmutz zogen, die den baldigen Tod eines »schwachsinnigen Königs« und die Ermordung dieses »affigen Kardinals« ankündigten. Niemandem blieb verborgen, daß die Intrige gegen den König von seiner eigenen Gemahlin ausging, daß sie betrieben wurde von Monsieur, seinem jüngeren Bruder, und von seinen Halbbrüdern Vendôme, daß sie unterstützt wurde durch Graf von Soissons, den zweiten Prinzen von Geblüt, und etliche andere große Herren, ebenso durch die jederzeit zur Revolte bereiten Protestanten, ebenso durch die Engländer, unter dem Einfluß des wütenden Buckingham, weil ihm seit dem Skandal von Amiens die Einreise nach Frankreich untersagt war, und sogar durch den Herzog von Savoyen, unseren Verbündeten, der sich nicht gescheut hatte, den Rebellen zehntausend Soldaten zu versprechen. Jedenfalls fanden es viele Höflinge in solchen ungewissen Zeiten klüger, den aufgehenden Stern anzubeten als einen, der angeblich im Erlöschen war.

Leicht wie beim ersten Mal teilte sich die Menge vor dem Kardinal, aber für mein Empfinden auch furchtsamer und gleichzeitig weniger ehrerbietig, denn Richelieu stand bei den Freunden von Monsieur seit der Festnahme d'Ornanos, obwohl der König diese ganz allein veranlaßt hatte, nicht im Ruch der Heiligkeit.

Als wir endlich ins Zimmer von Monsieur eingelassen wurden, zeigte es sich, daß die soeben erlebte Aufregung unter den Höflingen im Vergleich mit der von Monsieur nur das Flügelschlagen erschreckter Vögel war. Da saß er im Nachthemd, mit strubbeligem Haar und noch kaum geöffneten Lidern auf dem Bettrand und glaubte seinen Augen nicht zu trauen, daß vor ihm mit einemmal sowohl der Minister-Kardinal auftauchte, dem er für denselben Abend während eines Diners den Tod auf italienisch[1] zugedacht hatte, wie auch der Mann, dem er auf der Straße von Paris nach Fleury en Bière eine tödliche Falle gestellt hatte.

Er erbleichte, einer Ohnmacht nahe, so schien es. Sein Körper steifte sich wie von jäher Lähmung befallen, seine Hände aber zitterten dermaßen, daß er sie unten den Achseln verbarg. Er tat den Mund auf, doch als er sprechen wollte, kam kein Ton

---

1 Oliverotto di Formo, der es auf das Vermögen seines Onkels Fogliani abgesehen hatte, lud diesen zum Essen in sein Haus ein und ließ ihn während des Mahls ermorden. (Machiavelli, *Der Fürst*). (Anm. d. Autors)

heraus, denn er hatte hinter der zarten Gestalt des Kardinals den massigen Hauptmann Du Hallier erkannt, den Mann, der zuständig war für Festnahmen auf Befehl des Königs.

Monsieur war, ich sagte es wohl schon, kein Feigling, das hatte er im Krieg bewiesen. Aber auch wer Kanonen nicht fürchtet, erschrickt vor Gespenstern oder vor seinem eigenen Gewissen. Die furchtbare Blässe, die rinnenden Schweißtropfen in seinem Gesicht, die anhaltende Lähmung seiner Zunge und Gliedmaßen bezeugten, wie tief die Angst Monsieur im Griff hatte. Doch der Kardinal vor ihm schaute heiteren und freundschaftlichen Gesichts mit allem seinem Rang gebührenden Respekt auf Monsieur. Er beugte vor ihm das Knie, ebenso Schomberg, Du Hallier und ich, und nach diesen Ehrenbezeigungen sprach Richelieu zu ihm mit einer Stimme wie Samt und Honig.

»Monseigneur«, sagte er, »wolle Eure Hoheit mir die Ehre erweisen, Ihr das Hemd zu reichen.«

Doch anstatt daß dieses unterwürfige Ersuchen und dieser sanftmütige Ton Monsieur beruhigt hätten, steigerten sie seine Ängste nur, denn wenige Minuten vor der Festnahme des Marschalls d'Ornano hatte sich Ludwig XIII. auch noch liebenswürdig und lächelnd mit ihm beim Gitarrespielen unterhalten. Nun glaubte ja Monsieur, wie gesagt, daß Richelieu diese Festnahme veranlaßt hätte, und dafür haßte er ihn. Trotzdem war er unschlüssig. Verweigerte er ihm das Hemd, verstieß er gegen das Protokoll. Ließ er es ihm, tat er sich selbst Gewalt an. Ach, wie hätte Monsieur gewünscht, daß in diesem Augenblick der Herzog von Vendôme und der Großprior sein Zimmer betraten und als legitimierte Prinzen den Vorrang vor dem Kardinal beanspruchten. Aber die Vendôme-Brüder kamen nie zu seinem Lever, weil sie sich höher dünkten als der König und erst recht als sein jüngerer Bruder. In ihrer törichten Selbstüberschätzung hätten sie das Hemd aus Monsieurs Händen gern empfangen, aber niemals hätten sie es ihm hingereicht.

Schließlich überwand sich Monsieur, machte seinem Diener ein Zeichen, und der Diener gab das Hemd dem Kardinal, der es mit allem nur erdenklichen Respekt Monsieur darreichte. Der warf sein Nachthemd ab und nahm dieses Hemd, als würde es an seinem Leib zum Nessusgewand werden und ihn verbrennen.

Nun begannen die beiden Kammerdiener Monsieur anzukleiden, und als Monsieur fertig war, belebte er sich auch wieder, zumal nach Du Hallier keine Gardisten mit gesenkten Piken zur Verhaftung hereingetreten waren.

»Monseigneur«, fuhr Richelieu mit sanfter Stimme fort, »ich komme Euch heute morgen meine Aufwartung machen, um mich unterwürfigst dafür zu entschuldigen, daß ich Euch heute abend kein Mahl in Fleury en Bière bieten kann. Natürlich hätte mir diese für mich so schmeichelhafte Einladung unendliche Freude bereitet. Doch leider fehlt es mir an den verschiedensten materiellen Mitteln, um Eurem Wunsch zu genügen und Eure Hoheit auf eine ihrem Rang geziemende Weise zu feiern.«

Ich stand rechts von Richelieu, doch ein wenig hinter ihm, so daß ich das Gesicht des Kardinals nicht sah; aber ich hörte, nicht ohne ein gewisses Vergnügen, den Klang seiner Stimme, der für mein Gefühl das Schnurren einer Katze an Besänftigung noch übertraf. Dafür hatte ich Monsieur voll im Blick, und wäre er nicht so bleich gewesen, hätte ich ihn sehr schön genannt mit seinen geistvollen Augen und seinen ebenmäßigen Zügen. Nur daß diese äußerst angenehme Physiognomie durch den Ausdruck mangelnder Entschlossenheit gemindert wurde, aber auch dadurch, daß Monsieur sein Gesicht so wenig beherrschte, daß es alle seine Empfindungen verriet.

Als Richelieu ihm nun mit erlesener Höflichkeit das Diner in Fleury en Bière abschlug, stand, was er dachte, auf seinem Gesicht zu lesen: Er weiß alles! Man hat mich verraten! Und ebenso klar, wie dieser Gedanke sich mir mitteilte, so als hätte Monsieur ihn ausgesprochen, sprang er auch Richelieu ins Auge, der Seine Hoheit sofort zu beruhigen begann, denn die verspürte Angst – auch wenn sie folgenlos blieb, weil ein potentieller Thronfolger unantastbar war – sollte ja nicht etwa neuerliche Mordpläne in ihm wecken.

»Monseigneur«, fuhr er fort, »mich betrübt es besonders, daß Ihr heute abend nicht nach Fleury en Bière kommen könnt, weil Euch das Schloß von seiner Größe her und mit seinem reizenden Park bestimmt überaus gefallen würde. Und deshalb möchte ich Euch sagen, solltet Ihr Euch in Fontainebleau ein wenig beengt fühlen und lieber in Fleury en Bière wohnen wollen, würde ich es Euch gerne abtreten und mich selbst mit der Maison Rouge begnügen, die für mich und meine Diener völlig ausreichend wäre.«

Dieses so sanft und bescheiden geäußerte Angebot erschien

Monsieur so großmütig, daß er, auch wenn er es mit tausend Dank ablehnte, davon sehr gerührt war. Mir kam dabei die Überlegung, daß Monsieur sehr viel weniger gerührt gewesen wäre, hätte er in dem Moment gewußt, daß der König beschlossen hatte, seinen jüngeren Bruder auf keinen Fall aus den Augen zu lassen, auch nicht in ein benachbartes Schloß, um auszuschließen, daß Gaston floh und in die Bretagne ging. Denn dort hätte er mit Hilfe der Vendôme-Brüder, der Engländer und der Protestanten einen Aufstand der Großen gegen ihn entfachen können, und das hätte Bürgerkrieg bedeutet wie jene Kriege düsteren Gedenkens, die von der Königinmutter zweimal gegen Ludwig angezettelt worden waren.

Monsieur war für ihm bewiesene Liebenswürdigkeiten sehr empfänglich. Allen Zweifeln offen, wechselte er ebenso schnell seine Meinungen wie seine Pläne, und nach dem Angebot des Kardinals, ihm Fleury en Bière zu überlassen, bezweifelte er, daß der Kardinal so boshaft sei, wie er geglaubt hatte, daß er tatsächlich von dem gegen ihn geplanten Hinterhalt wisse, ja sogar, daß er an der Festnahme des Marschalls d'Ornano einen Anteil habe. Außerdem konnte er sich der sanften Autorität des Kardinals, seiner liebenswürdigen Manieren, der Eleganz seiner Rede, kurzum, seines Zaubers nicht erwehren. Während ich ihn aufmerksam beobachtete, stellte ich fest, daß aus seinem Gesicht alle Angst verschwunden und einem fast ehrerbietigen Ausdruck gewichen war.

»Mein Cousin«, sagte er, »glaubt Ihr, daß der König d'Ornano eines Tages freiläßt?«

Was für eine naive Frage, dachte ich, die nur zeigte, wie schlecht Monsieur seinen Bruder kannte, daß er keine Ahnung hatte von der Härte seines Willens und der Unerbittlichkeit seines Grolls. Richelieu antwortete schnell, ein Beweis, daß er die Frage vorausgesehen und seine Erwiderung feinstens erwogen hatte.

»Monseigneur«, sagte er, »in Angelegenheiten seiner Familie pflegt der König selbst zu entscheiden. Deshalb läßt es sich schwer im voraus sagen, was er beschließen wird. Doch liebt der König Euch sehr. So gedenkt er, wenn Ihr Eurer Vermählung zustimmen wolltet, Euch mit einer so großen Apanage auszustatten, daß Ihr auch ohne das riesige Vermögen von Mademoiselle de Montpensier der reichste Edelmann des Landes wärt. Eure Königliche Hoheit urteile selbst: Ihr erhaltet fünfhundertsechzigtausend Livres Jahrespension und dazu noch eine Rente von hunderttausend Écus. Was die Apanage an Gütern betrifft, so besteht sie aus dem Herzogtum Orléans und der Grafschaft Blois. Aber damit nicht genug: Weil der König sie trotz ihres Reichtums und Umfangs noch für ungenügend erachtet, hat er den Wunsch geäußert, mir für Euch die Grafschaft Limours und das Schloß abzukaufen, und ich habe diesem Verkauf auch sofort zugestimmt, um mich dem König angenehm zu machen und damit auch Euch.«

Wer wäre von einer solchen Apanage nicht geblendet gewesen, der schönsten sicherlich, die je ein König in diesem Reich seinem kleinen Bruder geboten hatte? Und wie hätte Monsieur sich nicht gerührt fühlen sollen, daß Richelieu bereit war, leichten Herzens dieses Schloß von Limours hinzugeben, für das er zweihundertsiebzigtausend Livres bezahlt und zu dessen Verschönerung er noch einmal über vierhunderttausend Livres aufgewendet hatte?

Später sollte Monsieur einmal bitter bemerken, der Kardinal sei Limours damals ganz einfach satt gewesen: So prächtige Brunnenbecken er im Park auch hatte bauen lassen, hatte er doch weit und breit, sehr weit sogar, keine ausreichende Menge Wasser finden können, um sie zu füllen. »Woran man sieht«, witzelte La Surie, als ich ihm das erzählte, »auch ein politischer Genius kann mal den Pflug vor die Ochsen spannen.« Der allwissende Fogacer aber wußte, daß Richelieu bei diesem Geschäft keinen Gewinn gemacht, nur gerade seine Ausgaben wieder hereingeholt hatte. »Und dabei«, fügte er hinzu, »ist nicht mit eingerechnet, was ihn dieses Haus an Mühe, Sorgen und Arbeit gekostet hat.«

Doch erlaube, Leser, daß ich wieder mal auf meine Hammel zurückkomme. An dem so unbekümmert ausdrucksvollen Gesicht von Monsieur erkannte ich, daß er sich nicht einmal in seinen kühnsten Träumen eine solche Apanage vorgestellt hatte. Es mag auch sein, daß er sich nun überlegte – er, dem Überlegung ziemlich fremd war, weil er ganz dem Augenblick lebte –, daß, wenn er den Kardinal ermordet hätte, er sich wohl gewiß keinem Prozeß und keiner Verurteilung, aber einem ewigen Exil auf einem seiner Schlösser ausgesetzt hätte, Tag und Nacht der Aufsicht königlicher Gardisten unterstellt. Kurz, seine Sicherheit, die Leichtigkeit, die Unlust schließlich, eine

Sache längere Zeit mit Beharrlichkeit zu verfolgen, machten ihn geneigt, sich in diese Heirat zu schicken, bei der er alles gewann, sofern er zustimmte, und, wenn er sich ihr weiter verweigerte, viel verlor. Trotzdem zögerte er noch, weil er nie einen Entschluß fassen konnte, ohne sofort zu zweifeln, ob er auch gut sei, und so versuchte er, sein Glück mit der Sorge um seine Freundschaft zu d'Ornano zu verbinden.

»Mein Cousin«, sagte er nach langem Schweigen, »wenn ich Mademoiselle de Montpensier nun heirate, glaubt Ihr, daß der König den Marschall d'Ornano dann begnadigt?«

Dieser kindliche Handel hätte die Unerschütterlichkeit des Kardinals beinahe gesprengt. Aber offensichtlich war dies keine Gelegenheit, in der ein Diplomat sich hinreißen ließ, die Wahrheit zu sagen.

»Hofft es, Monseigneur! Hofft es!« sagte Richelieu so ermutigend er konnte.

Ich weiß nicht, ob Monsieur diese Aufforderung ernst nahm, mir jedenfalls kam sie vor wie die Reden, die man an Sterbelagern fühlt. Der Kardinal wußte genau, daß es nicht die geringste Aussicht gab, daß Ludwig jemals d'Ornano begnadigen würde. Der Marschall hatte sich in seinen Augen des schwersten Vergehens schuldig gemacht: Er hatte sich mit dem Ausland gegen seinen König verständigt.

Beim Verlassen der Gemächer von Monsieur nahm mich der Kardinal beiseite.

»Ich habe Monsieur bekehrt«, sagte er, »wenigstens für den Moment. Aber die Gefahr bleibt. Sie ist sogar sehr groß. An Monsieur ist kein Gift. Aber die Vendômes sind voll davon, und voll von Haß, den sie in der Glut ihres unerträglichen Dünkels immer aufs neue schüren. Graf, tretet so schnell wie möglich mit Chalais in Verbindung. Und gewinnt ihn. Versprecht ihm das Amt des Großrittmeisters der Leichten Kavallerie. Der König beruft ihn dann, sowie Monsieur verheiratet ist.«

* * *

Durch den Kardinal von der unmittelbar bevorstehenden Gefahr überzeugt, machte ich mich sofort auf den Weg, aber den Marquis de Chalais in Schloß Fontainebleau ausfindig zu machen, kam der Suche nach einer Nadel im Heuhaufen gleich.

Ich konnte mich auch nicht nach seinem Gemach erkundigen, ohne ihn wie mich gefährlichem Verdacht auszusetzen, weil Monsieur de Chalais bekanntermaßen zu Monsieur gehörte und ich zum König.

Ich lief mir die Stiefelsohlen ab, ihn im Gewimmel von Fontainebleau zu entdecken, und ich war bald hochwillkommen, bald ungern gesehen, je nachdem, ob man meinen Herrn liebte oder aber Monsieur, denn die Kabale hatte den Hof bereits grausam gespalten.

Nirgends fand ich den Gesuchten. Ich durchstreifte die Pferdeställe. So weiträumig sie waren, reichte der Platz dennoch kaum aus, wenn ich nach dem fast endlosen Gedränge der Kruppen links und rechts von mir urteilte. Nicht lange, und ich fand meine geliebte Stute, aber zu meinem Mißfallen war sie längst nicht so schön gestriegelt und munter wie zu Lebzeiten des armen La Barge. Ich rief die Stallknechte, nannte meinen Namen, und unter wer weiß wie vielem Hutschwenken versprachen sie mir, sie künftig besser zu pflegen. Doch angesichts ihrer vielen Arbeit erschienen mir ihre Versprechungen wenig verläßlich, deshalb drückte ich ihnen ein paar Münzen in die Hände. Das tat Wunder, denn auf der Stelle machten sich zwei von ihnen daran, meine Accla zu versorgen.

Wie man sich erinnern wird, war Accla die Stute meines Vaters gewesen, als er jung war. Er hatte mir soviel und mit solcher Liebe von ihr erzählt, daß ich sie gleichsam auferstehen lassen wollte, indem ich meinem Pferd, das frisch von der Dressur kam und erst vier Jahre alt war, ihren Namen gab.

Von den Pferdeställen ging ich hinüber zum Turnmeister, denn Monsieur de Chalais ließ keinen Tag vergehen, ohne sich allen möglichen Übungen zur Kräftigung seines schönen Körpers, auf den er so stolz war, zu unterziehen.

Als ich auch die Hoffnung, ihn dort zu finden, aufgeben mußte, begab ich mich in den Fechtsaal. Gleich beim Eintritt betäubten mich das viele Fußgetrappel, das Eisengeklirr und die Schreie, die einige beim Ausfall ausstießen. Starker Schweißgeruch lag in der Luft, und die Scheiben waren vom hechelnden Atem der Fechter ganz beschlagen. Zu meiner großen Erleichterung erkannte ich an seiner hohen, schlanken Gestalt und seinen schlohweißen Haaren den Kommandeur de Valençay. Er hatte ein kleines Herrchen als Gegenüber, das wie ein Springteufel herumhüpfte und trotzdem nie den Plastron des Kommandeurs traf, der mit bewundernswerter Sparsamkeit agierte und die Klinge des anderen jedesmal mit der friedlichen Miene eines Olympiers abwehrte.

Als er mich bemerkte, wich er einen Schritt zurück und grüßte seinen Gegner mit dem Degen. Das Hähnchen grüßte ebenfalls, dankte ihm und ging, schweißnaß wie ein Vogel, den der Regen durchweicht hat.

Der Kommandeur machte mir ein Zeichen, ich möge nähertreten, während er sich mit dem Rücken an die Mauer lehnte. Als ich ihm nahe genug war, raunte er mir zu, ich solle meinen Hut aufbehalten, um durch meinen Federbusch vor neugierigen Blicken geschützt zu bleiben. Diese Vorsicht erinnerte mich daran, daß ich seit dem Hinterhalt im Bois des Fontaines jemand war, mit dem man sich nicht ungefährdet blicken ließ.

»Herr Kommandeur«, sagte ich leise, »ich mache es kurz, weil Ihr es zu wünschen scheint: Könnt Ihr mir sagen, wo ich Euren Neffen finde?«

»Graf«, sagte der Kommandeur, »was wollt Ihr von ihm?«

»Nur Gutes, und auf Geheiß eines Euch Wohlbekannten.«

»Was heißt das?«

»Ich habe den Auftrag, ihn durch Güte und Überredung für die Sache zurückzugewinnen, der er sich verpflichtet fühlen sollte.«

»Schwört Ihr, daß Ihr ihm kein Leid antut, direkt oder indirekt?«

»Ich schwöre es.«

»Ihr findet ihn im Gasthof ›Zum Straußen‹.«

»Wahrhaftig? Wohnt er dort?«

»Nein. Er hat ein Techtelmechtel mit einem Unterrock.«

Es klang ein wenig abschätzig, wie der streng tugendsame Kommandeur dies fallenließ.

»Herr Kommandeur«, sagte ich, »habt vielen Dank. Ich werde mich stehenden Fußes aufmachen zum ›Straußen‹ und Euren Neffen suchen.«

»Ach, lieber Freund«, sagte der Kommandeur, »möge es Euch gelingen! Weiß Gott, ich mache mir Sorgen um diesen Springinsfeld! Zum Unglück hält er sich in seiner Einfalt für ein Genie der Intrige. Dabei kann er nicht mehr wie sich duellieren, wilde Pferde reiten und herumturteln. Wenn er sich damit doch begnügen wollte, aber nein, der Wirrkopf muß an der Staatsspitze Verwirrung stiften! Hat nicht mehr Grips als ein Spatz, der aus dem Nest gefallen ist, aber will es mit dem Kardinal aufnehmen, der gerieben ist wie Bernstein! Und mit dem König, der fest ist wie Fels! Ach, es ist zum Auswachsen! Geht, mein Freund, geht. Und um der Diskretion willen, geht, ohne mich zu grüßen.«

Ich ging mir meine Accla holen, die nun rundum gebürstet und gestriegelt war. Sie wieherte zärtlich, als sie mich sah, und ließ sich, so schön und reinlich, willig von den Stallknechten satteln, zumal es sie in diesen stickigen Räumen gewiß nach frischer Luft verlangte.

Die Wirtin vom »Straußen« hatte schon sehnsüchtig auf mich gewartet, um endlich an ihr Geld zu kommen. Sie hieß Toinette und war ein Däumling von Frau, aber ein ziemlich hübscher und schlagfertiger Däumling, wenngleich mit scharfen Augen und gieriger Hand. Ich fand die Rechnung ein bißchen saftig, wollte aber nicht feilschen, weil ich die Hilfe der Wirtin brauchte, und zahlte den Betrag, ohne mit der Wimper zu zucken, aber auch ohne einen Heller draufzulegen. Durch diese Großzügigkeit in ihrer Achtung gestiegen, wurde ich von ihr persönlich zu meinem Zimmer geführt, Schritt um Schritt gefolgt von ihrem Mann, der nie den Mund aufmachte – seine Frau redete für zwei –, der aber recht bedrohlich wirkte, so flinkäugig, behaart und muskelbewehrt, wie er war. Er gehorchte in allem seiner Frau, die in diesem Haus die Hosen anhatte. Trotzdem spürte man, daß er jedem an die Gurgel springen würde, der seinem Däumling zu nahe käme.

Ich lobte das Zimmer, das groß und hell war und einen schönen Blick auf hohe Bäume und grüne Wiesen hatte.

»Liebe Zeit, Herr Graf«, sagte Toinette, »das mußte schon sein. Der Herr von Schomberg kam ja persönlich, es für Euch zu mieten, und hat mir auch die Soldaten gebracht, die Euch bewachen sollen. Da dacht ich mir, daß Ihr ein wichtiger Herr sein müßt, vielleicht gar ein Herzog, wenn sich ein Marschall von Frankreich Euretwegen bemüht und Euch zum Schutz so schöne, schmucke und höfliche Soldaten gibt!«

»Diese Soldaten sind ja auch königliche Musketiere, alle wohlgeboren und gut erzogen. Nur gebt acht, daß sie Eure Kammerjungfern nicht schwängern.«

»Da hätt ich viel zu tun, Herr Graf! Sollen die ihr Schmuckstück doch selber hüten! Da steck ich meine Nase nicht rein. Ich hab ohnedies schon genug Sorgen!«

»Meine Gute«, sagte ich, »durch Herrn von Schomberg hörte ich, daß Ihr auch den Herrn Marquis de Chalais hier beherbergt, einen guten Freund von mir.«

»Herr Graf«, sagte der Winzling mit plötzlich verschlossener Miene und starrem Blick, »ich bin eine Wirtin, wie es sich gehört, ich plappere die Namen meiner Gäste nicht in alle Winde.«

»Meine Gute«, sagte ich, indem ich einen Écu in meine Rechte zauberte, den ich sogleich in die ihre gleiten ließ, »Monsieur de Chalais ist, ich wiederhole es, ein lieber Freund von mir.« Wohl oder übel mußte ich hierbei ihre Hand berühren, und der Ehemann knurrte, als wollte er sich auf mich stürzen.

»Still, Guillaume!« sagte Toinette zugleich entschieden und liebevoll.

Sofort beruhigte er sich. Es war schon lustig zu sehen, welche Macht das Persönchen über dieses Ungeheuer hatte: ein Sieg des Geistes über die Materie. So klein Toinette auch war – ihr Kopf reichte mir knapp bis zum Magen –, zeigte sie sich doch rundum wohl ausgestattet.

»Herr Graf«, sagte sie sehr besänftigt, »Monsieur de Chalais ist hier, aber stark beschäftigt.«

»Wann kann ich ihn sprechen?«

»Das weiß ich nicht. Er ist seit zwei Stunden bei Cathau, und nach dem Lärm, den er macht, ist ihm seine Munition noch nicht ausgegangen.«

»Aber er wird sich doch von Zeit zu Zeit einen Krug Wein und ein paar Leckereien kommen lassen, um seine Kräfte aufzufrischen.«

»Gewiß tut er das!«

»Und wer bringt ihm die guten Dinge?«

»Guillaume und ich.«

»Dann sagt ihm doch, meine Gute, wenn er Euch demnächst ruft, daß der Graf von Orbieu ihn auf elf Uhr zum Mittagessen in seinem Zimmer erwartet.«

Hierauf hob das Persönchen nur stumm den Écu, den ich ihr gegeben hatte, zwischen Daumen und Zeigefinger in die Höhe und blinzelte verständnisheischend.

»Ist der schön, Herr Graf?«

»Sicher.«

»Ich finde«, fuhr sie fort, »er wär noch schöner, wenn er einen Zwilling hätte.«

Ich war baff. Was für ein kleiner Geier, der mir den Beutel leerfraß! Doch was half es, mein Plan, mein Auftrag, die Zeit drängten. Ich gab ihr den zweiten Écu, ließ ihn aber diesmal in ihre ausgestreckte Klaue fallen, damit ihre Dogge nicht wieder knurrte.

»Versprochen, Herr Graf!« sagte sie flötend wie eine Nachtigall. »Wenn der Herr Marquis zustimmt, und das wird er ja wohl, komme ich um halb elf bei Euch den Tisch decken. Wünscht der Herr Graf bis dahin Gesellschaft?«

»Was für Gesellschaft?«

»Der Herr Graf weiß schon, was ich meine.«

»Nein, danke, meine Gute. Ich will ausruhen.«

»In Eurem Alter, Herr Graf, nährt man sich nicht von Rauch allein.«

»Keine Bange, liebe Frau. Aber Ruhe hat noch keinem geschadet.«

* * *

Nachdem Toinette verschwunden war, ging es mir durch den Sinn, daß es eine glatte Lüge von ihr war zu behaupten, was die Kammerjungfern mit ihrem Schmuckstück machten, kümmere sie nicht; vielmehr hatte sie mit ihnen vermutlich gewisse Abmachungen getroffen, die sich für sie auszahlten. Hätte sie mir sonst »Gesellschaft« angeboten?

Das steigerte meine Achtung für diese Geizkrämerin nicht eben, im Gegenteil, und ich beschloß, vor ihr auf der Hut zu sein, denn wer mit dem Schmuckstück seiner Mädchen hausieren ging, verkaufte bestimmt auch die Geheimnisse seiner Gäste, wenn jemand sie sich etwas kosten ließ. Ach ja, dachte ich, der Strauß auf dem Wirthausschild steckt seinen Kopf zu Recht in den Sand, denn blickte er auf, wäre er ziemlich empört über den Gang der Dinge hier.

Ich warf mich aufs Bett und sank sacht in Schlummer, als es an meine Tür klopfte. Ich sprang sofort auf die Füße und griff nach meinen Pistolen. Dann schlich ich auf leisen Sohlen zur Tür, stellte mich aber daneben, den Rücken zur Wand.

»Wer ist da?« fragte ich.

»Herr Graf, hier ist Monsieur de Clérac, der die Musketiere Eurer Leibgarde befehligt.«

»Monsieur de Clérac! Seid Ihr nicht der ausgezeichnete Leutnant, der mich auf meiner Reise nach Nanteuil zu Herrn von Schomberg eskortierte?«

»Der bin ich.«

»Es ist mir eine Freude, Leutnant, daß Ihr mich aufs neue schützt. Bitte, tretet ein.«

Nun kam Clérac in mein Zimmer, aber weil die aufgehende Tür mich verdeckte, sah er mich sowenig wie ich ihn.

»Monsieur de Clérac«, sagte ich, »dreht Euch um! Hier bin ich!«

Er tat es, und kaum erkannte ich sein Gesicht, senkte ich meine Pistolen.

»Herr Graf«, sagte Clérac, nachdem er mich begrüßt hatte, »dieser Empfang zeugt von Vorsicht. Erlaubt mir jedoch die Kritik, daß diese nicht ganz ausreicht. Ihr habt vergessen, Eure Tür zu verriegeln und Eure Fensterläden zu schließen, die Fenster liegen in Leiterhöhe. Herr Graf, ich hoffe, daß Euch diese Bemerkungen nicht kränken.«

»Seid unbesorgt! Es ist Eure Pflicht, mich darauf hinzuweisen, so wie es meine ist, Eure Hinweise zu befolgen. Wo wohnt Ihr mit Euren Musketieren?«

»Nebenan. Herr von Schomberg hat unsere Zimmer sehr gut gewählt, eins für Euch und zwei für uns. Wie Ihr gesehen habt, liegt Eures am Ende des Flurs und nimmt die ganze Breite des Hauses ein. Unsere Zimmer grenzen im rechten Winkel jeweils rechts und links an das Eure, so daß jeder, der zu Eurer Tür will, an unseren beiden vorbeimuß. Herr Graf, darf ich fragen, ob Ihr Besuch erwartet?«

»Allerdings, ich habe den Marquis de Chalais auf elf Uhr zum Essen eingeladen.«

»Darf ich fragen, Herr Graf, ob diese Begegnung freundschaftlicher Art ist?«

»Nur scheinbar. Sie gehört zu meiner Mission.«

»Also ist sie von einiger Bedeutung.«

»Das hängt von ihrem Ausgang ab.«

»Dann werden wir gut aufpassen. Wir haben hier eine kleine Person im Verdacht, an den Türschlössern zu lauschen.«

»Wenn Ihr nicht dieselbe meint wie ich, sollte es mich wundern.«

»Wir werden also während Eures Essens unsere Türen nur anlehnen, um Eure zu überwachen. Herr Graf, bevor ich gehe, möchte ich Eure Fensterläden schließen.«

»Da es zwei Fenster sind, helfe ich Euch.«

»Darf ich, während wir mit den Fenstern beschäftigt sind, Euch fragen, Herr Graf, ob Ihr einmal von Olphan de Gast gehört habt?«

»Ich kenne nur den Namen.«

»Olphan de Gast war ein Günstling Heinrichs III. Voller Zorn darüber, daß er mit ihrer Liebe geprahlt hatte, ließ Königin Margot ihn ermorden. De Gast ruhte in einem Haus, das er in Paris gemietet hatte. Die Tür war gut verwahrt, aber der Mörder fand eine Trittleiter, stellte sie gegen die Mauer und stieg durchs Fenster ein. De Gast hatte es offengelassen, weil es sehr heiß war. Er wurde ohne Federlesens auf seinem Bett erdolcht.«

»Monsieur de Clérac«, sagte ich lachend, »Ihr wollt mir angst machen, damit ich überall Dolche sehe! Aber seid unbesorgt, ich werde es Euch nicht zu schwermachen. Ich werde so vorsichtig sein, wie ich kann. Zu vieles hängt davon ab, nicht nur mein Leben.«

Als sich die Tür hinter Monsieur de Clérac schloß, schob ich den Riegel vor und legte mich wieder zur Ruhe, wobei ich zwischen Sinnen und Träumen schwankte. Unter Sinnen verstehe ich folgerichtiges Nachdenken, unter Träumen eine Art Selbstlauf vager, wechselnder Bilder, und während ersteres hilft, die Probleme des Lebens zu behandeln, heilt letzteres von den Sorgen, die diese Probleme bereiten.

Um halb elf klopfte es.

»Herr Graf«, hörte ich die Stimme von Clérac, »bitte, öffnet. Die Wirtin kommt den Tisch decken.«

Ich steckte meine Pistolen unters Kopfkissen und ging öffnen. Als wäre er der Majordomus, trat zuerst Monsieur de Clérac ein, dann ein Diener, der zwei Böcke brachte, auf die er eine Platte legte, die der Däumling, der nach ihnen kam, sogleich mit einem Tischtuch bedeckte. Dann kamen ihr Mann und eine Jungfer, hochbeladen mit Geschirr.

Das Persönchen bellte kurze Befehle, die umgehend von allen befolgt wurden, von ihrem behaarten Monster sowieso und fast zitternd von der blonden Jungfer, die sie Cathau nannte. An dem Blick, den diese später Chalais zuwarf, als er mein Zimmer betrat, erkannte ich, daß sie diejenige war, die seit dem Morgen seine unermüdlichen Anstürme ausgehalten hatte.

Von unseren wechselseitigen Küssen und Umarmungen schweige ich hier. Chalais war prächtig gekleidet, gelockt und parfümiert, er war die leibhaftige Jugend, Kraft und Gesundheit, und das mit einer Selbstgefälligkeit, wie sie nur ihm eignete. Natürlich hütete ich mich, den springenden Punkt anzusteuern, solange der Däumling und sein Gespons in meinem Zimmer aus und ein gingen, um aufzutragen und abzutragen. Das Essen war sehr gut, doch rührte ich nicht viel davon an, auch vom Wein nicht, um einen klaren Kopf zu bewahren.

Was die Unterhaltung anging, brauchte ich mich nicht anzustrengen. Die meiste Zeit redete Chalais, weil er zu den Leuten gehörte, die endlos von sich plappern können und den anderen auf ein Paar endlos strapazierbare Ohren reduzieren. Was er erzählte, behagte mir wenig. Vor allem waren es seine Großtaten an diesem Vormittag mit Cathau, die er mir bis ins einzelne ohne jede Scham schilderte, obwohl die Beteiligte uns bediente. Dann ging es um ein Duell, bei dem er der Held gewesen war und die Freude hatte, dem Gegner seine Klinge durch den Leib zu rennen, und die zusätzliche Befriedigung genoß, daß seine beiden Zeugen auch die Zeugen der Gegenseite niedermachten. Dann kam er wieder auf Cathau zurück, die den besonderen Vorzug habe, daß man sie, kaum erloschen, wieder und wieder zum Höhepunkt treiben könne, was sie vor anderen auszeichne. Das sagte er alles, ohne die arme Cathau auch nur einmal anzublicken, die uns doch die Gerichte auftrug, so als handele es sich um eine ganz andere Person.

Endlich war das Mahl überstanden und wir von aller Bedienung erlöst. Als letzte verschwand das Persönchen, und sicherlich schwer enttäuscht, daß sie nicht viel Brauchbares für den Gerüchtemarkt hatte aufschnappen können.

So wenig es Chalais auch kümmerte, was im Kopf seines Gesprächspartners vorging, merkte er schließlich doch an meinem Schweigen, daß ich ihm etwas mitzuteilen hatte, und, o Wunder!, er verstummte. Jetzt aber zögerte ich, mit der Sprache herauszurücken, denn wie konnte ich ihm vorschlagen, sich durch den Verrat an seinen Freunden zu entehren. Wie verblüfft und erleichtert war ich jedoch im Lauf des Gesprächs, als ich schon bei meinen ersten tastenden Annäherungen feststellte, daß es für Chalais nicht das geringste Problem bedeutete, seine Freunde zu verraten. Eine Weile dachte ich deshalb, ich hätte es mit dem größten Zyniker der Schöpfung zu tun, aber nein, Leser, nicht einmal das! Bei Chalais war es lediglich Torheit, Unbedacht, heillose Leichtfertigkeit!

Nachdem ich das begriffen hatte, wechselte ich den Ton und sprach völlig offen.

»Mein Freund«, sagte ich, »bitte, bedenkt, daß die Königin wieder schwanger ist. Wenn sie ihre Frucht diesmal austrägt und es ein Sohn wird, was hat es dann für eine Bedeutung, ob Monsieur heiratet oder nicht? Und was bedeutet Monsieur selbst, sobald es einen Dauphin gibt? Dann ist er nicht mehr der Thronfolger. Andererseits, auf Ludwigs Tod zu spekulieren oder gar auf seine Ermordung, ist doch eine unfaßliche Dummheit. Trotz seiner Leiden muß der König eine im Grunde solide Gesundheit haben, wenn er mehrere Stunden am Tag jagen kann. Und ein Königsmord, außer daß er demjenigen, der ihn vollbringt, fast nie gut bekommt, ist an sich recht unwahrscheinlich: Ludwig ist so argwöhnisch, so achtsam und so stark bewacht! Wißt Ihr, daß er nichts ißt, was vor ihm nicht jemand gekostet hat? Daß er bei bestimmten Gelegenheiten ein Kettenhemd unterm Wams trägt? Daß zu jeder Tagesstunde hundert Augen um ihn sind, daß bei Nacht hundert Ohren seinen Schlaf beschützen?«

Hier übertrieb ich im Dienst der Sache ein wenig. Gewiß hütete sich Ludwig sehr gut, weil ihm immer das Bild seines blutüberströmten Vaters vor Augen stand, den Ravaillacs Messer getötet hatte. Aber es war nicht ganz so, wie ich gesagt hatte. Mit meinen Übertreibungen bezweckte ich, Chalais ein so unumstößliches Bild von der Unverwundbarkeit des Königs einzuhämmern, daß er gar nicht in die Versuchung käme, daran zu rühren. Denn als Großmeister der Garderobe war Chalais, wie gesagt, dazu befugt, sich Ludwig jeden Tag zu fast jeder Stunde zu nähern, und er war auch einer jener leichtgläubigen und leicht beeinflußbaren Tollköpfe, denen ausgepichte Intriganten nach und nach die Idee eines Mordes einträufeln konnten, wenn ihm dafür nur die Beförderung winkte, von der sein heißer, knabenhafter Ehrgeiz träumte.

»Wer auf Monsieur setzt«, fuhr ich fort, »geht im Grunde

eine sehr unsichere Wette ein und könnte bitter enttäuscht werden. Der König ist da! Und welche Beförderung man sich auch erhofft, verliehen wird sie nur von ihm, und ohne daß man auf den Sankt-Nimmerleins-Tag warten muß ... Ludwig ist Euch sehr wohlgesinnt, seit der Kardinal durch Eure Auskünfte vor dem Attentat in Fleury en Bière bewahrt wurde. Er fürchtet, daß ein solches Attentat sich wiederholen wird, und ich darf sagen, daß er Euch große Gnade erweisen würde, wenn Ihr ihn durch mich künftig immer gleich von Plänen dieser Art unterrichten würdet, sowie Ihr Wind davon bekommt.«

»Graf«, sagte Chalais, »da gibt es aber ein Hindernis.«

»Euer Gewissen?«

»Nein, nein. Aber ich muß gestehen, daß ich doch etwas enttäuscht war, daß der König mich nicht belohnt hat, nachdem ich dieses Attentat in Fleury aufgedeckt habe.«

Ich glaubte meinen Ohren nicht zu trauen. Was dachte sich dieses Herrchen? Wie konnte er nicht einsehen, daß er für Ludwig den Gerechten lediglich ein reuiger Verräter war, den man durchaus nicht gleich belohnen mußte, wenn er zur Pflicht zurückfand? Doch hatte ich das Wort des Kardinals, daß Chalais, wenn er in seiner Wachsamkeit fortführe, ein weiteres Amt erhalten würde.

»Marquis«, sagte ich, »indem ich meine Hand auf seine legte, »in der Politik heißt es Geduld bewahren. Wie sollte der König Euch belohnen, ohne Euch in den Augen von Monsieur verdächtig zu machen? Offenbar will der König warten, bis die Vermählung erfolgt und in seinem Staat wieder Ruhe eingekehrt ist, um die Sanktionen auszuteilen: den einen Titel, Schenkungen, Ämter, den anderen Verbannung, Kerker oder Tod.«

Dabei fügte ich »Tod« nur der Wortsymmetrie halber an. Zu jenem Zeitpunkt dachte ich nicht, daß es soweit kommen würde. Wehe, armer Chalais!

Fürs erste aber war der Marquis durch meine Worte beruhigt und in seinem Ehrgeiz ermuntert.

»Graf«, sagte er, »wenn ich einerseits vor Komplotten gegen den König oder den Kardinal warnen und andererseits Monsieur überreden soll, Mademoiselle de Montpensier zu heiraten – was ich bestimmt vermag«, setzte er hochgemut hinzu, »dann muß ich zum Dank für meine Mühen aber etwas Bedeutendes bekommen, etwas sehr Bedeutendes sogar.«

»Mein Freund«, sagte ich in vertraulichem Ton, »ich glaube kein Geheimnis zu verraten, wenn ich Euch versichere, daß Ihr nicht enttäuscht sein werdet.«

»Was! Ihr wißt, was man mir zugedacht hat, und sagt es nicht?«

»Ich würde es sagen, aber unter gewissen Bedingungen.«

»Welchen?«

»Daß Ihr darüber den Mund haltet.«

»Ich verspreche es.«

»Nein, nein. Das reicht mir nicht.«

»Gut, ich kann es Euch schwören, was ich noch nie getan habe. Ich schwöre bei der Jungfrau Maria, daß ich Schweigen darüber wahre.«

Da Chalais die Muttergottes besonders verehrte, was vermutlich mit der großen Liebe zu seiner eigenen Mutter zusammenhing, hielt ich diesen Schwur für verläßlich.

»Hört also, mein Freund«, sagte ich. »Der König gedenkt Euch auf den Rat der Kardinals hin das Amt des Großrittmeisters der Leichten Kavallerie zu geben.«

»Wahrhaftig?« rief Chalais in höchster Freude. »Aber glaubt Ihr denn, daß ich es erfüllen kann?«

»Gerade für Eure Person scheint es mir besonders geeignet«, sagte ich, insgeheim belustigt.

Aber Chalais war nicht gestimmt, sprachliche Nuancen zu beachten, falls er sie überhaupt bemerkte. Er hörte nichts mehr. Wie auf Wolken umarmte er mich stürmisch. Dann schrie er, nach einem Blick auf seine Uhr, er komme zu spät, wenn er mich nicht augenblicklich verlasse, und er sei auf alle Zeiten mein unwandelbarer Freund.

»Marquis«, sagte ich, »nur noch ein Wort. Wie benachrichtigt Ihr mich, wenn Ihr weitere Komplotte entdeckt?«

»Ich komme im Galopp hierher. Es wird niemanden am Hof erstaunen, wenn ich zum ›Straußen‹ eile. Jedermann weiß«, setzte er mit eitlem Lächeln hinzu, »was ich hier zu schaffen habe.«

* * *

Am Nachmittag desselben Tages erhöhte sich die Achtung, in der ich bei dem Persönchen stand, abermals, als eine Karosse mit dem Wappen des Kardinals vor ihrem Gasthof hielt. Doch ihre Freude war kurz, denn nur Charpentier stieg aus und bat sie höflich, ihm mein Zimmer zu zeigen, was sie auch tat. Da gab es jedoch die Schwierigkeit, daß der wachhabende Musketier vor meiner Tür Charpentier nicht durchlassen wollte. Auf den Lärm hin trat ich aus meiner Tür und hieß den Sekretär eintreten, nicht ohne den Musketier zu seiner Wachsamkeit zu beglückwünschen.

Als ich meine Tür geschlossen hatte, hörte ich den Musketier mit dem Persönchen zanken, daß sie sich da herumdrücke unter dem Vorwand, sie warte auf Charpentier, um ihn hinauszubegleiten. »Teuerste«, sagte er schließlich mit seiner lauten Gascognerstimme, »dies ist nicht Euer Platz, und Eure niedlichen Ohren haben an diesem Schloß nichts zu suchen! Geht, meine Beste, geht! Sonst muß ich Euch zwischen Daumen und Zeigefinger schnappen und Euch zwölf hungrigen Musketieren zum Schmaus vorwerfen!« Worauf besagte Hungerleider unter schallendem Gelächter auf den Flur heraustraten, so daß das Persönchen mit erschrockenem Gegacker zur Treppe flatterte wie ein Huhn vor einer Meute Füchse. Das behaarte Monster war an diesem Nachmittag nicht zu sehen. Es schlief.

Ich begrüßte Charpentier mit all der offenen Herzlichkeit, die ich für diesen Künstler der Feder und des Messers hegte.

»Der Kardinal«, sagte er mit gedämpfter Stimme, »möchte wissen, ob Ihr unseren Mann gesprochen und gewonnen habt.«

»Ich habe ihn gewonnen, ja, für den Augenblick. In der nächsten Zukunft wird er uns sicher berichten, was er von jenen Herren an Mordplänen erfährt. Aber wie lange, das kann ich nicht garantieren. Dieser Wendehals hat seine Freunde mit solcher Leichtigkeit verraten, daß er sich auch wieder gegen den Kardinal kehren kann, sogar gegen den König.«

»Was tut Ihr, wenn er Euch einen verbrecherischen Plan meldet?«

»Ich eile zum König. Und Ihr, wohin wollt Ihr so eilig?«

»Der Kardinal kehrt zurück nach Fleury en Bière.«

»Wird ihm dieses Hin und Her zwischen Fleury und Fontainebleau nicht zu beschwerlich?«

»Im Gegenteil«, sagte Charpentier. »Er schläft in der Karosse, und der Weg ist ja nicht lang. Weil der König morgens jagt, kommt der Kardinal erst nachmittags nach Fontainebleau, dann erledigt er seine Anliegen mit dem König und ist zum Abendessen wieder in Fleury.«

»Hat er Begleitschutz?«

»Ja.«

»Starken?«

»Nein. Ein Dutzend königliche Gardisten.«

Ich seufzte.

»Wenn ich mich auf dem Weg von Paris nach Fleury mit einem Dutzend Schweizern begnügt hätte, würde ich hier nicht mehr mit Euch reden.«

»Der Kardinal meint, sobald man eine Leibgarde hat, kann man der Freiheit Ade sagen.«

»Aber wenn man keine hat, kann man auch dem Leben Ade sagen. Warum bleibt der Kardinal nicht ständig in Fontainebleau?«

»Er mag das Gewimmel und den Lärm nicht. Dort erstickt er.«

»Sicher ist es zum Ersticken. Andererseits behagt mir dieses tägliche Hin und Her nicht. Würdet Ihr dem Kardinal, mit allem Respekt, bitte sagen, daß ich mich deshalb um ihn sorge?«

»Damit seid Ihr nicht der einzige«, sagte Charpentier. »Herr von Schomberg hat es ihm immer wieder gesagt, aber bis jetzt hilft es nichts.«

»Der Kardinal«, sagte ich feurig, »wähnt sich in Sicherheit, weil Fleury en Bière so nahe bei Fontainebleau und den sechshundert Soldaten Seiner Majestät ist. Aber vor allem denkt er, weil er selbst so klug ist, daß kein verständiger Mensch auf die Idee kommen wird, ihn unter diesen Bedingungen anzugreifen. Besagte Clique aber besteht aus Verrückten. Werft all diese Hirne auf einen Haufen, und Ihr findet nicht ein Atom Verstand. Gerade dadurch sind diese Leute so gefährlich. Was ein Verdrehter in seinem verdrehten Gehirn aushecken, kann niemand vorhersehen. Monsieur Charpentier, seht Ihr diesen rubinbesetzten Ring an meiner Linken? Wenn einer von meinen Musketieren mit verhängten Zügeln zu Euch kommt und Euch diesen Ring vorweist, heißt das, Gefahr ist im Verzug, und der Kardinal darf das Schloß nicht verlassen, bis Schomberg zur Stelle ist. Ich meinerseits würde in dem Fall zu tun haben, den König zu erreichen, vor allem, wenn er auf der Jagd wäre, um ihn von der neuen Gefahr zu unterrichten.«

Leser, du wirst einen Ring in solcher Lage ein bißchen romanesk finden. Aber ich versichere dir, in dieser Art Affären war das gang und gäbe. Und zwar aus folgendem Grund. Der Berittene, der eine geheime Botschaft überbringt, kann abgefangen und durchsucht werden. Wenn er unklugerweise etwas Schriftliches bei sich hat, wird man es bei ihm finden. Und ist es chiffriert, wird es dechiffriert. Ein Ring, ob mit, ob ohne Stein, ist nicht so verfänglich. Seine Botschaft ist sogar für den Überbringer stumm. Er spricht nur zu dem, für den er bestimmt ist. Auch hierfür, Leser, ein berühmtes Beispiel: Nachdem Heinrich III. den Herzog von Guise hatte ermorden lassen, zog er dem Leichnam einen Ring ab, den sein Cousin, Henri von Navarra, gut kannte. Das Kleinod hatte einst seiner ersten Gemahlin, Königin Margot, gehört, aber als sie mit dem Herzog von Guise schlief, hatte sie es ihm geschenkt. Was konnte dieser Ring, den mein Vater nach gefahrvoller Reise Henri überbrachte, ihm sagen wenn nicht, daß der Herzog tot war, denn selbstverständlich hätte niemand ihm den Ring zu seinen Lebzeiten vom Finger gezogen, daß folglich die Liga durch seinen Tod sehr geschwächt war und daß der König von Frankreich das Bündnis mit dem König von Navarra suchte, um die Liga endgültig niederzuwerfen.

Als Charpentier mit dem Bild meines Rubinrings im Kopf davonging, horchte ich seinen verhallenden Schritten auf der Gasthoftreppe nach. Ich öffnete mein Fenster, beugte mich hinaus und sah ihn gerade noch in der Karosse verschwinden, die sogleich anfuhr, vornweg und hinten von einem Dutzend königlicher Gardisten bewacht. Sie haben richtig verstanden: ein Dutzend Gardisten! Was für eine jämmerliche Eskorte für einen so großen Minister! Ich warf mich aufs Bett, die Kehle zugeschnürt vor Angst, das Herz klopfte mir bis zum Hals. Und ich schwor mir, dieses Haus nicht bei Tag, nicht bei Nacht zu verlassen, solange dieses verhängnisvolle tägliche Hin und Her des Kardinals zwischen Fleury en Bière und Fontainebleau andauerte und ein neues Attentat auf Richelieu zu befürchten stand.

ZEHNTES KAPITEL

Weiß der Teufel, warum ich glaubte, es würde eine Woche dauern, bis ich wieder von Chalais hörte. Es dauerte genau einen Tag.

Früh am nächsten Morgen klopfte es an meiner Zimmertür, und als sich die Stimme von Monsieur de Clérac meldete, erhob ich mich, zog den Riegel auf und öffnete. Clérac schob das Persönchen vor sich her. Mit Augen, die lüstern vor Neugier funkelten, und mit tief geheimnisvoller Miene sagte sie, da wünsche ein Edelmann mich zu sprechen, der seinen Namen nicht nennen wolle. Ich verlangte, daß sie ihn mir beschreibe.

»Meiner Treu, Herr Graf, es ist ein schöner Mann! Zweimal so groß wie ich, mit schlohweißem Haar. Er sieht sehr vornehm aus.«

Mir blieb kein Zweifel, wer der Betreffende war, und ohne daß ich mir anmerken ließ, wie ich innerlich bebte, weil das Persönchen mit den scharfen Augen keinen Schritt von der Stelle wich, sagte ich zu Clérac auf okzitanisch (er war Gascogner, wie der Leser sich erinnern wird), er solle den Besucher bei der Begrüßung nicht mit seinem Titel anreden und ihn sofort zu mir führen. Worauf ich hinzusetzte, auch auf okzitanisch: »Beim Himmel und bei allen Heiligen, schafft mir diese klebrige Fliege vom Hals, daß sie nicht dauernd hier herumschwirrt!« Clérac machte keine langen Umstände. Er klopfte dem Weib mit der Rechten auf die Hinterfront und fuhr sie an: »So, nun verschwinde, Teuerste, und wehe dir, wenn ich dich hier noch einmal erwische!« Das Madamchen entfleuchte wie ein gerupftes Federvieh, und Clérac folgte ihr, um mir den Besucher heraufzubringen.

»Graf«, sagte der Kommandeur de Valençay, kaum daß er hereingetreten war, »lassen wir, wenn's Euch recht ist, die Höflichkeiten! Die Zeit drängt. Der Kardinal ist aufs neue in größter Gefahr.«

Er schnaufte ein wenig, wahrscheinlich, weil er die Treppe

zu schnell heraufgestiegen war. Sosehr er sich auch bemühte, sein Gesicht zu beherrschen, verrieten doch sein Wimpernschlag und sein überschleunigtes Sprechen, wie erregt er war.

»Graf, uns bleibt wenig Zeit. Wie Ihr wißt, kommt der Kardinal jeden Nachmittag von Fleury en Bière nach Fontainebleau, um mit dem König die Angelegenheiten des Reiches zu besprechen.«

»Ich weiß.«

»Und einige wollen ihm heute auf dieser Strecke auflauern, ihn gefangennehmen und vielleicht sogar töten.«

»Donnerschlag! Das war zu erwarten!« rief ich. »Und ich weiß nicht, was mich an diesem neuen Attentat mehr frappiert, die Grausamkeit oder die Dummheit. Denn Ludwigs Rache, wenn man ihm seinen Minister umbrächte, wäre schrecklich. Ist die Nachricht ganz sicher?«

»Ich habe sie von Ihr wißt schon wem.«

»Warum ist er nicht selbst gekommen?«

»Die Anti-Heirats-Partei hat erfahren, daß er gestern mit Euch im ›Straußen‹ gespeist hat. Er ist verdächtig geworden.«

»Die Neuigkeit ist schnell gereist«, sagte ich, einen zarten Mordgedanken für das Persönchen im Sinn. »Daß der Marquis den Verdacht nicht erhöhen wollte, indem er hierherkam, zeigt, daß er klüger wird.«

»Glaubt das nicht!« sagte der Kommandeur mit einem Seufzer. »Ich habe es ihm verboten, und ich mußte hart mit ihm reden, so versessen war er darauf, zwei Fliegen mit einer Klappe zu schlagen: Euch aufsuchen und wieder mit seiner heißen Dirne vögeln.«

Diese Verachtung für die arme Cathau zeigte mir, daß der Kommandeur, ein so guter Christ er auch sein mochte, Maria Magdalena nicht vergeben hätte.

»Aber«, sagte ich, »indem Ihr für Euren Neffen einspringt, bringt Ihr Euch selbst in Gefahr.«

»Ich diene wie Ihr, Graf, dem König. Was also schlagt Ihr vor?«

»Euch kann ich es ja sagen, Kommandeur. Ich werde jemand nach Fleury en Bière schicken, der den Kardinal davor warnt, das Haus zu verlassen, bis er weitere Nachricht erhält.«

»Der Jemand könnte ich sein«, sagte Valençay.

»Kommandeur, ich will Euch nicht kränken, aber Ihr wärt

durch Eure hohe Gestalt und Euer weißes Haupt zu auffällig. Was mich angeht, werde ich schleunigst den König benachrichtigen, damit er geeignete Maßnahmen trifft, und wie ich ihn kenne, wird er schnell und hart zuschlagen. Aber ein Wort noch! Der Kardinal wird wissen wollen, wer diesen neuen Coup anführt. Was sage ich ihm? Ist es Monsieur?«

»Nein. Seit dem Besuch des Kardinals ist Monsieur wie umgewandelt. Und auch wenn seine guten Vorsätze gewöhnlich nur kurz halten wie die Rosen, ist er augenblicklich auf Frieden eingestellt und nicht auf Dolche.«

»Wer ist es dann?«

»Die Vendôme-Brüder. Sie haben die Mordstaffette übernommen.«

»Verflucht!« sagte ich. »Wie hat unser guter König Henri mit dieser sanften, zärtlichen Gabrielle nur so niederträchtige Söhne zeugen können?«

»Im ehebrecherischen Alkoven lacht der Teufel und reibt sich die Hände«, sagte der Kommandeur. »Graf, ich gehe. Ich habe den Hof heimlich verlassen und möchte durch längere Abwesenheit keinen Argwohn erregen.«

»Ist der König auf der Jagd?«

»Ja, sicher.«

»Der Wald von Fontainebleau ist groß. Könnt Ihr mir sagen, wo ungefähr?«

»Das kann ich nicht, aber Du Hallier weiß es. Ihr findet ihn im Schloß. Er konnte den König heute nicht begleiten, weil er letztens vom Pferd gestürzt ist und sein Bein schmerzt.«

Noch eine knappe Umarmung, und Monsieur de Valençay ging. Ich rief Clérac, zog meinen Ring ab und sagte, er solle ihn an seinen Finger stecken, sein Pferd satteln lassen, nach Fleury en Bière jagen und dort mit aller Dringlichkeit Charpentier verlangen.

»Und was soll ich ihm sagen?«

»Nichts. Ihr gebt ihm diesen Ring.«

»Ohne ein Wort?«

»Ohne ein Wort. Dieser Rubin vermag zu dem zu sprechen, der seine Sprache versteht.«

»Reite ich allein oder mit Begleitung?«

»Allein. Und wenn Ihr den Gasthof verlaßt, nehmt nicht die Richtung links nach Fleury, sondern rechts nach Fontainebleau. Ihr findet dann bald einen kleinen Pfad, der Euch auf den Weg nach Fleury zurückführt.«

»Herr Graf, heißt das, daß Ihr gewissen spähenden Augen hier mißtraut?«

»Und wie! Und Ihr könnt sicher sein, daß diese Augen auch Euren Aufbruch vom Gasthof verfolgen. Darum gebt Euch den Anschein, als ob Ihr nur spazieren reitet, und versteckt Eure Pistolen gut, eine schußfertig im Kasack, die andere im Wams, den Degen zur Seite und einen Dolch im Gürtel. Reitet leichten Trab, den Hut tief in die Stirn gedrückt. Erst eine Viertelmeile vor Fleury könnt Ihr in Galopp fallen. Wenn Ihr den Ring an Charpentier übergeben habt, denn Ihr dürft ihn nur ihm geben, kommt Ihr hierher zurück, aber auf demselben Umweg, so als ob Ihr von Fontainebleau wiederkämt. Legt in Sichtweite des Gasthofs eine friedliche, heitere Miene auf, als sei Euch der morgendliche Trab wohl bekommen. Mich findet Ihr dann nicht im ›Straußen‹, ebenso nicht Eure Männer, weil ich mit ihnen nach Fontainebleau aufbreche. Tut so, als schere Euch das nicht. Bestellt Euch auf meine Rechnung eine gute Mahlzeit und Wein, und sollte es Euch nach einer kleinen Tändelei gelüsten ...«

»Nein, nein, Herr Graf, damit fange ich hier nicht an.«

»Bravissimo! Bitte, sagt Euren Leuten, bevor Ihr aufbrecht, sie möchten die Pferde satteln, meins und ihre. Wir reiten kurz nach Euch los.«

Lässig, wie ich es Clérac empfohlen hatte, verließ ich den »Straußen«, zumindest versuchte ich es, denn meine Accla war so froh, sich die Beine zu vertreten, daß sie am liebsten galoppiert wäre.

In Fontainebleau fand ich den armen Du Hallier auf flachem Lager, so niedergeschlagen und wütend, daß er einen ganzen Rosenkranz von Verwünschungen vom Stapel ließ, bald gegen sein Pferd, bald gegen sich selbst, bald gegen seine Freunde, die ihn »sterbenskrank« im Stich gelassen hätten, sagte er, um mit dem König Frischlinge zu schießen.

»Du Hallier«, sagte ich ohne Rücksicht auf sein Gejammere, »bitte hört mich an. Ihr müßt mir um jeden Preis sagen, wo der König heute jagt. Ich habe ihm eine hochwichtige Nachricht mitzuteilen.«

»Höre ich richtig, Herr Graf? Ihr wollt den König bei der

Jagd stören? Das ist beinahe ein Majestätsverbrechen! Das verzeiht Euch der König nie!«

»Es muß aber sein. Es geht um Leben und Tod.«

»Für wen? Für den Kardinal?«

»Heute für den Kardinal. Morgen für den König.«

»Wieso das?«

»Du Hallier«, sagte ich streng, »soll ich Staatsgeheimnisse ausplaudern, die nur den König etwas angehen? Soviel laßt Euch jedenfalls sagen: Wenn Ihr mir jetzt verschweigt, wo im Wald von Fontainebleau Seine Majestät jagt, macht Ihr Euch mitschuldig an einem schweren Verbrechen, das die Säulen des Staates ins Wanken bringen wird. Wollt Ihr den König ins Unglück stürzen? Und Euch selbst?«

Du Hallier hatte ein dickes Fell, aber doch nicht so dick, daß ihn die Bedrohung der eigenen Person gleichgültig gelassen hätte. Für einen Mann von so geringem Verdienst war er unerhört hoch gestiegen, als Ludwig ihm damals zum Dank für die Beseitigung Concinis zum Hauptmann der Palastgarde ernannte, und nichts fürchtete er so sehr, wie Ludwig zu mißfallen und von seinem Gipfel in ewige Ungnade zu stürzen. Deshalb wog er nun angstvoll meine Worte und fragte sich, was für ihn besser wäre: mir sagen oder nicht sagen, wo im Wald die Jagdgesellschaft des Königs zu finden sei.

Er zog sich schließlich mit einem plumpen Trick aus der Affäre, wie ihn schlichte Leute oft gebrauchen, damit aber manchmal genausogut durchkommen wie die klugen.

»Herr Graf«, sagte er, »Ihr müßt mir schwören, Ludwig niemals zu sagen, daß ich Euch verraten habe, wo die königliche Jagd heute ist. Ach nein, ich sage Euch nichts! Ich sage gar nichts! Soll Euch mein Junker auf die Fährte bringen, und sobald er durch die Bäume die ersten Reiter sieht oder Hunde bellen hört, soll er kehrtmachen. Dann kann er guten Gewissens abstreiten, daß er Euch auf meinen Befehl dorthin geführt hat.«

»Danke, Du Hallier. Ihr habt weise entschieden. Das werde ich Euch nicht vergessen. Und ich schwöre Euch bei meiner Edelmannsehre, daß mir hierüber nie ein Sterbenswörtchen über die Lippen kommen wird.«

»Junker«, sagte Du Hallier, »nun hast du Gelegenheit, dich von meinem Krankenlager wegzumachen in den Wald. Geh, sattle deinen Gaul und bring den Grafen hin.«

»Und wo soll ich ihn hinbringen, Herr Hauptmann?« fragte der Angesprochene.

Du Halliers Junker hieß de Noyan und hatte ein richtiges Fastengesicht, lang und trübselig auf den ersten Blick; aber kaum belebte es sich, war es wie verwandelt. Dann blinkten seine Augen spöttisch, und sein Lächeln, das aber nur den einen Mundwinkel hob, gab ihm den Anschein, als mache er sich über alles und jedes und auch über sich selber lustig.

»Du weißt schon wo«, grunzte Du Hallier, »hast uns doch zugehört, dem Grafen und mir.«

»Der Himmel bewahre mich davor«, sagte Noyan, »lange Ohren zu machen, wenn mein Herr mit einem Besucher spricht.«

»Schockschwerenot, Junker!« schrie Du Hallier. »Wenn du nicht gleich gehorchst, verpaß ich dir eine Tracht, sowie ich wieder auf den Beinen bin, das kannst du glauben.«

»Herr Hauptmann«, sagte Noyan, »da ich Euch ganz ergeben diene, würde ich Euren Befehl auf der Stelle ausführen, wenn ich wüßte, welchen. Aber auf gut Glück einem Befehl zu gehorchen, der mir nicht erteilt worden ist, das würde mir nicht gut bekommen.«

»Deinem Buckel wird was anderes bekommen, Himmelhund!« brüllte Du Hallier.

Damit streckte er die Hand nach einer Reitpeitsche, die über seinem Kopfende hing, und ich hielt es für angebracht, mich einzumischen.

»Herr von Noyan«, sagte ich, indem ich zwischen seinen Herrn und ihn trat, »wenn Ihr mir den Weg durch den Wald von Fontainebleau weisen wolltet, brächte es Euch großen Vorteil.«

»Welchen?«

»Meine Freundschaft.«

»Herr Graf«, sagte der Junker mit allem Respekt, aber einem Lächeln im Mundwinkel, »Ihr steht zu hoch, als daß ich je hoffen könnte, Euer Freund zu sein. Schon morgen habt Ihr mich vergessen.«

»Täuscht Euch nicht! Gesagt ist gesagt! Und hier ein erstes Unterpfand meiner Freundschaft.«

Damit legte ich ihm zwei Écus in die Hand. Er blickte entgeistert darauf, denn Du Hallier war ein Knauser und zahlte ihm nur jeden zweiten Monat seinen Lohn, an dem er manchmal auch noch knapste.

»Herr Graf«, sagte er, während er meine Écus in die Innentasche seines Wamses steckte, »ich bin ein guter Junker und gehorche meinem Hauptmann sogar, wenn er mir keinen Befehl gegeben hat. Ich sattle rasch mein Pferd.«

»Wir treffen uns am Tor, ich bin in fünf Minuten dort.«

Er sauste wie ein Pfeil davon, Du Hallier sank auf sein Bett oder, wie er es nannte, sein »Elendslager« zurück.

»Da ist der unverschämte Kerl um zwei Écus reicher«, schimpfte er in ohnmächtigem Zorn, »und ich muß hier schmachten wie vorher! Gibt es noch Gerechtigkeit in dieser Welt?«

»Aber Ihr habt Eure Pflicht gegenüber dem König erfüllt, mein lieber Du Hallier. Lebt wohl! Wenn diese Geschichte überstanden ist, besuche ich Euch.«

Als der Junker und ich nebeneinander durch den Wald ritten, in scharfem Trab, aber mit aller Umsicht, hatte ich Mühe, meine wachsende Beklemmung zu bekämpfen, daß ich vom König übel empfangen würde.

»Hätte der Hauptmann«, fragte ich, um mich abzulenken, »Euch wirklich mit der Peitsche geschlagen?«

»I wo! Ebensowenig, wie er mir eine Tracht Prügel verpassen würde. Ich bin adelig und wohlgeboren, und mein Vater ist sein Freund. Den würde er nicht kränken wollen. Das ist nur Gerede von ihm. Das heißt nur, ich soll nicht so frech sein, damit er sich nicht aufregen muß.«

»Warum zieht Ihr ihn denn so auf wie vorhin?«

»Weil er mir mit seinem Gejammer und Gefluche in den Ohren liegt. Da tut es gut, ihn ein bißchen zu sticheln. Trotzdem hasse ich ihn nicht. Er wäre sogar ein guter Herr, wenn er nicht so geizig wäre wie keiner guten Mutter Sohn in Frankreich.«

Kaum hatte er ausgesprochen, zügelte er sein Tier.

»Da!« sagte er und zeigte mit dem Finger gen Westen, »hört Ihr die Hunde bellen?«

»Nein«, sagte ich, nachdem ich in die Richtung gelauscht hatte.

»Herr Graf«, sagte er, indem er sich mir zuwandte, »Ihr sollt kein guter Jäger sein. Ist das wahr?«

»Es ist wahr.«

»Und wie nimmt das der König?«

»Nicht sehr erfreut.«

Der Junker blickte mich erstaunt und ziemlich mißbilligend an.

»Ihr geltet als vollendeter Reiter, als gefürchteter Fechter und ausgezeichneter Tänzer. Was habt Ihr gegen das Jagen, Herr Graf?«

»Ich weiß nicht«, sagte ich.

Und weil ich merkte, daß ihn die Antwort nicht zufriedenstellte, lieferte ich ihm eine Erklärung, wie man sie jemandem gibt, dem man keine geben will.

»Vielleicht ist meine Abneigung gegen das Jagen eine Art Familienkrankheit. Aber immerhin habe ich auf meinem Gut Orbieu Wölfe gejagt.«

Diese Wölfe, von denen ich doch keinen einzigen erlegt hatte, stärkten mein Ansehen bei dem Junker wieder, und ich bestärkte ihn in seinem Auftrag, die königliche Jagd zu finden.

»Suchen wir weiter«, sagte ich gebieterisch.

Er gehorchte, und als man endlich Hundegebell hören konnte, kam es aus der genau entgegengesetzten Richtung. Vermutlich verdiente der Junker den Preis gar nicht so sehr, den ich gezahlt hatte, um ihn meines Wohlwollens zu versichern.

Ich nötigte ihn, weiter dem Gebell nachzureiten, bis ich die Jäger zwischen den Bäumen sah, dann gab ich ihm Urlaub. Er preschte davon wie ein Hase auf der Flucht. Komisch, seine panische Angst vor dem Zorn des Königs erhöhte meine Befürchtungen nicht etwa, sondern half mir vielmehr, sie zu verwinden.

Bald holte ich das Gros der Reiter ein, so feurig lief meine Accla. Als ich die Herren aber erreicht hatte, war es schwierig, sie zu überholen, weil ein jeder nur trachtete, so nahe wie möglich beim König zu sein, und manche den Weg absichtlich sperrten, indem sie bald rechts, bald links ritten, damit nur ja keiner vorbeikam. Glücklicherweise verlangsamte der ganze Zug nach einer Weile, wahrscheinlich weil der König abgesessen war. Ich machte mir das rückhaltlos zunutze (sosehr ich auch von allen Seiten bedrängt und das Ziel wütender Blicke wurde) und überholte alle die Reiter, bis ich an der Stelle anlangte, wo Ludwig haltgemacht hatte. Ich saß meinerseits ab und näherte mich ihm respektvoll und entblößten Hauptes, nachdem er den verbellten Frischling abgestochen und den Hunden überlassen hatte, worauf er sich umwandte, um wieder aufzusitzen. Da erblickte er mich und wurde zornrot.

»Orbieu!« schrie er. »Was wollt Ihr hier? Eine Unverschämtheit! Euch reicht es wohl nicht, daß Ihr der einzige Edelmann am Hof seid, der keine Lust zur Jagd hat! Müßt Ihr auch meine noch stören!«

Ich beugte ein Knie zu Boden, senkte den Kopf und bot ein Bild der leibhaftigen Reue, obwohl ich ganz und gar nicht reuig war, sondern vielmehr entrüstet über diesen Empfang vor aller Öffentlichkeit, denn er hatte seine Vorwürfe gebrüllt.

»Sire«, sagte ich leise, »ich bitte unterwürfigst um Vergebung. Nur die Notwendigkeit zwang mich, das Protokoll zu verletzen. Ich bringe Euch eine Nachricht von äußerster Wichtigkeit.«

»Ich will nichts hören!« schrie Ludwig aufgebracht.

Anstatt mir aber den Rücken zu kehren, näherte er sich mir mit gerunzelter Stirn und noch immer genauso wütender Miene, doch war sein Blick scharf und aufmerksam.

»Sire«, sagte ich mit gedämpfter Stimme, »es handelt sich um ein neues Attentat auf dieselbe Person.«

»Ich will nichts hören!« schrie Ludwig laut, aber leise fragte er: »Wann? Wo?«

»Heute nachmittag. Auf dem Weg von Fleury en Bière nach Fontainebleau. Zwei Herren, die Euch vom Blut her nahestehen, haben eine Falle vorbereitet.«

»Schomberg!« schrie der König, »kommt her!«

Schomberg saß ab, warf seine Zügel dem Reitknecht zu und kam im Laufschritt heran.

»Näher!« sagte Ludwig.

Und Schomberg trat noch näher, daß er mit dem König fast Kopf an Kopf stand.

»Nehmt sechzig berittene Gardisten«, sagte der König leise, »und geht unverzüglich nach Fleury en Bière. Ich schicke Euch die gleiche Anzahl Edelleute zur Verstärkung. Diese Eskorte hat den Kardinal nicht mehr zu verlassen.«

Dann trat er einen Schritt zurück, und mit lauter Stimme sagte er: »Mein Cousin, begleitet Monsieur d'Orbieu zu seinem Quartier, stellt ihn vierundzwanzig Stunden unter Arrest, weil er meine Jagd grundlos gestört hat.«

So gut ich auch verstand, daß meine Ungnade nur Schein war, fiel es mir doch nicht schwer, die meiner Lage gemäße betrübte Miene aufzusetzen, denn diese Betrübnis empfand ich nur zu sehr. Ich war tief verletzt, so heruntergeputzt worden zu sein von einem Herrn, dem ich seit so vielen Jahren mit solcher Liebe und Treue diente. Er war nahe daran gewesen, mich aus seiner Gegenwart zu verbannen, nur weil ich seine Jagd gestört hatte. Allewetter! War es nicht unerhört, so angeschrien zu werden, noch bevor ich den Mund aufgetan hatte, und das vor dem ganzen Hof?

Während ich neben Schomberg den Rückweg nahm und im Kopf bittere Gedanken wälzte, begann der Marschall, sobald wir die Jagd weit genug hinter uns gelassen hatten, zu lachen.

»Mein Freund, nehmt Euch das doch nicht so zu Herzen! Gleich als der König Euch sah, hat er begriffen, daß Ihr seine Jagd nicht ohne ernsten Grund stört, dafür kennt er Euch zu gut. Sein Zorn war vom ersten Wort an vorgetäuscht.«

»Meint Ihr?«

»Davon bin ich fest überzeugt. Die ganze Szene war Komödie. Damit der Hof keinen Verdacht schöpft und das neue Attentat und die Gegenmaßnahmen geheim bleiben. Und Ihr könnt ganz sicher sein, daß der König die Jagd jetzt solange hinauszögern wird, bis ich die Garde beisammen habe und nach Fleury en Bière aufgebrochen bin.«

»Und ich?« fragte ich halb lachend, halb erbost, »welche Rolle spiele ich dabei?«

»Ihr seid der Sündenbock, aber keine Bange, der König opfert Euch nicht. Im Gegenteil, er schützt Euch, indem er Euch zum Schein bestraft. Wer kann Euch hiernach verdächtigen, daß Ihr der Bote wart, der dem König die Pläne der Vendômes entdeckt hat?«

»Wo soll ich büßen?«

»Auf Eurem Zimmer im ›Straußen‹. Ihr reitet allein hin, versprecht aber, daß Ihr es vierundzwanzig Stunden lang hütet.«

»Wahrhaftig!« sagte ich, »da glaubte ich Ludwig zu kennen, aber für so weitblickend und so geschickt im Täuschen hatte ich ihn nicht gehalten.«

»Ihr wißt doch wie ich, daß er als Kind unter der Fuchtel der Königinmutter und den Nachstellungen Concinis das Täuschen gelernt hat. Die Gewohnheit ist Ludwig geblieben. Der Kardinal hat ihn zusätzliche Mittel gelehrt, und jetzt spielt Ludwig meisterlich damit und, ich wette, nicht ohne Vergnügen.«

Hierauf spornte Schomberg sein Pferd, um nach Fontainebleau zurückzukehren, die sechzig Berittenen zusammentrommeln zu lassen und mit ihnen nach Fleury en Bière zu eilen.

Als völlig freier Gefangener, tief in Gedanken, nahm ich den Weg zum »Straußen«. Es bewegte mich sehr, was Schomberg über Ludwigs Meisterschaft in der Verstellung gesagt hatte. Noch wußte ich jedoch nicht, wie richtig seine Worte waren: Ich sollte es in vollem Maß zwei Wochen später auf Schloß Blois erfahren.

Als ich in Sichtweite des Gasthofs gelangte, wurde ich von einem Reiter eingeholt. Es war Clérac. Er schien von Fontainebleau zu kommen, kam aber, nach dem empfohlenen Umweg, in Wahrheit von Fleury en Bière. Ich bat ihn an meine Seite, und indem ich meine Accla zügelte, stellte ich ihm knappe Fragen, die er ebenso knapp beantwortete. Ja, er habe den Ring an Charpentier übergeben. Jawohl, der Ring habe starken Eindruck auf ihn gemacht. Ja, Charpentier sei sofort zum Kardinal geeilt und kurz darauf wiedergekommen mit der Meldung, daß alle empfohlenen Maßnahmen getroffen worden seien. Ich verlangte den Ring zurück, aber er sagte, den habe der Kardinal behalten, um ihn mit seinem Dank selbst in meine Hände zu legen.

»Monsieur de Clérac«, sagte ich, »ich würde mich freuen, wenn Ihr mit mir zu Mittag essen würdet. Wäre Euch das genehm?«

»Herr Graf, es wäre mir eine große Ehre.«

Die kleine Madame, das behaarte Monster, ein Knecht und Cathau kamen den Tisch in meinem Zimmer decken. Und mitten in der Mahlzeit, der wir beide heißhungrig zusprachen, während das Persönchen und Cathau aus und ein gingen und uns bedienten, hörten wir von der Straße her Hufgeklapper, das vom Vorbeimarsch einer zahlreichen Truppe kündete. Ich lief und öffnete das Fenster, da sah ich Monsieur de Mauny an der Spitze von sechzig berittenen Gardisten, die in scharfem Trab in Richtung Fleury en Bière zogen. Sie können sich nicht vorstellen, schöne Leserin, welch eine Freudenwoge mich beim Anblick dieser Wackeren überschwemmte, die mit ihren Leibern einen Schild für den Kardinal bilden würden, und welchen Eindruck von Stärke sie mir gaben, wie sie da auf ihren kraftvollen Tieren in straff geordneten Viererreihen ritten. Wer aber tauchte unter meinem Arm auf, mit dem ich das Fenster offenhielt, wenn nicht das Persönchen, das sich auf seinen Läufen emporreckte und mir mit bohrendem Blick in die Augen sah.

»Herr Graf, was ist das? Was ist das?« fragte sie aufgeregt.

Ich wandte mich ab, damit sie die Freude nicht sähe, von der mein Gesicht widerstrahlte, und kehrte achselzuckend an den Tisch zurück. Mochte Clérac für mich antworten, wenn er Lust dazu hatte. Er hatte Lust. Vielleicht machte es ihm auch Spaß, die Kleine ein bißchen aufzuziehen.

»Eine Übung, Teuerste«, sagte er.

»Eine Übung, Monsieur de Clérac?« fragte sie ungläubig.

»Wißt Ihr nicht, daß Soldaten Übungen machen?«

»Eine Übung bei der Hitze! Und um diese Stunde!«

»Meine Beste«, sagte Clérac, »für Soldaten gilt keine Stunde!«

* * *

»Graf, da Sie mich eben als Zeugin Ihrer Freude anriefen – darf ich Ihnen zwei Fragen stellen?«

»Ich stehe Ihnen zur Verfügung, schöne Leserin.«

»Als erstes möchte ich wissen, warum Sie mich ›schön‹ nennen, obwohl Sie mich nie gesehen haben.«

»Madame, nach Ihren Einwürfen zu urteilen, sind Sie eine humorvolle Frau, und weil Männer heitere Frauen lieben, nahm ich an, Sie würden geliebt. Und wer weiß nicht, daß eine Frau, die geliebt wird, egal, wie alt sie auch sei, sich schön fühlt und es folglich auch ist?«

»Aha, da haben wir also, wie Sie so gerne sagen, den Löffel Honig, mit dem sich besser Fliegen fangen läßt als mit einer Tonne Essig. Nun sagen Sie mir bloß nicht noch, daß dieses Wort nicht von Ihnen stammt, sondern von Henri Quatre. Ich weiß es. Ich habe es von Ihnen gelernt.«

»Madame, wie reizend von Ihnen, daß Sie so aufmerksam lesen.«

»Aufmerksam bin ich allerdings, und so ist es mir aufgefallen, daß Ihre Erzählung nicht mehr die Waage zwischen Lilie und Purpur hält, sondern sich unmerklich zugunsten des zweiten neigt. Nicht wahr?«

»Madame, dazu muß ich erklären: Ich habe Ludwig immer alle Zuneigung bewahrt, die ich in seiner unglücklichen Kindheit für ihn gefaßt hatte. Man darf aber nicht verschweigen, daß die Unterdrückung, die er als Kind erfuhr, ihn nicht nur unnachgiebig gemacht hat, sondern auch argwöhnisch und launisch, und daß auch sein eifrigster Diener vor diesem Wesen nie sicher ist. Es stimmt, Ludwig ist hart geworden, erbarmungslos sogar, er nährt übermäßigen Groll, er neigt weit mehr zur Strenge als zur Gnade – wie schon Luynes richtig beobachtete –, es genügt ihm nicht, einen Gesetzesbrecher zu bestrafen, sondern, wie es ihm der Kardinal eines Tages zu bemerken gab, er weidet sich obendrein an dieser Bestrafung und er sucht seine Feinde in manchmal grausamer Weise zu erniedrigen.«

»Denken Sie dabei an den freundschaftlichen und musikalischen Empfang, Monsieur, den er dem Marschall d'Ornano bereitete wenige Minuten, bevor er ihn von Du Hallier festnehmen und in den Kerker werfen ließ?«

»Ja, aber ich denke auch daran, wie er zu Blois mit seinen Feinden verfuhr, was ich gleich erzählen werde. Madame, darf ich fortfahren? Habe ich Ihre Fragen beantwortet?«

»Die zweite sehr gut, die erste schlecht.«

»Schlecht, Madame?«

»Monsieur, bin ich eine Fliege, die man mit einem Löffel Honig fängt?«

»Wer von uns hat als erster von diesem Löffel Honig gesprochen? Ich jedenfalls hege nicht die Absicht, Sie zu fangen, Madame, sondern Sie zu bannen. Und wenn Sie wünschen, daß ich das ›schön‹ bei der Leserin weglasse, tue ich es künftig, Ihnen zu Gefallen.«

»Ach nein, Graf, lassen Sie sich von Ihren Gewohnheiten nicht abbringen, da Sie einmal darauf halten. Ihre verbalen Freundlichkeiten werde ich schon ertragen.«

* * *

Die sechzig Berittenen, die von nun an täglich den Kardinal von Fleury en Bière nach Fontainebleau und von Fontainebleau nach Fleury en Bière eskortierten, hatten die gewünschte Wirkung: Die Wegelagerer wurden entmutigt. Es passierte nichts.

In Fontainebleau aber begab sich ein folgenschweres Ereignis: Der Herzog von Vendôme verließ den Hof und ging in die Bretagne, deren Gouverneur er war. Ich habe nie recht aufklären können, ob er Ludwig vor seinem Fortgehen um Urlaub gebeten hatte oder sich ohne sein Wissen entfernte. Im ersten Fall wäre es mir seltsam erschienen, wenn Ludwig ihm den Urlaub erteilt hätte, obwohl er seine Rolle bei dem zweiten Attentatsvorhaben gegen den Kardinal kannte. Im zweiten Fall würde es mir kaum glaublich erscheinen, daß Vendôme sich quasi selbst als Urheber dieses düsteren Plans angezeigt hätte, indem er die Flucht ergriff. Noch erstaunlicher finde ich, daß er seinen jüngeren Bruder, den Großprior, nicht mitnahm, sondern ihn sozusagen als Geisel am Königshof zurückließ. Nach allem, was ich von Fogacer hörte, der den Nuntius nach Fontainebleau begleitete, äußerten die beiden Vendômes öffentlich sehr haßvolle Worte gegen ihren Halbbruder. Und als der Herzog Fontainebleau verließ, sprach er laut und vernehmlich: »Ludwig XIII. will ich nur noch gemalt sehen«, was ziemlich unverhüllt besagte, er wünsche ihm den Tod.

Es gab also allen Grund, auch dem versessensten Jäger die Jagd zu verleiden. Ludwig ließ die Füchse und Frischlinge im Wald von Fontainebleau und ging, gefolgt vom Hof, auch mir, nach Paris zurück. Zum Glück, denn Monsieur d'Alincourt, der Gouverneur von Lyon, der am Vortag eingetroffen war, enthüllte ihm ein neues Komplott: Monsieur trug sich nun mit dem Gedanken, zuerst Richelieu zu ermorden, dann den Hof zu verlassen und sich in der Provinz an die Spitze einer Rebellion der Großen gegen seinen Bruder zu stellen. Diese Mordpläne waren wie eine Hydra: Kaum war ein Kopf abgeschlagen, wuchs der nächste nach.

Ludwig bestellte seinen Bruder in die Gemächer seiner Mutter, Maria von Medici, ging ihn im Beisein Richelieus hart an und stellte ihm Frage auf Frage. Festigkeit war Monsieurs Stärke nicht, er gestand alles, versuchte seine Schuld aber zu mildern: Genaugenommen, habe er den Kardinal nicht ermorden, sondern nur ihn bedrohen wollen, um ihm die Freilassung des Marschalls d'Ornano abzuringen. Er mußte eine Verpflichtung unterzeichnen, durch die er Seiner Majestät nicht nur versprach, »ihn zu lieben wie einen Bruder, seinen König und Herrn«, sondern ihn überdies »sehr demütig anflehte zu glauben, daß er niemals einen Rat, von wem er auch sei, anhören und annehmen werde«, den er nicht Seiner Majestät mitzuteilen gelobe, »ja daß er ihm nicht einmal Reden verheimlichen werde, die darauf gerichtet seien, ihn gegen den König und seine Räte einzunehmen«.

Bleich, mit Tränen in den Augen und mit allem Anschein von Aufrichtigkeit und Reue unterschrieb Gaston diese Verpflichtung, die er jedoch keineswegs einzuhalten gedachte. Der Text war von Richelieu vorbereitet worden. Er hatte ihm einen pathetischen Zusatz angefügt, in dem er von »jenem« sprach, »der Meineide ewiglich straft«, und zum Schluß noch ein erhabenes Bild der Königinmutter berief, »die im Namen Gottes und bei den zärtlichsten Neigungen der Natur ihre beiden Söhne beschworen habe, doch immer einig zu sein«. Ich muß sagen, es mutete mich einigermaßen kurios an, solche Worte Maria von Medici in den Mund zu legen, die zweimal die Waffen gegen ihren eigenen Sohn erhoben hatte.

Richelieu machte sich wenig Illusionen, daß Monsieur zu seinem gegebenen Wort stehen würde. Dem Kardinal ging es derzeit nicht gut. Nicht daß es ihm an Kampfesgeist gebrach, wie er es später bei der Belagerung von La Rochelle zeigen sollte; aber der fanatische Haß, der ihm von allen Seiten entgegenschlug, bedrückte ihn doch schwer und unterhöhlte seine durch die ungeheure Arbeit schon angegriffene Gesundheit. Er vermutete, daß hinter den Prinzen und Großen, die seinen Tod wollten, die orthodoxe Partei stand, die ihm seine antihabsburgische und antipäpstliche Politik nicht verzieh.

Auch war er sehr verstimmt über einige Reibereien mit dem König. Ludwig hatte eine kleine Armee aufgestellt (fünftausend Mann Fußvolk und tausend Reiter), mit der er in die Bretagne ziehen wollte, und obwohl zu vermuten stand, daß er vorhatte, den Herzog von Vendôme zur Räson zu bringen, sagte er seinem Minister nichts davon. Außerdem wollte er, bevor er aufbrach, »seinen Rat verstärken«, indem er zwei Minister auswechselte: den Finanzaufseher Champigny wegen seines störrischen Charakters und den Kanzler von Aligre, weil er die Festsetzung des Marschalls d'Ornano zu mißbilligen schien.

Richelieu machte keinen Hehl daraus, daß er von diesen Veränderungen nichts hielt, sie kämen ungelegen, sagte er. Sein wahrer Grund aber war ein anderer. Er wußte, daß der König – vielleicht auf Empfehlung seiner Mutter – Aligre durch Marillac ersetzen wollte. Marillac nun war ein alter Liga-Anhänger, strenger Katholik, glühender Papist und einer der Köpfe der orthodoxen Partei. Er war aber auch, wie Richelieu, ein Geschöpf Marias von Medici. Der Kardinal konnte sich also seiner Ernennung nicht widersetzen, ohne die Königinmutter schwer zu kränken. Richelieu hielt deshalb eine große Lobrede auf Marillac – die Marillac durch seine Talente und seine Redlichkeit auch verdiente –, blieb aber bei seiner ersten Behauptung, daß dieser Wechsel unnötig sei. Solche Halsstarrigkeit, deren wahren Grund Ludwig ja nicht kannte, reizte ihn.

»Ich habe schon lange gewollt«, sagte er schroff, »daß mein Staatsrat verstärkt wird. Ihr seid immer davor zurückgewichen aus Furcht vor Veränderungen, aber die Zeit der leeren Worte ist vorbei.«

Und Ludwig schloß in scharfem Ton: »Ich will es, das reicht!«

Diese Zurechtweisung verletzte Richelieu tief: Der König hatte die Entscheidung, den Vendômes auf den Leib zu rücken, allein getroffen. Er hatte ihm verborgen, was er mit ihnen vorhatte. Und nun veränderte er auch noch den Staatsrat, ohne seiner Meinung Rechnung zu tragen. Nach einer schlaflosen Nacht bat der Kardinal Ludwig um die Erlaubnis, sich auf sein Schloß Limours zurückzuziehen, um sich zu pflegen. Die Erlaubnis wurde ihm sofort erteilt. Kaum daheim angelangt, bot der Kardinal in einem Brief dem König seine Demission an, und was aus dieser Demission wurde, kann ich erst später sagen, weil in der Zwischenzeit, vom Schreiben dieses Briefes bis zu Ludwigs Antwort, eine Reihe folgenschwerer Dinge geschahen.

Gerne hätte auch ich mich auf mein Gut Orbieu zurückgezogen, nicht weil ich wie der Kardinal leidend und tief verletzt war, aber ich hatte seit meinem Aufbruch von Paris so viele Ärgernisse auszustehen gehabt, daß ich mich in diesem heißen Frühling nach dem frischen Land sehnte, ganz zu schweigen von der Freude eines Wiedersehens mit Monsieur de Peyrolles, Saint-Clair, seiner lieblichen Gemahlin, dem Pfarrer Séraphin, seiner hübschen Wirtschafterin, dem treuen Hans und, um sie als letzte zu nennen, obwohl sie in meinen Gedanken weit vorne stand, Louison, deren zärtliche Arme mir bei all meinen kriegerischen Aufregungen sehr gefehlt hatten.

Aber ich wagte es nicht, den König um Urlaub zu bitten, ja nicht einmal eine Andeutung davon zu machen, so verschlossen, unzugänglich, zerfurcht und wortkarg war er. Am ersten Juni betrat ich in der Frühe sein Gemach.

»D'Orbieu«, sagte er, »macht Euch fertig. Wir gehen morgen auf eine lange Fahrt.«

»Sire, ich habe aber keine Karosse mehr. Mein Vater läßt sie reparieren.«

»Tut nichts«, sagte er. »Ihr kommt in meine.«

Das war eine hohe Ehre, und ich hätte mich gerne bedankt, aber dazu kam ich nicht. Schon kehrte er mir den Rücken, um mit dem Marschall von Schomberg die Marschroute, die Verpflegung und die Etappen des Heeres, das ihm folgen sollte, abzusprechen.

Den Tod in der Seele, packte ich meine Siebensachen. Ich hatte, wie mein Vater, wahrhaftig nichts übrig für diese endlosen Reisen des Hofes durch das weite Frankreich, über elende Straßen, durch erstickende Staubwolken im Sommer, im Winter durch tiefen Schlamm, in dem die Räder einsackten, durch angeblich leichte Furten, die aber ein Regenguß in letzter Minute unpassierbar machte, mit Fähren, deren Fährmann gerade beim Essen saß und uns zwei Stunden stehen ließ, über Holzbrücken, die unter so vielen Gefährten zusammenkrachten, mit Schiffen, die im Sand der Loire auf Grund liefen, mit Wagennaben, die so vielen Stößen ausgesetzt wurden, daß sie fast täglich brachen, mit Pferden, die beschlagen werden mußten, mit bockigen Maultieren, die den Pferden nicht nachkamen und sich samt ihrer kostbaren Last verliefen. Und dann diese Schwierigkeiten, auf den Etappen Lager und Nahrung für so viele Mäuler zu finden, und schließlich die Krankheiten, die unvermeidlich ausbrachen, wo so viele Menschen beisammen waren!

Zu alledem kam Ludwigs unglaubliche Ungeduld. Er ließ mit einer Eile marschieren, die ich wahnwitzig nennen würde, handelte es sich nicht um meinen König. Der Leser urteile selbst: Am zweiten Juni im Morgengrauen von Paris aufgebrochen, waren wir am sechsten Juni zur Vesperzeit in Blois, nachdem wir der Schnelligkeit halber von Orléans nach Blois zu Schiff gereist waren. Sie haben richtig gelesen, meine Leser! Seien Sie versichert, daß ich Ihre Ungläubigkeit verstehe und entschuldige, so begreiflich ist sie mir, aber es ist die Tatsache: Wir brauchten für diese ungeheure Strecke von Paris nach Blois nur ganze fünf Tage. Nie seit Menschengedenken war ein Heer so schnell marschiert!

Als ich sah, daß Blois nicht etwa nur eine Etappe war, sondern der Hof sich für einen langen Aufenthalt hier einrichtete, fragte ich mich, was Ludwigs wahres Vorhaben hinsichtlich der Vendôme-Brüder sei, zumal er in seiner Karosse nicht nur Schomberg und mich mitgenommen hatte, sondern auch den Großprior, und ohne daß er ihm böse Miene zeigte, ganz im Gegenteil.

In Blois nun hieß er den Großprior seinen Bruder aus der Bretagne holen und nach Blois mitbringen. Wohl sah ich Alexandre de Vendôme hierauf ein wenig das Gesicht verziehen, doch wagte er dem König nichts abzuschlagen.

»Sire«, sagte er, »wenn der Herzog einwilligt, herzukommen, was habt Ihr gegen ihn vor?«

»Mein Bruder«, sagte Ludwig mit undurchsichtiger Miene, »ich gebe Euch mein Wort, daß ich ihm nicht übler will als Euch selbst.«

Diese Antwort war ziemlich rätselhaft, denn sie ließ sich auf zwei verschiedene Weisen verstehen, je nachdem, ob der König insgeheim beschlossen hatte, den Großprior zu bestrafen, oder nicht. So verstohlen ich konnte, forschte ich im Gesicht des Königs, aber da stand nichts zu lesen, nichts. Wenn seine Rede das Gegenteil von dem bedeutete, was sie besagen sollte, so gab es dafür keinen Anhaltspunkt.

Der Großprior brach auf, kaum beruhigt natürlich, aber trotz allem in der Hoffnung, daß seine Rebellion von 1626 ebenso vom König verziehen werden würde wie die von 1614.

Nie sah ich Ludwig so ungeduldig, erregt und umwölkt wie in den folgenden Tagen. Es war klar, daß er sich heiße Sorgen machte, und nicht ohne Grund, denn sein Einsatz war höchst riskant. Er hatte den Großprior laufen lassen in der Hoffnung, daß er ihm den Herzog zuführe, aber wenn der Herzog nicht kam, hieß es nach Nantes ziehen und Eisen sprechen lassen, und die Schlacht würde kein Kinderspiel werden, denn die Bretagne mauserte sich derzeit zur Bastion des Aufruhrs, unterstützt von den Protestanten, den Engländern und auch vom Gouverneur der Normandie, dem Herzog von Longueville, womöglich auch noch von anderen Großen.

Zum Glück mußte Ludwig nicht lange warten. Am elften Juni, als er sich im Schloßgarten zu Blois erging – es war ein heller Abend –, kam Hauptmann de Mauny fast atemlos gelaufen.

»Sire«, meldete er, »der Herzog von Vendôme und sein Bruder sind eingetroffen. Sie wünschen Euch zu sehen.«

»Sie sind da!« rief der König. »Führt sie her, Du Hallier! Und mit allen Rücksichten! Denkt daran, der Herzog von Vendôme steht im Rang unmittelbar nach den Prinzen von Geblüt.«

Nun trat der Herzog freilich nicht mit hochgeschwollenem Kamm vor den König, den er nach eigenen Worten nur noch gemalt sehen wollte. Er entblößte sein Haupt mit weiter Gebärde, verneigte sich tief und sprach mit ziemlich gut vorgetäuschter Aufrichtigkeit ein unterwegs vorbereitetes Kompliment.

»Sire, ich bin auf den ersten Befehl Eurer Majestät gekommen, um Ihr zu gehorchen und zu versichern, daß ich niemals andere Absicht noch anderen Willen hege, als Ihr untertänigst zu dienen.«

Es war fast dasselbe, was er Seiner Majestät schon vor acht Jahren gesagt hatte, als er für seine Rebellion von 1614 um Vergebung bat.

»Mein Bruder«, sagte Ludwig, indem er ihm gnädig die Hand auf die Schulter legte, »ich war ungeduldig, Euch zu sehen!«

Das war buchstäblich wahr und augenscheinlich liebenswürdig gesprochen. Was aber steckte hinter dem Schein? So lautete die Frage, die Fogacer mir am Abend bei einem unverhofften Besuch in meinem Zimmer stellte. Wie schon gesagt, folgten die Gesandten, also auch der Nuntius, dem König auf Schritt und Tritt, und Fogacer folgte dem Nuntius wie sein Schatten. Demgemäß hatten meine Vieraugengespräche mit Fogacer, von denen ich Ludwig immer Mitteilung machte, ihre ganz eigene Gangart. Jeder von uns suchte herauszubekommen, was der andere wußte, ohne aber preiszugeben, um was es dem wieder anderen ging. Es war ein feines Spiel, das seine Regeln wie auch seine Abwandlungen dieser Regeln hatte, denn die Unterhaltung wäre natürlich fruchtlos gewesen, hätten wir beide den Mund gehalten. Folglich rückte jeder mit ein paar Bröckchen an Informationen heraus, um selbst so viele wie möglich zu ergattern.

»Könnt Ihr mir sagen«, fragte Fogacer, »was dieses: ›Mein Bruder, ich war ungeduldig, Euch zu sehen‹, bedeutet?«

»Die Bedeutung«, sagte ich, »ist doch klar wie Quellwasser: Ludwig war ungeduldig, seinen Bruder zu sehen.«

»Ihr macht Witze«, sagte Fogacer. »Ihr wollt doch nicht

ernstlich behaupten, daß diese Begrüßung Ludwigs große Liebe zu seinem Halbbruder bezeugt.«

»Soweit ginge ich nicht.«

»Am Hof wird gemunkelt, die Vendômes hätten Richelieu ermorden wollen.«

»Mein lieber Fogacer, ist Euch nicht bekannt, daß der Hof maßlos geschwätzig ist und Wahr und Falsch verwechselt, ohne überhaupt zu wissen, was was ist?«

»Aber Ihr könnt es mir entwirren?«

»Um Vergebung, den dazugehörigen Kamm besitze ich nicht.«

»Also, Ihr mokiert Euch. Na schön! Nehmen wir an, ein großer Kater wartet eine Stunde vorm Mauseloch. Verständlich, daß er dann ›ungeduldig‹ wartet, daß die Maus herauskommt.«

»Hochwürden Fogacer, wenn Ihr Seine Majestät den König von Frankreich mit einem großen Kater vergleicht, muß ich unsere Unterhaltung zu meinem Bedauern für beendet erklären.«

»Bitte, dann ein anderes Beispiel, wenn Euch dieses mißfällt. Hier war es, auf Schloß Blois, daß Heinrich III. im Morgengrauen am Fenster stand und voll Ungeduld – voll Ungeduld – sage ich, auf die Ankunft des Herzogs von Guise und des Kardinals von Guise wartete, die er zu früher Stunde zur Ratssitzung bestellt hatte. Und bekanntlich hatte er den Brüdern ein trauriges Los bestimmt. Dolche für den einen, und für den anderen zwei Tage drauf eine Hellebarde.«

»Endlich kann ich Euch antworten, mein lieber Fogacer, und mit Wonne. Sollte eine Hypothese, wie dieses Beispiel sie einschließt, Euren Sinn gestreift haben, verbannt sie ebenso entschieden wie ich. Ludwig ist viel zu fromm, um einen doppelten Brudermord auf sich zu laden, demzufolge wird Seine Heiligkeit der Papst keine Gelegenheit erhalten, ihn zur Freude unserer orthodoxen Partei zu exkommunizieren.«

»Wie kommt Ihr darauf, daß eine solche Exkommunizierung den Papst freuen würde?« versetzte Fogacer. Ob diese Zurückweisung echt oder gespielt war, wer weiß?

»Ich habe nicht gesagt, daß sie den Papst freuen würde, sondern die orthodoxe Partei. Was den Heiligen Vater angeht, so wäre er, auch wenn er Ludwig die Veltlin-Affäre immer noch verübelt, sicher höchst betrübt, den allerchristlichsten König unter den Bann zu stellen.«

»Graf«, sagte Fogacer mit einem gewundenen Lächeln, »ich meine, Eurer Rede einen Hauch Ironie anzumerken.«

»Aber nicht die mindeste, mein lieber Fogacer. Ihr wißt, wie ich die Kirche liebe und ihr Oberhaupt respektiere.«

Am zwölften Juni erhielt ich gleich nach dem Lever des Königs Gelegenheit, Ludwig dieses Gespräch vertraulich wiederzugeben. Ich wiederholte alles ganz genau, ohne den unverschämten Vergleich Seiner Majestät mit einem großen Kater auszulassen. Henri Quatre hätte schallend darüber gelacht, sein Sohn aber blieb ungerührt, nur daß mir kurz etwas wie Triumph in seinen Augen zu flammen schien. Aber es war ein Triumph nach seiner Art: verschwiegen, ganz in sich gekehrt, ohne jedes Auftrumpfen. Und darüber, was er mit den Vendôme-Brüdern vorhatte, sagte er keinen Ton. Im Augenblick waren sie jedenfalls so wenig Gefangene, wie nur denkbar, sie bewohnten ein wunderschönes Gemach, wo sie jeden Tag hochvergnügt ihre zahlreichen Freunde am Hof empfingen. Und ich fragte mich, aus welchem Grund Ludwig seinen Halbbrüdern diesen Aufschub gewähren mochte. War es so etwas wie ein höfliches Zugeständnis, bevor er sie in den Kerker warf, oder spielte, wie Fogacer sagte, der Kater mit der Maus und wiegte sie in voller Sicherheit, ehe seine Kralle zuschlug?

Die Festnahme erfolgte in der Nacht vom zwölften auf den dreizehnten Juni. Du Hallier, der infolge seines Sturzes vom Pferd noch hinkte, und Mauny betraten, Laternen in Händen, um zwei Uhr morgens das Gemach der Brüder, dreißig Gardisten mit gesenkten Piken im Gefolge. Die Vendômes lagen in tiefem Schlaf, der Kammerdiener mußte erst ihre Bettvorhänge aufziehen, damit sie zu sich kamen.

»Meine Herren«, sagte Du Hallier, »ich habe Befehl vom König, Euch festzunehmen. Bitte, bekleidet Euch!«

Wie von Betäubung geschlagen, noch schlaftrunken, ohne ein Wort standen sie auf.

Der Herzog von Vendôme war schon angekleidet, als er zu einiger Besinnung fand.

»Da seht Ihr's«, sagte er bitter zu seinem Bruder. »Hatte ich Euch in der Bretagne nicht gewarnt, man wird uns festnehmen? Schloß Blois ist für Prinzen kein guter Ort.«

* * *

Zwei Tage, nachdem die Vendômes angekommen waren, am dreizehnten Juni also, erinnerte mich Ludwig daran, daß ich für seinen Vater Henri, als ich sein Dolmetsch für fremde Sprachen war, Briefe nach Diktat geschrieben hatte, und er fragte mich, ob ich einen für ihn schreiben wolle, denn dieses Schreiben sei so geheim, daß seine Sekretäre davon keine Kenntnis erhalten sollten, sosehr er ihnen auch vertraue.

Daß sein Vertrauen zu mir noch größer war, erfüllte mich mit tiefer Genugtuung, und ich begab mich mit einer Eilfertigkeit ans Schreibpult, die ganz Freude, ganz Dankbarkeit war und, um es frei zu gestehen: ganz Neugier.

Diese verdoppelte sich, als ich begriff, daß es sich um eine Antwort auf Richelieus Demission handelte, und mich überkam eine Erregung, daß ich einen Moment brauchte, bis ich meine zitternde Hand wieder in der Gewalt hatte. Hier ist der Brief, den ich, kaum in meinem Zimmer, aus dem Gedächtnis noch einmal niederschrieb:

Mein Cousin, ich kenne alle Gründe, die Euch Eure Ruhe wünschen lassen, die ich zu Eurer Gesundheit mehr wünsche als Ihr, wenn Ihr sie nur in der Sorge und Führung meiner Geschäfte finden könntet.

Alles ging, Gott sei Dank, gut, seit Ihr sie führt. Ich habe volles Vertrauen zu Euch, und ich habe wahrhaftig niemals eine Person gefunden, die mir zu meiner Zufriedenheit diente wie Ihr. Das läßt mich wünschen und Euch bitten, daß Ihr Euch nicht zurückzieht, denn meinen Geschäften bekäme das schlecht. Ich will Euch gerne in allem erleichtern, was möglich ist, Euch von allen Audienzen entlasten, und ich erlaube Euch, daß Ihr Euch ab und zu erholt, denn ich liebe Euch abwesend wie gegenwärtig. Ich weiß genau, daß Ihr nie nachläßt, an meine Geschäfte zu denken.

Ich bitte Euch, die Verleumdungen nicht zu fürchten. Davor kann man sich an meinem Hof nicht schützen. Ich kenne die Geister gut, und ich habe Euch immer vor jenen gewarnt, die Neid gegen Euch hegen. Und nie wird es geschehen, daß jemand einen Gedanken gegen Euch hätte, ohne daß ich es Euch sagen würde. Ich sehe wohl, daß Ihr, Monsieur, um meines Dienstes willen alles andere verachtet, und viele Große verübeln Euch dies. Aber seid versichert, daß ich Euch schützen werde vor wem es auch sei und daß ich Euch niemals verlassen werde. Seid überzeugt, daß ich nie davon weichen werde, und wer immer Euch angreift, der kriegt es mit mir zu tun.

Ludwig

Ich gestehe, Leser, diesen Brief liebe ich. Und er berührt mich auch heute – nachdem seine beiden Protagonisten tot sind – noch so sehr, daß meine Kehle wie zugeschnürt ist, aber die Tränen nicht fließen wollen.

Ich liebe diesen Brief mit all seinen Naivitäten und linkischen Ausdrücken. Wenn Ludwig, zum Beispiel, schreibt: »Ich liebe Euch abwesend wie gegenwärtig«, ohne zu merken, daß der Satz auch das Gegenteil von dem bedeuten könnte, was er meint. Aber gerade die Schlichtheit dieses Briefes, diese einfachen, kunstlosen Sätze, bewirken jenen Eindruck von Aufrichtigkeit, den man bei seiner Lektüre empfängt. Diese Bewunderung, diese Dankbarkeit, ja diese Liebe für den Kardinal klingen echt. Sie kommen von Herzen. Und mir scheint auch, daß es von einiger Größe zeugt bei einem König, der so überaus eifersüchtig auf seine Macht hält, das Genie eines Ministers anzuerkennen, das ihm selbst nicht zu Gebote steht, und es ihm ganz einfach auszudrücken, indem er sagt: »Ich bitte Euch, daß Ihr Euch nicht zurückzieht, denn meinen Geschäften bekäme das schlecht.«

Gleichwohl teilt er ihm nichts von seiner Absicht mit, die Vendôme-Brüder festzunehmen. Wahrscheinlich fürchtet er aber nicht eine Indiskretion seines Ministers, sondern daß der Briefbote abgefangen werden könnte.

Vier Tage später jedoch, nach der Festsetzung der Brüder Vendôme, schreibt Ludwig abermals an Richelieu, und diesmal, um es ihm als erstem zu vermelden.

Mein Cousin, nachdem ich für gut befunden habe, meine Halbbrüder festzunehmen, den Herzog von Vendôme und den Großprior, und das aus guten und bedeutenden Rücksichten auf meinen Staat und die Ruhe meiner Untertanen, will ich Euch hiervon Nachricht geben und Euch bitten, Ihr wollet Euch zu mir begeben so früh, als Eure Gesundheit es erlaubt. Ich erwarte Euch hier und bitte Gott, er möge Euch, mein Cousin, immer seinen heiligen Schutz gewähren.

Welche untadelige Antwort wäre dies auf jene widerlichen Schmierfinken, die in ihren elenden Schmähschriften gegen den König ihn als »idiotisch«, »debil« und »unfähig« bezeichneten, als einen läppischen Kreisel in Richelieus Händen!

Ludwig allein hatte den Beschluß gefaßt, ein Heer gegen seine Brüder zu sammeln. Ebenso allein, mit List, und indem er das Heer weniger zum Einsatz als zur Einschüchterung benutzte, lockte er seine Brüder dadurch nach Blois, daß sie sich in der Hoffnung auf seine Vergebung wiegen konnten. Und wiederum allein hat er beschlossen, sie endgültig aus dem Spiel zu ziehen und auf der Festung Vincennes festzusetzen. Ich frage die Verächter dieses großen Fürsten: Wer traf hier die Entscheidungen? Und wer war hier der geschickte und entschlossene Politiker, Richelieu oder Ludwig?

Allerdings, die Hydra war damit erst zum Teil enthauptet. Ludwig hatte ihr zwei wichtige Köpfe genommen, vor allem aber ihre Bastion: die Bretagne. Zu ihrem Gouverneur, an Stelle von Vendôme, ernannte er den treuen Marschall de Thémines. Aber ach! Es blieb noch Monsieur, den man aus »bedeutenden Rücksichten auf den Staat« nicht einkerkern konnte.

Leser, in alles, was ich dir nun erzählen werde, wurde ich ungewollt hineingezogen. Mein Zimmer in Schloß Blois lag zwischen den Gemächern von Monsieur und dem Zimmer des Marquis de Chalais. Und der Marquis de Chalais hatte mich kaum erblickt, als er sich mir auch schon an den Hals warf und so anhänglich war, daß er mich alle Tage sehen wollte und zu jeder Tageszeit in mein Zimmer kam, um über alles und nichts zu plappern, aber hauptsächlich über sich. Höflich lieh ich ihm mein zerstreutes oder eher abwesendes Gehör, das seine Geschichtchen auf ein undeutliches, fernes Summen begrenzte, bis zu jenem Tag, als ein Name fiel, der mich hellwach machte. Das Vögelchen nannte die Herzogin von Chevreuse und erzählte mir, er sei seit kurzem »ganz wahnsinnig« in sie verliebt.

Ich glaubte nicht recht zu hören! Die Herzogin von Chevreuse! Teuflischster unter allen Reifröcken! Jene Person, von der die ganze Intrige gegen die Heirat von Monsieur ausging! Und die bei allen verbrecherischen Plänen der letzten Zeit die eigentliche Drahtzieherin war! In was für Hände war der Ärmste da gefallen! Und welch ein gefährliches Werkzeug konnte sie aus ihm machen!

»Ach, mein Lieber«, schwärmte Chalais, indem er auf und ab durch mein Zimmer lief, »sie ist die schönste Dame am Hof! Ich rammte jedwedem meinen Degen in den Leib, der das Gegenteil zu behaupten wagte! Und eine Herzogin! Verbunden mit dem Haus Guise! Und, was noch viel mehr ist, Favoritin Ihrer Majestät der Königin! Und vor allem hat sie als erste ein Auge auf mich geworfen! Pest, Tod und Teufel! Seitdem weiche ich ihr nicht mehr von der Seite. Ich folge ihr in die Kirchen, auf dem Wandelgang, in die Kapelle des Louvre, in die Messe! Ich würde nicht wagen, mich ihr zu nahe zu setzen, aber doch nahe genug, um sie im Profil zu sehen! Und mit welcher eleganten Grazie sie mir ihren zarten Hals zuneigt, mich im Gewimmel der Höflinge mit den Augen sucht und mir ein Lächeln schenkt! Ach, Graf, ich bin der Glücklichste unter den Sterblichen, denn die schönste Geliebte des Reiches ist mein!«

»Eure Geliebte, Marquis?« fragte ich. »Seid Ihr schon so weit in ihrer süßen Gunst?«

»Nein, nein, Graf. Wo denkt Ihr hin? Ich meine ›Geliebte‹ im Sinne der *Astrée*. Noch hat die Herzogin von Chevreuse mir nichts gewährt, nicht einmal einen Kuß. Wißt Ihr nicht, daß man einer so hohen Dame den Hof nach allen Regeln machen muß? Eine Herzogin ist keine Kammerzofe, die man schürzt und auf das Bett wirft, das sie macht! Je höher eine Dame, desto kostbarer und gezierter gibt sie sich.«

Entgeistert hörte ich ihm zu. Und ich spürte, wie gänzlich vergebens es wäre, ihm darzulegen, daß die Herzogin, ohne ihm irgend etwas zu gewähren, nur indem sie seinen Appetit auf sie schärfte, ihn umstülpen würde wie einen Handschuh und ihn zurückholen würde in die Partei, die er um seines Königs willen verraten hatte. Ha, Leser! Wenn du glaubst, ein Wirrkopf, der zu nichts Gutem taugt, sei auch zum Schlimmen nichts nütze, dann irrst du schwer!

Die Chevreuse hatte ihm einen Blick geschenkt, damit war alles zu Ende! Die Treue zu Ludwig wie die Loyalität gegenüber dem Kardinal. Was konnte er Monsieur jetzt noch sagen, was nicht inspiriert wäre von der Verführerin? Tief erschrocken sann ich darüber nach, wie leicht die infernalische Chevreuse ihm Stufe für Stufe sogar die Idee in den Kopf setzen konnte, den König zu töten.

Ich setzte den König, sobald ich konnte, in Kenntnis über die gefährliche Liebe des kleinen Marquis. Ludwig, der die Chevreuse gut kannte und ihr alles zutraute, nahm die Sache sehr ernst und empfahl mir, Chalais Tag und Nacht im Auge zu behalten. Das tat ich. Seinerseits erhöhte Ludwig seinen Argwohn, und ich konnte beobachten, wie der König von nun an, wenn Chalais sich in seinen Gemächern befand, es so einrichtete, daß er ihn sich vom Leibe hielt, während ich Chalais so nahe blieb, als es irgend ziemlich war, und auf jede seiner Bewegungen achtete.

Ihn bei Nacht zu überwachen fiel mir leichter. Sein Zimmer und meins waren ursprünglich eins gewesen, man hatte sie, um mehr Raum zu gewinnen, einfach durch eine Eichenholzwand getrennt. So konnte ich, ohne auch nur das Ohr anzulegen, die Geräusche im Nachbarzimmer hören, einschließlich der Liebestumulte, denen Chalais viel Zeit widmete. Außerdem empfing er etliche Freunde, besonders Graf von Louvigny, mit dem er sehr vertraut war.

Der König ging in Blois zeitig zu Bett, bald allein, bald mit der Königin, so daß ich mich nicht selten um zehn Uhr abends in meinem Zimmer fand und, auf mein Lager gestreckt, zwei Kissen unterm Kopf, Montaigne las. So lag ich eines Abends, als ich um Schlag elf, während es im Schloß sonst schon ziemlich still war, hörte, wie mein Nachbar seine Tür öffnete und hinter sich schloß. Pflicht und Neugier trieben mich, sowie er an meiner Tür vorüber war, auf Zehenspitzen hinzueilen und sie sacht einen Spaltbreit zu öffnen, da sah ich Chalais, eine Laterne in der Hand, wie er die Gemächer von Monsieur betrat, die, wie gesagt, an mein Zimmer grenzten. Ich beschloß, solange zu wachen, bis er Monsieur verlassen und zurückkommen würde.

Es wurde eine weit härtere Prüfung, als ich mir vorgestellt hatte, denn selbst Montaignes scharfsinniger Geist vermochte mich nicht davon abzuhalten, daß mir für Momente der Kopf auf die Brust sank und ich einschlummerte. Schließlich gewahrte mein auch im Schlummer wachsames Ohr, wie die Tür von Chalais geöffnet und wieder verschlossen wurde. Im Schein meiner zu drei Vierteln herabgebrannten Kerzen blickte ich auf meine Uhr und sah, daß es ein Uhr morgens war. Chalais war zwei Stunden bei Monsieur geblieben.

Als ich am nächsten Tag darüber nachsann, fiel mir auf, daß

Chalais seine Laterne selbst getragen hatte, als er zu Monsieur ging. Das wäre, dachte ich, doch Sache seines Junkers Louvière gewesen – falls Chalais seine nächtlichen Besuche bei Monsieur nicht vor ihm geheim halten wollte. Meine Neugier veranlaßte mich, ein wenig aus der Reserve zu gehen, als ich Chalais am Vormittag traf.

»Ich sehe Euren Junker gar nicht mehr«, sagte ich im gleichmütigsten Ton, »habt Ihr ihm Urlaub gegeben?«

Wie aber staunte ich, welche Wirkung diese beiläufige Frage bei Monsieur de Chalais hervorrief! Er wurde verlegen und lief rot an wie ein Knabe, der er allerdings auch geblieben war, denn seine Mutter hatte ihn als Kind übermäßig bewundert, liebkost und verzärtelt. Und weil er nicht wußte, was er sagen sollte, so ertappt fühlte er sich, außerstande, eine plausible Ausrede zu erfinden, sagte er, was sich später als die Wahrheit herausstellte und was ich ihm auch sofort glaubte.

»Ich habe Louvière mit einem Auftrag weggeschickt.«

Natürlich hütete ich mich zu fragen, um was für einen Auftrag es sich handele, um nicht sein Mißtrauen zu erregen, sondern ging rasch zu einem leichteren Thema über und fragte, wie es mit seiner großen Liebe stehe. Himmel! Er war schier unerschöpflich in Lobpreisungen der Zauberin, die ihn in Bann geschlagen hatte. Es war sonnenklar, daß er sich ihr völlig ausgeliefert hatte, nur noch mit ihren Augen sah, nur noch ihre Stimme hörte und ihr in allem gehorchte. Und wieder stürzte mich diese blinde Hingabe eines so wenig besonnenen Menschen in größte Besorgnisse. Ich eröffnete sie dem König, sobald ich konnte. Und seinem Befehl gemäß, Chalais zu überwachen, fuhr ich drei Nächte darin fort und mußte feststellen, daß er jedesmal gegen elf Uhr zu Monsieur ging und zwei gute Stunden in seinen Gemächern blieb.

Als ich es Ludwig meldete, trat der Kardinal hinzu, der am Vortag von Limours zurückgekehrt war. Wenngleich erschöpft von der langen Reise, schien er mir doch sehr aufgemuntert durch den wunderbaren Brief und den herzlichen Empfang seitens Seiner Majestät. Und, wie sonderbar, er war in der Lage, uns Neues über den »Auftrag« des Junkers Louvière mitzuteilen.

Seit den ersten Anzeichen der Kabale nämlich hatte Richelieu seine Informanten in Sedan und Metz eingeschleust, denn die jeweiligen Gouverneure, der Graf von Soissons und der Herzog von Épernon (und dieser trotz seines hohen Alters), waren ewige Unruhestifter, die sehr wohl die Hände in den Teig der Rebellion stecken konnten, wenn sie glaubten, er könnte aufgehen.

»Dank einer Fügung des Himmels«, sagte der Kardinal, »erhielt ich am Tag vor meiner Abreise von Limours durch einen meiner Informanten die Nachricht, daß Junker von Louvière in Sedan vorgesprochen und Graf von Soissons gefragt habe, ob er Monsieur, wenn ihm die Flucht vom Hof gelänge, Asyl geben würde. Er wurde rundweg hinausgeworfen. Louvière ritt darauf mit verhängten Zügeln nach Metz, wo er dieselbe Anfrage an Monsieur de La Valette richtete, der in Abwesenheit seines Vaters, des Herzogs von Épernon, die Festung befehligte. Auch dort wies man ihn ab. Es zeigt sich also ganz klar«, fuhr Richelieu fort, »daß die Festsetzung der Brüder Vendôme die Köpfe der Großen ein wenig abgekühlt hat.«

Hiermit verneigte sich der Kardinal vor Seiner Majestät, um ihm Ehre zu erweisen für die Maßnahmen, die der König in seiner Abwesenheit getroffen hatte, was mir ebenso klug wie großmütig erschien.

»Also ist es erwiesen«, sagte Ludwig, »daß Chalais jetzt unterm Einfluß des Teufels steht (so nannte er die Chevreuse). Als mein Untertan und Offizier meines Hauses verrät er zugleich sein Amt und mich. Anstatt Monsieur zur Heirat zu drängen, wie er es versprochen hat, drängt er ihn zu fliehen und sich an die Spitze der Rebellion zu stellen. Der Verräter muß bestraft werden.«

»Leider«, sagte Richelieu, »können wir ihn noch nicht festnehmen. Es fehlen Beweise und Zeugen. Louvière fühlte sich nach den beiden Rückschlägen kompromittiert und ist in diesem weiten Land verschwunden wie eine Nadel im Heuhaufen. Und Monsieur zu befragen, wäre vergeblich, denn Monsieur wird keinen Fehler gestehen, den er noch nicht begangen hat.«

»Inzwischen«, sagte Ludwig, »lasse ich die Wachen im Haus verdoppeln und die Außenwachen verdreifachen.«

Weil der Kardinal und der König sich gewiß viel zu sagen hatten, bat ich Seine Majestät, mich zurückziehen zu dürfen, und ich sah sie erst am anderen Morgen wieder im großen Ratssaal, dort, wo vor einigen Jahrzehnten der Herzog von

Guise frühmorgens aus der Nase geblutet und Pflaumen gegessen hatte, bevor er ins Gemach Heinrichs III. gerufen wurde, hinter dessen geschlossener Tür er den Tod fand.

Der Kardinal sprach im Namen des Königs und legte dar, daß Seine Majestät gedenke, am fünfundzwanzigsten Juni mit Hof und Heer nach Nantes zu gehen. Er werde alle Fragen beantworten, die man hinsichtlich dieser Entscheidung stellen wolle. Schweigen trat ein, dann fragte Monsieur de Marillac, was man in Nantes vorhabe. Der Kardinal antwortete, und wieder erlebte ich, wie er die Dinge in der ihm eigenen methodischen Weise erläuterte.

»*Primo*«, sagte er, »will Seine Majestät, daß die Verlobung und Vermählung von Monsieur und Mademoiselle de Montpensier in Nantes stattfindet.«

»Warum nicht in Paris?« fragte Marillac.

»Um zu vermeiden, daß die Hetzschriften der Kabale das Volk von Paris gegen diese Verbindung aufbringen. Ihr wißt, wie verführbar und aufsässig das Pariser Volk ist. *Secundo*«, sagte Richelieu, »gedenkt der König dem Herrn Marschall de Thémines zu Nantes feierlich das Gouvernement der Bretagne zu übergeben. *Tertio* ist er überzeugt, daß ein Heer von sechstausend Mann in Nantes den Herzog von Longueville in seiner Normandie ebenso einschüchtern wird wie die Protestanten in La Rochelle und daß diese Einschüchterung ihnen gegebenenfalls die Lust nehmen wird, der Rebellion Hilfe zu leisten.«

Nachdem der Kardinal gesprochen hatte, wollte Seine Majestät hören, was der Rat dazu meine, als aber niemand Anstalten machte zu sprechen, hob der König die Sitzung auf.

Ich kehrte in mein Zimmer zurück und war dort noch keine fünf Minuten, als Chalais, ohne anzuklopfen, hereinstürzte, das Gesicht tränenüberströmt.

»Graf«, sagte er schluchzend, »ich bin völlig verzweifelt: Mein bester Freund, mein innigster Freund, der Graf von Louvigny, bestellt mich auf die Wiese!«

»Teufel auch! Was habt Ihr ihm getan?«

»Ach, ich habe mit seiner Geliebten geschlafen.«

»Mußtet Ihr es dahin kommen lassen?«

»Leider, ja! Die Blume wollte gepflückt werden.«

»Ihr habt doch schon so viele gepflückt. Konntet Ihr die eine nicht auf dem Stengel lassen?«

»Graf, wo denkt Ihr hin? Die Dame stand in dem Ruf, die schönsten Brüste des Hofes zu haben! Wie sollte ich diesen Ruf überprüfen, ohne mit ihr ins Bett zu gehen?«

»Und Euer Freund?«

»Nun ja, er schäumt, er wütet, er schreit in alle Winde, daß ich ein Verräter bin und er sich schlagen will!«

»Ist es nicht begreiflich, daß er sich verletzt fühlt?«

»Aber ich kann mich doch nicht mit meinem besten Freund schlagen!«

»Das hättet Ihr eher bedenken müssen.«

»Graf!« schrie Chalais plötzlich wütend, »erlaubt Ihr Euch, mich zu belehren?«

»Mein lieber Chalais«, sagte ich, indem ich ihm die Hand auf die Schulter legte, »wollt Ihr mich ein zweites Mal auf die Wiese rufen? Kann man nicht offen mit Euch reden, ohne daß Ihr gleich außer Euch geratet?«

»Ach, ich bitte Euch um Verzeihung. Ich bin ein großer Narr!« sagte Chalais.

Damit fiel er mir um den Hals, umarmte mich und küßte mir wieder und wieder reuig die Wangen, liebebedürftig wie ein junger Hund und, wie ich fürchtete, auch mit nicht viel mehr Verstand begabt.

»Was mache ich nur?« fuhr er weinend fort.

»Ihr schlagt Euch mit Louvigny und fügt ihm die leichtestmögliche Wunde zu.«

»Aber das kann ich nicht! Der König hat das Duell verboten, weil die Gegner zu ungleich sind, Louvigny ist so zart und ich so kräftig.«

»Dann brecht wenigstens die Liebschaft mit der Dame ab.«

»Abbrechen! Entsagen! Das meint Ihr nicht im Ernst!«

Und plötzlich von tiefster Wirrnis zu tollster Heiterkeit wechselnd, fing Chalais hellauf an zu lachen.

»Wie soll ich denn jetzt«, sagte er, »von diesen himmlischen Brüsten lassen?«

ELFTES KAPITEL

Himmlische Brüste, hatte Chalais geschwärmt, von denen er nicht mehr lassen könne. Aber, werden Sie fragen, was wird denn nun aus seiner *urbi et orbi* verkündeten ganz wahnsinnigen Liebe zu Madame de Chevreuse? Hier muß ich Monsieur de Chalais verteidigen, so natürlich erscheint es mir, daß ein überschäumender Jüngling, der nach den unerreichbaren Reizen der Herzogin nur schmachten kann, sich an die handfesten von Madame de C. hält.

Nicht das ist der springende Punkt, meine ich, sondern die Leichtfertigkeit, um nicht zu sagen die Unbeständigkeit von Monsieur de Chalais. Letztlich war es im Privaten wie im Politischen: Er verriet alles und jeden, sogar seinen langvertrauten Freund. Und nachher weinte er heiße Tränen, gab ihm seine Geliebte aber nicht wieder.

Ich sehe schon, der Leser brennt darauf, mir zu sagen, ich dürfe mich bei der Schilderung der großen Reichsangelegenheiten nicht mit solchen Lappalien aufhalten. Worauf ich frage, woher man denn wissen will, ob eine scheinbare Lappalie nicht zu großer Bedeutung gelangt, wenn sie zufällig ins unerbittliche Räderwerk der Geschichte gerät?

Die Ermordung von Henri Quatre bietet hierfür ein immer wieder packendes Beispiel. Erlaube mir, Leser, es dir ins Gedächtnis zu rufen.

Tagelang treibt sich ein Unbekannter vor dem Tor des Louvre herum. Monsieur de Castelnau, derzeit Leutnant der Palastwache, teilt diese Beobachtung seinem Vater mit, dem Herzog de La Force, der Henri Quatre davon Meldung macht.

»Nehmt ihn fest«, sagt Henri. »Durchsucht ihn. Wenn er keine Waffe bei sich hat, laßt ihn laufen.«

Der Unbekannte wurde festgenommen. Sein Name war Ravaillac. Er sagte, er wolle den König sehen. Man durchsuchte ihn, und als man nichts bei ihm fand, durfte er gehen. Nachträglich stellte sich heraus, wie oberflächlich die Durchsuchung gewesen war. Der Wachsoldat, der sie vornahm, hatte den Gefangenen an Brust, Rücken, Hüften und Schenkeln abgetastet, und fertig. Hätte er sich die Mühe gemacht, mit seinen Händen tiefer zu greifen – er hätte an Ravaillacs linker Wade das unterm Strumpf steckende Messer entdeckt. So kam es, daß die kleine Nachlässigkeit einer Routinedurchsuchung einen großen König das Leben kostete.

Doch lassen wir Monsieur de Chalais, Monsieur de Louvigny und die von der Natur so wohlversehene Madame de C. eine Weile beiseite. Und weil Ludwig und der Kardinal es aus den genannten Gründen so wollen, nehmen wir den Weg nach Nantes. Am siebenundzwanzigsten Juni von Blois aufgebrochen, bewältigten wir besagte Strecke in einer Geschwindigkeit, daß wir am dritten Juli die Schwelle des Herzogsschlosses von Nantes überschritten. Das prächtige Schloß, wo die Würdenträger des Hofes logierten, glich einer Festung, aber drinnen entdeckte man voll Freude einen Renaissance-Palast.[1] Ich erhielt ein Zimmer, das dem von Monsieur de Chalais ziemlich entfernt lag, und als ich mich beim Kardinal darüber verwunderte, sagte er, es sei Zeit, mir diese dauernden Nachtwachen zu ersparen, auch habe er den Großmeister der Garderobe mit anderen, ebenso wachsamen Personen wie ich umgeben, die aber nicht so allbekannt für ihre Königstreue seien.

Ich war sehr erleichtert, denn hatte man Chalais mangels Beweisen und Zeugen auch bislang nicht festnehmen können, so stand die Sache doch kurz bevor, der Leichtfuß war einfach zu geschwätzig. Und dann wäre ich heilfroh, ihm nicht so nahe zu sein, daß der Hof sein Unglück mir anlasten könnte.

Gleich am ersten Morgen im Herzogsschloß wollte ich fechten gehen, weil ich durch die langen Nachtwachen in Blois ein wenig erschlafft war. Als ich den Fechtsaal betrat, stellte ich mit Enttäuschung fest, daß von den Meistern der Waffe keiner dort war (wahrscheinlich war es noch zu früh für die Herren), nur ein paar kleine Eisenrasseler, mit denen ich mir die Hand nicht verderben wollte. Um sie aber nicht zu kränken, grüßte ich sie von weitem, dann warf ich mein Wams ab und begann mit meinem Degen den Übungsbalg zu spicken, so als wollte ich mich warm machen, bis mein Partner käme. Es dauerte jedoch gute

---

1 1466 unter Franz II. begonnen, vollendet unter Anne de Bretagne.

zehn Minuten, bevor wieder jemand den Fechtsaal betrat, aber nicht, wie ich gehofft hatte, der Kommandeur de Valençay, sondern Monsieur de Louvigny.

Er schien so wenig überrascht, mich zu erblicken, daß ich mich sofort fragte, ob er mich etwa gesucht habe, und wirklich, ich hatte ihn kaum bemerkt, als er auch schon auf mich zukam und sich verneigte.

»Graf«, sagte er, »wir kennen uns vom Sehen: Wir sind uns in Blois öfters begegnet. Ich bin Graf von Louvigny, und es wäre mir eine große Ehre, Euch näher kennenzulernen.«

»Graf«, sagte ich mit aller Höflichkeit. »Auch mir wäre es eine Ehre, Eure nähere Bekanntschaft zu machen.«

Hiermit und weil ich barhäuptig war, grüßte ich ihn mit meinem Degen, was er mit abermaliger Verneigung erwiderte.

»Graf, ich kenne Euren Ruf als Fechter«, sagte er. »Würdet Ihr mir das Privileg vergönnen, mit Euch die Waffe zu kreuzen?«

Was blieb mir anderes übrig als einzuwilligen, denn Graf von Louvigny war keines der Jüngelchen, denen man dies ohne weiteres abschlagen konnte, sondern ein Edelmann guter Herkunft.

Mit liebenswürdigem Lächeln neigte ich zustimmend den Kopf und legte meinen Plastron an, während ich verstohlen hinsah, wie der Graf sich entkleidete. Seiner Leiblichkeit konnte er sich nicht rühmen, er war klein, mager und hochrückig, doch fehlte es ihm nicht an Tapferkeit und Glut, und seine tiefliegenden schwarzen Augen flammten, wenn man ihn anging. Seine Fechtkunst war untadelig, aber ach! seine Arme waren zu kurz. Um der Gleichwertigkeit willen hätte sein Degen einen Fuß länger sein müssen als der seines Gegners, was natürlich keine Regel zugelassen hätte, oder ich hätte kürzer ausfallen müssen, aber eine solche Gefälligkeit hätte er schnell bemerkt und wäre verletzt gewesen.

Als wir einander nach beendetem Kampf mit dem Degen gegrüßt hatten, kleidete sich der Graf an, dann kam er, die schwarzen Augen fest auf meine gerichtet.

»Graf, sagt mir offen, was Ihr von meinem Fechten haltet.«
»Wenn Eure Arme länger wären, wärt Ihr besser als ich.«

Worauf er versetzte: »Es hängt nur von Euch ab, Graf, diesem Fehler der Natur abzuhelfen.«

»Von mir? Wie das?«

»Ich würde mir erlauben, es Euch zu sagen, wenn Ihr mir ein Vieraugengespräch in Eurem oder meinem Gemach gewähren wolltet.«

»In meinem«, sagte ich sofort. »Ich werde gleich dort sein. Wollt Ihr so freundlich sein, mich aufzusuchen?«

Da Louvigny, vielleicht zu Unrecht, als Parteigänger von Monsieur galt, wollte ich nicht vor seinem Zimmer gesehen werden, während er durchaus an meine Tür klopfen konnte, ohne daß ich irgend kompromittiert wäre, denn ich hatte viele Bekannte auf allen Seiten, weil die Höflinge um meine besondere Gunst beim Kardinal und beim König wußten.

Ich muß jedoch sagen, daß ich höchlich erstaunt, um nicht zu sagen sprachlos war, als Monsieur de Louvigny mir sein Verlangen vortrug.

»Graf«, sagte er, »Ihr habt bemerkt, daß ich zu kurze Arme habe, um wirksam zu kämpfen. Wenn Ihr geneigt wärt, mir einen unendlichen Dienst zu erweisen, könnte dieser Mangel der Natur wettgemacht werden.«

»Sprecht«, sagte ich.

»Indem Ihr die Güte hättet, mich die Jarnac-Finte zu lehren, deren Geheimnis, soweit ich weiß, nur Ihr in diesem Reich beherrscht.«

Mir verschlug es die Sprache, daß ein Edelmann, den ich so wenig kannte, ein so unerhörtes Ansinnen an mich richtete. Louvigny mußte vor Kummer und Verzweiflung, seine Schöne verloren zu haben, völlig aus der Fassung geraten sein.

»Aber was denkt Ihr Euch, Graf?« sagte ich so sanftmütig ich konnte. »Die Jarnac-Finte ist sehr grausam. Nicht weil sie tötet, nein, viel schlimmer. Sie durchtrennt dem Gegner das Kniegelenk, er wird zum Krüppel und ist bis an sein Lebensende vor aller Augen gedemütigt.«

»Genau das will ich«, sagte Louvigny leise, während seine schwarzen Augen Flammen sprühten.

Mir wurde es kalt ums Herz, und stumm blickte ich Louvigny in die Augen.

»Graf«, sagte ich, nachdem ich mich ein wenig gefaßt hatte, »man muß gegen jemanden einen Haß ohne Maßen nähren, um ihm ein so großes und dauerhaftes Leid zu wünschen.«

»Ohne Maßen, Graf? Beim Donner, er ist nicht ohne Maßen!

Das ist er in keiner Weise! Ihr würdet fühlen wie ich, wenn derjenige, der sich Euer bester Freund nannte, Euch das teuerste Gut geraubt hätte!«

»Warum ruft Ihr den Verräter nicht auf die Wiese?«

»Das habe ich getan, aber Ludwig, der Duelle haßt und sie eines Tages überhaupt verbieten will, hat dieses Treffen wegen ungleicher Kräfte strikt untersagt. Wußtet Ihr das nicht?«

»Nein.«

»So bin ich doppelt gedemütigt!« sagte Louvigny mit einem Gemisch aus Schmerz und Wut, das mir Mitgefühl einflößte. »Zuerst tut mein bester Freund mir eine unerhörte Schmach an, und dann verbietet mir der König, Rache zu nehmen. Könnt Ihr Euch vorstellen, Graf, in welcher abscheulichen Lage ich bin? Wie stehe ich künftig da vor dem Hof? Jeder Plattfuß kann mich lauthals vor allen beschimpfen, ohne daß ich ihm meinen Handschuh ins Gesicht schleudern kann! Meine Ehre ist verloren!«

»Graf«, sagte ich, »ich möchte Euch von ganzem Herzen helfen, aber ich kann nicht. Erlaubt mir zu erklären, wie die Jarnac-Finte in meine Familie kam. Mein Vater war sehr gut mit dem Waffenmeister Giacomi befreundet, dessen Vater diese furchtbare Finte Jarnac beigebracht hatte, um ihn für seinen Kampf gegen Châteauneuf zu rüsten: ein berühmtes Duell, dessen Ausgang Ihr kennt. Später, als Giacomi erlebt, daß mein Vater bei den geheimen Missionen, mit denen der König ihn betraute, in größte Gefahren geriet, gab er ihm das Geheimnis dieser Finte preis, die Jarnac einst in jenem Duell zu Ruhm gebracht hatte. Aber unter zwei Bedingungen, denselben, die mein Vater mir auferlegte, als er mich den verhängnisvollen Treffer lehrte: *Primo*, ich mußte auf das Evangelium schwören, die Finte nur meinen Söhnen zu vererben, und *secundo*, sie niemals offensiv anzuwenden, sondern nur in der äußersten Not, um mein Leben zu retten. Graf, es tut mir sehr leid, aber wie könnte ich einen so heiligen Schwur brechen?«

»Ich verstehe«, sagte Louvigny, der mir zugehört hatte, als vernähme er sein Todesurteil, aber trotzdem mit funkelndem und entschlossenem Blick. »Dann schlage ich mich eben ohne Finte.«

»Graf!« sagte ich bestürzt, »Ihr wollt dem König zuwiderhandeln!«

»Und ob!« sagte Louvigny hochfahrend. »Für meine Rache an diesem Schuft bin ich bereit, allen Gesetzen des Reiches zu trotzen.«

»Aber, Graf, wo bleibt da die Rache? Chalais wird Euch töten!«

»Zweifellos. Lieber tot als entehrt, aber im Sterben werde ich mir mit Freude sagen können, daß er eingekerkert wird und verliert, was er mir geraubt hat.«

»Auch wenn Euer Sterben lang währte«, sagte ich ernst, »wäre diese Freude zu kurz, um sie mit dem Leben zu bezahlen. Und was macht Ihr, wenn Euer Gegner sich weigert, gegen das Gebot des Königs zu handeln?«

»Wir werden ja sehen«, sagte Louvigny mit zusammengebissenen Zähnen und blitzenden Augen in den tiefen Höhlen. »Ich kann die Schmach, die er mir angetan hat, nicht länger ertragen. Er muß fallen, dieser Schönling, dieses Meisterwerk der Schöpfung, dieser Liebling des schönen Geschlechts!«

Als ich hierauf stumm blieb, besann sich Louvigny seiner Höflichkeit, entschuldigte sich, mich solange aufgehalten zu haben, und überließ mich meinen Gedanken.

* * *

Ich sann lange darüber nach, denn ich schlug mich mit einer Gewissensfrage herum, die mich den ganzen Tag nicht losließ. Monsieur de Louvigny hatte verlangt, daß ich über unser Gespräch Stillschweigen wahre, und ich mußte ihm mein Wort geben. Da aber steckte für mich der Dorn. War ich nicht verpflichtet, mein Wort zu brechen, weil alles Chalais Betreffende wegen des Verdachts, der auf ihm lastete, eine Staatsangelegenheit war?

Ich schlief darüber, und am Morgen – die Nacht schafft Rat, sagt man, und sei er gut, sei er schlecht, man folgt ihm –, am Morgen jedenfalls ging ich zu Richelieu. Ich raunte Charpentier den Namen Chalais ins Ohr, der Kardinal ließ seine Geschäfte ruhen, und ich berichtete ihm von Louvignys mörderischen Absichten auf Chalais.

»Es wäre eine Katastrophe«, sagte Richelieu, »wenn so ein Wahnsinniger uns zuvorkäme wegen eines Weiberrocks, während wir Himmel und Hölle in Bewegung setzen, um Beweise und Zeugen zu sammeln, damit wir den Burschen festnehmen können. Denn einmal gefaßt, wird uns das Plappermaul alles sagen, dann liegen die Fäden der ganzen Verschwörung für uns offen, und wir haben die Namen der Komplizen.«

Hierauf verstummte er und überlegte eine Weile, die Augen gesenkt, während er mit der Rechten mechanisch seinen Spitzbart strich. Plötzlich hob er den Kopf.

»Wir werden Louvigny mit aller erdenklichen Diskretion überwachen«, sagte er. »Graf, tut mir die Liebe und unterrichtet mich, sollte Louvigny sich noch einmal an Euch wenden. Ach, das hatte ich vergessen!« setzte er auf einmal mit dem huldvollsten Lächeln hinzu.

Er kramte in einer der vielen Taschen seiner Purpursoutane und zog den Rubinring heraus, den Clérac in meinem Auftrag Charpentier überbracht hatte, um den Kardinal wissen zu lassen, er möge sich nicht aus dem Schloß Fleury en Bière rühren, bis die Eskorte käme.

»Dieser Rubin«, fuhr er fort, »ist sehr beredt, und er hat im rechten Moment das Rechte gesagt. Graf, hier ist Euer Eigentum mit tausend Dank zurück! Einigen wir uns doch darauf: Solltet Ihr den Ring wieder einmal durch einen Dritten an Charpentier übergeben, dann heißt das, Ihr habt mir eine Nachricht mitzuteilen, die keinen Aufschub duldet.«

Ich kehrte in mein Zimmer zurück und fand es, wie schon in Blois, in großer Unordnung, weil ich ohne Hilfe dastand, seit der arme La Barge nicht mehr war, denn meinen guten Robin hatte ich in Paris gelassen, um ihn, der sich mit Waffen nicht auskannte, vor den Gefahren eines Hinterhalts zu bewahren. Und auf die Kammerjungfern vom Schloß war nicht zu hoffen, sie waren viel zu beschäftigt, den König, die Königin, die Königinmutter, Monsieur und die Herzöge zu bedienen.

Am nächsten Tag, als ich wieder den Waffensaal aufsuchte, konnte ich zu meiner Freude mit dem Kommandeur de Valençay eine gute Viertelstunde fechten, was nicht ohne Anstrengung und Schweiß abging. Am Ende japsten wir beide, aber nach gleicher Trefferzahl, und dafür bewunderte ich ihn, denn er war weit älter als ich. Wie ich gerade den Mund auftun wollte, um mich nach Chalais zu erkundigen, erriet der Kommandeur meine Frage, und sein Gesicht furchte sich vor Sorgen.

»Bitte, fragt nicht nach meinem Neffen!« sagte er mit leiser, bebender Stimme. »Ich bin seinetwegen in solcher Sorge, daß ich keine Worte finde. Er ist närrisch wie der Märzmond, taumelt von einer Dummheit zur nächsten und rennt geradewegs in sein Verderben. Die Pest über den Tollkopf! Er konspiriert! Er plappert seine Geheimnisse in alle Winde! Und der Gipfel! Der Gipfel: Er fügt Louvigny, seinem treuesten Freund, fast seinem Bruder, der ihm tausend Dienste erwiesen hat, eine furchtbare Kränkung zu! Zerstreitet sich auf den Tod mit ihm wegen eines Busens! Könnt Ihr Euch das vorstellen, Graf? Allein am Hof gibt es einige hundert davon, aber nein, es mußte ausgerechnet dieser sein! Gerechter Gott! Was ist so Besonderes an einem Busen? Zwei Hautsäcke, die Milch geben sollen, gut für den Säugling, aber für einen Mann?«

Ich hatte ein wenig Mühe, hierauf ernst zu bleiben, sosehr mich auch die Liebe des Kommandeurs zu seinem Neffen rührte. Wieder in meinem Zimmer und schweißgebadet, wie ich war, warf ich mein Hemd ab und trocknete mich voll großem Bedauern, daß Jeannette nicht da war und mich in ihre geschickten Hände nahm.

Von ihr und ihren Massagen kam ich auf La Surie, dem sie in seinem Fieber so wohlgetan hatte, dann auf meinen Vater, dann auf mein geliebtes Orbieu, das mir sehr fehlte. Aber der Leser weiß ja, ich lasse mich nie lange in Schwermut versinken, darum verbiete ich meinen Gedanken, sich zu weit in Erinnerungen an vergangene Zeiten zu verlieren.

Als ich mich ankleidete, klopfte es. Es war Leutnant von Clérac, und er schob einen so schmucken Jüngling vor sich her, daß er den Domherrn Fogacer zu seinen tollen Zeiten glatt in Versuchung geführt hätte. Aber der schöne Junge war Wildbret für Damen, ich merkte es bald.

»Herr Graf«, sagte Clérac, »erlaubt, daß ich Euch meinen jüngeren Bruder, Nicolas, vorstelle. Er hat die Zulassung für die Kompanie der Musketiere, ihm fehlen aber noch ein paar Monate, ehe er eintreten kann. Und ich dachte mir, daß Ihr ihn vielleicht inzwischen als Junker nehmen wollt, als Ersatz für La Barge. Ich hoffe, Herr Graf, Ihr findet meine Anfrage nicht zu ungehörig.«

»Ungehörig!« rief ich, »aber sie rettet mich! Sie entzückt mich! Vorausgesetzt, daß Nicolas mir auch helfen würde, mein

Zimmer aufzuräumen, weil ich hier keinen Diener habe. Den habe ich in Paris gelassen.«

»Herr Graf«, sagte Nicolas mit anmutiger Verneigung, »sicher bin ich wohlgeboren, aber ich fühle mich nicht so erhaben, daß ich nicht für Euer Zimmer tun könnte, was ich auch für meines auf Schloß Clérac getan habe. Nur würde ich mir, wenn Ihr erlaubt, heimlich von einer Zofe der Königin helfen lassen, die mich gerne hat seit den Tagen von Blois.«

Dabei lächelte er, und Monsieur de Clérac lächelte, und ich lächelte. Mein Entschluß war im Nu gefaßt. Außer daß ich Cléracs Angebot auf keinen Fall ablehnen konnte, ohne einen Offizier zu kränken, der im »Straußen« so gut über meine Sicherheit gewacht hatte, wären ein paar Monate schnell herum, sollte Nicolas seinen Aufgaben nicht gewachsen sein. Aber er machte mir ganz den gegenteiligen Eindruck, so aufgeweckt wirkte er und gar nicht pingelig wegen seines Adels wie La Barge. Als er so schlicht von seinem Zimmer auf Schloß Clérac sprach, fiel mir mein Zimmer im Champ Fleuri ein und wie mein Vater mich immer dazu anhielt, es selbst in Ordnung zu halten. Meine Toinon mußte nur Fußboden und Fenster blank halten und das Bett machen oder, wie mein Vater scherzend sagte, es »machen, um es einzureißen«.

Hinzu kam, daß Nicolas so erfreulich anzusehen war, so wohlgestalt, behende und lebhaft, mit seinen schwarzen Locken, die ihm bis auf die Schultern fielen, seinen blauen Augen und schwarzen Brauen und einer Haut, wie man sie mit zwanzig Jahren hat. Sein Gesicht, männlich und entschieden, trug noch einen Widerschein von kindlicher Unbefangenheit, und, was mir besonders gefiel, er hielt sich reinlich wie ein frisch gelegtes Ei.

»Nicolas«, sagte ich, »Ihr gefallt mir. Ich bin überzeugt, daß Ihr alle erforderlichen Vorzüge habt, um ein guter Musketier zu werden und auch ein guter Junker. Ich nehme Euch also für ein paar Monate, voller Bedauern, daß diese Zeit sich nicht verlängern läßt, weil Euch der Dienst beim König ruft und ein Nachfolger für La Barge schon auf meinem Gut Orbieu wartet. Und nun, damit die Dinge von vornherein klar sind: Es kommt nicht in Frage, daß eine Zofe Ihrer Majestät der Königin ihr niedliches Füßchen je in mein Zimmer setzt ... Aber, wenn sie nun in meiner Abwesenheit käme, um Euch bei Euren häuslichen Pflichten zu helfen, wie würde ich es bemerken? Und wie könnte ich es Euch verübeln?«

»Herr Graf«, sagte Nicolas mit neuerlicher Verneigung, »ich verstehe Euch vollkommen und stehe ganz ergeben zu Eurer Verfügung.«

Monsieur de Clérac ging sehr froh über meine Zustimmung davon, und ich begann mein Zimmer mit der Hilfe von Nicolas aufzuräumen, der sich dazu sehr geschickt, findig und munter anstellte; aber zum Glück war er nicht schwatzhaft und wahrte die gebührende Distanz.

Ganz von sich aus half er mir, das Wams zu wechseln, anders als La Barge, der sich gegen solche Dienste verbockt und gesagt hatte, sie seien Sache eines Dieners oder einer Kammerfrau, nicht aber eines Edelmannes.

»Und jetzt«, sagte ich, »gehen wir dem König in seinen Gemächern Ehre erweisen.«

»Herr Graf, heißt das«, sagte Nicolas, »daß Ihr mich mitnehmen wollt?«

»Sicher. Seid Ihr nicht mein Junker?«

»Dann darf ich den König sehen?«

»Jaja, und von nahem, weil Ihr wie ich die Balustrade durchschreitet.«

»Und was mache ich hinter der durchschrittenen Balustrade?«

»Dasselbe wie ich: Den Hut ziehen und das Knie beugen.«

»Und sonst, Herr Graf?«

»Alles sehen, alles beobachten und Euch still verhalten.«

Es fehlte Nicolas nicht an Voraussicht, denn nach einer Weile fragte er: »Herr Graf, habe ich einer Person dort vielleicht besondere Aufmerksamkeit zu widmen?«

»Allerdings. Derselben, auf die ich meine Augen richten werde.«

Als wir das königliche Gemach betraten, fühlte der gute Doktor Héroard dem König gerade den Puls. Und Ludwig erwiderte meinen Gruß mit einem Kopfnicken und warf einen Blick auf Nicolas, den er noch nicht gesehen hatte.

»Sire«, sagte Héroard, »der Puls ist gut. Habt Ihr noch Eure Diarrhöe?«

»Nein«, sagte Ludwig.

»Wie ist Eure Majestät erwacht?«

»Leicht.«

»Verspürt Eure Majestät noch Grummeln in den Därmen?«
»Nichts mehr.«
»Hat Eure Majestät Appetit auf Frühstück?«
»Nein. Ich esse um zehn.«
»Was wünscht Eure Majestät zu speisen?«
»Frische Butter und Brot.«
»Nur Butter und Brot?«
»Ja. Wie findet Ihr mich heute?«
»Gut, Sire. Wie fühlt Ihr Euch?«
»Müde. Ich habe letzte Nacht wenig geschlafen. Nach Mittag lege ich mich noch einmal nieder.«
»Das ist recht, Sire«, sagte Héroard.

Hierauf warf der König, der noch im Nachthemd war, was aber seiner Würde keinerlei Abbruch tat, einen Blick auf alle Anwesenden, doch ohne dabei zu lächeln. Er bemühte sich, ein gleichmütiges Gesicht zu wahren, trotzdem schien er mir sorgenvoll, und dazu hatte er gewiß allen Grund bei den blutigen Drohungen, die über seinem Haupt wie über dem seines Ministers schwebten.

Als man den König anzukleiden begann, trat Monsieur de Chalais herein, verspätet wie immer, und ohne sich irgend etwas anmerken zu lassen, schenkte Ludwig dem Großmeister seiner Garderobe den gleichen Blick und das gleiche Kopfnicken wie vorher mir. Sogleich wand ich mich, von Nicolas gefolgt, durchs Gedränge und näherte mich Chalais, wobei ich dicht an Héroard vorüberkam, der mich mit befriedigter Miene anblickte und Zeigefinger und Mittelfinger in die Höhe streckte. Sobald ich zu Chalais gelangt war, legte ich ihm die Hand auf die Schulter und lächelte ihm freundschaftlich zu. Er befand sich jetzt einen Meter vom König entfernt, dem Berlinghen und Soupite beim Ankleiden halfen. Chalais erwiderte mein Lächeln, und ich ließ meine Hand rasch an seinem Rücken niedergleiten, was er, wie ich hoffte, als Geste der Zuneigung empfinden würde, was jedoch keinem anderen Zweck diente als mich zu versichern, daß er nicht nach italienischer Manier einen Dolch im Gürtel trug. Du Hallier stand ebenfalls einen Meter vom König entfernt, aber hinter ihm, um seinen Rücken zu decken vermutlich, doch ohne daß der gewichtige Gardehauptmann irgendeine Regung zeigte.

Als der König angekleidet war, wandte er sich an mich.

»Orbieu«, fragte er, »wer ist der junge Edelmann, der Euch wie ein Schatten folgt?«

»Mein Junker, Sire, für kurze Zeit. Er ist der jüngere Bruder von Leutnant de Clérac.«

»Warum nur für kurze Zeit?«

»Er wird Euren Musketieren beitreten, ist dafür aber noch ein paar Monate zu jung.«

»Wenn er nach seinem großen Bruder kommt«, sagte Ludwig, »wird er mir gut dienen.«

Der König war so sparsam mit anerkennenden Worten, daß dieses den Hof in Erstaunen versetzt hätte, wäre die Anziehung, die schöne junge Männer auf den König ausübten, nicht allbekannt gewesen. Diese Anziehung äußerte sich manchmal in besonderer Gunst, aber nie in Tätlichkeiten. Die Bosheit unserer lieben Höflinge war aber derart, daß sofort das Gerücht umlief, der derzeitige Favorit Baradat würde bald abgelöst werden.

Nach einem letzten Blick auf Nicolas schritt der König aus seinem Gemach hinüber zur Kapelle, wo er für gewöhnlich jeden Tag die Messe hörte. Ich ließ Monsieur de Chalais an mir vorbei, entschlossen, ihm nur zu folgen, wenn er dem König folgte. Aber kaum aus den königlichen Gemächern heraus, eilte er mit geschäftiger Miene in die entgegengesetzte Richtung. Ich wartete eine ganze Weile, um sicherzugehen, daß er nicht noch einmal zurückkäme. Nach fünf Minuten ging ich zu meinem Zimmer, und mein Junker folgte mir.

»Nun, Nicolas«, sagte ich, indem ich mich in einen Lehnstuhl warf, so müde waren meine Füße von dem langen Stehen, »was hast du beobachtet?«

»Vor allem den König, Herr Graf.«

»Und wie fandest du ihn?«

»Gleichmütig, schweigsam. Er hat nur mit Euch gesprochen.«

»Über dich, Nicolas!«

»Muß ich mir deswegen Gedanken machen?« fragte Nicolas mit dem Anflug eines Lächelns.

»Keineswegs. Ludwig XIII. ist nicht Heinrich III. Weiter!«

»Ihr habt Monsieur de Chalais von nahem begrüßt.«

»Freundschaftlich?«

»Könnte sein, könnte auch nicht sein.«

»Weiter, bitte!«

»Als Ihr an Doktor Héroard vorübergingt, hat er Zeige- und Mittelfinger der rechten Hand gehoben.«

»Was denkst du davon?«

»Daß es eine Art Geheimsprache ist.«

»Willst du wissen, was es bedeutet?«

»Herr Graf, ich will meine Nase nicht in Eure Geheimnisse stecken.«

»Es ist kein Geheimnis. Die zwei erhobenen Finger bedeuten, daß der König gestern bei der Königin geschlafen und zweimal mit ihr Liebe gemacht hat. Die Kammerfrau, die auch nachts um die Königin ist, hat es Héroard heute morgen ganz amtlich mitgeteilt, dann hat sie es der Königinmutter gemeldet, und die Königin selbst hat es der Chevreuse gesagt. Zwei Stunden später wußte es der ganze Hof. Das Privatleben eines Königs, mein lieber Nicolas, ist immer auch öffentlich, weil es dabei um die Zukunft der Dynastie geht.«

Im stillen dachte ich – aber eher hätte ich mir die Zunge abgebissen, als es zu sagen –, daß der König ziemlichen Mut bewies, seine dynastische Pflicht mit einer Gemahlin zu erfüllen, von der die schreckliche Konspiration ausging, die seinen Thron zu erschüttern drohte. Leider war sein Einsatz vergebens, nicht in der unmittelbaren Wirkung, aber im Endergebnis. Ich habe mir notiert, was Héroard mir sagte, und kann deshalb bekräftigen, daß Ludwig mit der Königin am fünften, zwölften, einundzwanzigsten und vierundzwanzigsten Juli die Nacht verbrachte, und nicht ohne Resultat, was die widerlichen Legenden von der Unfruchtbarkeit des Königs widerlegte, mit denen die Hetzschriften aufwarteten. Im Lauf des Sommers verkündete die Königin, daß sie schwanger sei. Aber ihre Freude und Ludwigs Hoffnung waren von kurzer Dauer: Im Herbst verlor die Ärmste zum drittenmal ihre Frucht.

Doch kommen wir zurück zu unseren Hammeln, und in Gesellschaft dieses prächtigen Nicolas, der meine Fragen so klug und zurückhaltend beantwortet hatte. Dieser Julivormittag im herzoglichen Schloß zu Nantes war sonnig und heiß, aber nicht drückend. Durch mein weit offenes Fenster drang eine gute Brise von Westen herein, und ohne die Sorgen, die mir die Kabale bereitete, hätte ich mich recht glücklich gefühlt. Wie der Kardinal festgestellt hatte, war die Umtriebigkeit der Großen durch die Festnahme der Vendômes tatsächlich gedämpft worden, aber wenn die Drohung einer allgemeinen Rebellion damit auch ferner rückte, so war für mein Gefühl – gerade in so aussichtsloser Lage – die Gefahr eines Königsmordes desto näher.

Solchen Gedanken hing ich seit einer Weile nach und war dementsprechend schweigsam, da klopfte es. Im Nu sprang ich auf, zog meine beiden Pistolen unterm Kopfkissen hervor und steckte sie, als ich mich wieder in den Lehnstuhl setzte, hinter meinen Rücken. Dann hieß ich Nicolas mit leiser Stimme, nicht zu öffnen, sondern durch die Tür nach dem Namen des Besuchers zu fragen.

»Ich bin«, sagte die Stimme, »Monsieur de Lautour, Junker von Monsieur de Louvigny, und bringe ein Schreiben von seiner Hand an Graf von Orbieu.«

»Nicolas«, sagte ich, »öffne, aber nicht zu weit.«

Nicolas zog den Riegel auf, und Monsieur de Lautour erschien, so eingeschüchtert durch diesen Empfang, daß er nicht näherzutreten wagte.

»Kommt nur herein, Monsieur de Lautour«, sagte ich, da ich ihn erkannt hatte und mich aufs neue wunderte, daß der schmächtige Louvigny sich ausgerechnet einen Junker von so riesenhaftem Wuchs genommen hatte.

»Herr Graf«, sagte Lautour, »hier ist ein Billett meines Herrn, des Grafen von Louvigny. Ich soll auf Eure Antwort warten.«

Das Billet war sorgsam mit einem Wachssiegel verschlossen. Ich erbrach es. Hier der Inhalt:

Graf, ich wäre Euch unendlich verpflichtet, wenn Ihr mich so schnell und so geheim wie möglich mit Seiner Eminenz dem Kardinal zusammenführen könntet. Ich habe ihm folgenschwere Dinge mitzuteilen. Euer Diener Graf von Louvigny

»Monsieur de Lautour«, sagte ich, »ich werde mich bemühen zu tun, was Monsieur de Louvigny verlangt. Wenn es mir gelingt, schicke ich Nicolas, ihm Ort und Stunde anzugeben.«

»Mein Herr sähe es lieber«, sagte Lautour, »wenn ich diese Angaben erfragen käme.«

»Dann erwarte ich Euch hier in einer Stunde.«

»Herr Graf, mein Herr wünscht, daß Ihr das Billett sofort verbrennt.«

»Nicolas«, sagte ich, »habt Ihr ein Feuerzeug?«

»Nein, Herr Graf.«

»Ich habe eins«, sagte Lautour.

»Ihr habt alles mitgebracht«, sagte ich lächelnd, »das Billett wie das Werkzeug, es zu vernichten.«

»Das Feuerzeug gehört meinem Herrn«, sagte Lautour mit tiefem Ernst.

Mit einer Verneigung überreichte er es mir, ich schlug Feuer und brannte das Schreiben an einer Ecke an, während ich es mit zwei Fingern hielt. Nicolas brachte mir einen Zinnteller, und ich legte das brennende Papier darauf. Die Flammen verzehrten es, knisterten, als sie das Wachs berührten, erloschen aber zu schnell, um es zu schmelzen.

»Monsieur de Lautour, das Siegel ist Euer. Aber laßt es erst erkalten.«

»Das ist unnötig, Herr Graf«, sagte Lautour. »Mein Herr hat das Wachs nicht gesiegelt.«

Hierauf machte mir Monsieur de Lautour eine tiefe Verbeugung und ging. Nicolas schloß die Tür hinter ihm, dann kam er und nahm mir den Zinnteller aus der Hand, wobei er mich darauf hinwies, daß das Wachs den Eindruck einer Münze trug und nicht eines Siegels.

»Monsieur de Louvigny ist sehr vorsichtig«, sagte ich. »Und wer wollte es ihm in diesen Zeiten verdenken? Nicolas, ich gehe für etwa eine halbe Stunde fort. Öffne niemandem und halte dich still. Wenn ich wiederkomme, erkennst du mich an meinem Klopfen.«

Damit klopfte ich an der Tür mein Signal.

»Darf ich es wiederholen, Herr Graf?« sagte Nicolas.

Was er gleich zweimal tat, so brannte er darauf, seine Sache gut zu machen, ganz Eifer und Inbrunst und überglücklich, bei solchen Abenteuern dabeizusein, die er nicht durchschaute, weil er erst kurze Zeit am Hof war, die aber gerade deswegen um so geheimnisvoller für ihn waren. Was mich betraf, so bebte ich vor Ungeduld, denn auch wenn ich nicht wußte, um was es ging, war ich doch überzeugt, daß dieser unerwartete und so wohl vorbereitete Schritt von Monsieur de Louvigny etwas mit Chalais zu tun hatte und daß der König wie der Kardinal ein außerordentliches Interesse daran haben würden.

Der König hatte in meinem Beisein erklärt, er wolle für seine und des Kardinals Sicherheit die Wachen im Innern des

Gebäudes verdoppeln lassen, doch auf dem Weg durch das Schloß hatte ich den Eindruck, sie seien verdreifacht worden: Überall standen sie wachsam und still.

Ich ging zum Bücherkabinett, wo Richelieu zu arbeiten pflegte, und bat den Himmel, er möge wirklich dort sein, denn um sich seiner ewigen Arbeit behaglicher widmen zu können, zog er sich gern nach La Haye, in ein hübsches Landhaus bei Nantes zurück.

Gottlob war er da. Ich sah es beim Näherkommen daran, daß vor seiner Tür ein Dutzend Gardisten Wache hielten. Ihr Befehlshaber, Monsieur de Lamont, den ich kannte, sagte mir unter vielen Entschuldigungen, ich könne nicht zum Kardinal hinein, sein Befehl für diesen Tag laute strikt: Es dürfe niemand eintreten, nur der König.

Den Mann erweichen zu wollen, war aussichtslos: So bescheiden sein Grad auch war, konnte er doch keinen höheren erreichen und verdankte ihn einzig seinem Gehorsam. Er würde weder Zorn noch Gewalt weichen. Darum beschloß ich, mich auf die Diplomatie zu verlegen, indem ich Schmeichelei und verhüllte Drohung mischte, so wie ich mit Du Hallier verfahren war, als ich wissen wollte, wo im Wald von Fontainebleau Ludwig jagte.

»Monsieur de Lamont«, sagte ich, »Ihr seid ein treuer Untertan Seiner Majestät, und ich kann Euch für Euren Gehorsam nicht genug loben. Doch ist mein Besuch von größter Wichtigkeit für die Sicherheit des Königs, und es wäre verhängnisvoll, wenn sie gerade dadurch in Gefahr geriete, daß ich den Kardinal nicht sprechen könnte. Und wie ungerecht müßtet Ihr, Monsieur de Lamont, dann als Verantwortlicher dafür geradestehen! Deshalb biete ich Euch ein Mittel, mich zufriedenzustellen, ohne daß Ihr Euren Befehl verletzt. Hier«, sagte ich, indem ich meinen Rubin vom Finger zog, »nehmt diesen Ring zum Boten und bringt ihn Seiner Eminenz. Mag er entscheiden, ob mein Besuch dringlich ist oder nicht.«

»Herr Graf«, sagte Lamont, den der Vorschlag, zum Kardinal hineinzugehen, entsetzte, »ich darf Seine Eminenz nicht bei der Arbeit stören! Das geht beim besten Willen nicht!«

»Gut«, sagte ich, »dann gebt den Ring Monsieur Charpentier. Er wird wissen, ob Grund besteht, ihn dem Kardinal vorzuweisen.«

»Herr Graf«, sagte Lamont verzweifelt, »das kommt doch fast auf dasselbe heraus! Monsieur Charpentier arbeitet ja für Monseigneur!«

»Monsieur de Lamont«, sagte ich streng, »wir verlieren Zeit. Und mir scheint, Ihr überschreitet Eure Kompetenz! Denn niemand hat Euch untersagt, Seiner Eminenz eine Botschaft zu übermitteln, die von einem Mitglied des Staatsrats kommt. Die Gefahr für Ludwigs Sicherheit wächst von Minute zu Minute.«

Das war ein bißchen übertrieben, aber es hatte die erwünschte Wirkung: Lamont nahm den Ring wie ein Verurteilter und übertrat die verbotene Schwelle.

Kaum eine halbe Minute später kam er mit Charpentier wieder, der mich grüßte und sagte, der Kardinal gebe mir augenblicklich Audienz.

»Monsieur de Lamont«, sagte ich, »ich danke Euch tausendmal. Ihr habt sehr überlegt gehandelt.«

Ich tat wohl daran, ihm das Fell zu streicheln, nachdem ich es ihm so gesträubt hatte, denn von da an bezeigte er mir große Wertschätzung und erwies mir manche kleinen Dienste um so bereitwilliger, als ihm die Wirkung meines Rubins auf den Kardinal wie ein Wunder erschienen war.

Die Besprechung war kurz, der Entschluß schnell gefaßt. Ich teilte Richelieu den Inhalt des erhaltenen Billetts mit, und der Kardinal stellte mir eine einzige Frage.

»Meint Ihr«, sagte er, »Louvigny könnte Chalais aus Rachsucht mit erfundenen Verbrechen belasten?«

Ich überlegte eine Weile, bevor ich antwortete. Aber Richelieu, der sein Gegenüber gelegentlich mit äußerster Schroffheit vor den Kopf stoßen, plötzlich gereizt vom Tisch aufspringen und mit einem Stock gegen die Tapisserien schlagen konnte, war auch imstande, eine Engelsgeduld aufzubringen.

»Eminenz«, sagte ich schließlich, »Louvigny schäumt vor Haß und Rache, er würde Chalais für sein restliches Leben am liebsten zum Krüppel schlagen. Aber für mein Gefühl erfindet er nichts, was nicht ist.«

»Sagt ihm, ich empfange ihn heute abend, elf Uhr. Er soll aber vorher in Euer Zimmer kommen. Ich lasse ihn dort von einem Wachhabenden abholen, und ich wäre Euch sehr verbunden, wenn Ihr ihn begleiten wolltet. Und weil um diese Zeit nur wenige durchs Schloß gehen, soll Louvigny am besten eine Maske anlegen, Ihr auch.«

»Was machen wir mit seinem Junker?«

»Den laßt Ihr in Eurem Zimmer.«

Das Gespräch hatte um zehn Uhr morgens statt, bis um elf Uhr abends hieß es also dreizehn Stunden warten. Dreizehn Stunden, die für Louvigny sicherlich noch länger und beklommener waren als für mich, der ich in dieser Affäre nur Zeuge war. Ich hätte mir beim Koch des Königs eine Mahlzeit bestellen können, darauf hatte ich Anspruch als Kammerherr. Aber ich mochte von diesem Vorrecht hier so wenig Gebrauch machen wie schon in Blois. Um zu mir zu gelangen, hätte mein Essen das ganze Schloß durchqueren müssen, so daß es kalt und nicht mehr appetitlich gewesen wäre, wenn ich es endlich hätte zum Mund führen können. Und so speiste ich wie an allen vorhergehenden Tagen, diesmal mit Nicolas, lieber in einem ländlichen Gasthof. Dadurch konnte ich zugleich der Mittagshitze entfliehen und in der Loire baden, während Nicolas unsere Pferde hütete, meine beiden Pistolen gut sichtbar im Gürtel, um üble Subjekte abzuschrecken, von denen es in Nantes und Umgebung seit der Ankunft des Hofes nur so wimmelte.

Nicolas zu meiner Seite, überholte ich auf dem Weg am Fluß entlang an die fünfzig Gardisten, die abgesessen waren und auf einer kleinen Wiese ihre Pferde weideten. Einige dieser Gardisten waren stark beschäftigt, die Nantaiser Bürger von dem Ufer fernzuhalten, wo Ludwig wie oft badete. Freilich wäre dies für die guten Leute eine einmalige Gelegenheit gewesen, den König zu sehen, und nackt. Und bis ans Ende ihrer Erdentage hätten sie ihren Nachbarn und Freunden von diesem Erlebnis erzählen können.

Ich blieb eine gute halbe Stunde im Wasser, so warm war es. Während ich mich ankleidete, schlug ich Nicolas vor, an seiner Stelle die Pferde zu bewachen, damit auch er baden könne. Aber er wollte ganz und gar nicht, er fand diese Aufgabe meiner unwürdig.

Als ich aus dem Wasser kam, trocknete mich im Handumdrehen die Sonne. Sie sank im Westen mit einer Langsamkeit wie dieser ganze Tag, dennoch kostete ich den Zauber und den Frieden der schattigen Ufer aus, die an diesem Nachmittag in dem zärtlichen, weichen Licht lagen, das es nur an der Loire gibt.

Am Abend, um zwanzig vor elf, stand Monsieur de Louvigny mit seinem Junker vor meiner Tür, um zehn vor elf Uhr klopfte Monsieur de Lamont.

»Monsieur de Lamont«, sagte ich lächelnd zu dem Wachhabenden, »Ihr macht wohl niemals eine Pause?«

»Doch, doch, Herr Graf, ich habe heut nachmittag zwei Stündchen geruht.«

Und er bat Louvigny und mich, unsere Masken anzulegen.

»Oh, Monsieur de Lamont!« sagte ich, »Sechs Gardisten zu unserer Begleitung?«

»Das ist Befehl, Herr Graf.«

Welche sonderbaren Empfindungen überkamen mich, als wir den Weg durch die verlassenen Gänge des Schlosses antraten! Vor Monsieur de Lamont leuchtete ein Mann mit einer Laterne, ein anderer leuchtete hinter uns, vier Gardisten gingen uns zur Rechten und zur Linken, so daß wir, Louvigny und ich, uns fühlten, als wären wir Gefangene auf dem Weg in die finsteren Verliese eines Donjon.

* * *

Monsieur de Lamont führte uns, Louvigny und mich, ins Bücherkabinett, wo wir, nachdem wir den Kardinal gegrüßt hatten, in den Lehnstühlen Platz nahmen, die Charpentier uns wies. Zweierlei fiel mir gleich beim Eintritt auf. Es waren doppelt so viele Leuchter aufgestellt, und der Kater fehlte. Für mein Gefühl war er aber, bei allem schuldigen Respekt vor Richelieu, auch verzichtbar, denn sein Herr sah genauso sanft und geduldig aus wie das ausgesperrte Katzentier und schien auch über die gleichen Kraftreserven zu verfügen, die diese Rasse ihren Feinden so furchtbar macht.

Mein Platz war zur Linken von Richelieu, zwischen dem Guéridon und dem Tisch des Kardinals, und mir gegenüber saß Herr von Schomberg, der diese Einladung seiner ehernen Königstreue verdankte, obwohl man an seiner Statt vielleicht eher den Siegelbewahrer Marillac erwartet hätte. Schombergs blaue Augen, sein rosiger Teint, seine Stämmigkeit bildeten geradezu einen Kontrast zu dem braunen und verzerrten Gesicht

Louvignys, seinen tief in den Höhlen glitzernden schwarzen Augen und seiner hohlbrüstigen, hochrückigen Gestalt.

Zu meinem Erstaunen war einer nicht zugegen: der König. Nach einiger Überlegung hielt ich es für ausgemacht, daß Ludwig nicht hatte dabeisein wollen, denn daß Richelieu ihn über diese Zusammenkunft nicht unterrichtet hätte, war ausgeschlossen, dafür fürchtete der Kardinal das Mißtrauen Seiner Majestät zu sehr. Selbstverständlich wollte der König über alles auf dem laufenden sein, doch überließ er es seinem Minister, die notwendigen Tatsachen zu sammeln, um seine Entscheidungen zu treffen.

»Monsieur de Louvigny«, sagte der Kardinal, »Ihr seid hier, weil Ihr mich durch Graf von Orbieu um eine Unterredung batet. Seid Ihr einverstanden, daß Graf von Orbieu und Herr von Schomberg dabei Zeugen sind und daß Monsieur Charpentier mitschreibt?«

»Ich bin einverstanden, Monseigneur«, sagte Louvigny.

»Könnt Ihr bei Eurer Ehre schwören, daß alles, was Ihr mitzuteilen habt, wahr ist?«

»Ich schwöre es.«

»Akzeptiert Ihr, daß ich von Eurer Information jeden Gebrauch mache, der im Dienst und zur Sicherheit Seiner Majestät angeraten ist?«

»Ich akzeptiere es, Monseigneur«, sagte Louvigny mit einer Raschheit, die anzeigte, daß er auf diese Fragen vorbereitet war.

Offensichtlich hatte Richelieu denselben Eindruck, denn sein bis dahin verschlossenes Gesicht hellte sich auf.

»Monsieur de Louvigny«, fuhr der Kardinal liebenswürdig fort, »ich bin sehr erfreut, daß Ihr meinen Bitten zugestimmt habt, und weiß Euch dafür um so mehr Dank, als diese Zustimmung Euch in große Gefahr bringt, eines Tages von Euren Freunden verfolgt zu werden.«

»Monseigneur, die Personen, die Ihr so bezeichnet«, sagte Louvigny mit einigem Nachdruck, »sind nicht meine Freunde. Nie habe ich die geringste Neigung für die Partei empfunden, die sich gegen die Heirat von Monsieur erklärt. Diese Heirat ist Familiensache und geht nur den König, die Königinmutter und Monsieur etwas an. Für meine Begriffe steht es einem Untertanen des Königs nicht zu, seine Nase da hineinzustecken.«

»Vielleicht hätte ich nicht ›Eure Freunde‹ sagen sollen, sondern ›Euer Freund‹.«

»Eminenz«, sagte Louvigny feurig, »wenn Ihr mit ›Euer Freund‹ Monsieur de Chalais meint, muß ich Euch sagen, daß er nicht mehr mein Freund ist. Er hat mein Vertrauen verraten, so wie er das des Königs verraten hat.«

»Und wie hat er das Vertrauen des Königs verraten?« fragte Richelieu.

»Indem er Monsieur ermutigte, vom Hof zu fliehen und sich an die Spitze der Rebellion zu stellen.«

»Das wissen wir bereits, Monsieur de Louvigny«, sagte der Kardinal freundlich. »Der König hat berittene Kompanien auf alle von Nantes ausgehenden Straßen geschickt, um dieser Flucht einen Riegel vorzuschieben. Wenn der Verrat von Monsieur de Chalais sich darauf beschränkt, Monsieur schlechte Ratschläge zu geben, ist das für den König nichts Neues.«

Dieser Satz, so höflich er auch klang, traf Louvigny, und es schien, als habe er mit sich zu kämpfen, ob er fortfahren oder schweigen solle. Der Kardinal wartete, die Augen halb geschlossen, die Hände flach auf seinem Tisch, was nun folgen würde, ohne die mindeste Ungeduld zu zeigen, die er doch insgeheim empfinden mußte.

»Monsieur de Chalais gab Monsieur nicht nur schlechte Ratschläge«, sagte Louvigny dumpf. »Er vertraute mir vor etlichen Tagen an, er habe ein Attentat auf den König vor.«

In den Augen des Kardinals flammte ein Blitzen, gleich darauf war sein Gesicht wieder sanft und geduldig.

Schweigen erfüllte den Raum, nur das Knirschen der Feder war zu hören, mit der Charpentier in geübter Eile aufs Papier warf, daß Chalais sich mit der verdammenswerten Absicht eines Attentats auf den König trug.

»Der Vorsatz an sich«, sagte schließlich der Kardinal, »ist bereits ein Majestätsverbrechen. Monsieur de Louvigny, Ihr müßt uns noch sagen, zu welcher Zeit und an welchem Ort Monsieur de Chalais Euch diese verbrecherische Absicht anvertraut hat.«

»Eminenz«, sagte Louvigny entschlossen, »es geschah bei einem Gespräch unter vier Augen in meinem Zimmer, vor genau vierzehn Tagen. Chalais war bei den Favoriten von Monsieur in der Gunst gesunken wegen seiner Verbindung zu Euch,

Eminenz, und das ärgerte ihn. Er sagte die schlimmsten Dinge über sie, bezeichnete sie als ›Großmäuler, die Himmel und Erde zum Einsturz bringen‹ wollten, die lauthals verkündeten, ›den Kardinal mit Dolchstößen‹ niederzustrecken, in Wahrheit aber nichts könnten wie ›tanzen, tändeln und miteinander schlafen‹. – ›Mein Freund‹, sagte ich, ›was tut Ihr anderes?‹ Darauf er: ›Ich, ich werde den Taugenichtsen zeigen, zu was ich imstande bin! Ich töte den König!‹ Und als ich ausrief: ›Aber das ist Wahnsinn! Wie soll das gehen? Der König ist bestens geschützt!‹, da versetzte er stolz: ›Ich ersteche ihn im Schlaf!‹«

»Ist denn eine so bodenlose Abscheulichkeit zu glauben!« rief Marschall von Schomberg aus, und seine blauen Augen funkelten, sein rosiges Gesicht wurde purpurrot. »Ein Offizier des Königs, und will seinen Herrn ermorden!«

»Fahrt fort, Monsieur de Louvigny«, sagte Richelieu mit unbewegtem Gesicht.

»Es versteht sich von selbst«, sagte Louvigny, »daß ich Monsieur de Chalais die Ungeheuerlichkeit seiner Verirrung vorstellte. Ob er nicht wisse, daß es ein furchtbares Verbrechen ist, seinen König zu ermorden, das weltweit geächtet, mit der grausamsten Folter und mit dem Tod bestraft wird, womöglich mit der Exkommunizierung, weil der Königsmörder gotteslästerliche Hand an den Gesalbten des Herrn legt? – ›Habt Ihr‹, so schloß ich, ›alle Folgen einer solchen Tat bedacht?‹ – ›Sicher‹, sagte er, ›Monsieur erbt Ludwigs Krone und heiratet seine Witwe.‹ – ›Heißt das‹, sagte ich, ›daß Monsieur Euer Vorhaben kennt? Habt Ihr es ihm mitgeteilt?‹ – ›Mit keinem Wort‹, antwortete Chalais. ›Ich kann ihm doch nicht sagen, daß ich seinen Bruder töten will! Nein, ich mache sein Glück, ohne daß er es weiß.‹ – ›Und macht damit Euer eigenes Glück?‹ – ›Aber bestimmt‹, sagte er. ›Das wäre ja noch schöner, wenn Monsieur König würde und mir die höchsten Ämter verweigert!‹ – ›Wenn du das glaubst, mein Freund‹, rief ich, ›dann bist du mit Sicherheit der größte Narr! Viel wahrscheinlicher ist, daß Monsieur, um sich vor den Augen der Welt von dem Verdacht reinzuwaschen, er habe diesen Mord gebilligt, dich verhaften, vor Gericht bringen und enthaupten lassen wird. Dann hast du zwar sein Glück gemacht, aber auf Kosten deiner Ehre und deines Lebens.‹«

»Monsieur de Louvigny«, sagte der Kardinal, »dieses Gespräch fand, wenn ich mich recht entsinne, vor vierzehn Tagen statt. Da es sich um die Sicherheit des Königs handelte, bekenne ich meine Verwunderung darüber, daß Ihr Seine Majestät nicht umgehend benachrichtigt habt.«

»Weil ich glaubte, ich hätte Monsieur de Chalais von seinem Wahnwitz abgebracht«, erwiderte Louvigny so schnell, daß ich den Eindruck hatte, er habe auch diese Frage vorhergesehen. »Monsieur de Chalais ist so wankelmütig und so wetterwendisch! Man muß bei ihm immer mit einer guten Portion Prahlsucht und Aufschneiderei rechnen. Kaum hat er einen Plan gefaßt, wechselt er zum nächsten, seine Entschlüsse ändern sich dauernd. Er ist sehr leicht zu beeinflussen. Ich hatte ihm schon mehrmals durch vernünftiges Zureden die Augen öffnen können: Kurzum, ich war bestürzt, aber nicht ernstlich besorgt.«

»Und wann begann Eure ernstliche Sorge?«

Mir fiel auf, daß der Kardinal vor seiner Frage eine Pause eingelegt und auch sehr langsam gesprochen hatte, wahrscheinlich, damit Charpentier alles Gesagte festhalten konnte, was für den König von so großer Bedeutung war.

»Einige Tage darauf«, sagte Louvigny, »kam mir Chalais erneut mit seinem Attentatsplan. Und diesmal wirkte er entschlossener. Darum griff ich jenes Argument auf, das ihn bereits beim erstenmal am meisten beeindruckt hatte: ›Monsieur kann gar nicht anders‹, sagte ich, ›als den Mörder seines Bruders den Richtern zu übergeben.‹ – ›Nein, nein‹, sagte Chalais, ›du irrst dich sehr! Das läßt Madame de Chevreuse nicht zu. Sie hat mir versichert, daß sie dann auf die Königin einwirken wird, damit Monsieur mich nicht verfolgt.‹ – ›Mein Freund‹, sagte ich, ›dich blendet die Liebe. Es ist der pure Wahnwitz! Madame de Chevreuse nützt dich aus! Diese Macht hat sie nicht und wird sie niemals haben!‹ – ›Da täuschst du dich!‹ sagte er nicht ohne Herablassung, ›ich kenne sie besser als du! Die Herzogin hat große Macht über die Königin, und diese Macht wird noch viel größer, wenn die Königin erst Witwe ist und Monsieur heiratet.‹ Und hier begriff ich, daß Madame de Chevreuse ihn nicht nur in seinem verbrecherischen Vorhaben ermunterte, sondern daß sie vermutlich sogar dessen Urheberin war.«

Langes Schweigen lastete im Raum. Wie Mariette immer sagte: man hätte eine Nadel fallen hören. Aber doch nicht ganz, denn stetig vernahm das Ohr dieses so leise und doch so bedrohliche Knirschen der Feder auf dem Papier.

Ich blickte zum Kardinal, zu Schomberg und forschte unauffällig in ihren Gesichtern. Und ich sah, daß sie, ebenso wie ich, nach anfänglichen Zweifeln an der Verläßlichkeit von Louvignys Worten allmählich zu glauben begannen, daß er die Wahrheit sagte. Denn daß dieser Springinsfeld von Chalais aus eigenem Antrieb den König habe ermorden wollen, der ihn übrigens nie herabgesetzt oder gedemütigt hatte, ja daß er überhaupt nur auf die Idee gekommen sei, konnte man schwerlich glauben. Wenn hinter dieser verbrecherischen Intrige jedoch die Chevreuse steckte, wurde das Ganze glaubhafter. Denn sie haßte den König ebensosehr, wie sie ihn verachtete. Sie wußte genau, daß er sie, nachdem er mit ihr mehrere Sträuße ausgefochten hatte, den »Teufel« nannte, daß er ihre ausschweifenden Sitten mißbilligte, daß er sie verantwortlich machte für den Sturz, durch den die erste Schwangerschaft der Königin zum Abbruch kam, vor allem aber für die Buckingham-Affäre, die sie von Anfang bis Ende eingefädelt hatte in der Absicht, ihm Hörner aufzusetzen. Auch wußte Seine Majestät sehr gut, daß zwar die Königin sich als erste gegen die Heirat von Monsieur gestellt, daß es jedoch die Chevreuse war, die daraus eine allgemeine Verschwörung gegen seinen Thron und sein Leben gemacht hatte. Was verschlug dieser Dame der königliche Groll, war sie in ihrem luziferischen Übermut doch nichts wie Wut und Haß! Außerdem hatte sie ihm nie verziehen, daß er sie nach dem Sturz der Königin aus ihrer Louvre-Wohnung verjagt hatte. Und obwohl sie ihre Gemächer später wiederbekam, beschwichtigte dies nicht ihren Haß auf den König. Im Gegenteil! Als Herzogin und durch ihre Eheschließung mit dem mächtigen Haus Guise verschwägert und höher als jede andere in der Gunst der Königin, glaubte sie, nicht grundlos allerdings, sie stehe über und jenseits aller Bestrafung. Sie fürchtete den König nicht. Sie forderte ihn durch hochfahrende Worte heraus, schimpfte ihn »idiotisch, unfähig«, und er sei nichts wie »ein Kreisel in den Händen des Kardinals«! Berauscht von der Macht, die ihr einerseits ihre Schönheit über Männer gab und die ihr andererseits die Königin aus gewohnter Leichtfertigkeit überließ, hielt sie sich für die Erste im Reich und meinte, der König sei gegen sie nichts. Und wenn er die Unverschämtheit besaß, sie den »Teufel« zu nennen, so sollte er auch sehen, daß sie einer war.

»Monsieur de Louvigny«, sagte Richelieu, »wann kam es zu Eurem Zerwürfnis mit Chalais?«

»Am Tag nach dieser Begegnung erfuhr ich, daß er unsere Freundschaft verraten hatte. Ich bestellte ihn auf die Wiese. Aber ich konnte mich nicht mit ihm schlagen, weil Seine Majestät das Duell verboten hatte.«

»Monsieur de Louvigny«, fuhr der Kardinal fort, »ich kann Euch nicht verschweigen, daß die Freunde von Chalais Eure Aussage bestreiten werden, indem sie behaupten, sie sei vom Geist der Rache diktiert.«

»Das ist grundfalsch!« sagte Louvigny mit einer Entrüstung, die, wenn sie nicht ehrlich war, zumindest echt wirkte. »Auch wenn Monsieur de Chalais mein Freund geblieben wäre, hätte ich den König von seinem verbrecherischen Plan auf jeden Fall unterrichtet. Aber ich hätte es mit dem Tod im Herzen getan, weil mich so viele innige Gefühle an ihn banden. Diese Gefühle sind nun zerstört. Und ich zeige sein verbrecherisches Vorhaben ohne Schmerz und Kummer an. Monseigneur, ich habe bei meiner Ehre geschworen, daß alles, was ich gesagt habe, die Wahrheit ist. Ich wiederhole es, und wenn daran Zweifel bestehen sollten, bin ich bereit, es bei meinem Seelenheil zu schwören.«

»Eines solchen Eides bedarf es nicht, den verbietet die Kirche«, sagte ernst der Kardinal. »Den Namen des Herrn ruft man nicht an, wenn es um weltliche Angelegenheiten geht. Mir genügt Euer Wort eines Edelmannes. Monsieur de Louvigny, Charpentier verliest Euch jetzt Eure Aussage. Ihr könnt sie berichtigen, wenn Ihr wollt.«

Charpentier verlas also die Aussage, nicht ohne hier und da zu stocken, weil er zu schnell hatte mitschreiben müssen. Monsieur de Louvigny, die Arme vor der mageren Brust gekreuzt, hörte aufmerksam zu, fand jedoch nichts zu berichtigen. Abermals hatte ich den Eindruck, daß er seine Zeugenaussage sorgsamst vorbereitet hatte, die ja niederträchtig und feige erschienen wäre, hätte er ihr nicht durch Ton und Straffheit den Anstrich der Ehrenhaftigkeit gegeben. Nach der Verlesung wandte sich Louvigny zum Kardinal und nickte.

»Monsieur de Louvigny«, sagte Richelieu, »da Ihr diese

Aussage als die Eure anerkennt, wollt Ihr sie bitte datieren und unterzeichnen?«

»Gern, Eminenz.«

Er stand auf, nahm aus Charpentiers Hand die Feder entgegen und unterschrieb mit einem solchen Nachdruck, daß die Feder sich anhörte, als zerreiße sie das Papier. Wieder trat Schweigen ein. Ich wußte, und der Kardinal wußte, und Schomberg wußte, was diese Schriftzüge bedeuteten: Festnahme, Verurteilung und Hinrichtung des Marquis de Chalais.

* * *

Ich habe mich seither oft gefragt, ob Chalais, wenn er nur eine Unze Überlegung und Verstand in seinem Kindskopf gehabt hätte, seinem Los nicht hätte entrinnen können. Die Anklage gegen ihn stand ja auf schwachen Beinen, weil sie auf einem einzigen Zeugnis beruhte: *Testis unus, testis nullus*[1], sagt der Lateiner. Anders ausgedrückt, ein Zeugnis, das nicht durch andere untermauert wird, ist nichtig. Außerdem unterlag Louvignys Aussage einem berechtigten Verdacht, denn sein tödlicher Streit mit Chalais war erwiesene Tatsache.

Der Unglückliche hätte dieses Zeugnis also nur mit aller Kraft bestreiten, sich jeglicher verbrecherischen Absicht hinsichtlich Seiner Majestät unschuldig erklären und alles für sich behalten müssen, was er über die Verschwörung und ihre Drahtzieher wußte.

Zu seinem Unglück und wie es leider vorauszusehen war, verhielt sich Chalais jedoch ganz entgegen seinem Interesse. Er war von einer liebevollen Mutter erzogen worden, die ihm, wenn er als Kind etwas Schlechtes getan hatte, gesagt haben mußte, wenn er seinen Fehler eingestehe, werde ihm auch verziehen. Festgenommen und in einen Turm des Schlosses von Nantes eingesperrt, verhielt sich der Unglückliche gegenüber Richelieu wie einst zu seiner Mutter. Er sagte alles, über sich wie über seine Komplizen, ohne sich in seinem unfaßlichen Knabengemüt irgend klar darüber zu sein, daß jedes Wort, das er sprach, ihn dem Henkersschwert näher brachte.

Monsieur de Lamont und seine Männer bewachten ihn Tag

---

[1] (lat.) Ein Zeuge ist kein Zeuge.

und Nacht in dem Turmzimmer, wo er einsaß, und rückhaltlos redete er vor ihnen, ohne zu begreifen, daß dieses für ihn so gefährliche Gerede noch am selben Tag Richelieu hinterbracht wurde.

Zwischen zwei Verhören schrieb er an alle Welt pathetische Briefe, in denen er um Hilfe bat. Mit außerordentlicher Blindheit bat er die Herzogin von Chevreuse, sie möge sich für ihn beim Kardinal verwenden: was zu tun sie sich hütete. Wütend darüber, verriet er über sie mehr, als er sollte, und belastete sich selbst, indem er sie belastete. Als Madame de Chevreuse hierauf nun den Kardinal aufsuchte, machte dieser sie natürlich mit den Anklagen bekannt, die Chalais gegen sie erhoben hatte. Dieser infernalischen Verschwörerin aber gebrach es an der entscheidenden Stärke, die zur Intrige erforderlich ist: der Selbstbeherrschung. Ihrerseits ließ sie sich vor dem Kardinal zu wildem Zorn hinreißen, und in diesem Zorn schwärzte sie Chalais nach Belieben an und enthüllte vieles, was auch sie besser verschwiegen hätte. Geduldig deckte Richelieu die Fäden der Verschwörung einen nach dem anderen auf und erschrak, was für frivole und nichtswürdige Personen den Staat in so große Gefahr hatten bringen können.

Auch mir schrieb Chalais und bat mich, ihn zu besuchen. Ich zeigte dem Kardinal den Brief, und er gestattete mir diesen Besuch, ohne von mir zu verlangen, daß ich ihm die Reden des Gefangenen Wort für Wort wiederholte. Es war kein großes Zugeständnis: Er wußte, daß er noch am gleichen Tag erfahren würde, um was es in unserer Unterhaltung ging, denn Monsieur de Lamont kampierte, wie gesagt, mit zwei Wachen Tag und Nacht im Zimmer des Gefangenen. Dieses nun, wie ich gleich beim Eintritt feststellte, wäre ein Zimmer wie jedes andere gewesen, wenn nicht das vergitterte Fenster dicht überm Festungsgraben gelegen hätte, dessen stehendes, trübbraunes Wasser wahrlich kein erfreulicher Anblick war.

Kaum erkannte ich Chalais wieder, so sehr hatten ihn diese wenigen Tage verändert. Obwohl es in dem Zimmer Wasserkanne und Waschschüssel gab, war er völlig verwahrlost, unrasiert, die Haare struppig, die Hände schmutzig. Beim Himmel! Was war aus Chalais, diesem Musterbild männlicher Schönheit geworden, dessen Glanz unsere Hoflerchen in hellen Scharen angelockt hatte!

Seine Verzweiflung erregte Grauen und Mitleid, so sehr hatte der Arme alle Fassung über seine Seele verloren. Er tobte wie eine Wespe im Glas, rannte wie ein Wütender gegen die Mauern, überschüttete die Wachen mit Fluten sinnloser Worte und war so beschäftigt mit seinem Gebrüll, daß er mich zuerst überhaupt nicht bemerkte.

Lauthals schrie er, er sei verdammt, nein, »schlimmer als verdammt und schon in der Hölle«: ein Wort, das Monsieur de Lamont so entrüstete, daß er sich eine Entgegnung erlaubte.

»Monsieur de Chalais, um Himmels willen, wollet Euch doch ins Gedächtnis rufen, daß Ihr der Gemeinschaft der Christen angehört!«

Aber dieser höflich formulierte Vorwurf brachte Chalais noch mehr außer sich.

»Scheiß auf das Christentum!« schrie er wie wahnsinnig, »ich bin auch wahrlich in dem Stand, daß man mich zurechtweisen darf!«[1]

In den Augen von Monsieur de Lamont und in den stumpfen Gesichtern der Wachsoldaten stand zu lesen, wie sehr diese Worte sie empörten.

»Monsieur de Chalais«, sagte der Wachhabende mit veränderter Stimme, »bitte, beruhigt Euch: Noch seid Ihr nicht verurteilt und gerichtet.«

»Ich fürchte den Tod nicht«, brüllte Chalais, und sein Brüllen zeigte, wie sehr er ihn fürchtete. »Und wenn man mich zum Äußersten treibt, mache ich es wie die Römer: Ich nehme Gift!«

»Monsieur! Monsieur!« rief Lamont schmerzlich. »Vergeßt doch nicht, daß es kein Paradies gibt für den, der Hand an sich legt!«

»Mir doch egal!« brüllte Chalais. »Ich bring mich um, und wenn ich kein Gift habe, schlage ich mir den Schädel an den Mauern ein. Ich ertrage es nicht! Pest, Tod und Teufel! Ich renne mir den Schädel an der Mauer ein, jawohl, und in vier säuberliche Stücke!«

Der arme Wachhabende in seiner Betrübnis, solche Lästerungen aus dem Mund eines Mannes zu hören, der dem Tod so

---

[1] Sosehr diese Worte im Mund eines Edelmannes des 17. Jahrhunderts auch verwundern mögen, sind sie als Aussprüche von Chalais in dieser Situation doch historisch belegt. (Anm. d. Autors)

nahe war, besann sich und setzte dem Wüten ein Ende, indem er den Unglücklichen auf meine Anwesenheit hinwies.

»Ach, Orbieu, Orbieu!« schrie Chalais auf, indem er mir seinen wirren Blick zuwandte. »Seid Ihr es! Kommt Ihr mich retten?«

Er warf sich an meinen Hals und klammerte sich an mich wie ein Ertrinkender, indem er sofort auch über mich einen Schwall leidenschaftlicher und verworrener Reden entlud, von denen ich kein Wort verstand, so beschäftigt war ich, mich aus seiner Umklammerung freizumachen. Schließlich konnte ich mich losmachen, ihn zu seinem Sitz führen und mich selber setzen. Chalais wirkte jetzt ruhig, obwohl sein Gesicht noch ebenso brannte und seine Augen aus den Höhlen traten wie die eines Tieres, das beim Schatten eines Raubvogels erschrickt.

»Orbieu«, sagte er fiebrig, »Ihr seid einer der Favoriten des Kardinals. Sprecht für mich: Er will mich der königlichen Gnade nicht versichern. Er ist sehr undankbar! Vom ersten Verhör an habe ich ihm alles offen gesagt, alles.«

»Alles?«

»Ja, auch alles, was mich betrifft. Ich habe ihm nicht verborgen, daß ich mich siebzehn Tage damit trug, einen Anschlag auf den König zu verüben!«

»Siebzehn Tage trugt Ihr Euch mit diesem Vorsatz? Und das habt Ihr dem Kardinal gestanden?« rief ich entgeistert aus.

»Jawohl.«

Ich schlug die Augen nieder, damit weder Lamont noch die Soldaten, noch Chalais sehen konnten, in welches Entsetzen mich dieses schreckliche Geständnis tauchte.

Es ist also wahr, dachte ich. Louvigny hat nicht gelogen. Der Unglückliche selbst hat die Anklage seines schlimmsten Feindes bestätigt, und dabei glaubte er – armer Tor! –, man werde es ihm danken!

»Man kann mir nicht vorwerfen«, fuhr er fort, »ich hätte dem Kardinal nicht meinen guten Willen bewiesen. Ich habe ihm sogar vorgeschlagen, wenn er mich freiließe, ihm wieder zu dienen. ›Ich wage zu behaupten‹, habe ich ihm gesagt, ›daß Ihr einen so ehrgeizigen und aufgeweckten Mann, wie es Euer Geschöpf ist, Monseigneur, überaus nötig habt.‹«

»Und was antwortete er Euch?« fragte ich, niedergeschmettert von soviel Naivität.

»Nichts!« sagte Chalais bitter. »Kein Wort! Ah, ich muß schon sagen, er hat mich enttäuscht!«

Enttäuscht hatte er ihn! Ich erhob mich, er auch, und dicke Tränen rannen über sein brennendes Gesicht. Er bat mich, Madame de Chalais zu besuchen. Hiermit meinte er seine Mutter, nicht seine Frau. Ich versprach es ihm, und ich hielt Wort, sosehr es mich auch bedrückte, Madame de Chalais keine Hoffnung bringen zu können. Ich empfahl ihr trotzdem, ihrem Sohn zu schreiben und ihn zu bitten, er möge keine gottlosen und lästerlichen Worte mehr ausstoßen, denn sie würden sofort dem König hinterbracht und machten auf ihn den verderblichsten Eindruck. Madame de Chalais tat es, und Chalais richtete sich danach, aber dieser späte Gehorsam änderte nichts mehr an der Entscheidung des Königs. Die stand fest. Seine Majestät hätte sich damit begnügen können, Chalais einzukerkern, denke ich, wenn er zum Haus von Monsieur gehört hätte. Aber daß ein Offizier des königlichen Hauses sich tief in diese furchtbare Verschwörung gegen seinen Herrn verstrickt hatte, war mehr, als er dulden konnte.

Am achtzehnten August verurteilte das Gericht Chalais wegen Majestätsverbrechens zum Tod. Hingerichtet wurde er am neunzehnten August, um sechs Uhr abends, auf der Place de Bouffay zu Nantes. Die Sache verlief sehr übel, denn die Freunde des Verurteilten hatten in ihrer Dummheit geglaubt, sie könnten seine Hinrichtung verhindern, indem sie den Henker entführten. So wurde Chalais einem Todeskandidaten überantwortet, dem man dafür seine Begnadigung versprach. Und das Ungeschick dieses Zufallshenkers machte die Enthauptung des Unglücklichen zu einer grausigen Schlächterei.

ZWÖLFTES KAPITEL

Erlaube mir, Leser, einiges nachzuholen, ich meine aus den Wochen zwischen der Festnahme des Marquis de Chalais, am achten Juli, und seiner Enthauptung, am neunzehnten August.

Mit Verblüffung und Schrecken erfuhren Ludwig und der Kardinal aus den Geständnissen des Marquis, welche Ausmaße die Konspiration angenommen hatte. War sie ursprünglich nur von dem leidenschaftlichen Wunsch der Königin beseelt, die Heirat von Monsieur aus den bekannten Gründen zu verhindern, hatte sie sich in verhängnisvoller Weise zu einer Unternehmung ausgewachsen, die darauf gerichtet war, den Kardinal zu beseitigen und den König durch seinen jüngeren Bruder zu ersetzen, sei es durch Königsmord.

Mit zitternder Feder hielt Richelieu das Entsetzen fest, das Ludwig und ihn ergriff, als das Krebsgeschwür, das den Leib des Staates allseits durchsetzte, von Chalais bloßgelegt wurde:

»Es war dies die furchtbarste Verschwörung, deren die Geschichtsschreiber jemals Erwähnung taten; denn wenn sie es bereits durch die Vielzahl der Verschworenen war, so war sie es noch mehr durch ihr niederträchtiges Ziel, das nicht allein darin bestand, ihren Gebieter über seinen Stand zu erheben, sondern auch, die geheiligte Person des Königs herabzusetzen und zu vernichten.«

Mit »ihrem Gebieter« bezeichnete Richelieu unmißverständlich Monsieur, und so nahm sich der König auch zuerst Monsieur vor, indem er ihn zehn Tage lang in Gegenwart der Königinmutter, Richelieus, Schombergs und des Siegelbewahrers Marillac dem strengsten Verhör unterzog.

Im Unterschied zu Chalais hatte Monsieur nichts zu verlieren, wenn er offen gestand, denn seine Person war unantastbar. Leichten Herzens erklärte er sich bereit, alles zu bekennen, unter der Bedingung, daß seine Favoriten Bois d'Ennemetz und Puylaurens unbehelligt blieben, was ihm auch zugestanden wurde.

Man hätte ihm nachträglich Feigheit vorwerfen können, so viele Namen genannt und so viele Leute kompromittiert zu haben. Dabei mangelte es Monsieur, wie gesagt, nicht an Tapferkeit, aber es war die eher edelmännische Tapferkeit im Krieg. Jedes moralische Empfinden ging ihm ab. Außerdem war er erst achtzehn Jahre alt, und obwohl er einigen Witz hatte, war er sehr unreif für sein Alter, hatte nichts Sinnvolles im Kopf und amüsierte sich mit kindischen Albernheiten. Der König, die Königinmutter, der Siegelbewahrer und Schomberg waren ihm gegenüber ein so erdrückender Areopag und so genau im Bilde über seine Intrigen, daß er es für besser hielt, sich zu unterwerfen: Er willigte ein, Mademoiselle de Montpensier nun unverzüglich zu heiraten und sich mit der bekannten prächtigen Apanage abzufinden, eine bittere Pille vielleicht, aber schön vergoldet.

Der König verzieh ihm, und befreit nun von den peinlichen Verhören, fühlte sich Monsieur wie ein glücklich der Schule entronnener Schüler, gesellte sich vergnügt wieder zu seinen kleinen Spielgefährten und heckte mit ihnen einen neuen Streich aus. Sie zogen von Nantes nach Croisic auf bloßen Eselsrücken »wie eine Schar Ägypter«. Monsieur war in solche Possen vernarrt. Aber daß er sich seiner Narretei zu einer Zeit ergab, als der arme Chalais in seinem Kerker den Tod erwartete, erhöhte meine geringe Achtung für ihn nicht.

Bevor Chalais diese Welt, die ihm so viele Freuden beschert hatte, verließ, besuchte ihn auf sein Verlangen hin Richelieu in seinem Kerker. In seiner Naivität versuchte der Unglückliche mit dem Kardinal einen Handel zu schließen: Er würde ihm alles enthüllen (wobei mit »alles« gemeint war, was er bei den Verhören sich nicht zu sagen getraut hatte), wenn Seine Eminenz ihn der königlichen Begnadigung versichern wollte. Diese Zusicherung zu geben weigerte sich Richelieu, gleichwohl ermutigte er den Unglücklichen, alles zu sagen, was er wußte.

Das erfuhr ich, weil der Kardinal es mir später erzählte, doch mehr erfuhr ich nicht, denn obwohl ich Richelieu an jenem Tag begleitete, wurde ich zu diesem Gespräch unter vier Augen nicht zugelassen. Übrigens waren auch Monsieur de Lamont und seine Wachsoldaten nicht dabei, der Kardinal schickte sie höflichst vor die Tür, während er mit dem Gefangenen redete. Ich verwunderte mich darüber ein wenig und kam zu dem

Schluß, daß dieses Gespräch sich um den heikelsten Punkt der Verschwörung gedreht haben müsse: War für den Fall, daß der König eines natürlichen oder eines gewaltsamen Todes gestorben wäre, zwischen den beiden Betreffenden im voraus vereinbart, daß die Königin Monsieur heiratete?

Ich neige zu der Ansicht, daß dem so war, und zwar aus zwei Gründen, die ich nennen will. Bei der ersten schweren Krankheit, die Ludwig auf seinem Feldzug ins Languedoc befiel, hatte Philipp IV. von Spanien seiner Schwester durch seinen Gesandten die Weisung gegeben, wenn Ludwig sterben sollte, ihren Schwager zu heiraten. Damit bliebe sie Königin von Frankreich und könnte den spanischen Interessen am besten dienen.

Der zweite Grund, der mich in meinem Glauben bestärkt, beruht auf zwei ungewöhnlichen Beobachtungen. Die erste davon machte ich selbst, während ich die zweite Héroard verdanke, der sie mir am folgenden Tag berichtete.

Am achtzehnten August – dem Tag, als Chalais zum Tode verurteilt wurde – verließ der König um ein Uhr mittags das Schloß von Nantes und fuhr zu dem Landhaus in La Haye, wo Richelieu sich aufhielt. Herr von Schomberg und ich waren mit in der Karosse, ohne aber an der Beratung des Königs und des Kardinals teilzunehmen, was mich darauf brachte, daß es um höchst delikate Dinge ging. Zudem dauerte diese Beratung fünf Stunden. Schomberg und ich stellten es mit Staunen fest, denn das endlose Warten war für uns sehr langweilig und zermürbend. Als der König dann endlich erschien, sah ich betroffen, wie blaß sein Gesicht war, wie verzerrt seine Züge und wie seine Miene zugleich so voll Gram und erbittertem Zorn war, daß Schomberg und ich uns stumm und still in die Karosse drückten, die uns mit ihm zurückbrachte nach Nantes.

Wir kamen um sieben Uhr abends an. Ludwig machte der Königinmutter einen kurzen Besuch, zeigte sich ebenso kurz im Staatsrat, aber er unterließ den Besuch bei der Königin. Um acht Uhr aß er mit langen Zähnen, und obwohl sein Gesicht undurchschaubar blieb, klopfte er ständig mit der Messerklinge an seinen Teller, was bei ihm, wie man sich erinnern wird, stets das Zeichen hochgradiger Erregung war.

Nach dem Essen nahm ich Urlaub von Seiner Majestät, ohne daß er mich überhaupt zu sehen oder zu hören schien, und am nächsten Tag berichtete mir Héroard, was in der Folge geschah.

Nachdem man ihn auf seinen Befehl ausgekleidet hatte, betete der König, dann legte er sich nieder. Doch fast sofort sprang er wieder aus dem Bett, marschierte erregten Schrittes in seinem Zimmer auf und ab, und ohne daß irgend jemand ihn belästigt oder geärgert hätte, geriet er aus sich allein heraus in einen ungeheuren Zorn, ohne daß er ein einziges Wort sprach, leichenfahl, die Zähne zusammengebissen, während seine Augen Blitze schleuderten. Und was Héroard am meisten entsetzte, war, daß er, von seiner Wut fortgerissen, am ganzen Leib vor Anstrengung zitterte, dieser Wut Herr zu werden.

Doktor Héroard war noch ganz aufgewühlt, als er mir den Vorfall am nächsten Tag erzählte.

»Und wie lange«, fragte ich, »dauerte dieser schreckliche Anfall?«

»Von zehn Uhr bis elf Uhr.«

»Von zehn bis elf! Ist das menschenmöglich! Eine volle Stunde in Krämpfen! Und ohne ein Wort?«

»Ohne ein einziges Wort. Nur gegen Ende dieses Anfalls beklagte sich Ludwig, daß er sich nicht beruhigen könne, daß er wohl wisse, daß das Wahnsinn sei, daß er aber nichts dafür könne.«

»Und hat er Euch gesagt, warum er in diesen wahnsinnigen Zorn geraten war?«

»Nein. In keiner Weise. Darüber blieb er völlig stumm, und natürlich habe ich mich gehütet, ihn zu fragen, denn ich sah ja, daß es ein Anfall war, der nicht aus seinem Körper kam, sondern aus seinen Gedanken. Und gegen Gedanken habe ich kein Mittel.«

»Was geschah dann?«

»Nach einer Stunde beruhigte er sich und legte sich wieder zu Bett.«

»Und konnte er schlafen?«

»Wahrscheinlich vor Erschöpfung, ja. Er schlief im Nu ein und hat neun Stunden durchgeschlafen.«

»Und was haltet Ihr davon?« fragte ich erschrocken. »Worauf führt Ihr diese Wut zurück? Ist das nicht sehr erstaunlich?«

»Ich weiß nicht«, sagte Héroard ernst. Und er setzte hinzu: »*Sum medicus, hypotheses non fingo.*«[1]

---

1 (lat.) Ich bin Arzt. Hypothesen sind nicht meine Sache.

Was mich betrifft, der ich kein Arzt bin und nach so vielen Jahren auch nicht so vorsichtig, wie Héroard es war, so denke ich noch heute, daß dieser große Zorn des Königs in Verbindung stand mit diesem überlangen, streng geheimen Gespräch, das er am Nachmittag mit dem Kardinal gehabt hatte. Und ich denke auch, daß dieses Geheimgespräch etwas zu tun hatte mit den drei ebenso streng vertraulichen Besuchen, die der Kardinal im Gefängnis von Chalais machte und in deren Verlauf der arme Marquis ihm enthüllt haben muß, was er sich mit solcher Genauigkeit zu sagen in den vorigen Verhören nicht gewagt hatte, nämlich daß die Chevreuse die Königin gedrängt hatte, wenn sie Witwe würde, Monsieur zu heiraten, und daß die Königin, überdies beeinflußt durch die im selben Sinn erfolgten Weisungen des spanischen Hofes, zugestimmt hatte.

Es gibt noch eine Tatsache, die meinen Glauben zu bestätigen scheint, daß die Dinge wirklich so waren. Héroard hat hierüber Buch geführt. Vom achtzehnten August an, dem Tag seines großen Zorns, bis zum vierundzwanzigsten September, das heißt, einen und einen halben Monat lang hat der König nicht nur mit der Königin nicht geschlafen, sondern auch zum erstenmal in seinem Leben die kurzen täglichen Besuche bei ihr unterlassen, die das Protokoll von ihm verlangte. Ein Beweis, meine ich, daß er tief verbittert und entrüstet war, daß seine Gemahlin und sein Bruder auf seinen Tod zumindest spekuliert hatten.

Leider war dies für Ludwig nicht die erste Erfahrung von Verrat innerhalb der Familie. Seine Mutter hatte ihm zu der Zeit, als sie Regentin war, unzählige Demütigungen zugefügt, ganz zu schweigen davon, daß sie auch zweimal Krieg gegen ihn führte und er Truppen ausheben mußte, um sie in die Schranken zu weisen. Jetzt mußte er unter die Verräter auch seine Frau und seinen Bruder einreihen. Er faßte gegen Monsieur, noch mehr aber gegen Anna einen tiefen Groll.

Der König konnte Anna, außer daß er nicht alle Hoffnung verloren hatte, mit ihr seine Dynastie fortzusetzen, nicht den Prozeß machen, ohne sie zu verstoßen. Und seine rechtmäßige, vor Gott ihm angetraute Gemahlin zu verstoßen, das hätte sehr unerquickliche Ärgernisse heraufbeschworen, nicht nur mit dem Papst, sondern auch mit dem König von Spanien, dessen kastilischer Stolz eine solche Beleidigung seiner Familie nicht so leicht hingenommen hätte.

Wie auch immer, seine Frau zu verstoßen widerstrebte einem so frommen Mann wie Ludwig entschieden. Wenigstens aber wollte er seiner Gemahlin eine Lektion erteilen, und so forderte er sie auf, vor dem Staatsrat zu erscheinen.

Und dort mußte die Unglückliche im Verlauf einer erschöpfenden Sitzung, in einem Lehnstuhl, nicht auf einem Schemel, wie fälschlich berichtet, die endlose Verlesung des Chalais-Prozesses über sich ergehen lassen, im besonderen jene Passagen, in denen sie angeklagt wurde. Madame de Motteville, damals einundzwanzig Jahre alt, behauptet, daß die Königin zu der ihr unterstellten Absicht, nach dem Tod des Königs ihren Schwager zu heiraten, befragt worden sei und darauf mit einigem Hochmut geantwortet habe: »Bei dem Wechsel hätte ich zu wenig gewonnen!«

Ich war bei dieser Sitzung nicht zugegen, trotzdem bezweifle ich diese Aussage und kann sie nur als höfischen Klatsch ansehen, den Madame de Motteville aufschnappte, bevor sie mit ihrer Mutter in die Verbannung gehen mußte wie die meisten derzeitigen Favoriten der Königin.

Vielleicht auf den Rat des Kardinals hin gewann beim König denn doch Mäßigung die Oberhand, und am Schluß der für die Unglückliche so peinlichen Sitzung befahl der König, alle sie betreffenden Stücke aus dem Chalais-Prozeß herauszulösen.

Damit bedeutete er ihr, daß er alles wußte und daß er ihr vergab, ohne daß er jedoch den Verrat wirklich vergaß, dessen sie sich mit einer unglaublichen Leichtfertigkeit gegen ihn schuldig gemacht hatte. Im Jahr 1626 hatte Ludwig noch siebzehn Jahre zu leben. Und in allen diesen Jahren wußte Anna um seinen tiefen Gram und um die zehrenden, qualvollen Zweifel, die er bis an sein Lebensende gegen sie nährte.

Als Ludwig 1643 auf den Tod darniederlag, wollte ihm die Königin in einer Anwandlung von Güte Erleichterung bringen, nicht von seinen leiblichen Schmerzen, aber von jenen moralischen Leiden, deren Ursache sie war. Sie schrieb ihm ein Billett, worin sie mit Nachdruck bekräftigte, sie habe niemals seinen Tod gewünscht, um Monsieur zu heiraten.

Ich war zugegen, als La Porte diese Botschaft der Königin überbrachte. Der König, der noch einige Kraft hatte, wollte das Schreiben selbst lesen. Nachdem er es gelesen hatte, ließ er es aus seinen Händen fallen und sagte mit einer Bitterkeit, die mir ins Herz schnitt: »In meinem jetzigen Zustand muß ich ihr verzeihen, aber ich bin nicht gezwungen, ihr zu glauben.«

* * *

»Monsieur, länger kann ich es nicht verhehlen: Ich bin Ihnen tödlich böse.«

»Mir, schöne Leserin? Verdammt, was für eine Eröffnung zu einer Plauderei! Was habe ich Ihnen getan?«

»Ständig wenden Sie sich nur an den Leser, umschmeicheln ihn! Ihre ›Erlaube mir, Leser‹, mit denen Sie ihn umgarnen, sind schon nicht mehr zu zählen, so als ob es mich gar nicht gäbe!«

»Bitte, Madame, lassen Sie mich leben! Habe ich Ihre Fragen nicht immer gutwillig beantwortet? Ist es nicht ein großes Privileg, daß Sie mich jederzeit unterbrechen dürfen? Sprechen Sie, Madame, sagen Sie, was Sie auf dem Herzen haben! Und wie stets werde ich als Ihr sehr ergebener Diener ganz Ohr sein.«

»Monsieur, ich bin empört! Da muß der arme, wirrköpfige Chalais sein Haupt auf den Block legen, aber Monsieur wird verziehen, und der Königin wird verziehen! Ist das gerecht?«

»Um genau zu sein, Madame, ist es jene sehr besondere Art von Gerechtigkeit, die man Staatsräson nennt.«

»Und was ist mit der Herzogin von Chevreuse? Wird ihr etwa auch vergeben?«

»Nicht ganz. Richelieu und der König sind sich einig, daß die Chevreuse von allen Akteuren des Dramas die schuldigste ist. Gewiß hat die Königin den Widerstand gegen die Heirat von Monsieur in Gang gesetzt, aber die Chevreuse hat diesen Widerstand ausgebaut zur Rebellion. Sie hat die Großen aufgewiegelt, die Protestanten aufgehetzt, und vor allem hat sie Monsieur, die Vendômes und Chalais zu verbrecherischen Unternehmungen getrieben. Gleichwohl befand der König, daß man ihr keinen Prozeß machen könne. Durch ihre Ehe mit meinem Halbbruder, dem Herzog von Chevreuse, gehörte die Herzogin zur mächtigen Familie Guise, und es wäre ziemlich schwierig gewesen, sie vor Gericht zu stellen, ohne nicht nur die Guises zu erzürnen, sondern die Mehrheit der Fürstenhäuser in Frankreich. Außerdem konnte die Chevreuse in einem

Prozeß vieles für die Königin und den König höchst Nachteilige sagen, und sie konnte sich darauf berufen, daß sie ja nur ihrer Gebieterin gehorcht habe und daß man es ihr nicht zum Vorwurf machen könne, der Königin eherne Treue bewiesen zu haben.«

»Und dieses Argument hätte gestochen?«

»Zweifellos. Erlauben Sie, Madame, Sie daran zu erinnern, daß Ludwig Chalais aus dem entscheidenden Grund nicht begnadigen konnte, weil er seinem eigenen Haus angehörte. Die Treue gegenüber dem nächsten Gebieter stand nun einmal höher als die Treue gegenüber einem ferneren, so erhaben er auch sei. Aus diesem Grund konnte der König einem Bois d'Ennemetz und einem Puylaurens auch so leicht vergeben. Sie dienten Monsieur. Über das Los von Madame de Chevreuse wurde zwischen den Ministern endlos verhandelt, weil man sich nicht einigen konnte, und so entschied der König, daß Madame de Chevreuse in die Verbannung gehen müsse.«

»Also immerhin eine Tronçonnade für die Chevreuse.«

»Ja, aber nicht mehr durch Tronçon, der vom König selbst tronçonniert worden war, weil er – der Narr! – gegen die Heirat von Monsieur Partei genommen hatte. Es war Monsieur de Bautru, dem der König die verhängnisvolle Botschaft für die Chevreuse auftrug.«

»Wer war dieser Bautru?«

»Monsieur de Bautru, Graf von Serrant, war ein großer Spötter, der über alles und jeden seine Sprüche machte, der wegen seines bissigen Geistes und seiner scharfen Zunge am Hof sehr gefürchtet und sicher der am wenigsten fromme Edelmann des Hofes war.«

»Und dem übertrug Ludwig der Fromme diese Botschaft?«

»Dafür gab es einen Grund: Ludwig fürchtete, daß die Teufelin ihre Wut an der Person des Boten selbst auslassen werde. Die Gefahr bestand bei Bautru nicht.«

»Warum?«

»Er war der Chevreuse schon verhaßt. Bautru hatte über ihren Vater, den Herzog von Montpazon, eine beißende Satire geschrieben, in der er sich grausam lustig machte über dessen Tolpatschigkeit, die allerdings wirklich jede Grenze überstieg, selbst für einen Herzog und Pair.«

»Monsieur, spotten Sie nicht über Herzöge und Pairs. Wollen wir wetten, daß der König Ihre Grafschaft Orbieu früher oder später zum Herzog- und Pairtum erhebt?«

»Madame, ich wette niemals gegen meine Hoffnungen. Darf ich fortfahren? Oder wollen Sie nicht wissen, wie die Chevreuse den Befehl zum Exil aus dem Munde des ungeliebten Bautru entgegennahm?«

»Also, sagen Sie schon.«

»Mit Wut und Gekreische, indem sie die Zähne fletschte und ihre Krallen ausfuhr. ›Jetzt soll man mich kennenlernen!‹ schrie sie. ›Wenn man glaubt, ich hätte nur Koketterien im Sinn, dann hat man sich geirrt! Ich werde noch zeigen, wozu ich imstande bin! Ich habe in England einige Macht, und ich werde dort alle Franzosen behandeln lassen, wie man mich in Frankreich behandelt! Was geht mich dieser idiotische, unfähige König an? Ist es nicht eine Schande, wie er sich von diesem hochnäsigen Kardinal gängeln läßt?‹ – ›Madame‹, sagte Bautru mit einem Lächeln von einem Ohr zum anderen, ›soll ich dem König alle diese Nettigkeiten wiederholen?‹ – ›Das könnt Ihr! Und ich füge hinzu, Monsieur, Ihr seid eine merkwürdige Sorte von Edelmann, daß Ihr Euch bereit fandet, eine Dame meines Ranges zu tronçonnieren! Nicht Bautru solltet Ihr heißen, sondern Rüpel, so, und jetzt, Monsieur, enthebt mich des Mißvergnügens, Euer unappetitliches Gesicht noch länger zu sehen!‹ – ›Madame‹, sagte Bautru mit tiefer Verneigung, ›ich meinerseits bewundere das Eure, das wunderschön ist, und ebenso Eure Bosheit, in der Ihr alle Personen Eures Geschlechts übertrefft.‹«

»Wie aber nahm die Herzogin von Guise die Verbannung ihrer Schwiegertochter auf?«

»Nicht ohne Schadenfreude. Sie hatte einen Rochus auf die Chevreuse.«

»Und der Herzog von Chevreuse?«

»Seine Gattenehre verpflichtete ihn, sie sehr übelzunehmen, und in der ersten Zeit spielte er sich entsprechend auf und schwor, er hasse den Kardinal. Aber der König befahl mir, ihn zurechtzuweisen, und ich fand, daß er gar nicht so unglücklich war. Er hatte dem überfüllten Alkoven seiner Gemahlin längst den Rücken gekehrt und tröstete sich, indem er mit seinen Freunden Pilgerreisen in die französischen Provinzen unternahm, auf denen er morgens die heiligen Messen hörte und sich am Nachmittag den Freuden des Fleisches ergab. Auf meinen Rat hin schrieb er dem König, er werde sich seinem Willen unverzüglich beugen, und wirklich brachte er die Herzogin an den vom König angezeigten Ort, nach Schloß Verger im Poitou nämlich, wo sie der Aufsicht ihres Bruders, des Prinzen Guémené, unterstellt wurde.«

»Ein goldenes Exil!«

»Das ihr aber nicht gefiel. Sie entfloh nach Lothringen, dessen Herzog ihr liebreiche Protektion zusicherte.«

»Und war sie nun endlich zufrieden?«

»Nein. Nachdem sie den Fürsten unterjocht hatte, drängte sie ihn, Frankreich zu bekriegen, und wiegelte gegen Ludwig XIII. gleichzeitig den deutschen Kaiser, den englischen König und den Herzog von Savoyen auf.«

»Mit Erfolg?«

»Nicht so, wie sie wünschte, aber immerhin so, daß Ludwig beschloß, sie lieber nach Frankreich heimkehren zu lassen, weil sie drinnen denn doch nicht soviel Unheil anrichten konnte wie draußen.«

* * *

Aber kehren wir zurück nach Nantes, ans Meer und zur Seefahrt und zu den Unterredungen, die der König mit Richelieu darüber führte, wie nach all den Rebellionen die königliche Macht zu Lande und zu Wasser gestärkt werden könne.

Es gab im Reich zwei Ämter, die aus den verflossenen Jahrhunderten überkommen waren und die Seiner Majestät große Sorgen machten, weil sie ihren Trägern allzu große Macht verliehen. Da war zum einen das Konnetabelnamt, das Marschall von Lesdiguières innehatte und das ihm, im Prinzip jedenfalls, den Oberbefehl über die Heere gab, und zum anderen das Amt des Admirals von Frankreich, das der Herzog von Montmorency bekleidete.

Lesdiguières war von beiden der ungefährlichere. Als spät bekehrter Hugenotte, der zu keinem Zeitpunkt Zweifel an seiner Loyalität erweckt hatte, als Tapferster der Tapferen und Treuester der Treuen hatte er Henri Quatre und seinem Sohn mit vorbildlichem Eifer gedient. Im übrigen war er alt und krank und starb 1626, wenn ich so sagen darf, gerade rechtzeitig mit dreiundachtzig Jahren. Der König schaffte, ohne eine Minute zu zögern, sein Amt ab.

Anders stand es mit Montmorency. Er war Herzog und Pair, Sproß einer ruhmreichen, alten Familie, war jung, unternehmungslustig, voller Tatendrang und vereinigte in seinen Händen eine solche Macht, daß man sagen konnte, er beherrschte unangefochten zugleich die Kriegsmarine, den Seehandel und die beiden Gesellschaften, zu deren Gründung er beigetragen hatte, nämlich die Ostindische- und die Neu-Frankreich-Gesellschaft: mit Neu-Frankreich ist Kanada gemeint, dessen Vizekönig er überdies war. Richelieu hatte angefangen, seine Macht einzugrenzen, indem er sich zum Haupt der überseeischen Gesellschaften machte und noch eine dritte schuf, die er auf den poetischen Namen »Gesellschaft von Sankt Petri Liliennachen« taufte. Hierauf ließ er sich vom König zum Oberintendanten des königlichen Seehandels ernennen.

Doch blieb Montmorency trotzdem noch ein großer Herrschaftsbereich: die Handelsflotte, die Kriegsflotte, die Hafenverwaltungen, das Seerecht, das Recht, Festungen zu unterhalten, Schiffe zu bauen, Kanonen zu gießen, und das Strandrecht, das ihm pro Jahr hunderttausend Écus einbrachte. Richelieu zitterte vor Freude, als der arme Chalais im Verlauf seiner Verhöre Montmorency belastete.

Der Herzog war einunddreißig. Er war vernarrt in das schöne Geschlecht, und dieses dankte es ihm reichlich. Der Kreis der teuflischen Reifröcke, der in ihm gute Beute witterte, zog ihn ohne große Mühe an sich, nahm großen Einfluß auf ihn und benutzte ihn im Dienst der Kabale als Mittler zwischen Monsieur und dem Prinzen von Condé. Allerdings hatte das viele Gewese wenig Wirkung, weil Condé sich vorsichtig bedeckt hielt. So konnte man Montmorency nicht mehr vorwerfen, als daß er die Heirat von Monsieur öffentlich geschmäht und gewettet hatte, sie würde nicht zustande kommen.

Der König und Richelieu waren entschlossen, ihn sich vom Hals zu schaffen, aber mit Samthandschuhen. Sanft, doch entschieden, mit dem Versprechen, daß die Irrungen der Vergangenheit vergessen sein sollten, wurde er gedrängt, das Admiralsamt von Frankreich niederzulegen. Um diese Schmach mit Honig aufzuwiegen, zahlte man ihm eine bedeutende Pension. Weil die beiden Ämter den königlichen Schatz jedoch vierhunderttausend Livres im Jahr gekostet hatten, war das trotzdem eine hochwillkommene Ersparnis.

Das gesamte Erbe dieses Amtes, das Montmorency zum König der Meere gemacht hatte, während Ludwig nur König des Landes war, übernahm Richelieu. Mit aller Entschiedenheit lehnte er jedoch den Titel eines Admirals von Frankreich ab, ebenso alle Ehren und auch die riesigen Einkünfte, die damit verbunden waren. Er verzichtete auf den Oberbefehl über die Kriegsflotte und sogar auf das sehr ertragreiche Strandrecht, das künftighin zur Instandhaltung der Schiffe Seiner Majestät diente. Dadurch wollte Richelieu zeigen, daß er bei der Plünderung Montmorencys weder aus Ehrgeiz noch Gewinnsucht gehandelt hatte, sondern um die Macht seines Königs zu stärken und die Reichtümer, die der Seehandel einbrachte, zur beträchtlichen Erweiterung der Kriegsmarine zu nutzen, die Ludwigs Vorgänger betrüblich vernachlässigt hatten. Dies war seit langem sein Plan gewesen. Ich hörte, wie er sich vor dem König bitter darüber beklagte, daß stärkere Seemächte, die englische und die spanische, es wagten, unsere Schiffe zu kapern, unseren Fischfang zu behindern und ungestraft an unseren Küsten zu landen, während die Berber im Mittelmeer die Küstenstriche der Provence verheerten, sich der Insel Porquerolles bemächtigten, deren Gouverneur in die Sklaverei führten und seine Frau und seine Töchter an die Harems ihres Landes verkauften.

»Das Meer«, sagte Richelieu mit Nachdruck, »gehört niemandem. Ein Herrscher hat an seinen Küsten nur soviel Recht, wie ein Kanonenschuß reicht. Jenseits davon regiert das Recht des Stärkeren. Ein großer Staat darf sich aber der Gefahr zufälligen Schimpfs niemals aussetzen, ohne daß er ihn vergelten kann.«

Richelieu überzeugte den König, und so brauchte er seinem großen Projekt nur noch Gestalt zu geben. Aber um unseren Überseehandel zu erweitern, unsere Küsten zu schützen und die Piraten zu bekämpfen, mußte eine machtvolle Kriegsmarine geschaffen werden, und dem widmete sich der Kardinal mit außerordentlicher Tatkraft, ohne auch nur einen Augenblick zu bedenken, daß diese Bürde jene anderen vermehrte, die er bereits trug. Da entsann ich mich, der ich Zeuge und Teilhaber dieses großen Unterfangens wurde, daß ich ja zwei Halbbrüder hatte, Pierre und Olivier de Siorac, die in Nantes ein Seehandelshaus gegründet hatten. Mit diesen Verwandten suchte ich nun in Verbindung zu treten. Ich kannte sie kaum, aber mein Vater, der viel Gutes über sie zu sagen pflegte, lobte stets ihren Gewerbefleiß, ihren Mut und ihre Ausdauer. Um am Hafen nicht aufzufallen, wählte ich einfache Kleider und begab mich mit Nicolas auf die Suche nach meinen Brüdern.

Aber, ach, wie ungnädig diese Seeleute mich empfingen! Sie waren so beschäftigt, ihre Kähne zu putzen oder ihre Netze zu flicken, daß sie kaum geruhten, mir einen mürrischen Blick zu gönnen und mir ein paar spärliche Worte in ihrer Mundart über die Schulter zu werfen, von denen ich, wie sie mir wohl ansehen mochten, keinen Deut verstand.

»Ein mißtrauisches Volk!« sagte Nicolas.

»Aber wie die Kastanie«, sagte ich, »außen Stacheln, innen der Tugenden voll.«

Als ich einen Blick in die Runde warf, erblickte ich im Hintergrund des Hafens ein langes, niedriges Gebäude in grellen Farben und mit einem Schild überm Eingang. Ich dachte, es sei eine Wirtschaft, und begab mich dorthin in der Annahme, daß einem Schankwirt, der mit soviel Menschen zu tun hatte, die französische Sprache vielleicht nicht ganz fremd wäre.

Beim Eintreten sah ich, daß es weniger eine Schankwirtschaft war als vielmehr eine Art Laden, wo alles verkauft wurde, was man für ein Segelschiff brauchte: Anker, Seile, Trossen, Taue, Spille und was weiß ich noch alles. Doch nachdem ich mir durch diesen Wirrwarr, der schon nach Meer roch, einen Weg gebahnt hatte, entdeckte ich schließlich Tische mit Schemeln darum und ein Kontor, hinter dem eine zuvorkommende Frau thronte, die uns sehr wohlwollend musterte und, als wir Platz nahmen, sogleich zu uns kam mit schlanker Taille, kühnem Busen und in den Hüften schaukelnd wie ein Schlepper im Seitenwind. Und, o Wunder! Sie sprach Französisch, wenn auch nicht ganz so, wie Vaugelas es vorschrieb.

»Ihr schönen Herren«, sagte sie mit zugleich kräftiger und freundlicher Stimme, während ihre blauen Augen uns umfingen, »was wünscht Ihr von mir?«

»Meine Liebe«, sagte ich scherzend, »das würde ich dir gern sagen, wenn ich dich besser kennte. Weil ich dich aber nicht kenne und dich nicht kränken will, ist alles, was ich für jetzt wünsche, eine Flasche deines besten Weins.«

»Wir haben keinen besseren oder schlechteren«, sagte sie. »Unser Wein ist gut, weil er von der Loire kommt. Und der hübsche Kleine hier, Zider oder Wein?«

»Wein«, sagte Nicolas kurzangebunden, denn er haßte es, »Kleiner« genannt zu werden.

»Oh! Der junge Mann ist aber nicht so liebenswürdig wie Ihr, schöner Herr. Und wollt Ihr eine Kleinigkeit essen zum Wein?«

»Warum nicht, mein Kind, wenn du gutes Weizenbrot und gesalzene Butter hast?«

»Butter hab ich nur gesalzene. Und Brot hab ich nur Roggenbrot.«

»Gut, dann Roggenbrot!«

»Wein, Brot und Butter für zwei, das macht zwei Sous«, sagte sie, indem sie mir in die Augen blickte.

»Wie, gleich zahlen!« sagte ich erstaunt, »noch bevor wir etwas genossen haben?«

»Das ist hier so Brauch, schöner Herr. Der Seemann hat es eilig zu trinken, aber nicht eilig zu zahlen.«

»Hier, zwei Sous und einer für dich, meine Beste, weil du so hübsch und rund bist, daß mir das Wasser im Munde zusammenläuft, wenn ich dich nur ansehe.«

»Oho!« sagte sie, indem sie sich wiegte, »der Herr weiß mit Weibern zu reden! Der Kleine hier sollte sich eine Scheibe davon abschneiden.«

»Der Kleine hier«, sagte ich, »ist verärgert, weil du ihn ›Kleiner‹ nennst, denn er wird demnächst Musketier des Königs sein.«

»Herr Musketier«, sagte sie, »ich bitte tausendmal um Entschuldigung, wenn ich Euch gekränkt habe. Aber es ist kein Verbrechen, jung zu sein, wenn man so schön ist wie Ihr, daß unsereiner denkt, er sieht den Erzengel Michael vor sich.«

Nach soviel Honig einerseits und andererseits hoffte ich, die Hübsche werde mir verraten, wo ich meine Brüder fände, und das tat sie auch, aber nicht ohne daß ich ihr vorher das Was, Wie und Warum beantworten mußte.

»Und was wollt Ihr von den Herren von Siorac?«

»Ich bin ihr Halbbruder.«

»Wahrhaftig! Ihr seht ihnen ja wirklich ganz ähnlich! Aber wie kann ein Bruder nur ein halber sein?«

»Das kommt, meine Liebe, wenn Brüder denselben Vater haben, aber nicht dieselbe Mutter.«

»Ist denn die Mutter von den Herren von Siorac tot?«

»Nein, nein, sie lebt und ist guter Dinge. Mein Vater bekam mich außerhalb der Ehe.«

»Dann seid Ihr wohl ein Kind der Sünde?« fragte sie zugleich lüstern und abfällig und bekreuzigte sich.

»Meine Liebe«, sagte ich verstimmt, »so nennst du mich besser nicht.«

»Das soll keine Kränkung sein, Monsieur, wo Ihr so schön seid und ... Wie alt seid Ihr jetzt?«

»Einunddreißig.«

»Und noch gar nicht alt«, sagte sie mit einem schmelzenden Blick.

Den erwiderte ich, und nach diesem Geplänkel war sie endlich bereit, mir zu sagen, wo ich die Herren von Siorac fände.

»Eure Halbbrüder«, sagte sie mit einem Kichern, so kitzelte sie das Wort, »machen aber zu zweit bestimmt einen ganzen! Jedenfalls haben sie ein schönes, stattliches Haus neben der Sankt-Peters-Kathedrale (und wieder bekreuzigte sie sich). Aber um diese Zeit, wette ich, sind sie auf ihrem großen Schiff, der ›Sirene‹. Es wird wohl so heißen, weil es eine am Bug hat, aus Holz, mit Busen so dick wie mein Kopf, aber mit einem Fischschwanz, so daß sie keine Beine hat zum Breitmachen, die arme Dame, Ihr wißt schon wofür.«

»Dann ist das wohl die schöne Galeone, die ich rechterhand am Quai habe liegen sehen?«

»Mein armer Herr«, sagte sie mit gutmütiger Herablassung, »Ihr müßt aber nicht gut Bescheid wissen, wenn Ihr das Schiff eine Galeone nennt.«

»Weil es keine Galeone ist?«

»Aber nein! Das ist eine Fleute.«

»Sieh an!« sagte ich launig, »jetzt weiß ich es sogar!«

»Also, ehrlich! Ich mag Euch«, sagte sie, »nicht stolz, nicht hochmütig, auch nicht knauserig, wo Ihr mir einen Sous draufgegeben habt! Ein echter Siorac! Dafür leg ich meine Hand ins Feuer. Was mich angeht, ich heiße Antoinette. Möge die Gottesmutter für mich bitten und mir meine Sünde vergeben! Ich wohne allein in dem Holzhaus neben der Schenke, erster Stock. Da bin ich jeden Morgen, den Gott werden läßt, bis neun Uhr. Ihr klopft dreimal, und ich mach auf, wenn Ihr mich braucht.«

»Dich brauchen?« sagte ich. »Wozu?«

»Na, um mit Euch zu schlafen!«

»Meine Liebe«, sagte Nicolas, der sich sehr amüsierte, »gilt deine Einladung auch für mich?«

»Aber allemal! Mit Freuden! Einen so hübschen Musketier wie Euch hab ich noch nie gehabt.«

* * *

Ich begab mich zu der Fleute, da es nun mal eine Fleute war, und erkletterte, von Nicolas gefolgt, das Fallreep. An Deck traf ich auf zwei mit Knüppeln bewaffnete Kerle, die mir den Zutritt verwehrten. Als ich jedoch meinen Namen nannte, ließen sie sich erweichen, und der eine führte mich zu dem Teil des Hecks, wo sich die Herren von Siorac aufhielten.

Noch nie im Leben hatte ich den Fuß auf ein Frachtschiff gesetzt, ich staunte über die Rahen und Wanten, die um die drei Maste eine Art Wald ohne Blätter bildeten. Die Brücke war blitzsauber, die Reling frisch gestrichen, am meisten aber staunte ich über die sechs Kanonen, die sich steuerbords reihten, wo ich entlangkam. Steuerbord ist, wie ich lernen sollte, die rechte Seite des Schiffes, wenn man zum Bug schaut, und backbord ist die linke. Du wirst mir diese Seemannsbegriffe vergeben müssen, Leser, denn ich habe sie mir eiligst angeeignet, nachdem ich von Antoinette wegen meiner Unkenntnis so beschämt worden war.

Ich sagte bereits, daß ich meine Brüder nicht sehr gut kannte, und den Grund dafür habe ich im Band von den *Seidenröcken*[1] erklärt, doch weil ich nicht sicher sein kann, daß man sich daran noch erinnert, bitte ich den Leser um Nachsicht, wenn ich darauf zurückkomme.

Wie er weiß, bin ich der Sohn des Marquis de Siorac und der Herzogin von Guise, die damals zwar schon verwitwet, aber um ihren Ruf besorgt war und mich heimlich gebar. Auf die Bitte meines Vaters hin willigte seine Gemahlin Angelina großmütig ein, auf dem Papier meine Mutter zu sein, während die Herzogin sich mit der Rolle einer Patin begnügte, und die spielte sie gleich bei meiner Taufe an der Seite meines Paten, des Königs Henri Quatre.

Es war eine durchsichtige Behauptung, die niemanden täuschte, aber die der ganze Hof mit diskretem Lächeln hinnahm, weil der Schicklichkeit Genüge getan war. Angelina jedoch hatte meinem Vater klargemacht, daß sie nach diesem

---

1 Robert Merle, *Der wilde Tanz der Seidenröcke*.

großen Zugeständnis keinen Wert darauf lege, mich »allzu oft« auf ihrer Herrschaft Le Chêne Rogneux in Montfort l'Amaury zu erblicken, die meinem Vater gehörte, die sie aber als ihren Wohnsitz betrachtete, weil der Marquis de Siorac für gewöhnlich mit Miroul und mir in Paris lebte, in unserem großen Haus in der Rue du Champ Fleuri.

Vielleicht hätte mein Vater dieses »allzu oft« nicht so ernst nehmen sollen, denn Angelina war eine wunderbare Frau ohne jede Bitterkeit oder Kleinlichkeit. Aber mein Vater respektierte die eingegangene Verpflichtung und nahm mich nur ein einziges Mal mit nach Chêne Rogneux. Ich war damals fünf Jahre alt, und weil meine Brüder gut fünfzehn Jahre älter waren als ich, gab es beiderseits kein Interesse aneinander. Dieser Besuch an Bord der »Sirene« war also eher eine erste Begegnung denn ein Wiedersehen.

Die Höflichkeit half uns dabei. Wir begrüßten uns mit Hutschwenken und Verneigungen, denen nichts ermangelte, und nach diesen Zeremonien wechselten wir verstohlen aufmerksame Blicke voller Neugier, während wir es unseren Lippen überließen, belanglose Worte zu äußern, um dem Schweigen zuvorzukommen.

Meinen Berechnungen nach war Pierre de Siorac sechsundvierzig Jahre alt und sein Bruder Olivier fünfundvierzig. Doch wäre niemand auf die Idee verfallen, sie Graubärte zu nennen, so gesund und kraftvoll wirkten sie mit ihren gebräunten Gesichtern, ihren dichten Haaren, ihren robusten Gestalten ohne einen Ansatz von Schmerbauch. Auf den ersten Blick waren sie einander sehr unähnlich, denn Pierre war mittelgroß, gedrungen und stämmig, während Olivier groß und schlank war, aber von genauso federnder Energie. Doch obwohl auch ihre Gesichtszüge verschieden waren, bestand zwischen ihnen eine auffallende Ähnlichkeit, die sich von dem Eindruck herleitete, daß sie alle beide vom Schöpfer bestens mit Verstand, Weitsicht und Willen ausgestattet waren. Wie Marot in seiner *Venezianischen Reise* so treffend sagt: »Fortuna ist hilfreich und freigebig dem, der seine Tugend nicht versteckt.« Und wahrlich, die Herren von Siorac hatten von der Seite her nichts zu verbergen, so strahlte der Erfolg, den sie in gefährlichen Abenteuern zur See errungen hatten, von ihnen aus.

Allein schon durch ihren Anblick bezauberten mich also

diese unbekannten Brüder, und mir schien, daß auch ich ihnen gefiel, denn als lebhafter und offenherziger Mann setzte Pierre – während sein Bruder mir, wenn nicht kühl, so doch reservierter erschien – den bisherigen Belanglosigkeiten ein Ende.

»Allewetter!« sagte er warmherzig, »Herr Bruder, es freut mich sehr, Euch zu sehen, um so mehr als Ihr, wenn ich Euch recht betrachte, ganz frappierend unserem Vater ähnelt. Wirklich, ich kann ihn mir, wenn ich Euch so ansehe, ohne Mühe in der Blüte seiner Jahre vorstellen, so sehr seid Ihr sein Ebenbild.«

»Das ist wahr«, sagte Olivier, »der Herr Graf von Orbieu sieht unserem Vater sehr ähnlich.«

»Ach, bitte, Bruder, nennt mich nicht Graf! Ich wünsche von Herzen, für Euch dasselbe zu sein, was Ihr einer für den anderen seid.«

Damit trat ich auf Pierre zu und umarmte ihn herzlich, dann umarmte ich Olivier ebenso, und dies schien ihn mehr zu bewegen, als sein Gleichmut hatte vermuten lassen.

Nach diesen Umarmungen stellte ich ihnen Nicolas vor, den sie auf das freundlichste aufnahmen – aber wer konnte Nicolas mit seinem frischen und offenen Gesicht sehen, ohne ihn liebzugewinnen? –, und sie luden uns ein zu ihrem Mittagsmahl, das aus frischem Fisch, gesotten in Kräutern und Loire-Wein, bestand. Zuerst verspürte ich ein leichtes Übelsein, denn auch wenn es am Quai liegt, schaukelt ein Schiff im Wellengang, und ich fragte mich, ob mein Magen diesem beständigen Rollen widerstehen könne. Doch als ich gegessen und getrunken hatte, fühlte ich mich besser, und das Interesse an der Unterhaltung befreite mich gänzlich von dieser Besorgnis.

Während wir speisten, stellten meine Brüder mir eine Frage um die andere nach unserem Vater, nach La Surie, ihrem Nachbarn von Chêne Rogneux, den sie aber ebenso selten sahen wie meinen Vater. Dann fragten sie nach mir und nach dem Hinterhalt von Fleury en Bière, von dem das Gerücht bis zu ihnen gedrungen war.

Ich antwortete auf alles, um sie so gut ich konnte zufriedenzustellen, ausführlich über unseren Vater, sparsam über La Surie und mich. Nachdem diese Gegenstände erschöpft waren, trat ein Schweigen ein, und ich nutzte es, ihnen über die großen Abenteuer der Seefahrt, die sie auf sich genommen hatten, alle die Fragen zu stellen, die mir die Backen schwellten, obwohl ich in der Hitze unserer so unverhofft freudigen Begegnung das Anliegen meines Besuchs ein wenig vergessen hatte.

»Die Geschichte ist die«, begann Pierre, dem das Reden lockerer von der Zunge ging, »als die große Fremdheit zwischen unsere Eltern trat, kam der Vater nur noch zur Aussaat und zur Ernte nach Chêne Rogneux und vertraute die Bewirtschaftung unserem älteren Bruder Philippe an, der ja ohnehin den Titel und den Besitz erben wird. Dann stattete er seine Töchter aufs beste aus, die ihren Gatten in die Provence oder ins Languedoc folgten. Endlich vermachte er seinen Jüngsten eine Barschaft, um sich ein Stück Land zu kaufen, damit sie nach seinem Tod unabhängig wären, anstatt bei ihrem älteren Bruder zu bleiben, ohne etwas Eigenes zu haben.«

»Was aber nicht heißt«, sagte Olivier, »daß wir jemals Streit hatten mit Philippe. Er ist der beste Bruder und seinen jüngeren Geschwistern sehr zugetan.«

»Aber«, nahm Pierre den Faden wieder auf, »die Vorstellung, uns jeder eine kleine Herrschaft zu kaufen, verlockte uns nicht, auch nicht, eine größere für uns zusammen. Wir haben in Kindheit und Jugend in Chêne Rogneux gelebt, aber trotz der Liebe zum Vaterhaus sagte uns die Landwirtschaft wenig zu, die Euch das eine Jahr bereichert, das andere ruiniert und die Euch vor allem in tödlicher Einförmigkeit an ein und demselben Flecken festnagelt bis ans Ende der Zeiten.«

»Wir waren eben neugierig«, fuhr Olivier fort, »wir wollten Länder und Meere sehen und uns ein Vermögen schaffen, mit dem man was gilt in der Welt. Und auf einer Reise nach Nantes, wo es uns sehr gefiel, entschieden wir uns für den Seehandel, das einzige Gewerbe, das einem Edelmann erlaubt ist neben der Glasbläserei. Wir nahmen also eine kleine Wohnung in Nantes und kauften uns von unseren beiden Barschaften ein Schiff mittlerer Tonnage, in das wir beide ganz vernarrt waren, und tauften es ›Die Schöne Nantaiserin‹. Den weiblichen Namen trug es zu Recht, denn es kostete uns eine Stange, außer der Kaufsumme, für Bemannung und Unterhalt. Als wir mit einem bretonischen Kapitän, den wir angeheuert hatten, in See stachen, hatten wir kaum noch Geld übrig, um Waren einzukaufen, die wir weiterverkaufen wollten. Und das Schwerste blieb noch zu tun. Wir mußten zweierlei lernen: die Schiffsführung zur See und zu Lande den Handel.«

»Wir brauchten dazu zwei Jahre«, sagte Pierre, »und zu Anfang des dritten Jahres hätten wir ums Haar alles verloren, das Schiff, die Besatzung und unser Leben, weil wir von einem englischen Piraten verfolgt wurden, der uns unfehlbar geentert, geplündert und versenkt hätte, wenn wir in der wilden Schießerei auf geringen Abstand nicht zufällig ihren Kapitän erwischt hätten. Die Engländer haben gute Matrosen und gute Offiziere, aber wenn sie ihren Kapitän verlieren, sind sie geliefert und verzichten auf jede Initiative. So konnten wir die Flucht ergreifen. Aber es war eine gute Lektion. Von allem, was wir in zwei Jahren Handel an Gewinn hereingeholt hatten, kauften wir Kanonen und eine holländische Fleute. Es war ein Prachtschiff, deshalb tauften wir es ›Triton‹.«

»Richtig!« rief ich. »Jetzt werde ich endlich erfahren, was eine Fleute ist und worin sie sich von einer Galeone unterscheidet.«

»Die Galeone«, sagte Olivier lächelnd, »ist eine spanische Erfindung. Sie ist auch ein Dreimaster, aber ihr Rumpf ist viel massiger als beim Fleutschiff. Im Heck hat sie einen Burgaufbau, manchmal zwei Etagen hoch, wo der Kapitän wohnt, und eine kleinere Burg am Bug für die Matrosen. Die Galeone ist vor allem berühmt, weil die Spanier damit ihr Gold aus den beiden Amerika holen. Die Fleute oder Fliete dagegen hat weder im Heck noch im Bug eine Burg. Dadurch ist sie nicht so hoch und viel leichter. Sie hat einen flachen Boden, folglich geringen Tiefgang, und kann auch in verschlammte Häfen einlaufen oder Flüsse befahren. Ihre Formen sind rund, und vor allem ist sie auf der Wasserlinie viel breiter als oben die Brücke. Die holländischen Reeder haben die Spanten so stark eingezogen, weil die Hafengebühr nach der Brückenbreite berechnet wird. Aber durch diese Besonderheit hält sich das Schiff hervorragend auf See. Oben schmal und unten bauchig, liegt die Fleute gut auf dem Wasser. Damit ist sie sicherer. Sie ist auch schneller als die Galeone, kostet weniger und erfordert halb soviel Mannschaft.«

»Mit einem Wort«, sagte Pierre, »mit einer Fleute, vor allem wenn sie gut mit Kanonen gegen die Piraten bestückt ist, kann man sich auch über den Atlantik wagen.«

»Und was habt Ihr«, fragte ich, »mit Eurer ›Schönen Nantaiserin‹ gemacht?«

»Das, was wir immer gemacht haben und weiter machen: Unsere atlantischen Küsten befahren.«

»Und was verkauft Ihr?« fragte ich, brennend vor Neugier.

»Alles!« sagte Pierre lachend. »Wir kaufen alles, was sich kaufen läßt, und verkaufen alles, was sich verkauft.«

»Zum Beispiel?«

»Von den Bretonen nehmen wir Getreide und Segeltuch an Bord und verkaufen ihnen Loire-Wein. Ebenso den Holländern, von denen wir Tuche kaufen. Den Bordelaisern verkaufen wir holländische Tuche und kaufen von ihnen Öl. Und an alle verkaufen wir Salz aus Bourgneuf.«

»Ist es nicht viel gefährlicher, den Atlantik zu überqueren, als unsere Küsten zu befahren?«

Beide Brüder sahen sich an, und weil Pierre nur das Gesicht verzog und sich nicht äußerte, antwortete Olivier.

»Die Gefahr ist nicht die gleiche«, sagte er. »Der Schrecken des Küstenfahrers ist nicht der Ozean, sondern die Küste. Gegen die kann ihn die Dünung drücken, die Strömung, die Finsternis oder ein Kursfehler. Die Fleute auf dem Atlantik hat natürlich Stürme zu befürchten, aber eben nur die und, klar, die Piraten.«

»Meine lieben Brüder«, sagte ich, »vergebt mir, wenn ich soviel frage, aber für mich ist die Welt, in der Ihr lebt, so neu und voller Wunder. Ich wäre glücklich, wenn ich sie wenigstens in Gedanken betreten könnte, um sie besser zu verstehen.«

»Fragt, was Ihr wollt«, sagte Pierre lächelnd. »Wir werden unser Bestes tun, Euch mit der Seefahrt vertraut zu machen.«

»Was bringt Ihr den Franzosen, die in Amerika leben?«

»Wir verkaufen ihnen alles, was französisch ist, vor allem Loire-Wein. Von ihnen kaufen wir Häute, Pelze, Dörrfisch, Kupfer und Blei.«

»Irre ich mich, liebe Brüder, wenn ich sagen würde, daß Ihr gute Geschäfte macht?«

Wieder verzog Pierre das Gesicht und blieb stumm, und ich dachte, daß er vielleicht zu den Menschen gehörte, die sich nicht gerne für reich halten lassen. Die Sorge hatte Olivier sichtlich nicht.

»Die Profite sind wie die Risiken: beträchtlich. Aber die Mannschaft, die Ernährung, der Unterhalt des Schiffes, das kostet alles unerhört. Umsonst ist nur der Wind.«

»Außer«, sagte Pierre, »wenn er die Segel zerfetzt oder die

Masten bricht. Um nicht alle Eier im selben Korb zu haben, brauchte man also mehr Schiffe.«

»Aber es geht schon besser«, sagte Olivier, »seit wir ein drittes Schiff haben, und auf dem sind wir jetzt.«

»Auch ein holländisches?«

»Ein französisch-holländisches.«

»Wie das?«

»Wir haben den ›Triton‹ auf einer Nantaiser Werft nachbauen lassen.«

»Ist das nicht ein bißchen unredlich?« fragte ich.

Die beiden Brüder sahen einander an und lachten schallend.

»Wenn das unredlich ist«, sagte Olivier, »dann hat Euer großer Kardinal aber damit angefangen. Gerade hat er fünf Holländer gekauft und läßt sie auf bretonischen und normannischen Werften mit Hilfe holländischer Zimmerleute genau nachbauen. Die hat er extra dafür kommen lassen, und er bezahlt sie hoch.«

»Woher wißt Ihr das?« fragte ich entgeistert. »Ich, der ich am Hof und dem Kardinal ziemlich nahe lebe, hatte davon keine Ahnung.«

»Für einen Reeder ist es keine Schwierigkeit zu erfahren, was auf bretonischen oder normannischen Werften vor sich geht«, sagte Olivier. »Die Neuigkeiten sind schnell von Hafen zu Hafen herum, und Seeleute haben sowieso nichts im Kopf wie Schiffe: gesunkene, gestrandete, abgewrackte, aufgetakelte, gebaute oder fertige. Da könnt Ihr Euch ja vorstellen, wie alles die Ohren spitzt, wenn man hört, daß der Kardinal sich das Ziel gesetzt hat, vierzig Segler für das Westmeer zu kaufen oder zu bauen und für die Levante zehn Segler und vierzig Galeeren.«

»Warum so viele Galeeren für das Mittelmeer?«

»Weil auf dem Mittelmeer«, sagte Pierre, »oftmals der Wind ausbleibt und das Schiff still liegt. Dann ist das Steuer besser als Segel, und gegen die Galeeren der Berber, die in die Küsten der Provence einfallen, helfen nur französische Galeeren und sonst gar nichts.«

»Und Ihr«, sagte ich, »würdet Ihr Eure Flotte auch gerne vergrößern?«

Bei dieser Frage, die ihnen sicher naiv vorkam, blickten sich meine Brüder lächelnd an.

»Welcher Reeder«, sagte Pierre, »wäre nicht begeistert, seine Flotte vergrößern zu können? Aber im Augenblick ist das wenig ratsam. England ermutigt die Protestanten von La Rochelle, sich gegen Ludwig zu erheben, und wenn das gelingt, schickt es wahrscheinlich seine Armada, um La Rochelle zu unterstützen und auf seinem Boden Fuß zu fassen. Deswegen wollen wir in den kommenden Monaten nur ein Schiff auf See haben, dieses hier, das morgen nach Neu-Frankreich auslaufen soll. Und Ihr könnt Gift darauf nehmen, daß es auf dem Ozean trotz aller Stürme sicherer sein wird als eins, das unter den jetzigen Umständen unsere Küsten befahren würde. Die beiden anderen lassen wir schön im Hafen von Nantes liegen, bis das Ganze vorüber ist.«

Längst war unser Mahl beendet und mein Appetit gestillt, aber noch lange nicht meine Neugier, so sehr interessierte mich das alles. Und ich hätte nicht aufgehört mit meinen Fragen, wäre nicht ein Matrose erschienen und hätte meinen Brüdern gemeldet, daß die gesamte Fracht geladen und vertäut sei, und sie möchten doch alles begutachten kommen, damit die Luken geschlossen werden könnten. Mit tausend Entschuldigungen, daß sie mich verlassen müßten, und mit tausend Versprechen, uns bald wiederzusehen, und ich weiß nicht wie vielen Umarmungen nahmen die Herren von Siorac und ich voneinander Abschied, nicht ohne Bewegung auf beiden Seiten. Nachdenklich stieg ich das Fallreep hinunter, indem ich der »Sirene« glühend wünschte, sie möge heil und unversehrt in Quebec landen und ebenso heimkehren in ihren bretonischen Hafen.

* * *

Wieder im Schloß, ging ich zum König, den ich am selben Morgen um Urlaub gebeten hatte, um meine Brüder zu besuchen. Ich traf ihn im Begriff, ein Schloß zu zeichnen, vielleicht das Schloß, das er sich gerne gebaut hätte, aber das er nie bauen würde, weil er keine Spur eitel war und überaus sparsam mit den Staatsgeldern, wo es nur um ihn ging. Als ich ihn so beschäftigt sah, fiel mir die Zeichnung ein, die er von dem Kastell gemacht hatte, das er mir seinerzeit in Orbieu zu erbauen riet. Diese Zeichnung hatte ich zunächst kopieren lassen, um diese Kopie dem Maurermeister von Orbieu zu überlassen, weil ich das Original nicht aus der Hand geben wollte, das ich unter Glas setzen und rahmen ließ und das mir kostbarer war als ein Diamant.

Während Ludwig mit viel Geschick dieses Schloß seiner Träume zeichnete, fragte er, wie der Besuch bei meinen Brüdern gewesen sei. Um ihn nicht zu langweilen oder in seiner Beschäftigung zu stören, antwortete ich anfangs nur knapp, doch erwachte bei meinen ersten Worten sein Interesse, und er wollte soviel wissen, daß ich ihm mein Erlebnis in Gänze erzählte.

Nachdem ich geendet hatte, verharrte Ludwig eine Weile in Schweigen, dann hob er den Kopf, seinen Stift in der ruhenden Hand.

»Was für kluge und wackere Edelleute!« sagte er. »Jeden Tag, den Gott werden läßt, muß ich voll Wut diese Zieraffen um mich sehen, die sich aufspielen mit ihren gekräuselten Haaren, ihren beringten Fingern und parfümierten Larven, und die den lieben langen Tag nichts weiter tun als untereinander oder mit den Damen zu schwatzen. Daß sie Männer sind, fällt ihnen nur ein, wenn sie ihrem besten Freund wegen nichts und wieder nichts die Kehle durchschneiden können. Und wofür? Für wer weiß welchen Ehrenpunkt, als ob es Ruhm brächte, wenn Christen sich gegenseitig töten! Ja, wenn sie noch einzeln kämpfen würden, aber nein, sie brauchen Zeugen! Jeder zwei, und die schlagen sich auch, ohne sich zu kennen, ohne sich etwas getan zu haben! Wenigstens sechs müssen es sein, damit das Töten als ehrenhaft gilt, und drei, vier bleiben tot oder tödlich verwundet auf der Wiese, und das von Januar bis Dezember! Welch ein Blutbad, welch ein Verlust für meinen Adel und meine Heere! Und wie das den Staat schwächt! Eure würdigen Brüder, Siorac, kämpfen gegen Stürme und Piraten. Tapfer üben sie ein männliches Gewerbe aus, hart und gefährlich, nützlich für das Reich und nützlich für sie. Sie geben allen, die sich brüsten, aus gutem Hause zu sein, ein Beispiel und ein Vorbild.«

Für einen so wortkargen Mann, dachte ich, während ich ihm zuhörte, war das eine lange Rede. Und ich schloß daraus, daß die Beredsamkeit des Kardinals auf Ludwig abfärbte. Aber wenig später bemerkte ich, daß dem nicht ganz so war. Die Eloquenz des Kardinals war lateinisch und gelehrt, in wohlgeschiedene Teile gegliedert, oft zwei gegenläufigen Thesen untergeordnet und in eine feinausgewogene Schlußfolgerung mündend. Ludwigs Eloquenz dagegen war ein heftiger Ausbruch, einer zurückgehaltenen Entrüstung entsprungen, die er nicht länger bezähmen konnte. Ich hörte ihn in Sarkasmen ausbrechen vor Gerichtsherren, deren Dünkel ihn verletzte, und vor allem die Bischöfe mit tadelnden Worten zurechtweisen. Und merkwürdig, dann, in solchen jähen Blitzen, fand ich bei ihm jene saftige, volkstümliche Verve wieder, die so charakteristisch war für Henri Quatre, wenn er sich erregte.

Der Kardinal befand, daß er in Nantes nichts mehr zu schaffen habe, und erbat seinen Urlaub von Ludwig, um nach Paris zurückzukehren, wo ihn neue Geschäfte erwarteten. Der König ließ ihn ziehen, und er beurlaubte auch mich, denn ich hatte meinem lieben Orbieu so lange fernbleiben müssen, daß es mich schmerzte.

Ich machte mich also mit Nicolas bereit, mich Richelieus Gefolge anzuschließen, als er, am Tag vor seiner Abreise, erfuhr, daß ihn auf dem Weg nach Paris ein Hinterhalt erwarte. Ohne mit der Wimper zu zucken, sagte er: »Es ist ja erst das drittemal, daß man versucht, mich zu ermorden.« Und sosehr er Begleitschutz verabscheute, weil das seine Freiheit beschnitte, nötigte ihm der König eine Eskorte von fünfzig berittenen Musketieren und dreißig Edelleuten auf, über die ich den Befehl erhielt.

Ludwig war in solchen Ängsten, den Kardinal zu verlieren, daß er, wie ich hörte, den Tränen nahe war, als er ihn aufbrechen sah, und er schickte einen Eilkurier zum Bischof von Mans, damit er Richelieus Eskorte noch einmal um etwa zwanzig Edelleute verstärkte.

Außer einigen Stunden, die Richelieu mich in seine Karosse bat, um mit mir über seine Flotte zu reden, saß ich die meiste Zeit zu Pferde und hatte abends an der Etappe gehörig steife Beine und einen zermahlenen Hintern.

Nicolas litt noch stärker unter diesen Belastungen, und ich riet ihm, seine schmerzenden Glieder lange in kaltes Wasser zu tauchen, was er auch auf jeder Etappe tat und es zufrieden war. Und jedesmal verlangte er eine Kammerjungfer, um sein Bad zu nehmen. So dachte ich mir, daß er seinen kalten Körper danach mit weiblicher Hilfe wieder erwärmen wollte.

Diese Eskorte des Kardinals wurde der Kern jener Leibgarde, die Ludwig ihm in den folgenden Monaten aufzwang; sie wurde vom Kardinal selbst ausgewählt und bezahlt und bestand aus Musketieren zu Fuß und zu Pferde. Zwischen diesen beiden Kompanien und denen des Königs bildete sich eine gewisse Rivalität heraus, doch wäre es unsinnig zu denken, sie hätten einander Duelle geliefert. Die Disziplin der Musketiere, wie der König sie eingeführt hatte, war so streng, um nicht zu sagen so schrecklich (beim dritten Vergehen wurde die Todesstrafe verhängt), daß sie auch die versessensten Duellanten entmutigt hätte. Wer den Degen gegen einen Waffenbruder gezogen hätte, hätte seinen Kopf auch gleich auf den Block legen können. Dazu war kein Gerichtsurteil nötig. Es genügte ein Befehl des Hauptmanns.

Im übrigen hätten die königlichen Musketiere, die alle dem Hochadel Frankreichs entstammten, nie und nimmer das Eisen mit den Musketieren des Kardinals gekreuzt, und schon gar nicht mit den Garden zu Fuß, weil sie längst nicht so nobler Geburt waren wie die Musketiere des Königs, wenn überhaupt. Der Sohn eines Landedelmanns kam für den Sohn eines Herzogs niemals als Gegner in Frage.

Ich konnte mich in Orbieu nicht so lange aufhalten, wie ich gerne gewollt hätte, denn der Kardinal verlangte meine Anwesenheit auf der Notabelnversammlung, die er mit Zustimmung des Königs in Paris einberief, damit sie die von ihm gefaßten Entscheidungen, insbesondere die Flotte betreffend, und die von ihm geplanten Projekte billige. Natürlich hätte man diese Zustimmung auch vom Parlament fordern können, aber es hätte sie mit Sicherheit verweigert, weil es sich hartnäckig gegen jede Neuerung stemmte, und wäre sie dem Reich auch die allernützlichste gewesen. Und das zu einem Zeitpunkt, wo der Kardinal fieberhaft den Aufbau einer Kriegsmarine betrieb, um den Rochelaisern und den Engländern die Stirn zu bieten.

Die Notabelnversammlung wurde am zweiten Dezember 1626 im großen Saal der Tuilerien eröffnet und am vierundzwanzigsten Februar 1627 geschlossen. Zwei oder drei Tage vor ihrem Ende erhielt ich in meiner Louvre-Wohnung den Besuch des Domherrn Fogacer, der grauen Eminenz des apostolischen Nuntius. Von grauer Eminenz wage ich hier kaum zu sprechen, weil dieser Begriff für gewöhnlich den Pater Joseph bezeichnete, Richelieus Geheimagent, der in Kapuzinerarmut ein Eremitendasein führte. Mein alter Fogacer nämlich hatte mit dieser spartanischen Bedürfnislosigkeit nichts gemein, er trabte nicht mit Sandalen durch jeden Schlamm, sondern trug gute, hohe Stiefel und im Winter statt einer dünnen, braunen Kutte einen molligen, pelzgefütterten Überwurf um seine breiten Schultern.

»Herr Graf«, sagte er, indem er sich zu einem Becher setzte, den Nicolas mit meinem Burgunder gefüllt hatte, »ich weiß wenig über diese Notabelnversammlung, die jetzt zu Ende geht, und möchte, daß Ihr mir ein paar Lichter aufsteckt, da Ihr dabei gewesen seid. Vielen Dank, Nicolas«, fügte er hinzu und warf einen lebhaften Blick nach meinem Junker, den er zwar rasch wieder abwendete, der mir aber den Gedanken eingab, daß Fogacers Neigung bezwungen, aber nicht erloschen war.

Mein Vater hätte zu diesem Thema gesagt, daß das Begehren, ob männlich, ob weiblich, das letzte ist, was uns in diesem Leben verläßt.

»Mein Freund«, sagte ich, »ich will Euch gern alle Lichter der Welt aufstecken, falls es auch die sind, nach denen Ihr trachtet. Die Notabelnversammlung umfaßt alle Mitglieder des Staatsrats, darunter ich, sodann eine gewisse Anzahl von Personen, die der König bestimmt hat, als da sind: zehn hochadlige Amtsträger des Heeres, achtundzwanzig königliche Offiziere und zwölf Geistliche. Alle diese Notabeln wurden auf Grund ihrer Treue, ihres Eifers und ihrer Ergebenheit gegenüber dem Herrscher ausgewählt, eine weise Maßnahme, weil sie Seiner Majestät voraussichtlich keinen Kummer bereiten und seine Vorschläge ablehnen würden.«

»Das weiß ich«, sagte Fogacer.

»Dann werdet Ihr vermutlich wissen wollen, welche Vorschläge die Notabeln gebilligt haben. Es sind: Abschaffung des Konnetabels, Abschaffung des Admirals von Frankreich, Abriß unnütz gewordener Festungen, Auflösung der dazugehörigen Garnisonen und Aussetzung der vom König gezahlten Pensionen.«

»Das weiß ich«, sagte Fogacer.

»Kurz, wir nehmen Einsparungen vor, die von den Ministern taktvoll Einschränkungen genannt werden. Weiter wurde beschlossen, das Krongut zurückzukaufen, das von der Regentin dummerweise abgestoßen worden war. Aber der Name der Regentin wurde nicht genannt, weil sie der Versammlung zur Rechten des Königs beiwohnte.«

»Das weiß ich«, sagte Fogacer.

»Das wißt Ihr auch, mein lieber Domherr? Soll ich meinerseits ›Einschränkungen‹ in meinem Bericht vornehmen?«

»Durchaus nicht! Fahrt nur fort!«

»Die Notabeln stimmten dem Bau von fünfundvierzig Segelschiffen zu, für eine Summe von einer Million zweihunderttausend Livres, und der Gründung einiger neuer Gesellschaften für unseren Überseehandel.«

»Das weiß ich«, sagte Fogacer.

»Na schön«, sagte ich und blickte den Domherrn unschuldig an, »ich glaube, das ist alles.«

»Herr Graf, Ihr macht Euch über mich lustig«, sagte Fogacer mit einem kleinen Funkeln in den Augen, das nicht das liebenswerteste war. »Ihr vergeßt die neue Definition der Majestätsverbrechen.«

»Ach, richtig!« rief ich. »Aber da Ihr alles wißt, frage ich mich, was Ihr Euch noch von mir erwartet?«

»Fahrt bitte fort, Herr Graf, wir werden schon sehen.«

»Diese Definition der Majestätsverbrechen ist nicht wirklich neu, sie wurde nur in bestimmten Punkten methodisch und präzise vervollständigt, was, meine ich, die Hand des Kardinals verrät oder, besser gesagt, sein Denken. Wollt Ihr, Hochwürden, daß ich Euch im einzelnen aufführe, was fortan als Majestätsverbrechen gilt?«

»Ich bitte darum.«

»Die Aushebung von Soldaten ohne Erlaubnis, der Kauf von Feuer- und Pulverwaffen, die Befestigung von Städten oder Schlössern, die Abhaltung von geheimen Versammlungen, die Publikation politischer Pamphlete. Das war alles, glaube ich.«

»Eins habt Ihr vergessen!«

»Ah, stimmt!« sagte ich mit der harmlosesten Miene (und in dem Fall ist es sehr nützlich, blaue Augen zu haben). »Erlaubt denn, daß ich mich korrigiere. Das letzte Majestätsverbrechen, nicht das geringste, ist also: Absprachen zu treffen mit einer ausländischen Macht oder mit ihrem Gesandten in Paris.«

»Und genau in diesem Punkt«, sagte Fogacer, »gab es nach meinen Informationen einigen Streit in der Versammlung.«

»Mein lieber Domherr«, sagte ich, »Ihr seid über alles so gut im Bilde, daß meine Lichter Euch überhaupt nichts zu nützen scheinen.«

»Doch, doch. Über diesen Streit weiß ich nicht alles. Weit entfernt.«

»Gut, hier also, was ich weiß. Einige in der Versammlung, eigentlich sogar die meisten, vertraten die Ansicht, der Papst sei wie ein weltlicher Fürst, weil er seinen Staat, seine Minister, eine Polizei, ein Heer und eine Außenpolitik hat, demzufolge sei der Nuntius der Gesandte einer fremden Macht. Also seien all jene, die in Paris mit ihm in enger Verbindung stehen, durch die Definition des Majestätsverbrechens betroffen. Hierauf brachen einige der Versammelten in Geschrei aus. Der Nuntius, sagten sie, sei der Gesandte des Papstes, und der Papst sei das Oberhaupt aller Katholiken und vor allem unser aller Vater!«

»So ist es«, sagte Fogacer, ohne mit der Wimper zu zucken.

»Aber diese Auffassung wurde nur von den zwölf Geistlichen vertreten. Trotzdem machten die zwölf einen solchen Lärm, daß man denken konnte, ihrer wären doppelt oder dreimal so viele. Schlußendlich verließen sie mit hochgeschwelltem Kamm und großem Soutanenrauschen den Saal, schwänzten die folgenden Sitzungen und beschwerten sich schließlich beim Nuntius. Und jetzt, mein lieber Fogacer, erzählt mir nicht, daß Ihr nichts davon wüßtet, daß der Nuntius bei Seiner Majestät Protest eingelegt und sogar gedroht hat, Frankreich zu verlassen. Mit dem Ergebnis, daß der König und Richelieu nun mächtigen Druck auf die Versammlung machten, so daß sie, wenn auch nur mit schwacher Mehrheit, sich zu der Entscheidung durchrang, daß der Nuntius nicht als Gesandter einer ausländischen Macht zu betrachten sei ... Und glaubt mir, Hochwürden, für Euch freut mich diese Entscheidung, weil Euch der weitere Umgang mit dem Nuntius freigestellt ist, ohne daß Ihr befürchten müßtet, dafür Euer ehrwürdiges weißes Haupt aufs Schafott legen zu müssen.«

»Seid Ihr dessen so sicher?« sagte Fogacer. »Eine Entscheidung der Notabelnversammlung ist doch für den König nicht bindend.«

Ah, das ist es! dachte ich, das ist es also, wo ihn der Schuh drückt!

»Das ist wahr«, sagte ich, »aber da kennt Ihr Ludwig schlecht. Er hat zwar, wie Ihr wißt, nicht davor zurückschreckt, die päpstlichen Truppen zu schlagen, die ungerechtfertigt die Veltliner Festungen besetzt hatten. Aber niemals wird er den Heiligen Stuhl herausfordern, indem er den Nuntius oder einen seiner Diener belangt. Höchstens läßt er sie insgeheim überwachen.«

»Heißt das, daß er sie überwachen läßt?« sagte Fogacer.

»Davon ist mir nichts bekannt, und ich werde mich hüten, davon auch nur ein Tüpfelchen zu behaupten. Aber was tut ein Gesandter? Er hält Augen und Ohren weit offen, um seinen Gebieter zu informieren. Also dünkt es mich sehr wahrscheinlich, daß ein Land, das ihm Gastfreundschaft gewährt, es seinem eigenen Interesse schuldet, sich wiederum über ihn zu informieren.«

Der Leser wird vermutlich finden, daß ich mir in dieser Szene einen Spaß daraus gemacht habe, mit dem Domherrn Fogacer Katz und Maus zu spielen. Aber dieser Eindruck würde mir nicht gerecht. Denn selbst wenn der Kardinal zugestehen würde – ohne es irgend zu glauben –, daß der Nuntius nicht der Gesandte eines fremden Landes sei, würde er von der geheimen Überwachung des Nuntius und seiner Vertrauten keinen Deut abweichen. Ich erwies also unserem Freund Fogacer einen großen Dienst, als ich ihm unausgesprochen bei all seinen Schritten und Unternehmungen die äußerste Vorsicht empfahl.

Als ich am nächsten Tag vom Kardinal empfangen wurde, wiederholte ich ihm dieses Gespräch. Er schmunzelte ein wenig, wurde dann aber sehr ernst.

»Dieses ›Majestätsverbrechen‹ wird viele Leute nachdenklich machen! Im besonderen jene, die den englischen und den spanischen Gesandten ein bißchen zu sehr umschwirren. Was Fogacer angeht, so ist er zu klug und bedacht, um weiter zu gehen, als er darf. Er ist ein sehr geistvoller Mann. Der König hält ihn, wie ich auch, für einen der ›wahren‹ Franzosen. Und es ist nicht einmal ausgeschlossen, daß ein Tag kommt, da Euer Domherr mir mehr zutragen wird als dem Nuntius.«

DREIZEHNTES KAPITEL

Als Richelieu sagte, »mein« Domherr könnte eines Tages ihm vielleicht mehr zutragen als dem Nuntius, tat er dies womöglich in dem Wunsch, daß ich seine Worte an Fogacer weitergäbe.

Doch speiste ich drei Tage darauf mit Fogacer im väterlichen Haus, ohne einen Ton davon verlauten zu lassen, weil ich fand, eine solche Rolle stünde einem Agenten des Kardinals eher zu als mir. Ein Schritt dieser Art, schien mir, hätte mich Fogacer gegenüber in eine etwas sonderbare Position gebracht, zumal nachdem ich seine Gehirnwindungen in unserem letzten Gespräch über Majestätsverbrechen in einigen Aufruhr versetzt hatte.

Sobald Mariette aufgetragen hatte und samt ihren neugierigen Ohren verschwunden war, drehte sich unser Gespräch um Duelle und namentlich um Montmorency-Bouteville, der Bravour und Prahlsucht verwechselt und Seine Majestät Schlag auf Schlag in unentschuldbarer Weise herausgefordert hatte.

Er war der Abkomme einer berühmten Familie und stolz, daß er in einundzwanzig Duellen einundzwanzig Edelmänner erschlagen hatte. Als der Gerichtshof ihn 1624 wegen der Tötung des Grafen von Pontgibaut verurteilte, hatte Bouteville die Verwegenheit gehabt, den in Paris aufgestellten Galgen mit einer Tafel dran, auf der er in effigie gehenkt wurde, eigenhändig zusammenzuhauen.

1627, drei Jahre später, wurde er rückfällig und brachte den Grafen von Torigny um. Weil sogar ihm klar war, daß er damit seine Grenzen überschritten hatte, suchte er Zuflucht am Hof der Erzherzogin der Niederlande, die als Tochter König Heinrichs II. und letzte lebende Valois Franzosen immer gerne aufnahm.

Sie war die jüngere Schwester von Königin Margot, unterschied sich aber von dieser durch ihre Sitten und ihr Naturell: sie war eine sanftmütige und wohlwollende alte Dame. In ihrer großen Frömmigkeit glaubte sie, auch ein sehr verhärtetes Menschenherz könne sich mit ein wenig Hilfe der Nächstenliebe öffnen.

Da aber bekam sie mit diesem Schlagetot von Bouteville hart zu tun. Zumal der Marquis von Beuvron, ein Freund des Ermordeten, unserem Helden nach Brüssel gefolgt war, um ihn herauszufordern und den Tod seines Freundes zu rächen. Tief betrübt, daß in ihren Staaten Blut vergossen werden sollte, bat die Erzherzogin Herrn Spinola, den berühmten Sieger von Breda, er möge die zwei Streithähne bei einem Essen miteinander aussöhnen: was sie in seinem Beisein auch versprachen. Doch kaum wieder allein, ließen sie Schwur Schwur sein und beschlossen, sich zu schlagen. Aber wo?

In Brüssel konnten sie es nicht, die Erzherzogin hatte es verboten, und während sie sich verzweifelt fragten, wo zum Teufel sie sich umbringen könnten, machte die gute Fürstin, im Vertrauen auf die Zusicherungen, die die beiden Spinola gegeben hatten, dem König von Frankreich davon briefliche Mitteilung und erbat für Bouteville ein Entlastungsschreiben, das ihn von seinen zweiundzwanzig Morden freisprach.

Nun genoß die letzte Valois bei dem zweiten Bourbonenkönig hohe Wertschätzung. Weil er diese Entlastung der Erzherzogin zuliebe nicht verweigern, aber auch nicht bewilligen konnte, erlaubte Ludwig, daß Bouteville nach Frankreich zurückkehre, doch mit dem Verbot, Paris und den Hof zu betreten.

Dieses Verbot versetzte Bouteville in Rage. Paris, das scherte ihn wenig. Aber der Hof war eine Bühne, auf der er sich nach jedem seiner siegreichen Duelle in der Bewunderung unserer staunenden Hähnchen so wunderbar gesonnt hatte. Und wie wonnevoll hatte unser Krieger dort bei den Schönen geruht, die für seinen wackeren Degen nicht unempfänglich waren! »Wenn man die Stirn hat«, schrie er, »mir die vollständige Entlastung zu versagen, dann gehe ich jetzt schnurstracks nach Paris und schlage mich auf der Place Royale!«

Sich in der Hauptstadt zu schlagen, deren Betreten ihm Seine Majestät verboten hatte, war bereits hochmütigster Ungehorsam. Wenn er sich nun auf dem Pré-au-Clercs geschlagen hätte, wo die Studenten der Sorbonne ihre Streitigkeiten austrugen, wäre es nicht ganz so schlimm gewesen. Aber sich die Place Royale auszusuchen, um dem König zu trotzen, das war unerhört. Denn der prächtige Platz mit seinen Arkaden und seinen schönen symmetrischen Häusern aus Backstein und Haustein war Henri Quatres Werk. Und aus Sohnesliebe setzte Ludwig dessen Vollendung mit größter Sorgfalt fort. An diesem besonderen Ort also sollte ihm eine Schmach angetan werden, wie sie sich die Großen nur allzuoft gegen den König herausnahmen.

Am Mittwoch, dem zwölften Mai 1627, um zwei Uhr nachmittags, sind es auf der Place Royale denn auch gleich ihrer sechs, die gegeneinander antreten. Bouteville wird von seinem engen Freund Des Chapelles und Monsieur de La Berthe sekundiert. Beuvron hat seinen Junker de Buquet und Bussy d'Amboise zu Zeugen.

Wenn sechs Degen gleichzeitig gezückt werden, ist der Tod nicht weit. Unglücklicherweise trifft er nicht, wen er treffen soll, denn das Waffenglück versagt sich ausgerechnet den Zeugen, die an dem Streit keinen Teil haben und nur aus Freundschaft dabei sind. Monsieur Bussy d'Amboise und Monsieur de La Berthe fallen, tot der eine, der andere so gut wie tot, ihr schönes Blut rötet das neue Pflaster der Place Royale. Auf das Klirren der stählernen Klingen folgen Bestürzung und Stille. Das Duell dauerte erst zwei Minuten, und schon waren zwei junge Männer aus der Zahl der Lebenden gestrichen. Man trägt die Leichen fort, unsere beiden Helden stecken die Degen ein, und jeder sucht nach anderer Seite die Flucht. Der Marquis de Beuvron und sein Junker Buquet entfliehen mit verhängten Zügeln in Richtung Calais, das sie, ohne einmal abzusitzen, erreichen. Sie schiffen sich nach England ein und atmen erleichtert auf, als die weißen Felsen von Dover aus dem Nebel auftauchen.

Bouteville mit seinem Gefährten, dem Grafen des Chapelles, zur Seite betreibt seine Flucht weit lässiger. Er ist ein großer Herr und wähnt sich vor aller Verfolgung gefeit. Er versucht nach Lothringen zu entkommen, begeht aber den Fehler, unterwegs im Gasthof von Vitry-en-Perthois Aufenthalt zu nehmen, wo die beiden Freunde im selben Bett schlafen. Durch Zufall werden sie erkannt, festgenommen, nach Paris gebracht, eingekerkert und kommen vor Gericht.

Die Bürger des Pariser Gerichtshofes, die unerbittlich gegen Laster sind, die sie nicht teilen, und nicht ohne Grund dafürhalten, daß das Duell ein solches ist und sogar das schlimmste von allen, sind hochbefriedigt, die zwei zum Tod zu verurteilen. Und unleugbar beweisen die Gerichtsherren damit ihre Beständigkeit, denn als Ludwig durch sein Edikt von 1626 Duelle verbot, hatte der Oberste Gerichtshof bereits die Todesstrafe gefordert. Aber Ludwig, der, ebenso wie der Kardinal, derzeit nicht so weit gehen wollte, schickte Kabinettsbefehle, damit das Gericht von seiner Härte abstehe.

Doch zurück zu dem Diner bei meinem Vater, als die Zungen sich lösten, sowie Mariette uns verließ.

»Die Frage ist jetzt«, sagte mein Vater, »ob Ludwig ihn begnadigt oder nicht. Es wäre nicht das erstemal, daß Verbrechen dieser Art ihrer Strafe entgehen würden. Ludwigs Edikt gegen Duelle ist bereits das dritte seiner Art. Das erste hatte schon Heinrich III. erlassen, das zweite stammt von Henri Quatre aus dem Jahr 1609. Sie blieben toter Buchstabe. Wie mein alter Freund Pierre de l'Estoile bekümmert feststellte, ›wenn eine Verordnung gut ist in Frankreich, wird sie nicht angewandt‹.«

»Hochwürden«, sagte La Surie, »wie steht die Kirche zum Duell?«

Bevor Fogacer antwortete, richtete er seine nußbraunen Augen auf ihn und zog die Brauen hoch. Anders als in seinen jungen Jahren verlieh ihm dieser Tick nun, da seine Brauen nicht mehr pechschwarz, sondern schlohweiß waren, nichts Diabolisches mehr, vielmehr gab er ihm das Ansehen von Besonnenheit und Weisheit, wie es seinem Stand geziemte.

»Chevalier«, sagte er, »die Kirche verdammt es grundsätzlich. Für sie ist ein Duell zugleich Mord und Selbstmord, also ein doppelter Frevel.«

»Trotzdem«, sagte La Surie kampflustig, »habe ich nie gehört, daß ein Bischof einen Duellanten wegen Mordes exkommuniziert hätte.«

»Da hätten die Bischöfe viel zu tun«, sagte Fogacer. »Soviel ich weiß, gibt es in diesem Reich jedes Jahr mehrere hundert Duelle.«

Mein Vater warf La Surie einen mißbilligenden Blick zu. Es behagte ihm nicht, daß Miroul, ein so lauer Katholik, seine Späßchen mit der katholischen Kirche trieb und Fogacer zusetzte, einem so alten und treuen Freund, daß er fast zur Familie gehörte.

»Zurück zu unseren Hammeln«, sagte mein Vater. »Wird der

König Bouteville begnadigen oder nicht? Soviel ich hörte, hat der Kardinal die Frage mit Zustimmung des Königs vor den Staatsrat gebracht. Wenn dem so ist, könntet Ihr, Pierre-Emmanuel, uns vielleicht, ohne Eure Schweigepflicht zu verletzen, ein Wort dazu sagen?«

»Diesmal besteht keine Schweigepflicht, Herr Vater. Es wird von den Mitgliedern des Rates sogar erwartet, daß sie ihre Umgebung informieren.«

»Gab es eine Abstimmung?« fragte Fogacer.

»Nein. Der König wollte keine, er behält sich die Entscheidung vor. Bei der Erörterung kamen unterschiedliche Auffassungen zutage, sowohl für eine Begnadigung wie dagegen. Die einzige aber, auf die es ankam und auf die alle warteten, war die von Richelieu. Und es entstand große Stille, als er sich erhob und eine schriftliche Darstellung verlas.«

»Warum schriftlich?« fragte La Surie, »Er ist doch die Beredsamkeit in Person?«

»Vermutlich, um etwas Schriftliches vorliegen zu haben, das nachträglich niemand bestreiten könnte.«

»Warum diese Vorsicht?«

»Er weiß, wie sehr er von den Großen gehaßt wird. Er wollte ihnen keinen Grund liefern, ihn noch mehr zu hassen.«

»Das verstehe ich nicht.«

»Ihr werdet gleich verstehen, Chevalier«, sagte ich lächelnd. »Ihr braucht mir nur zuzuhören. Das Exposé des Kardinals war wie üblich streng methodisch gebaut. Es bestand aus zwei Teilen und einer Schlußfolgerung. Im ersten Teil nannte Richelieu sämtliche Gründe für eine harte Bestrafung der Schuldigen, im zweiten Teil alle Gründe, die für eine Begnadigung sprachen. Dann zog er den Schluß.«

»Für eine Begnadigung?« fragte mein Vater.

»Nicht ganz. Er sagte deutlich, daß seine Kardinalsrobe es ihm verbiete, für den Tod der Duellanten zu stimmen. Er optierte also für die Umwandlung der Todesstrafe in Kerkerhaft, ohne deren Dauer festzulegen. Diese Schlußfolgerung enthielt aber wiederum eine Schublade, und wenn man sie aufzog, so fand sich darin eine weitere Schlußfolgerung, und die lautete: ›Eure Majestät wird selbst die Ihrem Staat nützlichste Entscheidung zu treffen wissen.‹ Richelieu sagte ›die nützlichste‹, er sagte nicht ›die menschlichste‹.«

»Wenn ich Euch recht verstehe«, sagte mein Vater, »empfiehlt Richelieu die Begnadigung, rät aber zur Todesstrafe.«

»Davon bin ich fest überzeugt, auch aus einem anderen Grund. Der erste Teil – für die Todesstrafe – ist viel reicher an Gründen, um den König zu überzeugen, als der zweite. Richelieu weiß natürlich sehr gut, daß Ludwigs Sorge um Gerechtigkeit bis zur Unbeugsamkeit geht. Und deshalb sagt er ihm sinngemäß: Es besteht kein Zweifel, daß diese beiden Männer den Tod verdient haben. Wenn man sie davor bewahrt, erlaubt man tatsächlich, was man durch Verordnung verbietet. Ihr werdet Euch erinnern, Herr Vater, daß er dieses Prinzip bereits vor der Notabelnversammlung in Gegenwart des Königs nachdrücklich vertrat: Gute Verordnungen genügen nicht. Notwendig sind genaue Exekutionen.«

»Das Wort Exekution hat zwei Bedeutungen«, sagte La Surie.

»Aber die erste«, sagte Fogacer, »ist offensichtlich die freundlichere, weil sie nur die Anwendung der Gesetze meint.«

»Jedoch«, sagte La Surie, »kann die erste Bedeutung auf die zweite hinauslaufen.«

»Darf ich fortfahren, meine Herren?« fragte ich, damit die Haarspaltereien keine weiteren Blüten trieben. »In der Schlußfolgerung aus dem ersten Teil seines Exposés, dem, der für den Tod plädierte, sprach Richelieu einen Satz, den ich als hinterhältig bezeichnen würde, käme er nicht von einem Kirchenfürsten. ›Sire‹, sagte er, ›es geht darum, ob man den Duellen die Kehle durchschneidet oder den Edikten Eurer Majestät.‹«

»Entschuldigt«, sagte Fogacer, »aber was ist daran hinterhältig?«

»Wenn Ihr Euch an dem Wort stoßt, Hochwürden, sagen wir besser, daß es eine äußerst geschickte Formulierung ist. Denn sie bezweckt, den König vor eine furchtbare Alternative zu stellen: Entweder er verurteilt Bouteville zum Tod, oder er duldet, daß man seine Autorität mißachtet. Und natürlich muß dieser Satz auf einen von seiner Macht tief durchdrungenen König große Wirkung haben. Beachtet die gewaltsame Ausdrucksweise: ›den Edikten Eurer Majestät die Kehle durchschneiden.‹ Bleibt dem König da nicht als einziges Mittel, den Duellen ›die Kehle durchzuschneiden‹, wobei ›Duelle‹ ja nur eine Umschreibung für Duellanten ist, denn haben auch die königlichen Edikte keine Kehle, so haben doch Duellanten eine.«

Leser, in der Folge dieser Affäre geschah, was bereits nach der Verurteilung von Chalais geschehen war, nur auf höherer Stufe, denn Bouteville gehörte einer altberühmten Familie an, und die Großen sprachen mit aller Dringlichkeit für die Errettung eines der Ihren. Madame de Bouteville und sämtliche hohen Damen am Hof legten Fürsprache ein. Aber es war alles vergeblich. Der König blieb ehern bei seinem Beschluß.

Am zweiundzwanzigsten Juni trugen Bouteville und Des Chapelles ihr Haupt zu dem Richtblock, an dem Meister Jean-Guillaume sie erwartete, beide Hände auf dem Griff eines mächtigen Schwertes, dessen wohlgeschärftes Blatt in der Sonne blitzte.

Die Rangfolge wurde eingehalten. Als erster wurde Bouteville gerichtet, dann kam Des Chapelles, der Sekundant, an die Reihe.

Obwohl es den beiden edlen Herren sicherlich weniger spaßig erschien, getötet zu werden, anstatt zu töten, ergaben sie sich diesem ungleichen Duell voll Tapferkeit: jener Tugend, die sie in ihrem kurzen Leben stets über das eigene Leben wie über das der anderen gestellt hatten.

Am Tag nach dieser zwiefachen Hinrichtung, dem dreiundzwanzigsten Juni, hatte der König in den Tuilerien Weihwasser über die tote Hülle von Madame zu sprengen. Ein knappes Jahr nach der Hochzeit war Gastons Gemahlin im Kindbett gestorben. Ludwig war nicht ohne Mitgefühl für dieses unglückliche Los. Doch als er hörte, welchen Geschlechts das Kindlein war, das seine Mutter überlebt hatte, rief er, ich will nicht sagen mit Freude, aber mit unendlicher Erleichterung aus: »Es ist gespalten!« Damit meinte er, daß das Neugeborene ein Mädchen war und nicht ein Knabe, dessen Existenz Monsieurs dynastische Ansprüche erheblich gestärkt hätte. Und auch wenn die Königin nichts sagte, empfand sie doch die gleiche Genugtuung. Sie blieb, Gott sei Dank, die einzige, dem Reich den erwarteten Dauphin zu gebären.

Wenn sie philosophisch gedacht hätte – aber es war nicht sicher, daß unsere geliebte Königin so zu denken vermochte, ja daß sie überhaupt denken konnte –, dann hätte sie vielleicht nützliche Einkehr bei sich gehalten und über ihren heftigen Widerstand gegen Monsieurs Heirat nachgedacht. Sie hätte sich, zum Beispiel, gefragt, was zum Teufel diese ganze furchtbare Erschütterung des Staates eigentlich sollte, die so endlose Intrigen mit sich gebracht hatte, so schreckliche Umtriebe, eine tausendköpfige Rebellion, mörderische Hinterhalte gegen den Kardinal, Bedrohungen für das Leben des Königs und, im eigenen Lager, die Festnahme d'Ornanos, die Einkerkerung der Vendôme-Brüder und schließlich die Hinrichtung von Chalais.

* * *

Im vorigen Band meiner Memoiren hatte ich betont, daß es nicht Ludwig, sondern die Hugenotten selber waren, die von 1610 an – das heißt, seit der Ermordung Henri Quatres – bis 1627, als die Belagerung von La Rochelle begann, immer wieder gegen das Edikt von Nantes verstießen.

Gewiß waren die französischen Protestanten ein halbes Jahrhundert lang geächtet, gehaßt und verfolgt worden, und diese Wunden heilten nicht so schnell. Aber kaum hatte ihnen der gute König Henri Glaubensfreiheit und freie Religionsausübung gewährt, wollten sie diese für sich allein. Im Béarn verjagten sie noch zu Henris Lebzeiten die katholischen Priester aus ihren Kirchen und verbannten die Messe. Obwohl dies eine eindeutige Verletzung des Edikts war, schloß Henri Quatre aus Liebe zum Land seiner Kindheit milde die Augen und unternahm nichts.

Nach Henris Tod hatten die Hugenotten einigen Anlaß, Maria von Medici zu fürchten: Sie war Habsburgerin, Papistin und prospanisch gesinnt. Zum Glück war die Regentin aber zu beschäftigt, den Schatz der Bastille zu vergeuden und die Treue der Großen zu erkaufen, um sich einen Krieg mit den Hugenotten auf den Hals zu ziehen, die zu Wasser wie zu Lande über starke kriegerische Talente geboten.

Daß Ludwig als Henris Sohn eine spanische Infantin heiratete, erwarb ihm keine Liebe bei unseren Hugenotten, obwohl der Ärmste für diese Wahl ja nichts konnte. Und ihre Feindseligkeit gegen ihn wuchs und verschlimmerte sich, als er in strikter Anwendung des Edikts von Nantes nach Pau marschierte und mit Waffengewalt Priester und Messe wieder einsetzte, ohne aber die protestantischen Pastoren und ihren Kult irgend anzutasten.

So begannen sieben Jahre, von 1620 bis 1627, voll der Scharmützel und Rebellionen gegen die königliche Macht, angeführt vom Herzog de La Force, vom Herzog von Rohan und seinem jüngeren Bruder, Monsieur de Soubise. Die Hugenotten eroberten die königlichen Städte Privas, Nègrepelisse, Saint-Jean-d'Angély und die Insel Ré.

La Rochelle erhob eigene Steuern, schaffte die königliche Steuer ab, bildete Bürgerwehren, errichtete Befestigungen, rüstete seine Schiffe mit Kanonen und, was in den Augen Seiner Majestät das Schlimmste war, verbündete sich mit den Engländern. Die Stadt hatte das klare Ziel, sich mit ausländischer Hilfe zur unabhängigen, protestantischen Republik zu erheben, die dem König von Frankreich nicht mehr untersteht.

Der 1626 unterzeichnete Frieden von La Rochelle enthielt unter anderen Klauseln diejenige, daß die Rochelaiser ihr Fort Trasdon niederreißen und der König Fort Louis schleifen sollte, das sich unweit der Mauern von La Rochelle erhob und eine starke königliche Garnison beherbergte. Aber das Mißtrauen war auf beiden Seiten so groß, daß man mit der Schleifung des ersten Forts nur im Schneckentempo begann. Die des Forts Louis wurde gar nicht erst angefangen.

Der Grund, den der König dafür angab – oder der Vorwand, den er benutzte –, war die problematische Ankunft der verwitweten Herzogin von Rohan und ihrer Tochter Anna in La Rochelle. Sie hatten Schloß Soubise verlassen und ließen sich im Herzen der Stadt nieder, zwischen dem Rathaus und dem neuen protestantischen Tempel. »Im Herzen« ist hier der treffende Ausdruck, wie man noch sehen wird.

Weil es so aussieht, als stecke in diesem Reich hinter jeder Rebellion einer jener teuflischen Reifröcke, besetzte im gegenwärtigen Fall Madame de Rohan diese Rolle, wenn auch recht anders als Madame de Chevreuse. Sie war sittenstreng und glänzte in allen Tugenden, nur nicht in der Tugend der Toleranz. Obgleich so sittenstreng, war sie noch sehr schön für ihr Alter, und das Volk von La Rochelle liebte sie und ehrte die Spur ihrer Schritte. Zu Ludwigs Leidwesen trachtete die Herzogin als fanatische Hugenottin einzig danach, die Glut des Bürgerkriegs in dieser Stadt zu entfachen, die ohnehin kaum mehr »die gute Stadt« des Königs von Frankreich war. Zur selben Zeit war ihr ältester Sohn, der Herzog von Rohan, dabei, die Reformierten des Languedoc zum Aufstand aufzuwiegeln, und ihr jüngerer Sohn, Monsieur de Soubise, wirkte nach Kräften in London auf Buckingham und König Karl von England ein, damit sie ein Geschwader und ein Heer an die französische Küste entsandten, um Ludwigs Angriff auf die protestantische Festung zuvorzukommen.

Als ich später der Herzogin von Rohan begegnete, empfing sie mich mit jener sanften Höflichkeit, die alle Herzen bezauberte, obwohl sie mich insgeheim doch als ungläubigen Papisten und darum den ewigen Flammen geweiht betrachten mußte. So tugendsam sie auch war, verführte sie doch gerne, denn die strenge Hugenottin war auch Weib und Mutter, und sie erblickte das Ziel der Rebellion, deren Seele sie war, nicht nur im Triumph ihrer Religion. Sie lebte in einer Art von feudalem Traum, in dem ihre beiden Söhne sich aus dem Königreich zwei unabhängige Herrschaften herausschnitten. Der eine sollte La Rochelle und die Inseln regieren, der andere das Languedoc.

Die Kommissare des Königs, die in La Rochelle über die Einhaltung des Friedensvertrages wachten, begriffen sehr schnell, daß die Partei des Aufstands, die in La Rochelle nicht auf Grund ihrer Zahl, sondern ihrer Inbrunst und Aktivität die stärkste war, durch die Herzogin eine beunruhigende Verstärkung erhielt. Sie wagten laut zu sagen, daß der König die Schleifung von Fort Louis solange aussetzen werde, wie Madame de Rohan innerhalb der Mauern sei. Die Rochelaiser entrüsteten sich über diese Worte. Das hieß ihre Heilige antasten – sofern ich hier von »Heiliger« sprechen darf, weil es sich ja um Protestanten handelte, für die es keine Heiligen gab.

Madame de Rohan zuckte mit keiner Wimper und wich nicht von der Stelle. Fort Louis blieb heil, seine Garnison wurde verstärkt, und Monsieur de Toiras, der königliche Gouverneur von La Rochelle, trieb mit aller Ernergie den Bau der Festung Saint-Martin auf der Insel Ré voran. Diese starke und ihnen so nahe Zitadelle verursachte den Rochelaisern Alpträume. Auf beiden Seiten wuchsen Argwohn und Angst.

Jean du Caylar de Saint-Bonnet, Grundherr von Toiras, war ein Mann so ehernen Charakters und spielte in den dramatischen Ereignissen, die sich bald auf der Insel Ré zutragen sollten, eine so bedeutsame Rolle, daß ich zum gegebenen Zeitpunkt meinen Vers dazu sagen werde.

Im Augenblick möchte ich mit Erlaubnis des Lesers noch bei dem Zustand verweilen, der noch nicht Krieg war, aber auch nicht mehr Frieden.

Im Juni schickten mich der König und der Kardinal nach England, um durch unseren Gesandten, Monsieur du Molin, eine mündliche Botschaft zu übermitteln. Mündlich, weil die Engländer mit List oder Gewalt alle Botschaften unterwegs abfingen, die er nach Frankreich sandte, und ebenso die meisten derer, die er vom König erhielt. Und der Kardinal war über die Einflußnahme von Monsieur de Soubise auf Buckingham und Karl I. höchst beunruhigt.

Soubise hatte dem König schon zweimal Städte geraubt und ihm zwei Feldzüge zu ihrer Rückeroberung aufgezwungen. Zum Friedensschluß hatte ihm Ludwig für seine Unterwerfung zweihundertzehntausend Livres versprochen, dazu eine Jahrespension von dreißigtausend Livres und ein Herzogs- wie ein Pairspatent. Hierauf aber, weil er sich in Frankreich wenig geliebt fühlte – und wie konnte er geliebt werden nach seinen zwei Revolten? –, schiffte sich der ewige Unruhegeist nach England ein, ließ sich in London nieder und drängte, wie gesagt, Buckingham zum Krieg gegen Frankreich. Und der Gipfel – *il colmo! Il colmo!* wie die Königinmutter immer zu sagen pflegte –, der Gipfel, sage ich, war, daß er, dieser Brausekopf, von London aus beim französischen König, gegen den er intrigierte, besagte Geldsumme, die Pension und den Titel einforderte ... Mehr noch, er gab sich in London als Herzog und Pair aus, obwohl er das Patent nicht erhalten hatte, und ließ sich von seiner Entourage mit »Monseigneur« anreden.

Der Kardinal verabscheute ihn, und als ich ihn am Tag vor meiner Abreise nach London aufsuchte, wurde seine sonst so liebenswürdige Stimme schrill, als er von ihm sprach.

»Dieser elende Soubise, dessen Ehre, Denkweise und Mut gleichermaßen verschrien sind, weiß sich, um seine früheren Schändlichkeiten auszuwetzen, nichts Besseres, als neue auszuhecken. Was die Engländer betrifft«, setzte er hinzu, »so verfolgen sie eine so enge Verbindung mit unseren Hugenotten von La Rochelle, daß sie uns noch bittere Streiche spielen können.«

Hierauf empfahl er mir, nicht nur mit Monsieur du Molin zu sprechen, sondern, wenn möglich, auch mit Buckingham, um seine Absichten zu ergründen, falls man ein Geschöpf mit so geringer Tiefe ergründen konnte.

Auf Empfehlung meines Vaters wohnte ich in London nicht in einem Gasthof – er fürchtete nämlich, ich könnte dort ermordet werden, wie es ihm beinahe geschah, als er im Auftrag von Henri Quatre Königin Elisabeth besuchte –, sondern bei seiner alten Freundin Lady Markby, von der er nach so langen Jahren noch immer mit großer Bewegung sprach. Er schilderte sie mir als zugleich liebenswert und wild, als kühne Reiterin und gefürchtete Fechterin, die fluchte und scherzte wie ein Stallknecht, als tapfer, ja sogar verwegen, und doch auch als ein Weib von der Zehe bis zur Nasenspitze, für Männer ohne Zahl zu haben, mäßig im Trinken, doch stark im Essen, eine Amazone eben, doch nicht so, daß sie sich eine Brust hätte abschneiden lassen, um ihren Bogen zu spannen. Was im übrigen, wie mein Vater hinzufügte, ein Pärchen verstümmelt hätte, »desgleichen er nie gesehen«.

Außer daß die Jahre ihr Haar ebenso beschneit hatten wie das meines Vaters, war ich nicht enttäuscht, als ihr Majordomus mich in ihren Salon führte und Lady Markby erschien.

»*My God!*« rief sie aus. »*You do look like the Marquis! What an astonishing likeness! No, no, my boy, don't kiss my hand! Kiss me!*«[1]

Hiermit erhob sie sich, vielmehr schoß sie von ihrem Stuhl auf, schloß mich in die Arme und bedeckte mein Gesicht, die Lippen eingeschlossen, mit wer weiß wie vielen Küssen, die ich ihr ungescheut wiedergab, so freute mich dieser Empfang, der, wenn ich so sagen darf, durchaus nicht so mütterlich war, wie es ihr und mein Alter verlangt hätten. Sie bemerkte es sogleich, und indem sie mich freigab, warf sie mir einen halb scherzenden, halb gerührten Blick zu und lachte fröhlich.

»Wie ich sehe, gleichen Sie Ihrem Vater in jeder Hinsicht!« sagte sie. »Setzen Sie sich, mein Sohn! Ihr Zimmer steht bereit. Sagen Sie mir nur erst, warum Sie Ihr liebliches Frankreich verlassen und hier angelegt haben, wo es gar nicht so lieblich ist.«

---

[1] (engl.) Mein Gott, wie Sie dem Marquis gleichen. Was für eine erstaunliche Ähnlichkeit! Nein, nein, mein Junge, küssen Sie nicht meine Hand! Küssen Sie mich!

»Mylady«, sagte ich, »mein Auftrag ist, Monsieur du Molin aufzusuchen und möglichst auch den Herzog von Buckingham.«

»Oh, Monsieur du Molin!« rief Lady Markby. »*What a very charming man! He is a great favourite of the ladies here!*[1] Und wissen Sie warum? Er sieht uns an! Wenn er einen Raum in York House betritt, was tut er als erstes? Er sieht die Damen an! *It is so refreshing in this country!*[2] Was Buckingham angeht, wird es nicht so leicht sein, ihn zu sprechen.«

»Ist er so hochmütig?«

»Er spielt den Hochmütigen!« sagte Lady Markby, die einer der berühmten Familien Großbritanniens angehörte. »Er läßt sich sogar ›Seine Hoheit‹ nennen, obwohl er auf diesen Titel kein Anrecht hat, er ist kein Prinz. Und von hochgeboren kann bei ihm keine Rede sein. Er ist der Sohn eines kleinen Ritters, der auf einer mistigen Landklitsche lebt und drei Kühe hat und ein Schwein. Oder meinetwegen zwei Schweine«, sagte sie ernsthaft, als machte sie dem armen Ritter ein unerhörtes Zugeständnis.

Es war dies eine der Absurditäten, über die Engländer Tränen lachen können, aber die unsereinen kalt lassen, weil wir nur das Spiel mit Worten lieben oder aber die mörderische Pointe. Dennoch, da ich Lady Markby lachen sah, lachte auch ich, denn je länger ich sie ansah und anhörte, desto besser gefiel sie mir.

»Buckingham soll ja sehr schön sein.«

»Das ist aber auch sein einziger Vorzug«, sagte Lady Markby. »Er hat weder Witz noch Talent, noch Mut. Aber«, setzte sie mit Nachdruck hinzu, »ich bestreite, daß Buck schön ist. Ich bestreite es entschieden. Er ist nicht schön. Hübsch ist er. Von der Statur her, gut, er ist groß und wohlgebaut. Aber das Gesicht! Sehen Sie sich die Augen an! Sie sind schön, ja, aber weibisch! Auch sein Mund ist schön, aber weibisch! Er trägt einen schönen Schnurrbart, gut, aber der macht sein Gesicht nicht männlicher. Sie wissen doch wohl, daß er der Geliebte von Jakob I. war und nach dessen Tod – ich muß sagen,

---

1 (engl.) Was für ein charmanter Mann! Er ist sehr beliebt bei unseren Damen!

2 (engl.) Das ist so erfrischend in diesem Land!

natürlich – der von Karl I. geworden ist. Ach, es macht mich rasend!« schrie sie plötzlich wie eine Löwin, »ich sterbe vor Schande bei dem Gedanken, daß Europa sagen kann, Englands Könige sind schwul vom Vater auf den Sohn!«

Hier hätte nun ich loslachen mögen, wenn es sich nicht um den König gehandelt hätte, dessen Gast ich letzten Endes ja war. Ich lächelte also nur mit einem Mundwinkel; aber Nicolas, der bei seiner Jugend nicht über soviel Zurückhaltung gebot, brach in helles Gelächter aus.

»Da haben Sie es, mein Sohn«, sagte Lady Markby, »nun vergleichen Sie Buckingham einmal mit Ihrem Junker: Er ist bestimmt ein schmucker Junge, aber kein bißchen weibisch. Sehen Sie doch! Er mit seinen Augen könnte eine Dame glatt roh verschlingen!«

»Mylady«, sagte Nicolas, »das kommt, weil ich wirklich noch nie etwas so Wunderbares gesehen habe wie Sie!«

»Ach, diese Franzosen!« sagte Lady Markby entzückt. »Augen wie Samt! Eine Zunge wie Honig! Und nicht nur zum Sprechen«, setzte sie lächelnd hinzu.

Wir blieben nur vier Tage in London, aber wie es der Leser nach dieser Einleitung wohl erraten konnte, wurden wir in dem prächtigen Haus von Lady Markby wie Prinzen oder Könige gehalten.

Monsieur du Molin traf ich noch am selben Tag und am darauffolgenden, dank Lady Markby, auch Lord Buckingham.

Monsieur du Molin war ein gut aussehender Edelmann, wie Lady Markby schon gesagt hatte, und ein sehr reger, lebhafter Mann, der Ludwigs Interessen aufs beste vertrat.

»Graf«, sagte er, »ich bin zwar der einzige Gesandte des französischen Königs, der beim englischen König akkreditiert ist, doch bin ich hier keineswegs der einzige Franzose! Es gibt eine Fülle von Gesandten mit partikularen Vollmachten. Die einen – ihrer drei immerhin – hat die Stadt La Rochelle zu Karl I. entsandt. Ein Monsieur de Saint-Blancard kommt vom Herzog von Rohan. Ein Monsieur de La Touche vertritt die verwitwete Herzogin von Rohan, und Monsieur de Soubise schließlich ist sein eigener Gesandter.«

»Ludwig würde diese Leute nicht als ›wahre Franzosen‹ bezeichnen«, sagte ich, »weil sie einen ausländischen König gegen den König von Frankreich anrufen.«

»Ausnehmen von dieser Definition«, sagte Monsieur du Molin, »würde ich allerdings die Gesandten der Stadt La Rochelle. Ihr Anliegen ist kein Verbrechen. Karl I. hatte sich seinerzeit dafür eingesetzt, daß La Rochelle den von Ludwig angebotenen Friedensvertrag annahm, und nun drängen die Rochelaiser darauf, daß Karl I. sich bei Ludwig dafür verwendet, daß die Klauseln auch eingehalten werden, vornehmlich was die Schleifung von Fort Louis betrifft. Die Rohans dagegen wollen, daß Karl I. in La Rochelle und im Languedoc mit Waffengewalt interveniert. Sie würden gegebenenfalls sogar seine Vasallen werden, wenn sie ihre Provinzen in seinem Namen regieren dürften.«

»Das ist Verrat!«

»Vor allem ist es Torheit!« sagte Monsieur du Molin. »Wenn die Engländer La Rochelle und die Inseln Ré und Oléron besetzen würden, würden sie sich selbstverständlich dort festsetzen, und die Rohans könnten sie nicht daran hindern! Denkt an Calais![1] Um sie von dort zu vertreiben, haben wir zwei Jahrhunderte gebraucht! Die Engländer sind wie Kriechtiere: Wenn sie an einem Felsen kleben, kriegt sie kein Teufel mehr davon los.«

»Wer von den drei Rohan-Entsandten hat nach Eurem Eindruck den besten Stand in York House?«

»Der schlimmste und unnachgiebigste.«

»Soubise?«

»Soubise, ja, leider! Wenn ich den englischen Ministern meine Verwunderung über die außerordentliche Huld ausdrücke, die ihm hier widerfährt, ziehen sie sich lachend auf so blödsinnige Redensarten zurück, die bei den Engländern ja hoch im Kurs stehen, wie: ›Wir können doch Soubise nicht in Fesseln an Frankreich ausliefern!‹«

»Monsieur«, sagte ich, »haltet Ihr es für wahrscheinlich, daß der englische König eine starke Armada zur Landung an unsere Küste schickt?«

»Ich fürchte es.«

»In dem Fall wird der Kardinal wissen wollen, ob dazu bereits Vorbereitungen im Gange sind?«

»Das ist der Punkt! Um mir Gewißheit zu verschaffen, habe ich Spione ausgeschickt, einen nach Plymouth, den anderen

---

1 Die Engländer hielten Calais von 1347 bis 1558 besetzt.

nach Portsmouth, aber die englischen Häfen sind gut bewacht: beide Männer wurden, noch bevor sie zu den Quais gelangten, festgenommen und eingesperrt.«

Hiermit sah mich Monsieur du Molin lächelnd an, und nach kurzem sagte er: »Graf, der einzige, der Euch darüber Auskunft geben kann, ist Buckingham. Da Ihr ihn sprechen werdet, fragt ihn.«

»Monsieur, Ihr scherzt! Meint Ihr, er wird es mir sagen?«

»Es ist nicht ausgeschlossen, wenn Ihr ihn zu nehmen wißt.«

»Und wie nimmt man ihn?«

»Mit erlesenster Höflichkeit, einem Geschenk aus Frankreich und so vielen Komplimenten, wie Ihr sie an die allerschönste Dame verschwendet. Wenn Ihr Euch Buckingham geneigt macht, offenbart er sich wie ein Kind.«

Mit meinem Dank und meinem festen und aufrichtigen Versprechen, ihm beim Kardinal dienlich zu sein, verließ ich Monsieur du Molin, hochzufrieden mit seinen ersichtlichen Fähigkeiten und tief besorgt um meinen König, weil der Krieg so nahe schien.

»Herr Graf«, sagte Nicolas auf unserem Rückweg zum Palast von Mylady Markby, »ich sehe Euch in Gedanken. Erlaubt Ihr, daß ich Euch, entgegen meiner Pflicht, mich zurückzuhalten, ausnahmsweise mal etwas frage?«

»Sprich!« sagte ich verwundert.

»Herr Graf, als ich Eure Ringe einräumte, fiel mir ein reich verziertes goldenes Kästchen auf. Darf ich fragen, was es enthält?«

»Ein italienisches Parfum, das ich Mylady Markby am Tag unserer Abreise überreichen will.«

»Mit dem goldenen Kästchen?«

»Selbstverständlich.«

»Herr Graf, darf ich etwas vorschlagen?«

»Ich bin ganz Ohr.«

»Schenkt das Parfum samt Kästchen Lord Buckingham und macht Mylady Markby eines Eurer Schmuckstücke zum Geschenk. Es wird sie besonders rühren.«

»Ich überlege es mir«, sagte ich. »Vielen Dank, Nicolas. Dir sitzt der Kopf, wie die Engländer sagen, wirklich proper auf den Schultern. Und an deinen Gehirnwindungen fehlt nicht eine.«

Nicolas errötete über dieses Lob wie ein Jüngling – der er mit seinen noch nicht zwanzig Jahren ja auch war.

Am nächsten Tag wurde ich, mit meinem schönsten Anzug angetan, meinem schönsten Degen zur Seite und dem Kreuz des Heilig-Geist-Ordens auf der Brust, um drei Uhr nachmittags in York House eingeführt. Natürlich wurden wir von unserem Eintritt an vielfach beäugt, weil wir französisch gekleidet waren, denn die englischen Edelleute trugen sehr viel engere Kniehosen als wir. Doch waren die Blicke höchst diskret und verrieten nicht die geringste Feindseligkeit. Die Expedition gegen Frankreich war völlig unpopulär, niemand in England, weder die Edelleute noch die *commoners*[1], hielt sie für notwendig. Die Damen, denen wir begegneten, zeigten sich eine Spur neugieriger, nicht daß sie uns länger musterten, dafür aber eingehender. Wir hingegen schauten sie »auf französische Weise« an, wie man hierzulande sagte, das heißt, ohne unser Interesse und Gefallen an ihrem Anblick zu verhehlen.

Der Saal, in den uns ein ellenlanger Türsteher führte, worauf er uns allein ließ und die Flügel hinter sich schloß, erschien uns groß und sehr schön mit seinen reichen Vergoldungen und einem prächtigen Perserteppich auf dem Parkett. Was aber meine Aufmerksamkeit sofort fesselte, war eine Art Altar, drapiert mit Goldbrokat, auf dem – Leser, ich glaubte meinen Augen nicht zu trauen! – ein lebensgroßes Bildnis unserer Königin, Anna von Österreich, prangte. Zur Beleuchtung des Gemäldes wie auch, um ihm Ehre zu erweisen, brannten davor reinweiße Wachslichter in goldenen Kandelabern. Und weil Buckingham das Bild der Königin, das sich im Louvre in den Gemächern des Königs befand, schwerlich entwendet haben konnte, schloß ich, daß dies eine getreue Kopie sein mußte. Jedenfalls war ich starr vor Verblüffung, wie der Herzog seine ungehörige Anbetung der Gemahlin des Königs von Frankreich so vor aller Augen, ohne alle Dezenz, auszustellen wagte. Mich dünkte diese Zurschaustellung von so zweifelhaftem Geschmack, daß sie wahrlich nicht von aufrichtigen Gefühlen getragen sein konnte.

Dann erschien Mylord Duke of Buckingham, oder sagen wir besser, er vollzog seinen Auftritt in dem Saal, wie wenn ein

---

1 (engl.) Die Bürgerlichen.

großer, seiner Wirkung sicherer Komödiant eine Bühne betreten hätte. Und wenn auch widerwillig, so gestehe ich doch, daß es eine unfehlbare Wirkung hatte, denn er war groß, breit in den Schultern, schmal in der Taille und trug einen so schönen Kopf auf den Schultern, daß ich bekennen muß, niemals einen so vollkommenen gesehen zu haben. Er trug ein mattblaues Wams mit Perlenstickerei, und sein Gesicht war umstrahlt von einem großen, im Nacken sehr hochragenden Kragen aus venezianischer Spitze. Kurz, um es in gewohnter Offenheit zu sagen, man erblickte eine erlesene Blüte von einem Mann, an der es nichts zu mäkeln gab, außer daß es eben eine Blüte war.

Er kam allein in den Saal, entweder weil er alle Aufmerksamkeit auf sich ziehen wollte, oder weil er die Vorwürfe meines Königs, die ich ihm vermeintlich übermitteln würde, nicht vor Zeugen hören wollte. Ich neige zu dieser zweiten Hypothese, denn seine Augen, so schön sie auch waren, schienen mir einen mißtrauischen, ja sogar verunsicherten Ausdruck zu haben, was nicht ganz zu der Großartigkeit passen wollte, mit der er sich gab.

Ich machte ihm mindestens drei tiefe Verneigungen nacheinander, fegte mit meinem Federbusch den Perserteppich, welche Ehrenerweise er mir ohne Knauserei erwiderte. Dabei betrachtete ich ihn mit der liebenswürdigsten Miene und nicht ohne ein Gran Bewunderung, die sein Äußeres sicherlich mehr als sein Wesen verdiente.

»Monseigneur«, sagte ich, »es ist mir eine große Freude, von Eurer Hoheit empfangen zu werden, und ich bin auf dem Gipfel des Glücks, mich endlich dem Musterbild der Edelleute dieses Landes Aug in Auge gegenüberzusehen, während ich Euch bis dahin nur von ferne im Verlauf des großen Festes hatte erblicken können, welchem Ihr bei Eurem ersten Aufenthalt in Paris beiwohntet.«

»Es war nicht mein erster Aufenthalt in Frankreich«, sagte Buckingham in einem Französisch, das er mit sichtlichem Vergnügen sprach, so gut sprach er es. »Mein Vater hatte mich als Kind für mehrere Jahre an die normannische Küste geschickt, um Eure Sprache und guten Manieren zu erlernen. Aber der Abend jener von Euch erwähnten denkwürdigen Soiree war mein erster Aufenthalt in Paris, und ich habe einigen Grund, mich seiner mit Wärme zu erinnern.«

Buckingham spielte hiermit auf die Blicke an, die er damals von ferne mit Anna von Österreich gewechselt hatte – Blicke, die den ganzen Hof von Frankreich in Erregung versetzt und Ludwig furchtbar gegrämt hatten, als das Gerücht davon zu ihm drang. Auch sagte ich mir, daß der Vater unseres Helden, wenn er Geld genug gehabt hatte, seinem Sohn einen so langen Aufenthalt in Frankreich zu ermöglichen, sicher nicht, wie Lady Markby boshaft gesagt hatte, »auf einer mistigen Landklitsche lebte mit drei kleinen Kühen und einem Schwein«. Tatsächlich war er, wie ich später erfuhr, Gouverneur seiner Grafschaft.

»Monseigneur, ich begreife gut«, sagte ich, »daß Ihr einige Gründe habt, Euch dieser Soiree zu erinnern. Ich sah das herrliche Bildnis hier, das mich überaus verwunderte, denn daß von diesem Rubens-Gemälde eine Kopie existiert, war mir neu.«

»Es gab sie auch nicht«, sagte Buckingham einigermaßen stolz. »Ich selbst habe sie bei Rubens in Auftrag gegeben, und es besteht ein kleiner Unterschied zwischen dem Original und dieser meiner Kopie. Kommt, Graf«, sagte er, indem er mich beim Arm nahm (was für mich, denke ich, eine hohe Ehre war), »laßt uns doch sehen, ob Ihr diesen Unterschied bemerkt! Den meisten fällt er nicht ins Auge, aber für mich ist er sehr bedeutsam.«

Und indem er mich auf die natürlichste Weise vor den Altar führte, auf dem das Bildnis stand, forderte er mich auf, es mit großer Aufmerksamkeit zu betrachten. Ich widmete mich diesem Spiel mit betonter Ratlosigkeit und zeigte, daß ich beim besten Willen keinen Unterschied feststellen könne, überzeugt, daß Buckingham es sich gewiß nicht nehmen lassen werde, mir sein Rätsel zu enthüllen.

»Monseigneur«, sagte ich nach einer Weile, »vielleicht könnt Ihr mir helfen? Ist es eine Hinzufügung oder eine Weglassung, die den Unterschied zwischen Original und Kopie ausmacht?«

»Es ist eine Weglassung«, sagte Buckingham mit geheimnisvoller und verschmitzter Miene, durch welche er sehr dem reizenden Knaben glich, der er einst gewesen sein mußte. »Und eine Weglassung«, setzte er mit einigem Frohlocken hinzu, »die ich ausdrücklich gewollt und von dem Maler verlangt habe.«

»Monseigneur«, sagte ich, »ich gebe auf.«

»Schön«, sagte er, »dann betrachtet nur einmal die linke Hand der Königin! Was seht Ihr?«

»Eine hübsche Hand, Eure Hoheit, und höchst anmutig gezeichnet.«

»Nicht mehr?«

»Monseigneur, gibt es mehr zu sehen?«

»Aber ja, an dieser Hand gilt es nicht etwas zu sehen, sondern eine Weglassung zu erkennen. Habt Ihr's?«

»Nein, Monseigneur.«

»Es fehlt etwas«, sagte Buckingham triumphierend, dann verstummte er leuchtenden Auges, und nach einem etwas theatralischen Schweigen fuhr er fort: »An dieser Hand fehlt der Ehering! Ich gab Rubens den Auftrag, ihn wegzulassen.«

Ich war baff über eine so unglaubliche Kinderei, aber auch über die neuen Erkenntnisse, die sie mir über diesen Mann schenkte. Anscheinend war er in dem Alter stehengeblieben, in dem man glaubt, wenn man einen Tisch mit einem Stab berührt und spricht: »Tisch, verschwinde!«, daß er tatsächlich verschwindet. Wundervolle Magie der Kindheit, die aber bei einem Mann seines Alters denn doch sehr erstaunte. Indem er einen gemalten Ring an einer gemalten Hand wegließ, ergötzte er sich an der Illusion, die Königin von Frankreich zu scheiden und sich anzueignen.

Ich brachte keinen Ton heraus, was mir in dieser Situation sehr zustatten kam, denn weil er mein Staunen für Bewunderung und mein Schweigen für einen Ehrenerweis hielt, faßte Buckingham zu mir eine lebhafte und warmherzige Neigung.

»Kommt, Graf!« sagte er, indem er sich setzte, »lassen wir die Zeremonien! Nehmt auch Ihr Platz und sagt mir rundheraus, was Ihr von mir wollt, oder vielmehr, was Euer König von mir will, denn ich kann mir denken, daß Ihr hier seid, um mir von ihm eine Botschaft zu übermitteln, womöglich ein Friedensangebot.«

»Monseigneur«, sagte ich mit einer tiefen Verneigung, »ich bitte untertänigst, Euch enttäuschen zu dürfen. Der König hat mir keinerlei Botschaft an Euch aufgetragen. Seiner Auffassung gemäß würde er, wenn er eines Tages mit Eurer Hoheit zu verhandeln geneigt wäre, dies sicherlich durch die Vermittlung seines Gesandten tun. Ich habe hier wirklich nichts anderes zu schaffen, als mich mit Monsieur du Molin über das dornige Problem seiner Post ins Benehmen zu setzen, weil diese in beiden Richtungen abgefangen wird (ein Satz, den ich nicht ohne Behagen zwischen zwei Komplimenten einflocht). Es war also ein persönliches Anliegen, wenn ich mir die Ehre erbat, von Eurer Hoheit empfangen zu werden, und Sie aus ebendiesem Anliegen bitte, diese bescheidene Gabe von mir anzunehmen.«

Hiermit wandte ich mich um und machte Nicolas, der solange am anderen Ende des Saals stehengeblieben war, ein Zeichen, näher zu kommen. Das goldene Kästchen feierlich in beiden Händen vor der Brust, trat der Junker mit gemessenen Schritten auf Buckingham zu, und indem er vor ihm das Knie beugte, bot er ihm mein Geschenk auf das anmutigste dar.

Ich bemerkte sehr wohl, daß Buckinghams Blicke zunächst begehrlicher an Nicolas hafteten als an meinem Kästchen. Doch raffte er sich schnell, und indem er besagtes Kästchen mit Zartheit in die Hände nahm und betastete, öffnete er es und stieß einen kleinen Freudenschrei aus, als er seinen Inhalt entdeckte.

»Ach«, sagte er, »was für ein kostbares und einfallsreiches Geschenk! Ein italienisches Parfum in einem französischen Flakon! Was kann man sich Galanteres erträumen? Meinen großen Dank, Graf! *Per sempre*[1] werde ich Eurer erlesenen Höflichkeit gedenken. Aber«, fuhr er fort, »ich weiß auch, wem ich meinerseits dieses freigebige Geschenk darbringen werde!«

Und mit dem Schwung eines Jünglings erhob er sich, flog zu dem Altar, wo die gemalte Anna von Österreich thronte, kniete nieder und stellte das Kästchen ehrerbietig zwischen die beiden goldenen Kandelaber. Dann wich er zwei Schritt zurück und bewunderte mit leicht zur Seite geneigtem Kopf die Wirkung seines Arrangements.

»Seht doch, Graf«, rief er, »wie reizend Euer Geschenk sich vor dem Gemälde ausnimmt!«

Selbstverständlich hatte auch ich mich erhoben, als Buckingham aufgesprungen war, und da ich staunte, wie schnell er mich zum Vertrauten seiner Empfindungen machte, hütete ich mich, ihn zu enttäuschen. Ich eilte zu ihm und

---

[1] (ital.) Für immer.

drückte ihm in angemessenen Begriffen meine Bewunderung für den *finishing touch* aus, den das Kästchen dem Altar seiner platonischen Liebe verlieh.

»In diesem Saal«, fuhr Buckingham fort, »empfange ich meine Minister (er sagte »meine Minister«, als wäre er der König). Dann richte ich es so ein, daß ich in den manchmal turbulenten, meistens aber langweiligen Sitzungen diesem Bildnis gegenübersitze und inmitten der unerquicklichen Geschäfte Erleichterung und Trost aus seinem Anblick schöpfe.«

»Und was macht Ihr«, fragte ich, »wenn große Angelegenheiten Euch nötigen, ihm und York House fern zu sein?«

»Wenn es sich nur um Tage handelt, lasse ich es hier«, sagte Buckingham aufseufzend. »Wenn ich aber längere Zeit fort muß, nehme ich es mit, samt dem Altar und den Kandelabern und künftig auch Eurem Kästchen«, setzte er mit dem charmantesten Lächeln hinzu, »da es die Schönheit des Ganzen erhöht. Schon morgen«, fuhr er fort, »geht alles nach Portsmouth, an Bord meines Admiralsschiffes ›Triumph‹. Ihr staunt, mein Freund«, fragte er in schelmischem Ton, »daß ich meine Karten so offen auf den Tisch lege? Was verliere ich denn, nun da ich weiß, daß Euer König Euch nicht hergeschickt hat, um mit mir über meine Rückkehr nach Paris und an den französischen Hof zu verhandeln – worum ich ihn so manchesmal gebeten habe und was er mir immer wieder abschlug.«

»Monseigneur«, sagte ich, »erlaubt, daß ich Euch mit allem schuldigen Respekt und aller Bewunderung, die ich Euch zolle, entgegenhalte, daß Ludwig Euch vermutlich die Affäre im Garten von Amiens übelgenommen hat.«

»Aber, was ist im Garten von Amiens denn passiert?« rief Buckingham aus. »Doch nichts Verwerfliches! Es war eine linde Nacht, ich führte die Königin von Frankreich am Arm, und als ich allein mit ihr war, weil Lord Holland und Madame de Chevreuse langsam hinter uns zurückblieben, nahm ich Anna in die Arme und küßte sie auf den Mund. Ein Kuß, der voll und ganz erwidert wurde von einer Frau, die vergaß, daß sie Königin war, und die in meinen Armen erschauerte. Da hörte man die eiligen Schritte ihres Gefolges nahen, die Königin löste sich aus meiner Umarmung und stieß einen Schrei aus, damit ihre Diener denken sollten, sie sei von meiner Liebkosung überrascht worden.«

Auch wenn diese Darstellung mir wahrer erschien als alles, was man seinerzeit am französischen Hof geredet und unterstellt hatte, sprach daraus doch eine Unziemlichkeit, die mir wenig schmeckte und der ich nicht besser zu antworten vermochte als durch Schweigen.

»Glaubt Ihr«, fuhr Buckingham fort, »König Karl hätte ein solches Theater gemacht, wenn ich mir Vertraulichkeiten bei seiner kleinen französischen Gemahlin herausgenommen hätte?«

Diese Bemerkung war, außer daß sie schon beinahe komisch war, für mein Gefühl nicht viel besser als das vorher Gesagte. Ich mußte mir aber nicht erst Schweigen auferlegen, mir blieb einfach die Sprache weg, so offensichtlich war es, daß König Karl seine sehr besonderen Gründe hatte, einem Günstling alles zuzugestehen, dem er bereits eine so große Macht in seinem Reich eingeräumt hatte, daß man sagen konnte, er habe ihm das Szepter überlassen. Was kam es ihm da auf eine Gemahlin an, zu der er ohnehin so gut wie keine Beziehung hatte?

Ich spürte jedoch, daß es gefährlich wäre, länger stumm zu verharren. Es hätte Buckingham beleidigen können, der mir zu jener Kategorie von Menschen zu gehören schien, die, so unbekümmert sie anderen auch Leiden zufügen, doch äußerst empfindlich für die kleinsten Verletzungen ihrer Eigenliebe sind.

»Monseigneur«, sagte ich, »ich verstehe wohl, daß es Euch erbost, nicht nach Frankreich einreisen zu dürfen. Da Ihr aber die Güte hattet zu sagen, daß Ihr Eure Karten vor mir offenlegt, darf ich fragen, ob der Groll, den Ihr gegen meinen König hegt, Euch dazu veranlaßt, mit einer Armada an seine atlantische Küste zu gehen?«

»Es ist ein Grund«, sagte er, »aber nicht der einzige.«

Ich erwartete nun, daß er mir erklärte, er als Anglikaner wolle den Protestanten von La Rochelle zu Hilfe eilen, um sie vor den Klauen der französischen Papisten zu bewahren. Aber Buckingham war kein Heuchler, und wenn man Tugenden an ihm finden wollte, so war die Offenheit immerhin eine. Es war durchaus nicht die Religion, auf die er sich berief, seine Gründe waren ganz persönliche, was ihm Gelegenheit bot, von sich zu sprechen und sich zu bemitleiden.

»Graf«, sagte er bekümmert, »Ihr als Franzose könnt Euch nicht vorstellen, wie verhaßt ich in diesem Land bin.«

»Verhaßt?« fragte ich.

»Ja, leider! Verhaßt und beneidet! Die *gentry*, der ich entstamme, verzeiht mir nicht, daß ich mich so hoch über sie erhoben habe. Die *nobility* sieht mich als einen unerträglichen Emporkömmling an, weil die Gunst meines Herrn mich nicht nur zum Herzog gemacht, sondern mir auch eine Macht eingeräumt hat wie keinem von ihnen. Die *commoners* schließlich hassen mich, weil ich die Steuern erhöht habe und weil mein Feldzug gegen Cádiz mit einem Fehlschlag endete, der den Staat teuer zu stehen kam. Und das Parlament ist mein allerschlimmster Feind, weil ich es mehrmals vom König habe auflösen lassen. Diese eingebildeten und rachsüchtigen Hampelmänner von Parlamentariern wollten mir sogar einen Prozeß wegen Korruption anhängen – weiß der Teufel, wieso! –, und wenn Karl sie nicht gezwungen hätte, mich für unschuldig zu erklären, wäre ich im Tower gelandet oder womöglich unterm Henkerschwert! Graf, versteht Ihr, in welcher verzweifelten Lage ich bin, obwohl ich den Gipfel der Macht in diesem undankbaren Land erklommen habe! Ich bin von so zahlreichen und so erbittert auf meinen Untergang bedachten Feinden umgeben, daß ich jederzeit Dolch, Gift oder einen wohlarrangierten Unfall fürchten muß! Wie auch immer, ich fühle mich so ungerecht gehaßt, geschmäht und verfolgt in diesem rohen Land, daß ich entschlossen bin, es zu verlassen. Und wenn La Rochelle erst in meiner Hand ist, bleibe ich dort und mache es zu meinem Lehen, wo ich sicher und geborgen bin.«

Buckingham hatte noch nicht ausgesprochen, als es klopfte und ein Türsteher ihm meldete, daß König Karl ihn erwarte. Mit einem Schwall von Liebenswürdigkeiten, Schwüren und dem Versprechen, meinen Besuch und mein so erlesenes, freigebiges Geschenk nie zu vergessen, verließ er mich. Er gebrauchte den Ausdruck gleich zweimal, so gefiel er ihm.

Ich ging, voller Staunen, daß er mir bei dieser ersten Begegnung so viele Dinge enthüllt hatte, die er besser verschwiegen hätte, wie zum Beispiel den Aufbruch seiner Armada. Aber noch mehr erstaunte mich, was er mir von seiner Verzweiflung und seinem Wunsch anvertraut hatte, sich La Rochelle zum sicheren Hort zu machen.

Das war ein ganz neues Element. Bis dahin dachten der Kardinal und der König, daß Buckingham es nur aus Rache für das

Verbot, seinen Fuß jemals wieder auf französischen Boden zu setzen, auf unsere Küste abgesehen hätte. Doch war dieser zweite Beweggrund nach seinem Bekenntnis für ihn weit dringlicher, wie paradox es auch schien, daß er in La Rochelle, einer französischen Stadt, Zuflucht suchte vor seinen englischen Feinden.

Im übrigen war es mit dem zweiten Beweggrund dasselbe wie mit dem ersten: Er war genauso persönlich und diente ebenso wie die Politik, die Buckingham in seinem Land gemacht hatte, in keiner Weise Englands Interessen. Bei längerem Nachdenken erschien mir sein Plan nicht minder utopisch wie seine Liebe zu Anna von Österreich. Er barg zwei kaum überwindliche Schwierigkeiten: Buckingham müßte die Streitmacht des französischen Königs auf ihrem eigenen Gebiet schlagen, wo sie jedoch viel mehr Unterstützung und Nahrung fände als seine Armada. Und nach errungenem Sieg müßte er die Rochelaiser überzeugen, ihn als Gebieter anzuerkennen, was schon den Rohans, obwohl aus altberühmter, landständiger Familie, nicht immer gelang. Mir jedenfalls sah es ganz so aus, als wäre das, wie die Engländer sagen, ein zu großer Bissen, als daß er ihn verdauen könnte.

* * *

Wieder in Paris, eilte ich zum Louvre, erbat eine Audienz beim König und wurde augenblicklich empfangen. Der Kardinal war bei ihm, ich hätte also zwei Fliegen mit einer Klappe schlagen können, ohne mich vor dem einen oder dem anderen wiederholen zu müssen. Dem war aber nicht so. Denn in Gegenwart des Königs mußte alles ausgelassen werden, was das Bildnis der Königin in York House betraf, um ihn nicht zu verletzen. Dieses bedeutsame Detail gedachte ich aber dem Kardinal im vertraulichen Gespräch mitzuteilen, weil ich wußte, wie wichtig ihm die Kenntnis persönlicher Launen des Gegners waren, wenn er die Gegebenheiten einer politischen Situation studierte, und ich denke, daß sein Scharfsinn sich hierin selten täuschte.

Was nicht bedeuten soll, daß es Richelieu an Intuition mangelte, im Gegenteil. Er gab mir bei unserer Begegnung in Anwesenheit des Königs dafür einen neuen Beweis.

Mißtrauisch, wie Seine Majestät es nun einmal war, glaubte er keinen Augenblick, daß Buckingham wirklich mit offenen Karten gespielt hatte, als er mir anvertraute, er ginge am folgenden Tag nach Portsmouth, um sich an der Spitze seiner Flotte einzuschiffen.

Ohne es gleich zu sagen, war Richelieu nicht dieser Ansicht, doch mit seinem stets peinlich beobachteten Takt und seinen unendlichen Rücksichten gegenüber Seiner Majestät wollte er hierüber meine Meinung hören, denn rein an der Art, wie ich die Sache erzählte, hatte er bemerkt, daß sie in dieselbe Richtung ging wie seine.

»Sire«, sagte ich, »soweit ich den Herzog von Buckingham kenne (ich sagte natürlich ›Bouquingan‹, wie man seinen Namen bei uns französisierte), und ich kenne ihn ein wenig, nachdem ich eine Stunde mit ihm verbracht habe, scheint es mir, daß keine List im Spiel war, als er mir sagte, er wolle anderntags nach Portsmouth gehen. Herzog Buckingham legt großen Wert auf ein bestimmtes Bild von sich: das eines großen Herrn, der unter allen Umständen höflich und ritterlich handelt. Und ich meine, er hat tatsächlich mit offenen Karten gespielt, als er mir den Tag seines Aufbruchs nannte.«

»Und wenn man es bedenkt«, setzte Richelieu mit sanft überredender Stimme hinzu, »wozu sollte er lügen? Seine Armada kommt nicht unbemerkt über den Ärmelkanal und in den Atlantik, weil sie an unseren Küsten entlang muß, um von Portsmouth nach La Rochelle zu gelangen.«

»Das ist wahr«, sagte Ludwig.

Für den Moment äußerte er weiter nichts, doch als ich am selben Tag mit meinem Vater im Champ Fleuri beim Mittagessen saß, wurde mir gemeldet, daß der Kardinal mich im Louvre erwarte. Ich eilte hin und traf zunächst Charpentier an, der mir mitteilte, daß der König mich am darauffolgenden Tag nach der Insel Ré schicken wolle, damit ich Monsieur de Toiras dränge, Tag und Nacht an die Vollendung der Zitadelle Saint-Martin zu setzen. Und zu diesem Zweck solle ich ihm einen großen Sack Geld überbringen.

»Einen Sack mit wieviel Écus?« fragte ich.

»Hunderttausend, Herr Graf. Es wird aber mit einem Sack nicht getan sein.«

»Hunderttausend Écus!« rief ich baß erstaunt, fast setzte mir der Atem aus. »Wie zum Teufel ist das möglich? Der Schatz ist so versiegt wie ein Fluß in der Sahara. Das weiß ich doch als Mitglied des Staatsrats.«

»Aber, mit Verlaub, Herr Graf, Ihr wißt noch nicht, daß der Kardinal auf seinen eigenen Besitz soeben eine Million Gold geliehen hat, um sie den Kosten dieses Krieges beizusteuern.«

»Gott im Himmel!« rief ich. »Was für eine bewunderungswürdige Tat! Daß ein Minister mit seinem Hab und Gut für das Wohl des Staates bürgt, das wird in den Annalen der Geschichte höchstwahrscheinlich etwas Einmaliges bleiben!«

»Weil der Kardinal eben eins ist mit dem Staat!« sagte Charpentier voll Glut. »Weil sein Leben, sein Dasein nicht mehr ihm gehören, sondern Frankreich!«

Dasselbe, ging es mir durch den Sinn, könnte man auf einer weit niedrigeren Stufe auch von Charpentier sagen, der für den Kardinal war, was der Kardinal für das Staatswesen war, der sich ihm mit Leib und Seele verschrieben hatte und vom frühen Morgen bis in die späte Nacht unter seinem Diktat schrieb.

Lebhaften Schrittes trat Richelieu herein und bedeutete mir, die Begrüßungen abzukürzen.

»Monsieur d'Orbieu«, sagte er, »Seine Majestät entsendet Euch nach der Insel Ré mit Écus, Pulver, Waffen und dem Befehl, den Bau der Feste Saint-Martin mit äußerster Tatkraft voranzutreiben. Ihr werdet begleitet von einer Hundertschaft Soldaten unter Monsieur de Clérac. Die Geldsäcke werden in Gegenwart des Oberintendanten der Finanzen vor Euren Augen von einem Commis gefüllt, dann abgezählt in eine eisenbeschlagene Truhe verpackt, die mit Eurem Wappen versiegelt und abgeschlossen wird. Die Schlüssel übernimmt Ihr.«

»Also obliegt mir die volle Verantwortung, Monseigneur?«

»Wem sollte ich sie übertragen, wenn nicht Euch?« sagte Richelieu liebenswürdig.

Ich verneigte mich, und Richelieu fuhr fort: »Nach beendeter Mission bleibt Ihr bei Monsieur de Toiras in der Festung Saint-Martin. Eure Eskorte verstärkt vorerst seine Truppe. Ein starkes Heer folgt sobald wie möglich.«

Auf diesen zweiten Teil des Auftrags war ich nicht gefaßt. Ich machte große Augen, wagte aber keine Frage zu stellen.

»Monsieur d'Orbieu«, sagte lächelnd der Kardinal, »Ihr scheint überrascht?«

»Weil ich nicht sehe, Monseigneur, worin ich Monsieur de Toiras von Nutzen sein könnte: Das Kriegshandwerk ist mir fremd.«

»Das lernt Ihr dort«, sagte Richelieu, »und Ihr werdet es schnell lernen, ich bin von Euren Voraussetzungen dafür überzeugt. Aber nicht darin besteht Euer Auftrag. Ihr kennt Bouquingan und sollt Monsieur de Toiras beraten, wie er sich am besten hinsichtlich des Anführers der feindlichen Macht verhält, wenn Bouquingan, wie ich vermute, auf der Insel landet. Und da Ihr Euch offenbar fragt, wieso ich das vermute, will ich Euch ein Licht aufstecken. Nach meiner Kenntnis wird Monsieur de Soubise an Bord des Admiralsschiffes sein, und mit Sicherheit wird er Bouquingan raten, nicht auf dem Festland Fuß zu fassen, sondern auf Ré, weil Soubise die Insel genauestens kennt. Er hatte sie bereits 1625 besetzt, und es kostete Toiras, wie Ihr Euch erinnert, große Mühe, ihn zu vertreiben.«

Hierauf zog Richelieu einen dicken Chronometer aus seiner Soutane, warf einen Blick auf das Zifferblatt und machte eine erschrockene Miene.

»Wahrhaftig, neun Uhr schon! Und um neun ist Staatsrat! Kommt schnell, Orbieu, eilen wir! Es wäre höchst unschicklich, den König warten zu lassen, der immer so pünktlich ist!«

Und der große, *urbi et orbi* so bewunderte und gefürchtete Kardinal begann ohne jede Sorge, sich lächerlich zu machen, über die Korridore des Louvre zu laufen wie ein Schüler, der einen Verweis fürchtet. Ich rannte hinter ihm her, und als er vor der Tür zum Staatsrat Sekunden verhielt, hatte er einige Not, zu Atem zu kommen. Mir aber zeigte sich auch hierin aufs lebhafteste, was sein Leben war: eine Titanenarbeit im Dienst des Staates, unter allergrößter Rücksichtnahme auf einen Fürsten, der streng auf seine Macht hielt und nur zu leicht unwillig wurde bei dem geringsten Versäumnis.

Es wurde eine interessante und entscheidende Sitzung.

Die Wahrscheinlichkeit, daß die Engländer auf Ré landen würden, wurde von den Räten nicht angezweifelt. Doch mißbilligten es etliche, daß ein starkes Heer zur Verstärkung auf die Insel geschickt werden sollte, um die Engländer zu verjagen. Damit, sagten sie, zersplitterten wir unsere Kräfte, anstatt sie ganz auf La Rochelle zu konzentrieren. Im Grunde, auch wenn sie es nicht aussprachen, fanden sie sich im voraus mit dem Verlust der Insel ab, wobei sie vage darauf hofften, daß Stürme und Winterunbilden die englische Besatzung schon entmutigen würden. Was reichlich unbedacht war, denn Stürme und Winterunbilden kannte man auch in England, und es war schwer einzusehen, weshalb sie die Engländer auf Ré mehr entmutigen sollten als an der Themse.

Als ich diese altbekannte Leier hörte, brodelte mir das Blut in den Adern. Immer wieder und in allen Dingen gab es in diesem Reich doch eine Partei, die sich ins Aufgeben schickte und der Partei des Widerstands Knüppel zwischen die Beine warf! Wie traurig hatte sich dies schon unter der Regentschaft gezeigt, als Maria von Medici mit voller Zustimmung ihrer graubärtigen Minister mit den Großen, die unter Waffen gegen ihre Macht rebellierten, paktierte und ihnen das Maul mit Gold stopfte, anstatt sie Mores zu lehren.

Richelieu bat den König ums Wort. Er erhob sich, und so ruhig, klar und methodisch er auch sprach, ganz wie es seine Gewohnheit war, bemerkten doch jene, die ihn kannten, an dem Funkeln in seinen Augen, welche Entrüstung ihn beim Anhören besagter Reden ergriffen hatte.

»Die Insel Ré«, sagte er, »ist hochwichtig. Wenn die Engländer sie in die Hand bekommen, haben sie im Handumdrehen auch die Insel Oléron. Wenn sie sich auf der einen wie auf der anderen befestigen, und weil sie ohnehin die Hoheit der Meere haben, können sie von London soviel Unterstützung an Männern und Lebensmitteln erhalten, wie sie wollen. Außerdem ziehen sie dann großen Gewinn aus Wein und Salz der Insel Ré, aus Getreide und Vieh der Insel Oléron, behindern den Fischfang unserer Fischer, ruinieren unsere Küstenschiffahrt, und vor allem können sie jederzeit aufs Festland vordringen und eine Eroberung nach der anderen machen. Also darf man dem Feind nicht einen einzigen Vorteil lassen, und diese Inseln wären kein geringer! Im Gegenteil, man muß alles daransetzen, die Engländer zu verjagen, denn sobald sie verjagt sind, ist La Rochelle entscheidend geschwächt und wird sich sehr viel leichter ergeben.«

Mehrere Befürworter der Preisgabe schienen widersprechen zu wollen, aber als der König sah, wie sie sich erregten, ließ er sie gar nicht erst zu Wort kommen.

»Niemals«, erklärte er knapp und gebieterisch, »wird sich irgendwer auch nur einer Parzelle meines Reiches bemächtigen, ohne daß ich alles tue, ihn aufzustöbern.«

Dies war das erste Mal, daß der Jagdausdruck *aufstöbern* im Staatsrat und vor meinen entzückten Ohren fiel. Er wirkte wie Rolands Horn Olifant. In der darauffolgenden Minute wagte keine Hand mehr, sich zu recken und ums Wort zu bitten. Der König stand auf, durchmaß gesetzten Schrittes den Ratssaal und schritt davon. Ohne noch einen Ton, einen Laut beschloß er diese denkwürdige Sitzung.

In Begleitung von Nicolas – den der neue Gang der Dinge stark erregte, der sich aber trotzdem still hielt wie gewohnt –, begab ich mich zum Essen bei meinem Vater und erzählte ihm und La Surie von der Sache, soweit Vorsicht und Schweigepflicht es erlaubten.

»Mein Sohn« sagte mein Vater ernst, »ein so bedeutender Auftrag ist eine Ehre für Euch! Gewiß erschrecke ich in meinem hohen Alter davor, Euch so vielen Gefahren ausgesetzt zu wissen. Doch würde ich mich hüten, etwas hinzuzusetzen, was Eure Freude, Ludwig zu dienen, vermindern könnte. La Surie, der Euch mit Waffen und Munition versorgen kann, wird nicht verfehlen, Euch gleichzeitig alle auch nur notwendigen Ratschläge zu geben.«

Aber La Surie brachte vor Erregung anfangs kaum ein Wort heraus. Nur von seiner Muskete sprach er, die kraft ihrer Präzision ein Wunder sei und die er mir für die Dauer des Feldzugs borgen würde.

»Pierre-Emmanuel«, sagte er dann, »Ihr seid ein vorzüglicher Schütze, wie ich weiß, denn als Knabe habt Ihr selbst mich in dieser Kunst belehrt. Bei dieser Muskete werdet Ihr aber sehen, daß Zielen und Treffen unabänderlich eins ist. Ich meine, auf entsprechenden Abstand und bei guter Sicht (was für meine Begriffe den Wundercharakter der Waffe ein wenig einschränkte). Nicht vergessen dürft Ihr«, fuhr er fort, »falls Ihr in der Festung belagert werdet, Euch vorher mit Lebensmitteln für Euren persönlichen Bedarf einzudecken, und zwar mindestens für ein Jahr. Das erlaubt Euch, *primo*, auch eine längere Belagerung zu überleben und, *secundo*, Eure Allernächsten vorm Hungertod zu bewahren. Und noch etwas! Wenn der Feind die Mauern der Zitadelle mit Kanonen beschießt, denkt daran, sofort einen Helm aufzusetzen. Er schützt Euch zwar nicht vor einem Geschoß, aber vor herabfallenden Steinen, die das Geschoß aus den Mauern bricht. Und wenn der Feind gegen die Mauern anrennt und Leitern anlegt, schützt Euch mit Eurem Küraß, denn dann kann es Mann gegen Mann gehen. Trinkt kein Wasser, das Euch nicht sicher dünkt. Meidet Kräuter und Gemüse. Hütet Euch vor der Berührung mit schmutzigen Händen, fauligem Atem und Scheiße. Denkt immer daran, daß bei einer Belagerung Belagerte und Belagerer das eine gemeinsam haben, daß sie eher an schwärendem Magen sterben als an einer Schießerei.«

»Miroul«, sagte mein Vater, »schreib das lieber alles auf, damit Pierre-Emmanuel es behalten kann. Ich, mein Sohn, gebe Euch nur einen Rat: Dingt Hörner und dazu zehn Schweizer.«

»Herr Vater«, sagte ich, »ist das nötig, wenn ich die Musketiere von Monsieur de Clérac habe?«

»Aber gewiß doch. Sie sind sozusagen Eure Prätorianergarde. Sie unterstehen Eurem alleinigen Befehl, während die Musketiere nur Befehle von Clérac entgegennehmen werden, auch wenn er Euch unterstellt ist. Und außer daß Hörner und seine Schweizer Euch mit Leib und Seele ergeben sind, werdet Ihr schon noch merken, was Ihr an ihnen habt. Ah, gut, daß ich daran denke! Nehmt alles Geld mit, über das Ihr verfügt. Man sagt, Gold ist der Nerv des Krieges, und das stimmt. Für den Gemeinen ebenso wie für den Hauptmann. Ich bin manchesmal in so heikle Lagen geraten, daß ich hätte dran glauben müssen, wäre mein Beutel nicht so gut gespickt gewesen.«

Mir schwirrte der Kopf von alledem, als ich mich zur Siesta niederlegte. Auf einmal erschien Jeannette und huschte zu mir hinter die Bettgardinen.

»Bitte, Jeannette«, sagte ich, »bitte, kein Wort!«

Hierauf tat ich, als ob ich schliefe, ich schlief aber nicht, und als ich mich gar nicht regte, strich mir Jeannette nach einer Weile sanft über die Wangen.

»Was ist Euch denn, Herr Graf?« fragte sie. »Ihr weint ja? Seid Ihr traurig, daß Ihr in den Krieg müßt?«

»Nein, nein, im Gegenteil! Ich bin quirliger als ein Wurf Mäuse.«

»Warum dann die Tränen?«

»Ich weiß nicht. Vielleicht, weil ich das Gefühl habe, mein

Vater und Miroul lieben mich zu sehr. Das dreht mir das Herz um.«

»Würdet Ihr auch sagen, daß ich Euch zu sehr liebe?«

»Wie meinst du das?«

»Mit Verlaub, Herr Graf, ich meine, daß dieses ›zu sehr‹ Unsinn ist! Wenn man wen liebt, besagt sogar das ›zu sehr‹ noch zu wenig.«

VIERZEHNTES KAPITEL

Am Hof wird jedes kleinste Gerede zur üblen Nachrede. Über Monsieur de Toiras aber hatte ich stets nur Gutes gehört, obwohl er einige Zeit Favorit des Königs war, was ihm viel Neid und Haß eingetragen hätte, wäre er nicht ein so ehrenwerter Mann gewesen. Er wurde von Seiner Majestät auch nicht in Ungnade weggeschickt, sondern ging aus freien Stücken nach La Rochelle, als Gouverneur der Stadt und der Inseln, um dem König zu dienen, anstatt am Hof länger müßig zu gehen.

Bekanntlich wurde er als Favorit durch Baradat ersetzt, »einen jungen Mann ohne jedes Verdienst, der über Nacht wie ein Pilz aus dem Boden gesprossen ist«. Der Leser möge mir's nachsehen, daß ich Richelieus Ausspruch zum zweitenmal zitiere, aber er dünkt mich so köstlich.

Als ich auf der Insel Ré ankam und mit den hundert Musketieren Monsieur de Cléracs und der wohlgefüllten Geldtruhe vor der Zitadelle Saint-Martin erschien, wurde ich, wie man sich vorstellen kann, von Monsieur de Toiras bestens empfangen. Ihm waren die Mittel langsam knapp geworden, sowohl um die Soldaten wie um die Maurer zu bezahlen, die die Zitadelle bauten. Auch freute er sich, daß seine Truppen durch Clérac und seine Musketiere Verstärkung erhielten. Hingegen war er deutlich verstimmt, als er aus meinem Mund erfuhr, daß auch ich in der Zitadelle bleiben sollte.

»Heißt das«, rief er flammenden Auges, »daß Ihr hier den Befehl übernehmt? Vergilt der König mir so meine Mühen? Donnerschlag! Soll ich künftig Eurem Befehl unterstehen?«

»Aber nein, Monsieur de Toiras!« sagte ich lächelnd. »Ganz im Gegenteil! Vielmehr werde ich mich dem Euren unterstellen. Ihr kennt den Krieg, ich nicht.«

»Wie meint Ihr das?« fragte er, mehr erstaunt über meine Antwort als durch sie besänftigt. »Habe ich recht gehört? Ihr unter meinem Befehl? Ihr, Graf von Orbieu und Erster Kammerherr! Mitglied des Staatsrats und Ritter vom Heilig-Geist-

Orden! Herr Graf, Ihr wollt Euch wohl über mich lustig machen!«

»Gut denn«, sagte ich, »um es genauer auszudrücken, werde ich nicht unter noch über, sondern neben Euch stehen.«

»Schöne Genauigkeit!« sagte Toiras. »Herr Graf, erklärt mir, was dieses ›neben‹ bedeuten soll?«

Nun geriet ich ein wenig in Verlegenheit, denn Ludwig hatte zwar gesagt, ich solle Toiras in seinem Verhalten gegenüber Buckingham beraten, aber ich sah schon, daß der aufbrausende Toiras meine Ratschläge nicht gern annehmen würde. So beschloß ich, ihm meine Rolle sehr viel bescheidener darzustellen.

»Ich spreche Englisch, Monsieur de Toiras, und ich kenne Buckingham. Deshalb meinte der König, ich könnte hier dienlich sein als Dolmetsch zwischen Euch und dem Herzog, falls er, wie zu vermuten steht, auf dieser Insel Fuß zu fassen sucht.«

»Ah, das ändert die Sache und ist willkommen! Sogar sehr, denke ich. Ein Dolmetsch wird uns von großem Nutzen sein. Tausend Dank, daß Ihr Euren Auftrag so freundlich präzisiert habt.«

Und so folgte Windstille auf den Sturm und wich einer scherzenden Gutmütigkeit. Was für ein wechselhafter Mann, dachte ich. Denn sowie Toiras begriff, daß ich es nicht auf seine Befehlsgewalt abgesehen hatte, trat er freundschaftlich auf mich zu und umarmte mich.

»Donnerschlag, Herr Graf!« sagte er, »jetzt verstehe ich, warum Herr von Schomberg Euch in den Himmel hebt! Ihr seid ebenso bescheiden wie verdienstreich. Und wenn Ihr redet, kommt es frei von der Leber weg!«

Ich sagte, daß auch er mir sehr gefalle, und das war nicht gelogen, denn bei aller Rauhheit, die man seinem wettergegerbten Gesicht, seiner großen Nase und seiner kräftigen Statur ansah, hatte Toiras einen offenen und klugen Blick, einen Genießermund und ein freimütiges Lächeln, und wenn er nicht gerade Feuer spie, gab es an seinen Manieren nichts auszusetzen. Außerdem merkte ich seinem Akzent und einigen Ausdrücken an, die ihm entschlüpften, daß er Okzitanisch sprach wie mein Vater und wie manchmal auch ich. Denn auch wenn ich in Paris geboren bin, liebe ich die schönen alten Wörter des Languedoc und gebrauche sie gerne in meiner Umgangssprache, ja sogar, wenn ich schreibe.

Toiras führte mich sogleich in der Zitadelle herum, die in einzelnen Teilen noch unvollendet war, obwohl Tag und Nacht daran gearbeitet wurde. Die umgebenden Gräben mußten noch verbreitert und vertieft werden, auch sollten die Wallmauern mehr waagerecht und besser abgestützt werden. Zwar sah ich, daß die meisten Häuser innerhalb der Mauern noch auf Dächer warteten, was bedeutete, daß die zweitausend Männer und zweihundert Pferde der Garnison Regen und Wind ausgesetzt waren, die an der atlantischen Küste auch im Juni wüten konnten. Hingegen bewunderte ich, daß die Festung auf Felsen erbaut war, so daß die Hebebäume eines Angreifers ihr nichts anhaben konnten. Und was mich vollends begeisterte, war, daß Toiras nach dem Meer zu rechts und links der Zitadelle zwei hohe Mauern hatte errichten lassen, die eine Art Kanal für befreundete Schiffe verbargen, um im Notfall Männer und Lebensmittel in die Festung einzuschleusen. Diese vier Klafter hohen Mauern hatten Schießscharten und im Innern eine Treppe und einen Wachgang, damit die Belagerten die Belagerer durch Musketenfeuer aufhalten konnten. Um die Schießscharten bestmöglich zu nützen, war natürlich Schnelligkeit, Disziplin und Tapferkeit vonnöten, aber an diesen Tugenden mangelte es unseren Truppen nicht, unter denen namentlich das Regiment Champagne sich bereits in vielen abenteuerlichen Kämpfen hervorgetan hatte.

Nach dieser Schilderung wird der Leser sicherlich feststellen, daß ich nicht so kriegsunkundig war, wie ich gesagt hatte. Wie hätte ich es auch sein sollen, war ich Ludwig doch auf all seinen Feldzügen gefolgt und hatte ihm, als er noch ein Knabe war, gelauscht, wenn er mir das Wie und Warum der Festungen auseinandersetzte, die er nach den strengsten Grundsätzen der Kriegsbaukunst aus Sand errichtete.

Immer werde ich mich dieser Augenblicke voll Zärtlichkeit erinnern, weil das schweigsame Kind, das er war, dann auf einmal beredt wurde und mir begeistert sein Wissen mitteilte.

Gott sei Dank logierte mich Toiras mit Nicolas, Hörner, seinem Hund Zeus und meiner Prätorianergarde in einem Haus, das ein Dach hatte. Zwei Tage später bauten ihm meine guten Schweizer noch Regentraufen an, die sie von einem verfallenen Gehöft im Dorf Saint-Martin abgebaut hatten, so daß wir das Regenwasser in einer Tonne auffangen konnten. Hörner erklärte mir, daß zwei Brunnen, einer innerhalb der Mauern, einer außerhalb, im Belagerungsfall nicht ausreichen würden, Pferde und Männer zu tränken.

Bei dieser Gelegenheit erfuhr ich durch Hörner eine Wahrheit, die ich in der Folge bestätigt finden sollte. Das Soldatengewerbe besteht nicht nur darin, sich zu schlagen, sondern sich auch unterm Zugriff der Gefahr aller möglichen Bequemlichkeiten zu versichern. Es ist merkwürdig, wenn man es bedenkt – aber ein Soldat, der gut besoldet, ernährt, gekleidet und untergebracht ist und von seinen Vorgesetzten gut behandelt wird, fühlt sich dadurch nicht etwa stärker ans Leben gebunden, vielmehr wagt er es bereitwilliger, wenn die Stunde des Kampfes schlägt.

Am folgenden Tag gab mir Toiras auf meine Bitte hin einen Führer, um die Insel Ré kennenzulernen, wobei er mir riet, in aller Herrgottsfrühe aufzubrechen, denn die Insel sei sieben Meilen lang, ich müsse also vierzehn Meilen am Tag zurücklegen, um zum Ausgangspunkt zurückzukehren. Das war sogar für die guten Pferde viel, über die ich und meine Eskorte verfügten. Der Führer, einer der Junker von Toiras, hieß Monsieur de Bellecroix, war von der Insel gebürtig und ein maßvoller Protestant, den die Streitereien zwischen Tempeln und Kirchen nicht scherten und der nur seinem König dienen wollte. Übrigens war er nicht der einzige Protestant in der Armee von Toiras, dem das Bündnis der Rochelaiser mit den Engländern wenig behagte. Diese Fanatiker, sagte Bellecroix, erstrebten im Namen der Freiheit ihre Unterjochung. Ironisch nannte er sie »die neuen Bürger von Calais«.

Hörner hatte mich darauf aufmerksam gemacht, daß die Besichtigung der Insel eine gute Gelegenheit wäre, unsere Vorräte aufzustocken. Ich gab ihm das nötige Geld, und Bellecroix empfahl uns, wir sollten im Marktflecken Saint-Martin-de-Ré haltmachen, dort fände er, was er suchte. Hörner blieb also mit dem Karren, seinem Hund Zeus und vier seiner Männer dort zurück.

Was mir bei der Besichtigung der Insel als erstes auffiel, war, daß es weder Kornfelder noch Viehweiden gab, also auch keine Kühe, keine Schafe, nicht einmal Ziegen. Demgemäß mußte Ré für seine Ernährung stark vom Festland abhängen, ein sehr beunruhigender Gedanke, falls die Zitadelle belagert würde. Trotzdem war die Insel nicht arm, denn ich sah Salzsümpfe und Weinpflanzungen in großer Zahl.

»Bei den Preisen«, sagte ich, »die wir für Wein und Salz bezahlen, müssen die Leute hier reich sein.«

»Sie könnten es sein«, sagte Bellecroix, »wenn die Weingärten und die Salzsümpfe ihr Eigentum wären. Aber die große Hälfte gehört wohlhabenden Rochelaiser Bürgern, während die Leute auf Ré nur deren Tagelöhner sind und sich dabei eher ein krummes Kreuz als einen Gewinn holen. Trotzdem wandern die Rétaiser nicht aus. Sie lieben ihre Insel so sehr, daß sie sich selten aufs Festland wagen. Hier haben sie gesunde Luft, es ist nie zu kalt oder zu heiß. Nur kann das Wetter, wie Ihr an den krummen Bäumen und den niedrigen Häusern seht, so manchesmal sehr windig und stürmisch sein.«

Nicht ohne Hintergedanken interessierte ich mich vornehmlich für die Zugänge zur Insel, die ja eine sehr langgezogene Form und folglich zwei Küsten hat. Die der Nordseite fand ich wenig gastlich, weil sie von hohen Dünen gesäumt war und keinen einzigen Hafen hatte; dafür war die südliche Seite stark zerklüftet und hatte viele Buchten. So fragte ich denn Bellecroix, nachdem wir sie alle gesehen hatten, welchen dieser Häfen Buckingham nach seinem Dafürhalten wohl zur Landung wählen würde.

»Das wird«, sagte Bellecroix, »wohl Soubise bestimmen, und Soubise kennt die Insel, wie Ihr wißt.«

»Mit Verlaub«, sagte ich, »gehen wir die Buchten durch, um es herauszufinden. Was haltet Ihr von La Conche aux Baleines an der Nordspitze?«

»Nein, die ist dem Ozean zu weit geöffnet.«

»Und das südlichere Fier d'Ars? Was meint Ihr? Mir schien diese Bucht zugleich weit und gut geschlossen.«

»Das ist sie, aber sie ist leider nicht nutzbar, weil sie an Salzsümpfe grenzt, die eine Landung sehr behindern würden.«

»Und die Reede von Saint-Martin?«

»Die ist gut, aber zu nahe an der Zitadelle gelegen. Unsere Truppen hätten es nicht weit, Buckinghams Armada schon bei der Landung unter Feuer zu nehmen.«

»Und der Ring vor dem Dorf La Flotte?«

»Der ist auch zu nah an der Zitadelle und außerdem zu klein.«

»Die Bucht von Sablanceaux?«

»Die könnte es sein!« meinte Bellecroix. »Die wäre die beste für Buckingham, denn sie liegt mehrere Meilen von der Zitadelle entfernt, ist breit, gut geschützt, hat genügenden Wasserstand, sogar bei Niedrigwasser, der Strand ist groß genug, daß eine Armee ihr Lager aufschlagen kann. Und schließlich ist sie von La Rochelle nur durch einen Meeresarm getrennt, den ein guter Schwimmer überwindet. Ein großer Vorteil für Soubise, der sicher gleich nach der Landung mit einem Boot nach La Rochelle übersetzen und die Rochelaiser überreden wird, sich den Engländern an die Seite zu stellen.«

Am Tag nach dieser Besichtigung der Insel, die mir eine klare Vorstellung unserer Lage verschafft hatte, lud mich Monsieur de Toiras mit Nicolas, seinem Bruder, Monsieur de Clérac, und einem Halbdutzend Offizieren des Regiments Champagne[1] zum Essen ein. Der Gedanke an die englische Landung geisterte in allen Köpfen, und die Unterhaltung mündete wiederum in die Frage, wo Buckingham auf der Insel landen würde.

»Graf«, sagte Toiras, »was Bellecroix Euch gesagt hat, denken alle. Ich meine, alle hier anwesenden Offiziere, auch ich. Entweder die Reede von Saint-Martin oder die Bucht von Sablanceaux. Es gibt nur diese zwei Möglichkeiten. Schön wär's, es gäbe nur eine!«

»Darf ich fragen, warum?«

»Weil alles viel leichter wäre! Sobald die feindlichen Segel auftauchten, könnte ich mich ihnen gleich mit dem Gros meiner Kräfte entgegenwerfen.«

»Und das könnt Ihr nicht, wenn zwei Möglichkeiten bestehen?«

»Es wäre sehr unklug. Buckingham könnte ein kleineres Kontingent in der Bucht von Sablanceaux absetzen, und, während ich beschäftigt wäre, es aufzureiben, mit seinen Hauptkräften in der Reede von Saint-Martin landen, das heißt in geringem Abstand zu einer Zitadelle ohne die volle Truppenstärke.«

»Ihr könntet Eure Kräfte teilen.«

»Das wäre der beste Weg, zweimal geschlagen zu werden.«

---

1 dessen Feldmeister Toiras war.

Hierauf sah mich Toiras mit seinen schwarzen Augen an, in denen es kampfeslustig flammte, und sagte mit seinem südlichen Akzent: »Es heißt immer, der Krieg sei eine einfache Kunst. Ich dagegen behaupte, daß er eine ungewisse Kunst ist. Wer weiß im voraus, wenn er sich einer beunruhigenden Alternative gegenübersieht, ob die Lösung, für die er sich entscheidet, die richtige ist? Als falsch erkennt man sie erst, wenn sie fehlgeschlagen ist.«

Die Franzosen mit ihrer nicht immer unschuldigen Manie, alles zu bekritteln, was ihre Anführer tun, fielen später prompt auch über Toiras her. Tatsächlich aber beging Toiras in der ganzen Zeit, die die Engländer die Insel besetzten, nämlich vom einundzwanzigsten Juli bis zum achten November, meines Erachtens nur einen Fehler. Besessen von der Vollendung der Zitadelle, trieb er die Arbeiten Tag und Nacht voran, dachte aber zu spät daran, genug Lebensmittel in der Festung zu horten. Die Bevorratung erfolgte erst in letzter Minute, also schlecht und unzureichend. Einen solchen Fehler hätte Ludwig niemals begangen; bei allen seinen Feldzügen waren Brot für die Soldaten und Fourage für die Pferde stets seine erste Sorge, und das immer ausreichend und auf lange Sicht.

»Damit hat er tausendmal recht«, sagte mir der Marschall von Schomberg einmal hierzu. »Wie soll der Soldat sich ein Herz fassen, wenn er nichts im Bauch hat?«

Doch um wieder auf unsere Hammel und das endlose Warten auf die Engländer zurückzukommen, so hatten alle nur Augen für den Ozean. Und seltsam, fast sehnte man den Feind herbei.

Sowie ein reitender Bote meldete, an der bretonischen Küste sei eine starker Flottenverband gesichtet worden, stationierte Toiras an der Pointe du Grouin zehn Berittene, die sich alle Stunden darin abwechselten, ihr Auge hinters Fernrohr zu klemmen, um die feindliche Flotte im bretonischen Gewässer so früh wie möglich auszumachen. Und obwohl es ausgeschlossen war, daß diese über Nacht landete, hielten unsere Aufklärer die Ohren von der Abenddämmerung bis zur Morgenfrühe offen.

Aber der Seeweg von Portsmouth bis La Rochelle ist lang, und es verflossen noch etliche Tage, bis man andere als die Segel von Küstenfahrern und Fischern erblickte.

Unsere Zitadelle bot gute Sicht auf den bretonischen Pertuis. So nennt man den Meeresarm, der sich von Sables d'Olonne bis La Rochelle erstreckt. Doch die Sicht von der nordwestlichen Pointe du Grouin war noch besser. Am einundzwanzigsten Juli nahmen wir, Nicolas, Clérac und ich, bei strahlender Sonne und weit geöffneten Fenstern gegen elf Uhr eine schnelle Mahlzeit mit Monsieur de Toiras ein. Ich sage schnell, weil Toiras die Ungeduld in den Gliedern saß, zu seinen Baustellen zurückzukehren, während auf dem Tisch eine so knusprige Lammkeule unser harrte, daß einem Eremiten der Speichel geflossen wäre. Doch im selben Moment, als Toiras, der gerne anschnitt, das Messer ansetzen wollte, klopfte es. Ich rief herein, und Hörner, der den Kopf durch den Türspalt steckte, sagte in einem Französisch, das infolge seiner Erregung furchtbar kehlig klang: »*Herr Graf!* Monsieur de Rabatelière verlangt dringend, Monsieur de Toiras zu sprechen.«

Der Name Rabatelière wirkte auf Toiras wie der Blitz, und ebenso schnell begriff ich warum. La Rabatelière befehligte das Wachkommando an der Pointe du Grouin. Toiras sauste von seinem Stuhl hoch und lief, das Messer noch in der Rechten, zur Tür. Wir drei, Nicolas, Clérac und ich, stürzten ihm nach. Vor der aufgerissenen Tür stand Rabatelière, rot und zitternd vor Aufregung und offensichtlich außerstande, einen Ton hervorzubringen. Während er nach Atem rang, grub sich eine Besonderheit seiner Physiognomie Gott weiß warum in mein Gedächtnis ein: Er hatte so gut wie keine Augenbrauen.

»Sie sind da!« rief er, als er seine Stimme endlich wiederfand.

»Sie sind da!« rief Toiras. »Seid Ihr sicher?«

»Ja, ja, ganz sicher! Es sind bisher nur Punkte im nordwestlichen Pertuis, aber so viele, daß es keine Küstenfahrer sein können!«

»Dann los!« schrie Toiras, und als er in seiner Rechten noch das Anschneidemesser entdeckte, dessen Griff er umklammert hielt, schleuderte er es auf den Tisch und stürmte, von unserem Trio gefolgt, davon.

Um keine Zeit mit dem Satteln seines Pferdes zu verlieren, sprang er ungefragt auf das von Rabatelière, spornte es und jagte mit verhängten Zügeln zum Tor hinaus.

»Monsieur de La Rabaletière«, sagte ich, als er Toiras verdattert nachschaute, »kommt, ich gebe Euch ein Pferd von mir.«

Im Nu hatte Nicolas es gesattelt, dann mit meiner Hilfe auch meine Accla, und schon galoppierte ich als zweiter aus den Mauern. Mit einigem Abstand, wie ich sah, folgten mir Clérac, La Rabatelière und Nicolas. Die Sonne stand hoch und brannte auf meinem bloßen Kopf, doch spürte ich eine schmeichelnde frische Brise im Nacken, die ich freilich nicht wohltuend nennen mochte, weil sie uns die feindliche Armada unausweichlich nah und näher brachte.

Als ich zur Pointe du Grouin kam, klebte Toiras mit dem Auge gespannt am Fernrohr, und weil er die Lippen bewegte, vermutete ich, daß er die fernen Punkte am Horizont zähle. Aber gerade, als ich dies dachte, nahm er das Glas vom Auge und hielt es mir ungeduldig hin.

»Zählen kann man sie noch nicht! Sicher ist nur, daß es sehr viele sind! Seht selbst!«

Und zu den Männern, die ihn umstanden, sagte er scherzend: »Meine Herren, da die Engländer uns die Ehre ihres unverhofften Besuchs erweisen, laßt uns sie gebührend empfangen.«

Es wurde gelacht, und er setzte hinzu: »Auch Kanonen können höflich sein, wenn man sie kitzelt.«

Wir lachten schallend, und stracks ging Toiras zu den Pferden, die Nicolas hütete, und wollte, als wäre er es schon gewohnt, sich wiederum Rabatelières Stute nehmen. Geschwinde aber schob ihm Nicolas diejenige unter, die ich Rabatelière geliehen hatte. Toiras saß auf, ohne sich auch nur im geringsten über den Austausch zu wundern. Nicolas befragte mich mit den Augen, dann galoppierte er ihm nach, um sicherzustellen, daß das geliehene Pferd in der Zitadelle nicht etwa im Stall von Toiras verschwand, sondern hübsch zurückkam in meinen.

»Besten Dank Eurem Nicolas«, sagte mir Rabatelière ins Ohr. »Ich beneide Euch, daß Ihr einen so flinken und wachen Junker habt.«

Wie seltsam, dachte ich später, daß wir uns derart bei unseren Pferden aufhalten konnten, während uns mit den Engländern doch die Gefahr näher und näher rückte, schon in der ersten Schießerei zu fallen.

Auf dem Platz der Zitadelle fand ich alles in hellem Aufruhr.

Es wimmelte von Pferden, die gesattelt wurden, und von Soldaten, die sich zum Kampf rüsteten, so daß man glauben konnte, die Garnison habe sich verdoppelt. Doch ich kam bald auf den Grund dieses Drunter und Drüber. Toiras wollte dem Feind mit seiner gesamten Kavallerie, zweihundert Pferden und tausenddreihundert Mann Fußvolk, entgegenziehen. Die restlichen siebenhundert Mann sollten die Zitadelle inzwischen vor Überraschungen schützen.

In meinem Haus angelangt, fragte ich Hörner, was er von dieser Entscheidung halte, und nach kurzem Sinnen meinte er, der Landung Steine in den Weg zu legen, sei auf alle Fälle gut.

»Mein lieber Hörner«, sagte ich, »was heißt dieses ›auf alle Fälle‹?«

»Wenn die Engländer weniger sind als die Unseren, kann die Landung vielleicht verhindert werden. Wenn es mehr sind, tut man ihnen soviel Schaden wie möglich an, sobald sie den Fuß auf unser Gebiet setzen, damit sie sich nicht allzu sicher fühlen. Immerhin gibt es in allen Dörfern der Insel eine hugenottische Mehrheit, also werden die Ortschaften Sainte-Marie, La Flotte, Saint-Martin, La Couarde, um nur diese zu nennen, dem Eindringling freudig Tür und Tor auftun.«

Es klopfte, und Monsieur de Bellecroix erschien.

»Herr Graf«, sagte er mit tiefer Verneigung, »Monsieur de Toiras läßt Euch ausrichten, daß Ihr Euch dieser Expedition nicht anschließen müßt. Wenn Ihr aber mitkommt, wünscht er, daß Ihr Euch an einem möglichen Angriff der Kavallerie nicht beteiligt. Das Wichtigste ist ihm, daß Ihr im gegebenen Augenblick die diplomatische Rolle spielt, für die Euch der König bestimmt hat. Und was für Euch gilt, gilt auch für Eure Schweizer.«

»Monsieur de Bellecroix«, sagte ich, »als ich hierher kam, habe ich mich dem Befehl von Monsieur de Toiras unterstellt. Ich gehorche ihm also, wie ich auch künftighin gehorchen werde. Da er mir aber die Wahl läßt, nehme ich an der Expedition teil.«

»Monsieur de Toiras wird Eure Worte mit Freude vernehmen«, sagte Bellecroix und zog sich grüßend zurück.

»Herr Graf«, sagte Hörner, »darf ich etwas fragen?«

»Frag, guter Hörner.«

»Da Euer Leben geschützt werden muß, damit Ihr Euren

Auftrag ausführen könnt, warum wollt Ihr Euch dieser Expedition anschließen? Auch wenn Ihr nicht am Kampf teilnehmt – bei der Reiterei geht es immer mörderisch zu, vor allem, wenn sie auf die Musketen und Piken des Fußvolks stößt. Auf einem Schlachtfeld ist es gefährlich. Kugeln wählen nicht.«

»Hauptmann«, sagte ich, »als das Gerücht zu Julius Cäsar nach Rom drang, daß seine Gattin untreu sei, verstieß er sie, obwohl er sie für unschuldig hielt. Und als seine Vertrauten sich darüber verwunderten, antwortete er: ›Cäsars Frau hat über jeden Zweifel erhaben zu sein.‹«

»Bitte, Herr Graf«, sagte Hörner verlegen, »erklärt mir Eure Erklärung!«

»Das soll heißen«, sagte ich, »daß es sehr unpassend wäre, wenn der Gesandte des Königs auf der Insel Ré der Feigheit verdächtigt werden könnte.«

»Ach so!« sagte Hörner. »Wie interessant! Was man von Cäsars Frau sagen kann, kann man also auch von einem Mann sagen! Wie schlau die Franzosen sind!«

Ich überließ ihn seinem Staunen, begab mich mit meinem Fernrohr auf den höchsten Turm der Zitadelle und überschaute, auf die sonnenheißen Zinnen gelehnt, den Horizont. Die Punkte waren keine Punkte mehr, sondern Segel, kaum größer als ein Kinderspielzeug, aber von gutem Nordwest gebläht, so daß die Schiffe leicht dahinglitten. Und weil das Meer ruhig lag, als ob es schliefe, schätzte ich, daß es keine zwei Stunden mehr dauern würde, bis Buckinghams Flotte die Bucht von Sablanceaux erreichen würde, falls er diese Bucht ansteuerte.

Ich verweilte eine gute halbe Stunde dort, und als die Segel allmählich größer wurden, versuchte ich sie zu zählen. Sie wirkten aber auf Grund der Entfernung so dicht bei dicht, daß ich mit dem Zählen bald durcheinanderkam und es bleiben ließ. Dennoch gewann ich den Eindruck, daß ihrer nicht weniger als hundert sein mußten. Eine ziemlich erschreckende Zahl, denn diese machtvolle Armada trug in ihren Flanken ein Heer, das zwei-, sogar dreimal so stark sein mochte als das unsere.

Der Anblick all dieser anmutig geblähten Segel, die so geschlossen über den bretonischen Pertuis herannahten an diesem klaren Sommertag, war ungemein schön – am Himmel nicht eine Wolke, nicht die kleinste Riefelung auf dem Meer. Und es ging von diesem gemächlichen, majestätischen Nahen eine ergreifende Friedlichkeit und Stille aus, obwohl die herrliche Flotte uns gerade dieser Wonnen berauben würde.

Trotzdem empfand ich keine Angst. Im Augenblick jedenfalls hatte ich keine Mühe, alle Todesfurcht aus meinem Sinn zu verbannen, so gut fühlte ich mich, so freundlich liebkoste die Sonne meinen Nacken, dem der Nordwest zugleich Kühlung fächelte. Alle meine Gliedmaßen schienen mir erfüllt von Behagen und von Saft und Kraft geschwellt. Die so friedliche und reine Unermeßlichkeit des Ozeans zog mich wie magnetisch an. Warum nur konnte ich die Eindringlinge nicht durch eine Zauberformel und mit einer beschwörenden Gebärde vertreiben, und wie sehr wünschte ich, eine Sirene entstiege den Wassern und gesellte sich zu mir als Weib. Welch ein Glück, mit ihr an den Stränden entlangzuschlendern, mich mit ihr in den Dünen von Rivedoux zu lagern und, unserer Umarmungen endlich satt, mit ihr ins kühle, durchsichtige Wasser der Bucht einzutauchen.

Doch ergab ich mich nur halb meinem Traum. Das Erwachen, wußte ich, würde rauh sein. Musketengeknatter und Kanonendonner würden meine süßen Bilder zerreißen. Der herrliche Sand würde gefleckt sein mit Blut. Und noch ehe die Sonne im Ozean versunken wäre, würden auf beiden Fronten viele blühende und tapfere Leben erlöschen.

* * *

Hohe Dünen, wie es so viele auf dieser Insel gibt, wo das ganze Jahr starke Winde wehen, trennten uns vom Strand von Sablanceaux, so daß die Avantgarde von Toiras' kleiner Armee nicht mehr sah als die Mastspitzen der dort anlegenden Schiffe. Englische Späher, die sich auf den Dünen versteckt hielten, um rechtzeitig unsere Ankunft zu melden, beschossen uns, sowie sie uns sichteten, aber unsere Fußtruppen antworteten mit einer so wohlgenährten Musketade, daß sie sich schleunigst zurückzogen. Toiras war überrascht und fast beunruhigt von so geringem Widerstand. Als ich ihn fragte, ob ich mit meinen Schweizern nicht von den Dünenkämmen schauen solle, was sich auf der drübigen Seite tat, mochte er es mir nicht abschlagen, denn ich hatte mich zwar verpflichtet, nicht auf seiten der Kavallerie einzugreifen, nicht jedoch, mit gekreuzten Armen abseits zu stehen.

Ich ließ Nicolas und zwei von Hörner bestimmte Schweizer bei den Pferden, dann erklommen wir die mittlere Düne. Diese erschien mir am höchsten und folglich am besten geeignet, das feindliche Lager zu überblicken. Der Aufstieg war kein Kinderspiel, denn die Düne war äußerst steil und der Sand so lose, daß die Füße bei jedem Schritt einsanken bis zu den Knöcheln. Es kostete Anstrengung, jeweils den linken, dann den rechten Fuß aus dem Sand zu ziehen. Und alle rangen wir um Atem, als wir den Gipfel erreichten, und waren froh, uns auszuruhen, ohne aber unsere Köpfe zu heben.

»Und jetzt, Herr Graf«, sagte Hörner, »heißt es sehen, ohne gesehen zu werden.«

Wie jeder militärische Grundsatz schien dieser mir leichter ausgesprochen als in die Tat umgesetzt. Denn sobald wir uns auch nur ein wenig gereckt hätten, wären uns die Musketenkugeln um die Ohren gesaust. Einigermaßen ratlos, was zu tun sei, sah ich, wie Hörner mit den Händen einen kleinen Tunnel in den Sand grub, der, wie er sagte, auf der feindlichen Seite enden solle. Zu meiner Überraschung höhlte er den Tunnel aber nicht waagerecht, sondern schräg zu seiner Brust. Auf meine Frage nach dem Grund antwortete er, wenn er ihn waagerecht graben würde, könnte man das Loch auf der anderen Seite sehen, und wenn man hineinschießen würde, träfe ihn der Schuß ins Gesicht. Bei einem schrägen Tunnel hingegen mündeten die feindlichen Kugeln nur im Sand.

Als sein Werk vollendet und der kleine Tunnel nach jenseits durchgebohrt war – natürlich nur mit einer kleinen Öffnung –, bat ich Hörner, mir das Fernrohr zu reichen, was er ungern tat, denn die Sache war nicht ungefährlich. Nach einigem Suchen legte ich das Fernrohr an und erblickte einen Mann, der vom Großmars des Schiffes unsere Truppenstärke überschaute. Vielleicht sollte ich meiner schönen Leserin in Erinnerung rufen, daß der Großmars eine hoch am Mast befestigte Plattform ist, die sowohl das Rahenmanöver erleichtert als auch die Fernsicht ermöglicht auf fremde Schiffe, ob Freund, ob Feind, auf mögliche Klippen oder auch auf unbekannte Länder.

Der Mars kann von einem Korb umgeben sein, so daß der Matrose sich anlehnen, mit den freien Händen ein Fernrohr halten und hindurchsehen kann. In anderen Fällen kann der Mars zum Ort grausamer Strafen werden: Der Delinquent wird an den Großmast gebunden und wird vierundzwanzig bis achtundvierzig Stunden lang hin- und hergeschleudert von dem schaukelnden Mast, im Wind und in den bei Sturm aufziehenden Nebeln. Über achtundvierzig Stunden hinaus kann diese Strafe tödlich sein.

Um aber auf den englischen Späher am Großmast zurückzukommen, so war er schlau, denn er kniete oder kauerte in dem Mars und ließ nur sein Fernrohr über den Korbrand ragen. Er mußte von dort oben die beste Sicht auf unsere Armee hinter den Dünen haben. Sogar unsere Anzahl konnte er *grosso modo* schätzen. Ich meinte, wir sollten unser Fernrohr sogleich mit einer Muskete vertauschen und den Späher herunterschießen. Aber Hörner gab zu bedenken, daß dies ganz unnütz wäre, *primo*, weil der Mann sofort durch einen anderen ersetzt würde, und *secundo*, weil unser Schuß die Aufmerksamkeit der Engländer auf den Dünenkamm lenken und uns eine solche Schießerei bescheren würde, daß wir in Deckung gehen müßten und unseren Beobachtungsposten verlören. Auf Hörners Rat blieb der Späher denn verschont, und ich versuchte die feindliche Landung zu verfolgen. Was auch gelang, aber nicht ohne Beschwernis, denn mein Fernrohr gab ja nur Einzelbilder her, einen Gesamtüberblick erhielt ich nicht. Mit einiger Geduld indes und indem ich das Ausgangsloch des Tunnels leicht erweiterte, so daß ich das Glas hin und her bewegen konnte, glückte es mir, ein recht gutes Bild der Landung zu gewinnen.

Sie vollzog sich auf zweierlei Weise, zum einen von flachen Kähnen aus, in denen, ohne daß wir sie hatten sehen können, Soldaten transportiert worden waren, zum anderen von den Schiffen selbst, die am Eingang der Bucht geankert hatten, denn der Wasserstand reichte aus, daß sie nicht strandeten. Ich hatte erwartet, daß von den Schiffswänden Taue oder Strickleitern herabhingen, an denen die Männer ins Wasser gelangten, weil es hier niedrig war. Tatsächlich sah ich eine Art Netze mit sehr weiten Maschen und aus dicken Seilen, an denen die Männer Masche für Masche hinabkletterten. So konnten etwa zehn Männer diesen Weg gleichzeitig nehmen, was eine schnellere Landung gestattete.

Langsamer ging es mit den Pferden, die mit Zugwinden hochgehoben werden mußten, bevor man sie sanft niederließ. Damit war es aber noch nicht getan, denn sobald sie das Wasser berührten, wollten sie sich erst einmal darin tummeln, um sich nach der erstickenden Hitze zu erfrischen, die sie im Schiffsbauch ausgestanden hatten.

Zu meiner Überraschung machten es die gelandeten Soldaten nicht anders. Anstatt den Strand hinaufzugehen und sich in Schlachtordnung aufzustellen, wie es ihre Offiziere lauthals befahlen, verweilten sie im Meerwasser, wuschen sich Gesicht und Hände, versuchten sogar, ihre Uniformen von Erbrochenem zu reinigen. Offensichtlich hatten sie ebenso wie die Pferde gelitten, nahezu drei Wochen in den Kielräumen zusammengepfercht zu sein, bei nur zwei Stunden am Tag auf der Brücke, um Luft zu schöpfen.

Der Anblick dieser aufsässigen Soldaten, die sich im kühlen Meerwasser erfrischten, anstatt ihren Vorgesetzten zu gehorchen, ergötzte mich sehr, und ich dachte, diese Engländer würden im gegebenen Moment wohl nicht viel Glut daransetzen zu kämpfen. Worin ich mich vollkommen täuschte, denn als Toiras eine halbe Stunde darauf zum Angriff schritt, verteidigten sich die Engländer äußerst tapfer. Was bewies, daß die Liebe zum Wasser und zur Reinlichkeit bei diesen Inselbewohnern sich durchaus mit Kampfesmut vertrug.

Doch zurück zu den Badenden. Mein Ergötzen war noch nicht am Ende. Zur Verstärkung der Offiziere, die ihre Befehle brüllten, ohne daß einer darauf hörte, tauchte plötzlich ein prächtig gewandeter langer Kerl auf, aber nicht in Uniform, sondern mit einem Hut auf dem Kopf, der einen großen schwarz-rot-goldenen Federbusch trug. Er schwang einen Stock in der Hand, schlug den Badenden damit auf Rücken und Schultern und schrie: »*March on, you lazy lads!*«[1]

Mit seinem Einschreiten hatte er weit mehr Erfolg als die Offiziere, denn entweder beeindruckte sie der Stock oder derjenige, der ihn so gewandt schwang, jedenfalls sprangen die Soldaten endlich aus dem Wasser und reihten sich oben am Strand. Ich versuchte mein Fernrohr auf das Gesicht dieses vom Himmel gefallenen Erzengels zu richten, und ungläubig erkannte ich Buckingham.

* * *

---

1 (engl.) Los, ab, ihr faulen Säcke!

Schöne Leserin, womöglich denken Sie nach dieser meiner Schilderung, daß nur von einem einzigen englischen Schiff Soldaten an Land gingen und ringsum alles still gewesen wäre. Sollte das Ihr Eindruck sein, so erlaube ich mir, ihn zu berichtigen.

Tatsächlich landeten Soldaten von sämtlichen Schiffen, die die Bucht von Sablanceaux fassen konnte, und weil es eine sehr weite Bucht war, konnte sie so viele fassen, daß ich Ihnen die genaue Zahl nicht angeben kann, dafür war der Sichtkreis meines Glases zu klein und seine Bewegungsfreiheit zu begrenzt. Schlimmer war aber, daß der Himmel alles andere als heiter und friedlich war; er wurde unaufhörlich vom Donner der Kanonen zerrissen, die von den englischen Schiffen das Häuflein beschossen, das Toiras in Schlachtordnung hinter den Dünen aufgebaut hatte.

Gewiß feuerten die Kanonen ohne Sicht und richteten daher nicht so schwere Schäden an, wie zu fürchten stand, töteten aber dennoch hier und da Pferde und Männer. Auf Grund unserer besonderen Lage liefen meine Schweizer und ich, die wir uns den Engländern viel näher befanden, paradoxerweise keinerlei Gefahr, solange wir nicht durch Vorwitz eine Schießerei auf uns zogen. Die Kugeln flogen über den Kamm hinweg und schlugen in einigem Abstand hinter uns ein. Die einzige Unbehaglichkeit, die wir ausstanden, war das schreckliche Krachen der Kanonen, deren Mündungen uns so nahe waren. Der Donner war bei jedem Schuß so ohrenbetäubend, daß er unsere Nerven erschütterte und uns bebend in alle Glieder fuhr, ohne daß wir jedoch das beängstigende Gefühl des dicht bevorstehenden Todes hatten.

Meine Augen waren von dem vielen angestrengten Sehen müde, und ich bat Hörner, meine Stelle einzunehmen, was er gerne tat. Doch während ich ihm jeweils leise mitgeteilt hatte, was ich erspähte, sagte er keinen Ton, als er nun das Fernrohr hielt. Vielleicht gab es jetzt auch nichts mehr zu sagen. Doch als auch er schließlich ermüdete und das Rohr einem seiner Schweizer überließ, wandte er sich mit bedenklichem Kopfschütteln zu mir.

»*Die Pferde sind hundeelend*«, sagte er auf deutsch.

»Wieso hundeelend?« fragte ich, belustigt von seinem Ausdruck.

»Nach dem, was ich sehen konnte, sind sie in den Wochen auf See erbärmlich hin- und hergeschleudert worden, aber am schlimmsten außer der Seekrankheit muß es wohl für sie gewesen sein, daß sie nicht genug zu saufen hatten. Man sieht es daran, wie sie sich jetzt auf das Salzwasser stürzen, es aber gleich wieder ausspucken. Und wenn sie endlich an Land kommen, halten sie sich kaum auf den Beinen, schwanken und taumeln, manche legen sich sogar hin, was kein gesundes Pferd tut.«

»Wie lange wird es dauern, bis sie sich erholt haben, was meinst du?«

»Zwei bis drei Tage mindestens, Herr Graf.«

»Hörner«, sagte ich, nachdem ich dies bedacht und für sehr wichtig befunden hatte, »ich gehe jetzt hinunter, um Monsieur de Toiras unsere Beobachtungen mitzuteilen. Solltest du inzwischen, aber ohne daß ihr euch gefährdet, mit bloßem Auge abschätzen können, wie viele englische Soldaten am Strand sind, dann schick mir jemanden mit der Nachricht. Er findet mich bei Monsieur de Toiras. Aber beim Himmel und allen Heiligen, Hörner, wagt euch nicht länger als für Sekunden aus der Deckung! Im übrigen weißt du selbst am besten, wieviel Zeit der Feind braucht, eine Muskete anzulegen, zu zielen und zu feuern.«

Der Leser wird sich erinnern, wie Hörner auf jeder Reiseetappe zu seinen Leuten zu sagen pflegte: »Erst die Tiere, dann die Männer.« Solche lapidaren, der Erfahrung entwachsenen Grundsätze hatte er eine ganze Reihe auf Lager, und er gab mir bei dieser Gelegenheit ein neues Beispiel.

»Keine Bange, Herr Graf: Vorsicht geht vor Tapferkeit!«

Monsieur de Toiras zu finden war nicht leicht, denn ich suchte ihn hinter seinen Truppen, während er ganz vorne war. Ich berichtete ihm, was ich beobachtet hatte, und wie ich sah, machte Hörners Feststellung über den schlechten Zustand der englischen Pferde starken Eindruck auf ihn.

»Soso«, sagte er, »Hörner meint also, vor zwei, drei Tagen können sie nicht geritten werden!«

»Das meint er.«

»Nun«, sagte er, »um so besser. Dann kann ich ja angreifen, denn damit sind die Kräfte etwas besser ausgewogen. Die Engländer haben Infanterie, aber fürs erste keine Kavallerie.

Und ich habe hier keine Artillerie, dafür aber meine Kavallerie. Das heißt, nach dem Angriff kann ich den Rückzug antreten, ohne daß englische Reiter mir von ihren Kruppen herab die Männer zusammenhauen! Donnerwetter, das kommt mir sehr gelegen! Ihr fragt Euch sicher«, fuhr er fort, »warum ich bisher nicht angegriffen habe. Ich will's Euch sagen. Solange erst ein paar hundert in der Bucht landeten, fürchtete ich, das sei eine Falle, um mich hier festzunageln, während die Hauptlandung hinter meinem Rücken in der Reede von Saint-Martin vor sich ginge.«

»Da kommt jemand mit Nachricht«, sagte ich, als ich einen von Hörners Schweizern sich mühselig durch die Soldatenreihen schlängeln sah, die ihn nicht durchlassen wollten, weil sie ihn nicht kannten. »Der Mann wird Euch die ungefähre Zahl der gelandeten Engländer melden.«

»Hauptmann Hörner schätzt«, sagte der Schweizer auf deutsch, als er vor Toiras stand, »daß am Strand jetzt mindestens zweitausend Engländer sind.«

Ich übersetzte, und Toiras brach in Frohlocken aus.

»Donnerschlag!« rief er und vergaß seine eben geäußerten Zweifel, »mein Instinkt hat mich nicht getrogen! Es war tatsächlich der Ort der Landung! Allewetter, Orbieu, jetzt greifen wir die Roastbeefs an, und wir hauen ihnen so viele Offiziere in Stücke, wie wir können! Gott weiß, daß ich ihnen nichts Böses will, aber sie hätten ja nicht herkommen müssen! Wir hätten ihnen gerne weiter Wein und Salz verkauft, aber wieso, zum Teufel, wollen sie uns die Taschen ausrauben?«

Diese Nettigkeiten sprach er mit dröhnender Stimme, damit sie von einem Mund zum anderen gingen, denn schlau, wie er war, kannte er den französischen Soldaten und wußte, wie ihm ein Scherz im rechten Augenblick das Herz im Leib zurechtrückt. So hatte es schon Henri Quatre mit seinem unerschöpflichen Witz gehalten, wenn die Stunde des Kampfes schlug.

Schöne Leserin, ich wende mich noch einmal an Sie, weil ich von Ihren Gehirnwindungen dieselbe hohe Meinung habe wie von meinen und einfach nicht glaube, was man in Hof und Stadt von Ihresgleichen sagt, nämlich daß Sie von Kriegsdingen nichts verstünden und auch nicht das geringste Interesse dafür aufbrächten. »Ihr gebt das Leben«, sagen unsere scheinheiligen Zeitgenossen, »aber Soldaten geben den Tod. Was habt ihr mit ihrem Handwerk zu schaffen?«

Ach! Und wie hat Jeanne d'Arc dieses Handwerk erlernt? Sie, die die besten Hauptleute ihrer Zeit schlug und ihnen, wie sie selbst jubilierend sagte, »tüchtige Knüffe und Haderwatschen« versetzte. Beachten Sie das Wort »Haderwatschen«! Da spricht die Hausfrau.

Ich meine, das Glück oder Unglück unserer Waffen kann die Frauen nicht gleichgültig lassen, weil sie die glücklichen oder verhängnisvollen Folgen zu tragen haben. Sie kommen gar nicht umhin, sich für unsere Verteidigung und Mittel zu interessieren: Deshalb will ich jetzt, so knapp ich kann, meinen schönen Leserinnen meinen Vers dazu sagen, überzeugt, daß ihre Ehemänner oder Liebhaber, auch wenn sie anderes behaupten, auf diesem Gebiet auch nicht mehr wissen – natürlich falls sie nicht in Sablanceaux dabeiwaren.

Hören Sie denn, schöne Leserinnen. Nichts ist so simpel wie die Mordwerkzeuge, aus denen man Ihnen ein Geheimnis zu machen sucht. Nehmen wir zuerst das Fußvolk. Seine Waffen sind Piken und Musketen. Es gab eine Zeit, da galt die Pike mehr als die Muskete. Unsere Zeit gibt aber der Feuerwaffe den Vorzug, und in den Kompanien gibt es auf drei Musketiere nur noch einen Pikenier. Diese kämpfen auf festem Gelände und benutzen eine Art zweizinkige Gabel, auf der sie ihren Waffenlauf in Anschlag bringen, was ihnen beim Zielen, das hundert bis hundertfünfzig Klafter[1] weit gehen kann, größere Genauigkeit erlaubt. Die Reiter auf ihren beweglichen Tieren haben natürlich keine solche Gabel, und weil die Muskete schwer ist (schwerer als früher die Arquebuse), schießen sie weniger genau und aus näherer Distanz. Auch haben sie oft Schwierigkeiten, ihre Waffe neu zu laden, weshalb manche statt der Muskete die Pistole bevorzugen, die leichter ist, aber auch eine viel kürzere Reichweite hat. Wenn ein Reiter seine Waffen leergeschossen hat, bleibt ihm nur der Degen, sofern er nicht den schon im zweiten Kapitel dieses Bandes beschriebenen fliegenden Wechsel benutzt: Der Reiter rennt gegen den Feind, schießt, macht kehrt und reiht sich am Schluß der Schwadron ein, um Muskete oder Pistole neu zu laden. Das ist

---

1 200 bis 300 Meter.

tatsächlich die einzig mögliche Taktik, wenn Kavallerie die Infanterie angreift, denn ein Degen würde dem Reiter gegen Piken nichts nützen. Der Degen taugt nur, wenn Reiter gegen Reiter kämpft.

Das Laden der Muskete ist eine langwierige Sache, zwischen zwei Schüssen vergehen fünf Minuten, so daß Musketiere zu Fuß, nachdem sie geschossen haben, wehrlos wären, wenn es nicht die Pikeniere gäbe. Das erklärt zum Teil auch die anfänglichen Wechselfälle in dem Kampf, den Toiras den Engländern lieferte und den ich jetzt erzählen will.

Toiras teilte seine Reiterei in acht Schwadronen, die nacheinander auf die englische Infanterie schießen und danach sofort an ihren Ausgangspunkt zurückkehren sollten. Es war dies eine Variante des fliegenden Wechsels. Unglücklicherweise ging dieses Schießen aber nur langsam und mühselig vonstatten, denn die Reiter mußten die Sanddünen erklimmen und dann vom Kamm den Hang hinabpreschen zum Strand.

Die englischen Fußsoldaten nun, die in untadeliger Ordnung unten gereiht standen, waren auf diesen Angriff längst vorbereitet, hielten die Augen auf die Dünen gerichtet, die geladenen Musketen auf ihren Gabeln im Anschlag und den Finger am Abzug. Und die Kanoniere auf den Schiffen, die unsere Truppen bislang nur durch vereinzelte Schüsse störten, hatten alle verfügbaren Kanonen geladen und warteten nur darauf, die Lunte anzulegen.

Sobald die Reiter unserer ersten Schwadron den Dünenkamm erreichten, was wegen des Sandes nicht so schnell ging, brach also ohrenbetäubendes Musketenknattern und Kanonendonnern los. Die Kehle zugeschnürt, daß es schmerzte, und mit wildem Herzklopfen mußte ich mit ansehen, wie die Unseren zu Dutzenden niedergemäht wurden. Wenn zwei oder drei Mann den Dünenfuß erreichten, war es ein Wunder.

Indes hatte die zweite Schwadron, die Toiras befehligte, schon größere Chancen. Denn weder die englischen Musketen waren so schnell neu geladen noch gar die Kanonen, als die Unseren wie Rasende über die beiden englischen Regimenter hereinbrachen, und diese hätten dem Zusammenstoß auch weichen müssen, wäre nicht ein drittes Regiment, das kaum erst gelandet war, zum Entsatz geeilt.

Dann schossen die fünf letzten Schwadronen eine nach der

anderen. Ihr Glück hing davon ab, wieviel Zeit der Feind zum Nachladen seiner leichten und schweren Waffen benötigte.

Diese konnten jedoch nicht mehr eingreifen, als endlich unsere Fußtruppen zum Einsatz kamen und den Kampf Mann gegen Mann mit den englischen Infanteristen aufnahmen. Dieses Getümmel brachte auf beiden Seiten hohe Verluste. Mitten in der Schlacht jedoch landeten mit einer Kaltblütigkeit, als handelte es sich um eine Parade, immer neue englische Regimenter. Und als ihre Zahl stetig wuchs, begriff Toiras, daß er, wenn er den Angriff fortsetzte, zu viele Männer verlieren würde, ohne die Invasion verhindern zu können. Rasch entschlossen, wie er war, befahl er den Trompetern, zum Rückzug zu blasen.

Einige Minuten davor ereigneten sich auf der Düne, wo Hörner und ich uns befanden, zwei sicher unbedeutende Vorfälle, die uns dennoch in die Glieder fuhren, dem einen vor Angst, dem anderen vor Lachen. Sie haben richtig gelesen: vor Lachen!

Die Sonne brannte, und sowohl vor Hitze wie vor Erregung beim Anschauen des Kampfes rann mir der Schweiß. Um meinem Unbehagen abzuhelfen, nahm ich den Helm vom Kopf, der mich unerträglich drückte, und legte ihn neben mich. Er rutschte aber auf dem Sand ständig abwärts, und weil ich es leid wurde, ihn immer aufs neue heraufzuholen, packte ich ihn schließlich auf den Dünenkamm, die einzige ebene Stelle in meiner Nähe. Doch hatte ich ihn kaum ins Gleichgewicht gebracht, als er auf mich zuflog, an mir vorbeisauste und zwei Klafter über dem Fuß der Düne liegenblieb. Im stillen fluchend, ging ich den dämlichen Helm holen und setzte ihn mir wieder auf den Schädel. Da erblickte mich Hörner und wurde totenblaß.

»Herr Graf«, fragte er, »seid Ihr verwundet?«

»Wie kommst du darauf?«

»Na, Euer Helm, Herr Graf!«

Ich nahm ihn vom Kopf und sah, daß er von einer Musketenkugel durchschossen war. Ihr Einschlag war es also, der ihn zwei Klafter weit hinabgeschleudert hatte.

In dem Moment durchfuhr mich ein Schauder, daß ich von Kopf bis Fuß zu schlottern begann.

»Herr Graf, ist Euch übel?« fragte Hörner, aber mit seiner Frage hörte mein Schlottern auf.

»Nein, nein«, sagte ich, wieder gefaßt. »Siehst du, Hörner, die englische Kugel war nicht hart genug für meine Rübe. Sie hat um meinen Schädel herumsausen müssen, um einen Ausgang zu finden.«

Und da lachten wir. Wir hatten uns noch nicht ausgelacht, als die Trompeten das zweite Mal zum Rückzug bliesen. Ich sammelte meine Schweizer, und mein Blick fiel auf Nicolas, der zusammengerollt, die Augen geschlossen, eine Hand brav unter der Wange, dalag und sich nicht rührte.

»Hörner, was ist mit Nicolas? Ist er etwa getroffen worden?« fragte ich.

»Herr Graf«, sagte Hörner lächelnd, »er ist nicht verwundet, er schläft.«

»Er schläft!« sagte ich. »Gottlob! Von Kanonen- und Musketenschüssen eingelullt! Mein Gott, was ist da wohl noch imstande, den Burschen aufzuwecken? Die Posaunen des Jüngsten Gerichts?«

»Er hatte mächtig zu tun, die Pferde beisammenzuhalten«, sagte Hörner, gerührt von Nicolas' schöner Jugend.

Und wer wäre es nicht gewesen, den Jungen so friedlich und vertrauensvoll schlafen zu sehen wie ein Kind in der Wiege? Und wer weiß, welche goldenen Träume ihn inmitten dieses Höllenlärms umgaukelten?

* * *

Vielleicht sollte ich hier zum Verständnis des folgenden erklären, daß es auf der Insel Ré entlang den Küsten ein halbes Dutzend Dörfer gab, jedes mit einer hugenottischen Mehrheit und einer katholischen Minderheit. Übrigens verstanden sich beide bis zu der englischen Invasion recht gut. Als Buckingham die Insel besetzte, öffneten die ersteren beflissen ihre Türen und empfingen ihn mit offenen Armen. Die anderen blieben königstreu, grollten den Eindringlingen, weigerten sich, ihnen irgend etwas zu verkaufen, und versuchten Toiras insgeheim zu unterstützen, ihn mit Lebensmitteln und Nachrichten zu versorgen. Einige wollten sogar in der Zitadelle mitkämpfen und wurden auch zugelassen. Auch einige hugenottische Edelleute vom Festland, die ihrem König treu waren und das Bündnis mit dem Feind scharf mißbilligten, untergaben sich Toiras, während andererseits mehrere hundert Rochelaiser den schmalen Meeresarm überquerten, der die Insel vom Festland trennt, und sich Buckingham anboten. Unter diese mischten sich aber auch Königstreue, die Toiras über das Lager unterrichteten, dem sie vorgeblich angehörten.

Durch diese erfuhren wir, welche Verluste die Schlacht von Sablanceaux den Engländern zugefügt hatte. Sie waren nicht hoch an Zahl, aber folgenschwer, weil sie einunddreißig Offiziere betrafen, das heißt, ein Drittel von ihnen war gefallen oder verwundet, darunter so hochrangige Offiziere wie Sir George Blundell, Sir Thomas York und der Oberst der Artillerie, Sir William Heydon. Das waren empfindliche Verluste, und ihre Auswirkungen sollten sich bemerkbar machen, nicht sofort, denn die Engländer hielten sich zunächst für die Sieger, aber auf die Dauer, und zwar in einer unzulänglichen Führung und Versorgung der Truppen, die im Verlauf einer endlosen Belagerung überdies durch Seuchen dahingerafft wurden.

Wie ich später erfuhr, hatte Lord Buckingham, sowie er die Insel und ihre Dörfer besetzt hatte, seinem König eine triumphierende Botschaft geschickt. Noch besaß er aber nur das Fell, denn der Bär hatte sich mit zweitausend Mann in seiner kanonengespickten, machtvollen Zitadelle verschanzt.

Am Tag nach der Schlacht von Sablanceaux besuchte mich Toiras in meinem Haus, als ich gerade beim Frühstück saß, dem er sich ohne weiteres zugesellte und nach Herzenslust aß und trank.

»Graf«, sagte er, »unsere Verluste waren gewiß nicht gering, vor allem in der Kavallerie. Zehn Edelleute aus den besten Familien haben am Strand von Sablanceaux ihr Leben gelassen. Und das schmerzt mich sehr. Ich möchte, daß Ihr zu Buckingham geht und seine Erlaubnis einholt, sie wie auch unsere Soldaten zu begraben. Zum anderen sind drei meiner Barone schwer verwundet, Saujon, Marennes und Saint-Seurin. Wir brauchen Buckinghams Genehmigung, sie aufs Festland zu bringen, damit sie so versorgt werden können, wie ich es ihnen hier nicht bieten kann. Glaubt Ihr, daß Buckingham auf diese Bitten eingehen wird?«

»Monsieur de Toiras, das sind große Bitten, besonders die zweite. Aber vielleicht gewährt sie Buckingham. Das hängt von der Art und Weise ab, wie wir das Ersuchen formulieren.«

»Und wie soll das aussehen?«

»Wir müssen ihm höflich schmeicheln, und wir brauchen ein Geschenk.«

»Ein Geschenk! Donnerwetter! Woher ein Geschenk nehmen, das eines Herzogs würdig wäre?«

»Es muß nichts Kostbares sein. Buckingham kann mit vollen Händen aus dem Schatz Karls I. schöpfen und ist auf einen Sack Écus nicht angewiesen. Nein, wir brauchen etwas Ungewöhnliches, Romaneskes, was seine Phantasie beflügelt, und es muß begleitet werden von einem Brief in den höflichsten Formen und geschrieben von Eurer Hand.«

»Von meiner Hand!« rief Toiras erschrocken. »Zu Hilfe, Orbieu, zu Hilfe!«

Dazu erklärte ich mich bereit. Nicolas brachte Schreibzeug, und nun strengten Toiras und ich unseren Grips gemeinsam an, einen »höflich schmeichelnden« Brief aufzusetzen. Und dieser nun besagte, daß Monsieur de Toiras, der bis dahin noch keine englischen Soldaten am Werk gesehen hätte, sie seit dem Kampf von Sablanceaux, für die tapfersten der Welt halte. Daß Seine Hoheit, der Herzog von Buckingham, in diesem Kampf unsterblichen Ruhm errungen habe und daß Monsieur de Toiras, wenn er im Verlauf dieses loyalen Krieges fallen sollte, es sich zur hohen Ehre anrechnen würde, ihm sein Pferd zu hinterlassen.

Dieser Vorschlag kam von mir, und zuerst sträubte sich Toiras heftig dagegen.

»Donnerschlag!« sagte er, »ich tot, und meine Stute diesem Engländer! Eher will ich in der Hölle braten!«

»Mein Freund«, sagte ich lächelnd, »es könnte sein, daß Ihr da sowieso hinkommt.«

Hierauf wollte sich Toiras schier ausschütten vor Lachen.

»Orbieu«, sagte er, »ihr seid ein lustiger Geselle, Ihr macht Witze, als kämt Ihr aus dem Süden.«

»Von meinem Großvater her, der eine Baronie im Périgord hatte, bin ich auch aus dem Süden!« sagte ich.

»Was, Ihr kommt aus dem Okzitanischen?« rief Toiras. »Wer hätte das gedacht, wenn er Euer geschliffenes, schnelles Französisch hört! Na, das ändert alles!« setzte Toiras hinzu, der ab diesem Moment alle Zurückhaltung fahren ließ, die er gegen einen königlichen Gesandten hegen mochte, und mich wie einen Freund behandelte. »Aber trotzdem«, fuhr er fort, »findet

Ihr nicht, daß das Vermächtnis meiner Stute ein bißchen übertrieben ist?«

»Keine Sorge! Buckingham schwärmt für alles Ritterliche. Er wird die Idee wunderbar finden und sehr gerührt davon sein.«

»Also, los«, sagte Toiras und nahm wieder die Feder zur Hand. »Meine arme Stute!« seufzte er. »Wenn sie das lesen könnte – schnauben würde sie vor Empörung. ›So sind die Menschen!‹ würde sie sagen.«

Toiras drängte mich, augenblicks aufzubrechen. Ich machte Toilette, legte mein schönstes Gewand, meinen schönsten Degen an und bestieg meine ebenso prächtige Accla. Vorneweg einen Trompeter, hinter mir Nicolas, so verließ ich die Zitadelle. Nicht ohne Bewegung sah ich die Dünen von Sablanceaux wieder, welche die Engländer mit einer Palisade umzäunt hatten, um sich vor neuerlichen Angriffen zu schützen. Vor besagten Palisaden angelangt, hieß ich den Trompeter blasen.

»Welche Weise, Herr Graf?« fragte er.

»Den Morgenruf.«

Bei den ersten Klängen zeigten sich über der Palisade mit aller Vorsicht behelmte Köpfe und einige Musketen. Aber keine wurde auf uns angelegt. Und nach einer ganzen Weile, vermutlich nachdem man uns erst durch gut versteckte Spalte in der Palisade beäugt hatte, meldete sich eine englische Stimme.

»*Who are you and what do you want?*«

»*I am the comte d'Orbieu. I have a message to deliver to Mylord Duke of Buckingham.*«

»*Sir, give me your message. I'll deliver it myself.*«

»*No, my friend. I want to see Mylord Duke personally. He knows me.*«

»*Pardon me, Sir. Please dismount and come in. Your trumpet will keep guard over your horses. Pray, who ist the young man with you, Mylord?*«

»*My attendant. I desire him to come with me.*«[1]

---

1 (engl.) Wer sind Sie und was wollen Sie? – Ich bin der Comte d'Orbieu. Ich habe Mylord Buckingham eine Botschaft zu überbringen. – Sir, geben Sie mir Ihre Botschaft. Ich überbringe sie. – Nein, mein Freund. Ich möchte Mylord Duke persönlich sprechen. Er kennt mich. – Entschuldigen Sie, Sir. Bitte, steigen Sie ab. Ihr Trompeter kann Ihre Pferde hüten. Darf ich fragen, wer der junge Mann bei Ihnen ist? – Er ist mein Junker. Ich möchte, daß er mich begleitet.

Die Palisade wurde so knapp aufgetan, daß Nicolas und ich nur durch den Spalt gelangten, indem wir seitlich gingen, woher der Ausdruck kommt, ›die Flanke bieten‹, die in solcher Haltung nämlich ungeschützt ist. Endlich sah ich denjenigen, mit dem ich gesprochen hatte. Ein Sergeant, wie es schien. Eine Art rothaariger, rotbackiger Riese.

»*Mylord*«, sagte er, »*what did you say was your name?*«
»*D'Orbieu.*«
»*D'Orbiou.*«
»*No, my friend, d'Orbieu.*«
»*That's what I've said*«, sagte der Sergeant leicht pikiert, »*d'Orbiou. Mylord, pray, wait here a moment. I will see if Mylord Buckingham is willing to have you on board.*«[1]

Damit sprang er in einen Kahn, und indem er mit einer Hand bewundernswert geschickt wrickte, gelangte er im Nu zu einem prächtigen, zwei Kabellängen vom Ufer ankernden Schiff.

Ich wartete am Strand, an der Grenze quasi, wo die letzten kleinen Wellen des Ozeans verebbten. Das Meer lag wie Öl, die Sonne strahlte, die Engländer um uns waren vollendet höflich. Wer zum Teufel hätte geglaubt, daß wir Krieg miteinander führten, hätte man nicht etwa zehn Klafter vom Strand einen hastig mit ein paar Schaufeln Sand bedeckten Leichenhaufen erblickt, aus dem hier ein Kopf ragte, dort ein Fuß. Es waren die Unseren, ganz ohne Zweifel, denn die Engländer hatten die Ihren sicherlich schon in Gräbern mit einem Kreuz darüber beerdigt, weil sie Christen waren wie wir. Was ja wohl auch einige gegenseitige Freundschaftspflicht erheischte.

Als der Wind von jener Seite blies, trug er uns einen widerwärtigen, faden Gestank zu, das einzige, was noch von den Männern ausging, die unsere Gefährten gewesen waren und die wir schnellstens begraben mußten, um uns einzureden, daß unsere Stunde uns noch nicht gleich schlagen werde, daß uns noch ein paar gnädige Jährchen blieben.

Ich wandte den Kopf ab, ohne den Toten den Rücken zu kehren, und ich sah, daß Nicolas, der blaß geworden war, dasselbe

---

1 (engl.) Gnädiger Herr, wie, sagten Sie, heißen Sie? – D'Orbieu. – D'Orbiou. – Nein, mein Freund, d'Orbieu. – Das sag ich ich doch: D'Orbiou. Bitte, gnädiger Herr, warten Sie einen Moment hier. Ich will sehen, ob Mylord Buckingham Sie an Bord empfängt.

tat. Er blieb aber still wie gewöhnlich, und ich wußte ihm in diesem Augenblick dafür besonderen Dank. Zumal er auf eine taktvolle Weise zu schweigen wußte, während bei meinem armen La Barge auch das Schweigen noch schwatzhaft gewesen war wie ein Fischweib. Plötzlich kam mir der Gedanke, daß ich Nicolas in diesem Krieg ebenso verlieren könnte wie La Barge in dem feigen Hinterhalt von Fleury en Bière. Ich erschrak und sandte, wenn ich so sagen darf, mit bebenden Lippen ein Stoßgebet zum Himmel, daß er Nicolas beschützen möge.

Endlich nahte von dem Schiff her nicht etwa der kleine Kahn, der vorhin aufgebrochen war, sondern eine schöne große Schaluppe. Sowie sie Land berührte, erschien der rothaarige Sergeant am Bug und bat mich einzusteigen. Leser, mir blieb der Atem stehen vor dem Prunk dieses Gefährts, das ein Dach aus Mahagoni trug und inwendig mit Scharlach ausgeschlagen war. Vergoldete Lehnstühle standen da. Ich wurde gebeten, mich niederzulassen, während drei Musikanten in langärmeligen Wämsern auf ihren kleinen Violinen lustige Weisen kratzten. Es war dies unzweifelhaft die Admiralsschaluppe, die Buckingham, wenn seine Flotte vor Anker lag, von Schiff zu Schiff brachte, damit er ausführliche Kommandos geben oder die Parade abnehmen konnte. Ich begriff also, welch große Ehre mir der Herzog damit erwies. Sie ließ mich jedoch kalt. Dieser unerhörte Luxus der Admiralsschaluppe in einem Krieg, der nun wahrlich nicht für alle im Spitzenkleid verlief, bezeugte einen Egoismus, der mir wenig gefiel.

Ich hatte die behagliche Kajüte meiner Brüder auf ihrer holländischen Fleute zu Nantes bewundert, aber verglichen mit dieser Burg war es eine Kate. Was mir als erstes ins Auge fiel, war aber nicht so sehr ihre Pracht, sondern, wie Buckingham es in London ja angekündigt hatte, das lebensgroße, von Rubens gemalte Bildnis Annas von Österreich (auf dem seinem Wunsch gemäß der Ehering fehlte). Vor dem Gemälde auf seinem rotsamten, drapierten Altar fand ich, wie zu ewiger Verehrung bestimmt, die beiden goldenen Kandelaber mit ihren Duftkerzen wieder und jenes Kästchen mit italienischem Parfüm, das ich Buckingham in York House überreicht hatte. Nicht ohne stilles Vergnügen ging es mir durch den Sinn, daß ich Buckingham diesmal kein echtes Geschenk brachte, sondern das Versprechen eines Geschenks, das Toiras niemals zu halten gedachte. Weil ich einige Augenblicke mit Nicolas allein in der Burg blieb und nicht wußte, ob ich nicht vielleicht beobachtet wurde, tat ich, was ich auch getan hätte, wenn ich im Louvre vor besagtes Gemälde getreten wäre. Ich beugte davor das Knie.

Im selben Moment trat Buckingham herein und schien so befriedigt, mich in dieser Haltung anzutreffen, als hätte ich damit anerkannt, daß Anna von Österreich nicht mehr die Königin meines Königs sei, sondern die seine. Aber wie weit gefehlt! Für mein Gefühl lag in dieser Zurschaustellung zuviel Komödie. Ich ließ mir davon jedoch nichts anmerken und erhob mich, um dem Herzog meine Ehrerbietung zu erweisen. Er kam mir auf halbem Weg entgegen und beehrte mich mit einer ganz unverdienten Umarmung, nicht ohne Nicolas einen Blick zu schenken, der den Eindruck erweckte, als hätte er statt meiner viel lieber ihn umarmt.

»Ah, Graf!« sagte er in seinem vollendeten Französisch, »wie freue ich mich, Euch inmitten dieser Kämpfe zu begegnen. Dies ist Sir John Burgh«, sagte er, indem er mir einen Edelmann vorstellte, der ihm gefolgt war. »Er ist mein bester Oberst, und ich habe nur vorzügliche.«

Sir John Burgh machte mir eine steife Verbeugung, die ich gleichwohl so höflich ich konnte erwiderte. Offen gestanden, mißfiel er mir nicht. Sicher waren seine Züge nicht so fein ziseliert wie die von Mylord Buckingham, er war auch nicht so groß und schlank. Aber seine blauen Augen, sein offener Blick, sein kräftiges Kinn und seine untersetzte Statur erinnerten mich an Toiras, nur an einen Toiras, der seine gascognische Munterkeit und Fröhlichkeit eingebüßt hatte. Denn die Züge John Burghs verrieten eine Art Tugendsäuernis, die ihm womöglich schon in jungen Jahren etwas wie eine Maske aufgedrückt hatte, die ihm aber mit der Zeit so in Fleisch und Blut übergegangen war, daß er sie gar nicht mehr abwerfen konnte.

»Mylord«, sagte ich, indem ich mich Buckingham zuwandte und das Sendschreiben von Toiras aus meinem Ärmel zog, »hier ist eine Botschaft des Herrn Gouverneurs der Insel Ré, die ich Euch übermitteln soll.«

Hiermit reichte ich ihm den Brief.

»Verlest die Botschaft, Graf«, sagte Buckingham, ohne sie anzunehmen. »Ich übersetze sie dann für Sir John Burgh.«

Zuerst dachte ich, er fürchte, das Papier sei vergiftet, doch derlei waren italienische Sitten, die mit dem Tod Katharinas von Medici vom französischen Hof längst verschwunden waren. Aber Buckingham hatte einen ganz anderen Grund, wie ich bald feststellen sollte.

Mit klarer Stimme verlas ich Toiras' Schreiben, und Buckingham hörte aufmerksam zu, während Sir John Burgh mit einem solchen Stirnrunzeln und so gequälter Miene lauschte, daß ich dachte, ihm sei die französische Sprache völlig fremd.

Sowie ich geendet hatte, streckte ich Mylord den Brief hin, und diesmal nahm er ihn aus meinen Händen entgegen, um ihn dem englischen Oberst zu verdolmetschen. Treulich übersetzte er Toiras' Ersuchen, unsere Gefallenen beerdigen und unsere Verwundeten aufs Festland transportieren zu dürfen. Er übersetzte jedoch nicht alles. Toiras' Angebot, ihm sein Pferd zu vermachen, sollte er im Kampf getötet werden, ließ er weg.

Sir John schien unsere beiden Bitten heftig abzulehnen. Und tatsächlich, kaum hatte Buckingham die Übersetzung beendet, als er sich in einem ebenso harten und holprigen Englisch, wie das Buckinghams flüssig und liebenswürdig war, dem Ersuchen widersetzte.

»Mylord«, sagte er, »darf ich Sie daran erinnern, daß die Obersten Ihrer Regimenter und auch wir beschlossen hatten, daß die toten Franzosen am Strand von Sablanceaux unbestattet verfaulen sollten?«

»Richtig«, sagte Buckingham, ohne mit der Wimper zu zucken, »das hatten wir beschlossen. Aber die Erfahrung lehrt, daß es kein guter Beschluß war, denn der Gestank dieses Leichenbergs wird mit jedem Tag unerträglicher und verpestet unsere Atemluft in einem Maße, daß eine Ansteckung zu fürchten steht, von der das ganze Heer ergriffen werden könnte.«

Zu mir gewandt, änderte Buckingham Sprache, Gesicht und Ansicht, und weit entfernt, mir gegenüber die praktischen Gründe zu wiederholen, die er Sir John genannt hatte, begab sich auf das edle Gebiet der Ritterlichkeit und christlichen Barmherzigkeit.

»Graf, Ihr könnt heute nachmittag Soldaten schicken, um Eure Toten christlich zu begraben. Ich bin kein Mensch, der sich an den Leichen derer rächt, die ihr Leben für die Ehre ihres Königs geopfert haben.«

»Mylord«, sagte Sir John Burgh mit viel Unterwürfigkeit in den Worten, aber sehr wenig im Ton, »Ihre Befehle werden befolgt werden. Sehr abzulehnen erscheint es mir aber, die drei verwundeten französischen Barone zur besseren Pflege aufs Festland zu lassen. Muß man nicht befürchten, daß sie die Hugenotten von La Rochelle ausspionieren?«

»Und wie sollten sie, ans Bett gefesselt, ihre Informationen weitergeben?« fragte Buckingham in einem spitzen Ton, der ihn bei seinen Offizieren schwerlich beliebt machen konnte. »Sir John, wollen Sie bitte die notwendigen Maßnahmen veranlassen, damit die verwundeten Edelleute in meiner Admiralsschaluppe nach La Rochelle gebracht werden?«

»Ich sorge dafür«, erwiderte Sir John, krebsrot im Gesicht.

»Graf«, sagte Buckingham zu mir, »ich habe jetzt einem Kriegsrat vorzusitzen und muß Euch mit meinem größten Bedauern verlassen.«

Damit faßte er mich vertraulich beim Arm und zog mich ein Stück fort von Sir John Burgh.

»Das Angebot von Monsieur de Toiras«, sagte er gedämpft auf französisch, »mir sein Pferd zu vererben, wenn er fallen sollte, hat mich ganz außerordentlich gerührt. Bitte, sagt ihm, sollte mir dieses Pferd unglücklicherweise zufallen, werde ich seine Mähne zärtlicher liebkosen als meiner Liebsten Haar.«

Toiras, als ich in die Zitadelle kam, freute sich über den Erfolg meiner Mission, und er lachte Tränen, als ich ihm Buckinghams Worte über sein Pferd wiederholte.

»Donnerschlag!« sagte er, »wenn das nicht übertrieben ist! Ich traue meinen Ohren nicht: Komplimente und Danksagungen von so einem Zieraffen. Was für ein Jammer, daß ich ihm nicht antworten kann: Ich für mein Teil würde viel lieber seiner Liebsten Haar liebkosen als die Mähne seines Pferdes!«

Wahrhaftig, diese präziöse und geschwollene Redeweise hatte etwas reichlich Lächerliches. Um Mylord Duke of Buckingham jedoch Gerechtigkeit widerfahren zu lassen, muß ich sagen, daß er sich in diesem Krieg stets menschlich, höflich und ritterlich benahm und daß er, wo er es daran fehlen ließ – was ich noch erzählen werde –, unzweifelhaft unter dem Druck Sir John Burghs oder eines anderen Kriegers von gleichem Kaliber handelte, dessen Herz mit der Zeit ebenso hart geworden war wie sein Küraß.

FÜNFZEHNTES KAPITEL

Was uns nach der Schlacht von Sablanceaux unglaublich verwunderte, war, wie lange das englische Heer brauchte, bis es sich unter den Mauern unserer Zitadelle sehen ließ. Toiras schickte jede Nacht entweder bei einfallender Dunkelheit oder in der Morgenfrühe Späher nach Sablanceaux, um zu erkunden, ob die Engländer sich in Bewegung setzten. Toiras wurde, wenn ich so sagen darf, enttäuscht. Die Engländer blieben stur hinter ihren Palisaden hocken und rührten sich keinen Deut.

Erst am fünfundzwanzigsten Juli – vier lange Tage nach der Landung, länger, als es zur Erholung ihrer Pferde nötig war – begannen sie sich zu regen. Aber damit endete unsere Überraschung noch nicht: Um die paar Meilen von Sablanceaux bis zu unserer Zitadelle zurückzulegen, brauchten sie fünf Tage, während unsere Fußtruppen auf dem Rückzug, der ja ohne jede Übereilung vonstatten gegangen war, weil wir nicht verfolgt wurden, denselben Weg in nicht einmal fünf Stunden gemacht hatten.

Zuerst glaubten wir, sie hätten sich nordwestlich von Sablanceaux festgesetzt, um das Fort de la Prée zu belagern, wo sich eine kleine Garnison von uns befand. Aber diese kärgliche Beute verschmähten die Engländer und zogen daran vorbei. Womit sie, wie sich zeigen sollte, einen großen Fehler begingen, denn das Fort de la Prée diente Schombergs Entsatzarmee als Zufluchtsort, als sie in kleinen, hundert bis zweihundert Mann starken Einheiten landete und diese nahen Mauern heilfroh zu ihrem Schutz und ihrer Neuordnung nutzen konnte.

Bei Tisch mit Toiras, Clérac und den Offizieren des Regiments Champagne erörterten wir, warum die Engländer wohl einen solchen Schneckengang einlegten. Einige schrieben ihn Buckinghams Unerfahrenheit zu, der bis zu diesem Tag noch keine Armee befehligt hatte, jeder sagte hierzu seine Meinung, ohne die anderen zu überzeugen, und so war es Hörner, der das entscheidende Wort sprach. Dabei mußte ich ihn beinahe zwingen, dieses entscheidende Wort aus seiner Kehle zu entlassen, so sehr scheute sich mein wackerer Schweizer, vor all den schönen Edelleuten den Mund aufzutun, die durch Geburt und Rang so hoch über ihm standen.

»Herr Gouverneur«, sagte er mit allem schuldigen Respekt, »durch Eure Spione wißt Ihr, daß die Engländer von Etappe zu Etappe immer in Schlachtordnung marschieren, und das heißt, sehr langsam. Sie schlagen zeitig und mit großer Sorgfalt ihr Lager auf und befestigen es, als könnten sie bei Nacht überfallen werden. Entsprechend lange brauchen sie morgens, um das Lager abzubauen. Sie brechen also spät zur nächsten Etappe auf und machen wiederum früh halt, um ihr neues Lager zu errichten. Das ist die Methode des Oraniers, denn bei ihm haben die englischen Obersten ihr Handwerk gelernt. Und sie ist gut, wenn man sich in Feindesland, im Umkreis eines mächtigen Heeres bewegt. In der gegenwärtigen Lage aber sind die Engländer achttausend Mann stark, das heißt viermal so zahlreich wie wir – die wir obendrein in unserer Zitadelle festsitzen –, und da erscheint mir diese Marschmethode angesichts der Umstände völlig ...«

»Wie, meint Ihr, erscheint sie Euch?« fragte Toiras, als Hörner mitten im Satz stockte.

»Mit Verlaub, Herr Gouverneur«, sagte Hörner, rot im Gesicht, »ich wollte sagen, sie erscheint mir völlig idiotisch.«

»Mein lieber Hörner, so denke ich auch«, sagte Toiras gutmütig. »Aber woher wißt Ihr, daß dies die Taktik des Herzogs von Oranien ist?«

»Herr Gouverneur«, sagte Hörner wie erschrocken, daß er von sich selbst reden sollte, »ich habe früher unter dem Oranier gedient.«

Nichts konnte ihm bei Toiras so große Achtung eintragen wie dieses Geständnis, denn er selbst hatte seit 1620 als Gardehauptmann an allen Fronten gedient, wo Ludwig gegen Rebellen zu kämpfen hatte, und immer tapfer und klug.

»Du meinst also«, fragte ich Hörner, als wir allein waren, »der Schneckenmarsch der Engländer sei ein Fehler?«

»Kein so schwerer, Herr Graf, wie daß sie das Fort de la Prée nicht genommen haben, was ihnen ohne einen Schuß in den Schoß gefallen wäre. Trotzdem, dämlich handeln ist immer ein Fehler, ob in Kriegszeiten oder im Frieden.«

Er überlegte eine Weile, dann brachte er aus seinem Erfahrungsschatz eine Weisheit zutage, wie er deren viele besaß, und bot sie mit seiner gewohnten Ernsthaftigkeit dar.

»Wie ich immer sage, Herr Graf: Denken geht vor Routine.«

Endlich kamen die Engländer. Gelandet am einundzwanzigsten Juli, erschienen sie am dreißigsten Juli vor unseren Mauern. Und wie erwartet, begannen sie auf der Landseite sofort Gräben um unsere Zitadelle auszuheben, während sie auf der Seeseite einen gedrängten Halbkreis von Schiffen um uns legten, so daß weder Verstärkung noch Lebensmittel durch den kleinen Ringhafen zu uns gelangen konnten, den Toiras extra zu diesem Zweck innerhalb der Mauern erbaut hatte.

Diesen von Toiras künstlich angelegten kleinen Ringhafen erwähnte ich bereits, aber ich will versuchen, ihn genauer zu beschreiben, weil er im Lauf der Belagerung eine wichtige Rolle spielen wird.

Dieses »Maul«, wie die Seeleute es nannten, war taschentuchgroß und konnte nur kleine Schiffe aufnehmen. Das Geschickteste an diesem Bau bestand aber darin, daß feindliche Schiffe die Einfahrt von weitem nicht erkennen konnten. Diese lag nicht etwa hinter einer Mole oder einem Kai, sondern versteckt hinter einer Mauer, die genauso zinnenbewehrt war wie die anderen, nur daß sie weiter ins Meer vorgebaut war und nicht auf dem Inselfelsen wie die anderen. Auf Grund dieser Staffelung entstand eine seitliche, nicht einsehbare Einfahrt, durch die ein Schiff ins Festungsinnere gelangen konnte. Und einmal drinnen, war es vor dem Ozean, vor feindlicher Sicht, vor jedem Beschuß geschützt und konnte in Muße entladen werden.

Als ich sagte, die Engländer begannen gleich nach ihrer Ankunft Gräben um die Zitadelle auszuheben, hätte ich hinzusetzen müssen, um jene Gräben, die die Franzosen selbst aushoben, um sich die feindlichen Kugeln so weit wie möglich vom Leibe zu halten und gleichzeitig vor ihren Musketen in Deckung zu sein. Die Engländer wiederum achteten darauf, außerhalb der Reichweite unserer Waffen zu graben und aus Gründen der Sicherheit auch noch hinter Palisaden. Sie handelten um so vorsichtiger, als wir bereits halb eingegraben waren, während sie erst damit anfingen.

Später erfuhr ich, daß Mylord Buckingham, nachdem der erste Graben die gewünschte Tiefe erreicht hatte, als erster hinunterstieg – was einigen Mut erforderte – und die Zitadelle umrundete, wenigstens bis zum Meeresufer, und dabei mehrmals sein Fernrohr über die Brustwehr emporreckte. Bei seiner Rückkehr bewies er mehr gesunden Menschenverstand als seine Obersten, indem er erklärte, er halte es für ausgeschlossen, die Zitadelle durch Kanonenbeschuß oder durch einen Sturmangriff mit Leitern und Steighaken kleinzukriegen. Seines Erachtens sei sie nur durch Aushungern zu bezwingen. Trotzdem lieferte er uns, im offenen Widerspruch zu dieser scharfsichtigen Erklärung, im Verlauf der Belagerung drei Angriffe, die alle drei scheiterten und dem Angreifer schwere Verluste zufügten. Warum Buckingham so gegen seine Überzeugung handelte, erzähle ich später.

Ich saß beim Mittagsmahl mit Monsieur de Toiras, als ein blutjunger Leutnant des Regiments Champagne, groß und wohlgebaut, aber rosig wie ein Säugling, ihn zu sprechen verlangte und augenblicks Gehör fand.

»Herr Kommandant«, sagte der Jüngling, steif wie ein Zaunpfahl, »unsere Gräben sind weit vorgeschritten. Die der Engländer auch. Wir liegen uns jetzt auf Schußweite gegenüber.«

»Könnt ihr sie sehen?« fragte Toiras.

»Wir sehen ihre Helme, wenn sie sich über die Brustwehr recken, um uns auszuspähen.«

»Demnach macht ihr es genauso, sonst würdet ihr sie ja nicht sehen.«

»Jawohl, Herr Kommandant«, sagte der Leutnant.

»Gut, macht so weiter«, sagte Toiras. »Aber vorsichtig!«

»Herr Kommandant, wenn wir einen Helm auftauchen sehen, sollen wir dann schießen?«

Toiras blickte dem jungen Leutnant in die Augen.

»Was denkt Ihr, was Ihr dadurch gewinnt, Leutnant? Den Krieg? Nehmen wir an, Ihr trefft Euer Ziel, dann gibt es achttausend Engländer weniger einen. Was ist damit erreicht? Ihr habt nur Kugel und Pulver verschossen. Aber Kugeln und Pulver zu vergeuden, das können sich nur die Engländer erlauben. Wir nicht. Was wir haben, reicht gerade so für unsere Verteidigung.«

Der Leutnant errötete und schien sehr betroffen durch die Zurechtweisung, obwohl der Ton nicht scharf gewesen war.

»Herr Kommandant«, sagte er mit belegter Stimme, »heißt das, wir dürfen nicht schießen?«

»Ihr habt ganz richtig verstanden. Ihr schießt nur, wenn die Engländer Euren Graben angreifen. Und damit das für jeden klar ist, gebt den Befehl an alle Gräben.«

»Da haben wir's!« sagte Toiras, als der Grünschnabel auf dem Absatz kehrtmachte. »Jetzt sind wir vollkommen eingeschlossen, zu Wasser wie zu Lande. Ihr werdet sehen, Bouquingan wird sich einbilden, er hätte den Sieg schon in der Tasche!«

Und wirklich wartete der Feind nicht bis zum nächsten Tag, um uns den anmutigsten Besuch abzustatten.

Auf Schlag Mittag wurde Toiras gemeldet, daß ein englischer Edelmann, vorneweg ein Trompeter, ein Junker im Gefolge, am Tor Einlaß begehrte. Toiras befahl, ihn auf der Stelle in die Zitadelle zu führen.

»Eine Bitte, Graf«, sagte Toiras: »Könnte Hörner den Trompeter und den Junker übernehmen, ihnen mit einem guten Rétaiser Tropfen aufwarten und Brot, Butter und Schinken vorsetzen, wenn sie es wünschen? Ich möchte nicht, daß die Engländer denken, wir pfiffen auf dem letzten Loch, obwohl wir nicht weit davon sind. Und bitte, kommt gleich und dient mir als Dolmetsch, denn, beim Deubel, ich verstehe kein Sterbenswort von dem Kauderwelsch dieser Herren.«

Der Edelmann hieß Lord Denby. Ich hatte ihn in London in der Entourage Mylord Buckinghams gesehen, er war sein Cousin, wenn ich mich recht entsinne. Bei seinem Anblick glaubte ich, sozusagen einen Zwillingsbruder seines Cousins vor mir zu sehen, so sehr glich er ihm in Kleidung, Miene und Manieren. Es kann aber auch sein, daß er ihn schlicht imitierte, schließlich war Buckingham das Musterbild der Eleganz am englischen Hof, und nichts galt als guter Ton, was er nicht dazu erklärt hatte.

Nachdem der Trompeter und der Junker mit Erlaubnis My Lord Denbys dem guten Hörner anvertraut waren, entschuldigte sich Mylord Denby erst einmal, daß er nur seine Sprache spreche, »la belle langue française«, sagte er, sei ihm gänzlich unbekannt. Hierauf erging er sich in einem so flüssigen, wohlklingenden und liebenswerten Englisch wie dem seines Cousins. Und in galantesten Begriffen erläuterte er Monsieur de Toiras, wie verzweifelt seine Lage sei, und forderte ihn auf, sich zu ergeben.

»Monsieur«, sagte Toiras mit der höflichsten Verneigung,

»der allerchristlichste König hat diese Zitadelle in meine Hut gegeben. Und als treuer Diener meines Königs, so wie Ihr der des Euren seid, werde ich sie halten bis zum Schluß. Wenn Ihr eines Tages hier einziehen solltet, dann nur, weil ich bei der Verteidigung gefallen bin.«

Dies sagte er mit seiner gascognischen Geradheit, ohne jede Emphase, und ich bemühte mich, seine Rede auch in dieser zugleich gutmütigen und entschlossenen Tonart zu übersetzen. Mylord Denby verneigte sich ohne ein weiteres Wort, für so unnütz hielt er es, eine Verhandlung fortzusetzen, die Monsieur de Toiras mit solcher Entschiedenheit beschlossen hatte. Um sein Gegenüber aber nicht durch einen sofortigen Aufbruch zu verletzen, und weil er wohl meinte, in einer solchen Situation sei es besser, Nichtigkeiten als gar nichts zu sagen, begann Mylord Denby leicht und liebenswürdig zu plaudern. Ich übersetzte jeweils und gab Toiras zwischen zwei Sätzen den Rat, sich auf das Spiel Mylord Denbys einzulassen. Und so, vom Hundertsten ins Tausendste, kam Toiras auf Melonen zu sprechen. Leser, Sie haben richtig gelesen: auf Melonen. Unser Kommandant fragte Mylord Denby allen Ernstes, ob es auf der Insel Ré noch Melonen gebe. Und Mylord Denby antwortete ebenso ernst, er wisse es nicht, werde sich aber unfehlbar danach erkundigen. Hierauf ging man mit allen Höflichkeiten der Welt auseinander und nicht ohne daß Monsieur de Toiras Mylord Denby zwei Flaschen seines besten Weins für Mylord Buckingham überreichte, wobei er die Bescheidenheit der Gabe sehr charmant bedauerte.

Zwei Tage darauf erschien der Trompeter Mylord Denbys vorm Festungstor mit einem großen Paket, das, weil es den Argwohn der Wachen erregte, sofort geöffnet wurde: Es enthielt ein Dutzend schöner Melonen, die, wie der Trompeter sagte, Mylord Duke of Buckingham dem Herrn Kommandanten übersende.

»Allewetter!« sagte Toiras, »was ist das für ein Krieg! Am Ende gibt Bouquingan auf seinem Admiralsschiff uns zu Ehren noch ein Fest!«

Meinem Rat folgend, drückte er dem Trompeter zwanzig Écus in die Hand, nicht ohne Bedauern freilich, denn sehr nobel, aber arm geboren, war er ein bißchen knauserig. Und er stieß ein Wehgeschrei aus, als ich ihm vorschlug, Buckingham für seine Herzogin die sechs hübschen Fläschchen Orangenwasser mitzuschicken, die ich auf seinem Kaminsims stehen sah.

»Wie könnt Ihr, Graf!« schrie er auf. »Die hatte ich in der Provence für meine Frau Gemahlin gekauft, und Ihr wollt, daß sie eine flachbusige Engländerin benetzen.«

»Halt, halt, mein Freund!« rief ich lachend, »so flachbusig sind sie nicht alle, bei weitem nicht! Außerdem brauchte man so eine Schöne nur nach Italien zu verpflanzen, und binnen Monatsfrist würde ihr Busen unter den heißen Blicken der Italiener sprießen, daß ihr das Mieder platzt.«

So unangebracht diese Weissagung auch war, erfüllte sie doch ihren Zweck. Die Fläschchen wurden Mylord Buckingham durch unseren Trompeter überreicht, der aus der herzoglichen Hand zwanzig Jakobstaler empfing. Damit war er allerdings der einzige, dem das Geschichtchen Nutzen brachte. Denn als Lady Duchess of Buckingham die Fläschchen mit dem Orangenwasser per Schiff erhielt, mochte sie sie nicht einmal öffnen, denn ein Geschenk dieser ausschweifenden Franzosen konnte nicht anders als vergiftet sein und hätte, auch nur an die Nase gehalten, eine tödliche Ohnmacht herbeigeführt.

Soubise hatte in London geschworen, sowie Mylord Buckingham vor La Rochelle erschiene, würde ihm die Stadt Tor und Türen öffnen. Und man muß schon sagen, daß die Rochelaiser selbst diesen Eindruck erweckt hatten, als sie dem Herzog zu London über Monate mit ihren Hilferufen in den Ohren gelegen hatten. Mylord Buckingham durfte also hoffen, daß die Rochelaiser noch am selben Tag, da er die Insel Ré besetzte, sich ihm anschließen und gegen den König erheben würden.

Daraus wurde nichts. Trotz der Umtriebe einer fanatischen Minderheit, die von der Herzogin von Rohan, vom Herzog von Rohan und von Soubise aufgestachelt wurde, widersetzte sich die Mehrheit, die für ihre Ruhe, ihren Besitz, ihre Schiffe und Privilegien fürchtete, der Rebellion. Doch gestattete sie einem ziemlich starken Kontingent von hugenottischen Edelleuten, auf seiten der Engländer zu kämpfen.

Dieses Kontingent traf nach der Schlacht von Sablanceaux auf der Insel ein, und einen Monat später, als über die fortschreitende Umzingelung der Zitadelle hinaus nichts geschah, rief La Rochelle die Herren zurück. Diese glühenden jungen Hugenotten aber fühlten sich heftig in ihrer Ehre gekränkt, daß sie sich wieder in ihre schützende Stadt zurückziehen sollten, ohne gekämpft zu haben. Und sie baten Mylord Buckingham, ihre Tapferkeit im Schlachtenfeuer beweisen zu dürfen.

Schwerlich konnte Mylord Buckingham ihre Bitte zurückweisen, ohne sich die Sympathien seiner feurigsten Parteigänger in La Rochelle zu verscherzen. Deshalb beschloß er einen nächtlichen Angriff auf die Zitadelle, dem er jedoch ein begrenztes Ziel setzte. Er sollte bis zu dem befestigten Brunnen vordringen, den wir am Fuß der Zitadelle verteidigten, und sobald der Brunnen erreicht wäre, sollten Flaschen mit Gift hineingeworfen werden. Die französischen Hugenotten waren die Speerspitze dieses Angriffs, während die englischen Kanonen und Mörser Kugeln und Steine über die Festung herabregnen ließen.

Wie zu erwarten stand und wie Buckingham es vielleicht vorhergesehen hatte, wurden die Rochelaiser Hugenotten, die in den ersten Reihen marschierten, von unserem Musketenfeuer zerfetzt und fielen fast alle. Die grausame Pflicht, auf Franzosen schießen zu müssen, lag unseren Soldaten schwer auf dem Herzen. Und auch wenn Toiras es nicht zeigen wollte und hinter polterndem Zorn versteckte, war doch auch er tief erschüttert.

»Die Ehre!« schrie er, »die Ehre! Was haben sie jetzt von ihrer Ehre, diese armen Hirnverbannten? Und was, zum Teufel, soll das für eine Ehre sein, die verlangt, sich gegen seinen König zu schlagen?«

* * *

Nach diesem unseligen Kampf noch fester überzeugt, daß die Zitadelle nur durch Aushungern zu nehmen sei, unterließ Mylord Buckingham über Wochen jeden weiteren Angriff, und es wurden nicht nur für unsere Truppen, sondern auch für seine elend lange Wochen, denn die Augusthitze und die stickigen Mauern waren unerträglich.

Eines Morgens durch einen Lärm vor meinem Haus geweckt, warf ich mir Kleider über und lief hinaus. Ich fand Hörner und seine Männer damit beschäftigt, an unser Haus eine Hütte anzubauen, und weil ich begriff, daß sie Zeus vor der Sonne und vor allem vor den wütenden Inselwinden schützen sollte, wunderte ich mich, daß sie Mannshöhe hatte.

»Die Hütte, Herr Graf«, sagte Hörner, »soll nicht nur Zeus schützen, sondern auch unsere Regentonne, die Zeus bewacht. Deshalb wird die Hütte von außen völlig geschlossen und nur zum Haus hin geöffnet sein. Wenn irgend jemand uns Wasser stehlen will, bellt Zeus, und wir können auf den oder die Diebe durch den schrägen Schlitz anlegen, den ich in die Mauer habe einfügen lassen, und sie in die Flucht schlagen.«

»Steht es schon so schlecht?« fragte ich beunruhigt.

»Ich fürchte ja, Herr Graf. Ich habe zwei Tage nacheinander den Wasserstand im inneren und im äußeren Brunnen gemessen, und in beiden Fällen hatte das Wasser besorgniserregend abgenommen. Bei dieser Hitze wird mehr Wasser gezogen, als die Brunnen hergeben.«

»Hörner«, sagte ich, »hast du Monsieur de Toiras davon unterrichtet?«

»Nicht nötig, Herr Graf. Er weiß es längst. Heute morgen hat er angeordnet, das Wasser für Pferde und Männer zu rationieren. Und die Brunnen werden Tag und Nacht von bewaffneten Soldaten bewacht.«

»Dann fürchtet er, daß einige sogar Gewalt gebrauchen könnten, um mehr zu trinken, als ihnen zusteht.«

»Ja, leider«, sagte Hörner. »Durst ist schlimmer als Hunger. Nur kommt der Hunger zum Unglück gleich danach.«

»Wäre es, falls es regnet, nicht schade drum, wenn die Tonne überliefe?« fragte ich.

»Ich habe für eine zweite Tonne gesorgt«, sagte Hörner, indem er verlegen die Augen niederschlug, denn ebenso stolz wie bescheiden, wollte er dafür keinen Beifall einheimsen.

So klopfte ich ihm denn freundschaftlich auf die Schulter, und als ich davonging, um wie jeden Tag eine Runde über die Wälle zu machen, aufs Meer zu schauen und auf den Kreis der englischen Schiffe, die außerhalb der Schußweite unserer Kanonen den bretonischen Pertuis für uns sperrten, überkam mich die Sorge um die nächste Zukunft, wie sie mich bisher nie ergriffen hatte. Einen Augenblick später fuhr mir seltsamerweise ein kleiner Scherz durch den Sinn, den wiederzugeben ich mich fast schäme: Wenn sie Hörner in den Sarg legen, dachte ich, dann richtet er sich als erstes so ein, daß seine Auferstehung von den Toten so praktisch wie möglich erfolgen kann.

Wenn meine Erinnerung mich nicht trügt, war es zwei Wochen später, als Toiras verfügte, die Essensration der Soldaten zu verringern: Jeder bekam täglich nur noch ein Brot, Butter und ein halbes Maß Wasser. Die Butterklumpen wurden, in feuchtes Leinen eingeschlagen, bei Tage an einem schattigen und windigen Ort aufgehängt, damit sie sich länger frisch hielten. Auch sie wurden scharf bewacht.

Nach einer Beratung mit Hörner und Nicolas beschloß ich, diese Rationen zu akzeptieren, sie aber, weil wir gut vorgesorgt hatten, jeden Tag zum Lazarett der Feste zu bringen, ebenso ein paar Pinten unseres Wassers, das sicherlich gesünder war als das aus den Brunnen, von denen niemand wußte, wann sie zum letztenmal gereinigt worden waren.

Bei den Soldaten hieß das Lazarett »die Krätze«, obwohl es nie Aussätzige beherbergt hatte. Als ich es besichtigte, stellte ich niedergeschmettert fest, daß es dort nur einen Feldscher, einen Arzt, zwei oder drei grobianische Pfleger und ganz wenige Heilmittel gab.

Unsere täglichen Spenden für die Verwundeten und Kranken in der »Krätze« blieben nicht unbemerkt, und obwohl sie ohne jeden Hintergedanken erfolgten, hatten sie die glückliche Wirkung, daß es uns, selbst als der Mangel zur Hungersnot wurde, von niemandem verargt wurde, daß wir besser dastanden als die meisten.

Um diese Zeit brachte mich unser Hund Zeus auf eine Idee, die mir ohne ihn wohl nicht gekommen wäre. Als ich ihn einmal an seiner Leine über die Wälle führte, gelangte ich auch zu dem beschriebenen »Maul«, und plötzlich riß Zeus sich los, stürzte die Treppe hinunter und warf sich voll Wonne ins Wasser. Zuerst paddelte er kräftig, dann lag er ganz still, hielt nur die Schnauze über Wasser. Und die ganze Zeit schien sein Blick mir zu sagen, ich solle es ihm gleichtun. Rasch warf ich meine Kleider ab und folgte ihm, und daran tat ich wohl, denn auch ohne nur einen Tropfen Salzwasser zu trinken, fühlte ich mich wunderbar erfrischt und höchlich verwundert, daß ich nicht von allein auf diesen Gedanken gekommen war.

Mylord Buckingham mochte von seinen Spitzeln erfahren haben, daß bei uns Not herrschte. Am einunddreißigsten August übersandte er Toiras ein Schreiben, das, aller gebräuchlichen Höflichkeiten ungeachtet, hart und unmißverständlich besagte: Unser Gouverneur solle sich ihm sofort ergeben, und zwar unter »ehrenhafteren Bedingungen, als er sie künftig erhoffen könnte, wenn er ihn zwänge, in der Belagerung fortzufahren«.

Toiras schäumte vor Wut, und es fiel mir nicht leicht, ihn zu beschwichtigen und zu einer ebenso wohlausgewogenen Antwort zu überreden. Sie glückte ihm trefflich. Der Leser erlaube, daß ich nur diesen einen Absatz zitiere:

»Weder die verzweifelte Lage noch die Furcht vor übler Behandlung können mich davon abbringen, mein Leben im Dienst meines Königs einzusetzen. Auch würde ich mich unwürdig jeglicher Gunst Eurerseits fühlen, wenn ich auch nur in einem Punkt in dieser Aktion versagte, deren Ausgang mir nur Ehre machen kann. Und je mehr Ihr zu diesem Ruhm beitragt, desto mehr werde ich mein ganzes Leben Euch, Monsieur, verpflichtet sein als Euer sehr ergebener und sehr gehorsamer Diener.«

Dieser Brief, bewundernswert zugleich in seiner Sprache, in Ton und Festigkeit, verdankt mir nichts und ist ganz das Werk von Toiras. Meine einzige Rolle hierbei war, den Kommandanten besänftigt zu haben, denn ein so aufbrausender und poltriger Mann er auch war, ließ er sich Entscheidungen doch nie vom Zorn diktieren, sondern von seiner Vernunft und der großen Klugheit, die er an alle Dinge wandte.

Außer bei Toiras, einigen Edelmännern und meinen Schweizern fand das Beispiel meines täglichen Bades im Meer kaum Nachahmer, so groß war bei unseren Soldaten die abergläubische Angst, das Wasser dringe durch alle Hautporen bis in ihre Eingeweide und erzeuge unheilbares Fieber.

Weil Hitze und Dürre anhielten, sank der Wasserstand in den Brunnen und auch in unserer Tonne. War es zuerst nur die Furcht zu verdursten, quälte uns bald der Durst selbst, als wir unsere Rationen halbieren mußten.

Wein hatten wir noch, aber wir gingen sehr sparsam damit um, genehmigten uns nur am Abend einen halben Becher, um nicht mit trockenem Mund zu Bett zu gehen. Mit einigem Grund erinnere ich mich einer Nacht, in der ich nach unruhigem Schlaf durch einen ungewohnten Lärm erwachte: Er hörte sich an, als ob unzählige Schnäbel auf unser Dach einhackten. Und wer hätte da nicht an die Schwärme von Raben gedacht, die seit Beginn der Notzeit so plump auf unseren Mauern hockten? Kaum daß wir sie mit Steinwürfen aufzuscheuchen vermochten, ließen sie sich schamlos ein Stück weiter nieder, indem sie aus ihren unheimlichen Augen nach uns spähten und plötzlich alle auf einmal loskrächzten, als forderten sie lauthals unseren Tod, um sich an unseren Kadavern zu weiden.

In meinem Halbschlaf verwünschte ich die düsteren Vögel, doch als das Hacken anhielt, erwachte ich vollends und begriff plötzlich mit Verwunderung, daß die Raben mit diesem Einhacken auf unser Dach nichts zu tun hatten und es sich nur um Regen handeln konnte. Nackt, wie ich war, und taumelnd lief ich zum Fenster, riß es auf und streckte die Hand hinaus.

»Hörner! Hörner!« schrie ich, »es regnet!«

Nicht Hörner allein, nein, alle Schweizer und Nicolas kamen gelaufen, wie sie waren, barfuß, im Hemd, und stürzten, als Hörner die Tür öffnete, vors Haus. Und den Kopf im Nacken, den Mund weit aufgesperrt, tranken sie das Wasser, das auf sie niederprasselte. Wahrhaftig, mehr als einer verschluckte sich bei diesem Spiel und verengte seinen Schlund doch lieber ein wenig.

Nachdem unser Durst gestillt war, stellten wir mit neuem Glück fest, daß das Wasser vom Dach artig in die Traufrinnen strömte, die Hörner hatte anbringen lassen, und so geschwinde und mit solcher Kraft in unsere Tonne sprudelte, daß wir kaum Zeit hatten, die zweite Tonne heranzurollen und aufzustellen, als schon die erste voll war. Dann ließ der Regen nach, und bis er aufhörte, hielten wir den Atem an, denn alle hatten wir denselben Wunsch im Herzen: daß auch die zweite Tonne noch voll würde. Es gelang nicht ganz, aber immerhin.

Ohne sich irgend abzustimmen, fielen Hörner, die anderen Schweizer und Nicolas auf die Knie, dem Himmel für dieses Manna zu danken, wenn ich das Wort ausnahmsweise einmal für Wasser benutzen darf. Ich aber stand daneben, weil ich nicht gleich eine Verbindung zwischen dem Regen und einem uns geltenden göttlichen Wohlwollen gezogen hatte. Als ich meine Soldaten jedoch alle auf Knien sah, während ich wie ein Zaunpfahl verharrte, spürte ich, daß ich mich ihrem Dankgebet schlecht entziehen konnte. Und weil ich mit ein wenig Ironie dachte, ich als ihr Oberhaupt müsse mich ihrem Beispiel anschließen, kniete auch ich nieder und dankte Gott, nicht weil ich mir gewiß gewesen wäre, er habe diesen phantastischen

Regenguß extra für uns entfesselt, aber weil ich ihm auf jeden Fall zu danken hatte, daß ich lebte.

Leider reichte dieses Manna nicht, unseren Magen zu füllen, denn konnte auch unser Durst, wenigstens für Tage, gestillt werden – Gott weiß, wie wir eine neue Sintflut herbeisehnten! –, blieben wir gleichwohl zu knappen Essensportionen verdammt. Dabei waren wir dank unserer Voraussicht noch begünstigt. Was für uns Einschränkung war, hieß für die übrige Garnison längst Not.

Buckingham, der durch seine Spione um unsere Hungersnot wußte und ihr Fortschreiten verfolgte, verfiel auf die Idee, diese zu verstärken, um die erwartete Kapitulation zu beschleunigen. Die Maßnahme war so abscheulich, daß ich glauben möchte, sie sei eher dem Gehirn seiner erbarmungslosen Obersten als dem Lord Buckinghams entsprossen. Aber da er diese unwürdige Maßnahme gutgeheißen und befohlen hat, trägt er dafür die Verantwortung vor der Geschichte.

Wie schon gesagt, hatte sich eine gewisse Anzahl von Katholiken aus Saint-Martin-de-Ré – dem unserer Zitadelle nächstgelegenen Dorf – gleich zu Beginn der Invasion unter das Banner von Toiras gestellt. Die Engländer nun ließen es sich einfallen, die Frauen, Mütter und Kinder dieser Freiwilligen aus ihren Häusern zu jagen und vor die Zitadelle zu treiben, um die Zahl der »unnützen Esser« bei uns zu vermehren.

Die armen Frauen, die die englischen Befehle nicht verstanden, die auf sie eingeschrien wurden, gerieten in Todesängste, als man sie auf die Gräben um die Zitadelle zutrieb. Einige versuchten zu fliehen und nach Saint-Martin zurückzulaufen. Auf Befehl gaben die englischen Soldaten Feuer: Frauen und Kinder fielen.[1] Vom Turm der Zitadelle sah Toiras dieser Szene zu, wagte aber die Feinde nicht zu beschießen aus Angst, diejenigen, die sie vor sich her trieben, zu treffen. Den Hintersinn dieses unmenschlichen Vorgehens hatte er sofort erfaßt. Nach erstem Zögern überwältigte ihn das Mitleid, und er ließ den Unglücklichen die Tore öffnen.

Einige wurde von ihren Männern freudig begrüßt – auch wenn sie gemeinsam keine andere Aussicht hatten, als miteinander zu verhungern. Am schlimmsten erging es jenen, deren

---

1 Englische Chronisten sagen, »eine Frau und ein Kind«. (Anm. d. Autors)

Männer in der Schlacht von Sablanceaux gefallen waren: Sie fanden weder Hilfe noch Trost. Den Müttern mit Säuglingen versiegte die Milch, weil sie selbst nicht genug zu essen hatten.

Die Grausamkeit, deren Opfer sie waren, brachte den Engländern keinen großen Gewinn: Es waren nicht so viele »unnütze Esser«, daß sie unsere Not sehr erhöhten, allerdings gaben sie den Soldaten dieses Gefühl. Zuerst beklagten sie die Armen, bald aber ertrugen sie ihre Tränen, Klagen, Vorwürfe und die Bettelei nicht mehr, zu der sie sich gezwungen sahen. Sie begannen sie zu hassen, mit schmutzigen, bösen Worten zu beschimpfen, zu verstoßen, ja zu schlagen.

Entgegen den Befürchtungen Toiras' gab es keine Vergewaltigungen, entweder weil es den Soldaten schon an Kraft gebrach, oder aber weil die Todesfurcht stärker war als die Begierde. Aber es war offensichtlich, daß die unerwünschte Anwesenheit der Frauen ihrer Moral schadete und die Disziplin verdarb.

Als sich die ersten Frauen an der Schwelle unseres Hauses einfanden, wurde ihnen, wenn auch sehr widerstrebend, gegeben. Bald jedoch stellten wir diese unvorsichtige Barmherzigkeit ein, so sehr schrumpften unsere Vorräte. Nun hatte sich aber das Gerücht von unserer Hilfe verbreitet, und alle belagerten unsere Tür mit Geschrei, und vor Enttäuschung, daß sie nichts bekamen, haßten sie uns fortan mehr als jene, die nie etwas gegeben hatten. Sie bettelten nicht mehr, sie beschimpften und verfluchten uns mit so wüsten Worten, daß es sich nicht sagen läßt. Andere wieder kauerten, den Rücken an unsere Mauer gelehnt, den Kopf gesenkt, und mit so erloschenem Blick, so still und stumm in ihrer Verzweiflung, als sehnten sie den Tod herbei.

Eine Woche indes, nachdem die Frauen unsere Belagerung eingestellt hatten, kam eine heimlich in einer tiefschwarzen Nacht, klopfte leise an unsere Tür und bat um Einlaß.

»Wer bist du?« fragte Hörner unwirsch, ohne zu öffnen.

»Ich heiße Marie-Thérèse Hennequin, Herr Hörner«, sagte die Besucherin leise, aber klar, »und erkläre bei meinem Seelenheil, daß ich nicht zum Betteln komme.«

»Was willst du dann?« fragte Hörner, überrascht, daß sie seinen Namen kannte.

»Ich möchte den Herrn Grafen von Orbieu sprechen.«

»Bist du allein?«

»Ich bin allein, Herr Hörner.«

Hörner befragte mich mit den Augen.

»Laß sie ein«, sagte ich, »aber gib acht, falls andere hinter ihr sind und mit Gewalt hereindrängen wollen.«

Hörner winkte zweien seiner Männer, und eine Laterne in der Hand, um die Besucherin in Augenschein zu nehmen, öffnete er einen Spaltbreit die Tür, während die Schweizer sich bereithielten, sie notfalls zuzuschlagen.

Ein Frauenzimmer von gut zwanzig Jahren erschien. Sie war allein, wie sie gesagt hatte, trat sicher ins Haus und auf mich zu, der ich bei zwei Fingern Wein in meinem Becher saß, und machte mir einen Knicks, dem nichts Linkisches anhaftete.

»Herr Graf«, sagte sie in gutem Französisch, »ich bin Euch unendlich verpflichtet, daß Ihr mich zu empfangen geruht.«

Als sie sich meinem Tisch näherte, fiel Kerzenlicht auf sie, so daß ich sie in Muße betrachten konnte. Es war eine kräftige Person, die fest auf ihren Beinen stand, mit fülligem Busen und einem Gesicht, dessen ländliche Schönheit mich an die Nichte meines Pfarrers Séraphin erinnerte. Sie trug ein Bündel in der Hand, und obwohl ihr Rock ziemlich staubig war – und wie sollte er es nicht sein, nächtigte sie doch im Freien –, staunte ich so sehr, wie sauber ihre Hände und ihr Gesicht waren, daß ich, noch ehe ich mich nach ihrem Begehr erkundigte, fragte, wie zum Teufel sie es anstelle, sich bei unserer Wasserknappheit so reinlich zu halten.

»Das kommt, Herr Graf, weil ich jeden Morgen bei Tagesanbruch ins ›Maul‹ hinunterklettere und fische.«

»In Kleidern?«

»Aber nein.«

»Und was fischst du?«

»Liebe Zeit, Muscheln, Krabben, Crevetten, und wenn ich Glück habe, auch mal kleine Fische.«

»Das alles fängst du?«

»Nur wenig, aber das wenige bessert meine Ration auf. Ich esse es roh.«

»Warum roh?«

»Zum Kochen müßte ich meinen Fang anderen in der Zitadelle zeigen, und sie würden ihn mir wegnehmen.«

»Und warum fischst du vor Tag?«

»Weil dann noch niemand am ›Maul‹ ist und ich nichts anhabe dabei.«

»Und woher, Marie-Thérèse, weißt du meinen Namen und den von Hauptmann Hörner?«

»Ich habe Euren hübschen Junker gefragt. Er ist sehr zuvorkommend zu den Frauen hier. Er hilft ihnen auch in ihrem Unglück, wo er kann.«

»Nicolas«, sagte ich, »ist es wahr, daß du so zuvorkommend zu den Frauen bist?«

»Ja, Herr Graf.«

»Und meinst, damit erfüllst du deine Christenpflicht?«

»Ja, Herr Graf«, sagte Nicolas, ohne mit der Wimper zu zucken.

Diese kleine Neckerei zwischen Nicolas und mir blieb Hörner unverständlich, dazu war er ein zu ernsthafter Mensch. Marie-Thérèse dagegen schmunzelte. Außer Tapferkeit und Lebensmut fehlte es ihr also nicht an feinem Sinn, wie es übrigens der Fortgang dieses Gesprächs zeigen sollte.

»Marie-Thérèse«, sagte ich, »hast du einen Mann oder Vater oder Bruder in der Zitadelle?«

»Nein. Ich bin Jungfer, habe keine Eltern mehr und bin durch einen Irrtum hier, weil ich in Saint-Martin bei meiner Cousine war, die auch Hennequin heißt und ihren Mann hier hat. Aber wie sollte ich den Engländern den Irrtum klarmachen, sie sprechen meine Sprache nicht, ich nicht die ihre?«

»Und wovon lebst du in Saint-Martin, wenn du keine Eltern mehr hast?«

»Vom Fischfang, davon hat auch meine Cousine gelebt. Ich war bei ihr untergeschlüpft, als mein Vater starb.«

»Wenigstens bist du hier mit ihr zusammen.«

»Leider nicht, sie wurde auf dem Weg zur Zitadelle erschossen. Sie war bei denen, die fliehen wollten.«

Hierauf verstummte sie, und eine dicke Träne rann über ihre Wange, die sie mit dem Handrücken abwischte. Ich senkte den Blick auf meinen Becher, so rührten mich ihr Unglück und ihr Mut. Ich glaube, wenn sie jetzt um Brot gebeten hätte, hätte ich es ihr gegeben. Aber das Mädchen war zu stolz und zu klug, um sich selbst zu widersprechen, und auf meine Frage antwortete sie, sie wisse von Nicolas, daß wir zwar Fleisch hätten, aber nichts Frisches, und daß sie mir deshalb Grünzeug bringe, man möge ihr nur einen Topf mit Wasser geben. Damit öffnete sie ihr Bündel und zeigte, was es enthielt.

»Ach, Brennesseln!« schrie Hörner wütend, »Brennesseln! Weib, willst du den Herrn Grafen verspotten, daß du ihm so ein unreines, bissiges Kraut anzubieten wagst. Soll er sich daran Gaumen, Magen und Därme verbrennen?«

»Herr Hörner«, sagte Marie-Thérèse mit einer höflichen Verneigung, »beliebt mir keine Bosheit zu unterstellen bei dem, was ich vorhabe. Wenn man Brennesseln einmal aufwallen läßt, brennen sie nicht mehr, und gehackt und gut gekocht, schmecken sie wie Spinat und stärken Euch das Blut genauso wie anderes Gemüse.«

Hörner schien aber nicht überzeugt.

»Sie hat recht, Hörner«, sagte ich. »Ich weiß es von meinem Vater. Er hatte beobachtet, daß einige Bauern auf seinem Gut Chêne Rogneux in Hungerszeiten gekochte Brennesseln aßen und sich gut dabei befanden. Er kostete sie und stellte fest, daß sie nach Spinat schmeckten. Brennesseln, sagt er, seien ein schmackhaftes, gesundes Kraut und eine Himmelsgabe, wenn es im Garten an Kohl, Artischocken, Spargel, Salat oder Pastinaken fehlt. Darum, Hörner, gib dem guten Frauenzimmer, was es verlangt.«

Hörner gehorchte, denn seit dem fehlgeschlagenen Hinterhalt von Fleury en Bière stand mein Vater bei ihm in hoher Achtung. Er war für ihn der weiseste Mann der Welt, weil er ein Doktor der Medizin war, Latein konnte und auch noch das Kriegshandwerk verstand. Aber die gekochten Brennesseln mochte er trotzdem nicht anrühren, auch die anderen Schweizer nicht. Nur Marie-Thérèse, Nicolas und ich aßen sie. Und als Marie-Thérèse wissen wollte, was ich davon hielte, sagte ich, daß sie mich tatsächlich an Spinat erinnerten, nur fader seien. Worauf Nicolas bemerkte, daß ein paar Speckwürfel den Geschmack heben würden. Ich willigte ein, er holte welche, und Sie mögen sich vorstellen, wer von uns sich daran am meisten erlabte, Marie Thérèse, Nicolas oder ich.

Doch hatte Marie-Thérèse ihren Napf kaum blank geputzt, als sie auch schon aufstand und sich schön bedankte.

»Herr Graf«, sagte sie nach einem Knicks, »erlaubt, daß ich nun gehe. Ich sage Euch noch einmal tausend Dank und versichere Euch, daß ich niemandem ein Sterbenswörtchen von meinem Besuch in Eurem Haus verrate, damit Ihr nicht belästigt werdet, so wie von mir. Ohne Not werde ich Euch nicht mehr beanspruchen, und Ihr sollt mich bis zum Ende der Belagerung nicht an Eure Tür klopfen hören, es sei denn, Ihr gebietet mir durch Euren liebenswerten Nicolas, Euch wieder von meinem Kraut zu bringen.«

Hiermit machte sie abermals einen Knicks vor mir, dann einen vor Hörner, dem sie nach ihrer bescheidenen und gewandten kleinen Rede gleich besser gefiel, weil sie damit seine Furcht zerstreut hatte, künftig einen »unnützen Esser« am Hals zu haben.

Im Verlauf der Belagerung erkundigte ich mich bei Nicolas dann und wann nach Marie-Thérèse und hörte, daß es ihr so gut ginge wie eben möglich. Ich hatte ihn im Verdacht, ihr von seinen Rationen dies und jenes zuzustecken, so gern hatte er sie, aber für mein Gefühl war seine Anhänglichkeit eher freundschaftlich als verliebt. Und mußte eine Junge wie er dieses sanfte und lebenstüchtige Mädchen nicht bewundern?

* * *

Dieser Besuch Marie-Thérèses, der kaum eine Stunde gedauert hatte, war für mich, für Nicolas und, ich glaube, auch für unsere Schweizer ein kleines Paradies in der erstickenden Hölle unserer Tage und gequälten, schlaflosen Nächte. Wie jeder andere sehne ich mich, wenn es Sommer wird, nach strahlender Sonne, blauem Himmel und linder Luft. Aber wie jeder andere in der Zitadelle verwünschte ich dieses Wetter jetzt, so grausam erschienen uns der wolkenlose Himmel, die blendende Sonne und die unerträgliche Dürre.

Weil das schöne Wetter nicht wich, mußte Toiras die Wasserration aufs neue kürzen und die Wachen an den Brunnen verstärken, denn marodierende Soldaten beließen es nicht mehr dabei, die Wachen zu bestechen – manche gaben zwei bis drei Écus für einen einzigen Becher Wasser –, nein, jetzt brauchten sie Gewalt, setzten gegen die Unglücklichen unbarmherzig das Messer ein, um an den Schatz zu gelangen, den jene hüteten.

Toiras bewaffnete die Brunnenwächter mit Pistolen, die im Kampf Mann gegen Mann schneller zu handhaben waren als

Musketen. Unter den Angreifern gab es Tote, und die Wachen witzelten bitter: »Die haben wenigstens nie mehr Durst!«

Eines Nachts wurde auf die hohe Holzhütte an unserem Haus, in der Zeus unsere Regentonne bewachte, ein Anschlag mit der Axt verübt. Das wütende Gebell des Hundes rief im Nu Hörner und seine Männer herbei. Hörner schob seinen Musketenlauf durch den Spalt, den er in die Mauer eingefügt hatte, und drohte den Angreifern, zu schießen, wenn sie nicht verschwänden. Statt jeder Antwort feuerten sie auf ihn, trafen aber nicht, weil die Scharte schräg war. Hörner erwiderte das Feuer, doch ein Toter schreckte die Angreifer noch nicht, die Axt ging an den nächsten über. Sie mußten alle erschossen werden, so erbittert hatten sie versucht, an unser Wasser zu kommen. Am anderen Morgen, als die Haustür in der Frühe geöffnet wurde, konnte man sie zählen: es waren ihrer sechs, aber keine Soldaten, sondern Maurer, die zum Bau der Zitadelle eingezogen worden waren und die nicht mehr rechtzeitig fortgekommen waren, als Toiras die Tore schloß. Daß sie Musketen bei sich hatten, war kein Wunder: Die lagen überall herum in der Festung, weil so viele Soldaten Hungers starben.

Manche versuchten, der auswegslosen Hölle ohne Trinken, ohne Essen zu entrinnen. Sie desertierten, aber nicht einzeln oder zu zweit, sondern zu fünft oder sechst auf einmal. Ihr Ende war furchtbar, denn die Armen tauschten die Angst vor dem Tod gegen den Tod ein: Auf Befehl schossen die Kameraden von den Wällen auf sie, und diejenigen, die entwischten, wurden von den Engländern geschnappt und gefoltert, damit sie Auskünfte preisgaben.

Eine dieser Desertionen gefährdete unser aller Sicherheit. Eines Nachts fand ein Korporal, der mit sechs Soldaten eine Wache an einem Zitadellentor ablöste, das Tor offen. Die Kameraden, die er ablösen sollte, waren samt ihrem Korporal entflohen. Später erfuhren wir, daß jener Korporal, der das Losungswort kannte, von den Engländern gefangen wurde und es ihnen unter Eisen und Feuer verriet. Lord Buckingham wollte, daß man es unverzüglich benutze, um in die Feste einzudringen, doch seine Obersten widersetzten sich dem energisch kraft ihrer großen Erfahrung: Dieser Korporal, dieses Losungswort, dieses offenstehende Tor waren eine Falle der französischen Füchse. Man mußte sich hüten, den Fuß da hineinzusetzen. »Woran man wieder sieht«, sagte Toiras, als er die Geschichte hörte, »was für ein unsicheres Gewerbe der Krieg ist: Alles kann einen zu Fehlern verleiten – sogar die Erfahrung!«

»Herr Graf«, sagte Nicolas, »wozu hätten die Engländer die Losung gebraucht? Die Deserteure hatten das Tor doch offengelassen?«

»Sie hätten damit auch durch ein anderes Tor in die Zitadelle eindringen können. Nur ein paar unserer Uniformen, die sie durch ihre Gefangenen ja haben, dazu ein Mann, der gut Französisch spricht, und sie wären ohne einen Schuß Pulver in die Festung gelangt.«

»Könnte man nicht für jedes Tor ein anderes Losungswort finden?«

»Wahrhaftig, Nicolas, der Herr hat bei dir auch nicht eine Gehirnfalte vergessen! Du solltest deinen scharfsinnigen Vorschlag Monsieur de Toiras unterbreiten.«

»Herr Graf«, sagte Nicolas erschrocken, »es wäre höchst unziemlich, wenn ich dem Kommandeur einen Rat geben wollte.«

»Nein, nein! Bei deiner Jugend und Bescheidenheit sähe er darin nur die Ursprünglichkeit, die den Nagel auf den Kopf trifft ... Wenn ich ihm hingegen dasselbe riete, wäre er unfehlbar pikiert, weil er sich beschämt fühlen würde. Kurzum, Nicolas: Du sagst es ihm!«

Gegen Abend kam Toiras, um wie gewöhnlich zwei Finger Rétaiser Weins mit uns zu trinken. Leser, du hast richtig gelesen: zwei Finger! Das war die tägliche Ration, die wir für unser Haus nach reiflicher Beratung mit Hörner festgelegt hatten. Auf die Weise, hatte er berechnet, würden wir die letzte Flasche in einem Monat leeren, und dann, meinte er, wären wir entweder tot oder erlöst.

Sowie Toiras einen kleinen Schluck getrunken hatte, stieß ich Nicolas mit dem Ellbogen an, und leichenblaß, aber mit fester Stimme machte er Toiras mit allem schuldigen Respekt den Vorschlag, den ich so klug gefunden hatte.

»Donnerwetter!« sagte Toiras stirnrunzelnd, »was man in dieser Welt nicht alles hören muß! Und von wem? Aus dem Mund eines Grünschnabels! Eines halben Musketiers! Und so einer zeigt es seinem Oberst! Und das Tollste dabei ist«, sagte Toiras, auf einmal lachend, »er hat recht! Jawohl, recht hat er!

Das ist das Schönste an der Sache! Donnerschlag, was nützt einem alle Erfahrung? Das frage ich mich jeden Tag.«

Dieser gascognische Humor beruhigte Nicolas, erheiterte unsere guten Schweizer und gab mir wieder einige Zuversicht, denn Toiras war mir, als er hereintrat, bleich, abgemagert und sehr bedrückt erschienen. Was er mir Augenblicke später *sotto voce* bestätigte.

»Kopf und Willen«, sagte er, »sind, denk ich, ungebrochen. Was siecht, ist das arme Tier ... Aber, na ja!«

Nach diesem »na ja« blieb Toiras still und stumm, die Augen gesenkt. Bald aber raffte sich das »arme Tier« und hob den Kopf.

»Graf«, sagte er, »ich habe Euch eine betrübliche Mitteilung zu machen.«

Und als Hörner und Nicolas sich halb erhoben und mich mit dem Blick befragten, ob sie gehen sollten, kam mir Toiras mit seiner üblichen Lebhaftigkeit zuvor und machte ihnen, indem er die Hand zwei-, dreimal auf den Tisch senkte, das Zeichen, sich wieder zu setzen.

»Bleibt, meine Herren! Ich setze volles Vertrauen in Eure Weisheit, *Herr Hörner*, und in deine Verschwiegenheit, Nicolas.«

Verlegen durch solches Lob, setzten sich beide errötend, wenn auch in verschiedener Farbe, denn Hörners Gesicht war wettergegerbt, Nicolas aber hatte eine sehr helle Haut.

»Meine Herren, wir sind mit unseren Vorräten *strictu senso* am Ende. Morgen werde ich der Garnison verkünden, daß wir unsere Pferde eins nach dem anderen schlachten müssen, um sie zu essen. Uns bleibt keine Wahl.«

»Meine Accla!« rief ich, und mein Herz erstarrte. »Monsieur de Toiras, könnt Ihr das nicht noch aufschieben?«

»Keinen Tag länger, Graf. Mein eigenes Pferd muß dran glauben. Es wird sogar als erstes getötet. Was würden die Reiter sagen, wenn ich mich von dem Opfer ausnähme, das ich von ihnen verlange?«

In dem eintretenden Schweigen sah ich es in Hörners Gesicht zucken, und Nicolas rannen dicke Tränen über die Wangen.

»Meine Herren«, sagte Toiras leise und rauh, »an Eurer Bewegung wie an meiner sehe ich, was das morgen für eine

Trauer bei unseren Männern geben wird, wenn ich ihnen meinen Beschluß mitteile.«

In dem Augenblick, da ich meine Accla verlieren sollte, fühlte ich voll Schmerz, wie sehr ich sie liebte. Das Pferd ist nicht nur der Begleiter des Edelmannes: Ich sage ohne Umschweife, es ist ein Teil von ihm. Kaum daß wir gehen können, hievt man uns schon auf einen hohen Pferderücken, und der Reitlehrer lehrt uns die Zügelsprache – die einzige, die unser Tier versteht. Wir lernen, uns im Sattel aufrecht und den Fuß fest im Steigbügel zu halten, seine Flanken mit den Schenkeln zu umklammern, auf die Bewegung seiner Ohren zu achten, es durch eine Liebkosung auf seine Ganasche zu ermutigen, wenn es nervös wird, und vor allem den Mut, wenn wir herunterfallen, sofort wieder aufzusitzen.

Wenn ich mich recht entsinne, lehrte man uns auch seine Pflege, obwohl wir uns später darum nie zu kümmern brauchten, das Striegeln und Bürsten, das Flechten der Mähne und des Schweifs, die Hufpflege und Reinigung der Eisen: Lauter Dinge, die wir können mußten, um sie dann unseren Reitknechten abzufordern, nicht zu vergessen auch die Sorge um die Beschlagung, um Hafer, Stroh und Wassereimer, den das Pferd in einem Zug leert: denn dieses herrliche Tier, das sechs- oder siebenmal soviel wiegt wie wir, ist auch unser Kind, das wir mütterlich hegen.

Wenn aber schon diese Bande so mächtig waren, wie waren sie es erst für jene Edelleute, die in der königlichen Kavallerie dienten und in der Schlacht eins wurden mit ihren Tieren, die sich auf ihrem Rücken in eine machtvolle, berauschende und mörderische Attacke stürzten, die sie alle beide den feindlichen Musketen aussetzte?

»Monsieur de Toiras«, sagte ich, »ich beklage Euch von ganzem Herzen, daß Ihr dies morgen verkünden müßt. Wenn es Euch gut dünkt, werde ich Euch dabei zur Seite stehen. Und da mein Pferd schon sterben muß, soll es dem Beispiel des Euren lieber alsbald folgen. Erwartet Ihr etwas wie einen Aufstand?«

»Nein, aber man könnte mich bedrängen, einen Kampf aufzugeben, der als verloren gilt.«

»Durch Kapitulation?«

»Noch wagt niemand das Wort auszusprechen. Aber es geistert längst in allen Köpfen. Graf, es wäre mir wirklich lieb, wenn Ihr mir morgen zur Seite stündet, zum ersten mit Eurem Wort bezüglich Eurer Accla – ein starkes und tapferes Wort – und zum zweiten mit Eurer Gegenwart.«

»Mein Freund«, sagte ich, »Ihr könnt auf mich zählen.«

»Tausend Dank, Graf«, sagte Toiras ernst und erhob sich. »Verzeiht, daß ich Euch so zeitig verlasse«, setzte er in seinem lebhaften Ton hinzu, aber ich habe heute abend noch eine kleine Unternehmung einzufädeln, von der ich mir etwas erhoffe.«

Er stand vom Tisch auf, ich begleitete ihn zur Haustür, wobei mir auffiel, wie müde er ging und mit gesenktem Kopf. An der Tür aber wandte er sich um. Und überrascht sah ich in seinen Augen ein Fünkchen gascognischen Schalks aufflammen.

»Wenn ich mein Pferd geopfert habe«, sagte er, »und dann selbst auch draufgehe, habe ich im Grab wenigstens einen großen Trost: Niemand kann mein Pferd mehr Bouquingan vererben.«

* * *

Die Vormittage waren in diesem drückenden Sommer so heiß, daß Toiras beschloß, die Offiziere und Freiwilligen gleich in der Morgenfrühe auf dem Platz vor seinem Haus zu versammeln, der aber den Namen Wiese nicht verdiente, so hoch und gelb war das Gras, abgesehen von ein paar Büscheln Brennesseln da und dort, deren dunkles Grün mich an Marie-Thérèse und ihren Lebensmut erinnerte.

Wie schnitt es mir ins Herz, meine Leidensgefährten zu betrachten, die sich kaum auf den Beinen hielten. Mich ergriff ein großes Mitleid, so elend und abgemagert sahen sie aus, totenbleich die einen, die anderen gelb, mit hohlen Augen und vorspringenden Kiefern, weil die Wangen geschwunden waren.

»Meine Herren«, sagte Toiras, »wir müssen uns nichts vormachen: Unsere Lage ist dramatisch. Unsere Lebensmittel sind am Ende. Darum habe ich als letztes Mittel etwas beschlossen, was Euch großen Kummer machen wird, mir auch, was uns aber hilft, solange zu überleben, bis Entsatz eintritt. Ihr ahnt es schon. Wir müssen das letzte Opfer bringen, das der Heroismus von Belagerten in solchem Fall erheischt. Wir werden unsere Pferde eins nach dem anderen töten, damit wir zu essen haben. Ich sehe, dieser Beschluß betrübt Euch schwer und tut

Euch genauso weh wie dem, der ihn gefaßt hat. Er hat ihn nicht ohne Klagen gefaßt, aber auch nicht, ohne zu bedenken, daß wir damit nur dem natürlichen Tod unserer Tiere vorgreifen, denn, wie Ihr wißt, haben wir auch kein Pferdefutter mehr.«

Monsieur de Toiras machte eine Pause. Auf den eingefallenen Gesichtern unserer Gefährten standen Lähmung und Schmerz zu lesen, aber es gab keine Klage, keinen Protest. Vielleicht fehlte ihnen sogar die Kraft, die Stimme zu erheben.

»Das Opfer«, fuhr Toiras fort, »wird nicht wahllos erfolgen, sondern streng geordnet, um Mißbrauch und Gewalttat vorzubeugen, die in solcher äußersten Lage leicht zu erwarten sind. Glaubt mir, daß ich darüber mit fester Hand wachen werde. Niemandem wird die traurige Pflicht erspart bleiben, sein Tier dem Schlachter auszuliefern, weder dem Herrn Grafen von Orbieu noch mir, noch einem anderen hochrangigen Offizier. Der Herr Graf von Orbieu und ich haben sogar beschlossen, das Beispiel zu geben und unsere Pferde als erste zu opfern.«

Bei diesen Worten hatte Toiras den harten Befehlston des Kommandanten angenommen. Doch als er fortfuhr, wurde seine Stimme, ich will nicht sagen munter, aber sie gewann einen gewissen soldatischen Schwung, der mich verblüffte.

»Gott sei Dank«, sagte er, »haben wir noch alle Munition, die wir benötigen: nicht um sie zu vergeuden, aber doch genug, um diesen hochnäsigen Engländern wieder mal was auf die Mütze zu geben, die schon glaubten, sie hätten uns in der Hand und könnten uns fern unseres lieblichen Frankreich in die Sklaverei verschleppen. Kameraden, daraus wird nichts! Wir haben ernstliche Gründe zu hoffen. Gestern bei Dunkelwerden sind ohne Wissen der Garnison und ohne Wissen des Feindes drei Freiwillige, drei Helden, sollte ich sagen, vom ›Maul‹ zum Festland geschwommen, um den Hals in sicherer Hülle eine dringliche Botschaft an Herrn von Schomberg. Einer der drei ist ertrunken. Der zweite wurde von den erbarmungslosen Engländern gefangen und getötet. Der dritte hat sein Ziel erreicht. Ich sage Euch nicht, woher ich es weiß, aber ich weiß es. Und ich sage Euch auch nicht, wie dieser Brief des Königs zu mir gelangt ist, aber er ist in meinen Händen. Hier seht Ihr ihn, meine Herren, und weil er uns alle angeht, lese ich ihn vor:

›Monsieur de Toiras, ich wünsche, daß Ihr mir die Namen all derer übersendet, die mit Euch in der Zitadelle eingeschlossen sind, damit keiner vergessen wird und jeder adlige Offizier und jeder Soldat seine Belohnung erhält.‹«

Hierauf legte Toiras ein Schweigen ein und blickte seinen Zuhörern in die Augen. Dann faltete er mit einer ehrerbietigen Langsamkeit, als handele es sich um eine Reliquie, den Brief Seiner Majestät zusammen und steckte ihn in seinen Ärmel.

»Meine Herren«, sagte er, nun wieder in seinem raschen, gebieterischen Ton und mit einer gewissen Schärfe in der Stimme, die wenig ermutigend wirkte, »falls einige von Euch Fragen haben, bin ich bereit, sie zu beantworten.«

Bewegung und Gemurmel entstanden in der Menge, als wollten manche das Wort ergreifen, ohne es sich zu getrauen. Doch als Toiras, der niemanden vor den Kopf stoßen wollte, geduldig wartete, hob sich schließlich eine Hand.

»Herr Kommandant«, sagte der Mann höflich, »angenommen, wir erhalten Hilfe übers Meer, meint Ihr, daß diese die Blockade der englischen Schiffe durchbrechen kann?«

»Ja, sicher, Monsieur!« sagte Toiras, »sicher meine ich das, und ich will Euch den Grund dafür nennen. Wenn man viele Männer und viele Waffen hat, errichtet man seine unüberwindliche Blockade natürlich auf festem Gelände, denn die Erde ist ein haltbares und sicheres Element. Eine Seeblockade dagegen ist sehr viel durchlässiger, weil das Element äußerst beweglich ist. Darf ich daran erinnern, daß die Engländer zu Beginn der Belagerung in einiger Entfernung von unserem ›Maul‹ eine Sperre gebildet hatten, die sie für unüberwindlich hielten: Vier große, mit Enterhaken verbundene Schiffsrümpfe, eine Art schwimmende Festung, die sie mit Kanonen besetzten. Nur leider brachte ein starker Nordwestwind eines Nachts riesige Wellen auf und fegte das Werk binnen Stundenfrist hinweg. Die unentwegten, zähen Engländer ersetzten es durch ein Pfahlwerk aus Masten, die sie aneinander ketteten. Aber auch dieses Pfahlwerk widerstand den entfesselten Wogen nicht. So scheiterten vor unseren Augen zweimal ihre Versuche, eine durchgängige Verteidigungslinie ohne jede Lücke vor unserer Zitadelle zu errichten. Und diese Lücken, meine Freunde, die gibt es. Es gibt sie immer. Und durch sie können unsere Seeleute bei Flut und Neumond mit leichten, schnellen Gefährten zu uns stoßen, um uns zu versorgen.«

Diese Erklärung, die mir sehr überzeugend erschien, war es

offenbar nicht für alle, denn jemand, der weder die Hand hob noch sein Gesicht zeigte, machte sich das folgende Schweigen zunutze.

»Monsieur de Toiras«, rief er, »die Tatsache, daß es in der Aufstellung der englischen Flotte Lücken gibt, beweist noch lange nicht, daß schnelle Hilfe im Anzug ist. Und was haben wir davon, wenn sie zu spät kommt und wir tot sind?«

»Monsieur«, sagte Toiras, »ich bedaure, daß Ihr vor dem Sprechen nicht ums Wort gebeten habt, und noch mehr, daß ich Euer Gesicht nicht sehen kann. Aber im Moment will ich auf diesen Unterlassungen nicht herumreiten und Euch lieber folgende Frage stellen: Wenn wir nicht auf Hilfe warten, was, meint Ihr, tun wir dann?«

»Monsieur de Toiras, ich denke, in unserer tödlichen Lage befiehlt die Weisheit, zu verhandeln.«

Schweigen trat ein. Toiras wurde krebsrot. Seine Augen funkelten, sein Kinn zitterte, und von Kopf bis Fuß vom Zorn geschüttelt, donnerte er los:

»Verhandeln, Monsieur! Welch hübsches Wort: Verhandeln! Wie es mich rührt und bezaubert! Wie fein es den Scheinheiligen spielt, um die Geister zu umgaukeln! Was aber steckt hinter diesem betörenden Wort? Bitte, Monsieur, hebt den Schleier und zeigt uns, was es verbirgt, dieses so liebenswerte und so harmlose ›Verhandeln‹! Hebt den Schleier, damit man erkennt, was es heißt.«

Toiras ließ ein Schweigen lasten, und als der Sprecher sich weislich hütete, hervorzutreten und zu antworten, fuhr er mit schallender Stimme fort:

»Da Ihr keinen Ton, keinen Mucks mehr hervorbringt, Monsieur, will ich an Eurer Statt sagen, was das Wort ›Verhandeln‹ verbirgt, nämlich: Kapitulation, Sklaverei, Entehrung!«

Wieder machte Toiras eine Pause, damit die drei Worte sich im Geist der Zuhörer setzen konnten. Dann, von der Wirkung, die sie ausgelöst zu haben schienen, befriedigt, sprach er ohne Nachdruck, Effekte oder Zorn, jedoch mit einer festen Stimme, die seine Mäßigung noch fester machte.

»Meine Kameraden, ich kenne Euren Kampfesmut und muß Euch nicht auffordern durchzuhalten. Unter Euch ist keiner, dem es nicht die Schamröte ins Gesicht triebe, weniger tapfer zu sein als ein Engländer. Wenn es aber einen Feigling gibt, der die Gefahren dieses Krieges nicht mehr mit uns teilen will, soll er sich zeigen: Wir werden ihm die Tore öffnen. Soll er sein Leben auf Kosten seiner Ehre in Sicherheit bringen. Ich gebe ihn frei. Ich werde ihn nicht bestrafen, er wird nicht als Deserteur erschossen werden. Soll er leben, aber ein Leben in Schande.«

* * *

Wieder zu Hause, konnte Hörner sich seiner Bewunderung für diese Rede des Festungskommandanten nicht enthalten.

»Seht Ihr, Herr Graf«, sagte er, »das nenne ich eine große Rede: ›Ich werde den Deserteur nicht bestrafen, ich werde ihm die Tore öffnen. Soll er leben, aber ein Leben in Schande.‹« Und seinen Erfahrungsschatz um einen Satz bereichernd, setzte er mit bedeutsamem Kopfnicken hinzu: »Ja, Überzeugung geht vor Strafe!«

Als für meine Accla die Stunde schlug, besuchte ich sie zum letztenmal in ihrem Stall. Sie hielt sich kaum noch auf den Beinen, ein böses Zeichen, denn aus freien Stücken legt sich ein Pferd nicht nieder, nur aus Schwäche, und dann steht es selten wieder auf. Sie wieherte matt, als sie mich kommen hörte, und wandte mir ihre großen, sanften Augen zu, als erwarte sie von mir, ihrem Gebieter, das Wunder, das ihr auf einmal wieder Kraft und Straffheit schenkte. Aber ich konnte ihr nur den Hals tätscheln, die Ganaschen liebkosen, die Nüstern küssen und sie mit meinen Tränen netzen. Ich brachte ihr ein bißchen Wasser, »eine unnütze Verschwendung«, wie Hörner mir vorwarf. Aber meine Accla trank es gierig, und das erfreute mich bei allem Schmerz. Ich gab ihr auf der flachen Hand noch zwei Stückchen Zucker, dann ging ich und ließ meine Tränen fließen, ohne mich zu schämen, denn welchem Reiter würde es anders ergehen, wenn sein Tier an die Reihe kam?

Ich weiß noch, daß dieser Tag des Abschieds der fünfundzwanzigste September war. Noch immer war es drückend heiß, die Lage noch immer verzweifelt und keine Hilfe weit und breit!

Dank unserer Vorräte, die Hörner so gut eingeteilt hatte, waren wir noch nicht von Entkräftung bedroht und nicht so abgemagert wie die anderen in der Garnison. Trotzdem hatten wir immer Hunger, und Hunger hat das Quälende an sich, daß man von morgens bis abends an nichts anderes denken kann. Seltsam, wie einem dann all die guten Dinge durchs Gedächtnis ziehen, an denen man sich früher unbedacht erlabte, sogar die Milchsuppen unserer Kindertage. Das Schlimme ist, daß man von diesen Rückblicken und Aufzählungen gar nicht lassen kann, so daß man den Mund voll hat mit dem Geschmack der einstigen Gerichte, eine Wonne, die sich jedoch in grausame Qual verwandelt, denn man hat nichts auf der Zunge und zwischen den Zähnen als die Erinnerung, der Speichel trifft ins Leere, und der Magen krümmt sich ohne Hoffnung, je wieder befriedigt zu werden.

Das Schlimmste daran aber ist wohl, daß man nur noch an sich denkt, daß die Sorge um die anderen wie verdunkelt ist von dem zehrenden Verlangen nach der lebensnötigen Nahrung. So mußte Hörner mich erst mit dem Ellbogen anstoßen, damit ich endlich sah, wie bekümmert Nicolas umherging, dessen Gesicht doch sonst so frei und heiter war.

»Nicolas«, sagte ich, indem ich ihn beiseite nahm, »wie kommt es, daß du so traurig bist?«

»Ach, Herr Graf, Marie-Thérèse geht es schlecht.«

»Wie, ist sie krank geworden?«

»Sie ist auf der Treppe vom ›Maul‹ gestürzt und hat sich die Schulter ausgerenkt. Der Feldscher hat sie ihr eingerenkt, aber er hat sie in so viele Bandagen gesteckt, daß sie nicht mehr baden, nicht mehr fischen kann. Außerdem kann sie sich nur noch mit einer Hand wehren, und das nützen andere aus, sie um ihre Fleischration zu bringen.«

»Nicolas, lauf und hol die Ärmste her«, sagte ich, ohne zu überlegen, »bis sie wiederhergestellt ist.«

»Aber, Herr Hörner wird schimpfen, Herr Graf!«

»Soll er ruhig, ich bleibe dabei.«

»Ich höre ihn schon sagen: Vernunft geht vor Mitleid!«

Ich mußte lachen, sowohl über seinen Scherz wie über sein wieder aufgehelltes Gesicht.

»Geh, Nicolas. Ich werde Hörner damit beschwichtigen, daß Marie-Thérèse nur ihre Ration essen wird, die sie sich morgens in deiner Begleitung abholt: Wir wollen doch sehen, ob sie ihr dann einer zu rauben wagt.«

»Also, Herr Graf, sie ißt nur ihre Ration.«

»So sage ich es jedenfalls Hörner.«

»Hörner wird Euch nicht glauben, Herr Graf.«

»Gehorsam geht vor Glauben, Nicolas! Gehorche! Kennst du die Bibel nicht? Der Zenturione sagt zum Soldaten: ›Geh!‹, und der Soldat geht.«

Da lachte er, alle Traurigkeit war verflogen, und er lief, die Verletzte zu holen.

Nicolas hatte mich von meiner Sorge abgelenkt, doch kaum war er verschwunden, war ich wieder allein mit meinem hohlen Magen. Wie schon oft, versuchte ich mich zu ermutigen, indem ich mir sagte, daß es doch nicht so schlecht um mich bestellt sei. Ernährt wie ich es war, konnte ich noch Wochen durchhalten, ohne daß meine Kräfte versagten. Aber das Nagen blieb und verließ mich nicht. In diesem traurigen Zustand schleppten sich die Tage wie algenschwere Wogen dahin, erst Anfang Oktober begann die Lage sich aufzuhellen und zu klären. Toiras ließ mir ausrichten, daß er mich in seinem Haus sprechen wolle. Ich begab mich schleunigst dorthin und fand ihn allein.

»Mein Freund«, begann er mit seiner gascognischen Redefreude, »ich muß Euch um Vergebung bitten, daß ich Euch zweierlei verschwiegen habe, nicht weil ich kein Vertrauen zu Euch hätte, sondern um Euch nicht zu beunruhigen, wo Ihr am Lauf der Ereignisse ohnehin nichts hättet ändern können. Das erste ist, daß im Juli der König schwer erkrankte. Den ganzen August lag er quasi auf den Tod. Aber, Gott sei Dank, ging es Anfang September mit ihm aufwärts, und jetzt ist er wieder heil und gesund.«

»Seid Ihr dessen sicher?« rief ich, von Kopf bis Fuß bebend. »Ist das wirklich wahr?«

»So wahr wie der Boden unter meinen Füßen, der so lausig schwer zu verteidigen ist! Und noch einmal: Vergebt mir, daß ich es Euch erst jetzt mitteile. Ich kenne ja Eure Liebe zu Ludwig und wollte Euch nicht in Verzweiflung stürzen. Was nun mein zweites Geheimnis angeht ...«

»Ist es von gleichem Ernst?«

»Im Gegenteil! Es hätte allzu große Hoffnung in Euch geweckt. Mit dem heutigen Tag wandelt sich die Hoffnung jedoch zur großen Wahrscheinlichkeit, oder soll ich sagen, zur Beinahe-Gewißheit, so daß ich beschlossen habe, Euch von der Sache Mitteilung zu machen, auch wenn sie für jedes lebende

Wesen in dieser Garnison noch absolutes Geheimnis bleiben muß. Aber Euch als dem Gesandten des Königs schulde ich die Wahrheit.«

»Heißt das, es kommt Hilfe?«

»Jawohl! Und da Ihr es erraten habt, werdet Ihr auch ahnen, daß ich von Beginn der Belagerung bis zum gegenwärtigen Zeitpunkt in ständiger Verbindung stand mit unseren Kräften auf dem Festland, sei es durch falsche Deserteure, sei es durch kleine Boote, die bei Nacht die Sperre durchbrachen, sei es durch die drei Schwimmer, von denen Ihr wißt. Und dank dieser ständigen Verbindung bin ich unterrichtet, daß der Kardinal eine Expedition zu unserer Hilfe auf den Weg gebracht hat, die dritte bereits, die beiden ersten waren gescheitert. Diese nun hat die besten Aussichten zu gelingen, denn der Kardinal hat sich schlau gemacht und diesmal das bestgeeignete Gefährt gewählt, um die englischen Blockade zu unterlaufen.«

»Und was ist das für ein Wundergefährt?« fragte ich begierig.

»Die baskische Pinasse aus Bayonne.«

»Die baskische Pinasse aus Bayonne! Teufel noch mal! Und was ist daran so Wunderbares?«

»Ha, mein Freund, sie ist allen anderen überlegen, dem holländischen Flietboot, dem Lastkahn von Sables d'Olonne wie dem Fischerboot von Brouage. Und weil ich in jungen Jahren auf einer gefahren bin, kann ich Euch meinen Vers dazu sagen. Die Pinasse ist eine ganz eigene Art von Schaluppe. Sie ist acht Klafter lang[1], hat einen flachen Boden, einen schlanken, hohen Bug, ein rundes Heck, einen mäßig hohen Mast vorn, aber ein sehr großes Segel, mit dem sie bei Seiten- oder Rückenwind sehr schnell ist. Für den Fall, daß der Wind von vorn kommt oder ausbleibt, hat sie Ruderer, eine Reihe backbord, eine Reihe steuerbord. Die Geschwindigkeit, die all dies dem leichten Gefährt verleiht, ist ganz erstaunlich, und die Basken, die sich der Pinasse normalerweise zum Fischen bedienen, benutzen sie auch, um an Festtagen Wettrennen zu veranstalten.«

»Und wann hat der Kardinal die Pinassen entdeckt?«

»Vor einem Monat.«

---

1 16 Meter.

»Vor einem Monat! Dann müßten sie doch schon hier sein!«

»Aber nein! Erstens dauert es seine Zeit, von Paris nach Bayonne zu reisen. Dann kostet es Zeit, Geduld und viele Écus, fünfunddreißig Pinassen samt Besatzung zu heuern, denn Ihr glaubt doch nicht, daß die Basken sie ohne ihre Leute fortlassen? Weiter braucht es Zeit, guten Wind und gute See, um von Bayonne nach Sables d'Olonne zu segeln. Dann dauert es noch einmal seine Zeit, die Pinassen mit Lebensmitteln und Munition zu beladen. Und schließlich heißt es auf guten Nordwest warten, der sie über den bretonischen Pertuis zu uns treibt.«

»Zu uns treibt? Sind sie denn schon im Pertuis?«

»Das sind sie!« sagte er triumphierend. »Unsere Kräfte auf dem Festland haben schnelle kleine Kähne ausgeschickt, durch die berittene Boten an Land unterrichtet werden. Die wiederum jagen mit verhängten Zügeln nach Fort Louis, das uns Tag für Tag ihr Fortkommen signalisiert. Wenn der Nordwest nicht aussetzt, mein Freund, müßten die Pinassen in der Nacht vom siebenten auf den achten Oktober hier sein, das heißt bei Flut und Neumond.«

»Und wer weist ihnen den Weg in schwarzer Nacht?«

»Die Lichter der Festung.«

»Gott im Himmel!« rief ich voll höchster Freude. »Ist das denn menschenmöglich?«

Am sechsten Oktober bestellte mich Toiras erneut in sein Haus zu einem vertraulichen Gespräch, und wortlos überreichte er mir ein Billett, das mit seinem Namen gezeichnet und seinem Wappen gesiegelt war – ein Billett, das er, wie er sagte, unseren Kräften auf dem Festland senden würde. Und dies war, was ich las:

»Schickt mir die Pinassen am achten Oktober. Denn am Abend des achten verlasse ich die Festung mangels Brot.«

Ich mußte zweimal lesen, ehe ich den Sinn verstand, und war entgeistert.

»Was heißt das, Monsieur de Toiras? Was soll das?« rief ich, bebend und stammelnd vor Zorn. »Wollt Ihr so kurz vor der Erlösung kapitulieren?«

»Jawohl!« sagte Toiras und schüttete sich aus vor Lachen,

»ich, Toiras, kapituliere! Und schon am siebenten Oktober nehme ich mit Bouquingan Verhandlungen auf zur Übergabe der Zitadelle!«

»Übergabe!« schrie ich, völlig außer mir. »Monsieur de Toiras, habt Ihr den Verstand verloren? Übergabe! Donnerwetter, gibt es ein schändlicheres Wort?«

Aber als Toiras noch einmal so sehr lachte, schwante mir, daß er mich wohl zum besten hielt.

»Genug gespaßt, Monsieur de Toiras«, sagte ich ruhiger. »Verratet mir, was an der Geschichte ist.«

»Mein Freund, wenn Ihr von mir glaubtet, ich würde mich ergeben, glaubt es Bouquingan erst recht. Verzeiht, mein Freund, daß ich Euch die kleine Komödie vorgespielt habe, aber ich wollte doch sehen, welchen Erfolg meine List hat, von der ich mir einiges erwarte. Dieses Billett, das Ihr last, wird einem Mann übergeben, der den Auftrag hat, sich von den Engländern schnappen zu lassen. Und mein Angebot, mich am folgenden Tag zu ergeben, wird diese Botschaft beglaubigen. Die Engländer werden sich als die Sieger fühlen und in ihrem Siegesrausch zu Lande wie zu Wasser ein bißchen an Wachsamkeit nachlassen. Zu Lande, das schert mich wenig. Aber zu Wasser könnte solches Nachlassen die Durchfahrt der Pinassen durch die feindliche Sperre erleichtern.«

Leser, Mylord Buckingham sollte später sagen, er haben diesem Angebot der Übergabe heftig mißtraut und Befehl an die Flotte gegeben, die Wachsamkeit zu verdoppeln. Doch was blieb ihm anderes übrig als einzugestehen, daß Toiras ihn übers Ohr gehauen hatte?

In dieser Nacht vom siebenten auf den achten Oktober lag ich wach, eine brennende Laterne neben meinem Bett, wo süß und keusch Marie-Thérèse an meiner Seite schlief. Keusch sage ich, denn das war sie bei mir wie bei Nicolas, wenn sie abwechselnd jeden zweiten Tag unser Lager teilte.

Obwohl ich darauf gefaßt war, staunte ich doch nicht schlecht bei dem jäh einsetzenden, ohrenbetäubenden Lärm, als auf einen Schlag Musketenfeuer und Kanonendonner losbrachen. Rasch zog ich mich an, lief, meine Laterne in der Hand, zum »Maul«, da waren die Pinassen schon gelandet. Und Toiras stand bis zu den Schenkeln im Wasser und empfing mit gebreiteten Armen die Retter unter dem hundertfach von ihm wie von allen anderen ausgebrachten Ruf: »Es lebe der König!«

Am nächsten Morgen, gegen acht, sahen die Engländer auf den Mauern der Zitadelle hoch auf unseren Piken Weinflaschen ragen, Kapaune, Truthähne, Schinken, Hammelkeulen, Rinderseiten, Mehlsäcke und wer weiß, was noch alles. Toiras wandelte mit mir über die Wallmauern, und so lange schon schweigsam, daß ich mich fragte, ob mein wortgewaltiger Gascogner die Sprache verloren habe. Nun, er kostete ganz einfach seine tiefe Freude aus! Schließlich sprach er doch, aber nur zu mir, und wie stets mit Scharfsinn.

»Mein Freund«, sagte er, »in so einem ellenlangen, sehr ungewissen Kampf kommt immer ein Augenblick, in dem die Waage des Geschehens plötzlich ins Wanken gerät und mit aller Klarheit diejenige der beiden Parteien anzeigt, die gewinnen wird, und diese Partei sind heute wir.«

Ich fragte mich, ob ich ihm glauben könne oder nicht, ob ihn die Schwingen der Hoffnung in seiner Begeisterung nicht ein bißchen zu weit trugen. Die Engländer, sagte ich mir, waren durch die Tatsache allein nicht schon geschlagen, daß wir gut versorgt waren. Gewiß waren wir es, aber wie lange würden diese Lebensmittel reichen?

Tatsächlich behielt Toiras von uns beiden recht, und seine Meinung war auf Tatsachen und Informationen gegründet, die er mir nicht mitgeteilt hatte, nicht etwa aus mangelndem Vertrauen, sondern aus seinem ebenso redseligen wie geheimniskrämerischen gascognischen Charakter.

Später erfuhr ich es: Durch seine Spione auf der Insel war er über den Zustand der Engländer bestens unterrichtet, und der hatte sich ziemlich verschlechtert, sowohl körperlich wie moralisch. Wie fern waren sie inzwischen ihrem Siegestaumel nach Sablanceaux! Ohne einen Schuß Pulver abzugeben, hatten sie die Insel und ihre Dörfer besetzt und mit einiger Herablassung auf jene *unhappy few*[1] hinter den Mauern ihrer Zitadelle geschaut.

Aber die Zeit, die unerbittliche Zeit hatte Belagerte und Belagerer nahezu gleichgemacht in Unbehagen und Unglück. Zuerst war Buckingham von London mit Lebensmitteln, Geld

---

1 (engl.) diese unglückliche kleine Truppe.

und Munition unterstützt worden. Doch als die Belagerung sich in die Länge zog, glaubten die Engländer nicht mehr an den Sieg: Die Expedition nach der Insel Ré, dachten sie, werde genauso mit einer Niederlage enden wie der Feldzug nach Cádiz, auf den Buckingham sich vorschnell eingelassen hatte. Cádiz war noch zu rechtfertigen gewesen aus unserem Interesse, gegen Spanien zu kämpfen, den ewigen, immerwährenden Feind. Aber dieser Krieg gegen Frankreich, unseren Verbündeten seit Henri Quatre und Elisabeth I.! Dieser Krieg, angezettelt wegen der schönen Augen einer Frau, deren Bildnis in der Burg des Admiralsschiffes wie ein Götze thronte! Einer Frau und, was schlimmer war, einer Französin und Katholikin! ... Nie war Buckingham so geschmäht, gehaßt und verachtet worden, nie war sein Krieg so unpopulär.

Im übrigen war der Schatz erschöpft, und Karl I., ein König ohne Autorität, der sich aber als absoluten Herrscher verstand, brachte kein Geld mehr auf, um seinen Favoriten zu unterstützen. Wo immer er bei den Staatsdienern anfragte, traf er auf Unwillen, Verschleppung, Veralberung und Ungehorsam.

Die Reeder wollten keine Schiffe mehr nach der Insel Ré befrachten aus Angst, sie könnten bei der Ankunft von Buckingham beschlagnahmt werden. Es gab geradezu skandalöse Vorfälle: Der Bürgermeister von Bristol, der mit dem Reeder unter einer Decke steckte, verhinderte, daß ein Schiff mit Lebensmitteln nach der Insel Ré auslief.

Währenddessen litten die armen, schlecht bezahlten, schlecht gekleideten Engländer auf der Insel Hunger so wie wir. Entgegen dem Befehl ihrer Offiziere stürzten sie sich auf unsere Weinpflanzungen, und weil sie Weinbeeren bislang nur von den Bildern ihrer Bibel kannten, verschlangen sie sie in ganzen Trauben und mußten die Großtat mit Krämpfen im Gedärm und nicht endendem Durchfall bezahlen. Außerdem klagten sie, daß der Rétaiser Wein, den sie unmäßig tranken (Brunnenwasser war rar geworden), ihnen den Magen verdarb, und schrien lauthals nach Bier, ihrem guten englischen Bier! Anfangs hatte La Rochelle ihnen geholfen, aber seit die Rochelaiser dem König von Frankreich den Krieg erklärt hatten, plagte sie nur noch die eine Sorge: sich selbst zur Genüge einzudecken.

Die Gegnerschaft zwischen Buckingham und seinen Obersten, so gedämpft sie zunächst geblieben war, trat jetzt offen zutage. Für die Obersten war Buckingham ein unwissender, hochnäsiger Grünschnabel, ein Betthase ohne Kenntnis, ohne Tugend, der seine Stellung als Erster im Reich nur der Gunst zweier Könige verdankte. Und für Buckingham waren die Obersten alte Krauter, die in der Furche ihrer jahrhundertealten Routine eingerostet waren.

Die Beziehungen zwischen Seeleuten und Soldaten, ohnehin nie die besten, arteten in Feindseligkeit aus. Seit jeher verachteten die Matrosen das Fußvolk ein wenig, weil es auf der Erde kroch wie die Ameisen und emsig andere Ameisen tötete, während sie selbst auf den unendlichen Weltmeeren mit Stürmen kämpften. Nachdem es aber den baskischen Pinassen geglückt war, die Blockade der englischen Flotte zu durchbrechen, vergalten ihnen die Soldaten ihre Verachtung mit gleicher Münze und verdammten die Großmäuler ohne Widerruf. Denn wenn der Krieg jetzt verloren war, sagten sie, wer war daran schuld? Und in ihrer übertriebenen Art, wie sie die Engländer lieben, setzten sie hinzu, sie bräuchten einen Seemann nur anzusehen, und ihnen würde schlecht.

Von seinen Obersten gedrängt, dieses Wespennest schnellstmöglich zu verlassen und einzuschiffen, was ihm an Truppen übrigblieb, wurde der unglückliche Buckingham zugleich von den Rochelaisern angefleht, zu bleiben und der Zitadelle eine letzte Schlacht zu liefern. Er zauderte, und böse machte ihm Richelieu sein Zaudern zum Vorwurf, indem er ihn einen Mann nannte, »der nicht die Stärke besaß, sich in einer solchen Situation zu entscheiden, der weder kämpfen konnte noch fliehen«.

Das Urteil war ungerecht, denn letztendlich kämpfte Buckingham. In einem Großangriff mit Haken und Leitern warf er alle seine Kräfte gegen das Fort. Es war sozusagen ein Krieg der Schatten, denn die Angreifer waren ebenso geschwächt wie die Angegriffenen.

Diese aber wollten sich den Ruhm ihres verzweifelten Widerstands nicht in letzter Minute rauben lassen und holten aus sich heraus, was sie noch irgend konnten. Man wird sich an Monsieur de Bellecroix erinnern, der mich nach meiner Ankunft über die Insel geführt hatte. Dieser Edelmann war schlimm erkrankt und lag so gut wie auf dem Totenbett. Bei der ersten Kanonade erhob er sich schwer wankend und befahl seinen Männern, seine Musketen für ihn zu laden. Quasi Mann gegen Mann feuerte er an zehn Schüsse auf die Feinde. Als er sah, wie sie zurückwichen, ging er, legte sich nieder und starb.

Die Engländer wurden mit großen Verlusten abgedrängt, und weil am nächsten Tag Schombergs Entsatztruppen auf der Insel landeten, traten sie den Rückzug an, aber so langsam, daß Schomberg ihnen wütend noch eins auf den Schwanz versetzte, als sie im Begriff waren, sich einzuschiffen. Es war eine Schlächterei, über die zu berichten ich mich schäme, so sehr schätze ich dieses große Volk, das unter Elisabeth unser treuer Freund war und es eines Tages auch gewiß wieder sein wird.

Was die Belagerung von La Rochelle angeht, die lang, gefahrvoll und reich an unglaublichen Umschwüngen war, so werde ich sie im folgenden Band dieser Memoiren erzählen. Zur Stunde ersehne ich nichts so sehr, wie mich auf meinen Landsitz zurückzuziehen, nach all dem höllischen Kanonendonner Schatten und Stille zu genießen, diese ebenso heldischen wie nutzlosen Metzeleien zu vergessen, wieder Lust am Leben zu finden, Körper und Seele in der Liebe meiner Familie zu erquicken und, Gott behüte, niemals mitansehen zu müssen, daß ein anderer Mensch Hunger und Durst leidet.